U0504766

长 篇 报 告 文 学
Long Reportage

石油圣城

大庆60年纪事

何建明 ◎ 著

人民出版社

目录 *Contents*

巨轮与巨人之间是中国精神的构架。

开　篇

1959.9.26 ——"石油圣城"诞生日

　　对我而言，这已经是第三次上"松基三井"了，就像每一次到中央苏区总要登一次井冈山那样——到大庆，就必须去朝圣一下这口油井。

　　在拥有数万口油井的大庆来说，这口井其实很普通，然而它的意

松基三井（范龚申摄）

义却非同寻常。很难设想，在技术落后、交通不便、设备简陋、条件

极其艰苦的 60 年前，如果没有"松基三井"突然冒出了冲天一般的"乌龙"（当年老百姓形象的称呼）——石油的话，中国的大庆、中国的社会主义建设、中国的现代化历史进程，还会是今天这个样子吗？

就此问题，我曾在 20 多年前当面问过大庆油田的主要发现者之一的黄汲清先生，他明确而清晰地告诉我：按当时的条件，如果"松基三井"还像"松基一井""松基二井"一样没有油的话，大庆油田的发现可能会推迟三五年，甚至更长时间。

就此问题，我也曾当面问过主管工业的一位中央领导，他这样明确而清晰地告诉我：如果"松基三井"不是在 1959 年国庆前的那个日子冒出油，大庆会战将可能推迟五年至十年。因为按照黄汲清先生的推断——倘若"松基三井"当时没冒出油而导致大庆油田的发现推迟三五年甚至更久的话，那么有可能大庆油田在真正需要大会战时就遇上了"文化大革命"那样的岁月，那么中国大油田就不会那样快被"拿下来"，随后的中国工业和中国社会主义建设的发展步伐将有可能推迟 10 年甚至 20 年。

一位政治家明确而清晰地告诉我：大庆油田如果晚五年、十年发现，今天的中国经济和社会发展水平，极有可能仍然处在 20 世纪 80 年代左右，甚至有可能比这水平更糟糕。因为，世界上不想让我们国家好好发展和仇视中华民族的人有的是，他们会以各种方式扼杀我们的发展，并且从 20 世纪 50 年代末至今从未放弃过，只是我们有了快速发展的一个重要基础——石油的自给。

中国改革开放是从 20 世纪 70 年代末开始的，而企图扼杀我们民族和国家发展的狂妄者，其实从新中国成立之初就蠢蠢欲动。那个时代，我们的国家四面楚歌，左右无援，唯有自力更生，奋发图强。都知道 20 世纪是以石油强国的世纪，没有石油，就意味着不可能建设一个强大和独立的国家，更不用说一个高扬自己民族精神的社会主义国家的存在。

"松基三井"发现石油之时，中国正处在这样的时刻。因此它总让我心怀特别的敬意——我来大庆不下十五六次，每一次看到满城遍野的"磕头机"，我都会热泪盈眶……因为我犹如看到了自己那从来都在默默劳作的母亲，她从意气风发的年轻时代，到风华正茂的中年岁月，再到步履艰难的暮年，都在为我们这些儿女的幸福与成长呕心沥血，竭尽所能地奉献着她的乳与血、汗与水……

今天从北京到大庆萨尔图机场，飞机要两个小时的航程。再从机场到"松基三井"，需要一个半小时左右的汽车行程。这个路程和时间，对今天时刻处在忙碌中的人们来说，并不算短。然而，60 年前的那个时候，我们中国找油人为了寻找到属于自己的大油田，为了寻找到具有工业开采价值的类似"松基三井"这样的井，走过了太多艰巨和艰辛的历程——

大庆人并不知道，在"松基三井"被发现的十年前，作为新中国的缔造者和领导者，与国民党、日本侵略者和美帝国主义的枪炮刺刀拼杀了几十年的以毛泽东为首的中国共产党领袖们，其实脑海里一直烙着两个字：石油。这两个字，如同在战争年代对"大炮"的感情一样，让他们尤为惦记和期盼……

15 年前，当我正在采写《部长与国家》时，毛泽东原卫士长李银桥跟我讲起的一件事，牢牢地印在我心中。李银桥介绍：早在西柏坡时，毛泽东一方面指挥百万雄师追穷寇，另一方面就已经在着手谋划新中国的建设大业。在经过数十天党内外的热烈讨论确立了未来人民政权的国体后，毛泽东便把精力放在了如何把一个一穷二白的国家建设富强的事上。

在西柏坡的那间小平房内，毛泽东手中的卷烟一支接一支地燃烧着，他的脑海里万千次地转动着同一个问题：新中国如何建设？人民共和国的社会主义模式是什么？是列宁和斯大林的苏联模式吗？通过二三十年的努力，把一个旧世界彻底摧毁，并迅速建立起强大的社会主义国家，造就人民的富裕生活。苏联模式确实很诱人、很光明。但中国与苏联不一样，列宁和斯大林搞的建设模式照搬照抄到中国来行得通吗？不！不不！毛泽东从第一、第二次国内革命战争和抗日战争的实践中明白了一件事：苏联人的经验，对中国革命未必管用、未必适合。

那么新中国的发展模式和方向是什么呢？

毛泽东的目光盯在了房间墙上的那张"世界地图"上……

伴着猩红烟蒂，毛泽东坐在石磨旁的小木凳上，读完列宁和斯大林的一本本建设国家的著作，同时也打开了一本本介绍欧美尤其是美国发展的历史书……他在阅读中吃惊地发现了美国这个新兴帝国近百年迅速崛起的奥秘：石油！石油！

难怪前些日子在中共中央通过秘密渠道向苏联讨教建设国家经济的方略时，斯大林捎来话说：英国和欧洲人走向强大的秘诀是蒸汽机带来的工业革命，而美国崛起的经验证明以石油为基础的工业化革命真正使国家经济超越常规发展和社会飞速前进成为可能。

石油，石油是什么东西？

卫士长李银桥过来给毛泽东端上一杯开水，见毛泽东口中喃喃地念叨着，便接过话："主席，石油是不是石头里流出的油？"

毛泽东一愣，继而哈哈大笑起来："不错不错，石油就是石头里流出的油！"

李银桥说："可石头里哪会流油嘛？"

毛泽东站起来，将手中的书本往石磨上一放，说："石头当然能流出油喽！而且还能流很多很多的油喔！你没见我们在延安时上延长那个油井参观看到的那乌黑乌黑的油？"

李银桥想起来了，说："那是洋油，能点亮马灯的洋油。"

毛泽东点点头又摇摇头，似答非答地："帝国主义害死我们中国人喽，洋油洋油，连我们自己的石头里流出的油也给叫成洋油喽！"说完，一脸怒气地走出小院子，向附近的小山坡走去。

卫士长着急了，迅速拿起毛泽东搁在小木凳上的外衣追了上去。

小山坡上，毛泽东神情严峻地在思索着，口中仍然喃喃着："洋油洋油，中国人用洋油的日子什么时候才能结束啊？"

李银桥看着毛泽东一脸凝重的神情，觉得不便再打扰，便退到一边。可有一个问题他实在不明白，便又忍不住上前请教毛泽东："主席，您刚才为啥又把洋油说成是石油？这石油跟洋油是不是一回事？"

毛泽东转头向自己的贴身卫士"嗯"了一声，解释道："外国人把石头里流的油叫石油，而我们中国因为没有石油就把从国外买进来的石油说成了'洋油'。"

"其实，这石油的发明权是我们中国人的。我们中国也是最早开采石油的国家之一。"毛泽东左手叉在腰际，右手向前一挥，用其浓重的湖南话说道：你不是也晓得我们延安有个延长油井嘛！那口井就是宋代一个叫沈括的科学家发现的。1080 年时，他被宋朝皇帝派到延安任经略使，负责陕北的军事防务。其间，沈括对延长一带的石油就亲自做了认真的考察与研究。他认为这种生在石头里的油类"生于水际沙石"，"与泉水相杂，汩汩而出"，与其他油类不同。于是他称其为"石油"。沈括在他的名著《梦溪笔谈》中提出了"石油至多，生于地中无穷"的科学论断。因此沈老先生堪称中国石油地质第一人，这在世界科学技术史上也是空前的。

那时的李银桥跟随毛泽东已有两三年了，但他又一次被毛泽东的满腹经纶所折服。

"那为啥我们还要用洋油，不自己让那个沈……沈刮多刮点油出来？"李银桥问。

毛泽东"哈哈"大笑起来："是的喽是的喽！等新中国成立后，我们就要依靠自己的双手，多'刮'些出来，把'洋油'扔到太平洋去！"

毛泽东最爱别人听他谈古论今，于是李银桥又像听天书似的从毛泽东口中听得我国古人怎么开采石头里流出来的油的故事——

沈括应该说是第一个把石头里流出来的油称之为"石油"的人。而发明开采石油关键技术的钻井工艺，我国更是世界上的先驱。据《华阳国志》记载：周灭后，秦孝文王以李冰为蜀守，"冰能知天文地理……又能识齐脉（即地质——笔者注），穿广都盐井……"又据《水经注》记载："江水东经广都县，李冰识察水脉，穿凿盐井。"这就是说，在公元前 250 多年前，先人李冰在四川就用当地百姓汲卤煮盐的经验，凿井煮盐，而煮盐用的燃料就是天然气。"火井"是当时蜀人对天然气井的称呼。有趣的是，中国古代盐井与火井往往同在一起并存与发展。汉时，四川的井盐生产已相当发达，故这"天府之国"还有"火井之乡"的美誉。四川火井开凿最早、名气最大的要数临邛火井了。西汉《蜀王本纪》记载："临邛有火井，深六十余丈。"又据《华阳国志》记述："临邛县有火井昏夜之时光映上照，民欲其火，先以家火投之，顷许如雷声，火焰出，通耀数十里。"在经历西汉、东汉，再经公元 600—800 年左右盛唐时代，四川钻凿火井、盐井已遍用各地，达 60 余个县地。其井浅的几十尺，最深的有仁寿县的 800 多尺。而这几百年的掘井采盐采气的盛行，也使得钻井技术不断发展。特别是到了宋朝，我国的钻井技术更加发达，像四川那儿已经用上了械冲钻凿——即闻名于世的"顿钻"的前身。后在清朝中后期，这种人工的械冲钻凿的钻井，创造了世界钻井史上的奇迹。1853 年（清咸丰三年）在四川省自贡市钻凿的"焱海井"，井深 1000.42 米，是世界上第一口人工钻凿超千米的深井！（这口井以生产天然气为主，兼产卤水，至今仍日产天然气 1000 多立方米、盐 2000 公斤左右。1988 年国务院把它列为全国重点文物保护单位。）英国著名学者李约瑟称此井为"世界钻井之父"。

"唉，斯时已去，我们却落后了！落后了啊！"毛泽东对天长叹一声。

李银桥见景，有些着慌地一边给毛泽东披上外衣，一边小声说："主席，都怪我刚才问多了……"

毛泽东摇摇头，口气缓和了许多："不，不怪你。我是在想一个大问题喔：我们很快就要进城，放下枪杆子搞建设去了。可要搞建设就得用大机器，这大机器可不像我们红军战士吃草根树皮就能转动得起来的，它可是要喝'洋油'才能动得起来的呀！而现在我们的同志多数跟你一样连'洋油'为何物都不怎么知道，那我们以后搞建设要受多大的限制啊！"

李银桥看到毛泽东心情沉重的样子，想找个话题让毛泽东轻松轻松，脑子里便闪出一件曾经听贺龙司令员说过的故事："主席，我听说在抗日战争期间贺龙司令员手下有位战将，在打小鬼子时看到了敌人扔下的几桶机油，就以为是可以炒菜的油，便拿回部队去让炊事员用了，结果吃了这油炒出来的菜，拉得一塌糊涂哎！"

毛泽东一听，立即忍俊不禁："这事我听说过，听说过。你知道这人是谁吗？"

李银桥摇头："贺老总没说是谁。"

毛泽东说："是三五八旅的政委，叫余秋里。"

李银桥想了想："是不是那个独臂将军？"

毛泽东点点头："正是他。此人不简单喔！我们把蒋介石的几百万旧军队打败并收编到了我们人民军队里来，就是此人帮我们解决了改造国民党旧军队的一个大难题喔！"

李银桥问："您说的就是在延安时向您汇报新式整军经验的那个人哪？"

毛泽东以欣赏的神情又一次点头："是他。我的那篇《西北新式整军运动》文章里，讲的就是他的做法。彭老总也是很喜欢此人的喔，现在正让他带部队跟胡宗南干仗哩！"

"报告主席，傅作义将军一行今天中午前要到西柏坡来。周副主席请您做好接见的准备。"中央办公厅的杨尚昆这时过来向毛泽东报告。

毛泽东一听，满脸喜色地说："好嘛！我可是已经等傅将军多时了。走，中午我请他吃饭！"

回小院的路上，杨尚昆悄悄问李银桥："主席跟您在说什么呢？"

李银桥小声告诉他："说'洋油'的事"。

杨尚昆茫然地问："洋油？"

李银桥说："主席说，我们快要进城了，以后搞建设可少不了'洋油'！"

杨尚昆笑了："主席已经在谋划新中国建设大业了。"他对李银桥说："银桥，你知道世界上现在经济最发达的国家美国靠什么起家的吗？"

李银桥摇头。

杨尚昆："他们就是靠石油起家的！"

李银桥惊诧："石油就那么厉害？"

"那是。搞经济建设，啥都离不开石油。石油就是决定第二次世界大战胜败的关键之一，从某种意义上讲，这也是一场'石油之战'！你想想，飞机、航母，还有坦克，哪样离得开石油嘛！"

李银桥再次惊愕："那玩意儿还真厉害呀！难怪主席今天老在惦记它哩！"

"是嘛！"杨尚昆突然又问李银桥："知道美国第一口石油井是怎么弄出来的吗？它是靠我们中国人、具体地说是靠我们四川人发明的工具给弄出来的！"

真的？李银桥瞪大眼珠，觉得像听天书一般恳求杨尚昆给他讲。

于是，杨尚昆给毛泽东的卫士讲了一个不少四川人都知道的"美国故事"：

1859 年 8 月 27 日，这个日子对中国人来说毫无意义，那时我们这个东方古国已经从世界第一强国开始衰落，西方列强借助坚船利炮一次又一次地逼着清政府签订丧权辱国的条约，金田起义后的太平天国运动席卷南方，清政府天天收悉的是危机报告。但这一天，在太平洋彼岸的美利坚合众国却发生了一件大事：冒牌上校德雷克拿着银行家汤森的 1000 美元，在乔治·比斯尔的命令下，用中国人发明的、后传至欧洲的钻盐井的钻塔，在宾夕法尼亚州的泰特斯维尔的一块农田打了美国历史上的第一口油井，并且在钻至 69 英尺时，地下冒出了油。"打到油啦！"消息像野火似的传遍四方，一个个梦想着发财的美国人被宾夕法尼亚州的这一惊天动地的喜讯所吸引。拥有油井的投资人乔治·比斯尔给妻子这样写道："这里所有的居民都发狂……我从来没有见过如此激动人心的事。整个西部的商人都涌到这儿，以惊人的价钱购买可能打出石油的土地。"泰特斯维尔油田的开发，使美国人的日常生活发生了根本性改变，而这个正在崛起的国家也从此进入全球列强的行列。一个创造与赚大钱的时代、一个借助资源控制整个经济命脉的时代、一个向工业社会源源不断输入"工业之血"并使其充满活力的时代到来了——美利坚拥有了比老牌欧洲帝国用蒸汽机动力推动工业发展更便宜和更具前景的动力源，他们不用再依靠别人的力量来支持发展自己的新生国家，相反，所有的人都想学习他们对"石头里流出来的油"的开采经验。美国人得意洋洋——这个专利只属于我们美国。但缔造这个专利的乔治·比斯尔，他的泰特斯维尔油田才经营不到 10 年就破产了。这时，一位伟大人物出现了，他就是后来影响美国工业发展史和推进美国国家强盛的重要人物洛克菲勒先生。这位纽约乡村出身的小商人当时只有 26 岁。他在拍卖场上将乔治·比斯尔他们缔造的但行将维持不下去的石油开采业务拍到了自己的麾下，从此开创了"洛克菲勒石油王朝"的历史。这在某种程度上也等于是创造了 19 世纪末、20 世纪整个时代的美利坚强盛历史——

这绝对不是夸张之语。洛克菲勒石油王朝的建立，使美国的工业和商业产生革命性的巨变。洛克菲勒的标准石油公司几乎主宰着美国工业。洛克菲勒还把"多余的零花钱"不断捐献给社会，先后资助建立的芝加哥大学、哈佛大学、麻省理工学院等大学遍布整个美国……

"因此，有人说'20 世纪是石油的世纪'就是这个理。"杨尚昆最后说。

听故事的李银桥这才似乎明白了毛泽东为什么尚在新中国成立之前就对"石油"这般念念不忘了……

事实上在中华人民共和国成立之后的十年里，毛泽东对"石油"已不再是简单的"念念不忘"，而是"日日渴望"！

"松基三井"发现前一年的 1958 年 6 月 26 日下午时分，毛泽东在书房里拿起当日的《人民日报》轻轻地翻阅着……当看至第三版时，一则位置在报中间"豆腐块"那么大的消息深深地吸引了他——

松辽平原有石油

据新华社 25 日讯，地质部松辽石油普查大队在最近获得的成果中，已经初步证实：松辽平原不久将成为我国最重要的油区之一。

……

这则不足两百字的消息，令毛泽东一阵兴奋。

不日，毛泽东的秘书田家英给石油部打来电话："主席关心松辽的石油勘探进展……"

1958 年 11 月 29 日，也就是"松基三井"发现石油不到一年前，石油部批准"松基三井"定位。此前，"松基一井""松基二井"的定位也已批复并进入施工准备。

此时，石油部部长是上任才半年多的"独臂将军"余秋里，副部长是清华大学地质系学生出身的"老八路"康世恩。自打余秋里上任后，位于北京交道口的秦老胡同余秋里家，便成了"中国石油指挥部"，许多石油部的重要决定皆在这里"拍板"。"我这儿方便。饿了，让你们嫂子弄点吃的，困了就在沙发上眯一会……"余秋里是战场上走过来的人，熟悉他的人都知道，在正式公开场合以外，尤其是在他家里，除了一支连一支的抽烟，话说到兴奋时或愤怒时，他能光着脚满地跑。

"老康，主席这些日子一直在关心松辽啥时候见油。地质部那边不断报喜讯，弄得我整天心里痒痒的……"又是一个夜深人静时，高个子康世恩一头钻进了余家客厅。余秋里见自己的老伙计来了，便从纸盒里抽出一支烟，扔给康世恩的同时，也把话扔了过去。

康世恩这些日子脸上不像余秋里那么愁云密布，反倒是常常喜形于色。点上烟后，康世恩冲自己的将军部长笑："这回我们确实有可能逮住'大家伙'！"

"何以见得？"余秋里最关心这个。

康世思卖了个关子，扯开话题问道："今天有没有红烧肉啊？"

余秋里一愣，笑了："你今天肯定有好事！"转身向内屋喊道："老伴，给老康开碗红烧肉来！"

余秋里一甩他的空袖子，回头悄声对康世恩说："明天是我三女儿生日，我知道老伴弄了点肉回来……"

康世恩连忙站起来，尴尬地说："千万别抢了你女儿的份，我刚才是开玩笑的！"

"啥玩笑不玩笑！你我还分什么家？只要你老康张嘴，我就是砸锅卖铁，管你饱！"余秋里当了半年石油部长，包括康世恩在内的几位部领导，基本上有三分之一的时间把他的家当成了自己的家。他们在余家开会、讨论，经常会到凌晨一两点钟，星期天自然更不用说，三顿饭外加夜宵，全在余家。用余秋里的话说，这是"吃大户"。其实，除了偶尔一顿红烧肉外，多数时间就是"白菜豆腐"。

"说，你是专家，真的能逮到'大家伙'？"余秋里急切地问。

"我已经不止一次研究过地质部他们那边的普查报告，也把我们今年派出的几支队伍弄回来的报告进行了分析，松辽平原的'大家伙'存在的可能性非常大……"

"什么时候能逮到？"余秋里的目光顿时发亮，盯着自己的老伙计。

康世恩的镜片闪动了一下，不紧不慢道："就等这三口基准井了！"

"那三口井什么时候开钻？"

"应该快了。第一口井我要求在这个月就开钻……"康世恩的话还未落音，余秋里夫人刘素阁端来热腾腾香喷喷的大半碗红烧肉，站到了两个大男人中间。

"给他呀！"余秋里朝夫人努努嘴。"我还要靠这碗红烧肉逼他把油给我从地底下挖出来呢！要不我没法向主席交代哩！"

"哎呀余部长，你这么一说我可不敢吃了！"康世恩假装大惊小叫起来。又朝刘素阁道："嫂子你快端回去、端回去！"

刘素阁朝这两位整天"黏"在一起的"石油部长"瞥了瞥眼，对康世恩说："你还不知道他的脾气？上个月就跟我嚷嚷了，说要把家里的肉票全部积攒起来，说等老康在松辽把油挖出来了，就请他吃三碗红烧肉！"

"三碗啊？！"康世恩那双镜片后的大眼睛，顿时瞪得比牛眼还大，高声地嚷嚷起来："我、我发誓要在松辽把油挖出来！为了余部长和嫂子的这三碗红烧肉！"

"哈哈哈……瞧你俩这出息！"刘素阁被逗笑了。

余秋里也笑着示意康世恩："轻点儿轻点儿，真要被突然闯进来的谁听到这话，你嫂子可麻烦了，她掘地三尺都不可能再拿得出三碗红烧肉嘛!"

"是是……"康世恩赶忙像听话的小孩子似的，做了一个鬼脸，又夸张地用右手掌遮住那碗红烧肉。

"吃吧吃吧，趁热。"刘素阁一脸乐呵呵地离开了客厅。

康世恩瞅了一眼余秋里，双脚并拢，压着嗓子说道："报告余部长，现在我可以把它消灭吗?"

余秋里眼皮都不抬一下，命令道："消灭掉!"

"是!"

看着康世恩狼吞虎咽的样子，余秋里的脸上一阵高兴、一阵严肃，一瞬间他心里想到很多很多……他想到了毛主席在这一年的春节时曾经有过一句话：你们石油部的人什么时候找到了油，我就请你们上我家来吃红烧肉。

今天中国的多数人已经不太可能知道60年前我们国家的生活光景了，那时包括国家领袖在内的中国人曾经把吃到一顿红烧肉作为生活的"最高境界"。当时，在石油部长余秋里这样的高干家庭里，能吸引一群副部长们的就是两样"宝贝"："大前门"香烟和红烧肉。余秋里说了：前者，敞开供应；后者，必须见到新油田时!

这一天康世恩来此能吃上一碗红烧肉纯属"特殊待遇"——余秋里着急知道松辽到底有没有油的事!

他确实着急了。前些日子，刚上任石油部长不久的余秋里碰上了国防部长彭德怀元帅，就被问道："你这个石油部长啥时候把油给我弄出来呀?"

余秋里被老上级问得有些尴尬，支支吾吾了半天也没有回答出个所以然。这绝对不是他余秋里的作风，几十年跟随"彭大将军"南征北战的余秋里从彭德怀的眼神中明白金门前线和台海的局势紧迫。作为党的高级干部，余秋里自然知道，自金门前线的炮火打响后，美国和台湾岛上的老蒋便急红了眼，美国人从中东调来了航空母舰，老蒋也四处招兵买马准备跟毛泽东领导的新中国再次决一死战。指挥人民解放军和前线国防的正是彭德怀元帅，倘若台海之战真的打起来，肯定是海上和空中作战为主，而这两个地方厮杀，离不开一样东西，那便是"油"——石油冶炼出来的燃料油。中国缺少的正是这东西！彭德怀不急才怪。为了准备"打起来"，彭德怀元帅此时已从全国各地调运到福建前线的军队和战车每天都要吃掉几百、几千吨的油。可油从何处来？为此，陈云副总理口袋里的外汇连连吃紧，因此中央最后不得不把目光移到了余秋里和石油部的身上。

"你再不弄点油来，我说不准会敲断你的另一只胳膊！"彭德怀有一天两眼冒着火星对余秋里这样说。

"是，彭总！如果我弄不出点油来，你就敲断我的这只胳膊！"余秋里当着老首长的面，晃了晃那只仅剩的右胳膊，有些悲壮地说。

彭德怀的脸上顿时泛起一丝怜悯，他凝视着眼前这位自己的爱将，颇为动情地上前紧紧握住对方的那只右手，说："我永远不想让你失去这只胳膊！"

"是，彭总！我余秋里一定把油弄出来！"这回真的轮到余秋里激动了！

是啊，油到底在哪儿呢？沉浸在"油"的思考之中的余秋里回过神时，见一旁的康世恩正狼吞虎咽地吃着红烧肉，余秋里突然上前抢过康世恩手中的筷子，夹起一块红烧肉就往自己的嘴里塞……

"哎哎，你把最大的一块吃掉了！"康世恩端着碗叫起来。

"余康"这两位石油部长亲热交好是出了名的，康世恩原先并不是这个作风，还是比较文质彬彬的知识分子风度。但后来余秋里到了石油部后，一股风风火火的军人作风，把整个石油部都带了起来，影响最大的自然是整天跟在余秋里身边商议和决策工作的康世恩。

康世恩学余秋里学到了骨子里，甚至后来也学会了大发雷霆的骂人。余和康，一武一文，搭配得当，石油部自从余秋里来后，"余康"

便似乎成了一个人。

抢肉吃的余秋里笑了笑，便把筷子还给了康世恩，一边嚼着红烧肉，一边瞪着双眼问："你上回说过，我们很有可能在松辽那边吃上一块大大的'红烧肉'、逮住一个大大的家伙……到目前为止，没有变卦吧？"

"这么说吧余部长……"康世恩端着碗，一边嚼着一边说开了："我们按照你的战略和战术意图，现在已经布置好三口勘探基准井，只要勘探顺利，松辽的石油资源预计还是非常大的！"

"'有预计，便有希望。有希望，便有光明。'这话我不反对，但我这个人是打仗出身的！那个时候我们跟着主席和彭老总，就是喜欢逮住真正的敌人和敌方的大部队！现在搞石油，可是有点'雾里观花'哩！一开始总听外国人说中国贫油贫油！现在呢，我们的地质学家们——包括苏联大专家们都说'东北有油'、'松辽前景可观'！这不，前个月地质部的何长工老部长先是送来韩景行他们到野外采集到的油砂，再近些日子是"南17孔"的岩芯含油喜讯。我们石油部自己的队伍呢，也是一份份'松辽有油显示'的报告送到你我这里来了！可油到底在哪儿呢？"余秋里说完这通话，见康世恩已经把红烧肉"消灭"了，便一把将他拉到一边的沙发上，自己则坐在一旁的木椅上，然而却把脚上的鞋子往边上一甩，双腿麻利地盘在屁股下面，随手拿起烟盒朝康世恩甩过一支烟后，一双瞪得像铃铛似的眼睛直直地盯着对方："两军对峙，现在我更想能逮到'大敌人'！早一天逮到，我们就早一天完成好主席和彭老总交给的任务嘞！"

康世恩开心地笑了，说："根据目前已经掌握的第一手资料，以及我跟苏联专家分析的结果看，逮到'大敌人'是早晚的事，到时候我还担心你余部长吃不掉呢！"

余秋里一听，"噌"地从木椅上放下脚，光着双足在地上来回走起来，然后突然停在康世恩面前，大声说："那我们俩再回部队去，向主席提个请求，让我们俩联手跟台湾的老蒋干一仗！到时把所有的大炮、军舰，都他娘的装满装足我们的油，然后直杀那边去，省得老蒋和美国佬总在那边吵吵嚷嚷的，害得毛主席和全国人民不得安宁。"

康世恩又笑了："怕真到那时，毛主席还是不会让我们回部队的。国家建设那么快，用油的地方太多，他老人家还不希望我们再多逮住几个'大敌人'嘛？"

余秋里耸耸肩，甩一甩那只空荡荡的左袖，自己也笑了："那倒是。"

这时，秘书手持一份电报进屋："报告部长，松辽那边来电说，'松基一井'今天正式开钻了……"

余秋里和康世恩几乎同时伸手捏住电报，兴奋地说："好啊，终于要看见结果了！"

"走！"只见余秋里的右胳膊向前一甩，便直奔院子外。

秘书着急地问："部长您干啥呀？"

"回部里去呀！"黑乎乎的院子外传来爽脆的声音。

康世恩拉着秘书，笑："走吧，你还不知道他的脾气。今天晚上让他睡也睡不着了。我们去部里给松辽那边打长途问问情况！"

古城北京，东方欲晓，一轮霞光正透过天安门城楼，射向四方。

黑色的夜幕下，一辆苏式轿车经过安定门时，车内传出余秋里的声音："老康啊，'松基一井'是我们松辽勘探战役的第一炮，关系重大，这个钻井队是哪儿派去的？"

"是玉门那边调去的 32118 钻井队。用的是我们的王牌钻机，苏式的超级深井钻机，能打四五千米呢！"这是康世恩的声音。

"不是一共调了两个钻井队吗？"

"是，还有一个钻井队是 32115 队。这个队的任务是准备打'松基二井'，过些日子马上也要开工了。"

"噢。这两口基井都很重要，但第一口井意义更大些，我建议派个得力的队长去！"

"好的，我把你的意见马上转告给松辽局。"

"过两天到玉门和新疆油田考察恐怕要耽搁些日子，你可以少待几天，集中精力看好那三口基准井……"余秋里的声音。

"放心，我几乎每天跟松辽那边有联系。"康世恩的声音。

黑夜中，马路上唯有苏式轿车的马达声在回响……

六铺炕石油部大院里，又是一个不眠之夜。这一夜，在那些亮着灯的不同办公室里，说的最多的就是三个字：基准井。

搞石油勘探的人都知道，要探明地下生储石油的情况，就得先钻上那么几口基准井。大松辽平原，从南到北，从东至西，茫茫几十万平方公里，亿万年前，这儿曾是一片风景秀美的水乡泽国，气候温暖潮湿，河湖的四周岸头，树木参天，绿荫蔽日……随着亿万年的地质变化，这里的湖河以及在此繁衍生息的生物也跟着沉积在厚厚的封尘之中，折叠成松辽盆地这本叠叠层层的地质构造"巨著"。基准井的目的就是通过钻探获得这部"巨著"的每一个时代留下的科学符号，也就是说科学家们通过钻探手段取上来的岩芯来判断地下宝藏到底有没有、在哪个位置、有多少储量。松辽平原找油初期，根据石油部和地质部的约定，两个部门在地质调查和地震物探方面的工作有分有合，主要以地质部为主，而在钻探和施工方面则主要由石油部的队伍来完成。基准井决定着当时松辽找油的直接前景，加上只有石油部才具备深井钻探的技术与设备条件，因此在两个部门的技术人员确定基准井方案后，康世恩迅速从玉门油田调集了两个"王牌"钻井队来到松辽。

松辽第一口基准井确定在黑龙江安达县建设乡，距安达县城47公里，简称"松基一号井"。"松基二号井"确定在松辽盆地东南部的隆起区域，即前郭尔罗斯蒙古族自治县登娄库构造上。这两口基准井说是重要，但当时石油部在松辽前线工作的技术力量少得可怜。像担任基准井研究队队长的钟其权、参与确定基准井位置的地质工程师杨继良他们，当时都是才二十四五岁的年轻人。余秋里曾有些不放心，便让康世恩从石油部研究院调了资历相对老一些的余伯良等人过去，之后又在关键时刻搬出了翁文波这样的石油地质大家坐镇前线，进行技术决策。

"要紧时刻，你得亲临前线！"余秋里吩咐康世恩说。

"明白。"康世恩对余秋里的指挥艺术已经心领神会，且越发敬佩。

在松辽基准井准备开工之前，地质部的何长工副部长有一天见了余秋里就叫苦，说："秋里，你才来石油部几天，但论装备我还得叫你石油部是'老大哥'嘞！"继而又道："松辽地盘上我们地质部明摆着比你们石油部早闻到'油'腥味，可光闻到'油'腥味有啥用！我们连台像样的打千米深井的钻机都没有。你余秋里行啊，你有好多美式、苏式的打深井钻机！我何长工尽管眼红，但也只能望尘莫及嘞！"

余秋里嘴上没说，心里乐开了花：逮"大家伙"光闻腥味没用，逮到手才是真本事！

回到部里，余秋里转头一问康世恩"咱们的钻机咋样"后，心里顿时也凉了半截：原来石油部的家底同样可怜得很，比如32118队，只有两名正副队长和4个钻井班，其他方面的干部和工人——应该配备的钻井、地质和泥浆技术员全无。

"32118队能在松辽拼出个模样吗？"余秋里问康世恩。

"我相信他们。"康世恩推了推眼镜。

余秋里没有说话了。技术上，他绝对相信康世恩，康世恩相信的事，他余秋里当然也相信。

后来证明，32118队确实没有辜负两位部长的期望。该队原来在玉门油田，接到命令后，迅速转赴几千里之外的松辽平原。然而，这里的情况完全不是他们在玉门想象的那样。钻井队的工人们一下火车就傻眼了：眼前，要路没路，要运输车没运输车，要吊车没吊车，这咋办？几十吨重的钻探设备怎样才能搬到四五十公里之外的井位呢？

"愣着干啥？没有吊车还没有肩膀吗？学着我的样——抬！"八路军骑兵连长出身的老队长李怀德将外衣一脱，结实的肌肉在阳光下闪闪发亮。

石油战士的"人拉肩扛"就是从这个时候开始的。

安达火车站很小，但它的历史不短，俄罗斯人、日本人早在这儿驻足过。15 年前我第一次到大庆采访时，专程来到这座百年历史的小站，见到了俄罗斯人留下的许多建筑原物，特别是那座一度被余秋里作为大庆石油会战指挥部开会用的车站俱乐部建筑。历史的风貌依旧！ 60 多年前，32118 队的石油勘探队员来到这儿，把重达几十吨的钻机和两台同样分量的泥浆泵靠肩膀从火车上抬下时，着实让小小的安达站沸腾了一番：这石油工人就是牛啊！都是肉蛋蛋捏成的人，咋就他们那么大本事？

运输、安装，依靠人力两个月的"蚂蚁啃骨头"，一座钢铁钻塔耸立于千里平展展的北大荒草原上，这股精神震撼了方圆百里的北大荒人……41 米高的铁塔，现在看起来也就是半座普通住宅楼房的高度，可在那会儿的松辽大地上人们像看到了一个巨人的突然出现一样，别提多么好奇和振奋了！

1958 年 7 月 9 日，骄阳似火的日子，头顶万里无云，地上锣鼓喧天。32118 钻井队举行了隆重的开钻仪式，大队长一声令下："松基一井——开钻！"飞旋的钻机顿时隆隆响起，打破了北大荒长久以来的宁静……

"报告！"长春石油部松辽石油勘探局局长办公室的门口，来了一位充满朝气、全身戎装的年轻军人。

"请进。"

正在伏案批阅前线报告的松辽石油勘察处处长宋世宽，抬头瞧了一眼毕恭毕敬行军礼的年轻人，疑惑地问："你是……"

"原中国人民解放军少校军官、转业军人包世忠前来松辽石油勘探局报到！"

"你就是包世忠同志啊！好好好，来得正是时候。"宋世宽立即从座位上站起来，握住眼前这位雄赳赳气昂昂的军人的双手，然后笑呵呵地说："我们两个的名字里都有一个'世'字，知道为什么吗？"

15 岁就参加抗日游击队、21 岁是四野营长又刚从硝烟弥漫的朝鲜战场上下来的包世忠被眼前这位笑呵呵的中年领导问住了："首长，这个……"

宋世宽哈哈大笑起来，说："那是因为你参加过小八路，我当过老红军，我们俩一生下来就有一个解放全世界的共同任务！所以爹妈给我们的名字里都添了个'世'字，你说对不对？"

包世忠一下被这位第一次见面的领导的幽默所感染。"是！首长。"包世忠又行了一个军礼。

"听说你的家眷就在本市？怎么不先回家看看？"宋世宽亲切地问。

"报告首长，听说这儿要找到油田啦，我着急呀！哪顾得上回家嘛！"包世忠挺了挺胸膛，又一个立正动作："请首长快给我安排工作吧！"

见面才两分钟，宋世宽心头就喜欢上了这位少校转业军人，便笑道："嗯？又是个急性子啊！"

"首长你不知道，我这个人性子急，闲着就难受。这不我刚从部队转业就赶上了全国人民都在大跃进，我可不能回到家里睡大觉去！首长你放心，我参加过许多大仗，像攻克四平、锦州战役和朝鲜战场上的鸭绿江保卫战等我都参加过，我喜欢打硬仗！"包世忠像扫机枪似的把一肚子的话全都倒了出来。

"好啊！"宋世宽大喜。只见他稍加思索，便说："我们马上要打一口基准井，就像打仗一样，要取得一个大战役的胜利，就先要拔掉敌人的第一个据点，这找油也得先钻个窟窿，基准井起的作用就是这。派你上那儿去怎么样？"

"行，只要有工作做就行。我一定在那儿当个好钻工。"包世忠说。

"哎，不是让你去当工人的，是让你当队长。"

"当队长？我哪能成嘛！首长你……"本来就天热，房子里连把扇子都没有。包世忠急得满头大汗。

宋世宽递过一块毛巾，做了个摇摆的手势："你不用说了。在你来之前我们就看了你的材料。正好余部长和康副部长要求我们加强基准井的钻井队领导，而承担一号井的 32118 队老队长另有任务，所以我们决定让你去那儿。这是组织决定。"

包世忠一听"组织决定"四个字，就再也没有推辞："是，首长，明天我就去钻井队报到。"

宋世宽高兴地送这位雷厉风行的新队长出大门时，突然发现这位雄赳赳气昂昂的年轻人走路时怎么像地质部的老部长何长工那样跛脚呢？宋世宽后来才知道，少校转业军人包世忠原来是个战功赫赫的三等甲级残疾军人。宋世宽有点后悔派这样一个同志上当下最要紧的前线，但勇士已经启程，那是不可能叫得回的。

包世忠来到 32118 队时，松辽基准一井已经开钻，他从零学起，一直到能够熟练指挥整个钻机的操作和战斗，但石油部和地质部乃至中央都很重视的松基一号井并不理想。从盛夏到深秋，包世忠和队友们苦战数月，于 11 月 11 日完成设计钻探进尺 1879 米。战斗英雄队长包世忠看着一箱箱圆柱状的岩芯被地质师排列有序地放在钻台旁边，那些夹带小鱼、螺壳和树叶等化石物体的奇妙石头，如同天书般吸引着他。包世忠每天美滋滋地看着这些宝贝儿，脸上总是露着笑容。但勘探局的技术人员告诉他：这个井基本失败。

"为什么？"包世忠急了："我们哪儿做得不对？还是质量不合格？"

"都不是，是因为没有见到油！"

包世忠像泄了气的皮球，这时他似乎才明白：找石油并不比抢占敌人高地简单。

在 32118 队开工一个月后进入施工的松基二号井也不理想。这口井钻井深 2887 米，除了在井深 168 米到 196 米之间的岩芯里见过少量的油砂外，同样并没有获得工业性油气流。

松辽大地，迎来又一个寒冬，才 11 月初，已是遍野的冰天雪地，气温低达零下 20 度。曾经一度"热"起来的石油希望之地——松辽平原，又一次让北京石油部的将士们心头冷了大半截……

毫无疑问，心头最凉的当是部长余秋里。

这一天深夜的秦老胡同里，安静得出奇。余秋里家的那个会客室里被烟雾笼罩得进不得人。孙敬文、李人俊等几位副部长因为受不了而早早离开了。屋里只剩下余秋里和康世恩，两人面对面地一支接一支抽着烟，谁也不说话，四只眼睛盯着同一个方向——铺在地上的那张松辽地质图……

就这样几十分钟、几十分钟地过去——这个日子应该是 1958 年 11 月初的某一天。

这一天，余秋里在等待康世恩最后确定松基三号井的井位方案，而康世恩则在等待前线地质技术人员的报告。用地质部老地质学家黄汲清的话说："事不过三。"这松辽找油如果三口基准井都没有工业性石油显现，问题可就大了！

余秋里能不着急嘛！地质部那边已经向中央喊出了"三年拿下松辽大油田"的口号，石油部这边也早已上下摩拳擦掌，而且部里的动作也非常大：把刚刚成立不到两个月的"松辽石油勘探处"，升级为"松辽石油勘探局"，且把部机关的劳资司司长李荆和调去任局长兼党委书记。可现在，松辽两口基准井，全都放了空炮。跟随毛泽东从苏区走出来的余秋里，一向好胜，他怎么可能受得了如此"败局"？

"都说'大家伙'就要逮到了！逮到了！可它到底在哪儿呢？还是又跑了？或者根本就没有啊？"将军的那只空袖子在客厅里来回地"嗖嗖"作响，其威其势，令人生畏。

此刻，只有闹钟"嗦嗦嗦"的走动声……

小桌上的几包"中华"和"大前门"全都空了。将军抓起其中的一只烟盒，捏出最后一支烟，刚想下手，却猛地遭毫不客气的康世恩抢先塞进了自己的嘴里。余秋里一愣，说："老康，抽完这支烟你就先回去休息吧！"

烟雾中的康世恩摇摇头，赌气似的："回去也睡不着，还不如在你这儿好一些。"

余秋里没说话，双腿从木椅上放下，拖上布鞋，进了里屋。一会儿又回到客厅，只见他手里拎了一瓶酒和两只杯子，"咕嘟咕嘟"地各倒了大半杯，也不管康世恩喝不喝，自个儿先往嘴里倒。康世恩一见，甩掉手中的烟蒂，顺手端起酒杯，生怕落后……

外面下着鹅毛大雪。院子里已经积起厚厚的一层银装，余秋里和康世恩似乎根本没有发觉，依然喝着沉闷的小酒，一杯又一杯。

"怎么搞的，这酒跟以前不一样了！苦啊！"余秋里突然大叫一声，眼睛盯着杯子里的剩酒，迷惑不解。

康世恩也像一下被提醒似的，看看酒杯，又品上一小口，说："没什么不一样嘛！"

"不对，就跟以前的不一样！"余秋里坚持说。

康世恩苦笑一下，再没说话。

雪夜，秦老胡同里，两位石油决策者苦闷地一杯又一杯地喝着。

松辽前线关于松基三号井位的最后布孔方案终于送到了部里。余秋里让康世恩找地质部和自己部里的权威们赶紧研究商议。

"余部长很关心'松基三井'的事，今年春节我们几个就别休息了，抓紧时间争取把三号井的事敲定。"康世恩对勘探司的副总地质师翟光明说。翟光明转头就去告诉松辽前线来京汇报的局长李荆和与主任地质师张文昭。

李荆和一听部长们还要进一步商量"松基三号井位"的事，有些惊讶地问："这已经来回折腾好几回了，怎么还不能定下呀？"

翟光明闷着头说："你也不想想，如果三号井再见不到油，余部长还不吃了我们几个？"

李荆和伸伸舌头，无奈地说："那倒也是。"又说："不过如果三号基准井再打不出油，余部长第一个要撤职的肯定是我这个松辽勘探局局长。"

干吧！

2 月 8 日，是 1959 年农历春节。石油部办公大楼二楼的一间小会议室里很热闹。值班的人探头往里一看：哟，康世恩副部长和李荆和局长，及翟光明、余伯良、张文昭等人都在里面呀！

再仔细一看，不大的会议室里，却铺展着一张巨大的松辽地质勘探图。康世恩脸色颇为凝重地说着："松辽第一口基准井打在隆起的斜坡部位上，不到 2000 米就打进了变质岩，没有使我们看到油气显示，看来是没打到地方。二号基准井打在娄登库构造上，虽见一些油气显示，可一试油又没见什么东西，我想可能太靠近盆地边缘了。因此松基三号井就必须向盆地中央去勘探！李局长，你跟张文昭同志再把你们那边的情况和近期确定松基三号井位的补充资料说一下。"

张文昭连忙把手头的资料和几份报告塞到李荆和手中。李荆和其实用不着看什么资料了，他知道康副部长对情况已经相当熟悉，所以他重点挑了松基三号井的井位情况作了简要介绍：三号基准井的位置早先由地质部松辽石油普查大队拿出的方案是确定在"吉林省开通县乔家围子正西 1500 米处"。地质部松辽普查大队还对上面的井位确定理由作了五点说明。但石油部松辽勘探局的几位年轻的技术专家张文昭、杨继良和钟其权不同意上述意见，认为地质部松辽普查大队提出的三号基准井位存在三大缺陷：一是井位未定在构造或者隆起上，不符合基准井探油的原则；二是盆地南部已经有深井控制，探明深地层情况不是盆地南部迫切需要解决的问题；三是该点交通不便。他们提出应向盆地中央的黑龙江安达县以西一带布井，并陈述了相应的理由。地质部的同志很快同意石油部张文昭他们的建议，并派最早进入松辽平原的韩景行和物探技术负责人朱大绶前来听取张文昭等石油部同志对具体布孔的理由。

杨继良和钟其权等面对同行的"考试"，很是一番辛苦，可当他们摆出五大依据时，地质部的物探专家朱大绶摇头表示：地震资料不够，没有电法隆起的基础工作，难说新孔是不是在所需的隆起构造上。

专家们的讨论异常激烈。康世恩那个时候正好跟余秋里上了西北的克拉玛依那边，他通过长途电话问张文昭情况怎么样了，张文昭只好报告实情。

"地质部同志的意见非常对，你们赶紧补充地震电法资料。一方面请地质部的朱大绶他们帮助，另一方面我知道最近苏联专家有一架飞机要在松辽盆地进行一次考察，你们争取挤上一个人，从空中看看新布孔的所在地貌……"康世恩说。

张文昭问杨继良去不去乘飞机兜一圈？杨继良高兴得手舞足蹈："去啊！我可还从来没有坐过飞机呢！"

杨继良到了苏联专家坐的那架小飞机前时，地勤人员却将他拦住了，说："你块头这么大，没你坐的地方！"

杨继良喘着粗气，愤忿道："我是块头大了一点，可也没有苏联专家大嘛！"

地勤人员说："人家是外国专家，要照顾他们嘛！"

杨继良悻悻地问："那我就站着，不占两个人的座位行不行？"

地勤人员看看这个背地质包的胖子，也就只好如此了。

"太美了！"飞机上下来的杨继良冲张文昭和钟其权的第一句话，就是这三个字。

"我们选择的井位没有错。那是盆地的一个大隆起构造……"杨继良言归正传。

张文昭告诉他："前些日子，钟其权和张铁铮等同志跟随地质部物探大队的朱大绶他们一起上大同镇一带进行了地震工作，地震队在现场提交了高台子地区初步的构造图，表明那一带真的是一个大隆起构造。综合资料看，我们原先定的井位，只需要稍作移动，就是理想的井位了！"

杨继良听后兴奋不已，由他执笔的松辽石油勘探局 58 字第 0345 号文件连夜上报北京，该文指出："松基三号井的井位已定，在大同镇西北，小西屯以东 200 米，高台子以西 100 米处。"

石油部接到杨继良他们写来的报告时，余秋里和康世恩已从克拉玛依回到北京，于是在余秋里参加武昌召开的党的八届六中全会之前，他指示康世恩尽快通过研究后给松辽局一个批复。11 月 29 日，石油部便以油地第 333 号文件给松辽局批复同意他们的松基三号井井位。

"老康，为了稳妥起见，我建议让翁文波他们亲自陪苏联专家布罗德再去长春走一趟，跟地质部的同行好好认真地讨论一次基准三井的井位……"余秋里似乎又想到了松基一号、二号井位的失败，叮嘱康世恩。

"言之有理。我马上去布置。"康世恩连连点头。

长春。翁文波等专家们经过几天反复审查已有的地质和物探及航探资料，最后一致认为：大同镇构造是松辽盆地内最有希望的构造。苏联专家布罗德甚至在吃晚饭时，举着酒杯，当众高声道：再不见油，我就断了自己喝酒的爱好！

1959年新春刚刚来临，石油部系统的厂矿长会议就隆重举行。会议期间，余秋里带着李人俊、康世恩等多位副部长和机关业务部门的司局级干部用三天时间听取了张文昭对松辽勘探成果及下一步工作重点的汇报，张文昭特别重点介绍了松基三号井井位确定的前后过程及理由。

"这事不用再议了，我看专家们的理由是充分的。成败在此一举！不过，这么大的松辽平原上钻那么三个眼，我想即使都没见油，也不能说明那儿就没有大油田！"余秋里说到这儿，右手握成拳头，使劲往桌子上"嘭"地猛一砸："我是做了打十口一百口勘探井准备的！既然大家认为那儿地底下有油，那我不信逮不住它！"

春节前，因为余秋里要向刘少奇汇报石油工作情况，康世恩就利用春节几天时间把专家们请到部办公大楼上又细细讨论了松基三号井开工前的每个细节。

大年初四，余秋里和康世恩带着几个技术负责人来到何长工家开"国家会议"时，主要研究包括松基三号井在内的方案。"国家会议"是何长工提议的，按这位老资格的地质部党组书记、副部长说法：是地质部和石油部两个部门专门讨论石油问题的"国家会议"，故简称之。

"老将军，你快仔细看看我们的总体设计方案还有什么问题……"

何长工慢悠悠地戴上老花镜，还是看不清。余秋里干脆就把图托到他眼前。

嗯，这回行了。老将军面对松辽地质普查勘探图，看得仔细。末了，又翻起一本厚厚的文字材料，然后抬头对余秋里说："很好。这东西把两个部的协调与分工写得比较明确。下一步就看我们能不能早日见油了！"

余秋里的眼里顿时露出光芒:"那春节一过,我就让人以我们两个部的名义把这份总体报告向松辽方面发了?!"

"可以。"老将军说完,发出一阵爽朗的笑声,然后拉着余秋里的手,说:"我们俩都在毛主席面前发过誓的,说要三年拿下松辽。现在就看松基三号井了!"

余秋里听完老将军的话,用手往铺在地上的松辽地质图一指,做了个斩钉截铁的姿势:"对,我们的决心没改变:三年时间坚决攻下松辽!"

何长工开怀大笑:"看来我们的目标是一致的!这样吧,4条地质综合大剖面的工作由我们地质部来承担,你们石油部就全力把松基三号井完成好!咱们携手并肩,在今年干他个漂漂亮亮的大仗!"

石油部、地质部在何长工家开的此次"国家会议"具有历史意义。

之后,余秋里在石油部党组会议上迅速做好了新一年松辽勘探的战略部署。谁来打松基三号井?这是个问题,但这又不是个问题。

32118队自完成松基一号井后,在队长包世忠的带领下,利用冬季整休时间进行了大练兵。从干部到普通钻工,个个精神饱满,斗志昂扬。通过技术培训,技术操作也跃上新台阶。大队长看在眼里,喜在心头:松基三号井的任务就他包世忠队了!

32118队全体干部职工接到再战松基三号井的任务后,一片欢腾。从松基一号井址到新井位,相距130多公里。之间,没有一条像样的路,净是翻浆的泥地田埂。120余吨的物资怎么搬运到目的地,成了包世忠的一大难题。因为队里仅有松辽勘探局配备的4辆运输车,最大运力也只有4吨重,而队上的两台泥浆泵外壳就有19吨重,且是不可分拆的整件。怎么办?包世忠发动群众集体议论,大伙儿越说点子越多:没有大型吊车,他们就用三角架和滑轮倒链提升近20吨的泥浆泵体,然后在悬空的泵体下面挖出一个斜面坑,再让运车徐徐内进，然后松开三角架上的倒链，20 来吨的庞然大物就这样安然地放在了运车上。严重超载的运车启动后，包世忠像看着自己的闺女出嫁一样，一步不落地跟着。啥叫难啊？这一路运载才叫难啊！走在田埂上怕陷进去出不来；走在沿途小桥，怕一旦遇上拐弯什么的就惨了：甭管怎么想，就是走也不是、退也不是……包世忠记不清这春节是怎么过的了，反正每天他要带着全体队员，像蚂蚁啃骨头似的将一件件、一根根铁柱重墩，当然还有一颗颗小小的螺丝钉和一片片岩芯碎片，全部搬运到 130 多公里外的新目的地。

"蛮干！"

"胡来！"

"破坏生产，个人英雄主义！"

32118 队以这种"蚂蚁啃骨头"的精神，在无任何外界帮助的条件下完成井队整体长途搬迁，却遭到有些人的政治攻击。拖着残疾之身的包世忠竟然为这不得不到局干部大会上作检查……

余秋里得知后气得直咬牙关地痛斥道："我的队伍是去找油的，油找不到，你们可以批他们、撤我职，但眼下我们上下都在为拿下松辽油田拼命干的时候，你们这样打击干部和群众积极性，我不答应！"

"独臂将军"的这番怒言，是有历史环境和背景的。当时正处在全党、全社会的"大跃进"时期，极"左"浪潮几乎席卷全国的每一个角落，石油部怎可能成为"世外桃源"？身为部长的余秋里，对中央的一系列重要会议精神非常清楚，然而对石油部之外的国内政治形势及发展速度，仍然估计不足，或者有些事是连他想都想不到的。

正当他和战友们摆开松辽找油大战之际，全民大炼钢铁运动仍在一浪高过一浪地推向全国。毛泽东虽然在 1958 年冬的武昌会议上提出了"压缩空气"的建议，同时对大办人民公社运动中出现的"共产风"也极为不满，但在制定国民经济生产计划时仍然坚持"以钢为纲"的方针。在经历大炼钢铁和"共产风"之后国力受到严重损害的形势下，中央又把有限的资金和物资用于保证钢铁建设方面，石油工业怎么办？

余秋里心急如焚。

石油部内部有人在这个时候提出，既然工业战线都在"以钢为纲"，我们石油战线何必争着干吃力不讨好的事？让吧！让钢铁老大先行吧！

但多数同志则坚持认为，国家统一计划下，我们可以摆正石油工业在国民经济中的地位，既服从大局，又可以合理使用国家分配的投资和物资，在内部充分挖掘潜力，努力完成和超额完成国家任务，同时尽量争取多找油。

"我看这'又让又上'，比'只让不上'好！"在全国石油系统厂矿长会议上，余秋里挥动着那只有力的右胳膊，铿锵有声地说，"从我们石油部的实践看，对待困难，一般有三种态度：一种是看到困难就调转方向，在困难面前躺下来。另一种是不利条件看得多，有利条件看得少，当伸手派，不积极想办法克服困难。持这种态度的是少数人。第三种，也是我们石油工业中绝大多数同志的态度，就是把困难看成是客观存在的，要依靠群众去克服的，使之成为推动我们前进的动力。我多次提出要做克服困难的勇士，而非做困难面前的逃兵！困难越大，干劲越大，办法越多！没有干劲，不动脑筋，必然步履艰难，一事无成！"

一年多来，余秋里对自己的队伍抱有足够的信心，他相信这支多数人是部队军人出身的石油大军在困难面前的勇气和克服困难的能力。但余秋里对下面一些单位由于受社会政治风气影响而把握不了自己工作方向的现象同样忧心忡忡。

新疆局就是一个例子。本来是一个朝气蓬勃的新油田开发基地，却因为全民大炼钢铁，在他们那儿竟然有人放下石油不钻，整天热心搭起小火炉炼钢铁去。可气的是为了达到炼钢的数量，竟把国家进口来的无缝钢管锯断后去凑炼钢量。

"你们这帮败家子！谁要再敢这么干，老子就派人把他抓到北京毙了他！"余秋里大发雷霆，把值班室的电话摔得八丈远。"你，马上到那儿去一趟，把党组的精神传达给他们，必须坚决制止他们的这种败家子行为！"他把副部长李人俊找来，命令他立即赶赴新疆。

那时石油部下属的单位实行双重管理，即业务上受石油部领导管理，而在组织和人事方面由地方管理。李人俊到新疆局后，人家听不进余秋里和石油部党组的精神，反说李人俊是"右倾"，恨不得就地批判。

"反了！简直是反了！"余秋里不仅是大发雷霆了，而且还怒发冲冠。这一天他被周总理叫去了。

"秋里同志啊，南边的形势很紧，军方一再向我要油。新疆那边的运力不行啊！得想个办法呀！"周恩来见到余秋里后就愁云满脸地说。

余秋里像做错了事似的站在那儿直挺挺地等待总理的进一步批评："总理，是我们工作没做好。"

周恩来摇摇头："这不能怪你，一是我们的车子太少，二是那边的路程实在太远。运一车油到南边，得走几千公里，成本太大了！"

余秋里想说："总理啊，石油东移战略绝对是对的，得早动手多下点本钱搞呀！"可他没有说出口。

"这样吧，我再请薄一波同志从国库里调拨 1100 辆汽车给你们！"周恩来操起电话，立即给薄一波办公室打电话。末后，周恩来握住余秋里的右手，不无期待地说："你得帮我这个忙啊！"

余秋里无言可答，只是默默地点头保证。

夜深人静。长安街上萧风猎猎，无几个行人。余秋里坐在车内一言不发，他想起刚才周总理的话和神情，心头阵阵隐痛。有几件事他没有向总理说，但却一直像铅似的坠在他心头。前阵子，国家炼合金钢，要新疆克拉玛依油田炼油厂增加生产，国务院甚至还专门派飞机去那儿空运过石油焦。可当他余秋里根据李富春副总理的指示，给新疆局下达石油焦生产计划时，那边竟然这样回答部里："炼铁7000吨，钢1000吨，一定要完成；努力完成石油焦任务。"

"狗屎！这是狗屎报告！"余秋里把新疆局发来的文件甩在地上，重重踩了几脚，愤愤地骂道，"石油焦是国家的急需物资，一级任务！他们却说'努力完成'。炼钢铁是他们的任务吗？瞧他们那么起劲，什么'一定要完成'！我看他们完全本末倒置！岂有此理！"

还有一件事更使余秋里无法容忍。国家为了从新疆多运一些成品油，经周总理亲自批准，决定把石油五厂部分炼油设备调到新疆克拉玛依炼油厂。石油部正式下文给五厂，指示他们按中央精神迅速执行，并且还专门派人去督促。哪知五厂领导就是拒不执行，而且找出种种理由来搪塞部机关。

"你们以为自己是谁？是中华人民共和国之外的独立王国了？以为保护本厂利益就是最崇高的了？呸！一点最起码最基本的全局观念都不知道！在社会主义建设事业中，一个只顾局部利益的单位、厂矿，能搞得好吗？不行！永远不行的！"余秋里在部属厂局矿工作会议上，让五厂干部站在众人面前，暴风骤雨般地一阵训斥。平时经常被人猜测的那只空袖子此时甩得"嗖嗖"呼啸，吓得五厂的干部脸色发白。

"部长我们错了。回去立即改正……"

"改正？改正就完了？"那只"嗖嗖"呼啸的空袖子甩动得更加激烈，"知道什么叫贻误战机吗？那是要杀头的！"

"是，要杀头的。"五厂干部的后脖子直发凉。

石油五厂敢冒天下之大不韪不服从命令，这对军人出身的将军部长来说是极少碰到的事，因此也记忆犹深。几十年后，余秋里还在回忆录中特别提起此事，他说："经过严肃批评教育，石油五厂改变了原来的态度，执行了部里的决定。在克拉玛依炼油厂建设期间，石油五厂担负支援任务，在原定的时间内完成了任务，工作做得很好。但事实证明，他们并未从思想上解决问题。事过半年之后，在党组扩大会议上，石油五厂的同志重新提出了这个问题，指责部里不该把他们厂的设备调到新疆去……"

一部之长，受国家之命，调所属一个工厂的设备竟然屡遭如此反复和不从，余秋里深感当时复杂多变的政治形势和石油队伍"双重"管理所带来的重重问题。而所有这些问题的原因，则来自于一个因素：中央和地方的极"左"风盛行。

刚刚起步的石油队伍面临着一场空前的生死选择！

找油的人要去炼钢。热心石油事业的干部则被批判为"右倾"分子。

余秋里为此苦恼和焦虑。然而，让他更苦恼和焦虑的事还在后面……

1959 年 7 月初，正当石油部长与同事们热切地等待松基三号井的战果时，他被召到江西庐山开会。庐山会议对余秋里内心深处的影响是巨大的，而对他正在全力指挥石油战线打开新局面的战斗也带来不可低估的影响。

"松基三井"乌德钻机井架*

---

* 本书所有图片由大庆油田宣传部及作者提供，未注明摄影者的图片全部来自大庆历史陈列馆、大庆铁人王进喜纪念馆。

现在仔细想一想，孕育大庆油田和"松基三井"横空出世的过程其实是非常苦难的。

在参加庐山会议之前，松基三号井已经开钻两个多月。包世忠这位满身带伤的残疾少校钻井队长也真不简单，在没有吊车、没有大型运输工具和没有一条像样的路可走的条件下，硬是把 120 多吨重的钻井设备搬到了地处黑龙江肇州县联合乡高台子村和小西屯之间的那片空地上。开钻的仪式也并不像余秋里、康世恩和何长工他们在决策井位时那么翻来覆去、几经周折，那么复杂和劳神，基准井综合研究队队长钟其权找来一根小方木杆，上面写了"松基三井"四个字，用榔头往地里一钉，对包世忠他们说：就在这儿钻！

包世忠是带兵的出身，他懂得鼓舞士气该怎么做。于是在 4 月 11 日开钻那天，他让队里的几个年轻人给 41 米的钻塔披上鲜艳的红旗，还特意上镇上买了几挂鞭炮。全体队员列队站在钻台，他一声令下：开钻！

顿时，5 台 300 马力的柴油机齐声怒吼，将强大的动力传送给钻杆。直插地心的钻杆开始飞旋，泥浆带着水花，溅向四方，令围观的几百名村民一阵欢呼和惊叹。

但是"松基三井"的钻探并不是一帆风顺。一天，包世忠正在为解决职工的吃菜问题，带人在一片荒地上垦荒翻土，副队长气喘吁吁地跑来报告："队长，快去看看，井上出事啦！"

"什么？"包世忠没有顾得上问清是怎么回事，就直奔井台。

带班的司钻耷拉着脑袋报告说，由于开钻的时候井队没有配好足够的循环泥浆，钻井开始后他们用的是清水造浆的办法钻开了地表层。这办法通常不是不可以，但东北平原的地层与西北黄土的土质不一样。钻杆下旋不多久，地下的流沙层出现，造成表层套管下放时井壁出现坍塌，在一百多吨的钢铁钻塔下出现一个不见底的深坑，正吞噬着地表松软的土层……情况万分危急，如此下去，不光钻井无法继续下去，弄不好连整个钢铁钻塔都有陷下去的可能！

怎么办？千钧一发之际，全队将士们看着包世忠，盼他拿主意。"松基三井"是关系到余部长、康副部长和全石油系统对松辽找油抱不抱希望的命根子，谁也不敢轻举妄动，可眼下要是连钻塔都保不住，这罪可就大了去啦！

"愣什么？快填井吧！"包世忠与几个技术人员和队干部迅速商量后，立即回到机台，果断作出决定。

填，用可凝固的沙泥夯实塔基！

填，用碎石子和草根条阻挡住坍塌的流沙！

填，用心和意志拦阻险情与恶果！

高耸入云的"乌德"钻机又重新抖起精神，发出"隆隆"的清脆歌喉……

"同志们哪，我们要把昨天损失的时间夺回来！加油干哪！"包世忠再次站在井台上作战斗动员。

然而老"乌德"好像有意要跟 32118 队较劲似的，在他们拼命抢回前些日子因为填井后放慢的进度，钻至 1051 米时，测井显示井孔斜了 5—6 度，这与设计要求直井井斜每千米深度不得大于井斜度的标准相距甚远。

包世忠这回是真急了。生产分析会上，他的脸绷得紧紧的，说话也比平时高出了几倍："都在说大跃进大跃进，可到底怎么个跃进法？如果光想要数量，不讲究质量的话，你打了几千米成了废井，这不是什么大跃进，而是大败家子！……当然，责任不在大伙儿身上，我前阵子脑子就有点发热，不够冷静，一心想把'松基三井'打完，所以指挥上有操之过急的地方……"

"这不是一个基层单位的每位队长、书记头脑发热、不够冷静的问题，而是我们整个石油系统都有这一热一冷的问题！"庐山会议回来不久，余秋里在党组会议上面对当时部内外山雨欲来风满楼的局势，以一个马克思主义革命者的胸襟和气魄，用辩证唯物主义的观点，阐述了"热"与"冷"的关系：

"什么是热？就是冲天的革命干劲！是对社会主义事业的积极态度！什么是冷？就是科学分析，就是要符合客观规律。热和冷是矛盾的两个方面，是对立的统一。没有冲天的干劲，就没有做好工作的基础；没有科学的分析，干劲就会处于盲目状态，不可能持久。这就像打仗一样，是勇与谋的关系。冲天干劲和科学态度结合起来，我们才能立于必胜之地……不然，我们就会犯大错误！"

也许今天我们听这样的话并不感到有什么特别，但在庐山会议刚刚结束的那个时候，余秋里能这样说话，真可以用"惊天动地""振聋发聩"八个字形容。

余秋里的不简单之处就在这里。毛泽东、周恩来和邓小平等老一代领袖们欣赏这位独臂将军，不仅是因为他作战勇猛、所向披靡，还因为他头脑机智，对问题的判断与看法通常不人云我云，总能根据具体情况，作出符合党和国家及人民最高利益的正确选择。

别看国家做事那么大而杂，有些事情上与小家过日子差不多。在那个都想为"社会主义高潮"出头露脸的时期，每年国务院的计划工作会议就是一场你争我夺的无休止吵闹。谁都想在党中央面前多干点名堂出来，于是谁都想伸手向国库多要点投入。于是为争抢饭吃，部长们在计委主任面前争得面红耳赤是常有的事。

钢铁是老大，粮食是老大之老大，煤炭的投入一分不能少，水利是"命脉"，交通是"生命线"……轮到石油部的余秋里，他只能做"老末儿"。

是嘛，我们石油部区区一个小部，又生产不出多少石油来，新油田的开发一直处在"可能有"的未知数之中，谁买你账？

"嘻嘻，秋里啊，还是你最让我省心。"被部长们搅得头昏脑涨的副总理兼计委主任李富春同志这时最爱跟余秋里唠唠嗑，并总会捎上那么一句话："要是部长们都像你余秋里，我这个计委主任可好当多了。"

"副总理，我……也有一个要求。"余秋里不紧不慢地说。

李富春一愣，即刻道："说，你石油部提的要求最少，我不能让老实人吃亏。说吧，我一定尽力而为。"

余秋里抿抿嘴一笑，显得还有些腼腆似的："我们系统有个先进代表大会要开，到时候请副总理在百忙当中抽空去接见一下代表，讲个话，作作指示，给我们石油系统勉励勉励。"

李富春一听大笑起来："好好，这个好！到时候不但我去，我还想办法请总理和主席一起去呢！你看怎么样？"

余秋里像获得几十亿投入似的高兴地站起来，伸出那只右手直握住李富春的手道谢。之后他爽快地甩着他的那只空袖子，离开了国务院。

李富春站在原地，看着远去的那只甩得"嗖嗖"生风的空袖子久久不能平静，感叹道："一条真汉子！"

空袖子甩进秦老胡同时，已经是又一个深夜了。房间里的电话骤然响起。

"喂，余部长吗？你还没有休息吧？我是康世恩呀！对对，刚才松辽那边来电话，说他们今天已经在泥浆里见着油气泡了！"

一听康世恩报来的喜讯，余秋里一边接电话，一边将汗淋淋的白色圆领汗衫脱下，声音特别大地说："好啊，你知道他们现在打到多少米了？"

"1112 米。"

"那油气泡能证明下面一定有油吗？"

"那边电话里说，他们井队的技术员取了气泡样品，用火柴一点，你猜怎么着？点着了！是一团橘红色的火苗。肯定是我们要找的油！"

电话里的康世恩激动不已。

余秋里用握电话的右臂膀蹭蹭颊上淌下的汗珠："这样，老康，既然那边有情况了，我看你应该立即上前线去坐镇，等待进一步成果！明天你就出发上哈尔滨！"

"我也是这么想的。那我明天一早就动身了？"

"好。我在北京等待你的好消息。"余秋里放下电话，见齐腰高的三女儿晓霞用小手揉着眼睛，从里屋摇摇晃晃地出来："爸爸，你又把我吵醒了。你真讨厌！"

余秋里高兴地上前一把抱起女儿，用胡子扎晓霞："爸爸真讨厌吗？啊，还说我讨厌吗？"父女俩嘻嘻哈哈一阵闹后，妻子终于摇着扇子出来干涉了："都深更半夜了，还让不让人睡觉？"

"走，到妈妈那儿去！"余秋里放下女儿，自个儿进了另一间屋子去冲澡。冲澡用的是冷水，可他觉得十分爽快，竟然一边冲澡一边少有地哼起了"社会主义好，社会主义好"……

这是 1959 年盛夏的一个日子。此刻松辽平原上的那口松基三号井现场，变得特别紧张和热闹。

昨天包世忠亲眼看着技术员将气泡用火柴点出一团橘红色火苗后，立即命令钻工："抓紧时间取心，说不定下一次提杆就能逮住油砂呢！"

果不其然，今天刚刚天亮，第一个早班的队员们在提取岩芯时，发现了一段厚度达 10 厘米的黑褐色油砂。

包世忠欣喜若狂地对自己的队员们高喊着："今晚我请大家喝酒！"这个酒是值得喝的，油砂出现，意味着钻机已经摸到油王爷的屁股了。

这一天，康世恩已经到达哈尔滨，在华侨饭店住下。一同来的有苏联石油部总地质师米尔钦柯及中国石油部苏联专家组组长安德列耶柯夫等人。

"好啊！你们尽快把有油砂的岩芯送到哈尔滨来！我和专家们要看看，越快越好！"康世恩的电话打到离"松基三井"最近的大同镇邮电局。那个年代国家的通讯设备极其落后，钻机井台上根本没有手机不说，连电报机都没有，所有对外的联系必须经过当地最基层的邮电局来完成。于是，小小的大同镇邮电局成了"松基三井"和北京及石油部领导们唯一的联络点。

长途电话的声音极其微弱，每一次通话，无论是余秋里还是康世恩，都得站直了身子、用足力气才能让对方听得到自己的声音。

自打包世忠第一次向上面汇报见油砂后，大同镇邮电局简直忙得不亦乐乎。包世忠向北京和外面汇报一件事、说一句话，几乎全镇上的人都知道——他不调高嗓门喊着说话不行呀，而且经常一句话要重复喊几回才行！油砂出来那几天，正逢大同镇所在的肇州县开人代会。县委书记找到包世忠，说："你一定要来列席会议，给我们农民兄弟们讲讲咱这儿发现了油田的特大喜讯。"包世忠面对全县人大代表赶紧更正："我们现在发现的是油砂，还不能说咱们这儿的地底下一定有油田，但这是个重要的希望！"

"好——毛主席万岁！"代表们依然欢呼起来。

从这时起，32118队钻井台成了四里八乡老百姓赶集一样的热闹地方了，天天有人里三层外三层地前来参观，谁都想第一个看到地底下"哗啦啦"地冒出黑油来。

"北京的余部长着急，派康副部长来哈尔滨听我们的消息了。你俩赶紧收拾一下，带上油砂上哈尔滨去，康副部长和苏联专家都等着要看我们的油砂和测井资料呢！"包世忠对地质技术员朱自成和测井工程师赖维民说。

"是。队长，我们坚决完成任务！"朱自成和赖维民带上含油砂的岩芯样品和测井资料，早已按捺不住内心的激动和喜悦，搭上火车，直奔哈尔滨。

北国冰城哈尔滨的夏天，特别美丽。这一天，富丽堂皇的哈尔滨国际旅行社宾馆的四楼会议室灯火通明，里面不时传来阵阵欢笑。

"同志们，现在已经到了关键时候，只要我们抓紧工作，松辽找油肯定会有重大突破！"这是康世恩的声音。

突然，楼道里有人急促地喊着："快让路！让路！松基三号井的技术员到了！"

康世恩三步并作两步地直向门口走去。当他看到手里抱着一大包资料的赖维民气喘吁吁地进来时，连声说："辛苦辛苦！你是负责电测的赖维民工程师吧？"

赖维民忙点头应道："是，康部长，我把测井资料都带来了！"说着，将肩上挎的和手里抱的一股脑儿放在会议室的沙发上。

"岩芯也运来了吗？"康世恩一边迫不及待地翻着测井资料，一边嘴里问着。

"运来了。朱自成技术员就在楼下……"赖维民一边擦汗一边说。

"请朱技术员上来！"康世恩嘴里说着，眼睛一直目不转睛地盯着密密麻麻的电法图……

"康部长，油砂样品拿来了！"朱自成抱着重重的岩芯，轻轻地在康世恩的面前放下。

康世恩一见黑褐色的油砂，眼睛闪闪发亮，连声赞叹："太好了！太好了！"

"快请专家！"突然，他对身边的人说。

正在房间里洗澡的苏联专家米尔钦柯听说是康世恩请他，那颗圆润而布满银丝的头颅高兴地摇晃起来："噢，康肯定要告诉我们好消息了！"

情况正如米尔钦柯猜测的那样。康世恩一见老朋友、也是他的苏联恩师之一的米尔钦柯进屋，便一把将其拉到自己的身边，兴奋地说："好消息！尊敬的米尔钦柯总工程师先生，您快看看这些资料和这油砂……"

米尔钦柯看了一眼岩芯，又用鼻子闻闻，连连点头，然后又伏在电法图纸上认真看起来，而且看得特别仔细。这位苏联石油部的总地质师，也是苏联第二巴库等大油田的组织发现者，不仅在苏联石油界享有威望，在世界石油界同样声名显赫。

康世恩和在场的中国技术人员们屏住呼吸，等待着米尔钦柯的结论。那一刻，四楼会议室静得出奇，连手腕上的手表走针声都听得一清二楚。

米尔钦柯终于抬起头。他朝康世恩微笑了："康，祝贺你！这口井的油气显示很好。要是在我们苏联，如果得到这么可喜的情况，我们就要举杯庆祝了！"米尔钦柯的话还未落地，一屋子的人全都"乌拉"了起来，那欢呼声仿佛要把地板震塌、把房顶掀开……

然而，有人却发现此刻的康世恩在一旁陷入了沉思。

"康，难道你还有什么不满意的地方？"米尔钦柯走过来问康世恩。

"不，我是在考虑下一步的问题。"康世恩说。

"下一步？你指的下一步是什么？"

"'松基三井'目前的进尺是 1460 米，而且出现了 5—7 度的井斜。我想如果按照设计要求再钻进到 3200 米深，肯定有不少困难。纠偏井斜需要时间，往下再钻进 1700 多米，如果没有什么特别意外的话，恐怕还得用上一年时间……"康世恩嘴里喃喃地念叨着，既像对米尔钦柯说，又像是在询问自己。

"怎么，你想现在就完钻？"米尔钦柯瞪大了眼睛。

康世恩这回清清楚楚是对米尔钦柯说的："是的，我想我们打基准井的目的就是为了找油，现在既然已经看到了油气显示，就应该立即把它弄明白，看看这口井到底具备不具备工业性油的条件。"

"不行！"不想米尔钦柯像一下失控似的冲康世恩叫嚷起来，完全没有了苏联大专家的样儿，更顾不上外交礼仪了。他抖动着根根银丝，愤愤地说："康，你这样做是不对的。'松基三井'既然是基准井，那它的任务就是取全心、了解透整个钻孔的地下情况。这是勘探程序所规定的，不能更改！"

"可勘探程序是你们苏联定的。我们中国现在缺油，国家需要我们尽快地找到油啊！找到大油田才是最根本的目的！"康世恩力图解释道。这话更让米尔钦柯火冒三丈，老头子气得一下又不知如何是好，于是冲着康世恩大叫："'松基三井'必须坚决打到 3200 米！不这样你们就是错误！错误！"说着，双手一甩，气呼呼地回到房间，"嘭"的一声关门后再没有出来。

刚才还一片欢呼的会议室，顿时寂静得令人有些窒息，二十多双眼睛一齐聚向康世恩。

"看我干什么？我脸上生油？"康世恩有些生气道，并吩咐自己的中国同行，"他说他的，我们干我们的。"

"对，我们干我们的！"会议室顿时重新恢复了欢乐。

康世恩让人安排好从前线来报喜的朱自成和赖维民，然后对秘书说："我要给北京打长途！"

于是这一夜，哈尔滨——北京、康世恩——余秋里之间有了一段重要的通话。

"……情况就是这样。现在请余部长你拿主意。"康世恩静等在电话边，他的心跳得很紧张。

北京。余秋里家。

长途电话被一只有力的右手握着，这是需要作出决断的时刻。"松基三井"，影响到松辽找油整体方向，也关系到国家能不能摘掉"贫油"帽子！区区一井，非同寻常啊！

余秋里凝视着前方墙上的毛泽东画像，双眉一挑，对着电话筒，大声说道："我同意你的观点：'松基三井'现在就停钻试油！这个责任我负!"

"好!我、我马上组织人员试油……"听得出,对方康世恩的声音微微发颤。

余秋里放下电话,大步走到小院子的中央,仰头看着满天的星星,心潮起伏:松辽啊松辽,现在就看你"松基三井"这一步的结果了!

"秋里吗?我是何长工呀!你们的决定我赞成。既然现在已经看到了油气显示,再往下打又有不少困难,那就停钻试油嘛!至于专家说的取岩芯的事,我看这样:我派我们的队伍在'松基三井'旁边,重新钻口井,设计深度与'松基三井'一模一样,全程取岩芯,以补'松基三井'的地质资料!"

余秋里接此电话,脸上露出少有的感激之情:"老将军啊,你这是解我大难啊!"

"哎——一家人别说两家话。松辽找油,我们地质部和你们石油部是一盘棋的事。祝你成功。对了,别忘了你说过的话:等钻出油了,你得请我吃红烧肉,不能少了康世恩的数量,也是三碗!哈哈哈……"老将军在电话里发出爽朗的笑声。

"唉,我一定!一定!"余秋里的嘴都乐得咧开了。

"松基三井"停钻试油的决定传出后,石油部上下既兴奋又担忧,兴奋的是松辽找油的曙光即将出现,担忧的是"松基三井"再试不出油来,那可就倒霉到家了。

松基一号、二号井施工了一年多,石油部上下基本上是灰头土脸,用康世恩的话说是"无颜见江东父老"。如果三号井再来个水中捞月,那石油部的脸面真的彻底在国人面前丢了。不说别的,光一口基准井的钻探成本就是几百万元哪!几百万元在当时是个什么概念?等于打一口井,就要让几万人饿一年的肚子!这还不说,松辽找油自地质部韩景行等第一支正式普查队伍进驻安达之后，这三年多中，已经陆陆续续有几千人在那儿工作，浅孔深孔多多少少加起来，那就不是几百万元的事了。

花钱海了去了，油呢？油没见着一点腥儿，还怎么见毛主席去？等着吧，今年再抱不到"金娃娃"，看余秋里和康世恩咋个收场！说不准哪，连我们的工资明年国家都不一定给了！

议论有时是能杀人的。余秋里自己没有亲耳听到这样的话，但他的司机也是石油部机关的工作人员呀！所以工作人员之间聊天有啥话都能传到首长身边的人耳里。余秋里当部长后，他对基层和百姓了解的一个重要信息来源，就是从他的老司机那儿得到的。

"谁说的打不到油连工人的工资都不发了？扯淡！真要那样，拿我的工资给石油工人们发去！"余秋里一生最听不得有人欺负老百姓。

石油部长余秋里就是这么个人，铁骨铮铮，爱憎分明，雷厉风行。他的外表和言语虽看似粗犷，内心实则细腻缜密。

"松基三井"进入停钻试油阶段，人在北京的余秋里给正在前线指挥作战的康世恩打电话道："既然固井和试油是关键，就要调玉门最好的技术人员支援'松基三井'！"

康世恩回答说，他已经在前两天安排调人的事了。

"还有一件事：你让松辽局或者当地武装部给井队配几把'家伙'！"余秋里在长途电话里补充道。

康世恩笑了："明白。"

接电话时，康世恩身边有松辽局的同志在，他们不解地问：余部长还要给他们配啥"家伙"嘛？

"就是打狼的枪！"康世恩说。

"哈哈，这事余部长都知道啦？"大伙儿笑开了。

那些日子，到井台来指导工作的部机关工程师一拨接一拨，32118 钻井队队长包世忠每每都要绘声绘色地给工程师们介绍：那狼大喔！而且特狡猾，它不正面袭击人，总是等你背过身去，忙着干活的时候，它就悄悄走近你，然后突然发起进攻……钻机刚搬到"松基三井"时，狼崽子开始还挺害怕的，钻机一响，它们就拼命地跑，后来听惯了，就不害怕了。瞅着我们在干活时，它们远远地躲在草丛里等候机会袭击，有一次一个地质员在井台后摆岩芯，那几只狼就"哗啦"一下扑了上去。千钧一发之际，我们井台上的同志正好在提钻，一股泥浆水顺着巨大的提力冲出地面，溅向井台四周，那几头狼崽吓得拔腿就跑……

包队长的故事讲得惊心动魄，也传到了部机关，自然也会传到部长的耳朵里。说者无意，听者有心，于是也就有了"将军部长"想到要给钻井台配几把"家伙"的事儿。

打狼是小事。试出油则是天大的事。

一切为了"松基三井"出油！那些日子里，北京的余秋里、前线的康世恩每天通一次长途，一次长途短则几句话，长则一两个小时。

"'松基三井'的地下情况还不是十分清楚。主任地质师张文昭必须在现场。"余秋里说。

于是松辽局的主任地质师张文昭背包一打，就住在了小西屯村，天天在井台上与钻工们一起一身水一身泥地盯班。

"固井的环节非常重要，我建议调玉门油田的钻井部彭佐猷同志过来……"康世恩说。

于是彭佐猷带着助手直奔"松基三井"。

1959 年 8 月 23 日、24 日，彭佐猷一到那儿就指挥固井战斗。几千吨的水泥要从堆场扛到搅拌现场，正在这里"督战"的松辽局副局长宋世宽一声令下："跟我走！"100 多名工人、干部，脱下上衣，在炎热的大太阳下，扛着 50 公斤一包的水泥袋，飞跑在堆场与井台之间……

"试油？试油碰到难题了？ 85/8 寸套管上的采油树底法兰缺失？

井场上连试油的计量器也没有？没有那些东西也得试！土法上马嘛！对了，我看赵声振行！别看他年轻，技术可蛮过硬的呢！调，调他过去！我给玉门局的焦力人局长讲！"余秋里在北京调兵遣将。

"只准捞水，不准捞油！"康世恩则在前线现场指挥。

井下该做的工作都已就绪，现在就等"见油"了！

赵声振和井台技术员朱自成、赖维民及前来支援的钟其权、焦亚斌等通力合作，他们做了见油前的第一件事：组织测井队和钻工们挖试验坑，下入一段 85/8 寸套管，然后埋入地面以下若干长度。紧接着先试射 4 发 58—65 射孔弹，在进行射孔观察后再发射 10 发 57—103 射孔弹。

没有见过这种特殊井下射击的人无法想象这一道工序对采油是多么重要，有多么复杂。用通俗的话来解释，就是钻杆往地底下打后，油并不是那么容易"哗啦哗啦"自然就涌出来的。它需要有个孔道，这个孔道应该是坚固的，固井的作用就是这样。但一固井又把油层与孔道隔绝开来，而且几千米深的井孔，有有油的地层，也有没有油的地层，为了保证能让有油的地层与孔道相通，就必须在加好的钢管上打开孔隙，射孔弹就是准确无误地完成这一程序的手段——把射孔枪轻轻放入钻孔内，在预想的地方发射，打穿钢管，让油层里的油通过弹孔源源不断地涌出地面……

赵声振他们要做的第二件事是：找一块一寸厚的钢板，用气焊割下大小两个环形钢板焊在一起制造出一个土制的大法兰。何谓"法兰"？那是采油树上的名称，很专业。"采油树"又是什么呢？以前看过石油部作家写的小说，却从未见过这么一个富有诗意的东西。到大庆后我才知道，这采油树原来就是油井出口处由大大小小各种阀门组成的器具，一排一排的，像结满果的桃李树，所以取名为"采油树"。记得第一次在大庆油田的"松基三井"纪念地看到采油树时，我很激动，也才真正明白了石油工人为什么对采油树充满感情，也明白了石油作家们为何一提起采油树就掩饰不住的激动。采油树是石油人的象征，采油树是石油事业的总阀门。

赵声振他们真有办法，第三天就把土法制作的一个大法兰搞成功了：往采油树上一挂，然后进行清水试压——试压压强到 72 个大气压时，法兰处没有任何渗漏，这说明土法法兰成功了！

井场上一阵欢呼。

第三件事是邱中健等几个地质人员研究的结果，他们认为从地下油层组的油气显示和油层情况看，"松基三井"井下的油难以自喷、大喷，对它采取提捞法试油不会出现"万丈喷涌扼不住"的局面。因此建议积极准备提捞手法和相应的措施。

第四件事还是赵声振做的：他从废物中翻腾了半天，找到一根约 13 米长、4 寸直径的管子，然后再请车间工人师傅动手，自制了一个下井捞油的捞筒！这东西看起来很土，却是实实在在第一个与千米之下的石油"亲密接触"者。

剩下最后一件事：做两个大油桶，每个能盛 200 公升的油桶——这是余部长和康世恩商量定的，他俩在电话里说：如果"松基三井"出油了，就得知道它能出多少油。

万事俱备，只欠东风！寒风吹拂下的"松基三井"井台，此时的气氛既兴奋又很紧张。所有技术准备皆已齐全，只欠最后一个程序——把油捞上来！

"不行，现在不能捞油！只准捞水！"康世恩好厉害喔！他人在哈尔滨坐镇指挥，说啥也不让井上的人在固井和试油开始阶段捞油，只许捞水。

为什么？专家告诉我：松辽地底下的油是稠油，而油层上面有水层，下面也有水层，先捞油的话可能把油水搅在一起，油就"游"走了！

这是个技术问题，更是科学。康世恩在这关键时刻拥有绝对的技术指挥权!

倒是苦了包世忠他们 32118 队的全体钻工们!可包世忠他们又不感到苦,从玉门到松辽,打了一井又一井,不就是为了看到油涌出来嘛!

捞!捞!把地球的胆水也给它捞出来!

捞!捞!把地球的每一滴血都挤出来!

"停!停停!"康世恩又发话了。这回是不让捞水了——地球的苦胆水都捞尽了,只有血了,黑色的血!

9 月 26 日——1959 年的 9 月 26 日,中国人应该记住这个日子。

也许有人会问:为什么 1959 年 9 月 26 日这个松辽出了石油的日子才需要被人们记住,而不是 1874 年春天晚清同治年间钦差大臣沈葆桢在台湾苗栗山挖井出油的那个日子,不是 1907 年 9 月 12 日日本人帮助下在延长打出油的那个日子,不是 1939 年 8 月 11 日玉门老君庙油田第一口油井出油的日子,或者也不是新中国发现开采的第一个油田——克拉玛依油田第一井出油的 1955 年 10 月 29 日那个日子呢?

道理非常简单,所有 1959 年 9 月 26 日之前中国出油的地方,都无法与松辽相比。"松基三井"出油是一种标志,它预示了中国乃至世界上少有的一个大油田的诞生,这就是后来人人皆知的大庆油田的诞生!

大庆油田的诞生改变了世界的石油经济格局,石油经济格局的改变,延伸下去就是世界政治和军事格局的全面改变。这一点,20 世纪的世界历史演变过程便可以充分证明。

正如《石油风云》的作者丹尼尔·耶金先生所说:"石油带来了我们的文明中最卓越,也是最糟糕的东西。它一直既是恩惠也是负担。能源是工业社会的基础。在所有能源中,石油,由于其核心作用、战略性质、地理分布、反复出现的供应危机的模式,以及为了获得石油的报偿而控制石油所不可避免和不可抗拒的诱惑,一直看来是最大、然而也是最成问题的能源。如果我们到本世纪末，石油的卓越地位不一再受到（也许已预见到）也许是突如其来的政治、技术、经济和环境保护的危机之考验和挑战，那将是异常了。在一个由石油所如此深刻地形成影响的世纪中，不应不作如此预计。石油史一向是杰出成就的概论和一系列灾难性而且代价巨大的错误的冗长陈述。它一直是人类崇高的和卑劣的品质的表现剧场。创造力、献身、企业家能力、独创性以及技术革命始终跟贪婪、腐化、盲目的政治野心和暴力同台共存。石油有助于主宰物质世界成为可能。它实际上通过农业化学和运输给了我们日常生活的需要和面包。它也为全球争夺政治和经济的优势的斗争提供了燃料。很多的血以它的名义而流。只要石油仍然居于核心位置，对石油以及它所带来的财富和权势所进行的激烈有时是凶暴的探求，必将继续下去。因为我们的世纪一直是一个石油的世纪，我们的文明的方方面面始终是由石油这个现代和使人着迷的炼金术所改造的。我们的世纪确确实实仍然是石油的世纪。"

我们今天生活着的新世纪其实依旧是"石油世纪"。

21 世纪了，石油依然是核心的能源，而且比 20 世纪更加突出了它的核心地位——至少我们目前还看不到可以彻底替代它的能源。正是因为这一点，我们有充分的理由去让全体国民记住 1959 年 9 月 26 日这一特殊的日子。

当然，我们记住这个日子是为了更好地记住那些在这个日子里为我们民族创造了奇迹的人，以及人民共和国之所以能够走到今天的国家精神是什么！

60 年前的 9 月 26 日这一天太值得中国人记忆了！

当日，"松基三井"的井台上一片繁忙，大家期待已久的目光全都盯在那根通向采油树阀门口的一根长长的出油管……下午四时左右，主任地质师张文昭一声令下："开阀放油！"

1959 年 9 月 26 日，"松基三井"喷出工业油流，标志着大庆油田的发现

"哗——"那根直径 8 毫米的油管里顿时响起巨大的呼啸声，随即人们见到一条棕褐色的油龙喷射而出……

"出油啦!"

"出油啦——!"

那一刻，整个松辽平原欢呼和震荡起来。

32118 钻机的井台上一片沸腾：包世忠抱着油管直哭，朱自成也跟着队长哭了起来。张文昭从老乡那儿拎来一只葫芦瓢，满满地盛了一瓢新鲜的原油，他看了又笑，笑了又看，最后竟然情不自禁地坐在地上失声号哭——那是兴奋的。突然，张义昭捧起原油，飞快离开现场……

"出油了! 我们出油了!"这一天，松辽石油勘探大队党委的领导同志正在"松基三井"驻地开会，张文昭端着葫芦瓢闯进会议室，欣喜若狂地向与会者喊着。会议室的同志"哗啦"一下围住张文昭，争先恐后地抢着看那瓢中的油花。有人太心急，将手伸进瓢中，葫芦瓢承受不了太多的手，"扑通"一下落在地上，黑色的原油顿时溅在所有围观者的身上。大家兴奋得顺手捧着原油往自己的脸上和手上抹，欢笑声一浪高过一浪……

"出油啦！而且油量很大！日产能达十几吨！"身在哈尔滨的康世恩比预定的时间早出两小时，给北京的余秋里报告道。

"好嘛！"这头，余秋里像早有预料似的，回答得特别简单，只是"好嘛"这两个字说得比平时爽朗和有力得多。

这一夜，秦老胡同反倒安静了许多。一则因为康世恩不在北京，二则"松基三井"出油后，余秋里表面上变得不像初到石油部时期待能够立马"抱个金娃娃"那样急切。

孩子们这一晚见自己的爸爸总在电话旁打着一个又一个电话。忽而往松辽那边打，忽而往中南海打，忽而往地质部何长工家打，忽而干脆坐在木椅上一声不吭地猛抽烟……

"爸爸今天有点怪喔！"晓霞拉着妹妹晓红偷偷从门缝里看着父亲，回头对妈妈说。

妈妈便笑盈盈地告诉孩子们："松辽那边出油了，你们爸爸今天事多，别去打扰他。"

晓红和晓霞手拉手，轻声细语地走到会客厅："我们要睡觉了！晚安爸爸！"

沉浸在思考中的余秋里，一见是两个宝贝娃儿，顿时站起身来："好，睡觉！我今晚也早点睡！"

余秋里睡下了，但他哪能睡得着嘛！他的心早已飞到了松辽……

松辽那边此刻早已热闹透了。热闹的还有黑龙江省委的上上下下。

"喂，是李局长吗？我是省经委老封呀！你们快把'松基三井'的石油送点来给省委领导报喜呀！"松辽石油勘探局的李荆和局长刚从32118队现场回来，省经委封仲斌的电话已经追到他的办公室。

"好好，我马上派人送喜报。"李荆和放下电话，就找到黑龙江石油勘探大队党委书记关耀家同志："关书记，省里等着我们报喜去，你下午就动身上哈尔滨吧，带上油。"

关耀家愉快地接受了这一光荣任务，并随即起草了一份喜报，请李荆和审定后写在大红纸上。下午，他和办公室秘书小李两人抱着喜报和两瓶原油，从安达火车站赶到哈尔滨。经委封主任约定他们明天在哈尔滨市工人文化宫门外等。

第二天上午，关耀家他们准时到达。不一会儿，封主任满面春风地对关耀家他们说："走，我们上对面的'107'去。"封主任说的"107"是黑龙江省委的招待所，这所看起来很普通的两层建筑，其实是省委领导经常开会的地方。

封主任带关耀家等来到"107"二楼的一个会议室，当他们推开大门时，正中央坐着的一个身材中等、年约六旬的老同志立即站起来："来来，是松辽前线来的同志吧？快过来让我们看看油是什么样的！"

封主任向关耀家等介绍说："这是我们省委第一书记欧阳钦同志。"

关耀家早听说过欧阳书记，但却是第一回见面。他抱过油瓶和喜报，正要张开红纸念时，欧阳书记笑着对他说："喜报就别念了，给我们讲讲就行。"看得出，欧阳书记也有些迫不及待了，他指指关耀家放在地毯上的那个黑乎乎的瓶子，问："这就是原油吗？"

"是的，就是埋藏在 1000 多米的地下喷上来的原油。"关耀家说。

欧阳书记的眼里露出了光芒："是真的吗？拿火点点看能不能着呀？"

关耀家说："能着。"说着他便顺手卷起一个小纸条，然后伸进油瓶内蘸上原油，再用火柴点燃。

原油熊熊燃烧。

欧阳书记兴奋地冲屋里的省委常委们大声说道："看见了吧？这是真正的原油啊！我们这里出的原油！"

"我们这儿出油啦!"

"北大荒出油啦——!"

黑龙江省委常委们无不欢欣鼓舞。

几日后,黑龙江省委就派副省长陈剑飞和经委封主任代表省委前往"松基三井"现场慰问钻探职工和技术人员。

而这时负责"松基三井"钻探任务的 32118 队成了大忙单位。除了执行余秋里等部领导要求他们十分仔细认真观察出油情况的指示外,白天队上的同志忙着向方方面面的参观者介绍喷油情况,晚上几乎都有来自省、县等单位的文艺剧团的慰问演出。而令全队人最兴奋的事还是余秋里部长指示说,让队上立即选出一个代表上北京参加"十一"国庆观礼。现在的年轻人不知道什么是"国庆观礼",那会儿谁能参加"国庆观礼"就是一种极高的政治待遇和荣誉,因为能见到领袖毛主席。

这回让队长包世忠犯难的是:一个名额,给谁呢?部里传来的余部长的意见很清楚:要挑一线的同志去。谁都是一线的同志呀!包世忠扳着手指:"四大金刚"的司钻吴三元、王顺、刘福和、安发都是吃苦在先、手握刹把用汗水换出来的劳动模范;哼哈二将:副队长乔汝平、钻井技术员周达常更是冲锋在前的勇士,还有地质技术员朱自成勤勤恳恳,就连炊事班的老班长张学孟都是功不可没的"松基三井"的功臣啊!

"指导员你看这怎么办?"包世忠找到指导员沈广友。老沈笑笑,说:"要不你去最合适,因为队长只有一个。"

包世忠不干:"这么大的荣誉,我跟你都不能去!得让工人们去。"

俩人最后商量由王顺去。"我们 32118 队来松辽后,一波三折,总算打出了油。现在上北京向毛主席报喜,得顺当点儿。王顺的字里有'顺'字,他去好。"包世忠没辙,最后找了这么个理由。

哈哈，就王顺！

26 日出油。27 日向省里报喜。28 日部里下达参加国庆观礼名额。29 日王顺的名额才定下，而此时离"十一"只有两天时间。

"快来刮胡子！把你那身臭烘烘的衣服也脱了！"包世忠和全队上下像要嫁闺女似的给王顺从头到脚、从里到外收拾了整半天。

上天安门向毛主席献什么礼？这又是犯难的事。

"当然是带上我们打出的原油呗！"包世忠从朝鲜战场回来见过大世面，这点子是他出的。全队同志欢呼雀跃。

王顺后来真上了天安门城楼，不过他没有机会代表石油工人给毛主席献礼，因为毛泽东和他有一段距离，但王顺回到队上坚持说毛泽东笑眯眯地向他招手呢！只是参加观礼要求太严，大会工作人员根本不让他们带什么东西上城楼。

余秋里后来上 32118 队视察工作时，包世忠跟他聊起此事，余秋里笑着告诉包世忠：毛主席其实已经知道松辽打出油了。是他余秋里打电话给了周总理，再由周总理转告给了毛泽东。

"同志们，你们听到了吗？毛主席知道我们打出油啦！知道我们 32118 队在松辽打出油啦！"包世忠拿余秋里部长的话，在井队全体人员会议上好好鼓动了一番。这是后话。

在王顺带着喜报进北京时，黑龙江省委的欧阳钦书记则已经坐不住了。

"余部长，你的队伍在我这儿打出了油，老头子我高兴啊！我得去看看他们！而且是带着大肥猪去！你什么时候过来呀？我也准备给你设宴接风啊！"欧阳钦书记给北京的余秋里打电话。

"哎呀老书记，太谢谢您了！我代表在松辽工作的全体石油同志谢谢您。没有您老的支持，我们还不会这么快见了油，我真想现在就飞过去看您，可手头事太多……"余秋里接到欧阳钦的电话，有些喜出望外。听余秋里身边的人介绍，余秋里生前对欧阳钦书记怀有特别的感情。余秋里几次说过：他之所以能指挥石油大军搞出了个大庆，离不开黑龙江地方党委和政府的全力支持，尤其是欧阳钦书记的支持。

欧阳钦还是位老资格的革命家，1959年的省委书记中，年近六旬的欧

1959 年 10 月，黑龙江省委第一书记欧阳钦提出把大同镇改为大庆镇，以庆祝建国 10 周年，石油工业部正式把这里新发现的油田定名为"大庆油田"

阳钦算是少有的长者之一了。但这位老书记革命激情不减，从那天亲眼看到石油部的同志送来飘香的原油起，他老人家就一直处在兴奋之中。

"好好。当京官身不由己，那我先行一步，替你去慰问一下石油同志！"欧阳钦性格爽朗，快人快语。

次日，黑龙江省委、省政府派出两辆嘎斯车，分坐着省委书记欧阳钦和李范五、强晓初、李剑白、陈法平等领导，直驰肇州县的大同镇。

北大荒的秋天，清风习习，到处是金黄色的如画风景。望着辽阔的黑土地，遥远耸立在平原腹地的高高钻塔，这一路上欧阳钦书记兴致格外高涨，他对身边时任省委秘书长的李剑白说："北大荒啊北大荒，你沉睡了几万万年总算又要欢腾了！李秘书长，你说我们在北大荒发现了油田，谁想卡我们脖子也卡不住了，这在国家经济困难时期，我们这儿出油了，是不是一个非常关键而伟大的发现呀？全国人

民是不是应该好好庆贺这一具有历史意义的事件?"

李剑白秘书长也被欧阳钦书记的话所感染,连连称道:"是该庆贺。'松基三井'喷油正值新中国成立 10 周年的大庆前夕,是向国庆献了大礼,喜上加喜,应该大庆。"

欧阳钦书记的眼睛闪动着,露出少有的惊喜:"好啊,那咱们就给这个即将诞生的油田起个名吧!'松基三井'在大同镇,我们就把大同改成'大庆',你看怎么样?"

"太好了!名副其实。将来这儿要是有了大油田,肯定会成为一个非常漂亮的城市。山西有大同市,我们这儿再叫大同市就重复了。改!改大庆好!"

欧阳钦听后发出一阵朗朗笑声,他的嘴里不停地在喃喃着:"大庆、大庆……"

"同志们,我们在松辽打出了油,这是历史性的事件,值得纪念。将来,我们这儿要大发展,油田一旦建立起来,这沉睡了千万年的北大荒将是一个充满生机和希望的地方,因此我建议,把我们未来的油田叫成大庆,因为它是在我们新中国成立 10 周年的大喜日子里发现的!你们说好不好?"在与松辽勘探局的干部职工见面会上,欧阳钦书记把自己的想法向大家征求意见,立即得到了所有人的热烈响应。

"好——大庆好!"

"大庆!""大庆好!"

大庆的名字就这样传开了……

中国的一座石油圣城就这样诞生了!诞生在那个激情燃烧的社会主义建设的伟大年代……

第一章

谁发现油田，很重要。一串长长的名字写在大地上……

"松基三井"出了油，后来才有了大庆油田。那么到底谁是大庆油田的发现者，其实非常重要。历史必须记忆这一篇章，它既涉及事实的本原，更是一个严肃的科学问题。

在今天，我们都知道大庆油田是 20 世纪 60 年代至今中国最大的油区，它位于松辽平原中央部分，滨洲铁路横贯油田中部。其中大庆油田为大型背斜构造油藏，自北而南有喇嘛甸、萨尔图、杏树岗等高点。油层为中生代陆相白垩纪砂岩，深度 900—1200 米左右。

中生代是个地质年代的概念，它是显生宙的三个地质时代之一，可分为三叠纪、侏罗纪和白垩纪三个纪。中生代介于古生代与新生代之间，距今约 2 亿 5000 万年至 6500 万年之间。由于这段时期的优势动物是爬行动物，尤其是恐龙，因此又称为爬行动物时代。中生代的中、晚时期，地球的各板块漂移运动"风起云动"，格外活跃，在具有俯冲带的洋、陆壳的接触带上俯冲、挤压，导致著名的燕山运动（或称太平洋运动），形成规模宏大的环太平洋岩浆岩带、地体增生带和多种内生金属、非金属矿带。又由于中生代气候总体处于温暖状态，通常只有热带、亚热带和温带的差异，故而那时的地球到处是茂盛的葱绿和万物生机勃勃的景象，恐龙等巨型动物霸道天下，万千小幼生灵也横行在密林与水泊之中，尽情地享受着没有人类干扰的"青春"期……一切有生命的植物与动物，都以蓬勃的状态奔走和生长在原始的地球上，那般富饶、那般茂密、那般生机、那般美丽、那般多彩的世界，我们都没有见过，只有那些后来化作"石油"的动植物们享受过。然而，一场地壳运动彻底葬送了这些动植物的生命，它们成为乌黑的化石和岩地并深深地埋入地下，如果不是现今人类的打扰，它们或许还要在地底下沉睡千年万年甚至永远地沉睡下去……

专家告诉我，古往今来，松辽盆地演化经历了 7 个阶段，它实际反映了北东向断裂活动方式的差异及其发展壮大，最终导致松辽盆地白垩纪末反转闭合，在白垩纪内北东向构造的变形方式以断裂为主变化为以褶皱为主，尽管变形方式不一，但均为油气的汇聚和成藏提供了条件。这也是大庆油田历经 60 年的勘探开发，仍然处在一个具有潜在资源的富油气盆地上的主要原因。

那么，谁能在松辽大地上将这些沉睡亿万年的白垩纪时代的动植物的生灵重新唤醒？这无疑是一个巨大的学问和惊世的科学难题。

关于大庆油田如何找到、是谁找到的？这个问题至今仍然没有太清晰和明确的答案。因为它太复杂，涉及政治和人与人、部门与部门之间的种种原因。

25 年前，当我还是一个刚从部队转业到地方的比较年轻的国家地矿部所属文学杂志的主编时，就开始对这件事产生兴趣，也因为这份兴趣，遇上了一场少有的"学术之争"，它的核心就是：大庆油田是谁发现的？

谁发现的？现在的全国人民都知道，"是李四光发现的"。真的吗？这是教科书上说的。

有错吗？没错。

真没问题吗？肯定有问题。

为什么？

因为大庆油田并不是李四光一个人发现的，或者说主要还并非是李四光发现的。因为大庆油田的发现如果从专业的理论而言，它依靠的是陆相构造理论，绝非"大地力学理论"。

这是 25 年前我在调查和研究此事后得出的基本结论。这个结论符合历史真相，也得到了包括石油部专家们的认同。地质学界其实更同意这种说法。

有人说我此生与大庆有缘，这话不假。如果有人为"谁是大庆油田的发现者"这一问题探究了几十年，恐怕我算得上一个。我"误入"这一问题开始是"文学"层面的，后来差点成了"政治问题"，最后令我感到庆幸的是它仍然归入到了"学术问题"，因而也就轻松了许多。

关于到底是谁发现了大庆油田和以哪种理论推导出松辽平原有油的存在，这是复杂的问题，"故事"也特别多。60 年了，一个甲子过后，我们当代人和后代人应该对此有个比较清晰的认识了。

关于李四光，即使是一些认为他并非大庆油田直接发现者的人，也充分认识到，他是位非常杰出的地质学家。

李四光的故乡在湖北黄冈，那里是个出秀才的地方。120 年前的 1889 年 10 月 26 日，李四光出生。当时在乡下的李家绝对不会想到他们的儿子会在 70 年后因一个东北的大油田的发现而扬名天下并载入中国科学史。李四光原名叫"李仲揆"。1902 年他到省城念书参加考试时一时紧张，填表时把姓名一栏误当成年龄栏，写一个"十四"。当他发觉填错时，便把"十"字加上几笔改成了"李"字，可是"李四"当作名字也将被人笑话。此刻，十四岁的他左想右思，不得要领。忽然抬头见考场上有块匾上写着四个大字"光被四表"，于是灵机一动，在"李四"后面加了个"光"字。从此他便成了李四光。他后来真的是五湖四海"发光"……

天才型的李四光，好学聪慧，后被派往日本留学，并在那时加入了孙中山领导的同盟会，且是最年轻的一批成员。宣誓之时，孙中山摸着年仅 16 岁的李四光，说：你年纪这样小就参加革命，很好。你要努力向学，蔚为国用。从此，李四光对"革命"和"救国"充满激情并投身其中。青少年时代的李四光，正处动荡的大革命时代，他在日本学的专业是高等工业，包括了很广的内容，但革命风云四起，没能让这位天才青年从事本专业，却在家乡湖北一次次投身于反帝、反封建的大革命之中。孙中山去世时，有六位同盟会名士抬枢，李四光就是其中之一，且在前排，可见当时他的声望之高。

后李四光怀着科学救国的理想，赴英国再度留学，在伯明翰大学专修地质学。在那个绿草如茵、池水清澈见底的校园内，李四光还学会了拉小提琴。从此，会拉小提琴的李四光一生将地质学也"拉"得美妙无比。

20 岁时的他，用英文写下了长达 387 页的毕业论文，题目是《中国之地质》。

回国后，他应章鸿钊之约，出任京师大学堂（北大前身）地质学专业教授。此时，在他之前和之上的还有两位大教授：丁文江和翁文灏。中国地质学界有四大家之说，指的就是章鸿钊、丁文江、翁文灏和李四光这四人。

都是大家，也都有学业侧重，同时也都有后来声名显赫的学生，于是若干年后冒出来的某些学术争论，皆源于此——不同的专业、各自的学生与后辈，都在为自己的专业和自己的导师争荣誉、地位及名利，故此有了某些分歧。表现在大庆油田谁发现问题上的纷争主要源于此。

李四光在学术上的建树颇丰，包括他早期的庐山冰川理论、后来的大地力学理论和晚年在地震预报上的杰出贡献，等等。

关于在大庆油田发现上的贡献，李四光理当属于毫无疑问的"有份"的人物。因为科学上对自然界的物质的"发现"，包含了两种形态：一是理论发现，二是物质的具体发现。大庆油田的发现同样包含了两个方面：地质理论上的发现和勘探打井的发现。前者与后者是相互依托并彼此论证的关系。大庆油田的发现并非简单地说因为"松基三井"打出了油才算是发现。在我看来，"松基三井"出油像是研制原子弹时它成功爆炸的那一瞬间和那最值得记忆的时刻。而在这之前的研发过程，漫长而复杂，自然应当算入"发现"过程，不然"理论"的意义就没有了。而科学首先是理论，是有了"想法"，并通过这些"想法"，再去进行一次次"实验"或"实践"之后，获得证明和证实，才算是完成了某一科学研究成果的全部过程。有关"大庆油田到底谁发现的"这一问题的焦点就在于：是谁最早"打破"了外国专家一直坚持的海相存油而中国多数是陆相地质构造，故"中国贫油"的理论禁区！那么，李四光便是其中之一，他在 1928 年发表的《燃料的问题》一文中，就指出："美孚的失败，并不能证明中国没有油田可采。西北方出油的希望最大，然而还有许多地方并非没有希望。热河据说也有油苗，四川的大平原也值得好好地研究。和四川赤盆地质上类似的地域也不少，都值得一番考察。"作为一种科学意见和论断，李四光能在很早时期就提出与外国专家断定的"中国贫油"相反的理论见解，十分可贵。当然，提出这样的理论观点的人，并非他一个，这也是后来出现大庆油田发现上的争议的原因之一。但李四光的理论贡献显然无法抹杀。

理论与学术界的复杂性令人头疼。然而，地下情况的复杂更让人头疼和纠结，当人类的认识和技术能力尚未到一定阶段时，找石油的人就像蒙着眼睛的大象，到处瞎走，到处"想象"，地质学家拿着榔头和罗盘，看着岩层的剖面，解释着各种"可能"和"不可能"。而这种"可能"和"不可能"，还需要扛着钻机的石油勘探者对它进行验证，如果勘探的结果打出了油，那么地质学家的推测将被定为正确的，"发现"也就随之成立。反之则反是。科学就是如此，与谬论仅差一步的道理便是如此。

石油是个奇妙的物质，它的形成是个复杂而奇妙的自然现象。石油生成于几百万年、几千万年以前的古代湖泊或海洋沉积物。受地壳运动和环境的变化，大量生活在海洋、湖泊中的有机物死亡并被迅速地掩埋在泥质岩中，这种富含有机物的岩层，叫做"生油层"。由于上复的沉积增厚，温度增高，压力增大，有机物便逐渐转化为星星点点的石油。分散状的石油，受到上面沉积物的挤压，便向附近有孔隙的地层里流动。这种有孔隙的地层叫"储油层"。起初，油和水是乳胶状的，后因油轻水重，油便逐渐向较高的部位集中，形成了油藏。装有石油的高点，叫"储油圈闭"。这种圈闭，可能大到成百上千平方公里，也可能小到不足 1 平方公里甚至更小的范围。寻找石油的过程，就是寻找一个个大大小小的"储油圈闭"，也叫"储油构造"。

人类真正开始寻找具有工业开采价值的石油是从 19 世纪下半叶至 20 世纪初叶。美国等西方国家石油勘探最早，后来是中东地区"地下油海"的发现，它告诉地质学家们一个事实：海相沉积地层孕育大油田。由此，在国外石油界就形成这样一个理论：海相沉积盆地易生油，而陆相沉积盆地不易生油，因陆地森林更易生成煤层。

解放前，许多到中国各地进行过勘探的国外地质权威所作的调查结论认为：中国的地质情况是以陆相沉积为主，所以"贫油"。比如1913 年，美孚石油公司组织地质专家到中国的河北、山西和陕西进行过一次一年半的调查，他们的结论是："从整体来看，石炭纪以后的地层，主要是陆相成因，绝大部分地层缺乏能够生成大量石油的富含有机质的页岩，适当盖层很少，因为以沙盖为主的地层易于造成石油的散失，而不利于石油的聚集。"随后，美国地质学家、斯坦福大学教授勃拉克韦尔德也到中国进行石油地质调查。1922 年 2 月，他在美国矿冶工程学会举行的年会上发表了《中国和西伯利亚的石油资源》的论文，认为："中国东北地区也和华北地区一样，不会大量含油。"这种由迷信海相否定陆相的理论产生的"中国贫油论"，在石油界传播很广，颇有市场，好像一副无形的枷锁，套在一些人的脖子上。

由于受西方地质学家的影响，一些中国学者也曾悲观地认为自己国家"贫油"。丁文江便是其中之一，这位大地质学家是中国最早考察过苏联巴库大油田的学者，他后来发表在《独立评论》上介绍"访问巴库"的文章中这样说：

> 凡一个油田的成功，有三个重要的条件：一、有丰富的原料。石油的原料大抵是动植物的软体。动植物最繁茂的地方当然是浅海，所以较大的油田大抵是所谓的"海相"地层——在海水里成功的地层。二、有了丰富的原料，还要有适宜的地层来储藏它，保存它。普通讲起来，砂岩孔隙颇多，可能储藏，页岩不透水气，可以保存，所以最好是厚的砂岩，被盖在页岩底下。三、要有适宜的构造。有了丰富的原料、储藏保存的地层，还要经过相当的变态，遇见适宜的构造，油量才能集中。集中的地点大概都是在地质学上叫做所谓的"背斜层"。巴库和世界上所有的油田大部分集中在这种弓背开的地质构造上。
>
> 由此看起来，大油田的成功不是偶然的。许多人以为中

国这样大的地方不应该没有油田。这意见是不科学的。油田的产生，需要许多特别的条件，是例外，不是普遍的。可见中国的地质与上列的条件不合。发现大量的油田希望是比较少的。

我们现今的人并不很了解丁文江此人，而在一百年前，他不仅是个大地质学家，同时还是一个大政治家，他在学术上的影响力可以说是极大的。我看过湖南科技出版社1974年翻译出版的由一位名叫夏绿蒂·弗思的美国学者撰写的《丁文江科学与中国新文化》一书，令我对丁文江这位中国新文化运动的旗手和科学大师肃然起敬，弗思在哈佛大学出版的原著中这样评价丁文江：

> ……他是中国的赫胥黎，是二三十年代中国提倡科学、促进新文化发展的代表人物……作为一位杰出的科学家，他是第一位这样做的中国人，既从技术观点又从哲学观点研究西方的科学，他认为根据科学的思想原则教育同胞是自己的责任。丁文江所发挥的这种作用——科学家作为文化的和政治的领袖——在中国的历史发展中是前无古人的……

显然，像丁文江这样的大科学家的悲观论调，也让那些"陆相出油"支持者的声音变得更加低弱。

突破"海相出油"理论的禁区，寻找到中国的石油，是20世纪三四十年代的中国地质学家和石油科学家们需要付出坚忍不拔努力跨过的一道壕沟。在这过程中，有一批杰出的科学家作出了艰巨努力，其中有像李四光这样的思维上不受"海相出油"理论影响的大家，更有后来成为大庆油田主要发现者的黄汲清、谢家荣、翁文波等一批地质学家，当然这中间还有康世恩的杰出贡献。

这些大地质学家后来都是大庆油田的主要发现者。他们中谢家荣年岁最大，也是唯一我没有见过本人的一位。谢家荣是丁文江和章鸿钊的学生，在学术上具有极高的造诣，是李四光当部长时期的地质部总工程师。然而这位大地质学家的命运不好，因为与苏联专家"唱反调"，所以在"反右"运动中被打成"右派分子"，"文化大革命"中再度受打击，不堪重辱的他选择了自尽。

翁文波的年纪相对小一些，我到过他在六铺炕的家，与其畅谈"大庆油田发现"之真相。翁非常谦虚，他强调自己"仅仅做了一点点物探方面的工作"。他说，地质部的黄汲清他们才是真正的地质大家和大庆油田的发现者，希望我多去采访黄汲清先生等更年长的老一代地质学家。

1993 年，此时的我已从部队转业到地矿部工作，出任文学杂志《新生界》主编。地学界的事自然属于我关注的重点。从那时开始，我已经对"大庆油田谁发现的"这个话题产生了兴趣，并着手准备相关材料，包括对黄汲清的采访准备。

时至 1995 年 1 月 12 日，中央电视台《新闻联播》播出一则当时轰动全国的新闻：4 位大科学家接受国务院总理李鹏授予的由香港爱国人士出资的"何梁何利奖"，奖金是每人 100 万元。当时的 100 万元恐怕相当于现在的千万元以上，故在社会上引起了极大反响。获得此奖的 4 位科学家分别是钱学森、黄汲清、王淦昌和王大珩。钱学森、王淦昌和王大珩，都与"两弹一星"有关，他们的名字早已被国人熟知，但唯有"黄汲清"这个人名字陌生，且当日第一个上台领奖的偏偏又是这位瘦老头。

"黄汲清是干什么的？"当时有许多人问。我如实回答：他是大庆油田的主要发现者之一。这时大家便很奇怪地盯着我追问：不是李四光发现的吗，怎么冒出个黄汲清来了？

我无语，因为全国人民几乎都这样认为，以往我们的宣传和教科书都这么讲。也正是感觉问题的严重性和复杂性，当时年轻的我便有了弄弄清到底谁是大庆油田真正的发现者这事的想法。想不到的是，问题异常复杂。20 多年前，在一些科技领域"左"的观念和意识还比较根深蒂固，但让我能比较顺利地理清这一问题的原因恰是那时还没有一个人正经去碰这事——指公开的社会层面。于是，我庆幸自己有机会走进了黄汲清的"石油世界"和大庆油田的"发现真相"……

虽然话题扯远了一些，但为了更接近于"大庆油田发现真相"，请允许我多说一些：

20 世纪初的 1904 年，天府之国的四川诞生了两位了不起的人物：一位叫黄德淦，即后来的黄汲清；一位叫邓先贤，即我们的邓小平同志。黄德淦比邓先贤早出生 140 天，少年时的这两个四川娃子没多少区别，他们都被大人送至私塾诵习四书五经。不过，那时的邓先贤据说对算术特感兴趣，而黄德淦则对梁启超的中国梦如痴如醉。

邓先贤 14 岁被称作好学生考入县中，黄德淦 13 岁就进了成都市，成为知名的省立第一中学学生。

中学毕业后，黄德淦考进了天津北洋大学，这位四川娃子对政治表现出了浓厚的兴致。1924 年初，北洋大学发生了反对校长冯熙远取缔学生集会的运动。黄是这次运动的骨干，他因此而被校方开除。

这时的邓先贤已改名为邓小平，并且在中学尚未毕业就被父亲先是送到重庆留法勤工俭学预备学校学习，后来又乘法商的一艘"吉利号"轮船到达上海，改搭法国邮船盎特莱蓬号到达马赛，从此开始了他那伟大的革命生涯。

黄德淦也在此时改名为黄汲清，不过此时的黄汲清对前途充满了担忧。由于吃了北洋大学的亏，黄一度想到广州报考黄埔军校，弃学从军。

就凭你那么点个儿也想扛枪？

黄汲清听了这话，好不灰心，从此打消了从军念头。本世纪中国因此少了一位士兵，而多了一位赫赫有名的大科学家。

津门与京城相距咫尺，黄汲清心一横，一步跨进了京城的北京大学，专修地质系本科。这年是 1924 年。

"地质"两字在那时可不像后来那么不值钱。在 19 世纪末和 20 世纪初，许多立志科学报国的知识青年都选择了可以为国找到矿产资源的地质专业。你或许不敢相信，中国近代的第一部地质科学专著《中国地质略论》竟出自大文学家鲁迅先生之手。可想而知"地质"两字在 20 世纪初的科学启蒙力量。

美国当代知名历史学家小艾尔弗雷德·E·埃克斯曾这样断言：构成 20 世纪国际关系之基础者，乃是全球性的矿物资源争夺。这位学者的话真实反映了 20 世纪世界发展的一条重要脉络。

当 20 世纪即将来临时，在我们的地球上，到处呈现着发展极不平衡的状况。那时的西方资本主义国家进入了帝国主义阶段，各个帝国主义国家的经济空前高涨，因而对原有的地盘皆嫌不够，都急于扩展市场，多占原料产地，开辟新的投资场所，寻求对外殖民地。像中国这样一个地大物博又十分落后的国家，自然成了列强们垂涎三尺的大蛋糕。这个大蛋糕上的奶油，便是我们丰富的矿产资源。

矿产资源的开发必须依靠地质科学工作。因此在当时受西方工业革命的影响，许多有识之士都认为，中国要富强，必须大力发展地质科学，再通过地质科学革命，促进全面的矿产资源开采，从而带动整个国民生产，达到拯救和振兴中华民族之目的。这一道理在旧中国被视为真理，到新中国刚刚成立时还是这样，要不毛泽东为什么称"地质工作是国民经济的先行官"！

当时有一种现象令中国知识分子们极其愤慨，就是被鲁迅骂作外族强盗的外国人对中国宝贵矿产资源的野蛮掠夺。比如在云南就发生过这样一件事：一位法国传教士在某山区发现一处锡矿，便雇用当地人开采，不出三年，这位传教士就发了大财。凭着财富，他任意压迫和剥削中国百姓，并且把教堂当作一座供他淫乐的温床，每晚都要雇一帮人到四周抢得一位美貌的中国民女陪他睡觉，第二天就派人把她扔进百米矿井里活活闷死。其残忍和肆意掠夺我中华民族财富的兽行，终于激起了一场焚毁教堂、杀死传教士的反抗运动。那传教士死后，当地一批百姓便自发组织起来开矿，结果由于不懂地质与开采技术，锡矿没开成，一次因矿洞凿漏造成地下水倒灌，上山参与开矿的三百多位民工全部遇难，最小的不足 9 岁，最大的 74 岁……噩耗传出，举国哭泣。

如此这般的事，在旧中国屡见不鲜。

一个国家没有科学，也就没有了基本的尊严。

这种民族的耻辱，深深刺伤了一名晚清秀才的心。在黄汲清刚刚出生那一年，这位晚清秀才东渡日本，毅然考进东京帝国大学地质系，并拜入日本地质学界开山祖师山藤文兴郎门下，成为中国历史上第一位选学地质专业的留学生。

他叫章鸿钊，中国地质学界称他为中国地学的开山之父。黄汲清叫他先生的时候，章鸿钊已是开创中国地质事业的元勋了。

1912 年 1 月，南京临时政府宣告成立，大总统孙中山任命章鸿钊为政府部门的地质科科长。"地质"两字首次在中国官方机构中出现。

1913 年，章鸿钊领衔成立中央地质调查所，且招收了第一批 30 名学生。地质研究所的教学十分严格，对学员实行淘汰制。三年后这批学员毕业时，只有 18 人拿到了文凭，这就是后来的中国地质十八罗汉。他们中有已介绍过的谢家荣，有后来成为著名教育家的叶良辅和发现首钢供料矿山井陉铁矿的朱庭佑、山西大同煤矿发现者王竹泉、北京周口店猿人发掘人裴文中等一批科学大师。中央地质调查所后来没有招过学员，成了国民政府农商部下属的一个工作实体，第一批学员都被收编为该所地质调查员。

章鸿钊考虑到大学更有利于招收和培养学生，所以后来重点在北京大学招收地质系学生。

黄汲清就是 1928 年毕业的北大地质班学生，其同班同学还有李春昱、朱森和杨曾威，前两位后来都成为中科院学部委员院士、著名地质学家，只有杨曾威因家境困难而从商去了。其实黄汲清那届的地质系毕业生全部加起来也就他们四人。

在北京的章鸿钊、丁文江、翁文灏这三位大师既在北大招生，又办中央地质调查所，可谓风生水起时，李四光则在南京办起了中央地质所。这从客观上形成了"南北地质两个家"的格局，为后来一些学术的纷争埋下伏笔。毫无疑问，当时北京的地质力量，无论从人数还是从专业上，远胜于南京方面。北京这边的中央地质调查所发展到20 世纪 40 年代时，已是人才济济，并成为名副其实的世界级著名科学研究机构，因此也有"中国地质科学界的黄埔军校"之称。后来新中国在非常短的时间里发现了那么多大矿大油田以及制造氢弹、原子弹所用的铀矿，都是与这个调查所的基本人马在解放前全部保留下来有着密不可分的关系。

我们梳理一下这帮科学家与大庆油田发现的关系——

黄汲清不属于章、丁、翁、李等第一代中国地质科学大师，他也不是十八罗汉之一，但他以其自身的天才和勤奋，迅速得到了同行的认可。

跨出校门，黄汲清便被聘到中央地质调查所当调查员。那时的所长由翁文灏担任，丁文江是技术总负责。翁、丁两人是好友，调查所第一任所长由丁担任，后丁一度驰骋政坛当了上海市督办，相当于市长。之后丁又出任北票煤矿总经理，期间将所长之位让于翁。黄汲清到地质调查所后，遇到了一向讲求"从实际中寻找科学答案"的导师丁文江，不能不说是影响他一生的机遇。当时丁文江大名鼎鼎，又处于精力与事业的巅峰期。丁亲自指挥了中国现代地质科学史上的一次

壮举——中国西南边疆地质大调查。他选择了两条线路，一条由重庆
入贵州境内，另一条由四川叙州至云南方向。丁文江除自己亲率一支
队伍外，还派了两名得力助手组成另一支队伍，他们便是黄汲清和当
时在地质学界已经享有声誉的青年地质学家赵亚曾。我见过 1929 年
赵亚曾和黄汲清一起翻山越岭时的照片，照片上的赵亚曾身材高大，
一副学者风度，相比之下，黄汲清则显得矮小不起眼。在此次西南野
外地质大调查中，黄汲清和赵亚曾时而并肩同行，时而各辟路线，孤
身进入荒蛮的原始森林与少数民族山区。11 月，当黄汲清正在前往
四川叙永的途中，云南昭通方面传来一个他无法接受的噩耗：他的好
友、同伴赵亚曾惨遭土匪杀害。赵亚曾死得突然，也死得惨烈，是住
在一家农民客栈里被突然袭击的土匪用枪扫射致死。

黄汲清埋葬好友、擦干泪痕后，又只身翻山越岭进入荒无人烟的
贵州原始山川，直至 1930 年 6 月与丁文江等人会合。此次野外考察
历时一年零三个月，黄汲清孤身行程达一万余里，创造了中国地质史
上一次单程考察的最长线路纪录。为此，丁文江、翁文灏对他们的学
生大为看好。在获得大量第一手资料的基础上，1930 年至 1932 年间，
黄汲清埋头耕耘在科学研究领域，连续发表了《秦岭山及四川地质之
研究》《中国南部二叠纪珊瑚化石》等六部专著。其中关于"中国南
部二叠纪地层是我国第一部断代地层总结"，奠定了为地质找矿有直
接指导意义的中国二叠纪地层划分的基础。他的专著一发表，立即轰
动中外地学界。

1932 年，黄汲清受中华教育文化基金会的选派，赴瑞士留学。
先入伯尔尼大学，后转入另一所名校专攻博士学位。他的导师是著名
的大地构造学家之一。1935 年，黄汲清的那篇用法文写的对阿尔卑
斯地区地质研究的博士论文，在 40 多年后的国际地科联主席访华时，
仍称其"至今依然有重要价值"。

或许从西方国家的强盛史中黄汲清更清醒地认识到一个国家的兴

衰与能源工业革命之间的密切关系。于是在 1935 年秋，他获得理学博士后，毅然把自己的科研目标转向了石油地质领域。为此，他不惜冒穷困潦倒、流落异乡之险，带着在瑞士省吃俭用留下的几个钱，远涉重洋，抵达美利坚合众国，进行了为期三个月的石油工业与石油地质考察。这是中国科学界第一个也是唯——一个由自己掏钱选择当时已在西方工业资本主义国家蓬勃兴起的以石油为主导的工业革命浪潮为研究对象的东方科学家。

美国先进的石油地质科学技术，使黄汲清大开眼界，他像海绵似的汲取着这里的石油地质知识。值得一提的是，由于美国地质学界老前辈舒洛特教授的推荐与介绍，黄汲清得以在海湾石油公司、联邦地质调查所和俄克拉荷马城油田等一大批知名石油公司、油田及石油研究机构作全面、详尽的考察、取经与交流。这段经历，使黄汲清领略到了西方石油业的先进水平，同时也深深感到"科学无国界"在美国这样的先进国度里的真实体现。

1936 年 1 月，当黄汲清回到祖国，他供职的那个地质调查所，已在日本侵略者的枪炮声中，从北京搬到了南京珠江路 942 号，并改称中央地质调查所，所长仍由翁文灏兼任。而黄汲清的另一位恩师、中国地学界第一代开山宗师丁文江却在查勘湘潭煤矿途中，不幸煤气中毒，猝然长逝，年仅 49 岁。

丁文江之死，使中国科学界和政界痛失一颗光芒耀眼的巨星。当时地学界领袖人物翁文灏担忧自己与丁文江一手创办起来的地质调查所及中国地质业的前景。在这之前，翁虽名义上仍挂地质调查所所长之职，实际已基本不管事，翁此时已升任为蒋介石的行政院秘书长。丁文江死前对地质调查所由谁来接任的问题曾对翁文灏和胡适有交待，丁推荐黄汲清，翁和胡适对此赞成。因此黄汲清一回国，已是中央政府高官的翁文灏便找他谈话。

"德淦，丁先生突然去了，我在政府里又腾不出身。地质调查所的担子就交给你了!"

年仅 32 岁的黄汲清一听,惊恐地连声推辞:"不可不可,所里有谢家荣、王恒升等一批大才大智者,德涵我年轻才浅,实不敢担此重任。先生还是请别人吧!"

翁文灏语调深重地说:"如今日本人已经侵占我东三省和华北地区,中华民族处于危急之中,但要重振我山河,离不开矿业发展,而在这个当口,丁先生走了,你我自当勇挑重任。再说,这不仅是我的意见,也是丁先生生前的遗愿。"他流着泪拿出丁文江给胡适与他的信件。

黄汲清听到此处,早已泣不成声。

"我……我一定竭尽全力,将先生的未竟事业进行到底!"黄汲清如此发誓。

黄汲清断然没有想到,他的这一誓言,会在 30 年后的一场"文化大革命"运动的风暴中差点把他打入地狱。道理很简单:造反派认为,这是黄汲清效忠国民党政府的铁证。"文化大革命"中的造反派认定旧中央地质调查所是国民党蒋介石的"情报部门"。黄是这个部门的头目,不言而喻,他肯定对中国人民犯下了滔天罪行。不打倒你黄汲清还打倒谁!你黄汲清还有什么资格沾发现大庆油田的光?这是后话。

轮到黄汲清出任总地质师和所长的时间是 1937 年。日寇已开始全面侵华,国破家亡。但在自己的国土上寻找到石油,仍然是他梦寐以求的奋斗目标。

1937 年,黄汲清 33 岁。这一年,中国石油史上发生了一桩大事,那就是中国历史上第一个重要油田——玉门油田的发现。这是个曾在抗日战争时期和共和国诞生初期为中华民族立过大功的油田,今天在油田老市区的油城公园内还有一座高高矗立的纪念碑。这个纪念碑上刻着人们熟悉的名字,他就是油田的发现者、地质学家孙健初先生。

然而，我们大多数人还不知道，除了孙健初先生外，实际上玉门油田的发现，还有一位起了很重要作用的功臣，他就是黄汲清。他当时是玉门油田发现与开发的组织者和领导者。

1937 年，日本侵华战争已全面展开，中华民族到了生死存亡的紧急关头。日本关东军占领我东北地区，造成中国能源供应极度紧缺。为缓解这一大难题，曾任国民政府外交部长的顾维钧先生以顾少川的名义，串联财界巨头周作民，组织起一个中国煤油勘探公司，以求得一线希望。顾维钧的公司虽然不乏财力，但缺少技术，于是就求助于中央地质调查所。所长黄汲清接到指令后，深感在中国大后方大规模开发石油资源非同小可，即与政府实业部国煤救济委员会委员、勘探队长史悠明商议。

"先生是专家，你认为我们的国土上真的找不着像样的油田吗？"史悠明问。

黄汲清摇摇头，随手铺开一张地图，说："依据大地构造学理论，我认为中国的东北、华北、西北和西南地带都有可能储油。但目前东北、华北两地已被日寇占领，无法开展工作。西南地区虽发现油气苗头，但地理偏僻，交通运输不便。因此开展以陕、甘、青三省为重点的西北部的石油、天然气普查勘探为当务之急。"

"那就干吧！"史悠明迫不及待地说，"过去你和我想干也干不成，现在财神爷把钱拨了，时不再来呀！"

黄、史商定，组织一个以中国煤油勘探公司为一方、地质调查所为另一方的混合普查勘探队，立即着手西北油气普查勘探工作。

这是中国石油史上第一次由中国人自己策划并具规模的石油普查勘探，身为组织者与领导者的黄汲清倾注了巨大精力和热忱。派谁去担当技术负责人呢？对，应当让孙健初去！黄汲清扳着手指将所里的几位大员轮番排了下队，决定由对甘肃河西走廊及祁连山一带做过地质工作的孙健初担此重任。为了慎重起见，黄汲清要求孙健初等先组成一个西北地质矿产试探队，免得把中国石油之希望这锤子扎在大戈壁上拔不出来让世人笑话。他的这一安排得到了翁文灏等人的赞同。

就这样，孙健初带着西北地质矿产试探队一行数人从兰州南行，顺洮河西进，过黄河而至青海。归途中经玉门老君庙，在这里发现了干油泉露头。由于当时包括孙健初在内的试探队员对石油地质科学均缺乏一定实战经验，以为此类干油泉无多少价值，便草草作了希望不大的结论后匆匆东返。

当孙健初带着远征队伍，垂头丧气地回来将以上情况向所里汇报时，富有石油专业地质理论与经验的黄汲清听后，高兴地抡起拳头，打在了孙健初的肩上："孙胖子，老君庙油田有望啊！"

"怎么个有望法？"孙健初很不明白。

"你不是说那儿是背斜构造吗？"

"那又怎么着？"

"嘿，那可是不一样哟！"黄汲清来情绪了。"胖子你不知道，美国的大峡谷油田也是在背斜构造地带。论构造、论油苗相差无异，我们的老君庙肯定也能打出工业油！"

"中，只要有希望，我们再远征一次也不亏！"这位河南汉子孙健初，此刻也兴奋了起来。

次年，孙健初再次带上队伍来到老君庙。此次他们吸取上次的教训，放下铺盖，搭起帐篷，在此安营扎寨。经过六个月在冰天雪地里的艰苦踏勘普查，他们全面彻底地摸清了这一带的生油层地质情况。剩下的就是打钻见油了！当孙健初写完甘肃玉门油田地质报告时，猛然发现自己仍是在纸上谈兵，说找油找油，可连台钻机都没有呀！

这事也难住了黄汲清。地质调查所的家底他最清楚，论人才、论技术可称世界一流，可论装备却是一个叫花子，穷得连最起码的一台千米钻机都没有呀！他把玉门的踏勘结果和缺钻机的情况一并报告了老上司、行政院秘书长兼经济部长、资源委员会主任翁文灏，以求得帮助。

"老蒋的家底你不是不知道，时下又临全面抗战，哪来钻机可调?"

翁为难地说。但随即又高声道:"对了，听说延安那边也在打油井，他们那里有钻机，不妨借来用一下。""但共产党肯不肯借又是一回事!"老所长翁文灏叹息道。

黄汲清来了脾气:"试试总不妨嘛! 再说，眼下不是国共合作吗? 玉门要是打出了油，对整个抗日是大贡献呀!"

"那我去试一试。"翁文灏说。

这件事后来真办成了。翁文灏通过关系，找到了正在南京梅园村住的中共代表周恩来。周恩来将此事电告了延安方面。经毛泽东同意，由林伯渠亲自出面从油矿调来两台钻机和几名钻井工人，连人带钻机一起长途跋涉到了老君庙。当时具体负责延长油矿钻井的队长就是后来成为共和国石油工业部部长、国务院副总理的康世恩，那时他还是个共产党的连级干部。

有了钻机，玉门油田的钻井工作马上开始。第一口井在钻到115.51 米深时便见油层，日产石油 20 余桶。孙健初将这一喜讯报到南京。黄汲清高兴得立即复电:继续布井，直至黑龙升天!

于是，第二口、第三口……直至第七口井，井井见油。更可喜的是在 1941 年 4 月 21 日打第 8 号井时，黑龙在巨大的地压下，果真猛烈地蹿出地面，挟着惊天动地的呼啸，像长虹一般向天际升腾而起。

中国的第一个油田——玉门油田，就是这样诞生的。它在中国人民抗击日本帝国主义侵略甚至世界反法西斯战争中做出了巨大贡献。今天，它仍在为社会主义建设服务着。

玉门找油的成功，给黄汲清以极大的鼓舞。此时，他不仅是政府的地质工作实业部门领导人，而且也是当时中国地学界的最高领导者。1938 年，黄汲清当选第 15 届中国地质学会会长，时年 34 岁。

1946 年国民政府中央研究院第一届院士选举中，黄汲清又成为最年轻的院士。

在科学的长河里，任何一种正确的预见和伟大发现，常常需要经历漫长而又复杂的过程才能得以证实。

玉门虽然打出了油，但中国到底是否真有大油田，是否真需要将极为有限的资金投入到大海捞针般的石油地质普查中去，当时地学界和社会上对此分歧严重，有人甚至称在中国找油是玩儿戏，说什么大敌当前，玩此等儿戏，误国殃民。黄汲清则从大地构造理论的学术角度，以高瞻远瞩的战略目光和坚不可破的科学理论为依据，指出：世界上重要油田的地理分布可以分为两大区域：一是东半球的古地中海区域，大体是东西方向延展；二是西半球的太平洋山地区域，大体是南北方向延展。两者油田的生成都在白垩纪和第三纪时期，而以第三纪为主……则吾国石油前途，虽不及美、苏，但亦可达到自给自足之境地！这一番话在今天看来，似乎平平。但在 70 多年前的 1942 年，其意义就非同小可了！它的意义在于不仅否定了西方权威们的悲观论调，而且从战略上为中国在 20 世纪的崛起指出了影响社会和国民经济发展的石油工业革命方向。

一个伟大的科学发现，谁在起主导和权威的作用，绝不是长官意志所能决定的。它需要坚不可摧的理论依据和十次、百次的成功或失败的实践。

20 世纪 30 年代末、40 年代初的中国，正值日本法西斯残酷奴役中国人民的最艰苦岁月。黄汲清、谢家荣等一批心怀崇高爱国主义热情和对石油地质科学的至诚至爱之心的科学家，克服重重困难，致力于研究与实践。1937 年 10 月，抗日的战火已燃烧到华东地区，黄汲清他们不得不丢下手中的罗盘与锤子，组织地质调查所员工，将图书、仪器、设备全部迁往长沙。刚落脚不久，日寇逼近武汉，地质调查所又一次大搬迁，最后落脚在陪都重庆的北碚小镇。当前方战火纷飞时，后方的黄汲清则在他的那块熟悉的故土上，组织了一系列重要的地质调查和矿产普查工作。其中突出的重大发现，有闻名于世的陆丰自贡恐龙动物群发现、威西大盐矿和渡口宝鼎山大铁矿即现在的攀枝花铁矿的发现。除此之外，还有一项令黄汲清一直引以为豪的重大发现，那就是威远气田。

　　黄汲清在威远这一中国第一个大型天然气田的发现上有着无可争辩的功劳。为了实现天然气在中国的首次重大突破，早在 1938 年，他就曾带队在威远勘探，获得了气田的详尽地质资料。如今四川气田是中国油气资源的重要基地，在国家经济建设中发挥着不可替代的作用。黄汲清功不可没！1995 年 3 月 31 日，我在参加黄汲清的遗体告别式时，看到林海一般的花圈丛中，有相当一部分是川、滇、贵地区的官员和百姓送来的，其中有一个落款为"成都市民"的挽联上写着这样一句话：大师当年一指定气田，百姓今日万家用明电。

　　1940 年至 1943 年，黄汲清的目光转向西域新疆，并且在这之后的半个世纪里，他始终如一地把自己相当一部分热情倾注到了天山南北那块美丽而又神秘的土地。1942 年临近冬季时，黄汲清带着五员大将开始了新疆油田地质调查这一在中国科学史上具有划时代意义的远征考察。此次远行，黄汲清自任队长，队员是：杨钟键（著名古脊椎动物学家）、程裕淇（著名矿床学家）、周宗浚（地形学家）、卜美年（地质学家）和翁文波（著名地球物理学家），这是一个强大的阵容。在此次为期 197 天的野外考察中，黄汲清一行不仅完成了对天山独山子油田的地质调查与油田规模圈定的重大贡献，而且通过详尽细致的实地考察，黄汲清独具慧眼，提出了重要的"陆相生油论"和"多期生油论"两大科学观点，并在他发表于 1943 年的英文版《新疆石油地质调查报告》专著中明确指出：陆相沉积地层同样具备生成大油田的可能。中国新疆的独山子、塔里木盆地等地方，以及其他中国的陆相沉积地层下，完全有可能找到与美国的加利福尼亚油田、苏联的巴库油田相媲美的大油田。

这般清晰而明确的科学论断，仿佛在国际地学界权威们的头上打了一个惊天动地的响雷，也给中华民族的石油工业乃至整个社会发展带来了振奋人心的喜讯。

这个时候，不仅是黄汲清，还有谢家荣、翁文波等专家都在理论上对"陆相生油"给予了肯定。在《康世恩传》中，我看到了李四光对"陆相生油"的理论肯定是在 1954 年 3 月 1 日，他应邀到康世恩任局长的国家燃料工业部石油管理总局作报告时，说了下面一段话："石油不仅来自海相地层，也能够来自淡水沉积物"，即陆相生油之说。从时间段看，李四光对"陆相生油"理论的肯定和提出，确定晚于黄汲清他们。

然而，所有的科学理论到实际发现之间还有很遥远的路需要走，科学家们在发现大庆油田的道路上还有很长的崎岖之路需要攀越和跋涉……

需要补充一点的是，在 20 世纪初至 40 年代，日本人曾经在松辽大地上做过近 40 年的地质普查和勘探。由于当时他们的钻机也只能打到七八百米深的地方，所以最后"抱恨"而归。这个史实对日本人来说，属于"太遗憾"，而对我们中国和世界和平爱好者来说，恐怕是天大的好事，因为假如日本人发现松辽有大油田的话，第二次世界大战的结局很难说是不是有另一种可能。贫油的日本倘若找到了大庆这样的大油田，它的侵略野心和战争能力，绝对会成倍地提升。不说第二次世界大战的结局到底如何，中国的命运就不会是现在这个样子，或许我们真的要失去东北三省……甚至面临整个国家的分裂。日本人如果早早咬住了松辽的大油田，想一想结果会是多么严重和可怕！

共和国成立。黄汲清、谢家荣等将国民政府的旧地质调查所完整地奉献给了新中国，他们继续在做自己的事。不过，身份有些尴尬：业务上是骨干，政治上是"旧政府"的残余。

但国家需要石油。以毛泽东为首的中央高度重视旧知识分子，所以黄汲清、谢家荣等一批地质学家或到了地质部，或到了燃料工业部由康世恩领导的石油管理局。

新中国的石油基础是从旧中国的玉门油田承继下来的。在大庆油田"松基三井"发现前十年的 1949 年 9 月 26 日，解放军三军九师政治部主任康世恩接到解放军总部的命令，让他去接收玉门油田，出任驻油田的军事总代表，一起去的还有焦力人等。康世恩从此就与共和国石油事业没有断过线，一生倾心于此，成为毫无争议的大庆油田和新中国石油事业的主要领导者与开拓者。

有一幕情景永远让人铭记：1995 年 4 月 20 日，康世恩极其艰难地在病床上度过了他的 80 岁生日。第二天就已经无法再延续生命的他，突然伸出颤巍巍的手，从医生那儿要来纸和笔，用其最后的力气，在纸上歪歪斜斜地写下了一个"油"字……

大庆油田最重要的发现者之一和油田大会战的主要领导者、组织者康世恩，用最壮丽的乐章，让生命定格在"油"字之上！大庆人必须记住这个人。共和国所有人都应当记住这个人——尤其是在我们纪念大庆油田和国家"生日"之际。

重回"大庆油田发现者"上。

从某一个角度看，大庆油田的发现，其实除了科学理论的引导和勘探技术能力成熟等因素外，政治因素和军事因素，特别是国家建设需要的推动力，起着关键性的作用。20 世纪 50 年代，新中国社会主义建设大高潮中，石油这个能源中的"小弟弟"已经让毛泽东、周恩来、刘少奇、朱德等这些国家领导人常常操心和劳神，所以大庆油田的发现从某种意义上讲，是被"逼"出来的。

我们从新中国中央人民政府成立之初的工作和机构设置就可以看出这一点：最初政府部门只有燃料工业部，这是新中国成立 19 天后成立的第一批政府机构之一。燃料当然不只是石油，但燃料工业部成立不到 6 个月，就召开了全国第一次石油工业会议，并且在此次会议上中央人民政府决定在燃料工业部下面成立石油管理总局，下设西北石油管理局，负责当时中国石油的主要产地的玉门、延长和新疆几个油田，康世恩任该局局长。这次会议给康世恩等石油战线的所有人一个强烈的讯号是：国家社会主义建设太缺石油了，1949 年全国石油仅有 12 万吨，只够 1950 年国家所需的十分之一。而此刻，新中国又面临一场严酷的战争——抗美援朝。

"你这个人在西北角落的石油局长，工作干得好不好，直接影响到我这个在东北部跟老美干仗的志愿军司令啊！"1950 年下半年，彭德怀临交班西北地区军政大权、准备带兵出国前夕来到酒泉视察工作，他见到了康世恩，便这样说。

"我明白彭总。可是……"康世恩皱着眉头，说："现在玉门油田年产 9 万吨，几乎占了全国石油产量的 95%，我本想新中国成立后的玉门油田年产应该是原来的两至五倍的水平，但现在难题很多。想扩大生产，就得有设备，而玉门原来的设备都是从美国那边购买来的，美国人现在对我们封锁，从其他途径买回来，成本更高，况且我们又没钱。现有矿工 4000 余人，也等着发工资，咱们部队到玉门拉走的军用油到现在也没有给钱……"

彭德怀瞅了一眼康世恩："你是来讨债的？"

"不敢不敢！"康世恩忙摇手。

彭德怀双手往腰际一插，对天长叹一声，说道："国家穷啊！穷得毛主席、总理口袋里都没有钱……"稍后，他说："我现在主要管打仗，军油款的事你们到兰州找张宗逊书记去要，越快越好，也算是为我的入朝部队做事！"

"你们派人用我的飞机去。这儿到兰州开车子要好几天呢！"彭德怀对康世恩说。

"谢谢彭总！"康世恩随即派出焦力人等飞往兰州，见了兰州军管委主任张宗逊。张立即把第一野战军后勤部长叫到身边，问："你那里还有多少银元？"

"5万。"后勤部长伸出五个手指说。

张宗逊连眼皮都没抬一下，说："全部给玉门油田！"并且派战士将钱装上车子，直接押送到了玉门油田。

有了这些钱，康世恩与杨拯民、焦力人和邹明等玉门油田负责人一起，一方面稳定工人队伍和加强技术培训，另一方面积极开展对老君庙油田的外围勘探普查，先后发现的石油沟、白杨河、鸭儿峡油田使玉门整个油田成为了第一个进行油田边缘注水开发的油田，为日后大庆等油田开发提供了宝贵经验。玉门油田从此走上了高产的历史性水平线上，到1958年，胜利实现产油突破百万吨大关，成为中国第一个天然石油基地。从某种意义上讲，玉门油田是大庆油田的"母体"——因为玉门油田不仅为大庆贡献了勘探技术、采油技术和管理油田技术，更重要的是培养了一支钢铁队伍——铁人王进喜便是其中的杰出代表。他的成长和出名首先是在玉门油田。

"苏联有巴库，中国有玉门。凡有石油处，皆有玉门人。"著名诗人李季如此言说。中国石油业与玉门的关系的确如此，玉门与大庆的关系更是亲似"母子"，只不过其子大庆如巨人一般，所以后人没有将这种关系定名为我上述所言。

相对于庞大中国的社会主义建设及突如其来爆发的朝鲜战争的需求来说，玉门油田的石油供应量实在无法满足。有一次朱德元帅到西北视察工作见了康世恩，很少说急话的他，也说出了这样的话：你们供不上我打仗用的油，我就要敲你们的脑壳！

国家用油的稀缺，使得以毛泽东为首的中央最高决策层不得不把眼睛放到了成本极高、产出又极低的东北人造石油上，并在短时间内恢复了抚顺东制油厂（后为石油二厂）、锦西石油五厂、抚顺西制油厂（后为石油一厂）、桦甸页岩油厂（后为石油九厂）和锦州煤气合成厂（后为石油六厂）等几个人造石油厂的生产。所谓的人造石油，是以一种叫页岩的岩石，通过大量复杂的干馏等工序，从中提炼出与天然石油成分相近的人造石油来，其成本为天然石油的十几倍。无奈，许多工业建设需要石油，不这样做就会使得诸多产业无法发展。毛泽东等决策者是咬着牙关，勒紧裤腰带从石头中挤这生命油的。到1952 年，人造石油产量达 24 万吨，占当时全国原油总产量的 55%，中国人就是靠了这么一点点人造石油在支撑着新中国建设，特别是朝鲜战场上的大部分急用之油。

太可怜了，又显然不是长久之计，毛泽东为此忧心忡忡。一个庞大的国家，而且还在一边建设一边需要满足战争的供给，仅靠 40 多万吨石油，简直是杯水车薪。而严重的是中国尚处在被国际科学权威们判定为贫油国的"无期徒刑"状态。

找，得把 960 万平方公里的地底下摸个清楚。1952 年 8 月，毛泽东宣布成立中央人民政府地质部。这块牌子刚挂起来，毛泽东就催促主管工业的陈云、李富春等尽快把寻找石油等资源的任务下达到相关部门。

这也就有了下面一个又一个故事：

副总理薄一波按照毛泽东的意见，一个电话，把时任重工业部代部长的何长工叫到办公室。

薄一波连一句客套的话都没有，便跟何长工说："何老部长啊，中央决定派您到即将成立的地质部去。"

"什么？我没听清！"论资格和年龄，何长工对眼前这位"小字辈"的副总理大声问道。

忙得不可开交的薄一波瞪大眼珠子，对红军时期就是红军军政大学校长的何长工说："这是毛主席点名定的！定的您老人家！去地质部！"

又是老毛！何长工与毛泽东在井冈山就是生死之交，当年如果不是何长工出面与"山大王"袁文才、王佐谈判成功，中国革命史上很可能就没有井冈山革命根据地了！仅凭此，何长工称呼毛泽东，不叫"毛主席"，而叫"老毛"。这样叫毛泽东的还有一个人，就是彭德怀。何长工很憋气，前一年多成立重工业部时，他对中央任命他去当重工业部党组书记、副部长就有些不太愿意。毛泽东对他说：就看你有股干事的冲劲才让你去的，新中国建设要靠你这样的冲劲。何长工不再说话了。这回不一样，何长工跟薄一波说："我是跛子，地质工作到处跑，咋弄？"

"您说咋弄？蹦着跳着去呗！"薄一波面不改色、若无其事地说着。

"你这小兔崽子！你以为你当了副总理我就不敢打你吗？"说着就举起拐杖朝薄一波砸过去……

薄一波马上笑开了，并作了一个投降的姿势："息怒息怒，我的老部长！"

何长工这时也罢手了，他知道薄一波是拿他逗乐。

最后薄一波还是把何长工的工作做通了，他说："您这个提名是李富春副总理首先提出来的，后来上报毛主席和周总理，他们都认为你去地质部合适。国家"一五"计划编制的时候，发现许多工作因为地质矿产资源不明，所以没法往下做。中央非常着急，故决定立即成立地质部，要在全国迅速开展地质矿产普查。地质学家李四光任部长，但日常工作还得要靠您老人家来抓。"

"又是一个苦差事！"何长工其实心里已经平静了，但嘴上仍然这么发着牢骚。"又是一个新组建的部门，有啥基础吗？在哪个地方办公？"他问。

薄一波告诉他，说在北京西四旁边的一个胡同里，原是中央财委会下属的地质工作计划调配委员会在那里办公。刚从英国回来的李四光对那个地方比较满意，所以中央已经同意将即将成立的地质部设在那里。"您老可以先到那边看看……"薄一波说。

"不行，光看办公室没用，我要到恩来总理那边伸手去！"何长工站起身就往外面走。薄一波赶紧叫来秘书扶这位老革命出门。

"恩来啊，你们让我到地质部去，可啥都没有呀！"何长工见了周恩来就叫苦。既然你们都说地质工作是国民经济的先行官，那就得让这"官"穿衣戴帽，像个样子！

"何老部长呀，地质工作要什么，我们就给什么！"不想周恩来总理如此"大方"。

"好，有你这话，我就去定地质部了！"何长工从周恩来那里出来后，信心满满，按照中央要求，他先去见李四光，并从这位地质学家那里知道了当时全国地质工作的一些基本情况。

"用你们军事语言讲，地质工作对国家的经济建设而言，就像打仗时的侦察兵。地质工作就是摸清地下矿藏的工作，要知道地下的情况，地质普查是第一步和基础工作，普查靠什么？要靠理论知识，理论知识是指导地质普查的前提。普查好了，就可以开始勘探找矿……"李四光耐心地向何长工这位老革命家讲述地质与矿产资源的科普知识，何长工越听心头压力越大：原来这地质工作跟打仗一样，也是硬家伙啊！

"可不是！地质部成立之前，国家有个地质工作计划指导委员会，因为工作紧张繁重，矿产地质勘探局长谭锡畴上任不久就脑溢血逝世。不久，计划处负责人张澜庆又患重病不起……"李四光叹息道。

"应该按照中央要求，尽快把地质部建立起来，把全国所有地质人才集中起来。"何长工说，"听说我们要接收 200 多名从旧社会地质旧机构过来的地质人员？他们的情况怎样？"

"是，多数人我还比较熟悉。用大家的话说，他们都算是些'老家伙'了。"李四光笑笑，继续说，"其实他们中除了章鸿钊先生外，其他的人还都比我年轻些。"

"那李先生您出面向这些人招呼一下，我再跟中央组织部门的负责同志讲一讲，争取把这些'老家伙'弄到一起，让他们在社会主义建设中好好发挥地质工作的作用。"

"太好了！"李四光十分欣喜。

1952 年 8 月，地质部成立。很快，在李四光和何长工的主张下，国家政务院批准了将原来隶属中央财委会的"中国地质工作计划调配委员会"改名为"中国地质工作计划指导委员会"。由李四光任主任，地质学家尹赞勋、谢家荣任副主任。

在讨论重新调整矿产普查各专业人选时，李四光希望尹、谢拿出个方案。谢家荣对石油这一块熟悉，他首先点名黄汲清、孙健初、侯德封、杨仲健、顾功叙、张文佑等专家，这些人后来都成为了大庆油田的重要发现人。"他们不仅是中国石油地质方面的顶级专家，而且也是玉门油田的主要发现者和参与者。"谢家荣说。中央批准了"中国地质工作计划指导委员会"组成人员名单。章鸿钊先生是"中国地质工作计划调配委员会"顾问，一年前在这个委员会召开的第一次扩大会议上，这位 74 岁的中国地质事业创始人在开幕致词中万分激动地说："我从事地质工作已经三十四年，从来没有像今天这样愉快。"并号召他的弟子们"都要为新中国的大事业而努力！"令人惋惜的是，一年后新的"中国地质工作计划指导委员会"成立才一个多月，"顾问"章鸿钊老先生还没有来得及与他的新弟子们聚上一回，便与世长辞了，他生前的愿望——"鸟油到处滚滚流"的景象，也没能看到。

一年之后的 1952 年 11 月 10 日，中国石油界又失一员大将，一代石油先驱、玉门油田的功勋发现者孙健初先生在北京的家中因煤气中毒，不幸与世长辞，终年 56 岁。

章鸿钊和孙健初这两位先生倘若活着，他们肯定也是大庆油田的重要发现者之一。他们的去世，是刚刚准备起步的新中国石油事业的重大损失。

1953 年，新中国第一个"五年计划"正式实施，全面掀起高潮的社会主义建设的战车启动后，毛泽东、周恩来、刘少奇、邓小平、陈云、李富春等党和国家领导人很快发现一个突出的问题：缺油！缺石油！

"长工啊，你这个地质部长知道不知道我们的脚底下到底有没有石油啊？"一日，中央开会时，毛泽东转头见何长工与彭真坐在一起，便朝他俩招招手。等两人靠近后，毛泽东盯着何长工就问。

"这……"何长工急得后背一身冷汗，他瞅瞅一旁坐着的彭真，又瞅了一眼毛泽东，不知如何回答老毛的话。要说有吧，这牛皮吹出来可就不得了啦！要说没有吧，老毛肯定不爱听。

何长工支吾了半天没说出几个字。

唉！油啊油，真是愁死人啊！毛泽东懊丧地朝何长工、彭真挥挥手，示意他们走吧，他需要独自想一想。两人走后不多日，毛泽东通知秘书：让地质部部长李四光来一下，还有总理。

老人家愁的还是石油。

李四光是民主人士，毛泽东见李四光时，可比见何长工要客气得多。

"李四光同志今年多大年纪？"毛泽东满脸笑容。

李四光："66 岁。"

毛泽东有些惊异地噢了一声，说："比我大四岁，又是著名科学家，那就是我的先生了！"

李四光受宠若惊："不敢，不敢，我在地质界是少数派。"

毛泽东不紧不慢地说："当少数派不要紧，我，恩来同志，从前也是少数派，不止一次被排挤，可是有时候真理在少数人手里。"

李四光激动地点点头。

毛泽东收敛笑容，转到正题："先生知道，我们共产党人推倒了三座大山，现在要建设新中国。可进行建设，石油是不可缺少的，天上飞的，地上跑的，没有石油都转不动。眼下我们每天坐车，烧的都是洋油。自己没有油，想爱国，也爱得不那么痛快喔！"

李四光十分内疚："我们工作没有做好。"

毛泽东摇摇头："这笔账不能算在你的头上，中国贫油又不是你李四光说的！"

"李四光同志，我们知道你对石油问题有自己的看法，主席想听听你的意见。"周恩来插话道，"你认为我国天然石油的储量究竟怎样？如果真是不大好，我们要早一点考虑走人造油的路。国家各项建设上得很快，时间耽误不起呀！"

李四光听了这话，连忙说："不不，我们目前还用不着作这种选择。主席，总理，根据地壳运动的规律，我认为生油是一回事，富油又是一回事，关键在于正确认识地下构造的规律，找出储存石油的构造来。有的地方，地面上虽没有任何油气现象的显示，而地下却很可能是个大的含油地区……"

"这么说，我们的地底下也有可能有大的含油地方？"毛泽东的眉头一挑问道。

"是这样。"李四光肯定地说，"中国这么大的一个国家，地质构造又十分丰富，不能排除富油地层的存在！"

毛泽东高兴了："先生的观点，符合任何事物都是一分为二的辩证法，强调绝对就不是马列主义了！"

周恩来从座位上站起来，爽朗地笑道："我们地质部长很乐观，也很有气魄！李四光同志，你说中国有石油，我拥护你！"

毛泽东听后也站了起来:"好,我也投先生一票。"

李四光情绪激荡,他感到肩头的担子沉甸甸的。

在新中国的历史上,像李四光这样的知识分子,得到毛泽东这般推崇与赞赏的人并不多,几年后归国回来的钱学森先生可能是另一位。

话说李四光离开中南海回到自己的办公室后,脑子里一直在思忖毛泽东和周恩来的话,他感到开展全国性石油地质普查与勘探工作迫在眉睫。然而作为一个新组建的政府职能部门,国家建设所需的矿产资源太多了,有造飞机、大炮的钢铁,有试验核武器的铀矿,有供给人民生活的铜锡矿,还有准备建长江大桥的工程勘察任务,当然,石油是这些矿产资源中的重中之重。地质部是一个行政部门,矿产普查工作千头万绪,单靠一个行政部门难以进行有效工作,必须建立一个专业部门全力投入才是。

李四光把自己的想法告诉了何长工等几位副部长,并且迅速形成集体意见。于是,1954 年初,一个专门担负计划与指导全国性的各种矿产普查勘探任务的特别机构——地质部矿产普查委员会(以下简称"普委")宣布成立。李四光和何长工商量,这个实质机构必须有国内地学界最有威望和实际工作能力的人士唱主角。经过再三选择,部党组调来三位大员,他们是西南地质局局长黄汲清、地质部地质矿产司总工程师谢家荣和地质部办公厅负责人刘毅。三人分别被任命为普委常委,主持日常工作。

地质部把如此重任交给黄、谢、刘三人,是有一番苦心的。刘毅是位资深老革命,九级干部,他到普委另有一个职务是党委书记兼办公室主任,是实际上的行政最高长官。谢家荣是著名的矿床学家,在矿产勘探方面是独一无二的权威。另一位黄汲清从大西南调来,是出于对他的两方面优势的考虑,一方面他是著名的地质学家,另一方面他还是中国数一数二的从事石油地质科学的专家。他和谢家荣实际上是普委的技术总负责人，加上刘毅这位行政领导，如此三人班子应该说是最佳搭配。

普委除上面几个大员外，还有一位重要人物，他叫李奔。这位少壮派到普委之前已是东北地质局副局长了。在普委，他被任命为办公室副主任，是实际上的大管家。李奔在新中国石油工业建设史上是位重要而又传奇的人物。这是位小八路出身的共产党人，1945年，他所在部队越过陇海铁路时，日本人投降了，年轻的李奔被派到家乡任化县当了县委书记。解放后，当时任东北人民政府工业部办公厅主任的袁宝华将李奔召到地质行业。这位年轻、干练的党员干部深得黄汲清、谢家荣的看重与赏识。用黄汲清的话说，大庆油田的发现过程，如果没有李奔从中奔波、周旋，或许还要晚几年。

除李奔的行政办公室外，普委下设一个地质科，这是主要的业务部门。著名地质学家王曰伦、朱夏、关士聪等也在其中。而更多的是像张瑞祥、邓克刚、苏云山、丁正言、余飞、朱聚善、敖玉、冯福闾、胡定恒、刘政琨、孙人一、陈继贤、宁宗善、周志武、任纪舜、王光等一批刚走出大学校门的年轻人，他们后来都是大庆油田发现团队中的地质骨干。

1954年12月的一天，鹅毛大雪在北京城上空纷纷扬扬地洒落。

百万庄，中国地质科学院宿舍楼。共和国第一个石油作战指挥部——普委的办公地址就设在这里。

"老黄、老谢你们来一下。"党委书记刘毅招呼隔壁的黄汲清、谢家荣到自己的办公室开会。

"根据中央的指示，部党组决定在明年元月20日召开第一次石油普查工作会议。"刘毅不等黄汲清、谢家荣坐稳，便开始传达上面的指示，"何长工同志要求我们普委就明年全国的石油普查方向与任务拟出个计划。这任务很重，它不仅是我们普委向上级和全国人民交的第一份卷子，而且直接关系到我国今后石油工业发展的方向性问题。

从现在开始，我们恐怕得少睡几个安稳觉了！我想听听你们二位的意见。"

黄汲清生性心直口快，他瞥了一眼谢家荣，便说："如此大的一个战略计划，我们少睡几觉倒没什么关系，问题是国家目前财力还有限，而另一方面各项建设对石油的需求又十分紧迫，这就需要我们在制定计划和布置任务时尽可能地做到方向上和技术上的准确性。你说呢？老谢？"

年长六岁的谢家荣，其性格与好友黄汲清差异很大，平时他很少说话，或者像有人说的不善言词。但生活与工作中他绝对是个好老头——黄汲清的小儿子、后任美国某公司高级工程技术员的黄渝生这样对我说。

"德淦说得对，我们需要对每一个具体项目作详尽的讨论和研究。"谢家荣说。

"我同意你们的意见。不过，技术问题又很复杂，我们需要有一致的意见。"刘毅顿了顿，提出了一个问题："今后在科学技术问题上如出现大的意见分歧时，由老黄作最后决定，你们看怎样？"他把目光投向谢家荣。

"我没意见，德淦对石油比我熟悉。我们又是几十年的老朋友了，不会闹翻的。"谢家荣笑笑。

这个情节是从黄汲清的一篇回忆文章中摘录的。据黄自己讲这是三人的君子协定，没有向群众公布。我认为可信，原因是：正如前面所言，当时普委这三巨头，刘毅是行政干部出身，技术上无疑靠黄汲清、谢家荣做主。而谢家荣虽然以前也从事过石油地质工作，但他毕竟是位矿床学家，专长主要在探矿上。黄汲清则不一样，他一方面是位研究大地构造的基础地质学家，同时又亲自组织与领导了几个油气田的普查勘探工作，是名副其实的石油地质行家。

黄、谢接受指令后，便开始了紧张而又繁忙的工作。

苍茫大地，何处是油田？

要回答这个问题实在是太难了，谁也不敢口出狂言。

一年前，地质部长李四光在被毛泽东召见时，也曾对中国的石油资源远景作过描绘，但这毕竟是泛泛而论。黄汲清他们现在要做的是十分具体且带有决定性的战略部署，即必须指出：哪个地方已经显示了生成油田的条件，可以把勘探队伍拉上去；哪个地方可能是个大油田，应当列入普查勘探项目；而哪个地方虽然目前还无任何迹象表明有油田的生成可能，但一旦突破就是个大发现，因此也要下决心投入力量。

现在，黄汲清和谢家荣要做的就是这些。

"四川盆地和鄂尔多斯陕甘宁盆地两块布置普查任务应当不成问题吧？"黄汲清征求谢家荣意见。

"没问题。"谢家荣点头赞同。

"新疆的一块和青海的柴达木盆地，也应当列入吧？"

"应当。过去我们在这些地方已经做过一些工作，现在再加把劲是极有可能找到大油田的！"谢家荣补充说。

黄汲清铺开墙面一样的大地图，用红笔在上面圈上几个红圈："加上你我一致肯定的华北这一块。还有一块是我最想做的！"他将红笔往桌上一扔，一边在屋里踱步一边说道，情绪十分激动。

"哪一块？"

"这里！"黄汲清转身俯在地图上，将手指向雄鸡的头部。

"你是说松辽平原？"

"对。"黄汲清的胳膊有力地在地图上勾出一个弧形，然后充满激情地说："从地形图上看，我们的东部有个非常突出的特点：大兴安岭、太行山脉和河南西部包括伏牛山在内的地区，形成一片北北东—南南西走向的高原山区。在它们的东西则出现松辽平原和华北平原。而这两个平原几乎可以通过渤海湾和下辽河平原连接起来，组成一片连续不断的平原和浅海沉积带。早先德国地质学家李希霍芬曾给这一大型地貌特征起了个名字，叫兴安构造线。你还记得否，我们的葛利普教授（美国著名地质学家，北大早期教授，笔者注）对此也十分注意，他认为上述沉积带是地壳上正在开始形成的地质沉积带……"

"李四光将它说成是新华夏地槽。"谢家荣插话道。

"是的，过去我也同意他们的观点，可自从我提出大型陆相沉积盆地可以生油而且可以形成有经济价值的油气田观点后，对大型盆地我可是异常感兴趣了，特别是中生代、新生代的陆相盆地。"

"你是说松辽平原有可能也是陆相含油盆地?"

"没错。"黄汲清问谢家荣，"你还记得 40 年代末我一直在研究中国东部地质资料吗? 有一次还上你府上要了一大捆呢!"

谢家荣笑了："有那么回事。你嫂子还非让你留下一麻袋钞票。黄汲清哈哈大笑起来: 那时候老蒋的一麻袋钞票能买几斤小米呀?! 嫂子亏大了!"

言归正传。黄汲清继续阐述："有一天，在看地质资料时，我突然冒出一个想法: 为什么不把中国东部的大型沉降带作为石油、天然气生存的研究对象呀! 这一点你与我一样清楚，松辽盆地的南缘零星分布着白垩系砂页岩地层。这里的陆相地层是很有可能存在于盆地中间，虽然我们至今仍无明显的发现，但我想它只是被第四系掩盖罢了。还有一点可以证明，华北平原两侧曾出现了下第三系磨拉斯型构造，即河北的长辛店系和山东的官庄系: 它们延伸到平原中部就相变为砂泥质湖积层。从这些事实推断，我们有理由相信，松辽盆地与华北盆地一样，都可能是陆相含油盆地!"

"说完了?"

"说完了。"

一番滔滔不绝之后，黄汲清为自己倒了一杯茶水，然后静坐在一边等待谢家荣发表见解。

谢、黄两人虽然年岁不一，但却是同出章、丁、翁、葛利普四位大师门下，并且都是 20 世纪三四十年代中国地质的顶梁柱。两人都先后担任过中国地质学会理事长，又同服务于解放前的中央地质调查所数十年。新中国石油地质事业又使两位大师并肩走进同一条战壕。谢家荣性格偏内向，显得老练稳重。黄汲清则心直口快，给人印象是位充满激情与活力的人。无论在生活还是工作中，黄汲清都视谢家荣为自己的兄长。此刻，当他将心中孕育了很长时间的一个宏大设想吐露出来后，是多么想听听这位兄长的意见。在黄汲清看来，谢家荣的态度太重要了，因为他了解谢家荣对科学从来不会说半句违心的话，另一方面，谢是普委中唯一一位与他黄汲清一样可以影响左右他人的技术决策人物。

"你……不赞成？"黄汲清看谢家荣半天不说话，心里很是着急。

"我？问我？嘿，我举双手赞成！"谢家荣难得有笑，这回笑了，"松辽这一块我们不仅要列入计划，而且一定得派队伍去做！这个观点，我在去年就提出过，与你不谋而合。"

"太好了！"黄汲清想听的就是他这句话。他迅速拿起红笔，在雄鸡状地图的鸡头处画了一个十分醒目的红圈。

1955 年 1 月 20 日，地质部的全国第一次石油普查工作会议在京召开。出席会议的正式代表 200 人，列席代表 116 人，除地质部直属单位的负责人外，国家石油管理总局、中科院和国务院、国家计委也派了代表参加。准备参加石油普查队工作的主要干部及技术人员也应邀出席。此次会议，可谓是新中国石油事业的第一次战前总动员、总部署，因此引起了各方面关注。李四光部长致开幕词。会议的主要议题是副部长许杰作的关于 1955 年石油天然气普查工作的方针与任务的报告。这个报告中的计划与任务部分实际上就是根据黄汲清、谢家荣的设想制定出的。可是，当报告人念完最后一个字时，黄汲清疑惑不已：怎么没有松辽盆地呀！再看看会议代表，西北、西南、华北、新疆几个大局的负责人都来了，唯独东北地质局没来人！真是奇事！

黄汲清急了，他赶紧找到会议的具体负责人李奔追问此事。

"因为没有他们的项目，所以没通知他们来人，到底为什么我也不太清楚。"被会务拖得团团转的李奔这么说。

作为普委的技术总负责人，黄汲清对此不仅感到愤怒，而且十分不理解。按常理，他和谢家荣制订的这份计划后由刘毅执笔改成了副部长在会上作的那份报告，作为会议主报告的基本内容。如果属于项目与技术上的问题，即使送上去后有重大变动的话，也应当征求他和谢家荣的意见嘛。可现在倒好，他俩都被蒙在鼓里。要知道，黄汲清在自己列出的所有项目中，松辽盆地是他倾注最多激情的一个梦。相比之下，其他盆地能否发现油田已是稳操胜券的事，而松辽却不一样，它和华北盆地一样，是中国人能否实现陆相地区找出大油田的突破性点，其意义非同一般。

还没等黄汲清将撤掉松辽盆地普查项目一事追根刨底，部务会通知他去汇报。

这是个机会，一定要抓住！于是，黄汲清以普委技术总负责人的身份，在部务会上再次明确和强调了要把松辽盆地开展石油普查列入计划的意见和建议。

于是又出现一个令黄汲清感到奇怪的结果：部务会上，包括部长李四光，还有那个作撤掉了松辽盆地普查计划报告的许杰副部长，均对他的建议没有提出任何反对意见。松辽盆地石油普查项目就这样重新列入年度任务之中。

黄汲清可算松了一口气。全国石油普查工作会议结束时，东北局的代表、地矿处处长胡科也赶到了北京。"你们局准备派哪一位技术负责人带队呀？松辽平原的石油普查很重要啦！"一见面黄汲清就迫不及待地问胡科处长。

对方说，"还没有来得及跟局里汇报，回去商定后再告知。"

"一定要抓紧。让局里挑一名强一点的技术干部。"

"是。"

黄汲清叮嘱完最后一句话后，心头暂且安定了些。

1955 年，这一年对新中国石油事业来说，是个重要的年份。

这一年，中央人民政府决定正式成立石油工业部。将军李聚奎出任部长，康世恩任部长助理。这是后话。

这一年，新中国的第一个油田克拉玛依油田被发现。

这一年，作为发现大庆油田最重要的前期工作——松辽盆地石油地质普查全面开始。

虽然不能与当年毛泽东在东北、华北等地摆开同蒋介石军队进行大决战的架势相比，但作为关系到新中国工业建设能否顺利向前推进的全国性石油普查勘探工作，其规模、其意义，在身为这一艰巨任务的总工程师黄汲清看来，或许差不了多少。

由地质部主持的第一次全国石油普查工作会议结束，新疆、柴达木盆地、鄂尔多斯、四川和华北、松辽地区的普查任务，已被批准确定和实施。这之后，黄汲清他们的普委开始进入具体操作阶段，队伍的布置、技术力量的分配、一份又一份项目设计任务书，都需要细致的过问和敲定。黄汲清忙得连几百米近的家有时都一连几天无暇回去。那时，他身边除了刘毅和年近花甲的谢家荣外，便是清一色的年轻人。他们可以几天几夜连轴转，谁都不会发一句牢骚。每逢此时，唯一得到的奖赏是敲一次黄总的竹杠。那时黄汲清拿的是一级教授的工资，三十多块，可以抵十个大学生的工资，年轻人觉得不敲他亏得很。黄汲清乐了，说请客可以，不过有个条件！什么条件？必须上四川馆子，上水煮牛肉！开始，几位东北籍的年轻人还真被黄汲清的这招给治住了。那四川菜，尤其是水煮牛肉里辣子又多又辣，好几个人败下阵。哈哈哈……看你们还敲不敲我的竹杠了，黄汲清瞧着弟子们的狼狈相，开怀大笑。若干年后，他的弟子全都练就一口吃辣的本事：一两碗水煮牛肉根本不在话下。弟子齐呼："这样下去，先生可要吃不消了！"黄汲清摆摆手，笑道："没得事没得事，你们能沾上辣瘾，我高兴。搞地质的人，终年跋山涉水，风餐露宿，辣椒是既可食又防寒的好东西，你们能常吃它，证明就可以多上野外，多为国家找矿找油嘛！"弟子们听后大悟：好你个先生，原来请客是为了操练我们哪！

地质部的石油普查工作战幕已经拉开。从事这一工作的黄汲清等技术专家们的热情空前高涨。

另一个战场的康世恩石油管理总局这边，早已摩拳擦掌，跃跃欲试。

我们知道，任何矿产资源的发现与开发，首先离不开地质普查。新中国成立后，当地质部的地质普查大军开始在西北、西南和东北等地撒开大网时，作为主抓石油矿产勘探开发的燃料工业部的康世恩再一次被老上级——朱德总司令叫到面前"训令"："朝鲜战场上，美帝主义侵略者与我志愿军打得难解难分，形势十分严峻！现代战争打的就是钢铁和石油。有了这两样，打起仗来就有了物资保障。没有石油，飞机、坦克、大炮不如一根打狗棍。所以我要求产一吨钢铁，就产一吨石油，一点也不能少！康世恩同志，这是给你的命令！"

"是！总司令！"康世恩一个立正，然后向朱德敬礼。

说声"是"容易，可石油到底在哪里呀？那些日子，朱德总司令的话久久地在康世恩的脑海里回响……每每此时，他便站在巨幅的《中国地质图》面前，数小时一动不动地凝视着那起伏的群山、奔腾的江河与戈壁沙滩、茫茫草原，并不时自问：石油到底在哪里？

"康局长，同学和老师们都等你去讲话呢！"办公室的秘书过来催康世恩去出席由他一手筹建起来的北京石油学院开学典礼。

走！康世恩拿起桌上的小本本，便乘车向清华大学的方向驶去。北京石油学院是康世恩经请求中央并亲自到清华大学协商后组建起来的，学院以清华大学的各石油专业为其基础，又从玉门油田等企业抽调了一批有丰富经验的工程技术人员组成了师资队伍。康世恩十分看重学院的人才培养，他多次提出这是新中国石油人才的摇篮。

1953 年 10 月，苏联派出以特拉菲穆克博士为首的石油专家组，来中国帮助编制石油工业第一个五年计划。特拉菲穆克博士的团队实力很强，他本人又是苏联第二巴库大油区的功勋地质学家。康世恩十分重视苏联专家的作用，并抽调了自己的技术专家团队如陈贲、翁文波、童宪章、王尚文等专家与苏联专家团队进行对接。

"康局长，苏联专家提出除了到甘肃玉门油田和兰州炼油厂外，他们认为有必要去陕北、四川、贵州、广东等有石油显示的地方多走一走……"一天，陈贲过来向康世恩汇报。

"好呀！时间定下来了没有？"康世恩大喜，忙问。

"定了，可能一趟走下来，得好几个月……"陈贲说。

"值！走几个月，把中国的石油资源调查个明白是很值的！什么时候走？我全程陪同他们！"康世恩说。

"你要全程陪同？至少四个来月，你是局长，走得了吗？"陈贲感到十分意外。

"有什么不可以的？找不到石油，我这个局长待在北京有什么用？走！"康世恩一挥手，让陈贲带着他去见特拉菲穆克博士。

"康，你的选择是伟大的！中国的石油事业也因为你的这次选择而光辉起来！"特拉菲穆克博士知道康世恩要全程跟着他们一起去大普查，异常高兴。他矮胖敦实的身材，额上深深的皱纹，既是野外勘探奔波的印记，也是深思熟虑的特征，那双眼睛总是流露出地质学家特有的聪慧。他拥抱着高挑个头的康世恩久久不松手，后来这两位石油地质专家成为了终身好友。特拉菲穆克博士的地质专业知识与找石油的经验对康世恩影响很大，而康世恩对工作和祖国事业的执着精神以及专业进取心更让苏联专家感动。

这是一次漫长而艰苦的野外地质普查，从苍茫荒凉的甘肃，到沙漠戈壁的祁连山，再折回到陕北。新年刚过，征尘未洗，康世恩又带着中苏普查团队南下川黔桂等地考察……这一路，一走就是 150 多天，经历七省，足迹遍布几乎半个中国。此次地质大调查，令苏联专家们个个兴奋不已，尤其是特拉菲穆克博士，一回到北京，就组织他的团队，开始认真总结，用了不到三个月时间就完成了一本长达 537 页约 40 万字的中国石油地质专著——《中国油气田》，并附有一张中国含油远景图及 30 张局部盆地和构造图。苏联专家根据此次地质调查得出如此结论："中国石油资源极其丰富，由于历史短、工作量少，目前勘探程度不够。相信在增加投资、多做工作之后，中国的石油工业可以做到自给自足。"

这是一份来自苏联专家的权威性报告。康世恩及时将其送到燃料工业部领导手中，再由部领导送达陈云、李富春手中，然后到了周恩来、毛泽东手中。相信这一天看到报告的毛泽东和周恩来一定很是激动了一番。

抓紧有方向性的地质调查！抓紧引进钻机等勘探设备！陈云亲自关注这两件事。

苏联专家的报告送上去后，康世恩仍沉浸在兴奋和激动之中，因为这一次全程参与苏联专家的地质大调查，对这位新中国的石油组织者和领导者来说收获巨大，他自己这样形容："我的老底子就是在这次全国石油地质大调查中打下的。"

在此次地质大调查中，康世恩与苏联专家一起在贵州考察时的一个发现，对日后大庆油田的发现起着重要作用，即他们在苗族侗族聚居地的凯里野外考察中，研究了古生界志留纪油苗和三叠纪二叠纪油苗，从而对中国石油资源分布领域的广阔性有了进一步认识，认为不仅在陆相沉积的新生代第三纪和中生代有油，而且古生代海相沉积的碳酸岩也有油。这对坚定陆相沉积地层找油的决心有着十分重要的意义。

　　把考察的第一手资料再运用到国家的石油战略布局，那段时间里康世恩忙得不可开交，而且很大一块时间是用在石油战线同志的"思想解放"之上，用他的话说，就是"行动之前要有思想武装"。这也就有了他在 1954 年 3 月 1 日专请地质部长李四光作了一场时间长达一整天的报告。李四光的报告题目为《从大地构造看我国石油资源的勘探》，在此次报告中，李四光对中国石油分布指出了三个远景区：一是青、康、滇、缅大地槽；二是阿拉善—陕西盆地；三是东北平原—华北平原。

　　也差不多在同一时间，康世恩清楚地意识到：要想尽快找到石油，地质普查力量需要首先跟上。于是他就与李四光、何长工协商，燃料工业部石油管理总局和地质部共同组成"全国石油地质委员会"。经中央批准，这个委员会很快成立，康世恩任主任委员，谢家荣、黄汲清、侯德封、张文佑等著名地质专家任委员。

　　"这是一个开启大庆油田和新中国其他石油发现之门的实质性机构。"黄汲清这样说。"我和谢家荣等从此天天卧在桌子上干的就是寻找藏油构造和划定普查、勘探图一类的活，不分日夜地在干……"

　　由于康世恩是地质专业出身，又因为前一年跟苏联专家一起进行的地质大调查留下的深刻印象和可喜收获，他格外重视"全国石油地质委员会"这个机构，于是也就有了黄清汲所说的，"那时起，我们就成为石油部的人了。"

　　分工不分家，新中国成立时的政府作风与干事人之间的工作作风就是这般和谐同心，没有其他私心和想法。同时，我们也比较清晰地看出了中国石油事业的一些战略与战术的端倪：毛泽东、周恩来等国家领导人的大决策，李四光、康世恩等部长们的大战略圈划，黄汲清、谢家荣等人具体的战术布局……

　　1954 年 12 月，国务院为了加速石油工业发展，决定将地质部、中国科学院和燃料工业部石油管理总局的力量集中起来作战，并分工合作：地质部与中科院担任油气普查和科学研究任务，康世恩任局长的燃料工业部石油管理总局担任油气资源的勘探和开发。

1955 年 7 月 30 日，第一届全国人民代表大会第二次会议决定：撤销燃料工业部，成立石油工业部、煤炭工业部和电力工业部。李聚奎将军出任石油工业部部长，康世恩、徐今强等石油专家任部长助理，具体组织实施国家的石油战略。石油部成立不到两个月，康世恩便率代表团访问苏联，重点走访了苏联著名的巴库油田。一路上，康世恩像小学生似的逢事逢题必问，于是也就有了著名的"问题先生"之称。长达近半年的考察与学习，让康世恩大开眼界和思路，针对中国的石油问题，他这样说："当人们在迷路求索的时候，苦于缺乏解决问题的办法，看到别人的好办法，那是有说不出的愉快，也就鼓舞了达到目的之奋斗信心。"

苏联访问，特别是巴库油田之行，让康世恩等中国石油人有了一种强烈的心愿：中国也要找到和建设巴库式的大油田！

"好，我们就是要找中国的巴库！"这话在何长工他们的地质部获得了巨大的响应。于是，"中国要有巴库"的口号像一剂强心针，强烈地刺激着中国石油人，包括人民共和国的领导者和李四光、何长工、李聚奎、康世恩以及后来出任新的石油部长的余秋里在内，嘴上常挂这样的话。这样的一句话和一个行动方向，在 20 世纪 50 年代中下叶，是一句合时宜的"战斗口号"，它带给中国石油人的是一种激励，当然也因此让找油的心境过于激进了些。"大跃进"是那个时期全国、全党和全民的行动，中国共产党人在仅用 28 年时间推翻了"三座大山"、建立了新中国后，大家都急于想过上好日子、过上像英美国家一样的好日子、像苏联"老大哥"那样强大之心虽然激进了一些，它的总体愿望和行动是建立在百姓的心愿之上，是有一定的当时的国情基础的。然而，毕竟我们在许多方面没有经验、没有实力，所以操之过急的建设愿望并没有真正达成。

在寻找石油问题上同样存在"冒进"和"错误判断"……

1956 年 10 月 1 日，天安门广场举行盛大的国庆游行。克拉玛依油田的巨幅模型首次作为工业成就的代表接受毛泽东和全国人民的检阅，那首《克拉玛依之歌》从此传播全国每个角落，成为那个年代一首脍炙人口的社会主义建设歌曲。

这一年，康世恩被正式任命为石油部副部长，寻找石油的重任无疑成为他肩上的千斤重担。除了日常工作，他常常独自站在《中华人民共和国地图》面前久久不离……他在思考和寻找突破口。

"康，你太爱钻研、太精明了！你的脑子里装满了整部中国石油地质，对石油地质情况很了解。我相信，过不了几年，你会成为一位大石油地质学家的。"苏联石油工业部副部长阿鲁德热夫是康世恩的老朋友，当他见到康世恩并聊起石油时，感慨地对康本人和中国领导人如此说。

"轰隆——"就在阿鲁德热夫访问期间，1957 年春节的第二天，康世恩年前派出的一个钻井队在四川巴县石油沟遭遇井喷，强大的天然气流从一千多米的深处把井内的钻具冲出地面，并引发周边一片火海……中国人从未见过如此猛烈的地下"火龙"，更不知如何处理。

"怎么办？阿鲁德热夫先生？"康世恩急得要跳双脚，他向"老师"求教。

阿鲁德热夫如此这般地吩咐了一番，石油部相关人员就按照他的方法在现场组织灭火行动……然而，六十多天过去了，井场的大火仍然没有灭掉，怎么办？康世恩心急如焚。

我们一起到现场去，应该采取一些新的办法了！阿鲁德热夫提议。

马上就去吧！康世恩早已等不及了。4 月 21 日，康世恩和阿鲁德热夫等来到井喷现场，所有的人都被现场的大火所震撼……

"需要用空中强爆炸来压制井喷！"阿鲁德热夫不愧是石油功勋专家，根据现场情况，他立即作出了用 200 公斤的爆炸物悬在火柱中心的空中，然后借炸药的强大爆炸力，强压井喷，以火灭火的方法。

8 点 20 分，当苏联专家潘德格诺奇合上电闸的那一瞬间，惊天动地的一声"轰"响，持续了 78 天的大火终于被熄灭……

康世恩心里默默地念了一声"我的老天爷"。他转身向现场的所有苏联专家一个一个地紧紧地拥抱了一下：谢谢，谢谢你们！

这是真诚的感谢。而且中国石油人也学到了一招绝技。

那时中苏关系亲如兄弟。也就是在这一年，苏联最高苏维埃主席团主席伏罗希洛夫来中国访问，他一见苏联专家就问："你们帮中国找到石油了没有？"当听说"没有"时，大怒："没有找到，那就上月亮上也要给我找到！"看，这难道不是亲兄弟说的话？

但中国人并没有像苏联"老大哥"那么大的胃口，克拉玛依油田的成功发现，已经让中国领导人们兴奋不已。这时全国性的反"右"运动已经开始，但中央对石油工业格外重视，除毛泽东外，朱德、邓小平、陈云、叶剑英等先后亲赴玉门和克拉玛依，参观自己的大油田。"玉门新建石油城，全国示范作典型。六亿人民齐跃进，力争上游比光荣。"朱总司令如此欣然作诗以贺。主抓石油的陈云也是第一次到石油勘探钻井现场，他感慨地对康世恩说："原来你们是埋管子的大王啊，只不过你们的管子是竖着埋的……"康世恩趁机说："现在我们的管子跟不上生产的形势，因为这种管子国内生产不出来。"陈云一听，回京后立即找到外贸部领导，订足了第二年的管子用量，并且拨给 700 辆卡车供运油用。

康世恩等石油人自然大喜。

然而喜归喜。到 1957 年年底中央一算账：唯石油部没有完成任务，150 万吨的石油产量差 4 万吨没完成。

"大跃进"年代，唯独石油部一个部门没有完成国家任务，这个脸面石油部尤其是康世恩丢不起。

1958年的元旦和春节这些日子，在北京有两个地方格外沉闷：秦老胡同和六铺炕，即石油部长们住的地方和石油部所在地。

换人！石油部换人！中南海正在研究一个新的人事方案。"独臂将军"余秋里就是在这种形势下走马上任的，替下老将军李聚奎，出任新一届石油部部长。

与石油部的沉闷气氛相比，地质部此刻的气氛可谓"热气腾腾"。因为他们在石油地质普查方面不断出招、不断出现"新情况"，从前方传回来的"战报"也常有令人振奋的喜讯。

话得从1955年8月底说起：地质部东北地质局在接到任务书后的两个月，开始向松辽平原行动。当时成立了一个由5名年轻人组成的踏勘小分队，小分队的队长叫韩景行，28岁，他的队友有的比他还要小一截。然而就是这位资历尚浅的技术负责人，后来却干出了惊天动地的事。

1955年9月8日，吉林市第二松花江哈达湾码头。

"你们谁搞过石油？"一位身材高大足有一米八三、满脸胡茬儿的青年汉子，在临上船时，向前来报到的四位络腮处没长毛的小伙子问道。

小伙子们你瞅我，我瞅你，然后一起笑道："嘿嘿，可能只有你队长老人家喽！"

"扯淡！"被叫做"队长"的青年汉子，脸一虎，像是对人说又似对自己说，"谁都没干过，还找个什么球油！"

"呀，队长您老也没搞过石油呀？"小伙子们顿觉惊慌，继而又哄笑起来，"这倒好，咱们都是大姑娘上轿头一回喽！哈哈哈……"

"住口！"队长真火了。只见他从地质包里取出一捆书，一本一本地分给了大家，然后纵身跃上了船："带上书，上船！"他回头向自己的属下下达了第一道命令。

小伙子们捧书一看，嗬，尽是石油地质学、沉积岩石学什么的。太棒了！在一片欢呼声中，木船载着五位年轻人一起一伏地顺着松花江水驶向远方……

这就是发现大庆油田的第一支先行者队伍：地质部东北地质局石油踏勘小分队。他们的名字是：韩景行队长、束庆成、王胜、陈本善、赵福洪。

那是一个风和日丽的日子。当时，这几位新中国最大油田的普查勘探先行者们，并没有意识到历史将有一天会把他们的名字永久地记载下来。他们只是根据北京黄汲清他们发来的设计任务书和上级的要求，沿松花江河床进行地质观测，以推断松辽平原地下是否有成油储油的条件。"啥叫有油，啥叫没有油，当时我们根本不懂。"当回忆起往日那段不平凡的野外战斗经历时，如今都已银丝满头的这几位老地质队员自我解嘲道。

小分队在水上整整走了半个来月，后来到了吉林北部的陶赖昭，便弃船登岸，继续沿沈哈铁路向辽西方向挺进，最后于当年 12 月底在阜新盆地结束了此次长达三个月之久的踏勘。我在此处仅用了几十个字便把韩景行他们迈向松辽大地的伟大壮举草草了结了，其实这三个月中小分队所经历的一幕幕艰难险阻，是一般人难以想象的。

韩景行一行回到长春驻地时，一个个已经疲乏不堪。

"你们都先别回家！"小赵突然伸开双手拦住同伴们，然后有气无力地说道，"在陶赖昭时，队长许过愿，等完成任务后，他请我们吃红烧肉、大肥肠，你们还记得吗？"

"记得记得！"同伴们顿时活跃起来，拉住韩景行就往大街边上的一家饭店走。

"大伙慢、慢点吃！"饭店内，韩景行看着自己的兵恨不得一口就把大碗红烧肉、大肥肠吞下肚子的情景，泪水禁不住在眼眶里打转。整整三个多月了，五个人没尝过一口油腥味儿的东西。想到这，他掏钱又让饭店掌柜上了两碗肉。随后，韩景行招呼同伴慢点吃，他独自站起身，走进了附近的一家邮局，向邮局工作人员递上一个发往北京普委黄汲清、李奔收的大信封……

像是通好了气，正值韩景行的踏勘小分队在长春进饭店大啖红烧肉和肥肠时，北京以湘味著称的曲园饭店中也进行着一次石油地质工作者的聚餐。做东的是黄汲清、谢家荣、刘毅和吕华等四位普委头儿。这几人也是刚从大西北检查石油普查工作归来，在野外奔波了整整一个夏天。那时地质队出野外的津贴不低，所以黄汲清等一回北京，普委的一帮年轻人便串通一气，来敲黄汲清几位老师的"竹杠"。刘毅主动出面挡驾，说这次我们几个出野外的人口袋里都余下一些钱，别让黄先生一人请。年轻人一听更高兴了，哗啦去了一大帮人，还把当时任中科院地质所所长的侯德封和尹赞勋两位著名老地质学家一起请了来。

正当新老地质学家们觥筹交错之际，李奔兴冲冲地夹着一个大信封走了进来。"诸位，喜讯喜讯！韩景行他们在松辽一带大有收获！"

"是真的吗？"黄汲清一听，抢过信封便看了起来……随即开怀大笑："太好了，是真的！是真的！我早说过松辽有希望嘛！"

谢家荣、刘毅等人也坐不住了，纷纷埋头传阅起韩景行寄来的松辽踏勘报告。

韩景行的报告中说，他们采集的泥页岩中的荧光反应和泥页岩中浓重的油味，说明松辽盆地的含油性是无疑了！谢家荣对此肯定道。

"我建议让他们送些含油泥页岩样品到京作进一步研究。如果真像韩景行所说的那样，那整个松辽平原就是一个有巨厚沉积且具有含油大构造的盆地了！"黄汲清神采飞扬地接过话。

"李奔，你立即向东北局发报！"刘毅也来了情绪。

"刚才大家议论，说西北地区人烟稀少，却投入大量人力物力；而东部地区工业稠密，却没有相应的石油工业与之配套。老夫认为，如果松辽能断定有大油田，那么国家的石油战略应当东移。"侯德封不甘示弱地站起来说道。

"我赞同侯先生的意见！"高嗓门的尹赞勋大步跑到刘毅面前说："书记同志，应当把今天的意见向部里、向中央反映。对对，应该向中央、向毛主席反映！"

曲园饭店的师傅们见这边一浪高过一浪的说话声，以为有人喝酒过了量，慌忙来人劝阻。于是又引来一片欢笑声。

"今天是个高兴的日子，我们确实应该多喝一杯。"黄汲清举起酒杯，对在座的人说，"我提议，为我们普委制定的松辽普查计划没有落空，为韩景行他们的踏勘成功，为中国未来的巴库，干杯！"

"干杯！"地质学家们具有天生的诗人气质，他们一杯又一杯地痛饮起来。那流进心田的是甜滋滋、清爽爽、香浓浓的甘露……

"喂，你是地质部普委吗？请问黄汲清总工程师在吗？"

1956 年元旦刚过，正在办公室忙事的黄汲清突然接到国务院办公厅的电话，要他到中南海一趟，并告知陈云副总理有要事找他。

第二天上午，黄汲清如期赴约。

"呵，你就是 20 年前组织发现玉门油田的黄汲清同志？好好，我们的石油专家！"一见面，陈云就像老朋友似的给黄汲清倒茶让座。

黄汲清跟这位主管工业的副总理还是第一次单独见面，为什么对方对自己的过去这么了解，他有些不明白。

陈云见黄汲清一脸狐疑，笑了："我不仅知道你在解放前当过赫赫有名的中央地质调查所所长，还知道新中国成立后你在西南地区找到了好几个对我们非常有用的大矿！这一点，你的老乡小平同志可是常夸你哟！"

原来如此，黄汲清的心头豁然明朗。

"毛主席在讨论新中国第一部宪法时，要求我们用三个'五年计划'，打好基础，争取在十个'五年计划'之内，把我们伟大的社会主义国家，建设成一个工业化的现代化强国。"主人开始了正题，他的目光盯着黄汲清，却又像在问自己："可人们都说中国贫油，但石油又是工业的血液，没有石油，现代化的工业国家怎么个建设法呀？我这个管工业管经济的副总理又怎么向毛主席、向全国人民交代呢？"

上中南海前，黄汲清并不知道陈云找他要谈些什么。当他听到这位国家领导人如此焦虑的话后，作为一名地质和石油战线的技术负责人，黄汲清的内心受到强烈震动。"副总理同志我向你检讨，主要是我们的工作没有做好。"

"不不，我今天找你来谈不是这个意思。应该说，在中国石油事业发展方面，你和地质部的同志做了大量工作，不仅不应检讨，而且应当表扬，尤其听说你对圈划出的几个大盆地生油前景很有信心，这是值得鼓励的。"陈云亲切地说。片刻，他向黄汲清凑近了一下身子，说："你是搞科学的，我是搞经济的，我们都不可能像有些人那样说些不负责任的话，所以今天请你来是想听听你对中国石油的前景到底抱什么态度。你是专家，我相信你的话。"

黄汲清本来就是急性子，当他正要开口时，却被陈云的最后一句话给噎住了，心想："这关系到国家决策的大事，我不能随口而出呀！"也许见黄汲清有些犹豫，陈云换了一种口吻说："其实我和中央眼下最关心的不是别的，而是希望我们在作出某个重大战略部署前，对中国石油的未来前景心中有数。因为石油太重要，没有它其他事办不成。还是一句老话：一种是有丰富的石油，那固然很好；一种是真的贫油，那我们不得不走人造石油的道路。"

副总理的这番话，让黄汲清心里清楚，国家领导人对中国石油的前景是何等的关注。

"陈副总理，我是否可以这样回答你。"黄汲清站了起来。

"坐下，坐下说。"陈云忙向黄汲清挥挥手。

黄汲清坐下说："据我对中国石油二十多年的研究与实践，特别是甘肃玉门、新疆克拉玛依油田及四川威远气田的勘探开发，我认为我们对中国石油的自给自足前景应当充满信心。尤其是从去年一年来对几个大盆地的普查勘探情况来看，石油远景是很大的，我和同事对这一点比较乐观。顺便提前告诉副总理一个可能是吉兆的好消息。"

"好嘛，我听听。"

"不久前，我们向东北松辽平原派去了一个小分队，发现有一片……"黄汲清见副总理如此认真，于是从头到尾将松辽盆地的普查与踏勘情况作了详细汇报。

"好，你们抓得对，松辽这块一定要牢牢抓住不放，直到彻底弄个明白为止。"难得有笑脸的陈云此时此刻也满脸灿烂。

不久，党中央就石油工业作出了具有伟大历史意义的战略东移的部署。这个时候，石油工业由邓小平开始主抓，他主持的第一次会议，就是布置石油工业"战略东移"，时间是 1958 年 2 月。

在听取石油部和地质部到中南海的两个下午的汇报后，邓小平就第二个"五年计划"中的石油问题作了方向性的指示：东北地区找出油来就很好。把钱花在什么地方，是一个很重要的问题。总的来说，第一个问题是选择突出方向，不要十个指头一般平。"东北、苏北和四川这三块搞出来油就很好！"

"战略东移"由此开始。

新上任的石油部长余秋里立即布置落实邓小平的指示，并在部党组会议上成立了贵州、华北、东北和鄂尔多斯 4 个地区勘探处，全力推进上述地区的石油勘探。

"四川情况好，我们必须先在那里拿下大油田！"3 月 27 日，余秋里等石油部领导听说毛泽东趁在成都开会之际，未跟石油部门打招呼，便亲自到了隆昌油气矿视察，并挥笔题词"四川大有希望"。这消息让余秋里、康世恩等石油部领导哪坐得住嘛！于是"向四川进军""在四川找巴库"的战斗决心，席卷石油部上下。余秋里和康世恩亲自上马，像率部队打仗一样，目标集中在四川大地……然而，"狡猾的敌人"藏得太深，余秋里上任后的第一个石油会战最终以失败而告终。

"余部长，我要向你和中央检讨，是我轻敌了……"康世恩不止一次在余秋里面前低头"认罪"。

"哪是你一个人的问题嘛！我也有份！"余秋里将右胳膊一甩说："是我们都没有认识清楚地下的'敌情'，看来，搞石油，不能心急。心急了，容易让'敌人'遛空子，这个教训我们永远要记住。记住一辈子。"

余秋里为四川会战的失败，曾多次在中央开会时见了毛泽东就想躲着，偏偏毛泽东有一回盯着他不放："我的石油部长，你怎么啦？一次败仗就灰溜溜了？我们跟蒋介石、日本人打了多少年仗，败仗也不少，但最后还是我们胜利了，靠什么？靠不灰心嘛！"

"是是，主席，我记住你的教导了，一定不灰心，好好总结教训，争取今后少打败仗！"余秋里毕恭毕敬地站在毛泽东面前，说道。

比起石油部和余秋里，地质部何长工他们，此时十分风光，因为前方战报频传，尤其是松辽平原那里的情况，更令地质部的人兴奋不已，天天在关注。

此时，最先开进松辽平原的两支正规部队依然是地质部的。

此时的韩景行已不再是只有几个兵的小分队队长了。他的小分队不久便被命名为"中央地质部东北局157地质队"。他所在的东北局也再度改名为"地质部松辽石油普查大队"，各路人马集结而来，一下扩大到一千二百多人，像撒网似的在茫茫松辽平原上工作着……

第二支队伍却是根据黄汲清、谢家荣的主张而成立的，即物探队。所谓物探，其全称即是地球物理勘探，它属高科技领域，跨多学科。它的手段有重力、磁力、电法和人工地震，如今又多了航磁、航测和卫星遥感等。搞石油，离不开物探工作，它可以避免打许多冤枉井。我们都知道，在沙漠、在海上等复杂地区打一口石油井，花费少则几十万元、几百万元，多则几千万元，甚至几亿元。因此，物探在石油勘探工作中是一支不可缺少的重要力量。为此，根据黄汲清等人的建议，地质部从西北调来两支当时最好的物探骨干队伍，它们是中匈技术合作队和 205 物探队，加上由四川东征到松辽的 403 物探队和原已在松辽的 112 物探队，合并组成了地质部长春物探队。

1958 年，石油部松辽石油勘探局也宣告成立。中国科学院的研究人员也开始成群结队地北上松辽，将科学的触角伸向这片荒蛮之地。至此，中国石油地质的各路将士们开始了在这块 26 万平方公里冻土上的全面决战。有人戏称这一阵势是"三国四方"，即：地质部、石油部、中科院三个部院级单位和普查、物探、勘探、科研四种技术方法。然而无论是哪一方，他们的口号都是共同的：三年攻下松辽！

这是个很诱人的口号和豪迈的行动。

"你们说，地质勘探工作是个什么工作啊？"

中南海，1957 年 5 月 17 日晚。国家副主席刘少奇以难得一见的激昂，这样高声问着一屋子围聚在他身边的地质学院毕业生。这些毕业生中有不少行将奔赴松辽石油勘探战场。

"让我打个比喻吧！"刘少奇重重地吸了一口烟，习惯性地踱起步来，"就像我们过去打游击，扛着枪，钻山洞，穿森林，长年在野外，吃饭、穿衣……都有很大困难。今天的地质勘探工作和这差不多，也要跋山涉水，吃不好饭，睡不上觉，吃很多很多的苦……可是我们为什么要吃苦呢？"

没有回音，只有一双双聚精会神的眼睛和沙沙作响的笔记声。

"过去，我们那一代人是革命战争时期的游击队，吃苦，为的是打出一个中华人民共和国；今天，你们去吃苦，是为了建设美好的中华人民共和国。"少奇同志拍了拍坐在一边的何长工，把声音提高了一倍。"打游击是需要付出代价的，你们副部长的跛腿就是打游击留下的残疾。现在轮到你们打游击了，你们怕吗？怕吃苦吗？怕献出生命吗？"

"不怕！"同学们齐声回答。

"对，不要怕嘛，因为你们是建设时期的游击队、侦察兵、先锋队！"

哗——！那雷鸣般的掌声，持久不息。在场的年轻大学生们以这特殊方式回报领袖对自己的崇高褒奖与希望。

"过几天，同学们要奔赴四面八方，为祖国找宝藏，打游击去。我很想送给你们一件礼物。"刘少奇的话使肃穆、庄严的气氛顿时活跃了起来。

"刘伯伯，您给我们讲了三个小时，就是最好的礼物了！"有同学站了起来。

"不！礼物是一定要送的，否则有人会哭鼻子的！"刘少奇诙谐的话，引来一阵哈哈欢笑。"我把伏罗希洛夫同志送给我的猎枪送给你们。当年我在打游击时很想得到一支枪，但没有。现在你们要去打游击了，应该有支枪，有枪就不怕危险了！"

"可以赶跑野外的老虎和狼嘛！"何长工的插话又让同学们捧腹大笑。

那是多么幸福与难忘的时刻。在我采访的那些当年参加过大庆油田会战的老一代地质工作者中，他们当中许多人就是因毛泽东、刘少奇等领袖的一个题词、一枝猎枪或一次握手而把自己的一生奉献给了艰苦的地质事业。他们中有些人后来在工作中或壮烈地牺牲了，或默默地病故了，而更多的是那些至今仍在戈壁、沙漠、荒原上默默地从事着找矿工作的科学工作者。当我问起他们是否因年轻时的一时冲动去当地质队员而后悔终生时，竟没有一个人点头。他们坦率地告诉我，搞地质的现在看起来确实比不上其他行业与工种吃香，可在 20 世纪五六十年代它是一个非常值得自豪和荣耀的职业，尽管许多人跑了几十年山、几十年水，今天仍然四海为家，但他们对当初的选择丝毫没有悔意。

这种崇高的职业精神，我想绝非仅是领袖的一句话、一件礼物就能产生力量源泉的。那么，它到底出自何源呢？答案无疑应当从共和国那一座座矿山与油田垒起的丰碑上去寻找！

> 是那山谷的风，
>
> 吹动了我们的红旗，
>
> 是那狂暴的雨，
>
> 洗刷了我们的帐篷；
>
> 我们有火焰般的热情，
>
> 战胜了一切疲劳和寒冷；
>
> 背起了我们的行装，
>
> 攀上了层层的山峰，
>
> 我们满怀无限的希望，
>
> 为祖国寻找出丰富的矿藏！

……当松辽平原的石油会战刚刚拉开帷幕，许多大学生和军队的青年官兵就是唱着这首歌，或者是被这充满浪漫色彩的歌所感染而来到北国大地，成为一名新中国的石油地质战士。但是他们很快发现，现实的工作环境与条件，远没有歌词中形容的那样浪漫。一切都是实实在在的乏味与枯燥。干普查的每天刨冰蹚水，爬坡走丘；打钻的，每天一身水一身泥，不论冬天与夏天；搞物探的，就像纤夫一样从不离开长长的线圈……没有家，也不可能有家，然而成千成万个家却在不断地往这儿涌来。

普查小分队夜宿大车店，老乡告知早已客满。费尽口舌，店主才很不情愿地腾出自睡的一条小炕。组长李恒让拿出钢卷尺一量，人均0.8 米。有言在先，每人躺下后不得弯腰曲腿，否则开除睡籍！如此军纪，队员们方得一宿安眠。当时的钻工服与当地劳改犯人的囚服出自同一服装厂的同一产品，唯一区别处在于前者胸前印有安全生产，而后者胸前印的是弃旧图新字样。日久天长，字迹褪去，钻工服便与囚犯的衣服无异。为此，那些外出办事的钻工常常被当作逃犯而拘留讯问。好在也有因祸得福者。某日，一位钻工在火车上被当作逃犯抓到餐车受审，当乘警从证件上得知对方是石油勘探工人后，顿时肃然起敬，立即又是饭来又是茶的招待，好让旁人羡慕哟！

苦与乐，构成了那个时代的建设者们的交响曲。

一切为了找油！一个简洁的口号，凝聚了千军万马的信念。多少人盼油盼出了一堆笑话，找油找错了门户。

副井队长梁宏图下夜班归来时，估摸着自家的方位上炕，他脱完衣服上炕后细听呼吸声，感到十分陌生。坏了，上错炕了！他慌忙跳下炕，在黑暗中来回摸了半宿却不知所措，直到自家的儿子被尿憋醒大哭，梁宏图方才回过神来找到自家的炕。

北京地质学院女毕业生王晓君是怀着身孕来到松辽的，她没想到自己的食欲异常增大，而这里的副食品却奇缺。饿哟！无奈，她几次趁夜晚摸进老乡的马棚，从马嘴边抢得几块豆饼就往自己的嘴里塞……女大学生双手贴在微微隆起的肚子上，自嘲不已：未来的小地质，你可是偷吃豆饼长大的啊！

这个小地质出世的那天，正是松辽石油勘探迎来第一个曙光之日：1958 年 4 月 17 日，在吉林前郭旗大力巴村施工的地质部松辽石油普查大队 501 号钻机打出油砂！

油砂被送到大队部时，技术负责人韩景行高兴得落下了泪。他立刻向北京和当地的前郭旗报告了消息。前郭旗旗委书记得到喜讯，其欢欣之情并不亚于地质队员，当场派人给韩景行他们送去两头肥猪，以示慰劳。宰！肥猪运回大队，马上开宰。当晚，松辽石油普查大队整个队部喝得人仰马翻，醉成一团。

懂行的人都知道，油砂的发现是油田发现的前奏曲。这一曲要是一响，后来的戏就热闹了。

果不其然，进入第二季度的地质部松辽石油普查大队又有几口浅井见了油砂，其中最著名的是南 14 孔。此井位于吉林怀德县境内的王家窝棚，从井深 300 米处开始见油砂，一直到井深一千多米的变质岩裂缝中还见着稠油，全井共见含油砂岩二十余层达 60 米之厚！好兆头！正在北京的黄汲清得知后，兴奋不已，立即写信告知长春物探大队技术负责人：南 17 孔、南 14 孔等均见油砂，预示松辽有望出现大面积生油层。务请抓紧物探工作，以迅速探明生油层分布状况……

石油勘探是个庞大的系统工程。这一系统工程可以概括为：普查先行，物探定论，钻井出油。

在韩景行他们的英雄普查大队正组织一支支小分队向松辽盆地周边进行大规模的摸边普查时，地质部长春物探大队的科技人员开始走向前台，并很快为松辽平原的石油分布与储存情况作出了准确的科学定论：松辽盆地是一个面积约 26 万平方公里的新生代沉积盆地。盆地基底的最深部位在中西部，可深达五千米以上，所划范围之内均有较好的生油层和储油层。

至此，松辽有油已成定论。下一步就是如何打出油了！

这是决定松辽命运的关键一步，是科学向生产力转化的关键一步！也是验证黄汲清、韩景行等一大批地质科学工作者的理论与几年来普查结果的关键一步！

茫茫松辽大地，何处一钻出油？这是一个十分复杂的科学问题。布孔打钻是解决这个问题的根本途径。但孔布在何处，钻怎么个打法，学问却大着呢！它首先需要来自地质普查的野外资料，包括钻探所取得的解释地质情况的岩芯实物，以及电法、地溪、化探等一系列第一手资料。在此基础上，再经过研究分析，得出最终的布孔打钻方案，这就是地质科学在找矿工作中所占有的先期的和不可替代的重要作用。没有这一步，就不可能有矿山有油田的发现。辛勤的地质队员在荒山野地里发现了矿山和油田后，便把采摘丰收果实的机会让给了别人，当别人通过挖矿、采油，换来了富裕，建起了家园时，我们的地质队员却又从旧日的荒凉迈向新的荒凉。

在那时，在大庆油田发现的前前后后，这些地质人的心中只有革命的激情与干劲：为了石油，可以去拼，可以去死；可以去悲，可以去歌；可以几天不吃一口饭，可以一夜喝掉一瓶老白干！

这就是当年；这就是王铁人的年代；这就是毛泽东十分赞赏的大庆精神。

当松辽石油勘探又一次处在关键时刻，历史的担子也又一次落在了黄汲清等一批科学工作者身上。

在这节骨眼上，黄汲清再一次显示了大师的远见卓识和宽阔胸怀。

物探，还是物探！前线派人向他索求灵丹妙方时，黄汲清毫不含糊地指出：要把最过硬的物探队伍调上去，重力、磁力、电法、人工地震等都得用上去。就学科而言，黄汲清的专长是大地构造学。所谓大地构造学，用通俗的话说，就像今天我们使用 X 光把人体的各个部位、脉络弄得一清二楚似的，大地构造理论的作用，在于把我们无法目视的几万年、几亿年乃至几十亿年的地层构造情况摸个明白，回过头来再确定哪个地方生油，哪个地方生金，哪个地方生铜……大地构造学是地质学中最基础也是最深奥的理论。而黄汲清是中国的大地构造理论创始人与奠基人，他运用大地构造学这架"X 光"，不仅为中国指出和找到了诸多地下宝藏，同时为生物、考古、自然、环境、农业等领域，征服和改造我们赖以生存的地球，都作出了不可磨灭的贡献。从 20 世纪 30 年代以来，为了开拓和发展中国的石油事业，黄汲清将自己的"灵丹妙药"运用到石油勘探中去，并在后来被证明是有"神奇功效"的。

历史仍然记得这样一个秋高气爽的星期天——

这一天，黄汲清家那位几十年如一日操持家务的妻子，像每一个节假日一样，等到把饭菜摆上桌后，便再到书房里轻轻叫起埋头看书或工作的丈夫。黄汲清在家里是百分之百的甩手先生：不干家务，不管钱财，不问儿女事。这天他坐上桌，却不像以往那样端起饭碗就吃，他一没动筷，二没动碗，嘴里突然冒出一句话："对，该请他了！"

妻子一愣，哟，今天老头子发什么神经了，连忙转身叫出正在复习功课、明年准备考大学的大儿子："浩生，快吃饭，你爸等你呢！"大儿子浩生受宠若惊，心想爸爸可从来没这样关心过自己呀。他哎了一声，兴冲冲地在桌边坐下。

"去，给顾功叙叔叔打个电话，请他到家里来一趟！"

大儿子和妻子白欢喜一场，原来老头子还想着他的工作！

下午，顾功叙来了，黄汲清把门一关，两人一谈就没了时间。顾功叙比黄汲清小四岁，这位见人便一脸笑眯眯的浙江人，是中国地球物理事业的开拓者，也是把地球物理科学引入中国勘探业的主要奠基者。1936 年，顾功叙毕业于美国科罗拉多矿业学院地球物理勘探专业，同年，转入加利福尼亚工学院，从事专业研究。抗日战争爆发后，怀着报效祖国的心愿，他中断了在美的研究，毅然回国，从此成为我国地质找矿业中运用和推广物探技术的先驱者，也开始了他与地质大师黄汲清一生的交情。这种交情，使得两位大师在探索地球科学奥秘的工作中取得了卓越成就。

"我是机枪手，你是重机枪。"黄汲清总喜欢这样比喻他的地质科学技术与顾功叙的地球物理技术。"打胜仗得靠枪手，枪手没好枪就啥子用没得。有了你这重机枪，我们打胜仗就容易多了！"

顾功叙笑眯眯地默认了这种比喻，因为他们曾一起在鞍山、包头、大冶铁矿等黑色矿山和白银厂、铜官山等有色矿山的发现与开发中互相配合，屡打胜仗，还有玉门、鄂尔多斯等油田。

现在是松辽，未来的大庆油田！

"松辽盆地的面积和地层情况比我们过去工作过的几个盆地要大得多和复杂得多，第一阶段的普查与勘探工作现已基本完成，下一步就是确定基准井了。关系可大呀！所以想听听你的意见。"黄汲清说。

顾功叙自然明白，所谓的基准井，就是以获取整个油田有代表意义的数据为目的的探油井。基准井井位的确定必须慎之又慎，一钻下去，能否出油，不仅影响到整个松辽战役千军万马的士气，而且与油田未来的命运有着直接关系。还有一个重要因素是，一口基准井只要一开钻就是数百万元人民币，这还是上世纪 50 年代的货币价值！打出油还好，打不出油的话，一口井下去，就等于让数万人饿一年肚子。这一切，顾功叙和黄汲清一样清楚。上世纪五六十年代的中国科学家们的肩上，大多担着两副担子：一副是要搞出赶上世界先进水平的科学成就，一副是用最少的钱干出最大的事业。中国的科学家比起世界上任何一个国家的科学家都可敬！

"还是老话一句：事不过三！"顾功叙依然笑眯眯地回答黄汲清。

"行！能在松辽这个大蛋糕上三口咬出'金娃娃'，你这笑眯佛可真是又给全中国人民立大功了！"黄汲清十分高兴，他知道顾功叙说的事不过三，是只打三口基准井来完成出油这一壮举。这种胆识如果没有高超的科学技术的支撑是绝对不可能做到的：在几万甚至几十万平方公里的面积上，捅那么几个水桶口大的井并保证让其见油，这与大海捞针的难度不相上下。顾功叙的能耐大就大在这个地方。

不过这一次他补充了一句话："听说石油部也在松辽上马了，能同他们配合起来一起干，效果可以更好些，至少可以为国家省一大笔钱。"

"这个工作我来做。明天我把翁文波叫来商量商量。"黄汲清蛮有把握。

"那么，过几天我去趟松辽，长春石油物探大队的朱大绶、王懋基他们干得很出色。如果他们在基准井布孔时，再把握好两个原则：第一，打在沉积岩厚度最大、预测生油条件较好、含油气远景最好的区域；第二，争取打在局部构造上，因为邻近油源区的构造可起到近水楼台先得月的作用，这样的构造很可能储集油气。我想这两点注意了，事不过三的牛皮不会吹破！"顾功叙说着呵呵呵地自笑起来。

"老弟，祝你再次成功！"黄汲清朝顾功叙的肩膀重重拍了一掌。自松辽盆地石油普查的战幕拉开以来，黄汲清的心无时无刻不在关注着前方的每一个战略部署的走向和具体的战术运用。虽然这段时间他个人的职务一直在不停地变动，有些变动连他自己都感到突然和无奈，但松辽盆地就像一个未出生的胎儿一样一直装在他肚里，他不管别人怎么来回地摆动他，捉弄他，甚至是摧残他——1957 年的反右就是一例，可黄汲清从来没有放弃对松辽石油寄予的厚望和倾注的全身心的热情。

因为关系到中国石油和黄汲清自身命运，有必要向读者介绍这样的一些历史背景：1956 年秋，根据中央的指示，地质部的机构作了重大调整。原来的各大区地质局等被撤销，而改为几个总局如东北地质总局、南方地质总局等，原普委被撤销，改组成石油地质局，黄汲清任该局总工程师。普委的其他几位领导，刘毅升任地质部办公厅主任，谢家荣任地质矿产研究所第二副所长，第一副所长由黄汲清兼任之后，谢再也不管石油工作了。李奔留在石油地质局，当副局长。身为总工的黄汲清实际上是当时全国石油地质工作唯一的技术总负责人。因为那时石油工业部才刚成立不久，康世恩领导的石油管理总局的主要技术顾问也是黄汲清。此间，黄汲清经历了几件大事。第一件事是他亲自主持和领导绘制了新中国第一张《中国含油气远景分区图》。这份图对之后的中国石油工业起到了重大的指导作用，今天我国的许多石油勘探设计仍出自于该图。第二件事是他利用总工的身份，建立起了国家第一支具有雄厚实力的石油技术骨干队伍，如将朱夏、关士聪等技术专家调进了石油地质局，后来这些人都在大庆等油田的发现中作出了杰出贡献。他经历的第三件事是反右斗争，这次运动差点使这颗巨星坠落，何长工在此立了一功。政治冲击尚未结束，1957 年冬至 1958 年 1 月，黄汲清又一次受到冲击，不过这次是岗位的选择。一天，还在医院治病的黄汲清问前来探望的地质部副部长宋应，说我现在兼任两个职务：石油地质局总工和中国地质科学院的前身——地质矿产研究所第一副所长。（地质矿产研究所的所长是宋应，副所长还有谢家荣、孙云铸等几位著名地质学家。）部长您认为石油地质的工作重要还是地质矿产研究所的工作重要？

黄汲清当时一心希望能够集中精力搞石油，问这句话的意思是希望领导能帮他摆脱一下研究所副所长的事务。谁知宋应副部长脱口而出，"当然是研究所的工作重要了"，而且根本没有向黄汲清询问一句：你自己是怎么想的呢？事后，黄汲清十分懊悔自己嘴快。这样一来，反把自己搁在骑虎难下的位置上。黄汲清当时面临两种选择：如果想继续专心搞石油，那么只有离开地质部到康世恩那里去，要不就去专心当那个地质矿产研究所第一副所长。可黄汲清心里清楚，在地质部领导的眼里，石油仅仅是一个方面，而中央赋予地质部的职能是全国各种矿产的地质工作，谁重谁轻自然不用说。黄汲清骂自己自作聪明，结果反倒误了事。不过后来他躺在病榻又一想：建立石油工业虽然首先要普查勘探打头，但最重要的部分还是系统勘探和开发。作为一名石油地质专家，除了地质知识外，还应当对深井钻探、泥浆选择、各种测井和试油方法等技术熟悉，而领导一个地质矿产研究机构是可以很快获得以上这些技术的。这么一想，黄汲清反倒平静地接受了现实的选择。不久，他辞去了石油地质局总工的职务并得到批准。没几日黄汲清才恍然大悟：部党组已经决定连石油地质局也要撤掉了。这是怎么回事呀？后来他才打听到，中央考虑即将正式成立石油工业部，地质部如果再有个石油地质局会造成技术力量等的分散与重复。这个决策有一定道理，但又不尽如人意。后来地质部和石油部两个行业部门的实际工作证明，石油地质与石油勘探开发，它们在诸方面是交叉的和难以分割的科学技术工作。石油工业部要勘探开发油田，没有地质工作等于摸瞎子。而地质部门要进行石油地质调查，没有自己的勘探与开发队伍，又不可能完全准确地判断摸清地下石油情况。因此，自有石油工业开始或者说自有地质部和石油部之后，这两个部门既是亲兄弟有时又像"老冤家"，有着扯不断、割不清、爱不够、恨不尽的关系。

黄汲清是学者和专家，他才管不了这些事。协调和配合的机制，应该是余秋里和何长工的事，这些麻烦的事留给部长他们吧！

黄汲清要找的是同行。于是，石油部的翁文波先生很快来到了黄汲清家。

这俩人是啥关系？用现在的时髦话，叫做"老铁"，绝对的"铁哥们"。翁文波晚年搞预测学出了大名，其实在这之前他一直是中国地球物理学界的权威人士，是与顾功叙一样的石油物探大师。翁文波与黄汲清的交情可以溯至翁文波的堂兄翁文灏。浙江宁波翁氏家族在20世纪出了两位杰出的地质科学家。翁文波比他堂兄小23岁，但俩人很亲近。1991年，我曾到翁文波先生府上采访，当面就此问过他。

翁先生说，他从小就由翁文灏的母亲抚养长大，后来从事地球物理研究，也是受了当时已是中国地质学界领袖人物的堂兄影响。1936年，在翁文波从清华大学物理系毕业，面临下一步学什么做什么时，已任中央地质调查所代所长的黄汲清曾向翁文灏建议道：中国地质事业要在找矿方面赶上和领先世界水平，就得培养具有世界先进水平的地球物理学家，翁文灏听后点点头，并说：我有个堂弟是学物理的，我给他出出主意，送他到国外专修地球物理专业！后来翁文波真的考了英国伦敦帝国学院地球物理探矿专业，并且从此走上了报效祖国的物探找矿事业的道路。黄汲清对这位老弟一向看重的原因，还在于俩人在玉门油田的发现与开发中，就有了亲密无间且卓有成效的合作。

当时，翁文波是新成立的石油工业部勘探司总工程师，是实际上的石油部地质工做主要带头人。

黄、翁二位大师本出一家师门——均为翁文灏弟子，加上黄汲清一直担任石油部的技术顾问，平日里你来我往，更是不在话下。如今，松辽盆地的石油勘探处在节骨眼上，翁文波一听，便向黄汲清保证：我马上报告余部长和康世恩同志，让我们的松辽石油勘探局，尽快与你们的长春物探队取得联系，共同研究确定好基准井位孔的布局。

虽然后来地质部与石油部在一些具体成果上出现争执的起因始于大庆油田，但两个部在大庆油田勘探开发中的合作与配合，堪称典范。

1959年农历大年初四，北京市民仍沉浸在春节的欢乐中，来往拜年的人川流不息，欢庆的鞭炮接连不断。

这天早晨，一行人叩开何长工的家门。邻居们注意到，几天来，一群又一群的人给老将军拜年，总是待了几分钟，就得让给新一批拜年者。而今天拜年的却很蹊跷，一阵兴高采烈的贺年声过后就再也没有人来，且老将军的门也紧紧关闭……

多年后，这一秘密被揭开：此次的拜年者均是地质、石油两部的部长、副部长、局长和总工们。他们是余秋里、康世恩、旷伏兆、孟继声、顾功叙、张文昭……

这是事先招呼好的集体拜年。拿老将军的话说是关于松辽找油的又一次重要的"国家会议"——国家的事情在家里谈，何长工称其为"国家会议"，并且是何长工提议召开的。当时鉴于松辽的地质情况已清楚，故地质、石油两部有必要携手为出油的突破作部署。

"余部长，你们在毛主席面前的牛已经吹出去了，今年再打不出油，老人家可是要打你屁股了！"何长工上来就将了余秋里一军。

余秋里大腿一拍，回敬说："我说老将军，你的牛可吹得不比我们小啊。你当着毛主席和全体中央委员的面说我们可以找到中国的巴库！"

两位部长的开场白逗得大伙哈哈大笑。大家都知道地质、石油两部领导在中央吹牛的事。

也就是几个月前的事。

中国共产党第八次全国代表大会第二次会议在中南海隆重召开，毛泽东主持会议。这次会议在新中国历史上有着非同小可的意义。因为在会上中共中央正式提出了党的工作重点转移的问题：从现在起，必须集中更大的力量放在社会主义建设方面。同时通过了鼓足干劲、力争上游、多快好省地建设社会主义的总路线。后来出现的全国性的砸锅炼铁和放亩产超万斤卫星的"大跃进"就是在此次会议后达到了登峰造极的地步。

这可是一次前所未有的热闹非凡的党的会议。虽然与会者百分之九十以上都是经过战争考验的老战士，但这些不再穿军装的老战士们在当时举国上下的形势和毛泽东等领袖们的鼓动下，搞革命建设的激情一点不比战争时代弱。那时社会上放卫星摆擂台的事已屡见不鲜，没想到这股风也吹到了党的最高会议。

先是地方的代表发言。这些代表一上台就以慷慨激昂的发言把自己也把中央委员的情绪鼓动得高涨。

紧接着是工业部门发言。毛泽东笑眯眯地带头给冶金部部长鼓掌。

冶金部领导当然没有辜负毛泽东的期望，放出豪言：今年我们全国的钢产量坚决达到 850 万吨！争取七年赶上英国，第八年最多 10 年赶上美国！

下一个发言的是石油工业部代表。

余秋里因为自己到石油部上任时间不长，他让自己的副部长李人俊打了头阵。

这个李人俊其貌不扬，身板却硬邦邦的，浑身上下满是精神。他走到主席台的麦克风前面说了声"主席、各位代表好"之后，突然用手朝台下一指，指向冶金部领导，嗓门超过了扩音机的声音：我们和你们冶金部打擂！你们冶金部产一吨钢，我们石油部坚决产一吨油！

不知谁在寂静的台下惊叫了一声"我的妈呀！"但随即被暴风雨般的掌声淹没。这掌声到底持续了多长时间，当时谁也没看表，只有麦克风前的李人俊清楚，因为他几次想接着讲下去，然而一浪高过一浪的掌声阻止了他。后来掌声终于停了下来。但主席台正中央的一个湖南人的声音抢在了前头："你们行吗？"

李人俊回头一看，是毛泽东带着几分微笑在问话。

"行！"

这次是毛泽东带头鼓掌，会场又一次给予石油部最热烈的掌声。此时的地质部代表何长工很是坐不住了。他心头的两个何长工打起架了：一个何长工说你是瑞金井冈山过来的人，可不能跟年轻人比冲动；另一个何长工说都啥年代了，瞧人家的气概，你地质部再顾虑这顾虑那就是右了！

下面由地质部代表何长工发言！

正在思忖的何长工一抬头，发觉四周的人都在看着他。怎么回事？他再往主席台一看，主持会议的周恩来正向他示意道："何长工同志，请到主席台来！"噢，轮到我了！何长工赶忙站起来，他那双本来就有点跛的腿此刻就更跛了。场上响起一阵窃窃笑语，那是友善的笑语。大家都对老将军十分尊敬。

"长工，你有什么卫星可放？"

刚刚走到麦克风前的何长工还未来得及镇定一下情绪，主席台正中央那个湖南人的声音又不紧不慢地响起了。是老毛喔！不用像李人俊那样回头看，何长工对这个声音太熟悉了：从 1918 年在长辛店的第一次见面算起也有 40 年了吧！

"报告主席：卫星我不敢放，但我代表地质部几十万职工可以在这里向主席和全体代表报告一个喜讯……"何长工毕竟是快 60 岁的老将军了，他不能像前面发言的几位年轻代表那样冲动，但却有震撼山河的那种力量。

"好嘛，说说你的喜讯。"毛泽东今天特别高兴。

"是这样。"何长工把秘书准备的发言稿搁在一边，顺着老毛和整个会场的情绪，这样说道："经过我们地质工作者几年艰苦努力，我们已经对全国的'地下敌人'有了比较清楚的了解，不仅抓到了'敌人'的一批团长师长，而且还抓到好几个军长司令！"

这样的比喻，很对台下大多数老战士的口味，于是何长工说到这里博得一阵热烈掌声。

"……对了，我们没有石油，国家就强大不了。找不到石油是我们的耻辱！找不到石油我们得通通滚蛋！"老将军说到这里，特意回头看了一眼主席台上坐着的人。会场，顿时出奇地静，与方才那种热烈的气氛形成了强烈反差。台下几个年轻一点的代表听到这里，为何长工老将军捏了一把汗：这老何头说通通滚蛋，通通是指谁，除了你何长工还包括谁？好，把余秋里他们石油部的人算上，可也不能称上通通呀？那还有谁呀？

毛泽东的脸上无任何表情，他的目光投向正在发言的何长工。

"是的，过去洋人都说我们中国贫油。到底贫不贫呢？我们的科学家不相信。我们的广大职工不相信，毛主席也不相信！"这次何长工没有回头看看他的老乡老毛。老将军的底气真是不减当年，他把嗓门往上一提："在我国的东西南北邻境都有油田，难道唯独伟大的中国没有油田？这岂不怪哉！我们不信这一点！绝对不信！"

"我在这里可以负责地向大家透露：我们中国不仅能够有油田，而且能找到大油田，找到中国的巴库！"

巴库？毛泽东听到这里，侧身向旁边的周恩来轻轻一声耳语。"是苏联的大油田。"周恩来说道。

"好，为长工他们能找到中国的巴库鼓掌！"毛泽东这一声说得很响，而且带头鼓掌。于是，整个会场顿时掌声齐鸣。

何长工从主席台走下的时候，眼里溢着一丝不易觉察的泪花：好多年老毛没给自己这样鼓掌了！

老将军，想啥子事啦？快看这个总体设计行不？余秋里用胳膊轻轻地捅捅依然沉浸在往事中的何长工。

噢噢，还是开我们的"国家会议"。老将军自感有些失态，便忙接过方才地质、石油两部领导共同研究制定的1959年松辽盆地勘探总体设计，认真看了起来。"很好，设计中把两个部的协调与分工写得比较明确。下一步就看我们能不能早日获得工业性油流了！"末后，何长工肯定道。

"那春节一过，我就让人以我们两个部的名义把这份总体设计向松辽方面发了！"余秋里说。

"可以。"何长工爽朗地回应道。

　　这已经是 1959 年的春节。有关国庆十周年毛主席要在天安门大阅兵的消息在党内甚至在民众中传开，这么传开有两层意义：一是人民共和国十周年是个大庆，以往的年度阅兵不足为奇；二是，苏联"老大哥"突然翻脸，撤了专家，停了在建项目，中国人民坚持自力更生、奋发图强的决心和意志，当让全世界知道。大阅兵不能光靠广场上走走，需要实际行动，用中央书记处总书记邓小平的话说，要有实力展示。各部门由此都拿出冲天干劲向党中央、毛主席报喜。石油人报喜报什么呢？再不能用几年前的克拉玛依油田了吧！可新的油田能不能发现，余秋里、康世恩都憋了一股劲：拿下大油田，向毛主席、全国人民报喜！

　　大油田在何方？原以为四川必拿下大油田，结果一败涂地。余秋里、康世恩已无脸面向毛主席和中央报喜，唯有松辽是关键了！

　　石油部上下虽没有像"川中会战"那样喊出声来，但心里其实都在这么想。尤其是地质部频频在松辽"见油"的消息传出后，石油部不再是摩拳擦掌的问题了，而是纷纷想用拳头往松辽大地上砸下去，不见油不罢休的劲头全都涌在了余秋里、康世恩等石油部领导与专家的脸上。

　　一年一度的石油部"局、厂矿领导干部会议"上，余秋里让松辽石油勘探局李荆和局长、宋世宽副局长、地质师张文昭重点汇报那边的工作成果及新一年的勘探部署。"我们部署的核心是：做好横穿松辽盆地的 4 条区域的综合剖面，开辟 2 个探区，做好 10 个构造的详查，布置 3 口基准井……争取'收网见鱼'！"李荆和归纳说。

　　"这个意见我看可行。"余秋里征求康世恩意见。

　　"我认为松辽盆地大有希望，1959 年我们就是要集中一些力量，上那边大干一场！"康世恩对松辽找油的劲头比谁都大，因为他更看好那里的地质构造。

　　"我看松辽是块硬骨头，现在只有张文昭一个主任工程师，技术力量薄弱了，应该加大技术力量。"余秋里指出。

"我马上调整。"康世恩点头。随即，他把石油部研究院总工程师余伯良调任至新成立的一个松辽盆地综合研究大队，余伯良任大队长，胡朝元和钟其权任副大队长。

后来的实际工作证明，这一决策十分重要，它解决了石油部对松辽盆地勘探方面的技术支撑作用，余伯良和钟其权也都成为了大庆油田的发现者。这是后话。

这一年的上半年，地质部在松辽平原的工作已经有了重大突破，新华社甚至公开发表了"松辽平原有石油"的消息。而石油部余秋里、康世恩布局的三口基准井，尤其是"松基三井"的横空出世，揭开了沉睡千年的松辽平原地下的神秘面纱，也直接有了大庆油田发现的历史性的伟大一幕……

"松基三井"出了油，而且是涌出大地数米高的自喷油井！消息传到北京，又正值建国十周年的喜庆日子，32118 地质队的代表还上了天安门城楼，受到中央领导的接见。

之后的中国石油人，风光无限，一直到第二届全国人大四次会议召开之际，这种风光被推到了巅峰——因为在此次大会上，周恩来总理向全世界宣布了一个令全国各族人民异常振奋的消息：我们中国人依靠自力更生，在东北松辽平原发现了一个世界级的大油田！与此同时，他自豪地宣布：中国需要的石油，现在已经可以自给，中国人民一百多年使用洋油的时代，将一去不复返了！

这是何等振奋人心的喜讯！

当年参加全国人代会的代表们至今仍清楚地记得，周恩来总理的话音刚落，整个人民大会堂都沸腾起来，许多人激动得不停擦着热泪。打这天起，人代会几乎成为议论"大庆油田"的会。代表们在会上议论，会下议论，不少人就连梦中都在不停地喊"大庆""大庆"——那个年代，这样的激奋常见，但大庆油田的发现堪称罕见得让刚刚经历三年自然灾害苦难的中国人民扬眉吐气！

全国人大原先安排的议程不得不被打乱。大会主席团应广大代表的要求，特别请了石油部余秋里、康世恩去会上作关于大庆油田的专场报告。余秋里的第一场报告长达四个小时，代表们听得津津有味，座无虚席。康世恩在中央机关的报告一场接一场，场场爆满……

一时间，人们都知道了大庆油田是怎样在石油工人不怕苦不怕死的精神下从地底下钻出石油的；一时间，铁人王进喜的事迹也开始涌进了领袖毛泽东与每一个普通中国人的心中。石油人和王进喜在毛泽东与人民代表的心目中成了大功臣。

或许就在毛泽东向石油部负责人投去一次又一次充满赞誉的目光时，我们的领袖和人民代表谁也没有注意到台下的另一些人的情绪……他们便是来自地质战线的全国人大代表和地质部官员，这中间包括全国人大代表、时任地质部地质科学院副院长的黄汲清院士，他是 1956 年中科院第一届学部委员和全国人大代表。

会议期间，地质部的代表围到黄汲清的身边，直问他："我们地质部对大庆油田发现有没有份啊？"

黄汲清一听就上劲了，直着脖子回答道："当然有份嘛！"

"那咋听起来不关我们地质部啥事似的！"人家对他说。

从此，黄汲清一直试图揭开大庆油田发现的真相，然而"文化大革命"十年，他根本不可能完成此愿。所以直拖到粉碎"四人帮"之后才有了机会。

在邓小平主持中央工作，开启了思想解放、改革开放的伟大新时代之后，黄汲清觉得自己有必要向世人和下一代讲清大庆油田发现的真相了，于是他不顾年老体弱，疾笔挥舞，向邓小平上书直言积存在心中近二十年的话……

黄汲清的书信发出后，邓小平同志用红笔写出了一行重要指示：

如有可能，最好把问题了解和澄清一下。

邓小平的这个批示当年我在地质部办公厅档案室见过，他是批给当时主管计委和石油工业的余秋里、康世恩二位副总理的。

余秋里又将批示转批给袁宝华、孙大光等。

因为是地质部门的事，所以最后还是落到了当时的国家地质总局头上。孙大光是地质总局负责人，他对此极为重视，并责成有关方面按照邓小平的批示组织力量迅速调查了解。

最后这件事落实到了地质总局的石油组即石油局。

三个月之后的 1978 年 5 月 27 日，由地质总局石油组完成的一份《关于黄汲清同志向中央领导同志所反映问题的调查报告》，以国家地质总局名义，呈送给邓小平及有关领导。据说，这份《报告》对黄汲清的信进行了反驳，同时也肯定了黄汲清等地质专家们在大庆油田发现中的贡献。但没有对根本问题进行真正的澄清。

大庆油田发现的真相其时仍然一片模糊。黄汲清等地质学家自然不甘心。

1978 年，新时期中国科学史上的重要里程碑——全国科学大会在北京隆重召开。此次会议既是对"文化大革命"拨乱反正，又是将党的中心工作转移到社会主义现代化经济建设上来，科技作为第一生产力被提到振兴民族、实现"四化"这一划时代高度的会议。会议之后，国家科委作出了向新中国成立以来科技领域的大发明、发现成果进行表彰的决定。这是新中国成立之后我国科技界的一件大事，也是广大科技人员接受党和人民对自己的成果进行一次意义深远的大检阅。

为了做好此次牵涉面大、非同凡响的表彰活动，组织者根据邓小平和中共中央的意见，坚持一定要使表彰有实质性，即谁搞的就是谁的，不能搞像以往那些都是毛泽东思想的伟大胜利之类无头无脑，与发明人、发现人不沾边的表彰。

这是新中国历史上第一次有关科学贡献的评比，必须尊重历史，尊重事实，活着的人和死去的人都有份，谁都不要亏了谁，谁都别想压谁。中央最高领导层对此次大评比一再这样强调。

说说容易，可具体操作起来就难了。要不然科委也不会让大科学家、中国科学院副院长钱三强来具体主持这项工作！钱三强很快发现，这项工作并不比他与同事们搞导弹、原子弹轻松多少。

大庆油田的发现就让他挠头。

根据科委发出的通知精神，凡是参与发现、发明成果的人都可以申报。这一申报就搅成了一锅粥。为啥？因为地球科学不像其他搞原子弹、氢弹等发明创造，张三李四干的一清二楚。地球科学常常是一种理论，一种预见，一种从一块标本、一张图纸再转化为学术报告的学术研究。谁是发现大庆油田的功臣，唯一可依据的无非是两种人，一种是提出找油理论的，一种是在实地工作的。第二种人好确定，像韩景行、赵声振那样。而第一种人就太复杂了，因为"扯"理论问题常常难以说清。

钱三强有些招架不住了，因为在关于谁是第一个或者谁在发现大庆油田的地质科学上起到关键与决定性作用的问题上，他收到的申请报告就有几十份。

黄汲清开始并没有申报，后来听说这种情况后，他觉得自己作为历史的见证人和发现大庆油田的早期地质普查勘探工作的主要组织者，非常有必要站出来把事情澄清。于是他在同事们的鼓励下，向科委呈上了自己的申请报告。

好在发现大庆油田时的许多当事人还健在，对某些人的抢功行为很快得出了结论。最后的焦点又一次集中在李四光及他的地质力学理论上。

地质力学理论跟发现大庆油田到底有没有关系？钱三强亲自上门征求黄汲清的意见。

黄汲清还是坚持自己的意见，并且拿出几年来为查清这件事而与李奔、吕华等几位重要当事人的谈话与书信材料。

为了慎重起见，科委相继召集各方有关人士，先后进行了四五次座谈会，本着知无不言、言无不尽的精神和摆事实讲道理的方法，到最后，支持黄汲清的意见占了多数。

之后，钱三强再次上门走访黄汲清，同时也请他到评审会上发表自己的意见。

黄汲清终于发言了，他的发言大出人们所料：过去我在不同场合，都不止一次说到李四光同志的地质力学理论与发现大庆油田无关，这是一个学术问题，也是历史事实。但今天我们评议的是哪一位科学家对某一项发明、发现成果做出的贡献。如果论贡献，李四光同志作为一名科学家，同时又作为当时主持地质部工作的领导者，他在发现和开发大庆油田上的贡献，是卓著和巨大的。这是我们谁都不能而且也无法抹杀的！

"鼓掌、鼓掌啊！"钱三强激动地站起来对大家说，然后他快步走到黄汲清面前，紧紧地握住他的手不放："谢谢！谢谢您！"

这是一个激动人心的结局。这是一个让人心服口服的结局。

很快，国家科委对在大庆油田发现过程中的地球学这一项科学工作做出重大贡献的科学家们进行了排名。

这不是一个普通的名单排序，这是党、人民和历史认可的在20世纪中国科技界最伟大的发现之一——大庆油田发现中那些做出贡献并让子孙万代永远铭记的科学家的名字，他们是：

李四光、黄汲清、谢家荣、韩景行、朱大绶、吕华、王懋基、朱夏、关士聪（地质矿产部）；张文昭、杨继良、钟其权、翁文波、余伯良、邱中键、田在艺、胡朝元、赵声振、李德生（石油工业部）；张文佑、侯德封、顾功叙、顾知微（中国科学院）。

这份名单的排名很有讲究。第一，为什么地矿部、石油部、中国科学院的人数不等，地矿部 9 名，石油部 10 人，中国科学院 4 人。这是因为当时"上面"有个大体要求，"人员控制在每个单位 10 人以下"，以及每一个有重要贡献的单位，只列主要负责人，比如韩景行的地质队只列了韩景行、"松基三井"功勋队 32118 队只将赵声振列入。关于排名也有讲究，到底是地矿部排前还是石油部排前，当时又有争议，拍板的钱三强最后说：排前的只给 9 个名额，排后的可以 10 人，地矿部选择了排前面，所以后来比石油部少 1 人。评奖、论功，一向难以一碗水端平，国家评奖也如此。

1982 年 7 月，国家科委举行隆重的颁奖仪式。黄汲清作为这个项目的一等奖获得者代表，他上主席台接受党和国家领导的颁奖，那金光闪耀的证书，让时年已八十几岁的他仍然无比激动。接过证书的同时，他还领到了每人 50 元的奖金。一个后来为国家贡献了 20000 亿元石油的特大油田的发现，每位发现者当时只得了 50 元的奖金，现在想起来有些叫人发笑。但黄汲清等科学家们，视此为重如金山一般的崇高荣誉与巨额奖励，因为党和人民以及历史肯首了他们是一个伟大油田的发现者，这比什么都重要！

至此，一场中国科技史上旷日持久的争议，也算尘埃落定。

其实我们会发现，即使这样，有些真正的大庆油田发现者的名字并没有出现在上面。比如余秋里和康世恩，他们亲自布局和指挥的包括"松基三井"及后来的"三点定乾坤"的会战，对油田的整体发现起了绝对的无人替代的作用。尤其是康世恩，"松基三井"倘若没有他具体而准确、科学而坚毅的决断，也许这口井又像"松基一井""松基二井"那样，无功而返。如此大的功臣没有进入这个历史性的"发现者"名单，不能不说是个重要遗憾。据知，当时中央考虑，余、康都已是党和国家领导人了，就不必再列入"发现者"名单，更不要去与技术人员们"争名夺利"了，而且当有人提出类似建议后，余、康两人坚决反对把他们纳入"发现者"名单。"我们是执行和完成毛主席、党中央的命令与任务，就是天一样的功绩，也与我们个人无关，是属于祖国和党的！"余秋里这样回答。

这就是余、康等共产党人的胸襟，他们从来不会考虑自己的名利，在大庆油田问题上的任何与"名利"有关的事，他们从不沾光。曾经在修建"铁人纪念馆"时，又有人提出是否把余、康在会战时的功绩列入馆内，余秋里立即制止，并严肃指出：铁人纪念馆只能是王进喜的事迹进去，其他人不得入内！

这就是大庆。这就是大庆油田。它是我们党和国家的，它不属于哪个个人。

第二章

将军亲临前线。"三点定乾坤",干出大名堂!

1959 年这个国庆节,天安门广场上的阅兵式格外隆重。城楼上的毛泽东和刘少奇、朱德、周恩来、陈云、邓小平等领导人的脸上笑容也特别多。因为他们心里新增了不少底气:石油,东北出了石油!

"太好了!太好了!我们没有白辛苦四五个年头……"黄汲清和一批地质专家聚在西四地质部旁边的羊肉胡同,边吃着涮羊肉,边兴高采烈地议论着。

秘书给正在青岛养病的李四光送来电文后,这位科学家的脸上也堆满了笑容,说:东北出油,不出则罢,出则惊人!

但是最热闹的还是北京秦老胡同里,这是石油部领导们居住的地方,也是中国石油生产和油田建设的最高决策地——余秋里搬来以后,除了六铺炕的石油部机关外,这里是"部长会议"开得最多的地方，常常是吃完晚饭后就在这里召开"石油会议"，而且一开便到深更半夜去了。星期天是整日整宿的"神聊"，几个部长都是"烟鬼"，香烟一支接一支地抽，余秋里部长带头，而且一般情况下他"包场"发烟，这使原本烟瘾不是太大的几位副部长的"抽烟水平"与日俱增，尤其是康世恩，文质彬彬的他后来跟余秋里赛着抽，从不"掉队"。

"烟里能熏出智慧和谋略。"这是余秋里的理论，他甚至还搬出毛泽东、邓小平作"理论根据"。石油部长们大多信这话，唯独一位不抽烟的副部长偷摇头，心想：鬼才信这"邪论"呢！

"老康，你先说说那边的情况！"余秋里盘着腿，朝康世恩甩去一支烟，又向所有围着他的人甩一遍烟。

康世恩便如此这般地将"松基三井"出油的前前后后讲了一遍，最后说：从这次"松基三井"出油的情况看，松辽平原上有油是不用争论了，而且也可以肯定的是，从地质构造看，那个地方一旦有油，就可能是个大油田……

太好了！这回我们有抬头的日子了！副部长们情绪高涨，交头接耳起来。

余秋里则从椅子上放下双腿，站在地上走动起来，嘴里说着："大家千万要注意呐！松辽大地上打一口井出油，可说明不了问题……我们千万不能再犯四川的错误了，万万不能了啊！"

屋子里顿时静下。

"这个必须！万万不能了！"说话的是康世恩。此时的他被余秋里一提醒，心头一下变得有些沉闷：那是余秋里部长上任打的第一仗，人家新部长上任，又不是搞石油的内行人，结果搞了个震动全国石油系统的"大会战"，连中央都知道，毛泽东还亲自到了油气田，并且写了很激动人心的题词。结果口号喊出去了，队伍也拉到了四川，勘探工作辛辛苦苦也干了好一阵，最后竟然没有"逮"住"大敌人"，不得不宣布"会战结束"……这么个结局，让余秋里部长和整个石油系统在自己内部和中央那里丢尽了脸面！这个责任康世恩心里清楚：表面上是余秋里部长丢了脸面，实际上主要责任在他康世恩身上。你是主管业务的副部长，有没有油，怎么个干法，谁不知道余部长的决策主要来自于你的意见嘛！康世恩再不敢贸然论说松辽平原的"油事"了……

然而，康世恩等人此时还并不太了解"独臂将军"余秋里的作风和性格，他才不在乎一些枝枝叉叉的事呢！作为身经百战的军人，毛泽东和中央看中他的正是此人"有股硬劲"和"粗中有细"的优点，善于把握大局，做出正确的大决策，同时又能通过细致的方法推进大决策、大目标的实现。

"同志们呐，'松基三井'出了油，这首先是件大好事！大喜事！证明松辽平原这个地方有'大家伙'存在，但是到底大到什么程度？'大家伙'又藏在哪里？是我们必须要特别关注和细细分析的，而且这回我们不能再犯四川那样的错误了，必须稳扎稳打，不能因为一口井出油就定天下事！要么就不逮，要么就要逮住'大家伙'！逮住了就不放，直干出个大名堂来！"将军的右胳膊在空中连续"嗖嗖"挥来挥去……那气势让所有在场的副部长们感到一种势不可挡、所向披靡的力量和意志。

石油部很快形成一个统一意见："松基三井"出油了，值得庆贺，但须慎重，不急于对外登报和广播宣传，石油战线上下必须鼓足干劲，埋头苦干，扎实做好工作，争取以最快的速度探明松辽平原的地质构造，等拿下大油田的面积和储量后再向党中央、国务院报告。

这个精神和意见，是余秋里的风格与个性的体现，后来慢慢也成了整个石油系统的工作作风：出现成果初期，不吵吵嚷嚷，必须等工作做扎实、板上钉钉了再向外公布与宣传。"任何时候都必须把工作做实。"这是余秋里定下的工作原则。

"好嘛！'松基三井'见了油！你们要尽快把地震物探的新发现传

送给石油部余部长、康世恩他们去……"这边，地质部的何长工看到所属长春物探大队送来的地震物探新发现，激动地用拐杖敲着桌子让秘书赶紧将宝贵材料给石油部送去。

余秋里一看地质部何长工他们送来的"情报"，不禁大喜，找来康世恩，说："这回咱们有干头了！"

"我看也是。"康世恩说。其实他比余秋里更兴奋，因为地质部送来的地震资料显示，"松基三井"所在高台子构造以南，还有一个更大的葡萄花地质构造，面积在 300 平方公里以上。

"我建议，可以在葡萄花构造上先布上一口井。"康世恩从余秋里手里的香烟盒中抽出一支烟，自个儿点上后说。

"可以，先在肥肉上夹一筷子！"余秋里这回甩的是那只空袖子，然后说："国庆节后马上开党组会，班子先统一下思想！"

"好，我马上去让办公厅通知各位。"康世恩说完，出了余家门。

"哎哎，老康，一会儿你回来，我让你嫂子炖着红烧肉呢！"余秋里在后面喊着。

"放心！回头我就过来……"不见康世恩的身影，却听得其声音。

"红烧肉！红烧肉喽——"这边，余秋里一边哼着，一边有些洋洋得意地走向厨房。

这个国庆后的石油部党组会，是余秋里上任后的一年多来开得心情最激奋的一次，而且几位部长都刚刚吃过红烧肉，底气十足。

"同志们：大家现在心中都有点数了吧！当前的生产形势非常好，这一点我们抱有足够的信心。但不能马虎，在地下情况还没有摸清的时刻，还不能轻易将重兵压上。现在我们的任务是要加大勘探力量，争取早日把那儿的油田面积搞清楚，把油层的厚度搞清楚，还有是保证找到油后能将它采出来！"余秋里在党组会议的最后一天说，"今年我们的原油生产已经处于主动，第四季度可以腾出手来，以更大精力来抓勘探。松辽目前已有一口井探出油来，这是一个很大的希望，但远远不够，我们还要争取看到更多的井出油！搞清楚油的分布情况和范围，这是当前头一位的大事……"他的这些话，在几天前就由秘书整理成正式文字报告，以石油部党组的名义向毛泽东和党中央作了汇报。

很快，根据余秋里和石油部党组的决定，分管生产和勘探工作的康世恩立即着手开展具体的布局，他与技术人员们通过详尽深入的讨论后，迅速又布置了 63 口探井井位，其中大同镇长垣构造内布下了 56 口井，并且专门从四川石油局调集了一批勘探人员，参加松辽勘探。

要打"大仗"了！要准备干一次出大名堂的"大仗"了！党组会结束后，余秋里和康世恩几乎天天晚上碰头，聊工作，也海阔天空地聊国家和世界的形势，甚至一起聊毛泽东和元帅们在战争年代指挥的经典战役。

"……到了解放战争时，毛主席能够领导大家短短几年就把'蒋该死'的八百万大军打得落花流水，知道靠啥吗？靠大战前的统一思想、统一意志，以及打仗时的统一行动！"余秋里讲得绘声绘色，康世恩听得聚精会神。

他们已经强烈意识到松辽将有一场大仗要打，而这场大仗极有可能使中国彻底改变缺油的被动局面！

"历史经验告诉我们，要采取大的行动，必须先统一思想。思想统一，才能行动一致……"1959 年 11 月 26 日，在北京华侨饭店召开了全国石油工作会议，来自全国各省局和重要厂矿负责人参加了这次在新中国石油史上具有重要意义的会。部长余秋里在会上就当前的形势及今后的任务，发表了激情洋溢的讲话。

"余秋里同志主持召开的这次会议，可以说是新中国石油工业发展史上的一个里程碑。它对建设一支拖不垮、打不烂的石油队伍起了重要作用。通过这次会议，我们一下子将原来一盘散沙式的队伍变成了一支指向哪儿就战斗到哪儿并且能够取得胜利的钢铁队伍！"25年前的1994年，已是80岁高龄、身患绝症的康世恩向人谈起当年的华侨饭店会议，仍然激动万分，"那会议才叫会议！开得极其认真，余秋里同志抓住石油行业是否应该'又让又上'问题，和要不要提倡顾全大局观念、集中力量保重点这两个重大原则问题，号召大家进行深入讨论，整整几十天时间，嘴巴都磨破了。我家与华侨饭店就一街之隔，可会议期间我儿子结婚我都没敢请假回去……"

"跟大家有言在先，我这回没有啥长篇大论，只带来耳朵想先听听大家的意见。所以这次会议期间你们可以把想说的话全部说出来，连一个屁都不要憋着，给我好好地放！"余秋里的开场白，就把各地石油局和厂矿的头头脑脑们的情绪给调了起来。

余秋里则和康世恩及其他部党组成员们整天拿着小本本，像小学生似的来到会议代表中间听他们"放炮"。

"我要说！"首先站出来的是新疆局党委书记、老红军王其仁。

"好，老王你先说。"余秋里一副虔诚的姿态。

"余部长，我有话要先对你说！"王其仁不愧是一位在苏联工作多年的老红军战士，他站起来面对面地指着余秋里，没有半点含糊地"开炮"了："说什么呀！说你余秋里来到石油部后干得雷厉风行！新官上任三把火，这我们也理解；你想上任后立马抱个'金娃娃'好在毛主席面前报喜，这也可以理解。可你理解我们下面吗？一个好端端的新疆石油局，才像模像样几天时间，你倒好，搞个川中会战！热热闹闹，轰轰烈烈，大部长一声令下，就让我们张局长带上大队人马，千里迢迢赶到天府之国去了。可你知道之后的日子我这个局党委书记咋干的吗？精兵强将都上你们那个会战去了，我们剩下的呢？都是些老弱病残，我是整天又得抓独山子的炼油厂，又得抓克拉玛依的生产，顾头顾尾，结果啥也没顾上。大跃进年代，看人家兄弟单位风风光光，喜报一个又一个，我们呢，连扬眉吐气的机会都没有！"

会场静寂。代表们紧张地看着余秋里的表情。木椅子上传来嘎吱一声响，那只空袖子甩了 180 度拐弯。

"王书记，别说了。"有人轻声提醒王其仁。

"为什么不说?"王其仁突然大声吼道，震得会场内四处回音。

老红军战士果然无所畏惧。会议代表们在内心敬佩王其仁这样敢于直言的老红军时，并没有忘记坐在他们中间的那只甩着空袖子的人也是位老红军。论参加革命工作的资历，两个老红军不相上下。

当过兵的人都知道有个不成文的规矩：谁要在部队里多当一天兵，后面来的战士就是以后当了再大的官，他在这兵面前仍然是"新兵蛋子"一个。

王其仁知道，坐在他面前的那个空袖子的人比自己不是多当几天兵，而是有些年头。但这怕什么? 你自己说的，让我们有屁也痛痛快快地放嘛！何况我的不是屁呢！是冤屈呢！

老红军王其仁接着说："反正、反正我新疆局再不做那样的傻事了！要支援，也得等我新疆局自己先把指标跃进一回了、扬眉吐气了再说！否则就不行！"

代表们不敢直视，以余光看着用右手解着上衣扣的余秋里部长。

"王书记说完了?"余秋里的声音有些发闷。

"暂时说完了。"王其仁也不含糊地回答，看来他是准备惨遭部长"不打肥皂刮胡子"了。可代表们有些意外，部长的声音这回异常平静。

"好嘛，谁接着说?"余秋里干咳了一声，然后不高不低地问一声后，抬眼看了一圈身边坐着的人。

"那我就说说吧。"青海局局长李铁轮站起来不紧不慢地说着，看得出他心里的话已经憋了好久了。这也是头高原犟驴。话不多，也不绕弯，却火冲冲的："希望以后石油部干什么事，先照顾照顾我们青海这个穷局。咱不容易啊！要什么底子没什么底子。部里有难处，我们小局下面也有难处呀！部里有难处时，往局里要人要物，可我们局里有难处时找谁去呀？你们说是不是？"

一个软中见刀子的家伙。代表们今天都在为余秋里部长和部党组捏把汗，特别是平时脾气就十分大的余部长。他们心里在想：这阵势下去，结果只能有两种，要么风风火火想大干一番石油事业的余秋里部长从此做缩头缩脑的乌龟部长，人家下面几个顶着国家石油大梁的管理局和油矿吃喝什么你部长在上面就跟着吃喝什么；要么是下面的几个管理局和油矿领导服软，听从他余秋里指挥调遣，不说一句怨言。总之，不管哪种结果，这回华侨饭店会议肯定有好戏看！

有人私下窃窃议论道："瞧那些老红军、老八路，他们的身上谁没几个枪子穿过的孔？他们怕过谁？说不准一会儿吵起来，拍桌子瞪眼还嫌不过瘾呢！"

"我看余部长绝不会饶了这些家伙！想跟余部长较劲？他不仅是老红军，而且是开国中将，独臂将军！谁这么大的胆子，敢在他面前撒野？真不知天高地厚！没听说毛主席为啥让他来咱这儿当石油部长？就是他余秋里能干！能打开局面！哎，你们听说这个故事没有？1940 年前后，我们八路军跟日本鬼子干得最凶的时候，兵力损失巨大。余部长那时就是支队政委。他奉命在冀中平原一边跟小鬼子干，一边发展八路军队伍，你们猜怎么着？嘿，短短十几个月，余部长他带的队伍，把冀中平原的小鬼子打了个稀里哗啦的，而他自己的部队由开始 3 个连队的二三百人一下壮大到了 5000 多人！这在当时可是了不得的事！毛主席都表扬过余部长的本事呢！"

"嗯，我看呀，他们新疆局、青海局的人是吃错了药！就是嘛，我看他们太牛了！是呀，这几年他们打出了油，《克拉玛依之歌》也唱得太响了，还有柴达木人啥的，这本来也是全国人民支援的结果，他们现在倒好，以为自己是谁了？柴达木油田是他们自己家的了？克拉玛依油田也是他们自己下的崽？吥，我看他们是井底之蛙！不知天高地厚。"

"是嘛，余部长他们有什么错？咱国家的石油底子就这么薄，不靠集中兵力作战，将来找油的地方越来越多，而且油田也越来越多，如果都各干各的，找出一块油田自己就独立一块地盘、搞一支应有尽有的队伍，那我看整个中国人都调来搞石油还未必够呢！"

"可不是！那么个干法，咱们石油部就不叫石油部了，该叫'全国部'了！"

"得了，还叫'全国部'呢！要真到了那时候，我看也是我们石油部解散的时候了！怕是连石油部的名分都不会有了！"

"我看应该让他们尝尝苦头。要不他们也不知道自己姓什么了。"

"这油田那油田，这管理局那管理局，如果他不姓石油，也不姓石油部了，看他们还能牛多长时间！"

"真是不懂一点马克思主义！毛主席早就说过，搞社会主义就得有全局观念。我看余部长和部党组的方向是对的，行动的措施也没什么错！咋，国家这么缺油，他一个克拉玛依、一个柴达木油田就能满足国家发展需要啦？"

"唉，说到底啊，还是去年川中搞砸的原因。他们四川也真是的，本来地质情况都没搞清楚就在那儿瞎嚷嚷，就凭着几口井喷油便到处吹嘘发现大油田了！弄得余部长跟着他们在毛主席面前都丢了脸……"

"我看这事不全怪四川局，部里决策也是有些问题，搞啥会战嘛！把几个局的人马都拉上去了，结果啥名堂都没干出来，被动吧！"

"你不当部长说话轻飘飘的，噢余部长他们容易吗？中央天天喊着要大跃进，这'卫星'一天放一个！石油部咋一点动静都没有？别人还以为你石油部是跟毛主席、党中央唱反调！这不是大笑话、大悲剧嘛！他余部长能不着急吗？"

"唉，其实啊要我看，他余部长啥都别操心，上面说啥就跟着吆喝啥就得了。不是让大炼钢铁吗？那我们就都去炼吧！让新疆局、青海局去风光吧！"

"屁话！他们风光啥？拿好端端的国家进口无缝钢管扔进土炉里烧疙瘩出来去风光？这叫败家子！余部长骂得好！还骂得不够！"

"行了行了，我看呀，石油部眼下这种局面都是四川那边没搞出油来给闹的。"

"是是，哎，四川局的来了没有？他们缩到哪儿去了？"

"我是四川局的。我来说说吧。"四川局的张忠良终于站了起来。他也是一名老红军，石油师的副师长，他身上也有敌人枪子留下的一道道伤痕，他平时的脾气也能吃掉人。可现在他变成了一只受气的小兔子——哪次会议上石油师的人从上到下好像都不吃香似的。石油师的政委张文彬在新疆虽说是局长，但人家党委书记老王头觉悟更高，张文彬要不是余秋里力保，早就是右派分子了。师长张复振搞运输去了，干来干去也是个受气包。本来副师长张忠良可以为石油师的全体将士直直腰杆的，偏偏川中一仗打得窝囊喔！

"是我工作没做好，拖了各兄弟局的后腿，让大伙儿跟着我们四川倒霉。"张忠良真有绝招，这会上他一说话就向人检讨。特别是见了新疆局的王其仁和青海的李铁轮，就一头往胸前垂下，抱起双拳一个劲地赔不是，而且好几回是当着余秋里部长及其他几位部领导的面。

好你个张忠良，这不是拐着弯在众人面前骂我嘛！余秋里的头突然昂了起来：张忠良你个老狐狸，心里想的跟嘴上说的完全不是一回事嘛！这一点还看不出来？

会场气氛愈加紧张。几位副部长和办公厅及部机关的人感到心脏已经跳得控制不住了……

"余部长，这会再这么开下去不行啊！"中途休息的时候，有人满脸愁云地跑到余秋里的房间说。

不想余秋里板起脸，十分奇怪地反问："怎么不行？我看挺好的。"

"啊，还好啊？再这么下去，他们非得把你吃掉不可。没瞧这几天几个骨干局领导脸上都春风满面、得意洋洋的？"

"好啊！让他们春风满面、得意洋洋嘛！只要他们能说出心里话，那就让他们去洋洋得意吧！我要的就是这个！"

"可这样下去我们部里以后怎么领导队伍呀？每个局自己都有一套，上面的话没人听，我们怎么集中兵力找大油田呀？"

"哈哈……"余秋里猛然大笑，说："对头，你提出的问题也就是我心里想的，也是要在会上向大家提出来的。我们既然以后还要长期地在一起搞石油，现在就先得把心里想的，连同我们过去做的对与不对的地方都摆在桌面上，说他个痛快，直说到连屁都没有可放的时候，我们再一起统一思想，统一认识，这样以后我们才能更好地领导和组织队伍向更高的奋斗目标前进！"

"这么说你心里早有底啦？"

"没有底我还开什么会？开会的目的就是要达到一个目的。我们现在的目的是：石油部上下要统一认识，思想往一处想，下一步我们才能在松辽和全国的找油战斗中取得突破性的伟大胜利！"余秋里把空袖子猛地一甩，说。

"余部长，你又要给我上战争军事课了……"说话者偷偷笑了。

余秋里的眼睛瞪得溜圆："搞石油就跟打仗一样呀！我不用点战争军事手段能搞得赢吗？"

"嘻嘻，我看你打仗这一套行。"

"你以为我这个中将是捡来的？"余秋里说完这话又哈哈大笑起来，"走，继续听同志们放炮去！"

刚出门，工作人员就将余秋里叫住，并引到一边悄悄说："李立三同志和李雪峰同志来电话说找时间想跟你谈谈。"

"嗯，他们要找我谈什么？我现在正开会呢！"余秋里一时没反应过来。

"肯定是有人将会上讲的内容向两位主管工交口的领导反映了。"

余秋里的脸沉了下来，又马上绽开："让他们反映吧。"

后来李立三和李雪峰两位主管中央工交线的领导真找了余秋里谈话，并且好言劝他注意下面的意见，尤其是当下"大跃进"的形势，千万别让人抓住啥把柄。

"见鬼了！老子从干革命那天起就没有想过自己怎么着！我抓石油怎么着？国家那么穷，毛主席和全国上下又急着要油，我不采取些特殊手段，不集中兵力去打歼灭战，我们什么时候能搞出大油田来？为啥急！都是形势给逼出来的！那是没有办法的办法嘛！跟我们当年与小日本干仗一个样，他把我们的根据地毁了，又到处建了碉堡、伪村公所，我们八路军到哪儿都受到限制，可我们得站住脚跟，取得胜利呀！那就得想法在敌人的夹缝里求得生存，有了生存就有进攻和出击的机会，就有了战胜敌人的可能。那会儿我们搞石油就是这个样！国家没钱多给你，石油系统自己的底子就这么薄，不集中兵力这么干猴年马月找到大油田？不行！这都是逼的！"

上面是余秋里在20世纪90年代初成为植物人之前，一次接受一位部队写作者采访时说的话。

但在华侨饭店的会议上，他知道靠简单的几句话是说不通那几个"蛮不讲理"的局长书记的。再说那会儿政治形势对余秋里干的那一套可不是很有利，弄不好整个石油部都会被人说成是"右部"——有右倾机会主义意识的部门。搞油的部真成了"右部"麻烦可就大了。这种先例不是没有。

在1959年、1960年的形势下，这可都是说不准的事。

崭新的华侨饭店在当时是座很别致的建筑，冬雪飘落的时候里面很是舒适和温暖，但独臂将军感到他的那只已经空洞了二十几年的残臂阵阵作痛……这是为什么？打仗那会儿条件那么差为啥没感觉？噢，是因为一个劲地向前冲！那样的情况下伤口再疼痛也感觉不到。解放也有 10 年了，一直没有痛过呀？这是怎么啦？

这一年冬天，北京的天气特别冷。余秋里推开窗户，看着漫天飞舞的雪花儿，将右手向窗外伸去……几片雪花儿飘在他手心上，很快融化了——他的手一直是滚烫的。

噢，是心在疼。是自己将滚烫的心倾注在为中国缺油的局面而焦虑而奋斗之后却得不到人理解和共鸣感到心头的疼！

窗外飘雪，京城一夜银装素裹。余秋里关上门，不让一个人进屋，就连秘书也不准进。会议室里的争吵声仍在继续，而且一声比一声更高……

石油部的几个副部长和一些司局长看着会场上下面坐的石油局领导那么"猖狂"，很为自己的余部长和部党组抱不平。

"咋，真是你们下面油田、油矿打个喷嚏，我们石油部的大楼就摇晃不停？那你们也太小看余部长和我们这些人了！"康世恩出来说话了。

"哎嘿哎嘿，你们瞎嚷嚷什么呢？开会就是让人家把心里话掏出来的嘛！这有啥不好？我看好得很呢！"余秋里从房间里出来，一脸平静和温和之色。这反倒让机关同志捉摸不透了。

"将军这回咋的啦？给下面的人吓着啦？"

"去去，余部长怕过谁？"

"那他这是怎么啦？别人在他头上拉屎他也这样忍着？"

"他怎么啦？我怎么知道？你有本事自己去问问他！"

"得得，这段时间他和几个副部长天天找人谈话、征求意见，嘴皮子都磨破了，今天他不是要讲话吗？听听看他怎么说。"

"走，去听听——"

余部长终于说话了！台下各人的心都悬着，七上八下的。只有玉门局的人心里比较踏实，因为前几天余秋里请他们发言，介绍他们顾全大局、支援兄弟油田建设的事迹经验。玉门人来这里谁都没话说，新疆能出克拉玛依、青海能出柴达木盆地，哪个不是玉门人支援的结果？那个作家李季不是说"凡有油田处，都有玉门人"嘛！搞油田的人，谁也牛不过"玉门人"，因为玉门是中国的石油摇篮，而玉门一边在支援全国找油，同时又注意发展自己的"玉门经验"和"玉门风格"，也确实让人佩服。

比比玉门的风度，再看看自己的雅量，新疆局和青海局的几位领导已经开始有点心里发毛了。

现在，只见余秋里部长挺着胸膛，健步走向主席台，那身板直挺挺的，唯有那只空袖子"嗖嗖"生风……

"同志们哪！这个会已经开了十几天了。收获不小。现在我代表党组讲五个方面的问题：一、观大局、看主流、辨方向，对我们每一个领导干部和机关来说，是一个带有根本性的课题，也是检查我们机关和领导干部政治强弱的试金石……"

"观大局，我们现在的大局是什么？搞社会主义！把国家经济搞上去！毛主席和党中央天天都在操心把经济建设搞上去，把老百姓的生活搞上去。不搞上去行吗？苏联赫鲁晓夫卡我们就是不想让我们搞上去；美帝国主义帮着台湾企图反攻大陆也是不想让我们搞上去！而我们呢，毛主席说了，一定要搞上去，新中国不能因为苏联和美帝国主义卡我们脖子，蒋介石在那儿嚷嚷，我们就搞不上去了！搞不上去就不是中国共产党人！"独臂将军的嗓门开始往上提了。

"这就是大局！不认识这个大局，光想着自己那么一点小天地、整天算自己的小账，就不可能理解国家的大局。我们石油工业建设的大局是什么？不是有了几个小油田就可以躺在那儿吃喝等老死了！那是不行的！国家建设大家都看到了，蒸蒸日上，日新月异，一天一个样！建设发展了，就要用油！毛主席说了，没有石油，国家就发展不上去。他老人家着急，全国人民着急，这就是我们面临的大局！我们石油部目前的大局：找油！找大油田！找出国家和人民建设所需的石油！"独臂将军的嗓门又往上提了提。

"连这个大局也认不清，我们还算什么石油人呀？"独臂将军的嗓门提到了震荡山河的分贝水平上！

会场上鸦雀无声，只有主席台上那只"嗖嗖"作响的空荡荡的衣袖不停地在空中挥舞着。

"我们石油部的油怎么找出来？靠什么？我看就是要靠组织全面的、综合的、有效的大协作！有了这种大协作，就能最大限度地挖掘潜力，实现大跃进！"将军右臂的拳头砸在桌子上，麦克风立即发出"当——"的巨大回声。

"我们的潜力在哪里呢？企业内外，这个地区和那个地区的协作，就能发挥很大的潜力！因此，可以说，协作本身就蕴藏着巨大的生产潜力。全面的、综合的大协作，是我们社会主义的一大重要特点，只有社会主义制度下才能最大地发挥这种协作的威力！"右臂的拳头再次重重地砸在桌子上，麦克风更响地发出一阵阵回声……震得全场与会者的眼睛不敢往下低着看。

台上的人，似乎根本没有在乎台下有什么反应，继续更加有力地挥动着左边的空袖子："我们石油部为啥要搞大协作呢？"独臂先是握紧拳头，然后一个指头一个指头分开来——

"第一就是我们落后。一穷二白地落后，产量还少，少得可怜。可我们石油部也要实现高速度呀！怎么办？到毛主席那儿哭穷去？我不干，我余秋里不会干这种事的！我相信在座的同志们都不会干，我也相信石油部所有的同志都不会这么干！毛主席让我们来搞石油，就是希望我们搞出名堂、搞出大名堂来！新中国建立起来不容易，我们是在帝国主义、封建主义和官僚资本主义扔下的一个烂摊子上建立起了人民共和国。现在国家要发展，要大发展，因为不发展不行，帝国主义欺负我们，连一直跟我们很好的'老大哥'也要欺负我们，怎么办？就得高速发展，把我们自己的事办好！石油部建立时间不长，比别的部委底子更薄些。但我们不怕，我们有大协作精神。这样做，无论是油田建设、勘探也好，炼厂建设也好，都可以在某一点上、某一个方向上，把劣势变为优势。所以，我们要实现高速度发展，就非得协作不可，而且是大协作。青海冷湖是个荒凉的地方，那里草木不生，连麻雀也不去，条件很不好，但今年上得很快嘛！克拉玛依在采、炼、储、运等几个环节上能迅速建设，保证了高产！他们都是什么原因取得这样好的成绩？我们看就是全国石油工业系统中组织了大协作的结果。这叫大家发扬了共产主义风格，你帮我，我助你，七手八脚，一下就上去了！这就是大协作的结果。你单靠自己一个小矿一个油田办得了大事吗？一时你可能行，可再大上十倍八倍，你还能行吗？"

没有人回应。所有的人都不敢回应。会场上只有将军的声音——

"第二是我们石油勘探工作的发展常常出现不平衡。这是我们石油工业本身的特点。为啥？就是因为油田分布是不以我们人的意志为转移的客观情况，它加起来可以归结为'有、无、大、小、东、西、南、北'。啥意思？就是油田有的地方有，有的地方它没有；有的地方它大，有的地方就小；有的东边有油，西边就没油了！有时南面有油，北边可能有，可能就没有。同样是一块南边的地区，也不是都有油！有的今天油哗啦哗啦地冒个不停，明天你就是叫它老爹老妈它也不出油呀！这样就会给我们石油系统形成一种你无法改变的力量的不均衡性。你有时忙得不行，有时你就闲得不行。怎么办？我们是社会主义，整个石油系统是一盘棋，全国是一盘棋呀！这样就更需要大协作。特别是碰到找大油田时，我们就得集中兵力，加速地质勘探能力，尽快找到油田，而且在找到油田后也得再集中力量打'歼灭战'，把油量搞上去。"

说到这儿，将军的声音似乎软了一些。

"再一个就是我们本身石油底子差，国家现在的底子也很差。怎么办？我们不能因为底子差就不干活，或者等底子好了后再干，成吗？不成！毛主席不答应，全国人民不答应，我们石油系统自己的同志不答应！可你又不得不承认，我们石油部就那么点底子！这是个不利因素，是个弱点。我们就得克服它。靠啥克服？靠我们把有限的力量集中起来，把困难留给自己，把方便留给别人，主动、全力地支援兄弟单位、兄弟部门，而且这种支援和帮助从长远和全局看，是相互的帮助和支援。这样我们就能把有限的技术力量、有限的人力、有限的财力放在一起，以较小较弱的力量去完成我们的大任务！去争取我们石油事业的大突破、大胜利！"

"哐——！"将军的右拳头再次砸在桌上。麦克风回声"隆隆"……

"你们觉得这样的大协作，有意义吗？值得吗？你们把手举起来我看看！大家赞同不赞同我的观点？"

将军的目光里喷射着火焰——革命者和建设者对事业、对祖国的热情火焰。

他的目光射向全场的每一个人。他的目光在与会场的每一个人进行对话与交流。你是好汉的不怕这种目光，你是孬种的就躲过吧！你是共产党员的、红军战士的、工人阶级的，你把目光抬起来！

"同意——！"也不知是谁，突然喊了这么一声，于是整个会场的所有参会者齐声"同意——"！

将军的眼神开始温柔起来，因为他看到所有的人都把手举了起来，而且还有人怕部长看不到便干脆站立起来举手。最令人高兴的是，将军他看到了新疆局的王其仁、青海局的李铁轮，还有四川局的张忠良，他们全都举了手。

"好嘛，大家都同意我这个观点，这证明我们开这个会是成功的，达到了统一思想的目的……"将军的脸更加温柔了。他甚至呵呵地笑了一声，然后一转语调，说："但是我确实也要进行自我批评。"

会场又顿时寂静了下来。每一双眼睛都盯着自己的部长，全神贯注地听他如何"自我批评"。

他们的部长这样说："我们以后不管打什么大仗恶仗，也不管像玉门这样风格特高的油田怎么不叫苦、不喊冤，我们在集中兵力的时候，也得讲究从实际出发的原则，不能杀鸡取卵，那绝对不成的。新的基地、新的油田要开发，也不能把老的油田、老的基地丢掉和破坏掉嘛！那不是真正的马克思主义做法！"

"好——"谁在下面高喊了一声，一看原来是新疆局的王其仁。

"好！好！"也不知谁附和了两声，于是整个会场里"好"声一片，掌声一片。

余秋里趁着大家鼓掌之际，往会场扫了一遍，他高兴地看到了想看到的人，于是站起身："秦文彩同志和李德生同志，你们都来了啊！去年我在四川会战期间没有认真听你们的意见，而且也不正确地批评了你们，还有张忠良同志也提了很好的意见，我没有接受。现在，我再一次代表部党组，也有我个人的意思在里面，我向你们检讨，向你们赔礼道歉！"

将军部长突然庄严地挺直胸膛，举起右手，向秦文彩、李德生等同志又敬礼，又鞠躬。

"哗——"这回掌声真是雷鸣一般。办公厅会务工作人员甚至悄悄说：有几个老红军都在抹眼泪哩！

华侨饭店的服务员以为出什么大事了，纷纷拥到走廊和会议室的门外，当她们听到里面随即传来欢笑声时，才微笑着回去干自己的事。

"同志们，现在我想趁这次会议的机会，向大家报告一下明年——1960 年咱石油部的工作计划。明年对我们石油人来说，是个好年份。我们的松辽已经出现希望的曙光，如果勘探计划继续发展，我们要准备组织一次史无前例的大会战！彻底把中国贫油的帽子扔进太平洋去！同志们有没有决心啊？"

"有——！"会议室的房顶出现了强烈震颤。

余秋里这回真笑了。是该值得笑一笑了。石油部的这次"华侨饭店会议"已经过去了 60 年，每每我路过那座今天看来并不太起眼的楼宇时，总是心怀一颗虔诚的心，耳边回响起独臂将军那震撼山河的声音，也才更加深刻地理解了康世恩同志为什么说此次会议是"中国石油工业发展的里程碑"了。是的，石油工业与其他行业很不同，尤其是中国的石油工业，这个行业本身的基本特点是它的"未知数"，油在哪儿是未知数，能不能成为油田开发、怎样开发、开发的结果又会怎么样等等都是未知数。对待这样一个特殊战场，靠常规的工业化运作简直是无法前进一步。

"好，现在散会！"

代表们带着一身热血，纷纷离开北京，准备接受更大的任务。而新疆局和青海局、四川局等局的领导没有先走，他们围着余秋里和康世恩等部领导就是不走，说一定要从部长嘴里听到下一步如果松辽要大干，必须有他们几个局的任务、而且是最光荣最艰巨的任务才走。

"放心，余部长绝对不会轻易在啃松辽的硬骨头任务上放过你们几个局的！他是干什么的？指挥打大仗打硬仗的将军！他最知道关键时刻用谁不用谁！回去吧，好好统一思想认识，做好松辽大仗准备！"李人俊副部长笑着对几个局长表态道。

仗，有的是给你们打的！这是将军们的习惯用语。余秋里现在心里想的是尽快弄清楚松辽到底是个啥情况！这是"松基三井"出油后他与康世恩一直在讨论的问题。"敌情"没有完全摸明白之前，不得贸然大行动！这是他和康世恩及部党组定的一个"铁纪"。

1959 年 12 月初的一天，康世恩向余秋里报告："'松基三井'这两个多月的出油情况一直稳定，这说明地下储油情况和地质构造不像川中。"

"其他布置的井进展怎么样了？"余秋里更关心"松基三井"出油后部里决策布置的另外 63 口井，尤其是布在大同长垣构造上的那 56口井。地质部现场地震队送到石油部的资料已经证明，那个长垣构造长达千余公里、宽有数十公里，横卧于松辽平原的盆地中央，像一只巨大的长方形鱼盘，葡萄花、高台子和太平屯等几个构造则像大"鱼盘"中的几个小土豆。要是长垣整个构造都能证明是储油的，那将是个什么样的油田呀?!

不敢想不敢想，部机关好几个技术干部一听连连摇头，虽然他们心里也希望能为祖国找到一个大油田，但他们想这回要找出一个世界级的大油田。

"怎么不敢想？中国就不能有'巴库'？何长工老将军不是已经说要在三年内找到'中国的巴库'嘛！"余秋里在自己家里只剩下他和康世恩俩人时，把右手压在中华人民共和国地图的"雄鸡头"上，丹田之气一提："我就要找到'中国的巴库'！"

"必须的！"康世恩眼镜片后面的那双眼睛看着自己的部长、战友，闪闪发光。

"部长，松辽的长途电话接通了。"秘书将电话筒放到余秋里的手里。

"喂，我是余秋里啊！什么？还听不清啊？"余秋里说第一句话的时候，已经把院子前后的人都吵醒了，可电话里松辽那边的人还在不停叫嚷着："你能不能声音再大一点？"

余秋里用力抬起一条腿，跨在木椅上，想借助这力量把底气再往上提："……同志们哪，你们必须千方百计地争取速度！对，速度！在工作中要做到四快：快运输、快安装、快开钻、快钻进。哎，对头，四快！你们要知道，这一批打得快和慢，会直接影响到下一步的布局问题！也关系到明年全盘的工作布局问题和决心啊！是的，我很着急。你们早完成 10 天，我和部里就可以早 10 天下决心。对，对对。所以我现在再次要求你们：务必在明年 3 月前将长垣构造上已定下的56 口井打完它！哎，对对。目前松辽只有一口井出油还不能说明问题。能不能把松辽这个油田定下来，你们还要做许多艰苦的工作。现在的任务是加速勘探，鼓足干劲，分秒必争！听明白了吗?"

"听明白了！"松辽那边回答得很响亮。

读者是否意识到，此时的将军部长心目中已经开始在酝酿一场共和国空前的建设大战了！自从来到石油部后，将军经过相当长一段时间对克拉玛依、柴达木等油田的实地考察和调查研究，早已认识到，中国的石油之战，再靠过去分散兵力在这一处掘几个孔、在那一处再搞几块地普查勘探一下，是不可能大有作为的。另一方面，新中国成立才 10 年，完全的计划经济形式也不可能让他采取西方式的石油开发模式。那么可以选择的只有一种：利用社会主义的优势，集中兵力干大事。而石油工业的特殊性，又使他非常自然地想到了用军事手段、军事艺术和军事思想来完成和实现这样的大作战计划，这成了毫无疑问的最佳选择。

这是余秋里娴熟掌握的一门指挥科学。他在战争年代，从毛泽东和贺龙、彭德怀那儿学到了很多东西，当然，更多的是他自己的实践。关于余秋里在军事科学上的独特才能，我听过专门研究过他的军事专家们说：余秋里的本事在于他既有纯粹军事家的那种决断勇气、敢打敢冲和战之必求胜的战将风范，同时又有政治家的那种善于把握战斗人员的思想、觉悟，并通过行之有效的政治鼓动，使每一个参战人员时刻处在自觉自愿的高昂斗志状态的政治韬略。

川中一战，余秋里、康世恩和石油部在毛泽东和全国人民面前丢了脸面。但对余秋里个人及后来的整个中国石油事业来说，真是一份难得的精神财富。

华侨饭店会议吵得很厉害，有人认为按余秋里的脾气，必定会以最严厉的方式来解决那些不听命于他、在关键时刻另有小九九的下属们的问题。但将军这回没有，他镇定自若地驾驭着整个石油队伍的方方面面，以细致、耐心、实事求是和体谅、理解的工作方法，让人心服口服，最后达到他期望的那种"万众一心，所向披靡"的目的。

好了。队伍不再是我行我素的散沙一盘了。情绪高昂的战前准备已就绪。现在只等一声令下了。

战令好下，但"敌人"在哪儿？"敌人"的兵力有多大，又以什么方式采取行动？余秋里和康世恩两人已经商定好了——在没有弄清地下情况时，他们的"石油之战"就不能发令。

战前的侦察是最必要的。布孔打井的勘探普查，是"石油之战"的基本侦察内容。余秋里因此特别关注新布下的几十口井，尤其是地质部现场地震资料所显示的那个"大鱼盘"——长垣构造上的那56口井。因为这是可以继续论证"松基三井"的出油是否真的稳定和高产、同时能最终确定松辽平原是否真的存在大油田的关键一着棋。

"老康，应该再派技术力量往那儿去，只有吃透吃准那边的地下情况，我们才能决定行动决策。"余秋里有一天一见康世恩就冲他这么说。

康世恩从口袋里掏出小本本，说：我已经作了这样的安排，拟抽调部里的几位技术"大将"张俊、翁文波、李德生、童宪章等骨干，把他们全部派到松辽前线，同已经在那儿的张文昭、杨继良等人及从苏联留学归队的一批年轻专家会合，组成一支技术评估的"侦察尖刀行动队"。

"好啊，这个主意好！"余秋里大喜，忍不住上前两步用右手握住康世恩的手，颇为激动地说："老康啊，这回干大仗，我们不能有一丝准备不足喔！"

"明白，部长。"康世恩重重地点头。

石油部有"余康"之说，就是这两个石油部长"一唱一和""一文一武"，在石油战线干得太默契了！

前方、后方的技术专家团队会合后，他们来到松辽前线又分成若干小组，同时出击，采取有合有分的方式，死死盯住每一口勘探井的钻探进展，一有情况，立即汇聚一起研究分析。

"老康，中午时分到中南海向总理报告了一声，下午我就该上前方去一趟了！不到前沿阵地，打起仗来心里不踏实哟！"余秋里一边让秘书准备行李，一边跟刚进门的康世恩说道。

"原本你不是说要去主席那儿吃他的一碗生日面条嘛？"康世恩掐着手指，念叨着："今天是 12 月 25 日，明天是毛主席的生日……"

"主席不在北京，在杭州那边，倒是总理在他家请我吃了一碗光面。总理说，国家现在非常困难，许多地方开始闹饥荒，毛主席已经带头不吃肉了，总理他们已经都响应了……"

康世恩的脸一下阴沉下来。

"所以我们搞石油的必须得把大油田弄出来，为主席、总理分忧啊！"余秋里长叹一声："家里的事你安排一下，看那边情况我们再在那里会合！"

康世恩点点头。

"走！"余秋里命令司机。然而甩着空袖子上了车。

这是余秋里第一次以石油部长的身份来到东北这块荒凉而广袤的大地上。那双深邃的眼睛透过苏式嘎斯吉普车窗口，在寻觅、在探究、在思考他眼前的这块陌生而充满神秘感的黑土地。

啊，这就是松辽，广袤无垠，一马平川。啊，这就是松辽，白雪皑皑，漫天银装。一个连一个的水泡子像一面面巨大的镜子，在阳光下格外耀眼……而在几千万年前，这里曾是草木茂密、鸟飞雀欢、鱼虾满塘、兽禽同乐的水泽天国呀!

太美了!美得透心,美得刻骨,美得让人热血沸腾。

但也太苍凉了!苍凉得叫人恐惧,叫人慨叹。

"哈哈哈!这就是我们的北大荒!"将军突然放声大笑。那笑声惊得近处的一群黄羊蹿跳躲闪,逃之夭夭……

松辽,以其原始的质朴和宽阔的胸怀,第一次迎接了我们的将军部长。

"真是冷噢!"司机一次次叹息,一次次呵气。

毛领军大衣里的将军部长则露出头,朝司机笑笑,然后举起右手,来了一个出人意料的动作:摘下头上那顶绿呢军帽,朝自己的脸旁扇起来!

"部长你还热啊?"司机惊叫起来。

部长又是一阵爽朗的大笑,说:"热!就是热!"

司机疑心重重地瞅了一眼将军,可不,将军头上毛茸茸的发根里竟然有晶莹的汗珠在闪动!

"咔嚓嚓——"突然,吉普车的轮下响起一声冰裂,于是四周的冰天雪地犹如一块电极板,顿起一串奇妙而悦耳的声音,一直传至天边……

怎么回事?司机惊得目瞪口呆。

什么也没有发生。大地仍然白雪茫茫,连天接地……

"嘿嘿,你们没有往前看嘛!看,那边是什么?"将军部长笑呵呵地抬起右手,指指略偏西的前方。

"红旗!"司机惊呼。他的眼前,一面鲜艳的红旗分外醒目地在雪地里招展……

"是是,还有钻塔!我们的队伍呀!"秘书也看到了:一尊钢铁钻塔耸立在天地之间……

"加速!上我们的井台去!"将军部长把右臂奋力地向前一挥,像当年带着红军纵队翻越雪山草地。

吉普车的四轮后顿时溅起一片雪浪……

"到了到了！葡萄花 7 号井！"在北京很少有笑声的将军部长，今天格外高兴，尤其见了自己的队伍，笑呵呵的脸没换过相。

"同志们辛苦啦！"吉普车的轮子刚刚停下，将军部长的双脚已经踩到了井台。

"是部长啊！部长您怎么来啦?!"工人们先是一愣，继而欢呼起来，纷纷围聚过来。

"我来看你们哪！"将军部长抬起左腿就往钻塔井台的甲板上迈。

"哎哎，部长别上来，小心滑倒！"工人们嘻嘻哈哈、咋咋呼呼地又想挡住部长，又想拉他上去。愣神间他们发现挡是不可能的，于是干脆扶住部长的胳膊，一把将他拉到了井台上……

有人发现，他们揪住的是一只空空的胳膊：怎么回事？他们惊愕得张大了嘴巴，又不敢吱声。

"部长在长征路上打仗打掉了一只胳膊。"有干部轻轻向愣着的工人耳语道。

原来如此！工人们顿时肃然起敬。

"来，我们握握手！"余秋里将右手伸向每一位正在井台工作的工人和技术人员。

"小心哪余部长，您的手没戴手套，可千万别碰上铁器，那样会撕掉皮肉的！"轮到与一位青工握手时，那青工缩回手，这样说着。

这回是将军愣了：他想脱去青工的手套与他握手，但没有成功。

"部长您别动，我自己来。"青工慢慢地脱下手套，露出裹着纱布的手。

"怎么，手受伤了?"将军把那只裹着纱布的手放在自己的手心里。

"有一次换钻时，没顾上戴手套，结果摸了一下钻杆，就给撕下了一块皮……"青工不好意思地说。

余秋里无不心疼地问："很疼吧?"

"不疼!"青工挺挺胸脯，脸上露出孩子般的稚气。

余秋里转过头，对井台的干部说："咱们来这儿工作的同志不少是南方人，他们不知道北方到底有多冷，千万要告诉同志们在冬季施工的注意事项!"

"是，我们一定注意。"

"这儿真是冷啊!"余秋里这回真开始感叹了。他看到井台上刚刚泼上的热水，仅仅冒了几丝白烟就变成了硬邦邦的冰碴。再看那铁塔四周的帆布上，挂满了密密麻麻的冰凌，阳光一照，如同瀑布一片。再看看零下二三十度下工作的工人们，因为不停地提钻下钻，那泥浆劈头盖脸地到处飞溅，于是他们的身上个个都像穿了厚厚的大盔甲……

"辛苦啊! 辛苦!"余秋里一次次地喃喃着，脸上开始凝重起来。

"晚上让同志们多吃点热乎的东西!"余秋里对随行的干部连声叮咛后，又高声地问工人们："同志们，你们知道今天是什么日子?"

工人们一下愣了: 什么日子? 好像离新年还有几天嘛! 是啊，12月26日，啥日子?

"对，今天是12月26日。是我们的毛主席66岁大寿的日子!"部长说。

井台顿时欢腾起来，大家你一言我一语道: 那今晚我们吃面条! 庆祝毛主席生日!

余秋里笑了，大声说道："对，我们吃热面条! 吃长寿面，一是祝毛主席健康长寿，二是为我们在松辽大地上找到大油田!"

"数风流人物，还看今朝!"银装冰封的大同镇街头一间土坯房子门口，一位胖墩墩的小伙子迎着呼啸的北风和扑面打来的飞雪，高亢地咏吟着，仿佛这世界上独他一人顶立在天地之间。

"杨技术员，你还在'数风流人物'啊!"有人在门口大声叫道，"快进屋开会吧！一会儿余部长又要来问我们问题了！"

被称为"杨技术员"的吟诗者似乎诗兴未尽地闭上眼睛，然后深深地吸上几口带寒意的新鲜空气，转头钻进那间低矮的小土坯房。

土坯房内，与寒气逼人的外面截然相反，里面热气腾腾——而热气来自二三十名男男女女的年轻人的情绪与干劲。他们都是地质技术人员，中间有一两年前就到这儿的"老松辽"，也有刚刚从西安等地质调查队过来的新同志。一块由七八米长、一两米宽的木板钉成的"办公桌"四周，围聚着这群热血青年，他们指点着铺在"办公桌"上的那张地质图，在热烈地讨论着、争执着。那是一张张喜悦兴奋的脸，那是一串串被曙光映红的脸。

这时，石油部的几位大专家相继进来，他们是翁文波、童宪章、张文昭、姜辅志、邓礼让等人。

"继良，听说上次你乘飞机上天，人家驾驶员就是不让你上啊！"精瘦的翁文波笑眯眯地拍拍胖子杨继良，打趣地问，"你是吃什么山珍海味，长这么胖嘛？"

杨继良不好意思地："翁先生，我、我喝白开水也长肉呀！"

翁文波随手拿起桌上的放大镜，朝杨继良的胃部照了照，然后一本正经地："那就是你的体内 machine 太好了！"

"哈哈哈……"屋内顿时响起一片欢笑声。

杨继良不好意思地说："翁先生，您的英语太好了，我虽然也在大学里念过几本英语书，可像 machine——'机器'这样的单词也忘得差不多了。您给我们传传经，怎样才能让英语单词跟我喝凉水长肉一样长到我身上来嘛！"

"这好办。"翁文波立即一口气吐出一连串英语。

"好！"技术人员和专家们立即报以热烈掌声。

"翁先生真了不得。"几个女技术员敬佩地在一边窃窃赞言。

"又是翁文波同志在进行英文讲演吧！"门口的草帘被揭开，余秋里部长进来了。

"余部长来啦！"小屋子里的欢笑声戛然而止。原先七歪八扭的青年人立即挺直腰板，全体站立起来。

"哎，坐坐坐——"余秋里脱下大衣，摘下帽子，一屁股坐在胖子杨继良的身边。那只空袖子正好碰着杨继良的右手，这让青年技术员有些敬畏：独臂将军，果然是啊！

杨继良瞅着那只空袖子出神。

"哎，年轻人，你来谈谈对松辽的看法？听说你还是松基三号井的设计者之一呢！怎么样，对松辽找油的信心如何？"余秋里发现了身边的小胖子杨继良。

"噢。"杨继良一惊，立即站起身，大声道，"我太有信心了！从现在掌握的地质资料看，松辽一定是个大油田！"

余秋里笑笑，又转头问其他人："你们觉得怎么样呢？"

"肯定是个大油田！余部长。"一个快嘴的女青年说，"一亿吨储量保证没问题！"

"不止不止，一亿吨储量肯定不止。我看至少有 20 亿吨！"

"20 亿呀？"余秋里张大嘴盯着说"20 亿"的那位眉清目秀的小伙子。

小伙子一股初生牛犊不怕虎的劲头，朝自己的部长肯定地点头："对，我看 20 亿吨储量没有问题！"

20 亿吨储量是个什么概念？就是 20 个当时全国最大的克拉玛依油田，就是世界级特大油田。

小伙子的回答引得满堂大笑。余秋里也笑得合不拢嘴，他打量了一下小伙子："你是哪个学校毕业的？多大了？"

"嘻嘻，报告余部长，我叫王玉俊，北京石油地质学校刚毕业，今年 20 岁。"

"好嘛，玉俊同志，如果这儿真是你说的那么多储量，我就封你为石油部总地质师嘞！"余秋里的话再次引得满堂大笑。

小伙子这回脸红了。其实，一年多后，通过进一步的勘探调查，松辽的储油量远远超过了 20 亿吨这个数量。当然，余秋里在得知如此巨大的储量后，并没有兑现提拔小伙子王玉俊为"石油部总地质师"的承诺。但可以看出，余秋里一开始对松辽地底下的情况到底怎么样，一直是慎之又慎。

自从松基三号井出油后，地质部在扶余三号井也打出了油，而此时石油部上下也都沉浸在"松辽大发现"的喜悦之中，尤其是那些参与现场勘探和地质调查的技术人员们更是一口肯定松辽会是个大油田。然而此刻只有一个人的头脑异常清醒，他就是部长余秋里。

"同志们，这些天来，我跟大家一样，心情是很高兴的，看到'松基三井'出了油，谁不高兴？要说高兴我是最高兴的一个。但我又是一个最高兴不起来的人！为什么？"土坯房子里，正当前线将士和技术人员都在为眼前的光明前景喝彩时，部长余秋里竟然抬出了这样一个硕大的问题。屋子里的气氛一下变得紧张起来，连翁文波这样的大地质学家都屏住了呼吸。

"是啊，为什么呢？"余秋里抬起右胳膊，摸了摸自己光溜溜的额头，神情凝重而又严肃地扫了一遍屋子里的所有技术人员。突然他的右臂从空中猛地落下，"因为在大家一片喝彩声中，我要提个反面的意见，这个意见就是过去石油勘探的经验和教训告诉我们：一口井出油并不等于是一个构造出油！几个构造有油并不等于连片有油！一时高产并不等于能够长期高产！"

多么精彩的经典话语！多么深刻的睿智哲理！

余秋里之所以后来一直被人们称为"新中国石油工业的领导者和组织者"，是因为余秋里不仅用军事家和政治家的伟大气魄与胆识，领导了后面我所要叙述的像大庆会战那样一场又一场艰苦卓绝、成就巨大的石油战役，更重要的是他给中国石油工业留下了永远无法替代和抹去的精神遗产和可以传世的战略指导思想。

"一口井出油并不等于是一个构造出油！几个构造有油并不等于连片有油！一时高产并不等于能够长期高产！"这三句话深刻体现了地质学和石油勘探学的深刻性、辩证性。20 多年前，我在采访黄汲清和翁文波这样的大地质学家时，这些大家们都会脱口朗诵余秋里的这三句话，并称其为"大哲学家的科学语言""石油学的战略与战术的经典思想"。20 多年后的今天，当我们已经进入高铁和飞船时代以及完全可以运用各种高精尖端技术从事地球勘探时，我竟然发现今天的年轻一代石油专家们仍能熟诵将军当年的这三句话，并作为"找油哲学经典"或"座右铭"，而且有的还将这三条写在纸上、压在自己办公室的玻璃板下。足见这三句话的历史意义和对找油的深远影响。

在 60 年前的那个冰天雪地的土坯房子里，这三句话是将军从心底迸发出的，它落地有声，振聋发聩。这缘于他作为一个身经百战的将军和从事军队政治工作多年的高级领导者，在来到石油战线后所经历的那些包括川中会战在内的失败教训和对克拉玛依、玉门、柴达木等油田成功开发的全部认识及不断总结的结果。

"同志们，你们的热情，你们的干劲，你们现在向我报告的每一个新情况，都让人激动、高兴，但我请大家冷静和清醒地想一想：这松辽到底是个大油田还是小油田？是个活油田还是死油田？是好油田还是坏油田？"余秋里说到这儿又把话顿住，然后目光从翁文波开始，一直转到那个开口说"20 亿吨储量"的小伙子身上。那目光是急切的、期待的，更是犀利的。

没有一个人敢回答将军部长的话，也没有一个人回答得了将军部长的话。

余秋里收回犀利的目光，温和诚恳地说："所以，同志们务必保持清醒的头脑，继续做更加深入、更加细致的工作！"

土坯小屋里静得出奇，那些平时高谈阔论、慷慨激昂的技术人员们像换了个人似的，一个个低着头，似乎不知如何是好。

"其实，当时我们听完余部长的话后，每个人的头脑像被狠狠地敲打了一下，顿时清醒起来，而且这样的清醒我们保持了一辈子。中国石油工业之后 60 年发生了翻天覆地的变化和发展，应该说，余秋里同志这三句话中所包含的精神遗产实在是太丰富了！它让我们学会了科学辩证法，学会了处理人与自然、人与科学、科学与自然之间的关系，也更学会了怎么做学问和做人的道理。"当年亲耳聆听余秋里讲话的很多人现今是中国科学院和中国工程院的院士，他们如此感慨地向我表达这样的心声。

翁文波为首的技术人员们在听完余秋里那番话后，没能现场回答出来，是因为他们陷入了技术上的难题之中：要搞清地下的储量，纸上谈兵解决不了问题，只有靠打深井，而且要打得准确。可是打一口深井至少需要几个月的时间，因为打井过程中都要取岩芯和试油，同时每口井都需要几百万元的费用，这都是余秋里部长不那么愿意做的。显然，将军想用最少的代价、最短的时间获得地下的真实情况。可这是技术人员无法解决的事，但松辽找油战役打响之前这些问题又必须解决。

精于地质和物探的翁文波苦思冥想，仍然不得要领。

四川局来的技术员李德生才思敏捷，但就是不愿多说——他的心里多少留着川中会战时因为多说话而受到批判的阴影。

张文昭此刻正在盯着前期布置的 60 多口井的勘探任务，已经够忙乎的了。

办法总是有的。办法需要靠打破思想束缚，其实解放思想的行动在中国共产党的历史上有过无数次成功经验。只是不同时期叫法不同，余秋里挂帅石油工业时，他管解放思想叫做"开动脑筋，多想点名堂"。

脑筋动到了家，名堂自然而然就出来了。

余秋里自 12 月 26 日来到松辽后，白天一个一个机台地跑，晚上又整宿整宿地找人谈话，倾听技术人员的意见，与他们一起研究分析。"他简直就是一台机器，你不让他停下来他就会永远转下去。"十几年前我去采访已变成"老爷子"的王玉俊，他在谈起当年的余秋里时如此说。

专家们谁也解决不了的问题，最后还是由将军解决了。

"时间紧，布井又那么多，靠常规等一口口井打完取芯再试油，那么我们不知要等到什么时候，至少一两年以后吧?"余秋里把技术员召到自己的"部长临时办公室"——那是当时大同镇最"豪华"的地方，镇政府后面的一排"干打垒"——墙是土块打的、屋顶是用高粱秆或麦秸秆铺垫再压上厚厚一层土的那种只比人高出半个头的土建筑。

屋子里烟雾弥漫，技术人员们整整齐齐地围坐在几张长条木椅上，面对着坐在木椅上的将军。只见他盘着双腿，抽着烟，态度似乎比平时亲和与恳切得多。

"按照世界上找油的基本规律看，一个大油田从发现到搞清它的储量至少得三五年。这也是发达资本主义国家才能做得到的。"翁文波回应部长的话。

"是吗，三五年我们哪受得了? 毛主席受不了嘛!"余秋里"噌"地从炕上跳下来，把手中的烟蒂往脚底下一踩，然后在烟雾腾腾的低矮的小土坯房里来回走动起来。

技术人员的目光随着部长的身影移动。那些年轻一点的同志则把眼睛停在那只"嗖嗖"生风的空袖子上，内心泛起几丝敬意和畏惧。

空袖子甩着甩着，在那幅墙头挂着的松辽石油地质勘探图前缓缓停下……

啊，密密麻麻、横七竖八的线条和曲曲弯弯、形状各异、颜色多样的地图! 将军部长的眉头紧锁: 这家伙跟打仗的军事地图真不一样啊！地质图这家伙真是复杂，密密麻麻的像理不清的乱丝，<u>重重叠叠</u>的像翻不完的奇书。布下的几十口勘探井，在庞大的图纸上显得孤孤单单的，如同撒在一张大贴饼上的几粒芝麻粒……

"星星点点，点点星星喔！"空袖子甩了一个 180 度，"同志们，你们都是专家，我们能不能采取些打破常规的勘探方法，争取以更快的时间完成勘探任务，摸清这个'敌人'的底细?"

技术人员面面相觑，还像前一晚一样，不能也不敢回答如此的问题。

不过这回有人把皮球踢回给了余秋里："比如呢?"

"比如我们能不能将所有布下的勘探井分为三类：一类井只管往下打，不取心，把电测、综合录井的资料搞好，争取最快时间掌握控制含油层就行；二类井则全部在油层部位取芯，以掌握油层特征，为计算储量取得可靠资料和数据；三类井是在构造的边缘打深井，以便通过分组试油等措施，确定油水的边界到底在哪里！最后再把这三类井所取得的各种资料合在一起，相互验证，这样是不是也可以达到你们地质勘探教科书上的技术要求，从而获得了解这一地区的油层和圈定含油面积之目的了? 你们说说，这样做行不行? 是不是可以同样达到我们想达到的目的?"余秋里这回说完，没有用他那双锐利的目光射向现场的人，只是顺手操起烟盒，然后划燃一根火柴，点着烟卷，深吸一口，又吐出一缕烟雾，像是在自问。

"我看可以！"突然响起一个年轻而响亮的声音。

余秋里的眼睛一亮。他在寻找是谁的声音，但没有找到。大概这个声音自知在这种场合有些底气不足。

"翁文波同志，你说呢?"余秋里把皮球踢到技术权威那边去了。

"Very good！"翁氏冒出一串将军部长听不懂的话。

"什么意思?"

余秋里的目光直逼翁氏："你是说我的意见不行?"

翁氏急了，站起身来："不不，余部长。我、我是说你的意见不仅可以，而且非常好！"

"真是这样?"

"是的。"

"噢——你的英文很好。不过，却是把我吓了一跳。"将军长舒一口气，脸上露出笑容，然后转向其他技术人员："你们是什么意见?"

此刻的"干打垒"里，气氛一改沉默，顿时活跃异常。

"好！我看余部长的意见完全可以！"

"是嘛，我们的勘探目的就是为了查清油田的情况，这样干省时省钱又能达到目的！从松辽整体的勘探看，也是符合技术要求的！"

"行，我看行。"

余秋里"嘿嘿嘿"地笑个不停，他将一包中华烟甩给那些抽烟的人，不会抽烟的人他也硬塞一根，口中道，"抽一口，抽一口！"然后说，"我是外行，你们回去好好再研究研究。张院长，这个任务交给你了！"他在张俊面前停下，又把目光转向屋子里的人："好，今晚我们就说到这儿。现在散会！"

翁文波等专家们带着全新的问题，颇为兴奋地边议论着边出了门。石油部科学研究院院长张俊是最后一个离开余秋里屋子的，他似乎还有什么问题想问问部长，但见余秋里已经转过身去，眼睛又盯在地图上，便打消了念头。

第二天，余秋里又是一整天地往野外跑，转机台，找人谈话，在冰天雪地里与工人和技术员们打成一片。

"余部长！余部长！"余秋里刚刚从井台回到大同镇那个"豪华"招待所，胖子杨继良和张文昭兴冲冲地揭帘而进。他们一边吹着寒气，一边迅速解开手中的一张图纸，异常兴奋地说："快来看看地质部长春物探大队的同志刚刚送来的大庆长垣地震构造图！你看你看——"杨继良口快地指着那张 1∶100000 比例的地震图纸，将手指滑向北边的那片广阔的地区："这儿，这儿的地震显示，还有三个大约有一百至数百平方公里面积的大地域我们还没有布过一个钻孔，而地震资料显示那儿的储油构造比我们原先估计的南边这一带要丰厚得多……"

余秋里两眼看着图纸上那片重重叠叠的波纹形曲线——那波纹形曲线组成的图案好怪喔，余秋里看着看着，用手一指："这玩意跟王八盖子一样嘛！"

杨继良和张文昭笑了：可不，那地震图上显示的大庆长垣构造可不跟甲鱼的背盖儿一个形状嘛！"余部长真会形容！"两位年轻技术专家看着将军的那只空袖子不再生畏了，而且多数时候还觉得将军特随和、亲近，仿佛是个"农民大哥"。

"你们的意思是北边还有更大的储油区域？"余秋里的右手掌压在"王八盖儿"的北边那一片，眼里闪闪发光地询问。

张文昭连连点头："没错。地震资料显示储油构造，是目前我们侦察地下情况最先进的技术手段。你看，图上现在除了南部构造这一块外，我们通过这图可以清晰地看出北部杏树岗、萨尔图和喇嘛甸这三个高点，它们不但重磁力、电法显示的轮廓和高点吻合，而且这些构造的范围和高点的位置也清清楚楚。"

余秋里听完两位年轻专家对地震资料图的一番解释后，几乎将整个身子全都卧在一米多长的图纸上，嘴里还喃喃地不停唠叨着："真得好好谢谢地质部，谢谢地质部的同志们哪！"那一刻，余秋里心潮澎湃。后来在将军自己的回忆录里我看到他用了八个字："兴奋不已，彻夜难眠。"

据说，这天晚上，余秋里和康世恩打了一个多小时的长途电话，两人越说越来劲，总之都是"兴奋不已"！

我们知道，人们现在通常把"松基三井"出油当作一个标志。其实大庆油田的发现有过几个重要历史阶段：最早的贡献，应该是李四光、黄汲清、谢家荣、翁文波等提出的陆相生油理论，并由黄汲清、翁文波他们几个正式圈定松辽找油的地质构造图；其次是"松基三井"出油；而紧接着就是关于大庆油田是个大油田还是小油田、是个好油田还是差油田、是死油田还是活油田等这些决定大庆油田前景的关键性时刻。因为川中会战吃的亏，就是当时在没有摸清"地下情况"时急于上马造成的。已经有过一次教训，再不能重蹈覆辙了！余秋里这回的清醒，在关键时刻起了决定性的作用，当然他的决策与康世恩等人的技术论证完全分不开。

现在，将军是在前线，是在探明石油的战场前线。身在埋有巨大油田的大地上的他，这几天白天跑井，晚上除了开会，就是独自卧在那张地震图上看啊看，看个不够，而且越看越激动！

此刻的余秋里将军，脑海里再次泛起何长工曾经在与他单独交流时说过的毛主席的一段话：地质"普查是战役，勘探是战术，区域调查是战略"。何长工说的毛主席的这段话，来自1953年7月毛泽东在地质部的工作报告上的一段指示。哲学家和军事战略家的毛泽东虽然不擅地质和石油勘探，但他从哲学和军事的角度如此总结了石油地质勘探之间的关系，堪称精辟。

现在，将军需要处理和解决的就是战术与战略之间的问题。他是国家的一个部长，他又是军事家，当他看到松辽大地下蕴藏的石油资源不仅证实了他们原先的估计，而且比他们原先估计的要大出不知多少倍时，他怎能不激动呢？因为此刻的松辽平原大地上，他石油部和地质部布下的战局，既在战术层面看到了滚滚的石油已开始从地底下涌出，从战略上看，整个松辽平原的石油储量将是可以让一直戴在我们中国人民头上的那顶"贫油"帽子扔进太平洋的天大喜事呀！而余秋里还比别人特别多了一份高兴——他看到地震图上显示的那个萨尔图构造正好有条滨州铁路横穿其中。一旦萨尔图构造富油层成立，那对开发和外运石油将是多么大的便利啊！别人不知道，他余秋里知道：周总理为了把几千里之外的玉门、克拉玛依和柴达木的原油运往内地和沿海，不知花了多少心思，而且成本吓人！如果地处东北部的大庆油田是个大油田，这对国家建设该是多么大的一个福音嘛！这就好像在建设工地旁有个大油库一样，想什么时候用，就什么时候去放阀门便是了！

这一夜，余秋里没有睡，大中华抽掉了两包。而在这烟雾腾腾的"干打垒"里，他已经为未来的大油田孕育了一个伟大决策……之前，他已经和康世恩再次通话达 40 分钟。第二天一清早，余秋里就让秘书把张俊和李德生叫到自己的房间。

"北边的构造显示，那儿值得我们去大干一番。因此我考虑咱们把原来的勘探作战方案作些调整，在北边三个构造的高点上各定一口井，立即着手进行'火力侦察'，彻底把这王八盖子底下的储油情况弄他个明白！你们看怎么样？"余秋里今上午说话时，像扫机枪似的，用的也都是一串串军事术语。

"我看行！这个设想可以用绝妙来形容！"一向用词严缜的张俊这回说话也带着夸张语。

"你呢？李德生！"余秋里喜欢这位曾经批评过的年轻人。

李德生不知什么时候也学起了将军那套喜欢用手指在图纸上指指点点的习惯，只见他在三个构造高点画了一个三角形后响亮地回答道："余部长，这回我一百个赞成你！"

余秋里的右巴掌一下重重地落在年轻人的肩上，不无信任地说："谢谢。"又说："既然这样，我把这三个井的设计任务交给你了，得用最快的速度搞出来！一会儿就去！张院长你看可以吗？"

张俊说："完全可以。"

"是！部长您放心！"李德生领着任务刚要出门，又被余秋里叫住。

"你叫邓礼让一起去，井位一旦定下，就让他立即调钻机去开工！"将军以军事作战的方式命令道。

"好的!"李德生脆声回答,还真有几分军人的样儿。

漫漫风雪里,李德生和邓礼让带着一个测量小组,驾车从大同镇出发,一直向北边大草原穿越。那一望无边的雪地里,他们连口冰水都顾不得喝。第一口萨尔图上的探井很快确定,当时定名为"萨1井",后重新排序叫"萨66井"——现在史书上的叫法都为"萨66井"。该井定在萨尔图镇以南、大架子屯北一公里左右的草原上。李德生刚把井位确定,邓礼让就调来32149钻井队。而李德生则带着测量小组,继续沿着冰天雪地向北前进,目标是安达县义和乡大同屯南1.5公里的杏树岗构造高点,又在这儿确定了第二口井——"杏66井"井位。随即他们又继续向前,到达喇嘛甸构造高点的那处距喇嘛甸镇红星猪场北一公里半左右的地方定下"喇72井"。邓礼让紧接着又先后调度两个钻井队奔赴后面两个井位⋯⋯

这是一场真正军事行动式的"火力侦察",更是石油史上浓墨重彩的一笔。因为最早的松辽普查勘探工作一直是在原长垣构造的南部地区的葡萄花高台子上,"松基三井"就是在这个构造上。按照一般的勘探程序,一个地区打出见油井后,都是采用十字剖面布井办法,以两公里左右的井距依次向左右展开勘探,以这种方法一面扩大侦察地下储油面积,一面探明油水边界在何处。现在余秋里完全打破了常规,他让李德生、邓礼让定下的三口井,从"松基三井"所在的大同镇一下甩到"王八盖子"构造的北边150多里外的萨尔图和喇嘛甸子那儿去了。这在石油史上是没有的,也只有像余秋里这样敢作敢为、气吞山河的军事战略家才能想得出这样的决策。

关于李德生和邓礼让定井位和调度钻机上马的事,我在上面说得很简单,其实这三口井尤其是后来搬迁、施工等都比较复杂艰苦,正如杨继良回忆的那样:"当时钻机的搬家安装,除了缺少大型运输和起重设备外,许多器材设备也比较困难。其中安装较迟的一些井,为了开钻配泥浆用的水都成问题。一般在探井旁边要另外钻一口水井。有的探井为抓紧开钻，就用人拉、车推到附近的水泡子中运来冰块，等融化后再配泥浆，或是组织机关和后勤人员一起动手，用扁担挑，用脸盆端。这样，硬是要配出几十立方米泥浆来保证开钻……"

杨继良是地质工程师，他描述的仅仅是配泥浆这样的技术困难，事实上，当时开钻打井遇到的问题何止这些？冰天雪地里，光是晚上睡觉的问题都没法解决，前不着村，后不着店，井位都是在荒无人烟的草原上。吃饭更是个大问题。

"你们机关的统统下到一线去！你们现在吃什么、睡什么，钻井队也要吃什么、睡什么！"余秋里走出他的"豪华"住所，一个草帘子一个草帘子地揭着，让住在老百姓牛棚马厩里的"石油部松辽石油勘探局"的机关干部们全部上前线支援钻井队。

其实那时前线哪有什么机关？不就是一条硬炕，一床棉被，加一条木长凳和几幅图纸！

那会儿的干部和群众的觉悟与思想境界完全不用动员。那会儿人们不讲价钱，更不讲你我，能为国家早日找出大油田，就是让他们去牺牲，他们照样义无反顾。

这是余秋里带出来的队伍——一支不穿军装但保持军队作风和传统的钢铁队伍。这支队伍的作风和传统一直保持到今天……

中国石油史上著名的余秋里"三点定乾坤"故事就是上面叙述的事。

在大庆的"功勋井"中，"葡7井"是其中之一，亦被称为决定大会战的"命运井"。因为它的"一声惊雷"，才让余秋里、康世恩定下决心搞松辽会战，即大庆会战。

我曾见过一篇短文，介绍的是老会战队员尹立柱的回忆。尹老说，从发现油田到决定开展夺油大会战，这近 150 天的时间里，算是"前会战期"。中央为什么做出"大会战"的决定？尹老说，这得从他参战的"葡 7 井"说起：

　　1959 年 10 月初，新疆石油勘探队组成松辽石油勘探"支援大队"，日夜兼程奔赴东北，尹立柱也在其中。

　　来到大同镇，他们被安排到镇内一家木社厂，那个时候已是松辽石油勘探局的地质室所在地。在地质室尹立柱只干了 7 天，就被调进葡萄花勘探大队当技术员。当时他手下还带着陈秀茹、朱鼎科、胡建义 3 个实习生。

　　1959 年 10 月是共和国建国 10 年大庆，举国上下应了"意气风发、斗志昂扬"这句话，10 月 1 日前，松辽石油勘探局就在高台子构造南侧葡萄花、太平屯等几个构造，圈闭面积近 500 平方公里，全面"甩开"（石油勘探的一种战术，指井位从一个地方扩展分散开来）。批准了 56 口探井的钻探规划，这 56 口探井中，有 16 口部署在高台子构造上，19 口部署在葡萄花构造上，此外，太平屯构造 5 口，宝山构造 6 口，杏树岗构造 5 口，还有 5 口"甩开"到萨尔图等地。国庆过后，随着"葡 1 井"开钻，那 50 多台钻机也相继就位，一场找油大战在即。

　　1960 年元旦刚过，尹立柱来到"葡 7 井"，他看见从井中返出的泥浆里有气泡，急忙让陈秀茹找个玻璃瓶。陈秀茹不知找瓶子干啥，就知道这是好事，很快就找来一个酒瓶子。尹立柱装了多半瓶子泥浆，塞上盖就晃了起来。晃了半天，他神秘地吩咐人拿好火柴，等把瓶盖一开，就划火柴点上去。旁边的钻机轰轰地钻着，此时能腾出手的人都向尹立柱围过来。只见他屏住呼吸，左手握紧酒瓶，右手猛地拔去瓶塞，随即喊出："点！"陈秀茹"嚓"地一声划着火柴往瓶口送去。"扑"的一声，着火了。火苗瞬间燃起，很快就熄灭了。

燃起的那会儿，人们似乎还没有反应。当火苗灭了的那一刻，所有人的脸都紧紧地绷起，几乎同时嘴里迸出："出气啦！有油了！"第一声喊脸是红的，第二声喊嗓子是热的，一阵猛喊，他们眼泪都出来了……

井口有气，证明井下有油。尹立柱连夜写汇报材料。第二天一早，张文昭（时任松辽局地质工程师）来到现场下令停钻，当即下了测试命令。"能让领导决定大庆油田会战的事儿，应该可以说是从我们这口井开始萌发的……"老尹这样说。

1959 年，唐忠诚进了松辽石油勘探局的 1247 钻井队。10 月 1 日，这个队应调从吉林省来到黑龙江省的安达县，松辽局调给他们一台苏联产乌德钻机，机号为 143，能钻 3200 米，于是他们队改名 32143 队。这台钻机机身很重，单体达 19.8 吨。负责运输这台钻机的是密山县运输公司。十几辆汽车中，最大载重量的大拖拉，也只能装 12 吨。而且，没有吊装设备。唐老说，他们把钻机单体分开，在地上挖出倒车坑，再人拉肩扛，杠子撬，把机件装上车。安装时，先用链条拉动，然后，把部件一点点吊起来，再把下面部件拖过来，安了半个月。开钻没有水。他们雇当地老百姓挖了 4 口土井。水不够用，他们就雇马车拉水，还是供不上钻井用。这回井队急了，下令去挑水。井队附近有个大泡子，足有 3 公里远，20 多人整整挑了一个星期。1959 年 11 月中旬，"葡 14 井"开钻。为了供水，这回用马车往回拉水。干了一个月，"葡 14 井"也喷油了。当地老百姓不断来井场看热闹，少先队员给他们行队礼，说他们是中国第二个"最可爱"的人。

1959 年 9 月 28 日，石油部党组一方面向党中央毛主席报告："松辽地区目前已有一口探井出油，需要采取更快速度把油田早日定下来。"做出"会战"的暗示。一方面对"松基三井"出油这事，又做出："不急于对外宣传，而是埋头苦干……"的规定。1959 年冬，大同镇一带热闹非凡，几十部钻机，日夜不停地快速钻进。井场不断地传出油气显示的好消息。12 月底，按照余秋里的部署，在萨尔图镇南大架子屯定下了"萨 1 井"（后称"萨 66 井"）井位。在大同屯南定下"杏 1 井"（后称"杏 66 井"）井位。在喇嘛甸镇的红五星猪场北拟定"喇 1 井"（后称"喇 72 井"）井位。一个近千平方公里找油的阵势摆开了。"那时候是天天有喜讯，日夜忙不停，真跟上战场一个样。"唐忠诚回忆说。12 月 30 日，松辽局在大同镇一个俱乐部开大会。会议先进行总结表彰，唐忠诚代表 32143 队上台，从余秋里手中接过一面 3 米多长的大红旗，上面写有"奖给 32143 队月上千"，中间写的是"力争上游"，下面是"松辽局"的字样。表彰结束是文艺演出。群情激奋的 32143 队派唐忠诚和他小师妹姜淑环上台演唱，佟庆海拉二胡，演的是"夫妻双双把家还"。会议最后一项是会战誓师。余秋里先指出：1960 年要在一二级含油面积 500 至 700 平方公里内，得到三个结果。即打出可靠的面积；通过试油试采，搞清油田的生产能力；取得一套完整反映油层性质的资料。提完任务，余秋里又提做法："找石油要有一股'杀气'。这杀气就是说干就干，要苦干，叫做向地球开战。"他把"战"字喊得山响。最后，余秋里专讲作风问题，他说："明年这里要苦战，要顽强地进行战斗。"从"开战""苦战""顽强地进行战斗"到"拿下松辽"，这不仅是会战动员，更是誓师。所以，各钻井队、各单位都争抢着上台，纷纷为拿下松辽表决心。

"三点定乾坤"之萨 66 井

后来，"萨 66 井""杏 66 井""喇 72 井"这三口井分别都获得了高产油。第一口"萨 66 号"井，于 1960 年 2 月 20 日开钻，很快见了油层，3 月 13 日完井，初试日产量达 148 吨。如此高产量油井，如此厚的油层，如此好打的油井，在中国石油勘探史上也是第一次。出油那天，工人们简直发狂了，他们说自己真的掉进油海了！喜讯传到石油部时，六铺炕的那栋石油大楼响起震天的欢呼声，人们都在感叹着："没想到！没想到！"似乎说 100 个、1000 个"没想到"还不过瘾。是啊，太大的惊喜之后，除了用"没想到"三个字外，还能有什么比这更好的形容词呢？

继"萨 66 井"踩到富油区后，在杏树岗构造上的"杏 66 井"也于 1960 年 4 月 19 日喷油，日产 27 吨。最北边的喇嘛甸子构造上的那口"喇 72 井"更是让余秋里和石油部上上下下美滋滋了好几天，因为那口井日喷油高达 174 吨！

至此，那个"王八盖子"一样的大庆长垣构造正式被确认是富油区，而且是个世界级的大富油区。

这是一个让余秋里激动不已的大"金娃娃"!

这是一个让全中国人民激动不已的大"金娃娃"!

让我们暂时还是继续回到余秋里派李德生和邓礼让出去布置钻井的时间。

1959 年 12 月 30 日下午两点，这是余秋里来到松辽后的第四天，一切战略布局确定后，同时也对前线情况熟悉后，现在将军要作次正式报告了。对象是参加松辽勘探工作的石油部在大同镇地区的所有井队、车间以上的干部。这 4 天里，余秋里加起来没睡上 10 个小时的觉，一直处在紧张和高亢的情绪之中。当天的会议上，他依然精神抖擞，风纪扣扣得整整齐齐——在正式场合，他余秋里一生不马虎，别看他在家里赤着身子、穿个大裤衩到处溜达，可一出门从来不含糊。

军人就得像个军人的样。当了部长不再穿军装了，可他始终以一个军人的形象出现在人们的面前。

现在开会了。他以一副将军的姿态，健步走向会场。

嗯? 这是什么会场嘛! 将军部长来大同镇 4 天，似乎还是第一次注意这个小镇: 冷冷落落的一条百米小街，两边没有一间像样的房子，更不用说有半间楼房了。所有的房子全是土垒的那种又低矮、又没屋顶的泥棚棚。秘书说了，今天的会是在镇上的一个剧场举行。

北大荒上的一个小镇还有剧院? 将军部长迎着呼啸的北风，走到公社招待所对面的那排泥垒平房门口，用手揭开一块棉布做的门帘，往里一看: 嚯，这就是剧场啊? 黑洞洞的连个电灯泡都没有嘛!

"余部长来啦!"

"余部长好!"

"好好! 大家好!"余秋里看到满屋子的人站立着向他鼓掌欢迎，这让他格外高兴。虽然他和他们中间大部分人刚刚才认识，但这就足够了。因为这是他的队伍，他的将士们！松辽找油的先头部队！

在主席台前的木凳上刚刚落下屁股，余秋里心里就在想今天讲些什么呢？当然是鼓劲了！这几天在一线看到自己的勘探队伍不断取得找油的进展，尤其刚才听张俊院长说，李德生他们已经把北边的"萨66 井""杏 66 井"和"喇 77 井"都已定下，而早先在葡萄花构造上的那几十口井又日见进展，心里能不喜气洋洋？打开局面的 1959 年即将过去，全面见成效的新一年即将开始，该给大家鼓鼓劲了。战斗队伍要有战斗力，就得不断鼓劲，不断锤炼他们！这一点将军比在场的所有人都清楚。在石油部上上下下也只有他最清楚。

"同……"余秋里坐正位置，刚想张嘴先向诸位问一声"同志们好"，却在看到坐第一排那个胖墩墩的年轻人的一脸眯眯笑的样儿时愣住了：这不是刚才给自己送"葡 20 井"岩芯资料的小杨——杨继良地质工程师嘛！是他。

余秋里一下火了，声音严厉得很："你这个年轻人怎么搞的嘛！"

方才还有说有笑的会场一下静了下来，后面的不知发生了什么事，见部长在教训前面的人，便往前拥着看热闹……

"杨继良！是杨继良地质工程师撞上将军的枪口了！"有人幸灾乐祸地悄声私语着。

手里拿着钢笔、一心准备坐在第一排好好听部长讲话的杨继良见部长盯着自己在问"你这个年轻人怎么搞的嘛"时，他蒙了："怎么啦部长？我哪儿做错了？没有呀！我坐在这儿什么也没做嘛！"

"你自己看看，什么军容风纪！"将军怒嗔。

军容风纪？杨继良被问得莫名其妙：什么是军容风纪？地质教科书上从来没有这样的名词嘛！军——容——风——纪？杨继良始终想不出来，只好可怜巴巴地看着台上一脸怒容的部长。

"你挺帅的小伙子，扣子掉了也不知道钉一钉，鞋子破了也不补！头发长了也不剃……你这样，往大街上一走，人家还不把你当成叫花子？哪一点像我们的队伍？"

杨继良终于明白了：原来部长批评我这身打扮呀！可不，胸前的两个扣子绷不住他的一身天生肥肉，大棉鞋什么时候也张着嘴，衣服裤子来到这儿几个月了也没有换过——这不能怪我，一是太忙顾不过来，二是我媳妇跟我一起从西安来松辽后局里说没有条件给安排一起生活嘛！再说，你部长不是一向提倡"知识分子工农化"嘛！嘻嘻。

"你还笑！笑什么？"不想台上的人大发雷霆起来，"像你这样的队伍能打仗吗？能打胜仗吗？不能！没有严格的作风和端正的仪表，就是没有战斗力的表现！你自己说说对不对？"

对？还是不对呀？没有当过一天兵的杨继良哪想得出这样的结果嘛？你要问他什么构造、什么地层，他可以滔滔不绝给你讲三天三夜，可这军队的事……我哪知道嘛！杨继良从来没有这样窘过，那张本来很可爱的胖乎乎的大脸，此刻又可怜又滑稽。

"你走吧！"台上的人竟然一挥手责令他离开会场。

杨继良没想到问题竟会这么严重。无奈，他只得灰溜溜地低着头，向门外走去。当揭开那块大棉帘时，他转头朝台上的人定神看了一眼：是啊，人家大部长，年纪也比自己大近一倍，而且又是少一只胳膊，瞧人家穿得整整齐齐、有模有样的。

年轻地质工程师自愧不如地飞步回到宿舍，翻开那只从西安带到松辽的木箱子，捣鼓了半天也没找出一件像样的衣服。这可怎么办？还要听报告呢！这余部长今天的报告可不一般呢！杨继良想了想，也没想出个啥招。干脆，挨批就挨批吧！报告不能不听！

一溜烟地，年轻的地质工程师又回到了小剧场，又重新坐在第一排的位置上。

这回台上的人似乎并没有注意到一个"军容风纪"不整的人就坐在他眼皮子底下。他正在忘情地挥动着右手，声音震天地演讲着：

……松辽是我们的希望，是中华人民共和国的希望！我看我们就要在这儿抱个大"金娃娃"了！同志们有没有决心呀？

有！惊天动地的回应。

好嘛！有决心就好！

接下去是对先进单位进行表彰。余秋里给 32143 队等一批钻井队授旗。一面面 3 米多长的大红旗，上面写有"奖给 XXXXX 队"的字样外，中间是"力争上游"四个大字，下面是"石油部松辽局"落款。余秋里最后指出："战斗的 1959 年马上过去，新的更大的战斗年——1960 年马上来临。新一年的石油之战必须拼一拼了！要杀出一条血路！找石油嘛，跟打仗一样，要有一股'杀气'。这杀气就是说干就干，要苦干，叫做向地球开战！"余秋里把"战"字喊得雷一样响。接下来，余秋里话锋一转，专讲起作风问题："明年这里要苦战一场，苦战就是拼命的战、顽强的战，一直战到胜利为止！我们搞石油，是建设时期的革命工作。既然是革命嘛，就是要有冲天的革命干劲！毛主席早就说过，人就得有点精神，没有精神的人是干不出什么名堂的！没有干劲的人，半点马克思主义也没有！我们就是要马克思主义、毛泽东思想！就是要干出大名堂！干出让全世界都感到震惊的大名堂！

"干出大名堂！"

"向毛主席报喜！"

"向全国人民报喜！"

"向新年报喜！"

……

"当！当当！"正当大同小镇的那个小剧场里的几百个人跟着独臂将军高呼阵阵口号时，北京新建的电报大楼已响起新年钟声……

"报告部长，北京来电，请您立即启程到上海参加重要会议。"秘书送来一份由黑龙江省委转来的中央办公厅通知。

余秋里抬起右腕，借着马灯光亮看看表：嚯，12 点 01 分。

新年到了啊！他的脸上露出了笑容。

"立即出发！"他站起身，没有一点含糊。

可是秘书急坏了：往哪儿出发呀！黑龙江省委从哈尔滨来电特意说，希望余部长能在元旦清晨赶到哈尔滨，然后再跟他们省委主要领导一起乘车途经北京再去上海参加毛泽东主持的中央政治局扩大会议。从大同镇到哈尔滨有两三百公里，那一路弯弯曲曲的土公路，又盖满了厚厚的冰雪。就是白天也没有人敢开这么远的路，何况现在是深更半夜！

这可怎么办？

省委一名送中央通知来的副秘书长悄悄对余秋里的秘书说："省里知道余部长可能坐汽车赶不到哈尔滨，就让我来协助拦一辆火车让余部长准时赶到哈尔滨。要不我们还是上离这儿最近的让胡路火车站去看看？"

"现在去能有啥车子过嘛？"秘书问。

副秘书长说："我打听了，说正好有一列拉煤的货车要在小站上停一下。"

"你是说让首长搭货车走？"秘书瞪大了眼睛。

副秘书长不好意思地说："没办法，只有这趟车。"

秘书只好为难地把这事报告给自己的首长。

"很好嘛！是个机会！走，搭火车去！"余秋里二话没说，拔腿就走。

小车站也真够小的。连站长在内共3个人。站长一听是部长搭停在他站上的货车，又是激动又觉此事非同一般，于是亲自举着小旗，吹着哨子，有模有样地笔挺地站在不足50米的站台上，看着列车徐徐驶出自己的小站……

惨了。上了货车的秘书叫苦不迭呢！他真想把省里那位副秘书长骂个狗血喷头，可人家也是好意，希望余部长能准时赶到哈尔滨嘛！

"嘿嘿嘿，我看这儿挺好的。"哪想缩在旮旯里的将军倒也自在地一个人抱起一捆麦草，往自己的身子底下一垫，仰面四脚朝天地躺了下去，而且嘴里还念念有词地说着："舒服舒服！好舒服啊！"

一盏马灯，在昏暗的车厢里摇晃着。几个臭虫顺着麦秸秆和杂草，正向熟睡的将军部长进攻……

蹲坐在一旁的秘书气得直想伸出十指，将这些可恶的臭虫一只只捏死！可不行，那样会惊醒首长，而首长来松辽后就没有好好睡过一觉。无奈，秘书眼睁睁地看着可恶的臭虫在向熟睡的首长进攻着。将军没有醒，似乎根本没有把这些区区小虫放在心上。他睡得酣甜、酣甜……

这是将军在 1960 年的第一天的经历。现在的人们怎么也不会想到一位共和国中将、中央人民政府部长竟然会在如此恶劣的环境下度过了新年第一天。但大庆发现初期的余秋里和千千万万石油人几乎都是这样工作和生活的。尤其是在这一年开始的大会战中，他们几乎天天都是在这种条件下生活和战斗着，甚至比这更加艰苦……

列车在"轰隆""轰隆"声中向东飞驰着。

将军部长在这"轰隆"声中做着明天的美梦……那真是个激情燃烧的年代。

第三章

　　千军万马大会战。"铁人"王进喜脱颖而出，五面红旗猎猎飘扬……

　　石油部长余秋里匆匆地从松辽野外往回赶，是接到了中央命令，要他到上海开会。

　　上世纪 60 年代初，从哈尔滨到北京的火车得开两天。余秋里部长在 1960 年元旦那天晚上睡在货车的麦草里赶到了哈尔滨，到哈尔滨还特意检查了几个炼油厂，1 月 4 日才赶到北京。5 日又整整开了一天党组会议。

　　"老康，松辽那边的形势完全有可能超出我们的想象。等我从上海回来，马上开党组会，重点研究下一步咋弄。今年肯定是要干点大名堂了！"余秋里在临离开北京时跟康世恩短暂地交流了一下，又说："这回见了主席，他肯定又要问油的情况怎么样了……这一次我们应该多了些底气吧?"

"我看也不会有错。可以在主席面前拍拍胸脯了!"康世恩说。

"你说可以拍胸脯了?"余秋里认真地反问了一句。

"可以了!"康世恩肯定地点点头。

余秋里笑了:"老康说可以了,那一定再不会是吹牛皮了……"

"不会。"康世恩一个立正。

余秋里伸出右手,紧握战友的手:"你在家辛苦一下,再把问题想得周详一些……"

"是!"

1 月 6 日傍晚时分。余秋里部长来到上海的开会地报到。抬头一看:嗯,又是"锦江饭店"。

一年前,毛泽东也是在此地,问新上任不久的石油部长:"四川的情况怎么样?"

"主席,四川的情况不怎么样!或者说,还有点一塌糊涂……"

"噢?!"毛泽东当时的表情让余秋里一年之后想起来依然感到十分窘迫。自参加革命几十年来,余秋里可从没有在最高统帅面前丢过份,但"川中会战"是他一生中最丢脸面的事。

365 天之后,今日之石油部长的心情大不一样:松辽的情况让余秋里增加了不少底气——这回他是有备而来。

会议一开始,余秋里就在等待毛泽东的再次发问。然而,这是一次关于"要打仗"的特别重要的中央会议。打仗跟石油连得更紧了呀!将军出身的余秋里当然清楚两者的关系,而且拿刚刚过去的 1959 年来说,全国石油消耗总量为 505 万吨,而国内自产的仅为 205 万吨,自给率只有 40% 多一点点。国家依然不得不消耗大量外汇购置进口原油和成品油,那时国家受西方封锁,外汇少得可怜,甚至有时不得不拿出国库里的黄金通过香港等友人转手换些外汇回来。可是国家建设各行各业都在蓬勃发展，哪个地方少得了外汇呀？石油一家就用掉了国家外汇总量的 6.7%，为此中央着急，毛泽东更着急。更何况，此时的毛泽东还有更大的担忧：南边的印度一直在擦枪，北边的苏联赫鲁晓夫看来是铁了心想跟中共决裂了，台湾岛上的"老蒋"也不消停，天天在叫嚣着"反攻大陆"，且不时派遣小股部队到我沿海骚扰，弄得全国上下人心惶惶！

"仗是不可避免的了！而且是要准备打大仗了！"锦江饭店的第一天会议上，毛泽东就对自己的助手们这样说。

余秋里已经以军人的嗅觉从中闻出了战争的硝烟味……

他在想：一打仗，就得动炮动飞机动舰船，那时用油可是海了去了！主席肯定会追问石油部"油如何了？"

余秋里的额上顿时冒出一丝丝汗。

元旦前，我们的将军部长为何匆匆地在 12 月 26 日赶往松辽前线，还有一个他连康世恩都没告诉的"秘密"——余秋里从副总理李富春那里提前得到消息：1960 年，国家需要 1000 万吨原油。可 1959 年我们全部自产的原油才 200 多万吨多一点。即使余秋里与康世恩两人捏紧拳头，能拼出的 1960 年产量也就 400 来万吨，与国家所需差距太大！

就是知道国家的这本大账和石油部自己的小账，所以余秋里着急了，一着急就不顾一切地直奔松辽，到野外的实地看一看到底新油田有没有"大名堂"！

令余秋里欣慰的是松辽果真有"大名堂"！而且可能比想象的"名堂"还要大！

"余秋里同志！""谁？谁在叫我？"石油部长正在神思游走的当口，突然听到有人在叫自己的名字，余秋里先是一愣，又马上清醒过来：嚯，毛主席在叫我的名字呢！

主席总算点名要问我了！余秋里"噌"地一下站了起来，大声说：

"主席，余秋里在此听您的指示。"

"你看过那篇文章吗？"又是毛泽东的声音，不紧不慢，但充满着威严。

"哪、哪篇文章？"余秋里一阵紧张，不知道毛泽东指的是哪篇文章……

毛泽东问的是 3 天前刊于《人民日报》的一篇文章，是专门评印度总理尼赫鲁在苏联暗中支持下对我西藏边界一块 4 万平方英里的面积抱有野心。如此重要的信号，新中国的领袖毛泽东当然一直在关注，而且这样的文章必是经过他和周恩来之手认真推敲后发出的。这是当时一个重大的国际态势问题。说老实话，那一段时间的《人民日报》上几乎三天两头有重要的长篇文章出来。领导同志们都看过没有？然而毛泽东对高级干部的要求是非常严格的，尤其是重大国内国际问题，你高级领导干部要了解，不看报还成？所以此次政治局扩大会议正式开会的"前奏曲"是他毛泽东特有的提问式——

"昨天睡得很好，今天上午就抓紧开会吧。"毛泽东点上一支烟，显得很愉快轻松的样子，开始发问，"我问你们一个事：前几天报纸上的一篇文章，评尼赫鲁的一封信，你们看过没有？"

"柯庆施同志，你看过没有？"毛泽东像上课的老师似的，开始点起名了。这一招更令在场的与会者紧张万分。毛泽东才不管你是谁，他照样会对刘少奇、周恩来点名，问同样的问题。你以为他点点名，你说一声"看过了"就完事了？大错特错！毛泽东说不准会冷不防追问你"哪段哪段讲了些什么"之类的话，你没看过想蒙他，麻烦就会更大。

"吴德同志，你看过没有？"

"看过。主席。"吴德确实看过。

"×××"，后面的人毛泽东不再另说"看过没有"这样的提问内容了，只点名。

会场变成考场一样，静得出奇，只有毛泽东和被提问到的人的声音。

毛泽东的点名很随便，既有台下的，也有坐在他身边的，想点哪个就是哪个，让你没有心理准备。当然也有人怀着侥幸心理想逃脱提问——那些没有看过这篇文章的人。

余秋里也是没有看过那篇文章的其中一个。就没有，他哪有时间看嘛！从 12 月 26 日赶到松辽之后的这十天时间里，他一心想的是"油"，又身在冰天雪地的油田上，别说 1 月 3 日的《人民日报》，就是其他时间的报纸他根本没来得及扫过一眼。

但今天是毛泽东亲自点名问谁看了报纸。

毛泽东真的点到了余秋里的名。

独臂将军直挺挺地站起来，只是这会儿那只空洞洞的袖子毫无生机地耷拉在一身中山装的左边。会场上所有的人都把目光聚在余秋里身上。

"报告主席，我……我没有看过。我还在路上……"余秋里像做错了事的小学生，偷偷看了一眼毛泽东，然后低下头，等待着"老师"的一顿批评——因为会场上刚才点到名的都回答"看过了"，只有他余秋里说"没看过"。

余秋里在等待，可怜巴巴地站在那儿。他抬起眼再一次看了一下毛泽东，发现毛泽东在示意他坐下。

他异常紧张地坐下了。

毛泽东开始不紧不慢地说话了："都说'看过了''看过了'，其实真正有几个人看过了呢？我知道，你们许多人是没看过的！"

会场上顿时响起一片轻松的自嘲。大家都在笑，毛泽东也在笑——今天他显得很高兴似的。

"秋里啊，你可是给我帮了大忙啊！我也没有看过嘛！"解放军总参谋长罗瑞卿坐在余秋里旁边，低着头，用肘子捅捅余秋里的右胳膊，窃窃偷笑着。

会议正式开始，都是关于仗"打不打"的问题。毛泽东也一直没有向余秋里问起石油的事。

这反倒让余秋里着急起来。越着急，他越心不在焉地开"打仗"的会。于是他几乎每半天就要往松辽和北京康世恩那里打个长途，好像他在开全国石油工作会似的。

"喂喂，今天有什么新情况?" 7 日晚饭后，余秋里又关上房门，给松辽那边挂长途。

"余部长，情况好极了!'葡 7 井'今天试油，用了 3 毫米至 7 毫米 4 种规格的油嘴系统测试，日产达到 9.2 吨至 39.66 吨啊!"这是康世恩的声音。

"好嘛! 这可比'松基三井'高产多了!"余秋里解开中山装的风纪扣，脸上笑开了花。

"'松基三井'也有新情况，他们换了一个与上次不一样的油层，结果你猜怎么着，也喷油啦!"

"好好好! 继续观察其他井! 有情况马上给我来电话!"余秋里这一天心头实在高兴，出房门时嘴里还哼了几句:"社会主义好，社会主义好，社会主义江山人民保……"

晚上继续开会。这是毛泽东的作风。

会议内容没有改变，毛泽东和他的助手坐在主席台，一个一个地听各部门、各省市主要负责人汇报各自的情况和对当前形势的看法，有些像"侃大山"似的，谁愿意先讲就先讲，毛泽东还不停地插话，气氛非常和谐。只是余秋里没有抢在前头，他的心里一直在想着松辽油田那边一个接一个的喜事。他有些闷不住了，毛泽东怎么还没有问他话?

"好，今天的会就到这儿结束! 明天继续!"毛泽东宣布散会。

与会者纷纷起身，准备离开。余秋里跟着站起。

突然主席台上有人大声叫道："余秋里同志……"

余秋里一震：是毛泽东的声音！

那些准备退场的人也跟着站住了。

"你那边有没有一点好消息呀？"毛泽东的问题终于提出了。

余秋里这回心里很爽，声音也变得很敞亮："主席，好消息还是有一点的！"

"噢？怎么样啊？"

"从松辽勘探的情况看，这回大油田我们是拿到手了！"余秋里的话让会场气氛顿时活跃。

"嘿，是真的吗？有大油田？"毛泽东欠欠身子，兴奋中似乎还有些不太相信。

"主席，不光是大油田，可能还是世界级的特大油田嘞！"余秋里今天的底气很足，因为他刚才从长途电话里已经得到松辽那边的确切情况，特别是"葡 7 井"出高产油喜讯来得及时，而且好戏还在后面呢！

"好哇！这是个值得注意的好消息！"毛泽东这回从椅子上站起身，满脸笑容。一天的会议，余秋里最后的非正式汇报是毛泽东今天最高兴的事。

新年伊始，石油部高兴的事接二连三，有点目不暇接。

继"葡 7 井"1 月 7 日喷出高产油后，"葡 20 井""葡 11 井""葡 4 井"等共有 6 口井相继喷油，且都是稳定在日产 10—24 吨的高产井，基本都大于"松基三井"产量。此外，还有正在钻探之中的 7 口井也相继钻到了油层。而仅这 13 口井所控制的油田面积就在 200 平方公里左右，粗略估计，地质储油量达到 1 亿吨以上，相当于克拉玛依规模。

"老康，你把技术人员召到你身边，你们一起好好研究讨论一下，看看松辽那边的情况到底优点是哪些、问题是哪些，然后你回北京，我们要商量后面的大事了！"余秋里在上海的会刚开完，就令正在哈尔滨的康世恩迅速准备大战前的技术准备。

也就在这个时候，地质部长李四光在全国石油普查工作松辽现场会议上作了书面报告，题为：《从构造体系的观点来探讨我国石油普查和勘探远景》。报告指出：松辽盆地"既是属于一个巨型构造体系的一个单元（即一个油区），这个单元地区以内构造条件与沉积条件应有很大的一致性，据此，（一）可以推断出，该地区，某些地带发现了油藏，就不会是局部的，应该是区域含油；（二）根据这个地区的经验，可以到类似的地区去寻找新油田"。

不愧是大地质学家，李四光站在其地质理论的巅峰，展望松辽和中国石油前景时，深刻而清晰地给出了战略上的指导思想，对坚定石油部在松辽平原上搞个"大名堂"和地质部的普查勘探队伍向松辽之外的其他地区进军产生了不可估量的影响。之后，地质部和石油部很快在山东东营一带发现了新的大油田——胜利油田。这是后话。

1960 年上海锦江饭店会议后，康世恩便立即把松辽一线的翁文波、李德生、张文昭、杨继良等主要骨干召到身边，夜以继日地展开了讨论。最后大家一致认为，松辽长垣石油勘探目前的结果有 16 条有利因素和一条不利因素，它们分别是：油田大；构造平缓完整；储油层多；生油层厚；盖层好；储油层物生好；油井产量高；油层压力高；储油层埋藏深度适中；油井可以自喷；油层温度高；电测对油、气、水解释准确；地层可钻性好；地层自造浆；有丰富的地下水；地势平坦、交通便利。一条不利因素是原油油质有三高：含蜡高、凝固点高、黏度高。

"16 条有利因素，好嘛！你们是说这个大庆油田哪方面都是得天独厚？"余秋里看了上面这些分析，十分惊讶地问康世恩。

"是的。从现在勘探和出油的基本情况看，大庆长垣构造属于整装砂岩油藏，其有'教科书式'的穹隆背斜构造的特点，总之，比世界上像巴库等大油田的地质情况还要简单。可以说是上帝给予我们的一个得天独厚的好油田！"康世恩很专业地回答说。

"那你说说这一条不利因素什么意思？是我们的油质不好？"余秋里对油性的"三高"非常警惕。

"噢，这里说的'三高'并非我们的油质不好，而是油性有些不利于开采开发。"

"怎么个不利于开发？"

康世恩想了想，还是用个形象比喻来回答吧，于是他想起了那天张文昭在现场向他汇报的"葡7井"出油后的情景："那天张文昭他们告诉我，说'葡7井'喷油时，外面寒冷，那喷出的油一会儿就凝成一个个黑豆粒似的从天上掉下来，大伙儿踩上去就像踩在软皮筋上一样。油滴落在脸上也会自己滚下来，不粘皮肤……"

这有趣的故事，余秋里听了脸色却很不好看："你是说这油稠得很啊？"

康世恩点点头："是这样。所以下一步炼油厂建设的问题要抓紧，再有我们在开发时如何保证原油从地下喷出后能够顺利地储运也是个重要问题。"

余秋里若有所思地说："老康，这事绝不能马虎，得想点办法。"

"这是中国石油生产的'七寸头'，我会全力以赴想办法解决它的。"康世恩说。后来在他的亲自关注下，堪称石油战线"五朵金花"的攻关项目迅速上马，为大庆油田的原油开采和成品油生产提供了技术保障。

正如余秋里一开始就担心的那样，在大庆油田发现后，地下的原油从井里滚滚而出，全国上下一片欢腾和喜气，但后来立即出现了问题：原油从井里喷出来后不是马上就能用的，尤其把原油变为成品油，还需要很多工序。大庆当时没有炼油厂，原油只能运送到大连炼油厂等地方去。过去大连炼油厂炼的都是从苏联库页岛油田进口的原油，凝固点很低。而大庆油田的原油凝固点在 28 摄氏度以上，加上那一年送到大连石油七厂炼原油的季节也正好是冬天，七厂的装置、设备和生产技术是很不错的，可他们对大庆油田的油从来没有碰过，被凝固点高的原油弄得狼狈不堪。据说从火车站卸车开始，一直到数公里外的炼油厂车间，没有一处不是"油毯"铺盖着的——原油掉落得到处都是，生产只能停停开开，工厂上下一片埋怨声，于是"大庆油不好""无法炼"的话到处传开了。余秋里知道后大发雷霆："真是岂有此理！是你们的本事没到家，却怪大庆的油不好！"正巧七厂的厂长姓苏，名得山。余秋里的火就更大了："就是因为你们厂的厂长姓苏，你们就迷信苏联的油一定比我们的好啊?"这顶帽子够吓人的，从此再没人敢乱说"大庆的油不好"了。不过批归批，说归说，但大庆原油的"三高"确实也就像现在人们常得的"三高"富贵病一样，不是那么好治。但好在余秋里事先已提醒和叮嘱康世恩强攻，康世恩等人果然不负众望，生产技术司司长孙晓风和专家侯祥麟等人经过反复试验，最后"五朵金花"终于绽放，朵朵开得鲜艳多彩，成为石油史上一景。此是后话。

至此，松辽前线的勘探工作可以说已经基本摸清了地下情况，大油田信手可得，怎么开发成为石油部的当务之急。

"开会!"余秋里的办法就是这二字。可这两个字包含了众多内容，首先是研究透问题的本质，其次是群策群力想办法，再是决策民主化，在此基础上使统一思想和行动上的步调一致。

新中国的建设者们面对规模如此空前的大油田，确实是以往他们从未经历过的事，没有任何经验，"老大哥"苏联的专家们在关键时刻已全部撤光!"我们面前只有一条路，就是毛主席说的'自力更生，艰苦奋斗'……"从上海回京后，余秋里立即主持召开了石油部党组扩大会议。从 2 月 1 日到 8 日，连续一星期的时间都是围绕着如何"拿下大油田"这一件事。

这件事对石油部来说就是天大的事，对新中国来说，也是天大的事。

艰苦奋斗好说，可怎么个自力更生法？自力在哪里？余秋里让康世恩给党组成员们掰掰手指，算算石油部自己的力量。

康世恩就开始掰手指：松辽那儿总共只有 20 多台钻机，5000 不到的职工人数。不过从全国石油战线看，还是有些力量的：老的新的加起来有 17 万职工，钻机嘛也有 300 多台，再加上国家一年给的总投入 10 个亿，应该说打一场战役条件基本具备。

"我看可以嘛！"余秋里将空袖子一甩，说："当年我们在毛主席的领导下，刚刚同日本鬼子干了八年仗后，手上也都是些破破烂烂的家伙。蒋介石有八百万军队呢，很多是美式装备，要炮有炮，要坦克有坦克，还有很多飞机。但毛主席教导我们，不要怕，我们进行的是正义战争，人民支持我们，'蒋该死'他就不行！人民要起来掘他的祖坟，所以最后我们胜利了！今天我们也一样，除了全国人民群众支持我们，还有国家支持我们！"

"是嘛，我们还有不少自己的石油队伍力量嘛！"

"可以干了！要干就痛痛快快地干！"

几位副部长和党组成员纷纷这样表示，他们中多数也是战争中走出来的，战斗激情依旧。

最后，余秋里作了总结发言。站在麦克风前的他，挥动着独臂，慷慨激昂地高声说道："我们搞石油勘探，跟打仗很相似。要勇于解放思想，敢于在情况基本搞清楚的情况下做出果断决策。有充分根据而不敢做决断，就会贻误战机，就会一辈子落后！"

将军说到这儿，端起茶杯，猛喝了一口水后，声音比先前又高了许多："大家都给我听着：现在国家迫切需要石油，松辽的资源又比较可靠，地质情况也搞得比较清楚，是到了下决心的时候！我们要准备从全国调集力量，组织石油大会战！改变石油工业的落后面貌就在此一举！"

"我们必须下定决心，背水一战，全力以赴拿下这个大油田！"

"松辽石油会战，只能上，不能下！只准前进，不准后退！"

"就是天大的困难，也要硬着头皮顶住！争取以最快的速度、最高的水平，把这个大油田勘探、开发、建设好！把石油工业落后的帽子甩到太平洋去——！"

余秋里部长的话，如滚滚春雷震荡着石油部大楼里的每一个人的心。

"余秋里同志挥动胳膊的神情和这番荡气回肠的话，我们记了一辈子！每次回想起来，都十分激动！"康世恩在活着的时候几次说过这样的话。我在采访中也听到许多老一辈石油人说过同样的话。

石油部的人曾经不止一次这样告诉我：

我们的余部长不是演说家，但他一旦激动起来，那讲的话极富感染力、鼓动性，能把一颗颗冰冷的心煽乎得热血沸腾！能让本来已滚烫的火星熊熊燃烧起来！

我们的余部长不是理论家，但他一旦作起报告时，便会出口成章，而且把最想表达的主题用最明了、最准确的语言，形象而生动地表达到位。能让那些本不在意的人迅速进入一个巨大磁场般的境地，然后身不由己地跟着他去赴汤蹈火，去冲锋陷阵，且丝毫不感后悔，反觉无上荣光。

"富春、一波副总理：从 2 月 1 日到 2 月 5 日，我们部党组对东北松辽地区的石油勘探情况和今后部署问题，反复进行了讨论……"秦老胡同里，夜深人静。此刻，余秋里刚刚"赶走"康世恩等人，便叫来部机关的笔杆子宋惠同志，两人在客厅里他说一句话，宋惠记一句……

这种习惯是余秋里几十年军旅生涯养成的，那时打仗激烈时，他都是这样一边说一边让作战参谋记下战事报告和战斗通知的。现在松辽地区的油田大战役即将开始，余秋里完全又重新进入了战时的那种状态。

东方欲晓时，给中央两位主管工业的副总理的报告已经写好。余秋里让秘书端来一盆冷水，擦擦脸，说："上班后马上跟中央办公厅联系，我要面见李富春、薄一波副总理。"

"哎呀！秋里啊，这是啥时候嘛？别的部门都在下马，你们却要上马，而且是大上马！这么个大行动，我说了怕不算数，你得找小平同志，他是总书记。"厚道、实在的李富春以长者的身份对余秋里说。

"那我就找小平去。"余秋里夹起报告，便带着石油部"铁算盘"李人俊副部长找到邓小平。

邓小平仔细看完报告，又让余秋里说一说。

"松辽大油田已经摆在面前，国家又那么需要原油。我们是想在今年搞出些大名堂，但力量分散是不行的，所以想集中石油系统一切可以集中的力量，用打歼灭战的办法，在松辽地区开展一场勘探开发石油的大会战！"余秋里说。

邓小平吐着烟点点头说："在力量有限的情况下，集中兵力打歼灭战的路子对头。我赞同。这样吧余秋里同志，你给中央正式打个报告。"

"好的，总书记。"余秋里悬着的心落定了，他从邓小平那儿明白了中央的态度。

这回，余秋里叫上康世恩、李人俊等副部长和几位部机关的司局级负责人，十几个人"磨"出了一份正式报告。

1960年2月13日，石油部报给中央的《关于东北松辽地区勘探情况和今后工作部署问题的报告》（以下简称《报告》），正式送到中南海。这是关于大庆油田开发的一份重要文献——

总理，李、薄副总理并中央：

最近，我们对东北松辽地区的石油勘探情况和今后工作部署问题，作了反复的研究和讨论。从现在已经掌握的资料来看，可以说形势很好，来头很大。目前，已经在黑龙江省肇州县大庆（原名大同镇）地区，探明了一块 200 平方公里储油面积的大油田。初步估算，地质储量在 1 亿吨以上，大体上相当于新疆克拉玛依油田……整个大庆地区，从地质资料上看，是一个很大的适于储油的构造带，面积达 2000 余平方公里。现在拿到手的这块油田，仅是其中的一部分，边界尚未摸到。看来，储油面积还会有大的扩展，远景非常乐观。

这个地区的石油勘探工作进展迅速，收效特大。我们和地质部一起，在黑龙江省委的大力支持下，进行了大量的系统的地质调查。1959 年 9 月 26 日我们打的第三口探井出了油。此后，我们就迅速地抽调一批较大的力量，加强了勘探科学研究工作，打了 22 口探井，并取得了大量的地质和试油试采资料。从开始较大规模地钻探，到找到这块 200 平方公里的大油田，仅仅用了 4 个多月的时间。这是一个很大的胜利。像这样的大油田，全世界也只有 20 多个。它又处在工业发达、交通便利的东北地区，这对加速我国石油工业的发展，是具有极其重要的意义的。

大庆地区的石油勘探工作，虽然经过了很大努力，取得了很大的效果，但总的来看还是一个开始，要想把油田全部探明，并投入开采，还需要做更大的更艰苦的工作。根据这个地区的情况，我们认为应该下一个狠心，用最大的干劲，用最高的速度，迅速探明更大的油田面积和更多的新油田。为此，我们的部署是：第一，甩开钻探，在现已探明的

200 多平方公里储油面积的四周，向外扩展。在 2000 平方公里的构造范围内部署钻探，以求迅速探明油田的面积和储量空间有多大。第二，在已探明的储量面积内，选择一两块地区，打出一批生产试验井，进行开采试验。第三，在大庆构造带以外的附近地区，还发现有许多好的构造，储油的可能很大。准备用一部分勘探力量，有选择地进行钻探，以期出新的油田。

为了实现上述任务，我们打算集中石油系统可以集中的力量，用打歼灭战的办法，来一个声势浩大的会战。从玉门、新疆、青海、四川等石油管理局和其他有关石油厂、矿、院、校，抽调几十个优秀的钻井队和必需的采油、地质及其他工种队伍，加上 2000 多名科学技术人员，参加这个大会战。抽调的人员都要精兵强将，在现场大搞比武竞赛，掀起一个大规模的群众运动，一鼓作气地拿下这个地区……

石油工业部党组

一九六零年二月十三日

所谓的"大会战"，是革命战争战略战术在社会主义建设时期的灵活运用。为开发建设大庆油田，余秋里部长将这种战争军事行动方式运用到了石油开发开采工作中，也可以说是中国共产党人在和平建设中的一大发明创造。根据石油部的安排，大庆油田的大会战，将在短时间内要打 400 多口探井和生产试验井，钻井进尺大约 50 万米。同时还要进行相应的油田建设，包括采油、集油、输油、供水、供电、保温、运输和机修等等基本建设工程。如此规模的一场大建设，犹如一场大战役，所以用"大会战"来解决和推进，目的就是打"歼灭战"。

中央对石油部的《报告》很满意，仅 7 天时间就给予了批复，并向华东局、黑龙江和其他有关省市自治区党委、国家计委、经委、建委、地质部及其他有关部委的党组作了批转，总之一句话：中央对余秋里的"大庆会战"一路开绿灯。

"有人说我们的军队干部打仗可以，不能搞经济建设。我就不信！你们看，余秋里在搞石油大会战嘛！"毛泽东在一次会议上颇为得意地对人这样说。

中央批示下达，石油部有了打大会战的"尚方宝剑"。可大战前的准备工作千头万绪，而且都是些难题。

"老康，我负责对上对外的事，你负责内部组织和调集勘探队伍与技术人员的事……"余秋里跟康世恩作了个大体上的分工。

余秋里跑的第一个任务是资金。这个太关键了！

那几天余秋里跟李人俊俩人反反复复、东抠西卡，弄出了一个会战的账目，可怎么算俩人还是直叹气：至少有 2 亿—3 亿元资金和几万吨钢材设备没地方出来。报告再打到中央，李富春一听就跳起来："秋里呀，以前别人跟我争项目争钱，你在一边不吭声，我说你好话。现在你倒好，一下子就狮子大张口，我这个副总理兼计委主任真是没法当了。国家现在这么个状况，我哪里给你弄这么多钱嘛！你啊，还是找小平去吧！"

余秋里只好硬着头皮，和李人俊又去找邓小平。

邓小平爱抽烟，余秋里上前先敬烟。烟雾中，余秋里让李人俊把缺口的"账目"给总书记递上。

"就这么多了？"邓小平一边吐烟，一边眼睛盯着余秋里和李人俊，意思是说：你们别没完没了啊！

"就这么多！其他的缺口我们自己解决！"余秋里口封得很紧，回答得也干脆。

邓小平在石油部的资金缺口"账目"报告上大笔一挥，嘴里还喃喃道："大庆会战是大事，国家再穷，也得支持这个事嘛！"总书记不愧大将风度。

余秋里与李人俊偷着乐。第一件难事办得利索。

第二件难事是战斗人员问题。

在年初的党组会上，石油部的几位副部长就提出：如果搞大会战，遇到的首要问题是人力不足。

"松辽环境恶劣，任务又这么艰巨。我看只有采取部队的办法。建国初期，石油师成建制地改过来为我们石油系统所用是个好办法。这回我们还是争取中央支持，调退伍的部队来！"余秋里又开始挥洒用兵之道。他对副部长周文龙说："老周，你跟总参谋部关系熟，你给他们写封信，先给几位总长报告一声。"

周文龙接令后立即给罗瑞卿总长和张爱萍副总长写信恳求道："……最近在东北大庆（大同镇）地区发现了一个大油田。远景非常乐观。我们已决定在最近时期内集中石油系统一切可以集中的力量，进行一次大规模的会战，一鼓作气地拿下这个地区。会战中各种技术工种队伍及几千名石油技术干部的配备，我们已组织调遣中，但由于这个地区非常辽阔，又是平地起家，一切基本建设、道路、电讯以及后备力量的补充，需要的工人数量很大，我们实在无力解决，特请求您设法支持我们一下，在今年转业军人中酌拨2万至3万人，以解决目前我们工作中最大的困难。争取在夏秋两季就把这个大油田拿下来，尽早投入大规模开发。"

信写得既激情又恳切。

但在军队待了几十年的余秋里不放心，他知道调集几万兵力非总参谋部几个总长说了算的。于是余秋里直接找到周恩来总理。

"好啊，这个想法很好嘛！"周恩来一听，非常赞同。突然他对余秋里说："主席正在广州召开军委扩大会议，你快到广州去！"

"好喽！"余秋里谢过周总理，直飞广州。

下飞机后，见到军委的第一个人是总参谋长罗瑞卿。

"3 万人？就你余秋里真想得出，一要就是 3 万部队！"被毛泽东叫出名的人民解放军总参谋长"罗长子"，这回瞪大眼睛瞅了将军部长足足一分钟，然后嘿嘿一笑："好好，3 万就 3 万，只要你能干出个大名堂，我给！"

"总长你要给 3 万官兵，我就能在几年内干出大名堂！"余秋里挺直身板说。

罗瑞卿笑了，对余秋里说："好了好了，这事就这么定了！"

"谢谢总长！"余秋里一个军礼。

"谢什么！你余秋里只要能搞出个大名堂来，我调兵遣将全力支持你！"罗瑞卿一把拉住将军部长的一只胳膊，让其坐下，又说："这事我得报告主席。你先别急……坐一会儿。"说着，罗瑞卿就往毛泽东住所走去。

余秋里坐了一会，仍不见总长回来，有些不放心，便跑到贺龙和刘伯承的房间。

贺龙笑眯眯地叼着烟斗，眼睛半眯着朝余秋里直使眼色：你还不向刘帅说话。于是余秋里就赶紧向刘伯承汇报来龙去脉。

"对头嘛！打虎要靠亲兄弟，出征还得父子兵！我赞同你向部队要人去！"刘伯承连连点头。

余秋里听了喜从心头涌。他看看贺龙元帅，元帅正理着浓浓的小胡子朝他挤眼呢！

"报告二位老总，主席请你们到他那儿去。"有工作人员进屋说。

"余部长，主席请你也一起过去。"工作人员补充说。

原来毛泽东是想了解松辽的情况呀！余秋里跟着老帅们进了毛泽东的会客厅才知道。

机会难得。余秋里知道今天的汇报直接关系到军委主席毛泽东及几位军委副主席给不给他 3 万部队的大事。于是他用简单而明了、有力而急切的口吻讲了几十分钟时间，尽可能地把松辽油田现在的情况和未来前景及组织大会战的事讲得让毛泽东和元帅们听后印象深刻。

"好……好嘛！这很好！"效果达到。毛泽东不停插话，一脸满意之色。"听说你们有个报告，要搞会战。好哇！准备上阵喽！"

元帅们频频点头，一片附和声。

大局已定！余秋里轻松地一笑，站起身，向毛泽东敬了一个礼："报告主席，我可以走了吗？"

"好，上阵吧！"毛泽东笑眯眯地朝余秋里扬扬手，然后问老帅们："你们看他的事行吗？"

"很好。就得这么干！"老帅们异口同声。

"谢谢各位首长！"余秋里又向元帅和军委领导们敬礼。

正是一路东风劲吹，大地到处春光明媚。

从广州回到北京时，周文龙副部长向余秋里报告说，总参谋部张爱萍副总长已经在给他的信上作了批示，同意从军队里拨2万至3万人给石油部。

余秋里喜上眉梢。

那个时候的中央机关的办事效率可谓雷厉风行。1960年2月20日，中央批准和转发石油部的《报告》；2月21日，石油部召开党组会议。此会在哈尔滨的国际饭店召开。这也是大庆石油会战的第一次筹备会。参加会议的有来自全国各地石油系统的37个局、厂、院、校单位负责人。康世恩代表党组传达了中央的指示和石油部给中央的报告，并宣布了部党组"关于全国石油系统37个局、厂、院、校主要领导带队，组织精兵强将，自带设备、工资参加大会战的决定"。

请注意，石油部的这个决定中有几个关键词："主要领导带队"，必须是"精兵强将"，还得"自带设备"和"工资"……也就是说，不管你现在是在新疆还是在上海，不管是穷还是富，参加大庆会战，你必须全力以赴，拿出"看家"的能力与本事去！

余秋里部长在会上还宣布了成立"大庆油田会战领导小组",组员包括:组长康世恩,副组长为石油部勘探司司长唐克和机关党委副书记吴星峰,成员有新疆石油局局长张文彬、玉门油田管理局局长焦力人、松辽石油勘探局局长李荆和、石油部研究院院长张俊、北京石油学院院长阎子元等。

组长康世恩代表会战领导小组当场在会上向余秋里和石油部党组保证:大会战将做到"处处革命""人人革命""事事革命";要树雄心、立大志,做到用最快的速度,达到最高的水平。在速度上要搞几个世界第一,而且要创造出一套世界级的高水平!

"那时说'革命',其实就是干事要像个样,干出一番让中央和全国人民满意的活来!"一位"老会战"队员这样告诉我。

哈尔滨会战筹备会第二天,部机要秘书给余秋里送来一份中央的"绝密"文件。晚上,余秋里拿着文件把康世恩叫到自己房间,说:"你看看,中央对我们是全力支持!"

康世恩一看文件,大笑:"发件还冒着油墨的热气哩! 2 月 22 日的!"

"可不是。我们要的 3 万名部队转业军人中央这么快就批准了!速度之快,令人意想不到。"其实,军委后来又给大庆会战分配了 3000 名转业军官,他们中不少是党团员,有的还是刚刚从抗美援朝战场上下来的战斗英雄。中央的考虑,要比石油部自己想到的还要周全。

"中央越支持我们,我们自己的压力就越大哟!再干不出点大名堂,枉称石油人喽!"余秋里像是对自己说,又仿佛是对康世恩为首的前线战斗团队说。

"请余部长和党组放心,我们一定拿出吃奶的力气,全力拿下大油田!"康世恩笔直地站在余秋里面前,连连推了几下眼镜,因为他确实有些激动和亢奋,而更多的是感到压力巨大……

"老康啊，人生能有几回大仗打嘛！这回我们打的是一场和平时期最大的建设战役。如今千军万马已动，只等我们在松辽大地上狠狠地干一场大仗了！""哐——"余秋里的右手重重地砸在桌子上，声音在屋子里回荡。

"是该干它一场大仗！"康世恩跟着挥起右拳，也是那么使劲砸了一下。

大庆会战序幕拉开，全国石油系统迅速掀起"去松辽、去北大荒大干一场"的报名热潮……

那段时间里，北京的石油部大楼，就像大战前的总司令部，一份份调兵遣将的命令和通知，如雪片般地发往全国各油田、矿区、院校和研究机构……

"我去！"

"我们队全体报名！"

"请批准我吧，我已经把铺盖都卷好了，只等坐火车了！"

……

在石油部"开赴松辽前线，迅速拿下大油田"的战斗命令下，四面八方的新中国石油人无不拿出最高昂的战斗姿态和最迅速的实际行动！几乎所有的人都没有去过松辽和北大荒，几乎没有人知道那边冷会冷到什么程度、荒凉会荒凉到何等地步；也没有人想过去那边到底会干到什么时候……只有激情，只有豪迈，只有一颗为祖国献石油的赤胆忠心！

那是一群和平建设时期的"最可爱的人"。

"以参加会战为荣"，"以祖国需要为第一"，是当时所有石油系统的干部与工人一致的想法，大家都生怕自己掉队。许多单位从动员到出发仅两三天时间。他们纪律严明，完全是军队的作风。从西北来的队伍，必经北京换车，多数人是第一次到北京，连上天安门广场照个相的难得机会都顾不上就搭上了北去的列车。石油部机关则组织了以老红军、行政司司长鲍建章为首的迎送队伍，在火车站又是敲锣打鼓，又是送饭递茶，北京火车站一时间成了"石油人"的天地，好不热闹！

我采访在北京站附近住的一位老人，他风趣地回忆说：那会儿北京站上，今天是一批批头戴羊皮帽的人上上下下；明天是背着辣椒、扛着凉席的一群群人进进出出；后天是那些抬着锅碗瓢盆、举着红旗的队伍又是唱歌又是呼口号地在站台上蹦蹦跳跳，我们还以为是要去解放台湾的部队呢！可看他们手里没拿枪，也没拉炮，又觉得不像。有人悄悄告诉我们说，是到北边去抱"金娃娃"的。那时大庆油田还是保密的，石油工人们很神气地告诉我们说：他们的工作是保密的，不能随便告诉人呢！

干保密工作的人在那个时代特别吃香。石油人的自豪劲儿难以言表。

再看看"总司令部"的石油部机关：余秋里和副部长们一派作战姿态，各种地图摆开，各种战斗命令、电话铃声……

"报告部长：玉门局的先头队伍已经到达松辽的安达！"

"报告部长：新疆局的队伍今天已从嘉峪关抵达北京！"

"报告部长：四川局的同志说明后天就可以全部到达目的地……"

"北京石油学院的师生们问他们什么时候启程？"

"研究院的几十名教授请求部里让他们到最前线接受任务！"

"好嘛好嘛！老康，文龙，还有人俊，你们分别给他们布置一下各自的战区位置！"大会议室里，余秋里右手叉腰，左边的那只空袖子则随着他走动的身子在来回甩动。

"好嘛好嘛！'拔萝卜''割韭菜''切西瓜'好！"独臂将军不停地甩着空袖子，嘴里喃喃有词地说着。办公厅的人听不明白他们的部长在说些什么，康世恩就在一边笑着告诉他们："'拔萝卜'，就是从老油田那儿抽调一些标杆钻井队；'割韭菜'，就是把原来的队伍成建制地调出；至于'切西瓜'嘛，是把原来的队伍一分为二，调走一半，留下一半。"

"嘻嘻，真是老农民打仗！"有人听后吃吃暗笑。

有什么可笑的？中国的几千年历史靠什么推动的？还不是农民？！共和国缔造者主要还不是农民？建设社会主义照样还得靠农民嘛！别忘了经过马列主义灌输的已经觉悟了的农民加入中国共产党后可不是传统意义上的农民了！他们的意志、他们的信仰、他们的素质，是中国人中的精英和豪杰！也许他们还保持着农民的生活习性、农民的淳朴，但这无妨他们领导全中国人民从黑暗走向光明，从光明走向更加灿烂、更加辉煌的前景！

新中国的工业系统的部长们多数就是这样的一批人，包括国家领袖毛泽东也属于这样的人。

"进京赶考"，毛泽东把新中国的建设工作视为中国共产党人的一场新的考试。大庆石油会战也是一场考试，一场特殊的考试。是千军万马一起投入和参加的大考试！

首先要明确任务。会战初期的三大任务是石油部向中央报告的：第一，在松辽 2000 平方公里的面积上，争取打 200 口左右的探井，迅速探明大庆油田的真实地下情况，目标是找到 10 亿吨的可靠储量；第二，选择已经探明的有利地区，打出 200 口左右的生产试验井，进行油田开发试验，实行早期注水，当年生产原油 50 万吨，年底达到日产 4000 吨水平和年产 150 万吨生产能力；第三，在大庆长垣以外的附近地区，进一步开展地震勘探，完成细测 4 万平方公里，争取再找到更多的"金娃娃"……这是余秋里他们最初的目标，而这个会战目标后来随着不断出现新的更大的油田前景而被迅速调整。

既然叫会战，就得按军事行动进行。一个油田目标，就是一个战区。因此长垣几百平方公里便被按照已经出现的油田显示划成 5 个战区，它们分别是：葡萄花战区、太平屯战区、萨尔图战区、杏树岗战区和高台子战区。每个战区由一个地方石油局负责。

因为是会战，还得按照军事行动来进行。余秋里下令：所有参加会战的队伍，不管来自何方，工资关系、人事关系、粮食关系还是在原单位！物资调配、任务安排则全部由会战总指挥部统一决定。

会战前期的时间安排：3 月份调动人马，4 月份开始动手，5 月初正式打响。所有参战队伍包括附属单位必须在 3 月 15 日前完成集结，就是说要到达松辽会战现场！

真的是打仗了！那些从来没有经历过军事行动的地方职工，在大踏步奔赴松辽的途中，情绪格外亢奋，他们在激动中第一次感受着军人的那种战斗作风。

就是打仗嘛！那些刚刚摘下军衔标志和符号的转业军人和石油师的指战员，则像重新回到了雄赳赳气昂昂的战斗部队。他们似乎想通过自己的精神风貌来证明曾经的辉煌和与众不同的军人性格。

所有的人都在寻找自己能够意气风发的闪光度。

指挥员们毫不例外。"既然叫大会战，那么我们的指挥就得搬到前线去。为此我建议：石油部党组要成立大庆会战党的工作委员会和会战总指挥部。而且所有前线指挥人员必须到第一线去。从现在开始，石油部的工作将以前线会战为一切工作的重点。"将军的建议在党组会上立即得到全体党组成员的赞同。

会战"总司令部"即刻宣告成立：部长余秋里任会战工委书记，副部长康世恩任会战总指挥，石油部"余康"并肩挑起了新中国石油事业的艰巨重任。他们身后还有一大批优秀的指挥员，如周文龙、孙敬文、李人俊、徐今强、张文彬、唐克、宋振明、焦力人、李敬和、吴星峰、李敬、陈烈民等等。

嚯，了不得！从 3 月初调兵遣将令发出，到 3 月 15 日止，在松辽集结地的安达这块地图上还不易找到的方寸之地，一下已经到了

1.7 万余人！其中部队转业官兵 11000 多人。而后续的队伍仍在源源不断地向这儿开拔……

"那人哪，多得老去了！"安达站的一位老信号工，抖动着双唇不知如何形容。

"就像当年解放军进攻沈阳……"一位志愿军老兵看着排山倒海似的人群从一列又一列火车上往下跳时，张开的嘴半天合不上。

人头攒动的队伍中，一辆苏式嘎斯吉普车左拐右拐地驶向前方。里面坐着一位头戴狐皮帽、身着军大衣的中年人，目光不停地在四处扫射，不时有人向他高喊："政委！政委好！"

"同志们好！"中年人频频招手，脸上露着自豪和欣慰的微笑。

就在这时，车子里又探出一个中年人的脸来。他戴着单薄的列宁式棉帽。

"副师长好！"

"同志们好！"戴列宁式棉帽的人频频招手。

"看到了吧！我们石油师的同志们又可以在松辽战斗中一显身手了！"两个中年人显得异常激动地攀谈着。

"是啊，忠良，你要是也能参加会战该多好！我们这些老战友又可以聚在一起痛痛快快大干一场了。"

"有点可惜。四川情况你是知道的，去年那会儿没打出油来，到现在工作还没有什么大的进展。不过这次已经决定让李镇靖和李敬带队伍来与你老政委会合。"戴列宁式棉帽的中年人说。我们细细一看，原来他是前面我们早已提及的四川石油管理局局长张忠良，石油师的老副师长，红军老战士。

也是 2 月——但那是八年前的 1952 年的 2 月，由中央军委主席毛泽东亲自签发的一份命令，决定将原人民解放军第 19 军第 57 师近 8000 名官兵集体转为中国人民解放军石油工程第一师。毛泽东的命令中这样说：

……中国人民解放军已胜利地完成了解放中国大陆的伟大事业……但我们从来不满足已得的胜利，我们总是在巩固胜利、发展胜利。同志们要知道，中国民族和人民要彻底解放，必须实现国家工业化，而我们已作了工作，还只是向这个方向刚才开步走。同志们要知道，在新民主主义建设中，以及将来过渡到社会主义的建设中，国内外的敌人会千方百计地进行破坏和抵抗，我们必须大力加强国防建设，巩固人民民主专政，巩固国防，来保障祖国的建设；而发展工农业生产，又是加强国防建设的物质基础……

今天，我们人民解放军，将在已有的胜利基础上，站在国防的最前线，经济建设的最前线，协同全国人民，为独立、自由、繁荣、富强的新中国而继续奋斗。为此目的……我批准中国人民解放军第十九军第五十七师转为中国人民解放军石油工程第一师的改编计划，将光荣的祖国经济建设任务赋予你们！

你们过去曾是久经考验的有高度组织性纪律性的战斗队，我相信你们将在生产建设的战线上，成为有熟练技术的建设突击队。你们将以英雄的榜样，为全国人民的，也就是你们自己的，未来的幸福生活，在新的战线上奋斗，并取得辉煌的胜利。你们现在可以把战斗的武器保存起来，拿起生产建设的武器。当祖国有事需要召唤你们的时候，我将命令你们重新拿起战斗的武器，保卫祖国。

石油师从改变名称一直到 1956 年石油部成立之前，一直沿用着军队编制，官兵都是军人身份和军人待遇。这支队伍为玉门油田、克拉玛依油田的建设与发展做出了杰出贡献。后来的石油部长、副部长中有多位是从这支英雄的石油部队出来的，比如宋振明、张文彬、陈烈民等。这也是后话。

大庆会战，石油部党组做出决定后，原石油师的老政委、现已是石油部新疆局局长的张文彬，这回响应部里的号召，亲自带队从天山脚下出发，向松辽平原进军。而现在，他在途中与原石油师副师长、老红军，现已任四川局局长的张忠良相遇，怎不高兴！尤其是看到自己的部队雄赳赳、气昂昂的情景，这对分别多年的石油师老首长，既自豪又感动。

"老政委，松辽会战，全仗你让我们的部队再振雄风了！"张忠良从吉普车上跳下的那一刻，久久握住张文彬的手，似乎有千言万语要诉说。

"放心，老伙计：石油师的官兵不会在大庆丢脸的！"张文彬伸展双臂，将老战友紧紧搂在胸前。

雪地里，石油师的两位老首长难舍难分，有说不完的话。而更多的石油师官兵们，因在此次松辽大会战中重新相聚而异常意外和兴奋。

新疆局来的有 800 多人，他们中有许士杰、陈烈民、张瑞清、王瑞龙、张云清等；玉门局来的也有近 800 人，他们中有宋振明、程国策、王思文、张会智等；四川局和青海局少一些，但加起来也有四五百人，他们中有李敬、段兴枝、刘安时、孙荣福等。石油师的官兵不愧是新中国第一代军人转业过来的石油人，他们用自己顽强拼搏的精神和战斗作风，在大庆会战中建立了卓著功勋，名留青史。

大庆无疑是所有献身共和国建设事业者的大舞台。而在这个大舞台上表现最出色的一部分人就是来自石油师的官兵以及新加入石油队伍的志愿军转业官兵们。同为军人出身的余秋里和康世恩等石油部领导们，就像见了自己的老部队一样，看着不穿军装的石油队伍迈着整齐划一的步伐、唱着嘹亮的战歌，行进在前线车站和松辽大平原上，那个开心和得意劲儿只有他们自己知道……

"我们的部队！我们的部队作风没有变！太好了！"余秋里喜形于色地连喊了几声。

"是是，他们敢于打硬仗！大庆会战真就需要这样的能打硬仗的队伍呢！"康世恩的眼镜片则在不停地闪动着。

这是真正的千军万马的大行动！在向松辽大地开进的各路石油队伍中，有两支队伍还没有碰面，就已经开始较上劲了：一支是玉门油田的，另一支是新疆石油局的。两支队伍都是钻井队，玉门的叫贝乌五队，队长是个貌不惊人但嗓门能吓走老虎的王进喜；新疆那个钻井队叫 1237 队，队长是人高马大、气宇轩昂的军人出身的张云清。

"大家都听清楚了啊！" 1960 年 3 月 15 日，玉门新市区的沙场上，王进喜在市委书记刘长亮和局长焦力人的注目下，对着临离开玉门市的 37 位钻井队队员，嚷嚷道："大伙儿听着，以前我们跟张云清他们比了几回都是隔空摆擂台，这回可不一样了啊！我们要在同一个地方干上几年的仗，这谁是英雄谁是孬种，可不是单凭一时一会儿咬紧牙关、拼着吃奶的劲儿就可以坚持到最后输赢的事了！我要你们每一个人从今天起、从到松辽的第一天起，就要拿出拼的劲儿来。要想法一到那边就给张云清他们一个下马威……听清楚了吗？否则我们就没个出头日子！他娘的，张云清可不是好惹的，你瞧他人高马大的架势，不靠拼是干不过他的嘛！"

"知道了队长……"队员们此刻兴奋的事是乘火车，他们多数是第一次出远门，更是第一次坐火车，这新鲜劲儿远盖过了队长的叮嘱。设备并没有跟人走，是另行安排的货车。工人们坐的火车，从玉门出发，出嘉峪关，再过敦煌、武威，抵兰州。然后再经银川、包头，到北京，最后再转车到东北。你说工人们听到这样的走法，不开心得睡觉都笑出声才怪！

但唯独王进喜的心思重呵，他一眨眼就想到了那个长得又帅、个头又高的张云清。也就一年多前的事，那场在新疆克拉玛依油田的"插红旗"劳动比赛现场，他王进喜已经闻够了石油师警卫排长出身的张云清身上的火药味。当时的情景王进喜历历在目——

那一次是余秋里部长上任不久第一次到克拉玛依。石油系统的现场工作会议在那里召开。一万多人的会场上，黑压压的一片人，王进喜也是第一次见余秋里部长，他很好奇这位少一条胳膊的新部长为啥嗓门那么大！你听，他出口的第一句话，就把现场震得"嗡嗡"地回声不断："同志们，新疆克拉玛依现场会今天正式开始了！"噢，原来部长面前有五六个放大声音的麦克风，难怪他的声音震得连戈壁滩上的石头都跟着在跑呢！

王进喜和现场一万余名干部职工全神贯注。

"我们开这个现场会的目的是什么？一个目的：国家现在要油！我们石油部就要急国家所急，多找油！多出油！多贡献油！"余部长的嗓门更高了！

"油——油——油……"！千里戈壁上，被一个"油"字，震得雷声隆隆，风腾云舞。

大会执行主席、新疆石油局局长张文彬这时宣布"插红旗"的劳动竞赛开始："有请玉门局钻井公司贝乌五队队长王进喜上台讲话！"

在万众瞩目下，头戴鸭舌帽的王进喜一听到主席台上领导叫他名字，便"噌噌"几下跳上了主席台，然后从口袋里掏出一沓皱巴巴的发言稿纸。就在他要念稿时，突然听到身后的余秋里部长乐呵呵地说："王进喜同志，你就别用发言稿了，放开讲吧！"

王进喜回头一看是余部长在对自己说，立即"嗯"了一声后，便转过身来，屏了一口气，突然对着麦克风，一声雷吼："我是代表玉门贝乌五队来向新疆1237钻井队挑战的！"

当时，全场一万余名干部职工全都愣了一下，继而猛地爆发出雷鸣般的掌声。

最高兴的要算余秋里和康世恩等主席台上的领导了，只见他们冲着王进喜哈哈大笑。

这王进喜今天单挑新疆的 1237 钻井队打擂台，是因为一年前玉门油田为了响应部里"努力发挥老油田潜力，积极勘探开发新油田"的号召，组织了一批先进钻井队在玉门老油田附近的白杨河一带工作。当时玉门有个标杆队，是以队长景春海为首的贝乌四队，正在与新疆局的以队长张云清为首的 1237 队进行劳动竞赛。两个队都想在"钻井大战"中获得先进。王进喜开始并不知道，后来听说这事后很生气，非闹着也去"大战白杨河"参加竞赛。一直闹到焦力人局长那儿，焦力人只能让他带钻井队去参战。这一去，王进喜就名声大振，他把原先的两个钻井队全都甩在后面，创造了全国钻进速度第一名。但是后来听说新疆的张云清不服，说你王进喜是突然从地底下冒出来的，我张云清挑战的对象也要来路对头。这下把王进喜气得不轻，瞅着机会想"报"一箭之仇。这回好了吧，我王进喜跑到你新疆的地盘来挑战，该是"名正言顺"了吧。王进喜心里是这么想的。

上面说过，张云清可不是一般的钻井队队长，他是新疆局的杆标队队长，也是"石油师"政委、现新疆局局长张文彬的原警卫排排长，正规军人出身，在战场上多次杀敌建过奇功，是个敢上刀山、敢下火海的人物。而且张云清原来也在玉门局工作，后随张文彬到了新疆和克拉玛依。如此一位悍将，在大庭广众之中见玉门油田来的王进喜用手指着自己在喊挑战，他张云清怎能忍得住？

这时，只见张云清三步并作两步地跃上主席台，抢过麦克风，既对王进喜，又对全场一万余名参会者吼道："我们这个月要打 7000米！"张云清说月钻 7000 米，是因为知道玉门的王进喜来者不善。据说王进喜来新疆之前听说张云清上个月创造了月钻进 4000 米的全国纪录后，很不服气，于是来克拉玛依前王进喜在队上几经动员和研究，决定这回趁现场会之机，要跟张云清他们比画比画。张云清这回喊出"7000 米"就是想让王进喜知道，你不是要超过我吗？那我就放个"卫星"让你"老王"做缩头乌龟吧！

王进喜是谁？从十来岁就在油田的苦水里蹚过来的人，他才不怕谁呢，是个天塌下来敢用脖子去撑的家伙呀！这回见张云清夺过麦克风喊出了"7000 米"时，便毫不含糊地伸手就将麦克风又重新抢到了手里："我们要打 7200 米！向毛主席报喜！"

人高马大的张云清气呼呼地看了一眼王进喜，凭借高半个头的优势，将其挡在一边，又冲着麦克风大喊："我们 8000 米！"

"我们打 8500 米！"不知什么时候，王进喜钻到张云清前面，只见他双手各抓一个麦克风，嘴巴都喊歪了。

"哈哈……"主席台上的余秋里和康世恩等领导笑得前仰后合。台下一万余双手更是拼命在鼓掌，笑声和掌声融在一起，惊天动地！

张云清个高手长，猛地夺回麦克风，这一使劲，麦克风的铁管子都扭弯了，但电线没断。张云清不管三七二十一，非要压倒王进喜这个"玉门佬"——在新疆局的兄弟们面前要是输了面子，他张云清以后还怎么做人？

"我打 9000 米！"张云清喊出了天文数字。

王进喜愣了一下，看看对手，突然挥动拳头，朝主席台上的桌子"哐"地砸去："我们打 10000 米！"

"10000 米！"

"10000 米！"

王进喜的声音几乎把全场人的耳朵都震聋了。

张云清的眼睛直了，死盯了一会小个头的王进喜，心想你这家伙是疯了！好吧，今天咱们一起疯到底吧！正当张云清准备上手再度抢回麦克风时，大会执行主席张文彬快步走到两人中间，要回麦克风，说："好了好了，不能再没边沿了！这 10000 米就算标杆，谁完成 10000 米谁就是卫星队！你们两有没有决心？"

"有！"王进喜和张云清比起嗓门了。而在台下的万众也跟着喊起来："有——！"

口号是喊出去了，但王进喜和张云清还都没有机会真正地去实现这个目标，因为那时战场尚未摆开。如今大庆油田会战恰是一个前所未有的好战场、大战场啊！

话说在出发前往大庆之前，王进喜就一通吐沫把自己和井队给整得头重脚轻似的。"到了北京后，你们要多看看，看看毛主席，看看咱伟大的首都……"王进喜的话很有鼓动性，他的意思是：工友兄弟们，你们到了首都北京，要受受教育，再鼓足干劲，到松辽会战地好好拼一场。

"队长，我们能在北京见到毛主席吗？"这是工友们期待到北京最大的一个心愿。

"毛主席那么忙，哪是那么容易见得着的啊？"王进喜便在一路的火车上跟工友开始"吹"起来了——

那也就是半年前的 1959 年 10 月，他王进喜作为甘肃省的代表，出席在北京召开的全国群英会。当时人民大会堂刚建好不久，王进喜同李瑞环、时传祥等劳模作为贵宾被安排在人民大会堂住。有一天晚上，大会工作人员拿来一个请帖给王进喜。哟，是毛主席请吃国宴呀！王进喜高兴得快要跳起来了。晚上，王进喜在工作人员引导下，来到宴会厅。一会儿，毛主席出现了，但离王进喜坐的桌子有十几米远，王进喜直着脖子看，就是看不清，急得他百爪挠心。

又过了几天，工作人员通知他和其他代表：明天上午，中央领导要接见大家，请务必穿着整齐干净，面容也要利索一点。王进喜等一听，便忙乎起来，刮胡子、剃头……他把自己的脸和头刮得光光的。

第二天早晨，王进喜穿着整齐，又特意戴上一只石油工人的铝盔帽，与来自其他工业战线的 400 多名劳模一起来到大会堂的照相厅。

可是工作人员说了，一律不准戴帽子。王进喜无奈地摘下铝盔帽，结果就露出了一个光秃子头，让他极难为情。但给他安排的站位却让他激动万分——正好是在十几只领导坐的凳子的中间！

毛主席来了！刘少奇来了！还有其他中央领导也来了……王进喜的心真的快要跳出来了，因为他就站在毛主席和刘少奇身后的位置！

毛主席向他走过来了……王进喜却突然发现自己的眼睛模糊了，越来越模糊……原来他一直激动得在流眼泪。

照相完毕后，许多代表拥过来问王进喜：你离毛主席那么近，跟主席握手啥滋味？主席跟你说了啥呀？

王进喜"那个""那个"，就是说不出啥内容来。原来当时的他只知流泪，却把最想做的事全都忘光了……

嘘！为这事，许多人对王进喜很有意见：为啥安排一个傻子站在毛主席身边嘛！

这回带着工友再次来到北京，他王进喜知道没有机会见毛主席了，但毕竟与工友相比，他王进喜是见过世面的人。上次来北京开会时，有一件事就让他王进喜一直耿耿于怀，那就是他在大街上看到不少公共汽车的"背"上背了一个大包包。有人告诉他，那是煤气包，是没有油气的汽车所用煤燃料代替物。这让身为石油工人的王进喜很是生气和窝心。

这回工友们路过北京时，王进喜便指着那些背着"煤气包"的公共汽车，对自己的钻井队队员们说："那是专门气我们石油工人的'泡泡'呀！气我们没有打出油来嘛！"

工友问他："是不是把大庆油田弄好了，毛主席和首都人民就不用再坐这种'气泡'的车子了？"

王进喜脸一直，道："自然了！那个时候毛主席和首都人民就用我们开采出来的油了……"

工友们的情绪顿时高涨，纷纷说："那咱们就一定要拼出个样子来，早日让大庆的油运到北京，让毛主席和首都人民坐上真正烧油的汽车，那家伙'呼'的一声，马力十足，威风凛凛！"

"是啊，看到伟大首都的公共汽车背着'大气泡'这个熊样，我就恨不得一下飞到松辽，早日拿下大油田，早日让北京的汽车甩掉那些'大气泡'！给毛主席争光！也给咱石油工人脸上争光！"王进喜说。

这37位玉门标杆队的石油工人，怀着如此激情和志愿，每个人的心里都像燃烧着一团火。当他们再次登上北去的列车时，仿佛都像队长王进喜一样，心早已飞向了辽阔的松辽平原……

就在王进喜登车北上时，他们的"老对头"——新疆张云清的队伍也跟着老政委张文彬，不分日夜地在经陇海铁路朝着东北方向飞驰……

"王进喜？他也去呀！好嘛，这回跟这家伙又得拼杀一场了！"张云清把头上的帽子往列车的小茶几上一扔，站在车厢的走道中间，抬起双手，对队友们说：准备了——

"大刀向鬼子们的头上砍去……唱！"

"大刀向鬼子们的头上砍去，全国爱国的同胞们……"顿时，整个车厢犹如回到了那战斗豪情冲天的军营，嘹亮的战歌，让井队的干部工人们重新唤起了对往日部队生活的记忆，歌声越唱越响亮。

"大刀向王进喜的头上砍去——杀！"有调皮的改了最后一句词，惹来全车厢的哄堂大笑。于是，张云清也不失时机地问大家："到松辽会战，大家有没有决心超过王进喜的钻井队？"

"有——"又是震得列车都在晃动的口号声。

"轰隆！""轰隆——"来自四面八方的列车，在1960年春节前后的那个寒冷的冬天，皆以前所未有的速度向北大荒的那片寂静的大地驶去……

当年到底有多少队伍支援大庆会战，我在现在的"铁人纪念馆"里见到了一份资料，下面的数字和单位名称一目了然：

玉门石油局和四川石油局人数最多，各 2000 余人；新疆石油局 1500 余人；青海石油局 500 人；石油部机关和院校、科研院所 2000 余人；南京军区 10000 多人，沈阳军区 15000 余人，济南军区 5000 余人；石油基建安装队伍 2000 余人；部队转业干部 3000 余人；加松辽勘探局 5000 余人，共达 48000 余人，再加上后来陆续报到的各路技术人员及新毕业的大学生，共达 50000 人左右。当然这个数字是最终的大概人数，会战初期的 1960 年上半年，去的人数最多，达两三万人。

那是一幕异常浩大和壮观的和平建设的大兵团作战。各路石油大军争先恐后地汇集在松辽平原，滚滚人潮与机械设备汇成洪流一般地向苍茫的北大荒进军，其场面令至今仍然健在的"老会战"们每每谈及，总是难抑激动心情。有位沈阳军区的志愿军身份的老同志告诉我，他和他的数千名战友从朝鲜战场回到祖国后，得到了中央军委的命令，于是全团所有的官兵就放弃了回老家与亲人团聚的机会，转车到了大庆——那时"大庆油田"是保密的，对外只能称"某某农场"。当他们第一封信写回家乡时，都曾骄傲地告诉亲人：现在我们回国了，正在参加祖国建设的一场"秘密战斗"……"那时我们没有人讨价还价，就是说服从命令、听从指挥，跟在部队里一样，脱了军装还是按照解放军的一套参加石油会战。只是换装的时候很尴尬，大家都不敢去给家里人照个相寄回去，因为一来是保密，二者我们当时穿的棉衣，叫'杠杠服'，跟劳改犯穿的一个样，除了这，大家的情绪始终十分高涨！"

就在千军万马向松辽进军的时刻，某一天晚上时分，余秋里刚刚从部里回到家，两只脚一只在内、一只还在外面，突然身后就听到："余部长！有好消息！好消息……"

"老康回来啦？！辛苦辛苦。"余秋里见从前线回来的康世恩浑身上下都是雪水，赶紧让过身子，拉着他往里屋走，并且叫秘书倒上一杯热茶。

"先暖暖身子。慢慢说。"余秋里笑呵呵地看着这位从哈尔滨赶回来的战友，几乎是头挨着头看着康世恩喝下第一口热茶。

缓过劲的康世恩看着近在咫尺的余秋里，笑了："你这架势哪是让我慢慢说，分明是恨不得立马抠我嘴巴掏话嘛！"

"大好消息：你布下的'萨 66 井'出油啦！"康世恩差不多是咧着嘴说的这话。开心呀！

"多少？"余秋里迫不及待地问。

"现在用的 6.5 毫米油嘴管，日产 56 吨！"

"可比'松基三井'大多了！"余秋里一听，便乐得合不拢嘴。

"你不知道，我在现场时，他们用 9—14 毫米油嘴管试时，你猜达到多少？"

"有 80 吨？100 吨？"

"哈哈哈，不对不对！"康世恩像孩子似的在余秋里面前高兴地转起圈来。

"到底多少嘛？"余秋里急了。

"148 吨！"康世恩眯起眼睛，满脸是笑地告诉自己的部长。

"148 吨啊！这简直跟油库里倒油没啥区别嘛！"余秋里猛地将右掌往木椅上一击，身子从地上蹦起。

"可不是像油库里倒油嘛！"康世恩手舞足蹈地在余秋里面前绘声绘色地讲着他在现场看到的"萨 66 井"喷油的那一幕令人欣喜若狂的情景——此刻他依然欣喜若狂。

欣喜若狂的更有余秋里。前面说过他在 1959 年元旦前亲临松辽前线，指挥"三点定乾坤"的大战役，这"萨 66 井"就是在萨尔图地区布下的第一口井。这回听康世恩一说现在出了油，而且一天能"喷"出 148 吨，这消息简直是比给自己重新装上一只左胳膊还要开心的喜事嘛!

在大庆,我去过这口位于大庆长垣北部萨尔图构造上的"大庆功勋井",它也是第一口萨尔图地区的探井,原名"萨1井",后改成"萨66井"。1959年12月底定下井位后,康世恩按照余秋里的指令,立即从四川匆匆调来32139钻井队在萨尔图地区的长垣构造带上开钻,而且采取的是只往下钻井、不取岩芯的快速钻进方法,目的是想"早日见油"。

1960年的2月20日,肆虐的西北风呼啸着席卷大荒野上的冰雪,队长韩福宝做梦也没有想到钻头刚挺进到680米的深度就钻到了预示油层即将显身的标准层,从765米开始出现了颗粒粗大而又含油饱满的油砂,钻到825米之后上返的泥浆中不断漂浮起油花,所有的迹象表明"萨66井"钻到了厚度远远超过"松基三井"的好油层。3月5日"萨66井"钻进到1089.4米的深度完钻,3月8日固井,3月10日射孔,3月12日以后用三种规格的油嘴管试油,最高日产量达到112.4吨。

康世恩得知"萨66井"出高产油后,急奔现场。当他见到"乌龙"喷涌而出的壮观情景时,细细观察一阵之后,忍不住对井队的技术人员说:拿口径最大的油嘴管试。结果一试,喷油量竟达日产148吨!康世恩乐得一抹嘴,拔腿就跑,说要回北京向余部长当面报喜!

这也就有了大庆会战初期特别精彩的一幕:

余秋里大步在会客厅走动着:"这不行!得修改我们的会战行动计划了!得马上修改!秘书!秘书——"余秋里突然立住脚步,大声喊着秘书。

秘书过来:"首长,有什么事?"

"你马上通知各位副部长和全体党组成员,让他们到我这儿来参加紧急会议!"

"是。我马上通知。"秘书跑步去打电话。有几个党组成员住在秦老胡同，秘书干脆跑步到一家又一家去将他们叫到余秋里家来。

这一夜，北京秦老胡同石油部长余秋里家的客厅内，灯光彻夜通明，烟雾缭绕……时间是 1960 年 3 月 14 日。

余秋里："同志们哪，形势变化比我们想象的还要快！老康从前线带回的消息，让我坐立不安，心都快要跳出来了！这'萨 66 井'如我们先前所料，出大油了！它证明长垣北边确实有大油田，比南边的葡萄花构造还要富油！"

周文龙："你的意思是我们要调整战局？"

余秋里："对！必须立即调整，否则错失战机，更加被动。"

康世恩："余部长的意思是，趁现在队伍还没有全部到达安达一带，就位的也是少数，要往北行动现在就得下决心。"

李人俊："这笔账应该是合算的，早调整比晚调整好。"

孙敬文："可是南边葡萄花构造已经有多口井喷油了，而北边现在只有一口井，是不是也像南边把握这么大呢？"

余秋里点点头："敬文同志提的意见是对的。但葡萄花的情况现在看来，基本上是我们捏在手心里的东西了。这里的油我们肯定不能放弃，但我们不是为了抓大油田吗？抱大'金娃娃'吗？'萨 66 井'出油如此高产证明北边的情况很可能大大好于南边，富油区很大可能在那儿！这是个新情况，说明形势发生了变化，出现了更加有利于我们找油田、搞大会战的形势！既然形势变了，我们就要当机立断，调整部署。否则，当断不断，就会贻误战机，就像刘伯承元帅讲的那样，五行不定，输得干干净净。"

孙敬文开始点头。其他党组成员更是捏起了拳头，跃跃欲试了！

余秋里边踱步边说道："既然是抱大'金娃娃'，那我们就先肥后瘦。在对整个长垣进行勘探的同时，把勘探重点从南部转移到北部，先控制住萨尔图、喇嘛甸子构造的含油面积，并着手搞生产试验区……"

康世恩插话："萨尔图那边交通方便，有利于快速调动队伍。"

"是的喽！"余秋里站住双脚，挥手道："因此我建议部党组立即修改会战方案，立即将主战场从南部转移到北部！"

李人俊："我同意。"

孙敬文："我没意见。"

周文龙："一着好棋，我完全赞成！"

"完全同意！"其他几位成员全部举手。

余秋里和康世恩相视一笑。

好，就这么行动！明天发通知，命令后天 16 日全线队伍向北转移！余秋里一拳砸在桌子上，震得茶杯摇晃了好几下。

这就是中国石油史上著名的"挥师北上"行动！

关于这一幕气势磅礴、波澜壮阔的石油大军的战略大转移，我每次到大庆采访，许多老同志一提此事，都会眼睛发亮，都会滔滔不绝地给我讲一大通，如果有时间他们说可以讲三天三夜的细节……

确实太壮观了！这是松辽大地上有史以来从未有过的那种铁流滚滚的大迁移、大行动！试想一下：四五万人的队伍，几百、几千台铁塔、钻机和车辆组成的钢铁队伍，在一望无际的平原上齐步奋进，那阵势北大荒上有过吗？没有。那阵势，黑土地上祖祖辈辈住着的百姓见过吗？没有。

天，没见过这排山倒海的人流；地，没听过这隆隆作响的战车。云，停下来观看；雪，融化后等待……

"同志们，拿出干劲，鼓足力气，向萨尔图进军！"

"同志们，脱下棉衣，挽起裤腿，向萨尔图前进！"

萨尔图？萨尔图是什么地方？记得二十年前第一次到大庆后见了"萨尔图"这地名，感觉像出了国似的，觉得此地名有些洋气。后来才知道，原来大庆市区所在地过去就叫"萨尔图"。即使在现今，"萨尔图"依然是大庆市最大的一个区属地名。想当年，萨尔图就是大庆的代名词，飞机场、火车站，都叫"萨尔图"。萨尔图其实就是大庆的心脏。

这个听起来像是外域的地名，其实还真有些神秘。它应该是个蒙语词，意思是"月亮升起的地方"，或者说是"有月亮的地方"。而到了满语里却很不一样，称它为"多风沙的地方"。截然不同的解释恰恰印证了这个神秘地方既有月亮又有风沙，既有温柔美丽的一面，又有寒冷严酷的一面。

传说在上上个世纪的某一个夜晚，一位蒙族兄长和一位满族阿弟带着家人游牧到这里，他们抬头望着刚刚升起的满月，沐浴着习习春风，各自对身边这个丰盛的大草原发出不同的感叹——一个说："啊，月亮，多么美丽啊！"另一个说："啊，风，多么强劲啊！"于是"萨尔图"便有了两种不同解释。但无论何种解释，萨尔图确实既美丽——美丽是因为它有宽阔无边的大草原，又令人恐惧——恐惧是因为它的荒无人烟和零下几十度的严寒。

"萨尔图"有自己真正地域意义上的名字，应该从上世纪的 1901 年沙皇俄国修筑的东清（中东）铁路铺设至此，才在地图上标了"萨尔图"这三个字。过去的萨尔图是什么样，今天已经无法见到一点影迹，只是大庆的同志告诉我：现在大庆油田最富油的一块地方，就是以火车站为中心的几平方公里的那个地底下。

余秋里和康世恩当年统率石油大军"挥师北上"的目的地就是这一地带，即以萨尔图火车站为中心的地方。这里距当时打出高产油的萨 66 井仅 5 公里。

"同志们累不累啊？"铁流滚滚的行军途中，一辆绿色吉普车飞驰而来，一个中年男子的身影从吉普车前座探出，且不停挥动着那只有力的右手。

"呀！是余部长啊！"有人惊呼起来。

于是，整个几十里长的行进大军全都欢呼起来。

"余部长好！"

"余部长辛苦啦！"

"同志们好——！"

"同志们辛苦啦——！"

这一呼一应，如同一次盛大的阅兵式。是阅兵式，是余秋里将军在检阅他的石油大军！那一刻，将军的脸色严峻而神圣，他的目光一直在注视着迎他而来的钢铁队伍。尽管这只携带各种物资的队伍比起正规军显得少了些神气，但他们的步子一样坚定有力，一样铁流滚滚……

这让余秋里格外欣慰和自豪。

"会师萨尔图！拿下大油田！"

"同志们，前进——！"

突然，吉普车来了一个180度转向。余秋里猛地直起身子，奋力将手挥向前方，喊着震天动地的口号……

"会师萨尔图！"

"拿下大油田！"

"前进——！"

口号声、脚步声、车轮声……汇成一片惊天动地之声。这不是导演的电影，这是1960年春天在东北大平原上发生的真实一幕。我曾对几个著名电影电视导演说过这样的话：仅凭这一幕，你们就可以拍出新中国建设史上最精彩感人的一部惊世之作。50年后的2010年，中央电视台黄金时间播出的开年大戏《奠基者》（根据我的《部长与国家》一书改编）电视连续剧中有这样的镜头，算是导演康洪雷采纳了我的建议。

现在我在此处描述的松辽石油大会战中"挥师北上"的宏大场景，其"大导演"当为余秋里。他所导演的这一出戏已经成为新中国建设史上的经典一幕而被载入史册。

历史的真实常常比艺术的真实更具魅力。我们的领袖和人民经常教导我们"生活是创作的源泉"之深刻意义就在于此。让我们在伟大的历史时刻面前虔诚地学习和感受吧！

"哎哎！那劲头呀，我是描绘不出来的！"时任行政处长的刘文明感受也许最深。他是挥师北上中负责物资的一位处长——其实是个"光杆司令"。

3 月 16 日那天，刘文明和十几名处、科级干部接到挥师北上的命令后，立即乘卡车从高台子村出发，前往萨尔图报到。他是行政处长嘛，大小也是个领导，也有车坐。可 1960 年 3 月的北大荒，仍然大雪纷飞，一路寒风刺骨，100 多里路，停停走走，用了大半天时间。到萨尔图时，他的腿冻得半天伸不直。那时萨尔图啥都没有——除了传说中的"月亮"还在脚底下睡觉外，什么都没有。石油大军能找到一间牛棚便是好运了。

"老刘，你来啦？太好了太好了！"三探区指挥宋振明见自己的老部下出现，欣喜万分。他往四周一指："你看看，这儿乱成一团，我快急死了。哎，你来当我们三探区的行政处长吧！"

"行，你给我多少人？几间房子？多少东西？"刘文明听说有活干，挺高兴。

"人有一个，就是你自己。房子和东西一样也没有。"宋振明说。

刘文明拍大腿了："我的老天爷，你不是要我命嘛！这人山人海的都待在雪地里，要吃没吃、要睡没地方睡，你让我当行政处长，人家不把我皮都要扒掉嘛，宋指挥你干脆让我上吊去吧！"

"少啰嗦啊！ 5 天之内，你要准备出 5000 人的吃和住。完不成任务，我再让你去上吊！"宋振明人高马大，双眼一瞪，说完就忙其他的事去了。

刘文明愣在雪地里，想哭都没地方蹲下身子。

"听说部里唐克司长现在在安达，你赶紧去找他。"探区党委副书记李云过来悄悄给刘文明出了个点子。

刘文明一听，没多想一下，立即赶到火车站，买了一张到安达的票。听说石油部的会战领导们就住在离火车站一二百米的第二马车店，刘文明没费劲就找到了唐克司长。

"找我干啥？"一头埋在办公桌上正翻阅着堆积如山的各种报表和材料的唐克司长见面前有人站着，便问。

"我找您要锅、碗、瓢、盆，还要帐篷。"

"那你看我这儿有什么你就拿吧！"唐克头也不抬地说。

"这哪够？我要5000套呢！"

唐克一惊，抬头颇具怒气地问："你是谁呀？你把我的拿走不就得了，怎么要那么多？"

刘文明赶忙自我介绍："我是三探区的行政处长，宋指挥刚任命的。他让我5天内要保证5000人的吃住问题。"

唐克明白了，直直腰杆，说："东西是没有，钱倒是有点，我让财务的同志开张支票先给你们拨点。"

刘文明连连点头，眼睛又看向唐司长办公桌上的一个茶具："还要这个。"他用手指指。

唐克一愣，继而笑了："行，你再把这屋里的两个暖水瓶也拿去吧！"

刘文明伸开双臂，"呼啦"一下把唐司长的几样家当全都卷跑了。

回到萨尔图，刘文明立即着手支起行政处，他和宋振明又派来的几个同志一起在牛棚的一角设了一个办公室和一个仓库。又兵分两路：一路上哈尔滨、齐齐哈尔购买物资，一路则在萨尔图火车站旁负责接待参加会战的大队人马。

来的人太猛了，前五天就一下来了六七千人。开始是一个锅做饭，从早到晚地做也只能供每人吃一顿，不少会战人员只能到火车站的几个小店里买干粮吃。那萨尔图才有几个小店嘛！两天就把所有的小店存的东西全部吃了个精光。刘文明他们后来只好又架了三大口锅，仍然整天整夜地烧啊烧……到底一天烧了多少锅，给多少人吃，刘文明根本都搞不清，反正有两点他和同事们清楚：吃饭的人都是来参加会战的，全是自己人，因为当地基本没有老百姓；二是说好了凡是路过这儿的下属队伍，行政处接待点只管一人一顿饭，常在萨尔图的机关人员一人吃两顿。那会儿人的自觉性高，不太可能有人多偷吃一顿。当然，吃饭也是不用付钱的。

来的人四面八方的都有，南腔北调。谁是哪里的人需要分辨。掌握会战物资分配大权的刘文明他们挺会动脑筋，凡看到披羊皮的，就知道是玉门、新疆和青海那边来的，于是给这些队伍的物资是帐篷和锅、碗、瓢、盆；凡是看到穿单薄工服的，就知道是四川来的，除了上面的物资外，还另加一条毯子和一件棉衣。人群中更多的是那些头戴军帽、身穿军装的转业军人。他们最好对付，给一顿饭吃，再说一声"向解放军学习"，就完事了。那些日子刘文明最得意的就是见转业军人们，因为这些人对他特别客气，接了物资和吃了一顿后，都要向他敬个礼。刘文明感觉好极了，"我真被当首长了！"他有些飘飘然。

浩浩荡荡的会战大军来到萨尔图，不管怎么说，多少还有人管他们一顿饭，但后面的事情就比较复杂了，因为当他们再前往战区的工作点落脚时，才发现真正的困难还在后面呢！

那是啥工作点嘛！一片荒原，除了冰天雪地，什么也没有！

薛国邦可能是运气最好的一个。他的采油队一到萨尔图，指挥部就把接收"萨66井"的任务交给了他——老薛是玉门油田的全国劳动模范，萨尔图眼下就一口出油井，他能得到这样的任务是挺光荣的事。老薛他们3月18日到的萨尔图，大伙儿没在萨尔图歇脚，第一天就步行到了井场。那时行李和工具啥都没有到，原来的钻井队已基

茫茫荒原，寥寥村落，会战大军首先遇到的是吃住困难。当地老乡的牛棚，成了探区指挥部的办公地——"牛棚指挥所"

宿冰卧雪来会战

会战职工自己动手搭建"地窝子"

马厩成了会战职工们遮风挡雪的地方

本搬完了东西，只留下一间值班房。老薛他们就凑合过了夜。第二天钻井队连值班房都搬光了，整个"萨 66 井"成了一处光屁股井，还有就是周围的一片荒原。白天，老薛赶紧上萨尔图指挥部领到了一口锅和一袋粮食——刘文明他们告诉老薛："你们可别再来领东西啊！这已经是特殊照顾你们了！"意思是再来领也不会有啥东西给你们了。

饭总得吃嘛！大伙儿从荒原上捡了些柴草，总算开了两顿饭。白天日子好打发，夜间可就惨了。十几人在零下二十多度的寒冬里，一无房子，二无被褥，老薛他们只好抱成一团，围在一堆柴火前跑着圈子取暖。实在吃不消，有人就干脆张开嗓门，来一段秦腔，那一夜他们把周围的狼群吓得不知是咋回事地蹲在地上不敢靠前一步。这是第三天。

第四天，老薛有些着急了，这样待着不是事，好不容易在井台周围发现了钻井队遗忘的一把管钳，于是他让同志们分组轮流修理起油井，以保证继续出油。其他的人则跑到萨尔图去要回了一顶帐篷。这一夜大伙儿说是来松辽后过得最幸福的一夜：他们把帐篷铺在地上，当作大被褥子，铺一半盖一半，人就在中间睡觉……

第五天行李和工具总算到了。大伙儿高兴得跳起来，一大早就上萨尔图火车站搬东西。指挥部的人说，没有车给你们拉东西，你们自己想办法吧。这不算什么事。老薛他们连背带抬地将工具和行李运到井场，下午大伙儿就把帐篷一支，行李还来不及打开，便开始忙着采油前的准备。哪知，老天突然变脸，一阵狂风刮来，并且越刮越猛，刚支起的帐篷被卷跑了好几十米。十几个人手忙脚乱地去逮住帐篷，可就是敌不过狂风。

老薛火了："我们到大庆是来干啥的？参加大会战的呀！可连顶帐篷都支不住，还拿什么大油田？"

队员们不言声了，憋足劲，说啥也要把"家"安住！十几人也不知哪儿添来的猛虎下山之劲。

"一二三！拉！一二三！拉！"
"一二三！拉！一二三！拉！"

狂风中，帐篷终于立住脚。这个时候东方已露晨曦……五天五夜，这是老薛他们上松辽初历会战的日子。薛国邦是后来大庆"五面红旗"之一，南战北征的他，为中国石油事业鞠躬尽瘁，屡屡负伤积疾，现今他仍在大庆安度晚年。那天我说要采访他，大庆的同志说老人家现在肯定说不了多少话，限我采访他半小时。哪知我到他家后一谈起当年的会战，几个小时里老人家就没有停过话。

浩浩荡荡的人群中，有一位细瘦的"男孩"——一眼看上去就知道他是个南方小伙子，跑到接待处报到。

"你还没有毕业？咋跑来这里干啥嘛！"接待处的同志见这位操着浙江口音的小伙子就说："快回去——这里不安排学生！"

"男孩"急了："我们是学校安排到这里来实习的！你必须安排！而且我后面还有同学呢！"

接待处的人将信将疑，便去请示领导。一会儿回来便笑嘻嘻地对"男孩"说："有这么回事。你可以去工作了……"

"哪儿？""男孩"问。

"你就去'普4井'吧！你不是学石油地质的嘛！"接待处的人说。

"'普4井'在哪儿呀？"

"吃完饭后有人把你拉过去。"人家又说了。

后来有人用车子将这位北京石油学院的实习生拉到了目的地。

"这、这是哪儿嘛？"男孩连同行李一起被扔在一个水泡子边，拉他的人说再找有电线杆的地方就到了。可男孩一看四周，一望无边，根本找不到电线杆……

无奈，他往荒原里面走。一直走了近一个小时，看到了一根电线杆，电线杆旁是一口油井。

　　井上没有人。离井尚有两里路远的地方有几处茅草屋。男孩就往那里走去，才知道这是老乡的房子。一打听，竟然找到了自己的"单位"——井队的其他几位工友已经住进了老乡家。

　　"这个地方是你的。"井队负责人把男孩的行李往老乡的炕边上一扔，说道。

　　"就那么身子宽的一点地方，开始了我在大庆的石油生涯……"60年后，这位已过80岁的老"男孩"对我说：那时参加会战的井队职工多数没有什么文化，像他这样的大学生一到井队，就特别受到器重，叫他"技术员"。他的技术工作就是每天到井上去测量一下油况。"油田的油含蜡度高，所以测井的任务之一是清蜡。当时的油井都是自喷井，油呼呼地往上冒，给测油带来麻烦。但工人们很有办法，做了个工板框，在框中间再放个铁盒一样的方框框，这样就能测油了……"

　　"我第一份工作就是干这个测油的活儿，一干就是八个月，天天如此。从最基础的活儿开始，让我对井上的东西有了十分清楚和细致的了解……"这个大男孩在一年后正式从北京石油学院毕业，分配到了大庆油田，当起了正式的技术员，后来又当工程师，再当研究院的院长……为大庆油田的开发做出了卓越贡献。他的名字叫王启民。

　　1995年和2019年，我在大庆两次采访过他。2019年采访时他刚获国家"改革先锋"的崇高荣誉。可说起大庆会战和他来大庆油田最初的情形时，依旧像个大男孩似的爽朗大笑。也许同为讲"吴语"的老乡，我们谈得格外开心。

　　我们还是将镜头拉到那个"千军万马大会战"的历史现场吧——

　　比薛国邦晚来几天的玉门石油大军中还有一个人更了不得。他一下火车，拔起双腿就奔到一片大草原上，"扑通"跪下双膝，用力抠起一把土，然后仰天大喊："这下咱们可是掉进大油海里啦！甩开膀子干吧!"

这个中年男子,个头不高,说起话来,震地动天。他瞅着车站上人山人海的都挤在那儿不是找队伍,就是向接待处的人问这问那,便火冲冲地大步流星地跑到那个牛棚改的指挥部,也不问谁是领导谁是管事的人,劈头盖脸吼道:"我们的井位在哪儿呀?钻机到了没有?这里打井的最高记录是多少?"

乱哄哄的指挥部顿时被这吼声震得静静的,人们回头一看:嘿,这不是玉门的老先进王进喜吗?

"王进喜来啦?""王劳模好!"

大伙儿有人见过他,有人听说过他,"这王进喜果真厉害啊!"指挥部的干部和前来领东西接受任务的人都向他围过来。

"我是来问任务的,你们快告诉我吧!"王进喜瞪着三角眼,只对指挥部的干部说话。

指挥部的同志只好笑言相答:"王队长,你们1205队第一口井是'萨55号',在马家窑附近。"王进喜一听,转身就出了那个牛棚。

"哎,王队长!让你们队的同志在这儿吃一顿饭,我们准备着呢!"接待处的同志在后面拼命叫喊着,王进喜像没听到似的,直奔他的队伍去了。

全队37个人在马家窑井场住下后,钻机却没到,怎么办呢?第二天一早,王进喜冲大伙儿一挥手:"走,上火车站去!"

"上火车站干啥去?"

"帮着卸货呗!没看到车站上忙成什么样了?"王进喜将鸭舌帽往额边一拉,跳上货车就干了起来。队员们没辙,谁让自己在全国劳模的井队呢!

王进喜和井队的30多名同志就这样,一到松辽便先当了7天义务装卸工。

就在王进喜他们在火车站当义务装卸工时,石油部的两位会战最高指挥官——余秋里、康世恩正从北京出发，也在向松辽进军……

原在安达市的那幢简陋的小招待所（后称"二号院"）的前线领导小组和会战机关，开始搬到萨尔图。那个时候，萨尔图有个红色草原牧场，尚有一批没有盖顶的牛棚闲置在那，机关同志们便动手找来一些席子，和上泥巴，给牛棚上面盖了个房顶，算是"部长房"。4月8日，余秋里、康世恩大驾光临，就住进了这又冷又阴的"部长牛棚房"。后来慢慢地在这"部长牛棚房"旁边又建了些活动板房，于是便形成了一个院子。这院子又被叫成"二号院"。从此，"二号院"也成了会战指挥部的代名词。

余、康的"卧室"只有一块木板隔着。所以他们可以白天黑夜地"碰头"——那时工作就是这个样：白天有会开会，没有会余、康就分头到下面的勘探施工现场去。晚上回来有会开会，没会"碰头"。"碰头"完了，有时半夜俩人拍拍门板，相互叫醒，说有重要的问题或"请教"或"请示"，前者是余秋里问康世恩，后者是康世恩问余秋里。

余康、余康，那是那个年代石油战线少有的领导与领导之间的亲密合作状态，也堪称共产党人合作共事的典范。"余康"永远是石油人心目中亲密无间的领导形象。

回头我们再来看火车站上的王进喜他们——

到了第 9 天，王进喜他们的钻机终于出现在车站。全队人欣喜若狂，七手八脚便搬运起来。当时整个车站上只有 4 台吊车，成千上万的货物都在排队等待，轮到王进喜他们搬卸还不知何年何月。

王进喜急得直拉帽子，问打过仗的指导员孙永臣怎么办？

孙指导员说，有一次他和战友们守高地时子弹打光了，就用石头跟敌人拼。

王进喜大喜："对，我们就是有条件上，没条件也上！人拉肩扛也得把钻机运到井场！"说着，他就让大家去找棕绳和撬杠，自己又在车站的人群中穿来穿去的，不知从哪儿弄来一辆"解放"牌汽车。

这回齐了，王进喜让汽车倒到火车皮的旁边，架好跳板，于是全队 37 个人，你吼一声，我吼一声，硬是用了近一整天把几百吨重的井台设备靠人拉肩扛从火车上搬了下来，然后又像蚂蚁啃骨头似的一点点往井位挪动。现在读者们看我的笔下写得似乎很简单，其实王进喜他们干这活费老劲了！你看看，光两台泥浆泵，每台就有 7 吨半重，载重 4 吨的"解放"车被压得轮胎"吱吱"乱叫，当然那会儿超载不是什么事。王进喜他们就是这样硬将自己队上的所有装备弄到了井位。这就是"有条件上，没条件也上"的经典作风。后来余秋里听到王进喜这句"经典语"觉得很好，就在大会上到处讲：咱们为国家找油田，就这么个条件，国家穷呗！等，行吗？不行！那怎么办？就要学王进喜的精神，"有条件要上，没有条件也要上"！

话从部长嘴里一出，就是行动的命令了，就成战斗口号了。说多了，有些知识分子和技术人员在嘀咕：这有条件要上没说的，没有条件也要上是不是有点违背科学规律啊？于是有人悄悄把这话反映到余秋里那儿。

余秋里一皱眉头，猛地一甩右手："这样吧，我们就说有条件要上，没有条件创造条件上！"

OK！这就完整和科学了！其实在那个年代，即使说"没有条件也要上"也没错到哪儿去。"没有条件也要上"里包含的更多的是一种精神，一种发挥人的能动性的精神，一种藐视一切困难的大无畏精神，其本身就是在科学地争取条件的过程，所以笔者不认为余秋里和王进喜他们最初的原话有什么缺陷，相反更真实、形象和生动。

王进喜是了不得！别人到萨尔图后看到人山人海、乱哄哄的一片，也不知打哪儿干起，或者等着上面分配任务、安排工作时，他早把队伍和设备拉到了井位。第一口井 5 天零 5 个小时完成了钻井任务，而他本人 5 天零 5 个小时没离过机台。还记得他下火车后跑到指挥部吼着问领导的那几句话吗？其中最后一句就是："这里打井的最高纪录是多少？"他王进喜奔的是要在大庆会战中争挑头战绩。1959 年——也就是他来大庆的前几个月，他的井队在玉门创造了年钻井 71000 米的全国最高纪录。这个数字相当于旧中国有钻井史以来 42 年的总和。

你说王进喜了得吗？他在松辽出现仅短短十几天时间，就把几万人的钢铁大军震得全都对他又敬佩又羡慕。你看他一身泥一身油地没日没夜摸爬滚打在机台，受了伤、拐了腿，一跛一拐地照常在风雪飞舞的井台上冲锋陷阵。钻机刚转起来那会儿，附近没有水。王进喜一吼，端起脸盆就往水泡那儿去，一边端着水，一边拐着腿说："余部长说了，我们来这儿是拿下大油田的，早一天拿下大油田，就早一天向毛主席报喜！没水就难住我们啦？呸！老子就是尿尿也要把井打了！"

王进喜的钻井队到了大庆后，就改叫 1205 队。井队的房东赵大娘，以前没见过工人是啥样，王进喜来了后，才知道工人干起活来竟然连命都不要，尤其是见王进喜整天像个铁人一样干不垮、干不累似的，于是感动得直对 1205 队的同志们说："你们的王队长，可真是一个铁人啊！"

"铁人?！这个名字叫得好！对，王进喜就是王铁人！我们在这么艰苦的条件下搞大会战，就得有千千万万个王进喜那样的铁人！向王铁人学习！"余秋里在一次干部会议上听第三探区指挥宋振明介绍房东赵大娘称王进喜为"铁人"一事后，很受触动。于是经部长这么振臂一高呼，"王铁人"的名字就传遍了整个松辽大地，后来又传遍了祖国大地。

"石油工人一声吼，地球也要抖三抖！"这是王进喜的话。

余秋里说："拼命也要拿下大油田！把贫油的帽子扔进太平洋去！"

我在采访那些曾经与王进喜一起战斗过的同志时，他们给我讲的

1960年4月2日,1205队钻机到了。车上躺着60多吨重的钢铁大件,车下站着37条西北汉子。王进喜说:"大会战也像打仗一样,只能上,不能等。"图为王进喜和大家一起研究卸车办法

王进喜甩掉老羊皮,抄起撬杠,一场人与钢铁的搏击开始了。他们用撬杠撬动了7.5吨重的大泥浆泵

王进喜喊着激昂的号子,5吨多重的绞车被拉上2米多高的钻台

"咱们一声吼呀!地球也发抖啊!"成为会战职工心中迸发出的春雷

许多故事，让我认识了生活中真实的王进喜：他绝对是个"大老粗"，可又绝对不是个"大老粗"。

王进喜的个人魅力、个人形象、个人语言，是在松辽的石油大会战中得到磨炼和开始完美的。能使这位中国工人阶级形象达到完美程度的"艺术大师"，既有会战生活本身，还有便是余秋里、康世恩、宋振明等人的推崇。

余秋里 22 岁时失去了一条胳膊，但在他一生的工作和战斗中从来没有少过与他并肩奋斗、争取胜利的左右手。石油战线几十年，他得到了康世恩这样的左右手，还有就是他树立起的"王铁人"这样的标兵与标兵队。有过军旅生涯的人应该都知道，部队中还有一面旗帜，叫"硬骨头六连"。这面旗帜就是余秋里在军队工作时借以鼓舞指战员们奋勇杀敌、所向披靡、夺取胜利的一面旗帜。六连出名是在 1940 年余秋里担任八路军某支队政委时，那一次他领导的部队所属七团三营官兵们跟日本鬼子打得极其惨烈。为了保证大部队安全转移，六连在指导员张会田和连长的指挥下，几度击退敌人进攻，把日本鬼子杀得尸横遍野。小鬼子也急红了眼，靠着比六连多几倍的兵力，在山炮、机枪和掷弹筒的支援下，连续 5 次向六连阵地发起进攻。紧要关头，指导员张会田端起上了刺刀的步枪，跃出工事，一声"同志们，跟我上！杀啊——"战士们跟着指导员冲出工事，如飓风般地扑向敌人，杀得敌人溃不成军，而指导员张会田和许多六连官兵也壮烈牺牲了……余秋里在血流成河的战场上，喊出了威震山河的"向六连学习！消灭小鬼子！"口号。"硬骨头六连"的名字从此在人民解放军队伍中传遍，直至今日。2004 年 5 月，我专门到驻守在杭州的"硬骨头六连"拜访，在那个光荣的连队荣誉室里，我知道了他们是全军所有连队中获得荣誉最多的"全军第一连"。毛泽东和许多无产阶级革命家对"硬骨头六连"的珍爱就像对铁人王进喜一样。

独臂将军在他的灵魂和精神世界里从不曾缺过胳膊。他余秋里一生树起的这两面旗帜就够我们亿万中华民族儿女好好学习和传承下去。"硬骨头六连"所铸造的军魂和王进喜身上体现的民族魂，早已成为中华民族精神的重要组成部分。

余秋里对此功不可没。

罗斯福有句名言：政治家的作用，就是使自己的国家和人民有个正确而明了的方向，并为之自觉奋斗。对此，有人总喜欢把余秋里归为那种善于发现典型、善于宣传鼓动的政治家。其实看看余秋里一生的战斗经历，我们很难定义他到底是个杰出的政治家还是个杰出的军事指挥家（建设事业领导者）。因为他在这两种不同角色里都有非凡的业绩和贡献。

文武全才者，在高级领导者中不是很多，尤其是新中国刚成立不久，许多从战争中过来的将军们，其实对和平建设事业并不在行，而余秋里则是其中很快就在行并成为佼佼者的少数几位领导干部。康世恩则不一样，他是清华大学的老地质学生，搞石油让他回到了老本行，可谓如鱼得水。而与"一把手"余秋里的结合与搭档，让内行的康世恩在石油界更是蛟龙出水，呼风唤雨！

两位石油会战的最高领导一到大庆，在原有会战指挥部的基础上，又成立了会战工委，余秋里亲任书记。

4月9日，床铺未温，余秋里和康世恩就召开了油田技术座谈会。那个时候会战的范围被余秋里称为"战区"。所以，余、康到后的第二天，便召开了战区首次技术座谈会。余秋里在会上作了一个《找油和采油为中心的大搞技术革新和技术革命、大表演、大竞赛、大检查、大学毛泽东著作的六大行动》为题的报告。会议从4月9日至11日，各战区到会的有工人、专家、教授、工程技术人员及领导干部共一百八十余人，最后的会议阶段还吸收了总指挥部四百余干部参加。

前期，康世恩围绕余秋里提出的油田勘探和开发中六个带有根本性的问题，以及二十项重要技术资料，让每位参会人员各抒所见，从科学理论和生产实践上提出了自己对油田情况的看法、论点和根据。这样的技术座谈会，开得热闹，开得又能解决实际问题，这是石油系统的光荣传统。新中国石油事业能够克服各种艰难险阻、不断攀越技术高峰，有今天如此辉煌的业绩，很大程度上与余康倡导的"技术座谈会"有很大关系。我知道，即使在今天，大庆油田依然把它列为每年最重要的会议之一安排在开年的第一个会议日程上。在我 2019 年到大庆采访时，管理局的领导告诉我，他们正在开这个会——我听后十分欣慰并深表敬意。也许这样光荣和求实的传统，在中国企业中已经很少了。

大庆不愧是大庆！

余秋里对技术座谈会作了总结，他指出："当前的新形势，就是这个油田在更大的范围内展开了勘探，而且在不同的点上都得到了新的工业性的油流。同时，会战的队伍更强大了，材料设备更多了，有利条件很多，形势愈来愈好。当前的新事物是什么？我们在这里用了这么大的力量，目的是为了搞油，能不能搞到油，取决于能不能确定这个地方有油、有多少油、能够生产多少时间、怎样把油搞出来，因此，系统的、准确的试油、试采，就成为一项突出的工作。"余部长又指出："在新事物面前，按照老办法、老方式办事，领导就会落后于实际，就陷于被动。在新形势面前，必须善于发现和认识新事物，才能把工作做好。"

"我们能有什么呢？那就得按照毛主席一向遵循的解放思想、破除迷信，发扬敢想、敢说、敢干的精神，只有这样，才能争取我们的大会战实现高速度、高水平！高速度，就是在拿下油田时要快，时间要短，用人要少，用设备要少，用材料要省，办的事情要多！拿下的油田质量要高，就得有高的技术水平；高的技术水平，就得靠技术人员和群众的群策群力和适应大会战的各级领导的水平！"

"什么是高的技术水平？就是要像康世恩副部长提出的在完成二十项技术资料的工作中，做到'四全四准'：录井资料要全，测井资料要全，取芯要全，分析化验要全；仪表要校正准确，各种压力要测得准确，油气要比量得准确，化验分析和各种资料都要准确。"

"什么叫高的群众运动水平，就是在大会战中，群众运动的规模巨大，内容丰富，声势大，成就大，效果高，水平高，速度高！"

"什么叫适应大会战的领导水平？就是在新事物面前要敏感，解决问题要快，有科学分析的精神，能够不断鼓舞群众的冲天干劲，有高度的组织能力，善于走群众路线，善于总结和推广先进经验！"

"向铁人学习"的口号和号召，也是在这次会议上第一次正式由余秋里提出来的。

因为在这次开会之前，三探区一大队党总支部先将房东赵大娘夸王进喜是"铁人"的话汇报给了三探区党委副书记李光明，李光明又将这事给三探区指挥宋振明讲了。宋振明是"石油师"出来的部队干部，政治上非常敏感，马上向会战指挥部作了汇报。余秋里听说后，立即在此次技术座谈会的最后一项加了个"向铁人学习"的内容，并且要求会战机关干部全都参加最后的学习动员活动。

余部长强调指出大会战有利条件很多，充分利用这些有利条件，就可以实现高速度、高水平。事在人为，问题在于我们必须具有猛攻猛打、雷厉风行、严肃负责、扎扎实实的工作作风，刻苦耐劳、艰苦奋斗、顽强克服困难的精神和把困难留给自己、把方便让给别人的共产主义风格。

"所有参加会战的干部、工人和技术人员，都要向铁人王进喜致敬、学习！要人人争当铁人，争取在大会战中立功！"余秋里又一次高举右臂高喊。

"向铁人王进喜学习！争取会战中立功！"从此成为大庆石油大会

战中响彻云霄的口号和一个轰轰烈烈的实际行动。

具有重要史料价值的会战《战报》第一期就刊发了题为《壮丽的事业钢铁的战士》的通讯，向全体会战人员介绍了"铁人"王进喜的事迹。当年的文风好，既讲道理，又讲事迹，所以摘引下来，可供我们现在人一读：

社会主义建设是我们伟大祖国最壮丽的事业，而我们今天的大会战就是这个最壮丽的事业的一个小环节，这是多么光荣的任务啊！最近，记者访问了被当地人民称誉为"铁人"的王进喜同志和他光荣的井队。这个光荣的集体中钢铁般的战士，都是一些具有壮丽的思想，创造过大量的壮丽的奇迹的人。

王进喜同志的名字，在石油工业战线上，几乎是尽人皆知的，他和他的井队在两年"大跃进"中，始终走在时间的前面，连续创造了中深井全国钻井最高纪录，成为全国井队比、学、赶、超的标兵队，成为一面永远高扬的红旗。这位优秀的共产党员王进喜同志，多次获得先进生产者的光荣称号；他的井队也连连得到全国"钻井卫星"红旗和"标兵钻井队"的荣誉。去年，他代表这个光荣的集体，出席了全国群英会。

艰巨的任务，紧张的战斗，需要钢铁的队伍，钢铁般的人。王进喜同志和他的井队，响应了祖国的召唤，经过千里征途，来到这里勘探新油田。他一到驻地，就找井场、找钻机，恨不得一下子就把地球钻通，让乌亮的原油从大地之下喷涌出来。钻机到了，他连夜领着队伍跑步奔向火车站。钻井设备大都是重几十公斤到十几吨的钢铁铸件，通常要用吊车来装卸，如今吊车不足怎么办呢？同困难斗争成长起来的人们，总是有办法的。他们就肩扛人抬，让物服人，不能人服物。深夜没有灯火，大家就摸黑干，实在疲乏了，他们就到老乡家里找个方便地方，背靠背地坐下打个盹，天一放明，又干，到次日晚十一点多，终于全部卸完。在这两天的繁重劳动中，因离宿营地较远，没有吃饭喝水，嘴唇都裂了口，还是坚持卸车。为了不给领导增加困难，情愿自己吃苦。后来，领导批评他们为什么不到指挥部吃饭喝水时，王进喜同志代表井队说："指挥部也很困难，去了会给领导增加困难。"这是一种多么高尚的情感啊！

安装钻机可比不了卸火车，没有吊车是个大难题。可是在他们的面前，却算不了什么，人有手、有肩就让机器驯服，重达七八吨的钻机转动轴被他们扛上了井台。缺水可是大事，是等水来再开钻呢？还是千方百计地搞水呢？王进喜同志坚决地向井队同志说："只准干，不准等。"同志们齐声表示："只要队长认为能办到的，我们就一定能办到。"王进喜同志亲自带头，拿上洗脸盆，跑到一公里外的水泡子，展开了一个"夺水大战"。四月十四日，他们克服了重重困难，终于胜利地开钻了。完全可以预料，这只钢铁井队将会在红色草原上创造出惊人的奇迹。

王进喜同志谦虚谨慎，从不骄傲，严格要求自己，因此在群众中有很高的威信，这不仅是由于他以身作则，有见困难就上、见荣誉就让的共产主义风格，而且善于深入细致地做思想政治工作和走群众路线。王进喜同志非常关心同志们的政治思想教育。他了解每个同志的优缺点和个性，也体谅别人的困难。工作上，他雷厉风行，对同志却耐心教育。他经常拿新旧社会的对比，来启发和提高同志们的阶级觉悟和对社会主义事业的热情。在生活上，王进喜同志与群众打成一片，同甘共苦，关心群众生活。大家都愿意和他接近，如有的同志说：就是受他批评，也感到亲切。

王进喜同志从来把荣誉归功于党，他常说："在旧社会，有谁知道我王进喜呢？如今，党给予我这样大的荣誉，只有更好地工作，才能对得住党。"

"跃进再跃进"的不断革命思想，在王进喜同志的身上也表现得比较突出。学习别人的经验。来到此地，他就跑遍附近所有的井队，探听此地钻井的特点，以便不走弯路。王进喜同志对待一切革命事业，都是力争上游，充分地表现出我国工人阶级的英雄气概。

"铁人"王进喜，这是一个与他相识不到一个月的老乡，在我们王进喜同志的冲天干劲感动下，赠送他的光荣称号。这个称号千真万确地刻画出了王进喜同志的坚强性格和对待革命事业的赤胆忠心。当记者去访问王进喜同志的房东老大爷与老大娘的时候，他们都争先恐后地介绍对王进喜同志的初步印象。他们说："王队长在我们这儿住，但却很难见到他，半夜三更不回来，天一刚亮，用干手巾擦一下眼睛跑了。夜间，有时回来躺一会，好像突然有了什么急事一样，披上衣服又跑了，真是一个'铁人'。"

王进喜的事迹在这个时候仅仅是开始。技术座谈会一结束，第三探区宋振明指挥立即在探区召开比武大会，响应会战总指挥部和余秋里部长"向铁人学习"的号召。各先进单位的代表登台争先发言，都说要在新区打出高水平的井。其中有个李景海的井队已经在萨57井创造了七天完成一口井的纪录，这让王进喜挺不服气，于是他便在会上"噌"地站起来喊道："我们队的第一口井五天内打完！"

"好，铁人挑战啦！向铁人学习——！"宋振明会鼓动，他一呼百应，于是第三探区便成了第一个竞赛战区。

4 月 11 日，王进喜的 1205 队的钻机到达萨 55 井现场，但当时没有吊车，怎么办？王进喜把狗皮帽子一扔，说："人是活的，抬也好、搬也好，终归也是有也上，没有也上！"

于是全队人跟着他抬的抬、扛的扛，就干了起来。这 7 吨多的机械设备想往井台上搬，可比从火车上拖下来费力和难多了！王进喜目测了一下，便站到井架座的平台上，让队友用几条棕绳拴住 14 米长的钻机大梁，下边的人撬的撬、抬的抬，上面的王进喜等人绷紧脖子上的每一根青筋，拼命地往上拉……

"宁肯少活 20 年，拼命也要拿下大油田！"王进喜一边拉一边喊了起来。于是工友们跟着他的节奏齐声高喊："宁肯少活 20 年，拼命也要拿下大油田——！"

"哎哟！哎哟——宁肯少活 20 年！"

"哎哟！哎哟——拼命也要拿下大油田……"

那是铁人王进喜的英雄钻井队在松辽大地上吼出的第一声，它让荒凉和寂寞的大地开始颤抖与发狂。因为在过去安装一座钻井台，一般需要 4 辆吊车、5 辆卡车和 1 辆平板车及两辆拖拉机的配合，需要用 20 多天时间才能完成，而王进喜的钻井队当时在几乎没有任何机械设备的条件下仅用 6 天便完成了安装。

但开钻前的困难一个接一个：首先是没有水。没有水怎么开钻嘛？王进喜急了，说："就是尿尿也要把井打了！"又说："咱们一起去端水，确保开钻！"

有人开始嘀咕："哪个国家端水打钻的嘛？"

王进喜怒了："就是咱们中国！"

这是王进喜急出来的办法，他和指导员带头，真的用盆和水壶等端起水来，最后全队人一起排成 70 多米长的"运水队"，硬是端来 50 多吨水，确保了开钻。

端水打井

　　"五天完井"，这是王进喜在会上喊出的擂台指标，能行吗？支部立即开会研究，并且作出了强弱搭配，编制四个班组，实行全天三班倒，每班 8 小时。班与班也开会，喊出了"班上 300 米""日钻 500 米""三天实现 1000 米""五天全部完钻"的目标……王进喜见工友们战斗情绪高涨，心中大喜，说：'萨 55 井'是 1205 队在松辽的第一口井，必须打响这第一炮，创造一个新纪录！"

　　4 月 14 日中午，"萨 55 井"正式开钻。但地下的情况并没有按王进喜的心愿走，在打到 66 米时出现井漏，影响进度。到第二天只打了 288 米。王进喜急了，跳上井台，指挥大伙儿，说："不能停下！尽快组织人端水，它漏多少咱补多少！"

　　实在是王进喜他们的精神太感动人了！当地百姓见井队端水的人

手不够，便纷纷过来帮忙。于是，1205 队钻井台上热火朝天……至 4 月 19 日 16 时，王进喜他们胜利完井，并实现了五天进千创 1020 米进尺的第一项会战纪录！

王进喜首战告捷创纪录的消息，很快成为会战指挥部的热门话题，并且迅速传遍了松辽会战的每一个角落，而这正是余秋里和康世恩想看到的——

> 铁人王进喜　王进喜
> 大家都来向他看齐
> 学习他的先进思想
> 学习他全心全意为人民
> 共产主义风格高
> 年近四十不服老
> 吃苦耐劳样样工作好
> 建设祖国立功劳　立功劳
>
> 铁人王进喜　王进喜
> 大家都来向他学习
> 学习他的先进思想
> 学习他全心全意为人民
> 王进喜他不骄傲
> 鼓足干劲向前跑
> 会战场上英雄多
> 决心定要把他超　把他超……

一首《向"铁人"王进喜看齐》的歌曲，很快像一股早春的暖风吹遍了松辽大地，将冰雪与寒冷迅速融化为盎然的春意。

4 月 29 日天色尚未露出晨曦时，会战各战区已经人马沸扬起来……慢慢地，借着天边吐露出的一丝丝旭日霞光，一队又一队会战大军向萨尔图的第三探区集结。他们有的举着旗，有的唱着歌，有的喊着"一二一""一二一"的口令，迈着整齐的步伐向同一个目的地走去……

原来，今天指挥部要召开全战区的石油会战誓师大会！

上午十时许，誓师大会的主席台上已经坐满各路领导和主席团成员。王进喜因为在钻机搬场时腿受了伤，他的工友用马车将他送到了会场。作为工人代表的他，也被邀请到了台上。而台下黑压压一片的人群，除了各路石油工人外，还有当地的群众、学校学生等，他们穿着鲜艳的服装，满是喜气。这时，只见余秋里站到麦克风前，高声地宣布："石油大会战誓师大会开始——！"

"鸣炮！奏乐——！"顿时，全场锣鼓喧天，鞭炮齐鸣，那热闹劲儿，让所有人的脸上都挂上了笑容。黑龙江省领导也坐在主席台上。

1960 年 4 月 29 日，大庆石油会战万人誓师大会在萨尔图广场召开

随后，身着中山装的余秋里开始作报告，他的嗓门本来就大，麦克风又将他的声音放大几倍，于是整个会场内外都清清楚楚地回荡着他的话——

同志们：

今天的大会是来自全国石油工业战线的各路英雄的会师，又是检阅我们力量的誓师大会！

这个油田的发现，是毛主席思想的胜利，是党的总路线的胜利，是大跃进的产物！

我们集中石油工业战线的各个方面的精兵强将进行大会战，就是为了高速度、高水平拿下油田！这标志着我国石油工业的发展进入了一个新阶段！

参战的广大职工……干劲冲天，顽强战斗，表现了高度的共产主义觉悟。你们不讲生活，不怕困难，不计报酬，不计时间，不讲条件，不分工种并且不分职务高低。钻井工人在缺乏运输工具、没有起重设备的条件下，硬是把一百多吨重的钻机靠肩扛人抬搞上去。王进喜同志由于他的艰苦耐劳，不怕困难，不分昼夜地忘我劳动，当地老乡称他为"王铁人"。第二探区也有钻井队，以四天二十二小时的时间打完第一口井。像这样的英雄事迹是不胜枚举！

五、六月两个月是我们大会战的第一个战役，是我们会战取得全胜有决定意义的两个月。为此，我们的总任务有三条……

当说完"总任务"后，老天开始下起雨来，秘书悄然将一把雨伞撑到余秋里的头顶时，他轻轻一挡，站在雨中挥动着拳头，声音更高地说：

目前的大好形势下，要求我们猛上！快上！巧上！坚决地上！各探区全体职工要抱定一个只准上、不准后退的决心——！

谁不上，谁退缩，谁上不去，谁就不是好汉！不是新中国的石油工人——！

部长一声号令，万人现场顿时响起此起彼伏的回声：

"上——！"

"坚决上——！"

"拼命上——！"

这样的会场情形，今天已经很难看到。那是个激情燃烧的时代。那是个万众一心、斗志昂扬的时代！

没有杂念，只有纯真；没有懈怠，只有干劲；没有怀疑，只顾向前！向前——跟着党的领导干部和毛主席！

很难想象，当时的一个万人誓师大会开了整整一天！余秋里部长作完报告后，黑龙江省委领导念贺信；康世恩又代表会战指挥部将 17 面一级红旗颁给王进喜等 17 个功勋卓著的红旗单位代表；会战领导小组又对 14 个先进单位和 223 名红旗手给予表彰；当时的少先队员向英雄献词。

下午誓师大会继续召开。由康世恩代表会战指挥部宣布第一战役的具体战斗任务。他说，"1960 年'五一'起正式开始大会战——"

"同志们在我们的祖国大地上，南征北战，到处寻找油田。现在，在这里发现了大油田。这对国家是个重大的贡献，是全体石油工作者的大喜事。但我们的工作还仅是一个开端，探井还打得不多，油田面积和储量还没有完全搞清，大会战的任务就是要首先解决这些问题。所以我们要鼓足干劲，坚决拿下大油田，探明几个含油构造来，并且还要搞出一大块、几大块油田开发区来——！"

石油大会战"五面红旗"：（右起）王进喜、马德仁、段兴枝、薛国邦、朱洪昌

"坚决拿下大油田——！"

"向毛主席报喜——！"

口号声再次此起彼伏。

誓师大会在下午三四点左右推到了高潮：打擂比武开始！主席台前后挤满了要求发言的工人、干部、技术人员，"那个时候不用事先安排，大家争先恐后上台表决心、发誓言！"一名参加誓师大会的"老会战"告诉我。

就在此时，主席台的领导们纷纷站了起来仰着头往远处看……原来一群当地农民打着锣鼓吹着喇叭朝会场走来。这下把余秋里等乐坏了："瞧瞧，农民兄弟也来了！"

不一会儿，70多名当地民间鼓手和喇叭手，边吹边敲着进了会场。而在他们后面跟着的是五面"帅"旗，还有五位会战的石油英雄：第一面"帅"旗上绣着的是"王"字，执旗者的身后是王进喜，他骑在高大的马背上，胸佩大红花，神采奕奕；第二面"帅"旗上的字是"马"字，执旗者的身后是马德仁，他与王进喜一样，骑在马背上，胸佩大红花；第三面"帅"旗上写的是"段"字，执旗者的身后骑在马背上的是段兴枝；第四面旗上写的是"薛"字，执旗者的身后骑在马背上的是薛国邦；第五面旗上写的是"朱"字，执旗者的身后骑在马背上的是朱洪昌……这就是大庆历史上人们常提到的"五面红旗"。现在的中国人可能除了铁人王进喜外，对大庆另外的四面"红旗"并不太了解和熟悉。这里简单作一介绍：

马德仁，甘肃省永昌县人，1925 年出生，1949 年参加工作，1955 年入党。历任钻井队司钻、队长、大队长、副指挥、钻探处长。后任过大庆市副市长、大庆石油管理局副局长、纪检委书记等职。1960 年 3 月，身为新疆石油局的石油队队长马德仁，响应号召，到松辽参加大会战。经过几天几夜的长途跋涉，4 月 1 日凌晨到达新的战场。当时天还没亮，几十号人下了火车就一齐挤到萨尔图火车站小小的候车室。马德仁队是来会战较早的队伍，当时天气寒冷，又没处住，一队人便人挨人、人靠人地互相取暖。天一亮，马德仁派人去找指挥部，其他人则上街吃了点面条。8 点钟左右，会战指挥部派来 3 辆解放卡车把他们拉到星火牛场，全队职工在马德仁的指挥下，卸下行李，打扫牛棚，开始安寨扎营。全队人当时只有一个大通铺。在头上青天一顶、脚踏荒原一片的艰苦环境里，没有一人有怨言。然而，几十号人吃饭成了大问题。开始队里没有食堂，在老百姓家搭伙，他们每顿啃着苞米面和窝窝头，另加咸菜，就进入开钻施工。为了抢钻井进度，马德仁常常饿着肚子，一干就是二十来个小时。疲倦了，就把头伏在膝盖上闭闭眼……在马德仁的带领下，全队创造了月钻井"五开四完""六开五完"等新纪录，用 8 个半月的时间打井 22 口，实现了钻井进尺上双万米。1961 年，他带领全队职工用 9 个半月时间打井 28 口，实现了钻井进尺 31700 米，超过了苏联格林尼亚功勋钻井队的水平，刷新了世界钻井进尺纪录；并创造了全国中型钻机月完钻井数、月进尺、日进尺、班进尺、钻头使用、低成本等 21 项全国高纪录。1963 年，又打出了"三一"优质试验井，创造钻机月钻井进尺 4615 米、队日进尺 1080.26 米的全国最高纪录。在大会战中，马德仁带领下的 1202 队先后被授予"卫星钻井队""钢铁钻井队""永不卷刃的尖刀"等称号。他本人也成为石油部授予的"五面红旗"之一。马德仁如今仍健在。

说到马德仁和他的 1202 钻井队，我不得不想起另一个人，那就是 1202 队的老队长张云清。马德仁能当这个英雄钻井队队长是因为张云清到了大庆油田后就担任了领导职务，所以由马德仁接任 1202 队队长。这也让王进喜一直死盯着要跟张云清拼一拼的机会失去了。然而，张云清与王进喜这两个"老对手"在大庆会战时仍然是好朋友，在誓师大会上给王进喜牵马的就是张云清，他那时已经是探区的党委副书记。张云清尽管后来没有成为大庆会战时期的"五面红旗"之一，然而这位老英雄我们必须记住他的名字。2013 年 7 月，我在采写长庆油田事迹时，意外地见到了这位老英雄，那是个快到"八一"节的夏天，我在医院见到了他。下面是我在写长庆油田的《西部绝唱》一书中有关张云清的一段文字：

"还有不到一个月时间，我就 87 岁了！"这是他对我们说的第一句话。那天我们是在油田医院的病房里见的他。

"以前的事忘得差不多了！可有三件事我还记得……"他已经是癌症晚期，嘴上、腰际都插着各种管子与塑料袋。那高大的身材变得弱不禁风了，可他坚持要站起来与我们握手——握手那一刻你会感觉到他依然巍峨，具有永不消逝的军人气概和钢铁战士形象。

"第一件事，这个月底就是'八一'节了……"他是军人，他知道每年 8 月 1 日是建军节。他吃力地微笑道："我还能过一个建军节。"他一共过了 65 个建军节。

"从兵到石油人是一个时代。我经历了……"他坐着说，身板直挺挺的，难怪他在石油师组建时是师部的警卫排排长，可以想象年轻时的他是何等的英姿。老人说他"忘事"，却特别清晰地记着前年在他 85 岁生日时，他的那些战友和老同事给他祝寿时所写的一副对子："出关中戎汉中战萨中，情长意长，八五秩岁月，膝下儿孙寿南山；握枪杆扶钻杆做标杆，东北西北，六十程雄风，堂上老友忆会战。"

后来，我就坐在他病榻前的小椅子上，听这位石油战线的老兵讲他传奇的一生：

1949 年参加人民解放军，打仗总赢。把国民党军队打得稀里哗啦。新中国成立了，我们部队到了汉中，我已经当了警卫排排长。原先说部队要去抗美援朝，后来毛主席一声号令，我们留下来成了石油师的官兵，穿起了杠杠服。我们跟着康世恩和张文彬政委到了玉门油田。那时油田像一个破摊子，穷得可怜。我就开始学打钻，师长和政委让我带个钻井队，叫 1202 队，当队长和支部书记。支部建在钻井队，我是第一个钻井队支部书记。那时王进喜还不是党员。1956 年，我们发现了青海油田，之后又发现了新疆克拉玛依油田。老政委张文彬在那儿当局长，他点将让我带着钻井队过去。克拉玛依油田其实比大庆会战时还要苦，因为那儿什么都没有，没有火车，没有人烟，但那时我们为了给祖国献石油，不知什么是苦。就是在那样的环境下，我们给毛主席、给国家找到了新油田。那时我们自豪、光荣。《我为祖国献石油》

的歌，还有《克拉玛依之歌》，还有许许多多你们作家写的关于石油的诗、石油的文艺作品，我们天天唱，全国人民也跟着我们唱。就在那个时候，我带的1202队与王进喜的钻井队展开了大比赛，我们提出了"月上千米，年上万米"的口号，对手就是王进喜。喊出口号的第一个月我们仅用了26天就完成了1001米，创全国月进尺第一名，几个月后我们用26天实现了3181米。对手王进喜屡屡败在我们手下。就在当年，我们从余秋里部长的手里拿回了宽近两米、长四米的红旗，上面写着"钻井卫星"，"月上万米"就是在那次比赛中提出来的。王进喜也是个好汉，他带的是地方石油工人队伍，我带的是部队骨干的队伍，我们发扬了解放军的作风，敢打硬仗，我们双雄并起，把中国的石油战线劳动竞赛搞得热火朝天。1959年国庆10周年大庆，我上了北京国庆观礼台，获得周总理颁发的一枚"劳动英雄"奖章。

那个时代石油战线的人说是"张云清时代"。我有点自吹了吧？其实不是，当时就这个样，大家都把我看成英雄。可我自己知道：过去我是个为劳苦大众求解放的当兵的，现在是为祖国献石油的石油人，所有的荣誉是党和组织给的。

大庆会战开始，我们挥师松辽平原。王进喜也去了，从此我们两支队伍1202、1205井队又在一个油田上干起来了。特带劲儿。后来我在大庆当官儿了，做了勘探副指挥，马德仁接我的班，他和王进喜继续决输赢，热闹得很。我们的1202队最后实现了年上"10万米"的钻探世界纪录。《人民日报》整版宣传我们是"永不卷刃的尖刀"，这名称后来一直成为1202队的别名。

那个时代，我作为1202队的老队长和大庆会战的一名基层指挥员，见证了中国第一个大油田的诞生，也见证了王进喜成为铁人、成为全国工人阶级光荣旗帜的那段历史。大伙儿说那个时代是我们国家激情燃烧的时代，我说那是铁人王进喜的时代。因为我们 1202 队与王进喜的 1205 队都是艰苦创业、为国争光的铁人精神的集中体现和缔造者。王进喜是我们队伍的杰出代表。

1975 年，康世恩部长对我说，我们要在陕甘宁一带建个大油田，就这样把我从大庆那儿抽调到这儿，一待就是几十年……前十几年我是这个油田的副局长、局长，直到退休。

长庆的油田成长得特别慢，慢到有些让人着急。你问为什么？开始因为那时国家战备需要石油能源，怕大庆被人轰炸掉了，国家就没油了。后来大国间的仗没打起来。到了改革开放后，国家的能源需求量一天比一天大，可像大庆等主要采油油田的产量则在一天比一天下降，国家着急，我们找油人更着急。开始国家领导们都把希望寄托在长庆，但黄土地上就是不出油，连丁点儿水都难找，哪会有哗啦啦喷涌的石油嘛！慢慢地大家对长庆失去了信心，连我们自己都有些怀疑这尘土飞扬的黄土高原和沙漠地带是不是真的没有油了。过去大伙儿都在说这个油田苦、那个油田苦，其实再苦的油田都很难跟我们长庆比，因为这里尽是山岭沟壑，北边又是沙漠地带，没有路，有钱你也筑不了路，有路你也不敢开车行。这就是长庆，这就是陕甘宁。这里的地底下是有油，但不是人们想象的那种一钻下去，就见得到咕嘟咕嘟冒出来的油，那是石头裂隙里挤压出来的油星星儿，是芝麻散落在沙漠泥地里的油星儿，我们长庆人就是把这儿散落在几十万平方公里面积范围内的这些芝麻粒儿捡起来，汇成油海……这自然跟登天一样的难，但长庆人发扬铁人精神，发挥当年 1202 队敢啃硬骨头精神，我们虽然曾徘徊了一些时间，但我们终于成功了，后来居上很出色。特别是这些年里，我看到、听到长庆在一茬接一茬新班子领导下，越战越勇、越干越出色，一年一个大台阶，直冲5000万吨……这是奇迹！在陕甘宁这样的黄土地上要创造这样的成绩，世界石油史上绝无仅有。我们长庆人不骄傲谁骄傲？我们中国石油人不骄傲谁骄傲？我们中国人不骄傲谁骄傲？

新中国石油"功勋人物"、长庆油田"元老"张云清一连说了三个骄傲，由衷而发，心爆巨雷。

这位毕生在祖国石油战线的老兵，曾经以自己的战斗豪情激励王进喜与其共创和造就了铁人精神；这位石油老兵曾经以自己呕心沥血的工作作风培养了像后来成为中国海洋石油掌门人、海南省省委书记卫留成在内的一大批新的石油领军人物；这位石油老兵以其朴实高尚的共产党人的胸襟，始终坚守在艰苦的找油一线。

"我最欣慰的是：我们的油田长大了，成熟了——大庆已经很大了，长庆也成人了……我们当年与王进喜一起拼打出来的石油精神没有被淹没，石油战线的'五面红旗'还常被人提起来，作为当年的老会战队员，我死而无悔。还有一点也很欣慰的是：我自己的家也人丁兴旺，四代同堂，三代都是石油人，重外孙长大后他们还会是石油人。我可能活不长了，最后一个心愿是，能够在死后让魂回到玉门、回到大庆，去见见老朋友王进喜……"

老兵的话让我感动得流泪。

后来我知道，在我那天与他见面后不到五个月，张云清这位曾在新中国石油史上叱咤风云的英雄与世长辞。而我相信从那时起，他的灵魂又回到了玉门、回到了大庆，在天上又与王进喜摆擂台了……

我们还是回来介绍其他几面"红旗"标兵吧。

段兴枝，另一面旗帜。陕西洋县人，1930 年出生，1949 年参加革命，1955 年入党。参加大会战后，历任 1206 钻井队队长、钻井一大队副大队长、钻井指挥部副指挥等职。1966 年 5 月调任四川石油管理局川中矿区副指挥，油田钻井处副处长、处长、后任江汉石油管理局副局长。会战初期，段兴枝带领 1247 钻井队从四川来到大庆。他的钻井队在同兄弟单位竞赛进入高潮时，兄弟井队的油井突然发生井喷，急需泥浆压井，可当时那个队上的泥浆已用完。段兴枝知道后，立即亲自带领工人去支援，并把本队的重晶石粉送给了兄弟队，使兄弟队的井喷很快解除。平时，为保证安全生产，段兴枝经常一天 24 小时和工人顶在井上。他检查检查这里，看看那里，钻台上下什么活都干……在钻 16 号井时，已是 10 月中旬。有一天夜间突然刮起六七级大风，寒流初上，天寒地冻。开完生产会后的段兴枝，立刻就从队部一口气跑到井场。正赶上起钻，他就登上二层平台，帮助工人进行高空操作——一会儿就干得满头是汗。工人们说："天气虽冷，但有干部在身边，我们心里就格外温暖。"段兴枝善于把冲天的革命干劲和严谨的科学态度结合起来，被战区誉为"智勇双全的钻井队长"。他带领职工大搞技术革新，把大钻机小鼠洞接单根的工艺移植到 BY—40 钻机上，提高了工作效率。同时首创了冲鼠洞的新工艺，在全油田和全国石油系统推广。会战中，打一口井的时间逐步缩短到 3—4天，而钻机搬家一次却要 7—8 天。为了更多地打好井，必须提高搬家的速度。这时候设备仍然比较缺乏。段兴枝广泛吸取技术员、老工人的意见，带领全队职工反复研究试验，创出了用自己的柴油机的动力索引自己的钻机前进的"钻机自走"的新方法，缓解了油田拉运设备少的矛盾，曾在钻井队普遍推广。他还和工人们一起，针对夏季雨多，道路泥泞，电测车到不了井场的情况，想出了利用游动滑车拉电测车到井场的办法，保证了电测顺利进行。在生产中，他率领的钻井队多次创出优异成绩，被会战指挥部授予"钢铁钻井队"的光荣称号。

薛国邦，甘肃酒泉人，1927 年出生，1954 年入党。他是大庆油田的第一位采油队队长，参加会战后历任修井队长、采油队长、试采大队长、采油矿长、采油指挥部副指挥、副书记、书记，大庆市(局)党委副书记、大庆市人大主任等职。1960 年，薛国邦率领采油队从玉门油田来大庆参加石油大会战。当生产试验区的第一口油井——"萨66井"完钻后，他带领采油队的同志接管了这口井。为了扎扎实实地管好这口油井，取得"四全四准"资料，为国家生产原油，无论是白天，还是夜晚，薛国邦总是在采油树跟前转来转去，摸清情况，分析记录下来的数据，工作极端负责。一天，油井突然发生变化，原油产量直线下降，技术人员半天找不出原因，大家急得团团转。薛国邦竭力抑制自己内心的不安，站在采油树跟前，侧着身子，静静地听着出油的声音，蹲下观察套管压力，又走上清蜡操作台，看看油管压力，最后跳下操作台，三步并作两步地走到土油池边。地下的油在"嘟嘟"地往地面间歇喷着……薛国邦观察半天，心里倏地亮堂了：原来是地面管线结了硬蜡。故障迅速排除了，油井又恢复了生产。这是薛国邦手中接管的大庆油田的第一口油井，取得了 20 项"四全四准"的资料，准确地掌握了油层情况，为石油全面采油积累了经验。在大庆油田刚出油的日子里，为尽快把原油运出去，上级决定把第一列车原油输送任务交给薛国邦领导的采油队。他接受任务后，不分白天黑夜地奋战在油井上。在严寒使原油凝固、输油泵打油受阻的情况下，他毅然脱掉棉衣，双手抱住高温蒸汽管，第一个跳进油池，用蒸汽温原油。蒸汽管把他的手烫坏了，也全然不顾，一直坚持到泵满罐为止。他工作勤勤恳恳，任劳任怨，曾多次冒着生命危险抢救发生事故的油井。有一次供油管线脱扣，他奋不顾身地用胸膛顶住喷着原油的管口，高压原油的强大压力打得他周身麻木，几乎失去知觉，最后是他以顽强的毅力，保住了油井。薛国邦在玉门油矿时就被评为全国石油系统先进生产者。1958 年，出席了全国社会主义建设积极分子代表大会；1959 年，被评为全国劳动模范，出席甘肃省和全国工业建设"群英会"；大庆石油会战期间，再立新功，成为"五面红旗"之一。

朱洪昌，山东省掖县人，1933 年出生，1955 年入党。参加会战后，历任施工小组长、工段长、副大队长、厂长、中国石油天然气总公司管道局局长等职务。会战初期，朱洪昌所在的三大队负责承建 17.2 公里大口径、长距离输水管线。当时他担任副大队长职务，为保证任务尽快完成，他和工人一起连克许多难关。一次，托管机履带板被钢丝绳卡住变形，为不影响施工，工人们商量采用喷灯加热使钢板变直的办法。不料喷灯喷油过多，机车四周燃起大火。他不顾危险，甩掉衣服，冲上去奋力扑打，手和脸烧起串串火泡。火扑灭了，他被送进了医院。可他不顾医生的劝阻，伤势稍有好转就出了院。供水管线通水试压时，他带着伤到各处去检查试压情况。当发现有一处焊缝冻裂漏水时，为不影响全线试压，他决定带压带水补焊。他不顾身上旧伤未愈，跳进水中一边用手把漏缝的水抹干，一边让焊工补焊，飞溅的焊花刺穿了朱洪昌手上缠着的绷带，露出了还未长好的嫩肉。焊工见此情景，马上停止了补焊，他却说："现在前线各部门等水等得嗷嗷叫，不能把工期误在我们这儿，今天我就要比一比，是钢铁硬，还是我们共产党员骨头硬。"就这样，他忍着焊花的灼痛，一直坚持着把漏缝焊完。在施工中，老家来信，告诉他孩子因病重住院，经抢救无效死去。他强忍悲痛，继续在工地指挥生产。1960 年 6 月 22 日，一整天下着滂沱大雨，朱洪昌工段在 20 公里输水管线上冒着大雨进行最后试压。泵机一开动，出口处第一个阀门就被冲坏了，水流往外喷出很高。如果不立即抢修，就可能发生更大的事故，在这千钧一发的时刻，朱洪昌第一个跳进了冰冷的水沟中，在他的带动下，几个钳工、管工也跟着跳了下去。瓢泼似的大雨和泥泞冰冷的沟水，让他们浑身上下全湿透了。草原上阵阵的冷风吹来，寒冷刺骨，朱洪昌坚持奋战了三个多小时，终于把阀门修好了，解除了危险。从水沟上来的时候，大家的衣服滴滴答答地往下滴水，几个同志冻得直哆嗦。朱洪昌把他们送回宿舍，自己换上衣服，又回到施工现场指挥生产，直到深夜两点多钟才回来。可是，休息了两个小时后，他又返回工地了。就这样，朱洪昌领着大家一直苦战了三天三夜，终于顺利地完成了试压任务。他的事迹鼓舞着整个战区的干部工人，人们称赞他是钢铁施工队长，永不褪色的红旗。他所带领的工段连续 7 次获得油田建设"一级红旗"，并荣获"油田建设标杆队""钢铁突击队"等光荣称号。他于 1958 年被评为甘肃省先进生产者、青年突击红旗手，1959 年又出席了全国工业建设"群英会"，曾当选为第三届全国人大代表。

上面这"五面红旗"，在今天看来他们的事迹似乎都没那么惊天动地，然而在当时、在那个一无所有的冰天雪地里饥寒交迫的年代，特别是为了早日"拿下大油田"的会战中，这五个人的榜样力量，可以说绝对比今天的任何一位科学家和明星都更为激励和鼓舞会战石油人的干劲与意志，所以余秋里、康世恩以特别的形式，将至高的荣誉给予了这五个普通的石油人，是一件了不起的壮举。誓师大会不久，石油部机关党委专门做出决定，号召全系统干部职工向王进喜、马德仁、段兴桂、薛国邦、朱洪昌"五面红旗"学习。而以王进喜为代表的这"五面红旗"，也不负众望，在整个大庆石油会战以及后来数十年的中国石油事业中一直成为全行业、甚至整个工业界的学习榜样。

在 1960 年 4 月 29 日那天的誓师大会上，王进喜、马德仁、段兴桂、薛国邦、朱洪昌可谓是风头出足。他们不仅披红戴花地骑在红色大马上，而且每个人所在单位的领导为他们牵着马，然后绕场一圈，在会战的工友们面前展示他们的荣耀——这是余秋里部长的建议，按他的说法是："必须让每个干部职工明白英雄和先进的荣耀，是战斗力的组成部分。"

这样的做法和作用在大庆会战中获得了淋漓尽致的发挥。王进喜等"五面红旗"绕场一圈后走到主席台前,余秋里和康世恩让工作人员将铁人王进喜请到台上。可此刻,两位石油部领导并不知道王进喜其实此时是强忍着钻心的疼痛,因为他的腿刚受伤。但一上主席台的王进喜,望了一眼台下万头攒动的沸腾情景时,顿时心潮澎湃。只见他大步流星般地走到麦克风前,鼓足一口劲,大声说道:"今后只要党指向哪里,我们就冲到哪里!我们向党保证:一定快打井!打好井!坚决拿下大油田!我们的油田这么大,简直就是掉进了大油海了!我们有党,有全体职工,多大的困难都不怕,坚决一个个地克服,早日把中国石油落后的帽子甩进太平洋去——!"

"好!"先是台上的人爆发出雷鸣般的掌声,再是整个会场如海啸般沸腾……

这时,天再度下起雨来……余秋里"噌"地从座位上站起,走到王进喜刚才讲话的麦克风前,挥起右臂,奋力高呼起来:

"向铁人学习——!"

"早日拿下大油田——!"

于是,台下的万人石油大军,跟着高呼:"向铁人学习!""早日拿下大油田——"

"隆隆——"这时,1960 年的松辽大地上响起第一声春雷,那声音与誓师大会上的口号声,交织在一起,惊天动地,震撼河山。那口号和雷声中,最引人注目的是王进喜他们的五面猎猎飘舞的红旗,格外鲜艳,惹人向往……

第四章

"两论"擎天。上撑瓢泼大雨，下破复杂"敌情"……

　　誓师大会刚开完，就进入大会战的"红五月"——这是余秋里、康世恩设想的大会战所要打的第一个战役，具体任务是：争取在五、六两个月中快速完成一批钻井、拿下一块比较理想的采油区块。余、康俩人在夜间的卧室"碰头传经"时有过悄悄话：第一块肥肉无论如何得先吃着！也就是说，必须在五、六月间拿下一个不大不小的"油田"来，好向毛主席和全国人民报喜嗨！再说，会战的士气非常重要，得有像样的"战绩"，方能更进一步激励大家的豪情。将军余秋里对此十分在行，深谙其意。

　　"开战第一枪必须打得顺！打得好！"余秋里在誓师大会后离开萨尔图时，对康世恩说。

　　"明白！坚决按余部长的战略意图执行！"康世恩回答得干脆。

然而，事非人愿。"五一"刚过，会战的队伍全线的战局也刚刚摆开，哪知老天不配合，竟然不断地下雨，而且下得连当地农民都感到吃惊：没见过这么早下雨，也没见一下就下个没完！

仅 1960 年 5 月份，油田战区的平均降雨量就高达 107 毫米。气象部门一查结果，说是只有 41 年前的 1919 年 5 月曾经出现过降雨超常现象，可那年的降雨量也只有 83 毫米，比 1960 年 5 月少了 24 毫米。不难想象，在没有路、没有像样的房屋的大草原上，雨水漫淹，其景象是那般地糟糕：上机台，水汪汪一片，人踩在水草地上，便等于进入沼泽地。"草原上原来就多泡子，一下大雨后，整个草原都成了沼泽。从住在百姓的牛棚出发，三五里路，得走半天，还常常是不知雨鞋掉在哪个地方……"王启民给我讲述他亲身经历的那段艰难岁月时，自己竟然笑出了声——"现在想想是要笑了，可那个时候不知多少人偷偷哭鼻子。"他说。更苦的是，会战人员住的地方基本上全被雨给泡了，因为他们不是住在牛棚，就是马厩、窝棚和地窖，或是活动板房。

漏雨的不仅仅是会战职工的住地。总指挥康世恩副部长住的牛棚也漏得不行，有一个夜里他挪了七次床铺避雨。睡觉难，办公也难。有一天深夜，三探区房产科维修工黄友书接到电话，说康总指挥的办公室漏雨，需要整修。黄友书就赶紧拿了工具和一卷油毡赶到康世恩的办公地。康世恩的办公室和住地是合二为一，黄友书见康世恩正坐在床上看书，旁边的雨水正顺着屋顶的大缝"哗哗"地往下流，便赶紧到附近搬砖。康世恩一看，开心道："救星来了！"两人一起又是搬砖、又是上房铺油毡。忙乎好一阵后，总算把外面的雨水挡住了。康世恩高兴地给黄师傅甩过一支香烟，而后说："你看，人定胜天了吧！"黄友书见康世恩手里拿着一本厚厚的书，问："康部长你看什么书呢？"康世恩一亮书皮："学'两论'呢！"黄友书好奇地说："你这书跟发我们的'两论'不一样啊！"康世恩笑了："我这是《毛泽东选集》，里面也有'两论'"。又问黄友书："你这友书、友书，学'两论'了吗？"黄友书立即回答："学了，至少看过两遍了！"康世恩很高兴，便说："是啊，学了就好。学了就知道如何处理像会战和下雨这样的矛盾了……"

"它们两者之间的主要矛盾是什么呢？"康世恩捧着《毛泽东选集》，在雨声淅淅的夜晚，又开始对他面对的会战难题进行思索……

维修工黄友书见总指挥正入情忘怀地思考，便悄悄地掩门离开。

雨，依然下个不停，甚至越下越大。

1960 年的中国，正处在风雨飘摇的时期。以毛泽东为首的中国共产党人遇到了比当年与蒋介石、日本侵略军打仗更难的事：百业待兴，百姓的日子并没有出现转机，相反饥荒连绵不断，灾情越发严重，死人和外出逃荒的情况越发无法控制。没有经验下的"大炼钢铁"与"大跃进"风潮，更让原本刚刚有些起色的社会再度陷入困难状态……外部环境则进一步恶化，前后"门口"都被堵死。毛泽东、党中央为了突破重重封锁，正从自己开始，勒紧裤腰带，全力在西部秘密组织不少于十万的科研队伍和战略部队在进行"两弹"试验；北部则是余秋里、康世恩领导的五万大军的石油会战……

"同志们要清醒地认识到，中央批准我们在松辽大会战，是当了家底在支持我们，许多问题还只能靠我们自己解决。所以为什么部里决定各会战队伍自带设备和工资，就是要靠我们自力更生、奋发图强。北大荒冬季冰天雪地、夏季可能还有不断的雨水，当地人烟又稀少，想找地方援助也十分有限；而地下情况更有一道道难题等着我们……怎么办？靠什么？"在会战前的党组会上，余秋里这样自问，也这样问其他同事。

石油部的高级干部们严肃地沉默并思考……

"靠什么？想想战争年代我们在革命碰到困难时靠的是什么？是毛主席的正确领导！是毛泽东的军事思想！"余秋里的空袖子又开始

甩起来了。停顿片刻，他说："会战面临的问题可能有一百个、一千个，那些问题会整天纠缠我们！怎么办？毛主席的著作里有办法呀！他的《矛盾论》中就有解决千百种矛盾的办法喽！"

石油部的高级领导们的脸上开始露出轻松的笑容。

"还有，我们对地下情况和油田的开发开采也缺少经验。怎么办？主席的著作里也能找到方法喽！"余秋里这回是用他的右胳膊甩了："《实践论》，实践里出真知！"

"对啊，主席的这'两论'管用！"石油部的高级领导这下终于有了方向感。

"对头！我们就是要学好主席的这'两论'，全面指导和推进我们的会战！这'两论'不仅我们几个要学，而且要组织全体参加会战的人都要学，学透、学活，学了就要用来指导实际工作！"余秋里越说嗓门越高了。

康世恩第一个站起来，说道："建议党组做出决定，号召会战成员大力学习主席的'两论'，用主席的'两论'作为我们会战的开路明灯！"

"这个建议好！"党组成员纷纷表态。

"好吧?!"余秋里满脸堆笑，一挥手："大家如果同意，那就作为正式决定……"

"我同意。"

"同意……"

"好。人俊，那你得多准备买些书喔！"余秋里转头对李人俊说。

"对嘛，多买些，弄上个几千册！"有人说。

"几千册太少了！加个十倍！三五万册！人手一本！"余秋里又甩起空袖子。

"对对，人手一本！发到施工的每个班组……"康世恩附和道。

于是大会战一开始就有了这样一个《决定》：

部机关党委关于学习毛泽东同志
所著《实践论》和《矛盾论》的决定
一九六零年四月十日

我们正面临着会战——大规模的生产实践。在会战中，把别人的经验都学到手，但又不迷信别人的经验，不迷信书本，我们要勇于实践，发扬敢想、敢说、敢干风格，闯出自己的经验。同时，我们在实践中要不迷失方向，就要掌握马列主义的理论武器，把实践经验上升到理论，包括正确认识油田规律，使我们的实践具有更大的自觉性。

为此，部机关党委决定立即组织全体共产党员、共青团员和干部学习毛泽东同志的《实践论》和《矛盾论》，并号召非党职工都来学习这两个文件，用这两个文件的立场、观点、方法来组织我们大会战的全部工作。

学习是根据理论结合实际的原则，采取边读、边议；边议、边做的方法。每周学习时间不少于六个小时，要求在五月十日前学习完。各级党委要订出学习计划，并列入向上级党委汇报内容。

1960 年 4 月 13 日《战报》创刊号

掌握武器，勇于实践，认识油田规律，这是我们的学习目的。我们号召参加大会战的职工，立即掀起一个学习毛泽东著作的高潮，为开展技术革命、生产革命，作好思想革命。

大庆石油会战距离今天已经 60 年了。许多当事人早离我们而去，当时如何决策、如何组织会战的整个过程我们只能依靠某些历史文件和一些尚健在的人的回忆。然而学习'两论'的决定非常容易地找到了，因为它就在会战的《战报》第一期上醒目地刊登着。这让我们不能不敬佩余秋里为首的石油部领导当时对组织大会战所面临的种种困难的精神准备和思想准备，以及如何组织和调动会战大军的积极性所作的精心安排与思考，每个步骤、每条战线，甚至每天的工作都有准确、精密和细致的措施与方法。而这其中，思想政治工作从来都是走在最前面。学习毛泽东思想、学习《矛盾论》和《实践论》，是周恩来总理教给余秋里为首的石油部党组坚强有力领导大会战的高超一着。余秋里在自己的回忆录中有过这一记载：

1959 年 12 月，在哈尔滨召开的东北协作区会议期间，我和李人俊同志向周总理汇报工作时提出，松辽石油勘探有新的发现，石油部准备组织一次会战，迅速拿下油田。总理对此非常关心，对组织会战表示同意。他预见到会战将遇到种种风浪，重重困难，是一场大仗、恶仗，深刻地指出：要用毛泽东思想指导大会战，用辩证唯物主义的立场、观点、方法，分析、解决会战中可能遇到的各种问题。我即向党组同志传达了总理的这一指示。大家认为，总理的指示为即将进行的石油会战和大庆油田的开发建设指明了方向……

从 4 月 1 日起，我用了几天时间，到会战的主战场——萨尔图探区察看了一次，同刚刚到达战区的会战职工进行了

交谈；听取了一些领导干部和地质技术干部的汇报，了解了
会战准备情况和油田地质情况。我得到的总印象是队伍上很
猛，地面、地下各种矛盾很突出。

确实如此。正如余秋里所言，"大庆石油会战是在困难的时候、
困难的地点、困难的条件下开始的。"1960 年我国国民经济发生严重
危机。石油部在这种环境和形势下搞大会战，是打破常规的一种超常
规行动。几万人的队伍在很短时间内，一下子涌到只有几处牧场、几
百户人家的萨尔图。从安达到萨尔图站，沿途 50 多公里铁道线上，
每个站台都下人、下东西，整个铁道两边堆满了各种设备与物资、行
李和货物。由于缺少大型运输工具，很多物资只能靠人拉肩扛，但只
能解决一小部分，这样必定造成现场极大的混乱。

据说第一天余秋里看到这种乱象，差点把石油部机关管后勤的一
位司长逼疯，因为余秋里下令必须在一个星期内彻底把铁道两边的物
资全部拉到该到位的地方，不然撤那个司长的职是轻的，"弄不好我
还要法办你呢！以破坏和不爱护国家财产罪及渎职罪论处！"余秋里
指着横七竖八地乱堆在路边的大堆机械设备，气得七窍生烟。

这其实还只是一点点儿看得见的混乱场面。最让余秋里担忧的是
工人们既无处睡，又没地方吃，想喝口水也找不到，不用说生产用水
了。天南海北来的几万人，上下左右又不熟悉，没有电话，联系和指
挥皆成大问题，甚至个别开小差的跑了都不知道到了哪儿……

油田的地下情况更处在"瞎子摸大象"的过程中。长垣南部探区
已经打了 20 多口井，虽然掌握了一些情况，但整体情况仍一下子说
不清楚；萨尔图这边只有第一口井出油后正试采，新开钻的几口新井
尚没有具体新情况。当时国内外的环境恶劣，又无法获得国际上的帮
助支持。因此能不能进一步探明松辽油田到底是个什么样的油田？刚
刚吃过"川中会战"哑巴亏的余秋里，此时面临严峻考验。如果说"川

中会战"的失败还可以由康世恩扛着，因为余秋里彼时刚来石油部当部长，情有可原。然而此次大庆油田会战，规模和声势、用上的兵力和财力，远远超过"川中会战"，且也是部长余秋里提出搞大会战的，倘若再一次无功而归，不仅余秋里本人无法向毛泽东、向中央交代，石油部整个系统也无法向全国人民交代。

第二次到萨尔图后的余秋里，亲眼所见会战前的一番乱象，当时真的感到压力太大。生活和现场乱一点，或许余秋里还能忍，但面对一些工程技术人员拿着标有红点点、黄点点、蓝点点的图纸竟然连自己都解释不清到底哪儿该打生产井、哪儿该打勘探井时，他无法再忍了！

"队伍开到了前线，敌人也就在眼前，却不知道仗怎么打！这是什么事嘛？毫无章法，乱成一锅粥了！"余秋里气得直拍桌子。

"老康老康！你快过来……这么个弄法还得了嘛！"他把康世恩叫到跟前。

康世恩也抓着头皮直嚷："怎么弄，怎么弄嘛！"

余秋里气得无可奈何，"嘭"地关上门，把自己反锁在屋里。指挥部的工作人员在外面瞅着，谁也不敢上前去敲一下门，只能眼巴巴地看着那个小窗口里冒出一股股浓浓的烟雾……

许久，门突然开了。余秋里右手叉在腰际，冲工委副书记吴星峰喊："通知所有会战指挥部领导上我这儿来学习！"

"学习？学什么？"

"学'两论'！"

'两论'？'两论'是什么？

"毛主席的《实践论》和《矛盾论》你都不知道？"

"噢，这样啊！"

吴星峰猛然醒悟，拍着脑袋转身去通知各路领导赶快上总指挥部来。

那些处在一片混乱中的会战领导干部们被"请"到余秋里面前，他们不敢正视自己的部长，因为谁都知道他的脾气——"不打肥皂刮胡子"，你疼得哇哇叫他也不会可怜你！

"今天是不是又遇到大麻烦了？""谁又要倒霉了？""可不，队伍乱七八糟到了这个地步，部长不发火才怪呢！"正当干部们窃窃私语、用眼睛的余光看着余秋里的那只空袖子从牛棚内晃着出来时，慢慢发现：今天是咋啦？部长他竟然没发脾气，而且口气格外温和地在说："同志们，你们先放一下手中的活，关起门来，好好学习毛主席的《实践论》和《矛盾论》，用它一个星期时间……"

干部们抬起头，面面相觑，有些不敢相信。有人轻声问道："那外面的事管不管了？"意思是说队伍乱成一片，就不去管了？

"不去管，让下面的人盯着。"余秋里一字一顿地说，"我们现在的任务是把主席的这两篇文章学好、学透！"

这是前线指挥员们所没有想到的。在大战和恶战出现难以收拾的局面时，他余秋里居然一改往日雷霆万钧的暴脾气，让高级指挥官们跟着他天天关上门静静地坐在小桌子和炕头上看起书来。

你瞧，他比谁都认真：每天必有半天什么人都不许去打扰，坐在那儿除了抽烟就是翻书，再便是站在窗口前久久沉思……另有半天，他便上技术人员那儿，盘着腿，听他们没完没了地讲，讲地质、讲钻井、讲取岩芯的意义。

干部们见这景况，也只好硬着头皮坐下来翻"两论"。开始时，大家脑子里依然是外面乱哄哄的情形，慢慢地，慢慢地，乱哄哄的情形消失了，变成了一条条清晰的思路：是啊，这么大的会战，谁也没有经验。没有经验怎么办？不跟没吃过梨子一样嘛！咬上一口尝一下，不就知道梨子的滋味了吗？实践的意义原来就是这个理哟！这不，过去一直说松辽、说中国不会有油嘛！可我们为什么在这么短的时间里发现了大油田？不就是用革命的精神和非常的手段嘛！在地质理论方面也是这样，靠的是从实际出发，重视大量实践、大胆探索才产生和证明了陆相生油的理论。在勘探方面，我们既学习外国经验，又不受外国经验之束缚，从松辽的具体地质情况入手，以最短的时间，打出了油，控制了油田面积。而集中优势兵力打歼灭战在毛泽东领导的中国革命战争中已经被证明也是一个行之有效的手段和用最短时间、用有限兵力最大可能地达到战略目标的战术思想。中国的石油工业落后，条件和设备差，人少力薄，进行必要的大协作、大会战，不正是为了创造条件实现早日扔掉中国贫油帽子的伟大目标吗？是的，我们谁也没有搞过世界级大油田的开发，地上的和地下的矛盾错综复杂，而这么多矛盾应该怎么抓？抓什么？什么是主要矛盾？什么是次要矛盾？主要矛盾和次要矛盾之间的关系又是怎样？解决好了这些矛盾，我们才有可能胜利实现会战的目的。

哈哈，原来毛泽东的"两论"把这些剪不断、理还乱的问题，通过辩证法和唯物论，都给解释得一清二楚了啊！领导干部们合上书本，纷纷来找余秋里："部长，我们现在明白了应该先干什么、后干什么，干的过程中出现了新问题又该怎么处理了！"

余秋里笑了："你们说我们现在的会战怎么个干法？地上的问题和地下的问题怎么处理？"

干部们说："得抓主要的。眼下主要的问题是要任务清楚，岗位到人。地上的问题虽然很严重，但地下的情况掌握好了，地面上的问题才不会乱。"

余秋里笑得更爽朗了："对头嘞！哎，学了'两论'是不是觉得心里亮堂了许多？"

干部们说："可不！前几天看着队伍这个样子心里着急，越着急心里就更乱了，我们这当干部的一乱，队伍就更乱了。哎，部长，你当年指挥打仗是不是也经常碰上这样意想不到的事？"

余秋里说："那是。打仗的时候，瞬息万变，意想不到的事每时每刻都会发生。指挥员就得根据情况，随时调整战略战术思想，才能做到无往而不胜。"

干部们开心地讨教："那个时候你也学毛主席的'两论'？"

余秋里乐了："学毛主席的'两论'是周总理在前些日子对我说的。他说大庆会战会遇到极大困难的，你们应该用毛主席的'两论'，用辩证唯物主义思想解决好各种矛盾，才能夺取会战的全面胜利。"

原来如此！

"好了，现在我们集中起来，开会！"余秋里的空袖子又甩动起来。

开会的结果，会战面临的矛盾一个个被解开：

不是队伍混乱吗？那就先明确战区、明确任务、明确指挥者。于是，余秋里的麾下迅速呈现一个司令部、三个战区的战役布局。它们分别是：司令部，即会战总指挥部。总指挥康世恩，副手唐克、吴星峰。康不在时唐、吴代理。张文彬，负责总部常务工作，并兼管总调度室、工程技术室、规划室、钻井指挥部、运输指挥部、水电指挥部等部门；焦力人，负责地质室、采油指挥部、运销处、研究站等；陈李中、王新坡、只金耀、刘少男四人以陈李中为主，分别负责基建处、油建公司、工程指挥部、建筑指挥部、设计院；党务和行政机关方面，李荆和在吴星峰回部开会时负责党委全面工作，并管人事处、石油学院等部门；宋世鉴负责供应指挥部；杨继清负责保卫处、技术安全处等；宋世宽负责计划处、财务处、卫生处、行政处、办公室等；李镇靖负责党务日常工作和群众运动……

"司令部"——会战总指挥部，统一服从石油部党组领导。部长兼党组书记余秋里拍板一切重大决策。

三个战区：第一战区，以葡萄花、太平屯、高台子、升平"杏96号井"以南一线的南部地区，其工作由最先在此作战的松辽勘探局负责，李荆和局长和副局长宋世宽领兵；第二战区为以杏树岗、龙虎泡"杏96井"以南一线至"北杏16井"以北一线之地区，由四川、青海局负责，李镇靖和李敬、杜志福、郭庆春等领兵；第三战区为以萨尔图、喇嘛甸、林甸"杏 13 井"以北一线的北部地区，由新疆、玉门局负责，宋振明和李云等领兵——第三战区后来是会战的主要战场，惨烈的战斗和最辉煌的战果几乎都是在这儿产生……

好了，指挥系统已建立起来，还怕仗打不好？后来，余秋里自己回忆起这段学"两论"的情景时这样说："面对种种矛盾和困难，我想到了周总理曾经给我出的招，所以在 4 月上旬，有几天时间，我用半天工作、找干部和地质技术人员谈话，了解情况；半天时间关起门来，阅读毛主席著作，主要是《实践论》《矛盾论》和《关于领导方法的若干问题》。同时要求会战领导小组的领导同志也这样做。"

"学过几天和分析后，顿觉头脑清醒多了……我由此想到，如果组织油田的职工学习《实践论》《矛盾论》，以'两论'为武器，结合实际，分析和解决在石油会战中的各种矛盾和困难，对于做好各项工作，夺取会战的胜利将起到重要作用。我把这个想法和康世恩等同志谈过以后，他们都表示赞成。"余秋里说。

回眸大会战的历史全貌，我们能够清晰地看出余秋里和康世恩他们领导这场伟大生产战役的工作方法与脉络：政治思想工作开路，技术革命先行；以最大的可能动员和激励参战人员的精神与斗志，有效和管用的方式是劳动竞赛、打擂台大比武；技术和生产上的问题，则通过生产技术座谈会等形式，群策群力，既依靠专家和技术人员的专业本领，同时广泛发动群众参与技术革命。

大庆会战学毛泽东的"两论"，可不是形式，而是有内容、管实质，是从实际出发，又解决实际问题的针对性学习。比如我们都熟悉的铁人王进喜有首著名的诗：

石油工人一声吼，地球也要抖三抖。

石油工人干劲大，天大困难也不怕。

这样的诗放在专业文学界来看，也许只能列为"打油诗"，但在大会战的年代和石油人的心目中，它就是一首激奋人心、鼓舞人气的好诗，因为它是学习"两论"的产物，是王进喜有一次与当时的探区指挥宋振明（后任石油部部长）在一起你一句、我一句"凑"出来的顺口溜，后来它发表在《战报》上，于是很快传遍了会战的每个角落，并被石油人传诵。

学"两论"不仅对余秋里、康世恩这些会战决策者和指挥者至关重要，对像王进喜这样的一线工人也非常管用。比如王进喜和他队上的工人们学习"两论"后，解决了钻井过程中的许多技术与生产问题。比如打井生产中的一对矛盾是快打与质量问题。有人认为，钻井要快，质量就难以保证。要保质量，就不容易快了。王进喜在打第一口井时就开始想着"既快又好"的问题。他对工友们说："打井不支脑筋，光拼傻力气就是傻子打井，对不起国家和祖国人民。"钻井的实际施工中，最容易出的问题就是卡钻和井漏，这是既影响打井速度又影响质量的两个关键点。王进喜为此就在第一口井的施工中，总结出了六条经验：开钻时使用泥浆，打过漏层再用清水，

王进喜积极响应会战领导小组的号召，带头学习毛主席的《实践论》《矛盾论》

学习讨论中，王进喜给大家讲当前的主要矛盾，动员大家"创造条件上"

围坐篝火学"两论"

防止井漏；在开钻前挖好百吨大储水池和备下大量泥浆，即使出现井漏也不怕；起钻时注意泥浆变化，缩短起钻时间，使井下情况变化减少。为了摸索解决井漏的方法，解决泥浆比重问题，防止井喷，王进喜带着"两论"上钻机平台现场，与工友们一连数日守在井场，细心观察井下复杂变化的情况，反复实验，结果就有了上面的这些经验。于是他们在打第二口中井时比第一口完钻提前了一天，再次刷新了中型钻机日进535米的新纪录。大庆油田初期有关如何提高钻井技术方面的经验也是摸索着在一步步做。王进喜可不是那种只会"喊口号"的草莽英雄，而是在技术革新方面也走在别人前头的人，像取消钻机底座支架、简化井架安装及整体搬迁工序；使用柴油机发电代替备用发电机发电；将游动滑车的八股大绳改为六股，起下钻杆工效提高三倍以上等等，都是他的技术革新成果。

王进喜因此成为参加会战后第一批由工人中提拔起来的技术工程师。工友们这样评价他："王队长一到井场，两耳听的是钻机旋转声，两眼看的是工人操作的每一个动作，嘴上说的是安全生产，而心里想的是怎样搞革新。"所以余秋里和康世恩后来总结王进喜所带领的钻井队连连创造会战纪录和世界钻井纪录时说，"他王进喜在思想和意志上是铁人，在技术和革新方面也是铁人，只有思想和技术上都过硬的人才能算得上真正的铁人。"这是对"铁人"王进喜最精辟的概括和阐述。

其实，会战一开始，出现的种种问题和困难，远比余秋里、康世恩他们预计的要多得多——老天爷在上，它似乎并不想让眼皮底下的松辽这块大地有人来打扰，因此连连给大会战脸色瞧……

"轰隆隆——！"

"轰隆隆！""轰隆隆——"

这是一连串的响雷，随即又是一番连绵不绝的大雨浇灌在松辽草原上……

余秋里撑着雨伞，在萨尔图的那间牛棚办公室里听着黑龙江省委书记欧阳钦从哈尔滨打来的电话："邪了门了！这以前还从没有下过这么大的雨嘛！而且又下得这么早呀！"电话那边，欧阳钦书记好像因为天上的雨是他没有挡住似的，口气中深表歉意。

"谢谢欧阳书记，你和黑龙江人民已经付出了许多许多。我和会战的全体人员是从心里万分感激的。请放心，我们一定以你们无私的共产主义精神为榜样，战天斗地不动摇！雨挡不住我们找大油田和开发大油田的雄心壮志！这一点请欧阳书记务必放心嘞！"余秋里对着电话大声说道，眼睛却在看着牛棚外面的老天爷。

"余部长啊，告诉你一个消息：老大哥那边的天上也打起了雷啦！前些天美国的一架 U-2 间谍侦察机入侵时被打下来啦！"

"噢？好啊！这'雷'响得有点意思嘛！哎，北京这边有什么反应？"余秋里把探出的头收回牛棚，压着嗓门问电话里的对方。

"中央办公厅已经发通知了，20 号北京要举行声势浩大的抗议美帝国主义入侵老大哥的声援大会……"

"好嘛！主席就是有远见。他老大哥虽然对我们做得不够意思。可我们得仁至义尽，老书记你说对不对？好，我这儿也准备来点声势，给老大哥点支持！"余秋里说完，哈哈大笑起来。

放下电话时，余秋里再一次将头探出牛棚，一阵飞溅的瓢泼大雨打在他伸出的右胳膊上。"看来老天爷是存心想跟我较劲喽！那咱们就走着瞧！"余秋里转过身子，冲身边的工作人员说："备车！"

这一天，北京的天气多云。天安门广场上聚集了 200 多万群众，毛泽东出现在城楼时，"打倒帝国主义"的口号响彻云霄。毛泽东神情凝重地傲视着北方，显得心事重重。中苏之间的争吵已经很激烈了，而毛泽东此刻仍然期待着能够弥合已出现的裂痕，天安门前这声势浩大的声援便是一种姿态，但能不能换得赫鲁晓夫的回心转意，毛泽东显得并不那么有信心。

这一天，余秋里没能上天安门城楼。他乘坐的吉普车正陷在雨中的荒原上，进也不是，退也不是。站在泥水里的司机急得一边抹着脸上的雨水，一边不知如何是好地叫嚷着："这鬼地方怎么天天雨下个不停呀！"

余秋里无奈地打开车门，一手挑着盖在头上的雨衣帽，眯着被雨水淋的眼睛，向四周瞭望：四周是什么？什么也没有，只有白茫茫的一片望不见边的水泽世界……那些刚刚露出绿芽的野草七歪八斜地漂浮在汪洋之中，仿佛在痛苦地向过路者求助。但它们得到的结果是更加地痛苦——从它们身边走过的人几乎无一例外地反过来求助这些野草，他们或双脚踩在它们的上面以求不陷入沼泽之中，或干脆将它们连根拔起，当作阻滑器，垫塞在拖拉机或者汽车的轮子底下……

嘎斯吉普车也同样采取了野草垫塞车轮子的办法。司机和秘书几乎把长裤和短裤都浸湿透了，但由于陷得很深，车子发动起来后不仅前进不了半步，反而陷得更深。此刻的部长也成了"泥猴"，唯有那只贴在身上的空袖子还能让人认出他是谁。

"哎呀，余部长，你们怎么在这儿呀？快快，快上我们的拖拉机吧！"真是天助余秋里！在司机和秘书不知所措之时，劳模薛国邦从一台送货路过的拖拉机上跳下。

"是薛国邦呀！我们抛锚啦！抛锚啦！"余秋里拉住薛国邦的手，一边求助于他，一边问他队上的情况怎么样。

薛国邦直摇头："大伙儿有劲使不上呀部长！你瞧这天，打誓师大会那天起，雨就下个不停。我们想抢任务，可物资供应不上来，这不，我们这批材料已经等三四天了，指挥部就是送不上来，我们只好想法从几十里外的一个农场那儿借来了一台拖拉机自个儿去拉。这不，本来一个星期就能干完的活，现在还不知误到什么时候呢！"

余秋里皱皱眉头："工人的情况怎么样了？"

"更别提了。我们都是从西北过来的，一辈子都没见过这么多的雨。队上住的又是地窨子，您瞧这水汪汪的，大伙儿住的地窨子里面，那床变成了能浮在水上划动的船了……"

"快领我去看看！"不等薛国邦说完，余秋里心急如焚地跳上刚刚从泥潭里拖出的吉普车，直奔井队。

眼前的情景，是余秋里不曾想到的：油井几乎全泡在水里，上班的采油工一半人在操作，一半人则用着各种可以抵挡雨水的布、篷、瓢、盆，站在雨中守护着采油树……而更令余秋里不安的是当他走进工人们住的地窨子时，那个半在地面半在地下的地窨子里到处都是水汪汪一片，原先搁在地下的木板床无一例外地漂在水里，被子和物品湿成一团……下班的工人们没有干衣服可换洗，只能光着身子在一只烤火盆边取暖……

"部长？！部长您怎么来啦？这雨下得这么大您咋还上我们这儿来呀？"正在烤火的工人们见湿淋淋的余秋里来到他们身边，感到十分意外。

余秋里解下身上的雨衣，裹在一位浑身瑟瑟颤抖的小工友身上，心疼地说："我怎么不能来？瞧瞧你们冻成这个样！又住这么个地方……我这个部长没当好啊！"余秋里有些说不下去了。他顺手提起一个工人放在床板上的湿棉衣，觉得特别地沉，便让人拿过去称。

一称：整整 18 斤！

余秋里骇然变脸。

薛国邦不好意思地喃喃道：打会战誓师大会那天起，老天爷就一直"泪汪汪"的，大伙儿只能穿着又油腻又潮湿的棉衣上班，多数人为了保证睡觉时能有身干衣服贴在肉边，其他时间穿的全是湿衣。这三天五天下来，就成"铁衣"了。

"我……是我没当好这个部长！没当好嘞！"余秋里听着，一脸自责。

"部长您可千万别这么说！这都得怪老天爷！它是想有意跟我们会战大军较量较量！我们不怕它！我们有这个……"薛国邦从小挎包里掏出两个小本本——那是《实践论》和《矛盾论》，握紧拳头，在部长面前发出誓言："请部长放心，我们从大西北来到北大荒，就是为了找到大油田，啥苦都不怕！它天公想跟我们较量，那好，我们就跟它宣战：无雨时咱特干！小雨时咱大干！大雨时咱猛干！不信天公不低头！"

"对。部长您放心，我们一定战胜天公：无雨特干，小雨大干，大雨猛干！"余秋里没有想到，工人们全都掏出了"两论"，情绪高涨地向他表态。

"好啊同志们，我要向你们学习！同时还要把你们的战斗口号宣扬到整个会战所有战区！我们一起跟天公比个高低！就是上甘岭战役，我们也得冲上去！你们有这个决心吗？"余秋里真的被工人们的精神境界感动了，他高声地问大家。

"有！"地窨子里震起比雷声响十倍的声音。

"好！有你们的冲天干劲，还怕天公下雨不成？"临走时，余秋里又悄悄将薛国邦拉到一边，交待道："一定要关心和想法解决工人们的工作条件，不能让大家淋湿了衣服，防止生病。"

"我明白。"薛国邦点点头。

离开薛国邦的采油队后，余秋里的车子在雨中一路奔驰，而他看着玻璃窗外的大雨，依然忧心忡忡：不能让会战全线的职工们泡在雨水中受冻挨饿啊！

"后勤处吗？你们想法组织食堂，赶快烧些暖身子的姜汤和辣椒给各井场和施工单位送去呀！"余秋里跑到后勤那里，吩咐起来。

可后勤供给部门的人告诉他，即使所有的几十辆车子全部出去，也送不了几个井场呀！"有的地方才十几里路，陷在沼泽里根本出不来嘛！"后勤人员苦不堪言地向他摇头、叹气。

"有一个油建小分队五个人，困在几百里外的暴风雨之中，已经五天失去联系，不知是死是活……"有人报告说。

"部长，今天装卸一中队七分队的三十名复员战士，为了赶抢一批泡在一米多深积水中的材料给井队前线送去，他们从早晨三点一直干到晚上六点，15 个小时奋战在水中，硬是把 250 吨钻杆和油管装上了车……"也有人兴冲冲地前来报告一个战况。可余秋里听了不知是喜是悲，心情反而更加沉重。

矛盾的焦点在何处？余秋里在寻找。拂下额上一串雨珠，他突然想到了一个人。

"老张，当务之急，必须让所有车子都动起来，否则我们全线几万人会陷在大草原上的！"余秋里把张文彬叫到他的牛棚办公室，异常焦虑地命令道，"你得用主要精力解决好这个问题。道路不通，物资送不到井场和野外分队，我们整个会战就是死棋一盘。必须限期解决，分秒必争！明白吗？"

"明白！我马上去执行！"张文彬二话没说，领了"军令状"就走。

余秋里有个特点，在关键时刻，他用兵总是爱挑那些曾经是军人出身的指挥员和战斗员。张文彬是石油师的老政委，许多人都这么说过，余秋里生前对张文彬总是特别重用，余秋里欣赏张文彬办事稳当、脑子灵光又为人忠厚。会战几年里，张文彬不仅是领导小组成员，而且又是每次召开大会的主持人，或者代表会战领导小组在五级三结合大会上作总结报告，这种情况一直延续到张文彬被余秋里任命为工委副书记兼副总指挥、主持油田全面工作。

张文彬接受任务后，知道这份责任之重大和紧迫，可他其实一点经验也没有。过去在玉门和新疆油田工作时，队伍可能遇到的危险就是随时随地呼啸而来的沙尘暴。这沙尘暴说穿了，别看它漫天狂舞的挺吓人，可只要躲它一阵子它就没脾气了。然而眼下东北大草原上的雨水让张文彬有些束手无策。

怎么办？张文彬是石油师的老政委，第一个脑筋就转到了四个字：找群众去！这是张文彬从军几十年和在石油战线工作近十年来所总结到的秘诀，也是他多年养成的传统。车子动不了找谁呀？当然找会开车的人嘛！

果不其然，张文彬找到在三战区工作的运输处。运输处的同志发动全处职工献计献策，两天之内就设计出了40多种方案，画了59张图纸。一区队二分队司机郑学书听说余部长给张文彬下的"军令状"后，自告奋勇报名参加"欲与天公试比高"的革新活动。这郑师傅还真有能耐，他在汽车轮上设计出了一套"防滑鞋"——用钢板制成的可固定在轮轴上的"铁鞋"，而且不仅雨天能穿上，晴天还可以卸下，又不磨损轮胎和钢圈。钳工、电工连的同志们加班突击，把郑师傅的"防滑鞋"进行技术加工，待完工后套上汽车一试：嚯，效果好极了！汽车再不怕翻泥浆和陷烂泥地了，装着货物也能跑得飞快。

张文彬让运输处的同志将穿上"防滑鞋"的汽车开到总指挥部。余秋里见后大喜，命令政治部的同志给郑学书师傅和运输处的同志记功嘉奖，同时又立即召开会战总指挥部领导干部会议，进行抢送物资和防雨工作的大动员。

于是全线机关和后勤人员全部出动，帮助供应部门突击抢运前线所需物资。各战区也针对前期对雨季的认识和准备不足的问题，纷纷成立了防雨指挥部和防雨突击队。指挥机关连续七天七夜人不下班、车不熄火，及时将3000多吨物资送到野外深处的40多个井场和工地以及数百个点的小分队。各战区的同志更是按照余秋里、康世恩的统一部署，在自己所属的工作区内和井场周围展开了挖掘排水沟等堵漏防漏的与老天爷争夺时间和比高低的狙击战，创造了一个又一个"九天九夜不休息"的动人故事。会战后来一直坚持的"九天制工作周"就是从这个时候全面形成，即工作九天休息一天的周十制。一周十天，这是余秋里和大庆人发明的。那个时候没有《劳动法》，多快好省建设社会主义是全国上下的大法。毛泽东对石油工业还有一句话叫做"革命加拼命"，余秋里领导他的队伍执行的就是这个"法"。

历史阶段不一样，"法"的内容和含义也不一样。现在我们对劳动者的尊重是在确保他的劳动权利的同时要保障他休息好、福利好在内的权利。而在上世纪五六十年代，让所有劳动者拥有参与建设社会主义事业的权利是对他的最大保护，这种保护带着一种荣誉和自豪感，政治和精神方面的因素更多些。一个人如果没有权利参加建设事业，那他就不是社会主义的公民和积极分子了，他很可能是人民的敌人和一个对社会无用的人。那时的人们绝不愿意做这样的人，他们宁愿干死，也不愿做让人唾弃为不劳动的寄生虫。

九天工作制是大庆会战的一个特殊产物。余秋里领导的会战团队在那个时候还发明了许多这样的产物，如"九热一冷"制，即把九成的时间用在热火朝天的生产实践上，一成时间用在冷静研究工作中存在的问题和提高认识上。这在当时是个创举，而且石油系统后来所有单位每月月末都有三天时间召开"五级三结合技术座谈会"的制度，便是在他提议下建立的。我知道几十年来，大庆油田将这一好作风不断继承创新并发扬光大。

在学习"两论"的推动下，会战全线的干部职工大搞生产、争取早日拿下大油田的劲头热火朝天，真像工人所说的那样：雨再大，抵不上我找油洒的汗水；路难走，挡不住我向地球要油的"防滑鞋车轮"……

在《战报》上，我看到这样一篇署名文章，它激情澎湃、豪情满怀，代表了那个时代鼓舞和激励人们奋发图强的语境——

> 我们的大会战像一块磁石，吸引着石油工作者越过戈壁沙漠，跨过黄河长江，奔向这个向大自然进军的伟大战场；这个新发现的大油田像一轮喷薄而出的朝日，使全国人民望

而欢欣欲舞，用最美、最好的东西，哺育她成长壮大。她的出现，大大增强了人们在我国大规模发展天然石油的信念。

有谁不以参加这样的一场战斗而自豪？有谁不愿为她多出一把力？多做一件事？钢铁工人为她炼出了最坚硬的钢，机器工人造了头等的设备，铁路工人让火车头跑得更快、拉得更多，把大量的物资早日送到战场，农民兄弟送来了牛、羊和粮食……全国人民在支援，这一切都表达了我国人民高速度发展石油工业的崇高愿望！

同志，你在每天的劳动中，是否把自己的思想和行动同党和全国人民的期待联系在一起了？你是否把你打的每一米进尺、每一口井、你采的每一吨油、你运的每一吨物资、你盖的每一平方的房子同祖国的社会主义事业的发展，同走向更为幸福的共产主义社会紧密地联系起来？你是否已经把在这里的大会战同全国人民建设社会主义的奇观壮举看成一个血肉相关的整体？这一切，都是在大会战的进程中，每一个人都要深思联想的问题。天天想它，就会眼光明亮；时时想它，就会浑身是劲；刻刻想它，就会通身有胆；事事想它，行动上就会雷厉风行，工作上就会严肃认真。王进喜想了它，便成了无坚不摧的铁人；1284井队的小伙子们想了它，"闯"出了新纪录；那十七个红旗单位的，那众多的红旗手，都是因为想了它，才做出了大量的成绩，赢得了人们的尊敬……

同志，伟大的时代，伟大的事业，在产生着大量的有思想、有勇气、有见识、有作为的英雄人物，只要你在前进的路上不左顾右盼，勇往直前，不管任何人、在什么岗位上，都会创造出挟泰山、超北海的奇迹！

在我看来，即使在今天，读这样的文字，仍然感觉如团团火焰在你的面前燃烧。在没有任何物质条件和政治待遇诱惑你的那个年代，人们的思想和意识、境界和信仰，是那样地高远和纯洁、坚定和执着，是很值得今天的我们好好学习的。

夏季的雨仍然在疯狂地下着，然而松辽大地上的会战烽火丝毫没有因此而减弱，相反则在到处熊熊燃烧……

"红五月"里，先是一波向"劳动节"献礼的竞赛，结果出了一个三天钻井进尺超千米的先进队——第三探区松 1284 队在沙 37 井施工中创造了三天零十六个小时钻井千米的会战开始以来的最快纪录。1284 队这个都是年轻人的钻井队，才成立一年多，平均年龄只有 21 岁，他们的经验是靠一个字——"闯"！康世恩在总结这个队的经验时说，进行像大庆油田这样的开发与生产，没有先例可遵循，只有靠独创和摸索的闯劲，才可能有所收获；谁的闯劲越大，收获可能就越大。

接着是青年们在自己的"五四青年节"里要竞赛、搞挑战。一探区、三探区在会战初期就吃上了"肥肉"，二探区显然有些"冷清"。"五四青年节"里，二探区的青年因此向一、三探区的青年们发出了"挑战书"，那挑战的内容也是有很具体的，更有气吞山河的，什么"为了获得第一个战役的彻底胜利，搞万件革新、万件献礼；万次竞赛活动；上班一条计、下班三建议；三天一名堂，一周一献礼，等等"，十分形象，又有"干货"和名堂。见团员青年们挑战一、三探区后，第二探区的其他干部、技术人员坐不住了，于是整个第二探区也站出来向一、三探区提出"比武"式的八点倡议：比政治挂帅，思想领先；比成绩、比效率；比技术革新和技术革命；比政治学习、用"两论"武装头脑、指导工作实践；比团结协作；比安全生产；比副业生产、搞好生活水平；比工农关系，学解放军"三大纪律、八项注意"……

大会战的"名堂"天天有，口号响彻云霄，但我们更多看到的是实际行动和一线的大生产运动。这是大庆会战的基本特点，而且所有的政治思想工作、学习活动、比武与竞赛，都在围绕打油、建设大油田这一中心任务。不搞假、大、空是余、康的工作作风和行事方式。在声势浩大的政治动员、学习热潮、竞赛比武同时，紧接着的是大检查、大总结、大整改，而且是由总指挥康世恩亲自出马评比检查。那个时候的评比检查极其严格，毫不留情。就在会战初期，有一个队长和一名技术人员工作马虎，钻井连连出事故，精神状态不在岗，会战指挥部和各探区行政组织不仅在会上批评，而且写成文章在《战报》上公开批评，文章的大小与表扬王进喜先进事迹的文章差不多，试想一下：在这种强大的政治攻势面前，一个人做不好，将是怎样的压力？也许这种批评方式不一定适合普遍推广，但对当时的艰苦条件下的会战现场具有特殊作用。正如余秋里所说，会战就是打仗，任何懈怠、散漫和消极行为，都可以影响战局的胜负，必须从严论治。我曾听过会战时的"电话会议"录音，余秋里在大喇叭里当面批评前线局级干部甚至是部级领导，也是毫不含糊，劈头盖脸的一通骂！

"俗话说：打是亲，骂是爱。我们共产党不兴打人，但骂几句就是对你的最爱！真要不骂你时，说明我根本就不想理你了！"余秋里是喜欢说大实话的人，他有过这番"爱骂论"。

"红五月"刚过，"六一"这一天，康世恩立即在前线召开万人大会，内容有两项：第一项就是对五月的大总结和大评比，好的表扬，表扬到家，把你抬到众人之上；批评也到家，让你无地自容。但这不是目的，目的是鼓足更大的干劲继续大干！余、康作风就是这样，爱憎分明、好坏明辨、扬正气、刹邪气，一切为了实现总目标。

1960年的"六一"这一天，对大庆油田来说，是个值得纪念的日子，因为这一天在康世恩的主持下，在万名石油工人的见证下，大

——1960 年 6 月 1 日，大庆油田首车原油外运

庆第一辆满载石油的列车向祖国最需要的地方驶去……当时的现场
报道是这样的：

　　6 月 1 日这一天，是大跃进中的石油工业最有意义的
一天……

　　清晨，在祖国的某一个车站上，在临时扎起的彩门后
面，停放着一列披着节日盛装的挂有二十一节油罐的列车。
这就是石油大会战的第一个产儿，是高速度、高水平的见
证。机车正面的中央悬挂着毛主席像，上端装饰着立体的和
平鸽和井架图案。机车的前端和左右两侧，拉起了大幅振奋
人心的红布标语，使这列油车显得格外雄伟和神采奕奕。

　　八点钟以前，成千上万的石油工人，乘着汽车、火车，在蒙蒙的细雨中，敲锣打鼓，从遥远的探区来到了这里，参加第一列车原油外运的隆重的剪彩典礼。红旗招展，锣鼓喧天，顿时，使这片宁静的广场，变得热闹非凡。

　　八点四十五分。这难忘的时刻到了。石油工业部副部长、领导小组组长康世恩同志，在高奏"社会主义好"的军乐声中，将拦在火车前面的红绸轻轻地剪断。这时，狂热的掌声、欢呼声，锣鼓声、口号声，响成一片。

　　石油工业部地质勘探司司长、领导小组副组长唐克同志，在剪彩前曾作了简短的讲话。他说，这是党和毛主席英明领导的胜利，是党的社会主义建设总路线的胜利；是部党组和省、市委正确领导的结果，是全国和当地人民公社以及人民解放军大力支援的结果；是整个战区全体职工英勇奋战的光辉战绩。他说，这仅仅是胜利的开始，我们全体职工要以更大的努力，争取明天更大的胜利。

　　这列满载原油的列车，在康副部长剪彩后，徐徐开动。康副部长和其他领导同志站在车头的两侧，挥手频频向欢呼的人们致意。二百多位披红戴花的英雄从专门为他们准备的车厢里探出头来，向战友们挥手。火车从人群夹道中，载着全体职工的骄傲和欢喜若狂的心，一声长鸣，徐徐地驶向胜利的远方……

　　关于第一列原油的故事，在我第一次到大庆时就为此采访过"五面红旗"之一的薛国邦老队长。在薛老家里，他曾给我讲了一段有趣的故事：当时他是专门负责给这列火车装油的队长，但正当这列满载大庆人胜利成果的火车驶出萨尔图站时，包括康世恩在内的所有五万会战大军个个兴高采烈地在现场欢送，而唯独会战英雄和装油功臣薛国邦竟在此刻呼呼大睡，一点儿不知"隆隆"轰鸣的列车从他身边开走……当他醒来时，听说油车已经过了哈尔滨，气得直嚷嚷队友们"缺德"。这个笑话的原因是这样：

如前文所说，薛国邦带领他的采油队到松辽后，接受了"萨66井"的采油任务。这是大庆油田试验区的第一口高产井。当会战指挥部决定要在"六一"前外运第一列原油时，装油的任务自然而然由他薛国邦队摊上了。那时外界的人还不知道，大庆的原油凝固度特别高，从井里喷出后一到地面就凝固起来，尤其是天气一冷，其凝固度就更高了，无法成为流动的液体。薛国邦接受外运列车的装油任务时，离"六一"只剩一个星期，这一个星期里他们先要把 21 节油罐车的原油加温、熔化好。偏偏在临装车的前三天，气温低于原油的凝固度，土油池里的原油变得愈来愈稠，蒸汽盘管又进不了油池中间，那台土抽油机——水泥车的泵机不时发出"哼哧哼哧"的怪叫。"不行了！打不上油啦！"水泥车的司机从驾驶室里一次次探出头来，异常焦急地喊着，最后干脆关停了抽油机。

这可怎么办？满身油泥的薛国邦瞅着像凝结成冰块一样的油池，直抓头皮。队友们则眼睁睁地瞅着自己的队长，等待他决策。

"指挥部已经确定了第一列外运原油的火车的出发时间，要是耽误在装油上，那还要我们干什么？"薛国邦奋然将衣服一脱，腾起双腿，一跃跳进了油池，然后张开双臂，左右划动起来……结成冰块似的原油开始蠢蠢欲动起来，又渐渐变成流动的液体，涌动着、奔流着。

水泥车的泵机重新隆隆响起。"行了行了！"负责抽油的司机欣喜万分地高呼起来。

乌黑的原油再次源源不断地流入油罐车内……

"队长，你的腿关节不好，快上来吧！"队友们一遍又一遍地喊着，可谁也没有喊动池子里的薛国邦。四天四夜，薛国邦就这样和他的战友激战在油池里，用身体融化着原油，直到灌完前 20 节油罐车时，他才被几位党总支的领导硬拉出油池。

"几天几夜下来，太累了，我被大伙抬到宿舍，一躺下就没醒过来……"老英雄回想当年的壮烈一幕，仍然记忆犹新。"'六一'中午时我才醒过来，走出门一看，怎么油罐车没了？就问队上的人，他们笑着告诉我说，现在火车都快到大连炼油厂了，你还想看什么呀？我生气地问他们为啥开车时不叫醒我？队友们说，我们不知叫了你多少次，叫醒一次你又倒下睡着了，连续叫了不下五六次，就是叫不醒！我听后自己也乐了，心想，反正油车已经走了，毛主席也知道我们大庆的石油要派上用场了，这不就是我的愿望吗？那会儿，人不知啥是累，睁开眼睛就是干活，眼睛闭了也想着工作……"薛国邦现年 90 多岁了，只要有人跟他说起这档子事，他仍然遗憾不已。

从会战老英雄薛国邦的这份遗憾中我们能感受到当时大庆会战的艰苦卓绝。在新中国的建设史上，大庆会战可以说是 70 年建国史上一场最为壮烈和卓绝的生产建设大战役！

从被会战干部职工称之为大庆油田"第一朵金花"的首列油车开出萨尔图的那一刻开始，大庆便进入了全新的时代——向祖国输油的伟大征程。"红五月"刚过，康世恩就在"万人大会"布置：六月份的工作方针是，一手抓勘探，一手抓生产，按照边勘探、边建设、边生产的"三边"方针，在各个战线上全面猛攻，誓夺更大丰收。根据这一"三边"方针，康世恩确定了六月份的总任务，即原油生产为主攻方向，同时打出关键性探井。

据说当时有人问康世恩，总指挥你说的那个"全面猛攻"，咋个算猛攻？康世恩一拍桌子：你说咋叫猛攻？原本一次台井搬家移位需要十天八天的，现在你给我两天三天拿下来就是猛攻！

对了，总指挥说的这个"猛攻"就很具体，就是方向，就是工作目标！参加会战的多数队伍是军队出来的，很快就理解了康世恩的意思，并结合自己的工作，在提高生产效率上下功夫。

当时三天打千米、一周一献礼的事挺多，但谁也没有在钻机搬家这件事上有所突破。有一回余秋里在现场问康世恩：一百多吨的井台机械设备，有一百多匹马力，有没有可能利用钻机自身的机械动力，实现机台现场的机械化搬家移位？康世恩先是一愣，随即茅塞顿开，道："余部长你出了一道世界级难题，但又是充满诱惑的好题目，回头我找有经验的机台搞试验，如果把这个突破了，那就可以大大加快钻探速度了！"

余秋里乐了："我等着好消息嘞！"

康世恩是专家型领导，做什么事都极为认真，讲究科学和实验。自他接了"钻机自走"这任务后，就找到了第三探区宋振明他们。大家先是一愣："钻机自走?！从来没有听说过的事喽！"

"我们干的哪一项事是听说过的呀？"康世恩笑言："中国石油事业基本上全是我们中国人自创的事业，更不用说发现和开发像大庆这样的油田了。"

宋振明当场拍着胸脯说："总指挥，你就把这攻关任务交给咱三探区吧！"

康世恩笑，说："好。余部长给我出了题，你们第三探区就把这道题给我破了，要不然我们一起到余部长那里请罪去。"

宋振明和第三探区的其他干部让康世恩放心，他们一定要在钻机自走难题上"破题"。

第三探区宋振明他们就把题目拿到积极分子座谈会上，王进喜和一批技术人员都参加了。宋振明要求每个人想上三五种办法，然后再集体讨论。很快有了十余种接近的办法，最后又形成两种比较集中的方法：一是履带式的钻机自走方案。这种方案是在钻机的船形底座下安装履带，但发现这个方案真要实施起来相当困难，因为它要购买许多其他设备和器材，而那些设备与器材十分难买到。履带式方案实际上是种"洋"办法，当时中国还缺少这种设备能力。另一种方案是1245队已经试过的"土办法"，即用绳索牵引来实现钻机自走。宋振明他们最后选择了1245队已经试过的土办法，因为"洋"办法的路子当时行不通。

土办法就一定能行吗？也有人怀疑。1245队曾经试过，也只是拖动过短距离，几十米远，似乎并不太具有普遍意义。宋振明就把试验任务交给了1247队。先是做设计，融入了不少技术人员的科学合理的建议和意见，对绳索的要求和数量进行了改进。

二十来天过去了。康世恩有一天打电话问宋振明试验有什么结果，宋振明没有太大底气地回答：总指挥，二十来天，才走动了一千来米……

康世恩一听，大喜，道："这就是成绩嘛！"又鼓励道："先不管走多慢，只要你们走到了目的地，就是创造了钻机自走的标杆队！"

后面一句话给了宋振明和第三探区的职工们极大鼓舞，于是开始第二、第三次试验……虽然这些试验并不是太理想，但每一次都比前一次有进步。后来的试验中，康世恩、张文彬等指挥部的领导经常亲临一线去观看并共同出点子。比如康世恩提出的"滑块轨道法"、张文彬提出的"槽块滚道法"等等，都给宋振明他们的攻关研究组带来好的思路。

6月20日，这一天依然风雨交加，原定的第四次试验正是这一天。"还试吗？雨这么大……"有人问。"怎么不试？天下刀子也要试！"团长出身的宋振明人高马大，两眼一瞪："试！"

于是在暴风雨中，庞大的钻机又通过自身的机械力量开始挪出原来的地方，朝向指定的新目标前进……试验现场，机声夹着人声，还有暴风雨声，一声声劳动的号子盖过了所有声音……

钻机在一米一米地向前，而且越走越快……最后，以18分钟的时间完成了250米的行程，胜利、完全地完成了预设的路线。

消息报到会战指挥部那里，康世恩听后"哈哈"大笑，说下次试验一定叫上他。他要到现场观看"钻机自走"！

7 月 8 日，3240 钻井队的井场上热闹异常，因为今天要进行的是大型钻机自走试验。以前像 1247 队的试验都属于中小型钻机。大型钻机跟中小型钻机相比，其自走难度要高出几倍甚至几十倍。3240 队的试验将决定战区钻机能不能真正实现自走的关键。

这回康世恩也赶到了现场。

试验开始。高入云霄的 3240 队的罗马钻机，高傲地昂着头颅，挺着胸膛迎接中国石油人的挑战。随着一声"起步——走"的口令，庞大的钻机真的开始缓缓地走动起来，它走得稳当、走得自信，甚至有些洋洋得意……在场的人开始是屏住呼吸看着它走动，后来是跟着它走动，再后来是高呼着"走啊走——"的号子催着它在走……

"报告康总指挥：3240 队钻机，用了 8 分零 3 秒，走完全程 250 米，胜利实现预定目标！"宋振明走到康世恩面前，用一个标准的军人敬礼，向他报告道。

康世恩非常激动地上前握住他的手，连声道：祝贺成功！祝贺成功！

"好嘛，钻机都能自走了！我们的会战更能打大仗了！老康啊，'八一'快到了，你帮我多给大家敬杯酒……谢谢大家的辛苦与努力！"

5 月到 8 月的 4 个月暴雨，不仅没有冲淡和冲垮会战的热情和生产计划，而且在大雨天气等多重困难条件下，会战队伍不仅没有在困难面前畏缩，相反越战越勇，而且战胜困难的办法也越来越多，涌现出的像王进喜这样的铁人和红旗也越来越多。

> 一面红旗红一点，五面红旗红一片；
>
> 百面红旗迎风飘，红遍松辽大油田。

这是一位工人写的诗。从旧社会过来的石油地质专家翁文波曾深有感触地对康世恩说："'铁人'让我明白了一个民族不讲点艰苦奋斗的革命精神，这个民族就没有希望；一个政党不追赶艰苦奋斗的革命精神，这个党就会失去人心；一个人只讲享受，不讲艰苦奋斗和奉献，也就丧失了人生的价值。"

康世恩则把会战以来的这种从参战人员中爆发出的革命干劲与精神，归纳为"十不"：不怕苦、不怕死、不为名、不为利、不讲工作条件好坏、不讲工作时间长短、不讲报酬多少、不分职务高低、不分份内份外、不分前线后方，一心为会战的胜利。他还把这"十不"精神提升到"三要"境界：要甩掉石油工业落后的帽子；要高速度、高水平拿下大油田；要赶超世界先进水平。康世恩最后总结成一句话：全靠"两论"引路和指导。

"我的那两本小书还有那么大的作用吗？"一次毛泽东听说大庆油田是用他的《实践论》《矛盾论》"起家"时，还风趣地问余秋里。

"是的，主席！我们就是靠您的'两论'起家的。没有'两论'指导，大庆会战就不可能打胜，也不可能完成得那么好！"

毛泽东听后笑笑，没有说话。

周恩来后来在一次会议上特别肯定了大庆油田会战运用"两论"的经验。

余秋里自己是这样总结"两论"对大庆油田会战的意义和作用的——

他说：一是以"两论"的立场、观点、方法，分析会战形势，在每个时期，都抓住主要矛盾，特别是抓主要矛盾的主要方面，集中主要精力加以解决；二是提倡实事求是的科学态度，批判地接受国内外油田勘探、开发的经验教训，从实际出发，大胆实践，解决会战中的重大科学技术难题；三是普及"两论"的基本知识，用毛泽东思想武装会战队伍，在改造客观世界的同时，增强改造主观世界的能力；四是坚持群众路线，改进领导方法，重视调查研究，从群众中来，到群众中去，启发和依靠群众的积极性和自觉性，做好会战各项工作。从我们领导思想上来讲，学习"两论"，就是要以辩证唯物主义和历史唯物主义为武器，克服机械论和行而上学，打破"贫油论""油田开发不可知论"的思想束缚，解放思想，在实践中解决石油勘探、油田开发科学技术的复杂问题，探索中国石油工业发展的道路。

几万名职工学习"两论"，收到了巨大的效果，在一定意义上说，这是马列主义、毛泽东思想的一次大普及。最突出地表现在广大职工努力学习、运用"两论"的观点，分析面临的各种矛盾和困难，形成了统一思想，坚定了搞好石油大会战的信心。大家说，这矛盾，那矛盾，国家缺油是最主要的矛盾；这困难，那困难，我们探明的石油资源太少，产量太低，不能满足国家需要，是压倒一切的困难。石油工业如果上不去，不但不能适应国民经济和国防建设的需要，而且国际敌对势力还会利用这个缺口来卡我们的脖子。从国家的整体利益、长远利益来看，把会战打好是我们的历史使命。我们多流些汗、多吃些苦，这是局部的、第二位的困难。如果打不好会战，国家没有油，这才是根本的、第一位的困难。上，有困难；不上，就更困难。要想回避这个矛盾，躲开这个困难，是万万办不到的。只有下定决心，知难而进，拿下这个大油田，把这个最主要的矛盾解决了，其他的矛盾才能迎刃而解。这个基本的认识，在石油会战中，是深入人心的。不管是干部还是工人，机关还是基层，大家都知道要"牵牛鼻子"、抓主要矛盾。"牛鼻子"、主要矛盾是什么？就是我们的国家缺少石油，石油工业落后。怎么解决这个主要矛盾？就是要发愤图强，艰苦奋斗，克服困难，坚持会战，全力以赴，拿下大油田。几万会战职工有了这样一个统一的认识，共同的目标，那就什么样的困难也不在话下。

学习"两论"，从某种意义上说，也是一次思想的大解放，打破了人们头脑中旧的条条框框，提高了领导水平和工作能力。技术干部搞不清油田情况，不像过去那样一味钻到书本里寻找现成答案，而是本着实践第一的观点，大搞调查研究，狠抓第一线资料，把油田情况搞清楚。在科学技术上遇到难题，人们不是望而生畏，半途而废，而是破除迷信，解放思想，勇于实践，反复试验，大胆创造，敢于和国际先进水平较量，攀登世界科学技术高峰。大庆会战科学技术上的不少创造，就是这样搞出来的。油田建设上任务重、时间紧，在人力、物力、财力不足的时候，人们不像过去那样分兵把口，分散力量，而是集中运用优势兵力打歼灭战的办法，集中力量，确保重点，一个仗一个仗地打，取得一个又一个的胜利……

大会战的仗才刚刚开始，这一年东北的寒冷比任何一年也要来得早。荒滩上的五万大军如何度过冰雪严寒，是石油人面前又一次更严峻的苦与难……

第五章

1961 年, 那场寒冬、那场饥饿⋯⋯倒尽苦水, 激浊扬清!

　　会战的第一年很不容易, 遇到的困难比大家想象和估计的多得多, 原本没有多少雨天的北大荒竟然用雨水给五万会战大军来了个"下马威"。而"地下敌人"的复杂性也让新中国石油人真正尝到了什么是"未知科学"的未知性。还好, 到 1960 年的最后一天, 会战指挥部总结全年的工作时发现, 会战大军还是非常艰苦地"完成了任务"。几个探区全年完成的勘探任务分别达到原计划 102% 和 103% 的水平, 采油提前了五天, 基建任务基本完成, 等等。从这些数字上看, 像这样的英雄队伍, 只能算是勉勉强强完成任务。背后的问题是什么: 面临十分艰巨的困难! 其实能够这样"勉勉强强"完成任务已经是极不容易了!

　　1960 年大会战首要和最重要的是: 完成与取得了找到大油田这一

划时代意义的大任务、大成果。仅此一点，就是会战最大的贡献了！

但这对余秋里、康世恩等新中国的石油人来说，是远远不够的。他们的决心和誓言是：要把大庆油田建设成中国独一无二、具有世界水平的大油田！而对于这个目标，1960 年的工作仅仅是整个事业的开端，一个开端而已。

前面的路很长，也更艰巨……

其实在雨季过后，会战大军已经感觉到了地处东北的松辽平原真正让人难以生存和生产的是冬季。那种寒冷得让南方人无法想象得出的冬季。松辽的冬天是什么样？

一日结冰能五个月不化；有人说在冬天的北大荒上拉一回屎，你累了可以坐在屎堆上保证不塌下去，你尿一泡尿转眼变成冰棒。这绝对不是玩笑话。滴水成冰，随处可见。

作为会战最高指挥官的余秋里已经见识过了，因为在第一次上大同镇视察时他已经领教了北国冬天的严酷。那时整个松辽平原上仅有几台钻机、几个野外地质调查队，无论如何石油部和地方政府都能用全力去保证这些队伍不出任何问题，即使如此，在他第一次上"松基三井"等钻井队时，看到工人们穿着盔甲似的冰泥服、放岩芯的技术员稍稍不慎手皮便被整块整块地撕拉得血淋淋的情景，这样的记忆无法抹去。

雨季无论多可怕，那是在温暖的春夏里。东北的冬季，从 10 月开始，将一直延续到第二年的三四月份，而这五个多月的时间里，一般气温都在零下一二十度，最低能到零下三四十度。零下三四十度是什么概念？假如你不小心迷失在露天几个小时就可能会冻成僵尸，假如你穿一身湿透的衣服在几十分钟内便会冻得失去知觉……在冬季，经常还有被当地人称之为"大烟炮"的暴风雪，那一刮起来，真可谓塔倒山移。至于这儿的雪一个冬天下多少场就更是谁也说不清了。在大同镇采访时，当地百姓告诉我，说他们经常遇上这类事：晚上好好地把马儿圈在马厩里，可第二天一开门，却见老马上了房顶。为啥？下雪呗！大雪降落，渐渐积起。马儿没处跑，只好跟着积雪往上走。一夜大雪掩过房墙，马儿也就上了房顶……

到底松辽平原冬天有多冷？我想感受一下。于是 2019 年元旦刚过一周后，我来到了大庆，专门到了在野外施工的"铁人"井队看了一看。那时离最冷的三九天还有一个来月，但当时室外的温度已经达到零下 25 度。工人们在施工的钻井台上操作提钻时，我照了几张照片，过后一看，真的一股敬意油然而生：镜头下的那些工人们浑身上下都是泥冰结成的"铁盔甲"，整幅画面犹如一尊雕塑。我在朋友圈里将照片发了一下，很快被刷爆！大家对在如此艰苦的环境下工作的石油人，深表敬意。

其实，比起 60 年前的大会战时期，即使是在同样的松辽野外，今天的石油人的工作条件已经不知好了多少倍！我当时在想：半个多世纪前的大会战时期，我们的石油人该是怎样地艰苦呵！

确实无法想象。

"秋里啊，咱东北可不比你老家江西，要是冬天没有很好的防寒设施，别说人过不了冬，就是铁疙瘩的机器设备也会成一堆废铜烂铁呀！"早在会战初期，"钢铁大王"王鹤寿等过去在东北开辟革命根据地的老同志就关切地告诫过余秋里，并说如果会战队伍过不了冬，就争取在 10 月份之前把人和设备拉到哈尔滨、长春或沈阳等城市，等来年开春后再把队伍和设备拉到会战现场去。

"这样保险。"王鹤寿特别提醒他的好友、石油部部长余秋里。

不知余秋里是没有把王鹤寿的话当回事，还是他确实没在意，但在他主持的 1960 年下半年的几次会战工作会议时，还真没有一句关于会战队伍在冬天往后撤的话，倒是从八九月份开始，他与康世恩等商量工作时讲到了黑龙江省委欧阳老书记向他们提出的过冬建议：尽可能地多建些"干打垒"……

五万会战大军，本地人没几个，多数是外地来的，除了从新疆和玉门来的队伍外，多数是南方人。南方人完全不知道东北的冬天到底冷到什么程度，更没有体验过在野外的冰天雪地工作生活的滋味。像王进喜这样的西北人其实也没有吃过松辽平原上的这种"冬苦"——王进喜他们过去一到冬天，再冷就往窑洞里一钻，烧个炕，其实冻不着他们。这松辽平原可不一样，一到 10 月份就开始下雪，气温一下子降至零下。可怕的是光秃秃的一片，地又阴湿，寒风一吹，狗皮袄也不顶用！晚上睡在牛棚、马厩里，等于是在露天睡觉，一丝儿热气都没有……

几万人的队伍，怎么过冬？

早在八九月份雨季还没有完全过去时，康世恩就开始为此愁眉不展了：有什么办法让会战大军过冬呢？

"只有多建些'干打垒'！或者还可以弄些地窖子……"当地百姓和干部都这么说。

所谓"干打垒"，是过去北方人家用传统的筑墙方法建起的简易房子，它是通过在两块固定的木板中间填入黏土吹干后作为墙壁垒筑而成。地窖子则是一半在地面、一半在地下的更简易的矮房子。

"我们要把建'干打垒'和地窖子作为一项政治任务来不折不扣地完成好！"生产会议上，康世恩不止一次这样要求和告诫各战区的干部们，并且提出要把完成"干打垒"和地窖子任务当成与勘探和采油同等重要的工作去抓。正是在这种高强压力和要求下，一批勘探队伍，暂时关掉了钻机，甩起了泥巴；几个集体转业来的部队团队被抽调到建设"干打垒"和地窖子一线去了……

中央和黑龙江省也给予了大庆会战不少支持，尤其是黑龙江省专门从大兴安岭调来大批"困山柴"，以缓油田燃眉之急。

在会战前线，干部职工们则在白天干油田的本职工作，晚上挑灯夜战修建"干打垒"和地窨子，经过近 100 天的奋斗，终于抢在了大雪和严寒来临之前，完成了共达 30 万平方米面积的一批"干打垒"和地窨子。当每一个零下 20 度的"冬日"到达会战前线时，守在前线的康世恩便一夜未眠地等待各战区的报告：到底有没有人冻死？

不是没有这种可能。当地百姓和干部讲，一场寒冬或特大冰雪降临，冻死一些人和兽在他们那里以前是平常事。会战的石油人假如被冻死，事情就不那么简单了！康世恩和会战指挥部的干部压力大呵！

"报告康部长：冻死的没有，但冻坏了的可不少！"

"怎么个冻坏了？"康世恩紧张地问。

"那地窨子太阴冷，外面零下二十几度，地窨子里面的气温跟外面一模一样，工人们说根本冻得睡不着觉……"

"'干打垒'里怎么样嘛？"

"好不了多少。普遍说，如果真到了零下三十几度，怕是真的要冻死人哩！"

康世恩不再说话了，眉毛紧锁，心头像压了几块大石头，比大石头还要沉好几倍！

第一场大雪在 11 月底提前覆盖了整个松辽平原，白皑皑的一片无边无际……所有以往走出来的和钻机压出来的道路都不见了，钻机井台上的用水和水源地，全部被冰封，生产陷入瘫痪状态，"干打垒"里的人和地窨子里的人都在瑟瑟发抖地说：如果想出一趟门，一定是眉毛与胡子上尽是结下一层冰碴碴……

"冷！冷！快要冷死了……"这是会战队伍里说得最多的一句话，十有八九的人都在说这样的话。

康世恩披着大衣在牛棚里来回走动着，一边也在搓着手——他也冷。秘书端来一盆火，是用废油燃起的火盆。康世恩警惕地问：这油是哪来的？

秘书说是钻机上的工人想出的办法，是一些废油……

向当地老乡学挖"地窨子"

亲手搭起简易房

1960 年 8 月，大庆油田第一个"地宫"正式开放

支起帐篷御严寒

康世恩大声斥道:"不行!不能用这油!一旦烧起来还了得!'干打垒'要烧掉!地窖子着火了连人都出不来的呀!快告诉所有单位停止这样取暖!"

很少发脾气的康世恩此刻鼻梁上的眼镜框都快要抖掉了,这回他真的生气了。

几分钟后,张文彬和唐克等人来到了康世恩面前,向他解释:"工人们的这个办法是没有办法的办法,真要冻死人的话怎么向余部长、向会战的家属们交代……"

"这不是办法!绝对不是好办法!"康世恩还是坚持,只是声调没先前那么高了。因为他想不出比这更能临时解决取暖问题的办法啊!

"马上通知各单位务必注意生产和生活用火的安全!"张文彬转向对办公室的干部说。

"是!"

所有单位都接到了指挥部防火和安全生产的通知。所有单位又反馈了同样一个信息回来:天寒地冻,野外生产没法开展,钻机用水也要烧化冰才行,可凿冰都困难,烧化冰也费劲呢!人更不用说,谁受得了一天七八个小时在零下三十多度的寒风刺骨之中嘛!

怎么办呢?这个地方一到冬天至少就是四五个月……"几万人闲置在这里,要吃要喝还要拉撒,要不请求一下看看能不能将队伍先拉回到附近的城里,等明春回暖后再把队伍拉出来再干?"

张文彬和唐克眼巴巴地看着康世恩,等他说话。

康世恩看了两位战友一眼,没有说话,只是一个劲儿地在牛棚办公室内走动着……"余部长不会同意的!"末后,他蹦出一句话。

此时的余秋里正在另外一个地方谋划另一个大油田的新战斗,即在冀东一带领着一批技术人员在证实新发现的油田。

"试试看吧!请求一下余部长。"张文彬胆战心惊地嘀咕着。

唐克则摇摇头。

康世恩不再说话了，摆摆手，说："你们先回去吧，我想想……"

"明天气温相比今天还会下降三至五度……"收音机里在这样说。

康世恩狠狠地冲收音机骂了一句："真不挑时间嘛！"

怎么办？康世恩冥思苦想，不敢断然做出决定，于是便把在前线的会战工委领导和指挥部成员全部叫到自己的办公室召开紧急会议。讨论的结果是两种意见：一种认为人是最宝贵的，而地底下的油是跑不掉的。为了保护队伍，除少数留守外，应当分批将队伍撤离严寒区的野外，等到来年4月份左右再继续会战。另一种意见是，如果把队伍撤离会战区，等明年再上，就要丧失半年时间，这必然延缓我国石油事业的发展步伐。

会议开到深夜十点多，谁也说服不了谁。剩下的只等康世恩拿主意了。

"你们看我有啥用?!"这种结果令康世恩十分失望，因为他已经料到会是这样一个没有结果的结果……

"总指挥，余部长的电话接通了。"秘书过来对他说。

康世恩进了隔壁的房间去接电话。那隔壁的墙本来就很薄，康世恩跟余秋里通话的声音隔壁的人听得一清二楚。先是康世恩向余秋里作了十来分钟的汇报，然后电话那头余秋里的声音震得康世恩不得不把电话耳机放到半尺外的空中听着……

"你让他们都听着——这次会战是中央批准的！是新中国迄今为止在社会主义建设过程中的一场最伟大的会战！毛主席、党中央和全国人民都在看着我们！所以，只许上，不许下！只许前进，不许后退！无论遇到多大的困难，也要硬着头皮顶住！这个决心决不动摇！坚决不能动摇！谁动摇，谁就是逃兵！我们决不允许出现逃兵……"这是余秋里的声音，他的声音在松辽大地的冰天雪地里震荡，他那杀气腾腾的声音也让会战工委和指挥部的所有领导干部们再不敢提"撤离"二字。

"会战就是打仗！打仗的时候听说过允许当逃兵吗？啊？你们谁回答我——"电话那头，余秋里又重重地补了一句。

前线一片沉默。

康世恩从隔壁回到开会那间屋子，轻轻说："大家都听到了吧！"似乎被余秋里的精神和气魄深深地感染，康世恩一下子从略感颓废和消极的情绪中走了出来，他昂起头颅，对领导干部们说："你们马上回去通知各战区、各基层单位，把余部长的指示和要求传达到每一个班组、每一名职工那里……谁那里出了问题，我就找谁！"

"明白。"

"我们马上开会布置……"

工委和指挥部领导们纷纷这样表示。会战队伍的管理和工作方法皆是解放军的传统，一声令下，全体执行。会战指挥部上上下下很快形成了一个共同的过冬行动原则：不管西伯利亚的寒流如何凶猛，会战队伍一定要像解放军在战场上一样坚守阵地，一个也不许撤走，一步也不准后退。钻井一刻也不能停，输油管一寸也不能冻，人一个也不能冻伤冻死。干部必须改变作风，干最艰苦的工作，在一线与职工干一样的活、住一样的地方、吃一样的东西，管好自己的队伍不出现任何问题。

当各单位落实余秋里部长的意见的汇报反馈到康世恩那里时，他的心总算稍稍放松了一下，却就在这时，黑龙江省政府那边又来了一个雪上加霜的电话通知：1 月开始，全省各条战线的所有职工的口粮要紧缩，干部只能保证每月 27 斤、一线生产职工是钻工的由原来的 56 斤减到 45 斤、采油工由 45 斤减到 32 斤……

"我们是野外施工呀！干部也在野外工作呀！钻机上的职工干的可都是重活呀！"听到省里的电话通知，康世恩连叫喊了三个"呀"，那声音里夹着悲切的哭调。可省里回答他也很无情："没有办法，全国都一样了，如果我们能确保上面的供应量，已经是非常不错了。请康部长理解。"

"理解？我们不理解！冰天雪地里干活，吃不饱、睡不暖，还要整日整夜地挨冻……我们是人，我们怎么干革命嘛？"

"是啊，我们是人，干革命也得有干革命的人知道我们是不是？"

"别使劲喊了！喊也没有用。还是省点力气，兴许能多维持些时间……"

有人叫嚷，有人规劝。有人一声不吭，心里却在想着干部们不知道的事儿：走吧！这样下去，不是饿死就是冻死。

"当逃兵是不是有点那个？"

"那个啥呀？用不了几天，我看干部们比谁都跑得快……"

工地上，地窨子里，还有"干打垒"的昏暗里，窃窃私语这样的话题已经心照不宣了。

"什么？你再说一遍……"1961年元旦刚过，正在北京开会的康世恩接到前线张文彬打来的电话，说队伍里已经有一部分人患浮肿病了，而且蔓延得相当快。

"余部长，真的有些令人担心了。当地有人跟我说，他们那里有一年曾经出现过因为饥荒造成的浮肿病蔓延，死了相当多的人……"康世恩急匆匆地来到余秋里办公室对他说。

"马上开党组会！"余秋里没有含糊，立即指示办公厅的秘书。党组会开得沉默，也迅速形成决议：命令康世恩立即回会战前线，必须采取坚决措施，制止浮肿病蔓延，切实想法解决生活困难问题，动员一切可能，解决大家的吃饭问题。

康世恩当天乘火车返回大庆。临别时，余秋里将他留在办公室交代了几句："老康啊，看来我们要作好充分准备去迎接更大的困难和挑战啊！昨天国务院办公会议，总理向我们透露，已经有好几个省份出现了逃荒潮，这种情况必定会影响到我们会战前线。"

康世恩就是带着这样一颗重重忧心回到萨尔图的。一跳下火车，他就去到了分散在铁路两旁的油建队伍，一问谁有浮肿病，好几个拉起裤腿让他看……康世恩用手摁一下工人们的腿，一摁就是一个坑，最后康世恩都不舍得再去摁这些生病的工人了。

到钻井指挥部，见了党委书记李云，问他：你的腿受伤了？咋一瘸一拐的？李云把裤腿一提，让康世恩用手指摁一下。康世恩按下手指后，李云腿上的那个肉坑半天没弹起来。

"想不到这么严重啊！"康世恩的眼里闪着泪光，沉重地长叹了一声。

"元旦我们钻井指挥部刚开完动员大会，为今年开工鸣了炮。结果当晚一查，有 400 多人跑了！这两天我们天天派干部到各单位严防死守，结果还是又跑了 400 多个……"李云接下来的汇报，让康世恩的嘴张了半天就是落不下来。

"无论如何，我们不能出现逃兵！不能出现大面积的停工停产的状况！"这是在北京时余秋里向康世恩作的交代。可现在，在会战前线不仅已经出现了逃兵现象，且情况越来越严重，而且说不准会有更大的逃兵潮……甚至出现其他更严重的问题啊！

康世恩感到心头发闷，于是眼前一阵发黑，高大的身子摇晃起来……"康部长！康部长！快叫医生来——！"李云和钻井指挥部顿时慌乱起来。

"没事。不要紧的……"康世恩喝过几口水后，慢慢缓过劲，让李云等人不要大惊小怪。"现在最要紧的是如何把大家稳定下来，不能让工人们都往家里跑，回去也不是个办法……"

很快，康世恩的话得到了印证：一些跑回老家的职工又跑了回来，而且不仅自己跑了回来，身后又带了几个人，是他们的家属和孩子。"我们家那儿，已经连树皮、草根都被刨光吃掉了，只能跑到外面来求生……"那些逃回来的职工说。

在会战初始，石油部做出会战决定之后，是不允许任何人带家属到会战地的，然而现在家乡有灾难，连饭都没得吃的家属、孩子投奔到会战地来，康世恩他们怎能见死不救？

"一定要安排好！就是嘴里有一口饭，也要让我们的家人和孩子们肚皮不能空着！"康世恩拉着沙哑的嗓门在大会上这样说。这话一出，连康世恩自己都觉得惹的麻烦恐怕更大。设想一下：五万名原本自己就吃不饱的职工干部，如果他们每家再来上那么一两口人，这会战饿肚皮的人会是多少呢？浮肿病的蔓延速度又会增加多少呢？会战的生产还能坚持吗？

康世恩感到了前所未有的压力。电话再度打到北京。余秋里接过电话，沉默片刻后，说："老康，我们现在有一个条件比过去好了些，就是可以用长途电话开会了。所以我建议，我们在北京和萨尔图之间建立一个'电话会议机制'。"

"好嘛！这个建议好！"康世恩像找到救星似的，立即命令前线指挥部的通讯人员架起电话线和几个扩音器。"北京—萨尔图"之间的"会战电话会议"由此建立，只要余秋里或康世恩在北京开会或有其他重要事情不在前线的话，他们需要给前线干部职工开会时，"电话会议"就开始了……

"同志们，会战以来最为困难的日子已经来临，而且可能这样的艰苦困难的日子还会有更多……怎么办？办法当然有嘞！当年，毛主席带领我们红军爬雪山、过草地，靠的啥？那是搭上性命跟敌人斗争嘛！那时前面有敌人的机枪挡着、后面也有敌人的枪炮追着，但你还得往前冲！冲了就是胜利，否则就是被敌人消灭了！我们现在是有些困难，但再寒冷总比不上敌人的机枪和炮弹厉害吧！再饿也不会像红军二万五千里长征路上吃皮带吧？所以说，我们现在是干社会主义，建设新中国！困难是有些，而且看样子也是不小的困难，但我相信大家想想红军的二万五千里长征、想想我们在旧社会被地主剥削阶级压迫的日子，就有办法和勇气克服它！战胜它！"

这是余秋里的声音，依然铿锵有力，从不含糊。

"在困难面前，作为我们的干部们应该怎么办呢？那就得多为群众想，多为群众克服困难想办法！我们会战的目的是抓生产、抓施工，那么现在困难来了怎么办？就得一手抓生产、一手抓生活。毛主席说过，生活是革命成功和战胜敌人的重要方面。生活搞不好了，革命工作的同志就没有了战斗力，没有了战斗力的队伍如何战胜困难、消灭敌人呢？不行！肯定不行！搞油田建设是同样道理，没有好的生活，群众生活不下去，你油田建设怎么可能呢？所以，当前一要毫不松懈地大抓生产，二要毫不含糊地抓生活，两手一起抓，哪一只手都不能含糊！坚决不能含糊！绝不能含糊！谁含糊了我就撤谁的职！"

"撤谁的职——！"

"撤谁的职、职、职——！"

余秋里在电话里的声音被扩音喇叭放大无数倍，于是这声音也传遍了战区的每个角落。

电话会议结束后，康世恩立即召开会战领导小组会议，并且及时做出了七条规定：一是各单位第一把手既要抓生产，又要管生活，第二把手专管生活；二是各个食堂都设指导员，就餐人员到 200 人的要建立伙食委员会，群众参与伙食管理，账目必须每周要对大家公布；三是指挥部派车出去搞生活物资；四是凡患了浮肿病的职工一律停止工作，为他们专门供应营养食品；五是大搞代食品；六是粮食按定量吃够；七是组织打猎队和捕鱼队。

"谁报名去打猎队？"油建队召开党员骨干会，会议的主题就这一个。这个队是集体从部队转业到油田来参加会战的。脱了大半年军装和放了近一年枪的这些转业军人们一听又要摸枪了，于是纷纷喊出"我去""我去"，争先恐后地报名参加打猎队。

近 200 人的打猎队出征之时，康世恩亲自检查每一位队员的装备与他们的精神状态，然后说："过去同志们拿枪是为了消灭敌人、取得战争胜利。现在你们又再一次拿起钢枪，去打猎，这也是一场你死我活的战争！是我们同自然灾害作斗争的战争！你们在原始森林里多打来一只猎物，就等于救了我们会战的几位同志和战友的生命，等于是为油田建设作了一份特殊贡献！这是项光荣而艰巨的任务。同志们有没有信心为了油田建设多打猎回来？"

"有——！"脱下军装的转业官兵们在康世恩的检阅下，扛着猎枪，迈着坚定有力的步伐，向大兴安岭的原始森林挺进……后来，这支队伍确实没有辜负康世恩的期望，克服重重困难，甚至多人流血受伤，为会战职工换来了一车车可贵的猎物。

然而，打猎、捕鱼，对五万会战大军来说，毕竟仍是杯水车薪。

食堂是关键。干部要进食堂，书记要下伙房！根据余秋里的指令，会战前线领导小组专门负责生活的是身为副总指挥的张文彬，而各战区、各基层钻井队负责生活的也都由党委、支部书记亲自抓。于是一时间，在所有会战单位的食堂里都可以看到这样醒目的横幅：干部进食堂，书记下伙房。

"静一静，静一静。现在我代表会战领导小组念一下《关于安排当前职工生活的紧急指示》，这通知是根据余部长和康副部长的指示起草的。大家听着，有补充的一会儿再提……"会战工委副书记拉着嗓门在各战区管生活的书记会议上宣读起来：每个基层大队和中队，必须保证有一名干部在食堂，同炊事员同做、同吃、同算、同议；要抽调部分优秀干部和红旗手（劳动模范）以及关心群众、办事公正的人，担任食堂管理员和炊事员；食堂必须达到一清（账目清，并能公之于众）、二无（无贪污、无浪费）、三好（饭菜花样调剂好、服务态度好、清洁卫生好），以及三热一暖(热饭、热菜、热汤和餐厅暖和)；同时不准吃不上热饭热菜，不准喝不上热汤热水，不准住冷房子……

"嗨，还这么细致啊！"有人见这份关于职工生活的紧急指示写得那么事无巨细，便笑出了声。张文彬马上严肃地批评道："别不当回事，余秋里部长马上就要来前线了，他会每一项都检查到，你们小心哩！"

"乖乖，他一来，不知谁又要挨批了！"有人紧张地嘀咕起来。

也有人开心地说："余部长爱憎分明，说不准谁因为管生活好，又被树为红旗了呢！"

余秋里果真又来了！

余秋里到会战前线的第一件事，是见了康世恩后问他："你说人的两只手中哪只手有力？"

康世恩不假思索道："那肯定是常用的右手力量要大！"

余秋里便晃晃自己的右胳膊，说："那我们就用右手抓生活，左手抓生产。"

康世恩笑笑，说："你这一说我就明白了！我们要调整生产和生活的用力度了！"

余秋里又问："我们现在生活上最主要的矛盾是粮食不够吃，要解决这个问题，就得想想有没有什么替代食品？研究地下石油，你老康是一把好手，生活方面你有没有发现类似像开采石油方面的新路子？"

康世恩的镜片后面的那双眼睛转动了一下，兴奋道："真有！那天到油建公司去，看到他们的食堂里有玉米面和高粱面代替面粉制作出的烤饼，非常好吃，职工们很喜欢！我看可以在全战区推广！"

"好嘛！你带我去看看！"余秋里迫不及待地拉着康世恩到了油建公司的食堂。食堂师傅拿出刚出炉的烤饼让余秋里尝尝。

"嗯，好吃，好吃！"余秋里大加赞赏，说："在北京就没有吃过这么好吃的烤饼哩！要在战区推广！"

康世恩在一边笑着说："1202 队有个职工探亲归队背回了一样东

西，余部长你知道是啥嘛?"

余秋里瞪圆了眼珠，好奇地问:"啥嘛?"

康世恩:"是一台石磨子! 磨豆腐的石磨子!"

余秋里:"磨豆腐的石磨子?!"

康世恩:"对啊! 这回1202队的食堂里有了这石磨，职工们天天可以吃上香喷喷的豆腐，既营养又开胃!"

余秋里大喜，连声道:"这个好! 北大荒的大豆最好，营养价值高，数量又相对多! 磨豆腐又简单易学，要大力推广!"

就这样，余秋里和康世恩的一趟"食堂行"，全战区各食堂就一下多了两道美味:烤饼和豆腐。

千万别以为部长提出的"干部进食堂，书记下伙房"是对下面的人说的，他大部长自己进食堂做做样子而已。错! 大错特错!

有一次余秋里真进了食堂。头件事，就是让炊事班长拿来一套伙夫的白大褂往身上一套，那只晃来晃去的空袖子则被扎在腰间。只见他右手操起锅铲，一声:"大火!"二声:"上盐!"三声:"搅匀!"四声:"焖足!"

炊事班的同志看得目瞪口呆:这余部长怎么还有这一手啊?

过了一会儿，趁着余部长歇口气的工夫，有人过来悄悄向他反映食堂师傅在盛粥打饭时不公平。

"咋不公平法?"余秋里问。

"他们见是熟人就把勺子伸得深深的，见是生人勺子就浮在面上。"

什么意思?

唉，说透了就是有的大师傅讲人情不讲同志情呗!

余秋里记住了这事，也没有任何声响。只等再次开饭时，他重新穿上白褂，右手操起铁勺，站在一口大铁锅旁，边吆喝边念念有词地:"来哟，搅三搅，满勺舀，平着端，慢慢端，你一碗，我一碗，大家笑一笑……"

咦，今天盛的粥咋都是一样匀一样多呀？职工们笑呵呵地说："余部长，你这顺口溜咋把以前我们满肚子的怨气全给消了呀？"

余秋里举着铁勺，笑说："我这是跟你们战区的宋振明指挥学的，这'搅三搅'是关键，满锅的稀饭，你不搅就不公平，一搅大家的意见就没了是不是？"

职工们听后欣喜万分，说部长一到哪儿，哪儿就公平又实惠。第二天，《战报》上还登出来了一首群众自编的小快板：

> 过去咱食堂，有点不像样，
> 饭里带泥沙，菜似黄连汤。
> 盛饭量不足，四壁满冰霜，
> 师傅没笑脸，吃得太窝囊。
> 今日进食堂，喜在心坎上，
> 屋里暖如春，饭菜扑鼻香。
> 一碗粗米粥，二两胜三两。
> 五味小白鱼，热得把嘴烫。
> 咱们炊事员，见人笑脸仰，
> 吃饱添干劲，工作大变样。

这快板讲的是通过"干部进食堂，书记下伙房"后食堂发生的变化。里面提到的"小白鱼"，就是根据余秋里建议，康世恩专门成立的一个捕鱼队上水泡子里打捞上来的鱼儿。

经过一番"干部进食堂，书记下伙房"的活动后，前线会战的生活有所改善。肚皮吃得饱一些，会战队伍也随之稳定一些。悬在余秋里和康世恩心头的石头稍稍往下落了一截。这个时候，余秋里又接到中央通知，需要马上回京。

深夜，余秋里和康世恩的隔墙"碰头会"又开始了——

余秋里："这回听下面介绍，各个单位尽管眼下人员稍稍得到稳定，但整体的局面仍在飘摇之中。相当一部分职工包括干部提出一个共同的问题，就是我们在这里会战是不是太苦了点？感觉干石油太吃亏了！"

康世恩："是有这种情绪。主要是年轻的工人和转业官兵中更多些。"

余秋里："这些人在旧社会过的日子不算多，他们那时年龄还小，所以对苦日子印象不是太深刻……我建议，我们在最困难的严冬时，趁生产不是最紧张的时段里，开展一场忆苦对比活动，让那些老钻工、老职工回忆回忆在旧社会他们是如何吃尽剥削阶级苦头的，今天新社会的生活到底改变了多少！这样的忆苦对比活动，在过去我们部队杀敌时对前线官兵非常管用。大家一提起万恶的旧社会，对敌人的仇恨火焰就会立即燃烧起来，不怕死、不怕苦的精神也会立即增加！我们应当把这个传统继承下来，在会战队伍中广泛开展'忆苦对比'活动！"

康世恩顿时来了兴致："这个好！这个让我有了工作的抓手。你这回一走，我们就按你的建议，立即在全会战区所有单位中开展此项活动，让忆苦对比活动的烈焰压倒严冬的冰雪！"

余康"碰头会"又一次做出了一个重要工作布局。它对1961年战胜严寒与饥饿，起到了强大的精神作用。

不日，会战区召开了声势浩大的忆苦对比和整风会议。康世恩在会上用了几个小时的时间，作了一次重要的讲话。这样的讲话，在康世恩的一生中是很少有的，因为通常他作这样的长篇讲话都是讲技术方面的内容，唯有这一次主要讲"政治道理"。

康世恩不像余秋里那样以排山倒海之势，而像涓涓流水般用他特有的语言和腔调向他的五万会战大军这样说：

"回忆对比的成果集中表现在是否提高了阶级觉悟，阶级觉悟是否提高又集中表现在生产上的干劲是不是足。只忆苦不行，还要挖根！为什么苦，一挖根道理就来了。因为懂得了受阶级剥削、受阶级压迫。这样，也还没解决问题。

"因为有的人说：'那么到了新社会应该很幸福了，为什么还这么困难？'这个道理又在哪里呢？要进一步弄清怎样建设新社会，这才叫提高了阶级觉悟，才能最后从思想上解决问题，才能解决目前在思想上需要解决的问题。

"我们，现在，不论各单位进行到什么程度，都要进一步深入，不能停止在现在忆苦了、挖根了就完了！必须要解决四个问题：

"第一，每个人都要懂得区别新旧社会，懂得什么叫旧社会、什么叫新社会，你在旧社会是个什么地位、在新社会又是个什么地位！

"这个问题要好好讨论一下，先把新旧社会区别开。旧社会是个什么社会呢？是黑暗的社会。为什么黑暗呢？根本标志是一切生产资料归私人所有，土地归地主所有，工厂、机器为资本家所有，我们无产阶级什么也没有，只有两只手，这就是私有制度。在这个制度下人和人的关系，是剥削和被剥削的关系，占有生产资料的地主、资本家，就剥削农民与工人，这种关系是人吃人的关系。农民给地主种地、放牛，地主却不劳而食，把我们用劳动所创造的财富剥夺走了。他们用在劳动者身上的，只是叫你能活下去，好再为他干活，继续受他们的剥削。因为他们不剥削，他们的私有财产就不能够增长，他之所以能给你一点饭吃，还是为了使你明天能够继续给他们干活，好让他进一步剥削。这就是人剥削人、人吃人的关系！

"在旧社会，我们劳动人民的地位低，只能受剥削、受欺压。他们反动阶级剥削我们劳动人民的方式很多。大家经过忆苦，已经很清楚了。那时，劳动人民有什么出路呢？怎么办呢？统治阶级为了欺骗劳动人民，就说穷富是命定的，我们有些劳动人民由于没有觉悟，就相信了这种说法，上了他们的当，不懂得这是私有制造成的，因而连气都不敢吭，受不住苦就拜菩萨。后来洋鬼子来了，又带来了一个'上帝'，叫我们劳动人民尽量受剥削，说死了以后可以上天堂。由于我们劳动人民一方面被欺骗，另一方面又没有觉悟，同时又不满现状，于是就把希望寄托在将来'上西天'！事实上哪里有什么'西天'？真正上了天的，只有今天的苏联少校加加林同志。

"有的劳动人民由于没有出路，去反抗地主的压迫和剥削，结果由于剥削阶级的手里掌握着政权、军队、监狱等一整套统治工具，就把你整死，或者把你监禁起来。有的劳苦人民没有这么大胆量，就小偷小摸，这也是活不下去了对现实不满的一种反抗，但是，采取这些手段，都没有推翻旧社会。

"后来出来了马克思、恩格斯，他们把人剥削人的私有制这个科学道理发现了，给了无产阶级一个有力的武器，告诉我们必须把剥削阶级打倒，由劳动人民当家做主。马列主义由马克思发展到列宁，首先在苏联取得了胜利，革命成功了，给全世界无产阶级做出了一个光辉的榜样。现在，我们中国人民在共产党和毛主席的英明领导下，将劳动人民组织起来，也把地主、封建主义、官僚资本家一扫而光，由于劳动人民觉悟了，进行了革命，这才找到了真正的出路。

"马列主义是无产阶级的革命武器，就应该这样理解：不推翻旧政权，不消灭剥削阶级，我们就不能翻身，其他办法都不是劳动人民的出路，只有按马列主义所指引的方向，在党的领导下，彻底消灭私有制度，我们才能真正地摆脱穷困。

"新社会是什么社会呢？根本标志就是一切生产资料为全民所有或集体所有。我们的大油田归谁所有呢？如果在美国，油田都是归石油大王洛克菲勒所有，他是个百万富翁、亿万富翁，每年所获得的利润就是几十亿美金，他不仅剥削美国的工人阶级，而且剥削全世界的石油工人。而我们呢？大油田是全民所有的，是国家的，也是六亿五千万人民的。我们的人民公社，生产资料是集体所有，是公社的全体社员所有。

"在这个制度下，工人农民处于什么地位呢？是处于主人翁地位，国家所有的一切，如工厂、矿山、铁路、森林等等，都是六亿五千万人民的，所以，每个人都是主人。人与人的关系是平等互助的，不是人剥削人、人吃人的关系。但有些同志不完全懂得这个道理，不知道在新社会里，我们每个人都处于社会的主人翁地位。我们为什么叫同志呢？为什么要在旧社会管地主、资本家叫'老爷'，管他们的孩子叫'少爷'，或者互相叫'先生'呢？而现在我们为什么相互称'同志'呢？因为我们都是地位同等的社会主义主人，都同样是干革命工作的人，是目标一致的同志！

"但现在，我们有的同志还没有这样高的觉悟，对他人还不能做到像对待同志一样的关心，不能平等待人。个别干部就觉得自己高人一等，一切要别人听自己的。这种不能平等待人的态度，也是觉悟不够高的表现。另外，也有些同志，有利的事情是自己的，不管别人困难不困难，只求对自己有利的事，这也是旧社会残留下来的坏影响，因为他还不知道新社会里新型的人与人的关系，不知道如何对待阶级弟兄。

"经过回忆对比，大家的觉悟提高了，对那些觉悟不高的人不满意，这是很自然的。不满意是对的，但是怎么解决这种'不满意'呢？讨厌损人利己现象，是无产阶级的本色，但必须从根本道理上来解决，不能采取无情的斗争的办法，因为这些觉悟落后的同志，他们也是我们的队伍里的人、是我们的阶级兄弟，如果我们没使他从根本上认清道理，即或是口头上承认不对、以后要改云云，但思想上、根子上没有解决问题，以后还会再犯类似的错误。只有真正觉悟了，这些同志才会改正自己的缺点或错误。所以必须从根本上提高他们，让他们懂得如何区别新旧社会，了解自己在新社会所处的地位。

"第二个要搞清的道理是：要懂得怎样建设我们的社会主义社会，我们工人阶级的责任是什么。

"在我们全国革命未成功前，无产阶级整个阶级和工人、农民们的觉悟提高了，就是在党的领导下组织起来拿起枪杆子和地主、资本家拼了，打蒋介石，干起革命，不受他们的压迫了！不怕牺牲流血，像黄继光、董存瑞，为无产阶级事业，为劳动人民不再受苦，宁肯牺牲自己。

"今天我们的工作从某种意义上讲，还是一场革命，社会主义建设的革命事业。所以还要阶级觉悟。所谓阶级觉悟提高了，就是要生产、努力生产！建设、努力建设我们的社会主义祖国！

"今天生产资料、生产手段都掌握在我们手上，就要看我们怎么样当主人。政权拿过来了，把剥削阶级打倒了，但是还有人没有感觉到这一点。我曾找马德仁同志谈过，他从学徒到钻工，又到副司钻、司钻、队长，我们培养他花的钱比一个大学毕业生的学费还多得多。由于机器为全民所有，所以他才有权利学，短短五六年时间，就学会了一套本事，当了队长，几年来换了三部钻机，一部就要几百万元，当然也培养了一大批人。可以看出，我们的人民在这件事上是花费了很大一笔学费的。如果在旧社会，资本家能给你下这么大本钱吗？今天我们的职工，手里掌握着不同的机器和工具，在旧社会里能不能摸到呢？会不会轮到你掌握这些呢？这是很值得存疑的。

"由于今天我们的生产资料归全民所有或集体所有，所以生产的东西，也归全民或集体所有，任何资本家也拿不走。这样，我们的责任是什么呢？就是要把生产搞好！只有把生产搞好，我们的社会才能进步，我们的生活才能一天天好起来。十年前觉悟了闹革命，就是要打倒统治阶级，结果政治上翻了身。这一步在党的领导下，已经取得了彻底胜利。现在，要进一步提高觉悟，不断革命、努力生产、建设社会主义，斗争对象，就是和自然作斗争，求得经济上的解放。忆苦，不能停留在旧社会的苦上，要明确在现在条件下，不断革命要干什么？就是求得我们无产阶级在经济上的彻底解放，这就是党当前领导我们所走的道路，这就是党给我们指引的方向，是党中央、毛主席给我们指出的光明大道。总路线是要我们'鼓足干劲、力争上游、多快好省地建设社会主义'，这就是我们六亿五千万人民的前进道路。而且要搞大跃进，就是要以飞跃的速度建设社会主义，以最快的办法求得经济上的彻底翻身！

"在农业上采取人民公社的形式，以大集体的力量，迅速发展农业，这就是当前无产阶级的革命任务。有些人天天喊'三面红旗万岁'，但是'三面红旗'为了啥，却不大清楚。我们无产阶级，头一步求得了政治上的解放，可后面接下来还必须求得经济上的彻底解放，使人人过幸福生活，实现共产主义！

"在打倒剥削阶级、建立新中国之后，我们的生活已经大不相同了。过去在旧社会里，五六口人有两床破被子就了不起啦，现在我们每人都有一两床新被子；过去几口人轮流穿一件衣服，而且破烂不堪，现在我们一年就有几套新衣服。这还仅仅是开始，解放以后经过三年恢复，建设还不过七年，起了这么大的变化！了不得啊！劳动人民的生活，比旧社会好得多了！简直是不能比！

"同志们经过算账对比，已经清楚了这些事情！可我们要认真地想一想：这么好的生活，是怎么来的呢？所以大家要清楚地知道和明白：建立了新中国，只是走完了革命的第一步，后面的路还长着呢！因为我们国家和人民还一穷二白，经济非常薄弱，这是旧社会、旧制度和帝国主义造下的孽！

"看看十年以前我们有些什么呢？解放时一年全国产石油才九万吨，全国只有几部钻机！我们现在比那时不知好多少！拿钢的产量来说，1949 年全国产钢 15.8 万吨，1960 年全国已经跃进到 1845 万吨，比 1949 年增长了 115 倍多，这就是说 1960 年平均三天的产钢量，就等于 1949 年全年的产钢量。在党和毛主席的领导下，全国人民当家做主之后，就能创造出奇迹。当然，现在还有困难，这是由于旧社会给我们遗留下来的底子太穷了。我们劳动人民的生活之所以能够改善，就是由于打倒了剥削阶级，但是，建国 12 年来，我们还没有具备战胜大自然灾害的力量。在党的领导下，按毛主席号召去做，若干年后，到有力量对付自然灾害时，生活将起到更巨大的变化。这就需要有强大的钢铁工业、机械工业、化学工业、石油工业和交通运输等等，缺一不可。两年来的连续大自然灾害，是历史上少有的，如果到处都有像我们水机电这么一套设备，有强大的机械能力，可以把地下水取出来，旱它几十年我们也不怕；我们需要有大量的拖拉机，强大的排灌设备，如果有了大量的排灌设备，涝了我们就可以将水排出，那时，才可以做到全部掌握了自己的命运。现在，我们还有点靠天吃饭，一有严重灾害，就要影响到我们的吃穿。归根结底，一个是由于剥削阶级把我们美丽的国家糟蹋坏了，帝国主义把我们欺侮坏了！这个仇基本上报了，除了台湾以外，全国解放了；第二个是虽然有了好制度，但是只有十来年，建设时间还短，家底子穷，要想从幸福走向更幸福，就必须按'三面红旗'努力生产，建设我们的国家。我们也有些同志不懂得这个道理。我们既然都是国家主人，有困难就是我们六亿五千万人的，幸福是大家的，有困难也是大家的，不然，怎么能算作无产阶级呢？这个问题要使每个同志都懂得，特别是我们搞石油的，要知道想要战胜自然灾害，就要有强大的机械动力，就要有油！

"按分工有的人搞钢铁，有的人搞机器，有的人种地，我们把自己岗位的任务完成得漂亮，就是尽到了我们建设社会主义的责任。有人要求回家种地，说：'种地也是建设社会主义。'不错，不论种地或者是干别的工作，也是革命。但是，革命总要有个分工，如果问一下这个同志，'同样是革命你为什么不在这里革命呢？'可能是回到家里种地，比这里舒服一点，那么'不舒服的事叫谁干呢'？黄继光为了革命，宁肯牺牲自己又是为了谁呢？把艰苦让给别人，那还叫革命吗？那只能叫做个人主义，那是旧社会私有制度残留下来的私有观念。我们要完成全国人民交付给我们的任务，把油搞上去，这就是我们石油工人的责任。

"第三个问题是：还必须懂得怎样认识目前的暂时困难、怎么样对待和战胜眼前的困难。如果不解决这个问题，忆苦对比就没有从根本上解决问题。

"对我们来讲，暂时困难有两条：一个是两年特大灾害，粮棉收成不好，给我们带来了一些困境；第二个是大会战刚上手一年，有许多事情还未来得及建设起来，也给我们带来了一些困难。这是在我们身上的双重困难，这两者加到一块，可能比别的地区、别的岗位上有的人的困难稍多一点。但是，这困难是怎么来的呢？又应该怎样对待它呢？这就要拿出无产阶级革命的英雄气概来对待它，有些人不懂这个道理，说什么几个不能'比'。实际上不比是不行的，还要进一步把道理讲透，要使这些同志懂得，我们的生产发展，还不能完全对付大的水旱灾害。既然发生了两年大灾害，农作物减产，就要艰苦一点。当然农民兄弟在顽强地与自然灾害作斗争，尽管是灾年，也要想办法尽量多生产一点，为了充分发挥农民的积极性，党中央采取了许多措施，而且有了经验，今年即或是再有像去年那么大的灾害，也会比去年收成好，但是总不如没有灾害好。

"大会战一下子集中这么多人，而且来了不少户家属，去年拼命地搞了一些'干打垒'，才算过了冬。我们要看到，去年刚来时，这里什么也没有，生活条件不大好，这就是因为时间短、来不及建设造成的。

"有人现在问：'一辈子就这样困难下去吗？'我们说，有困难，但是在无产阶级面前，又算得了什么呢？为什么我们说是暂时困难呢？就是说一方面我们承认有困难，另一方面，凭我们两只手劳动，艰苦奋斗，就可以战胜它。

"今年可能还要增加一些家属，怎么办呢？我看主要有两条：一是每人种上一亩地，就可以做到蔬菜自给，而且生产一点粮食，加上国家的供应，还怕吃不饱吗？这里的土地很肥沃，又是风调雨顺，下了两场很及时的雨，这就要靠各级领导抓得狠，靠广大职工的积极性。我们提倡家属个人种地；尽量把地分到班组、伙食单位种，实行责任制，看谁种得好？谁种谁收，谁收得多就多补助谁，至少每人种上一亩地，并且要保证种好，就得靠自己的双手。第二个是再搞它一批'干打垒'房子，加上已经有的'干打垒'及活动房子，再增加一些人也没问题，这也要依靠我们的双手，要自己动手，这样就能够把生活搞好。凡固定的单位谁要住房子，谁自己动手盖，谁盖谁住，公家给解决木料、耕牛；基本建设队伍等流动性较大的单位，就要建设基地。这样，虽然大家辛苦，但也是大家享福。有了房子住，有了吃的，问题就可以大大减少了。所以说摆在我们面前的困难都是暂时的，要发扬我们党和人民解放军的艰苦奋斗的优良传统，就会建设起美满的生活。问题就看如何对待困难，有人想享现成的福，想找个舒服的地方，那么，什么地方舒服呢？把不舒服留给别人，流血牺牲是别人的，享受是自己的，这是可耻的。为了战胜暂时的困难，要大家讨论，共同来想办法。

"毛主席说了，人是战胜一切自然困难的决定因素。无产阶级今天所进行的革命，就是要与自然界作斗争。要靠劳动，靠劳动创造世界，要以自己的劳动创造美好的生活。建设社会主义，就要搞好生产，凡有利于建设社会主义的就要不顾一切地搞好它，就要积极带头地干；凡不利于生产、不利于建设社会主义的就不要干，话也不要那么说，要始终保持冲天的革命干劲，努力搞好大会战，高速度、高水平地建设这个大油田，这是人人应该明确的态度，这就是全心全意为人民服务，要牺牲小我，牺牲个人利益，为了阶级利益，要学习革命先烈，不然，就对不起我们的革命烈士。革命战争时期，不知多少人前仆后继为革命牺牲了自己的生命，他们又为了啥呢？我们必须为建设社会主义而斗争，这才是'听党的话'，因为毛主席经常教导我们的，就是要建设社会主义，不然叫什么'听党的话'？也只有这样，才能'党指到哪里我们就战斗到哪里'！

"只有把思想教育作到这样深刻，才是真正解决了阶级立场问题。要有坚定的阶级立场，要有全心全意为人民服务的思想，才能'听党的话''党指向哪里，打到哪里'，才会无往而不胜，石油工业才会发展，大会战才能打得好。经过整风、回忆对比，现在我们的会战队伍中大多数人的觉悟提高了，干劲也更足了。如油建四大队三中队三班，曾经有一段时间落后了，现在他们觉悟高了，大家也欢迎他们了！三中队三班他们下决心要争取做模范。这好得很！我看他们一定能办得到！

"我相信，参加会战的所有单位通过回忆对比，思想觉悟一定会大提高，革命干劲也会更加高涨！我们是毛主席、中国共产党领导下的新中国石油会战大军，就是天塌下来，我们一定能战胜、一定能顶天立地！"

康世恩最后是在振臂高呼。他的话像一剂强心针，让饥饿和困苦中的会战大军将士们获得了巨大的精神激励⋯⋯

"石油工人硬骨头——！"

"天塌下来也不怕——！"

"再大困难脚下踩——！"

"革命到底不后悔——！"

"⋯⋯"

加快对比和整风会议最后成了一场气吞山河、重新出征的动员会。而且一提起"忆苦思甜"来，像王进喜这样的从旧社会过来的人，声泪俱下地现身说法，立即在会战大军中产生巨大的共鸣。这就是：社会主义新中国好！社会主义新中国的生活，比万恶的旧社会的生活好一万倍！

正如王进喜所说的那样，在旧社会，我们石油工人连野狗都不如，资本家拿我们作为他们赚钱的工具，你能干活时他榨你油水，等榨干了，他一腿就踢你出矿，一分都不给你！今天，我们为新中国建设大油田！不仅有稳定的工资，也有吃的保证、住的保证，还能当家做主、政治上与当官的平起平坐，甚至可以上北京见伟大领袖……这在旧社会是想都不能想的事！我们没有理由现在被暂时的困难吓倒了！吓跑了！

广大转业军人中多数也是从旧社会过来的人，而且有些是从旧军队投诚过来的军人。他们的忆苦对比同样打动了许多会战人员，达到了余秋里、康世恩设想的稳定队伍、教育群众、鼓足士气的目的。

比如油建工程二大队通过回忆对比教育，据说原来有思想"苗头"问题的90%以上的人在实际行动中有了明显的转变，精神面貌焕然一新。自康世恩作报告之后的十天中，该大队802人中有334人对有思想问题的人进行了773人次的个别谈话。另有339人分别给队上职工的家属、亲友写信665封。如此规模的你帮我、我帮你、上级帮下级、党员帮群众、师傅帮徒弟的互相帮助，形成一种强大的集体向上风气。

群众性的相互帮助好处在于思想工作做到实处，容易让那些有思想问题的职工通过实实在在的看得见、摸得着的对此，做出正确的行动上的转变。比如老技工纪元良帮助自己的徒工蔡某某就是通过给他算了三笔账，该徒工就一下解开了思想疙瘩。纪师傅给他算的第一笔是"政治账"：你从家里出来时，是乡亲们给你披红戴花、敲锣打鼓送出来的，现在你想私自离开会战地不干了，这在政治上你肯定是不光荣，乡亲们会怎样看你？第二笔账是经济账：从这里到家，路费来回约一百多元，这些钱寄回家能解决多大问题呢？第三笔账：过去在旧社会我们当学徒挨打受骂，三年内学不到技术。现在师傅手把手教徒弟，一年左右就能干一般的活，你应该感到非常合算。这么一算账，那姓蔡的徒工脸就红了，从此打消了离队回家的念头。另一位王姓职工，是队上出名的落后分子。党支部为他曾开过三次会议，专门研究和会诊了王姓职工的四个病根所在：计较工资晋级；嫌粮食定量低；对领导有意见；认为家乡生活比会战地区好。为此，支部书记和党小组长轮着找其谈心，针对其思想问题，一一进行化解。通过先后共七次反复谈话，终于让他感动了，并且对自己的思想问题进行了反省与检讨。队领导又根据他的情况批准其探亲回家，领导亲自到车站为他送行，这位职工当场感动得流下了热泪，说："我保证把家安置好就回来，在大会战中好好干一场。"后来他果真按时归队，日后成为会战的积极分子。

回忆对比、整顿作风，确实让相当一部分人的思想觉悟跟了上来。但某些方面上又有些过"左"，比如尽管会战指挥部千方百计改进食堂伙食，但毕竟"口粮"供应有限，许多一线的钻工仍然填不饱肚子，于是有人就拿着各种东西去附近的市场上变卖。个别单位还把参与这些变卖的工人抓回去在会议上批判。康世恩听说钻井指挥部有这方面的事，便跑过去问党委书记李云。

"是有这样的事，比如有人拿罗马手表去自由市场上换土豆……我们就进行了批判！"

康世恩有些生气地问："你们批判他什么呢？"

李云振振有词道："批判他这种支持自由市场的行为！"

康世恩又问："那他换土豆是什么目的？"

李云："想吃饱肚子。"

康世恩："他吃饱肚子又为了什么？"

李云："为了……打井！"

康世恩："那不就行了嘛！工人们为了有力气给国家打井，舍去自己心爱之物，这种精神多么可贵！虽然我们并不提倡和鼓励大家去变卖自己的东西，但我们也不能伤害大家的这份对会战、对石油事业、对国家的真挚情感是不是？"

李云猛地醒悟过来，拍着自己的脑袋，连连叫嚷起来："我们错了！错了！"

康世恩脸上这才有了一丝笑容。然而这份笑意很快又被一个接一个更加严重的困难所淹没……

忆苦思甜、整顿作风、提高阶级觉悟等等措施，可以救一时、救一阵、救一批人，但毕竟人是生活在物质条件下的，当所有物质条件无法满足人的基本需求且长期不能缓和这种物质贫乏时，相应的问题也随之滋长出来。

寒冬度日，让五万大军时刻处在困苦之中，康世恩和张文彬等每时每刻都处在高度紧张之中，生怕冒出一个"万一"来……

4月的松辽大地开始回暖。弱了一冬的太阳似乎又开始出现强势的生机，于是冰硬的土地也慢慢苏松起来，板结的地面上露出一片片弱弱的嫩叶，而这些成片的嫩叶又生长得异常快速，甚至有种叫人刮目相看之势。这就是北方荒的大地，它让你苦，也会让你喜。

一日早餐，炊事员给康世恩端来一盆香喷喷的新鲜菜，放在他面前。"这是什么东西？香啊！"康世恩觉得一下食欲巨增，便问。

炊事员笑了，说："我也叫不上名。是王铁人托人捎过来的，说是他们在钻井旁边的野地里挖的野菜……"

康世恩先用鼻子闻了闻，觉得特香，又用筷子连夹了两筷，吞进嘴里嚼着。"太美味了！是我会战两年来吃的最美味的一道菜了！"康世恩忍不住口水直往外流。

野菜好吃！挖野菜吃！这一时间成为康世恩和会战指挥部干部们

开会必说的一句话，后来又成了整个会战区所有干部职工的一句"口头语"。

> 野菜青青惹人爱，
> 笑语喧天挖野菜。
> 新鲜野菜堆成山，
> 伙房同志喜开怀。
>
> 巧手妙做花样多，
> 同志们吃得笑呵呵。
> 职工吃得好又饱，
> 生产干劲冲云霄。

这首由二矿一队工人写的小诗，真实地写出了当时会战大军"赞野菜"的情怀。发表这首小诗的同一期《战报》上刊登了篇"随想"，文章这样说："咱们的油田可谓'得天独厚'，一眼望去无边无际，金光灿灿，野菜飘香。每日大军出动，都是满载而归；向食堂交菜人员，更是川流不息。蒸、炒、煮、拌，美味可口，职工能不欢喜？据调查，这里有不少野生植物在其他地区可算是名贵菜肴，如黄花（金针）、车前子等，它营养价值高，是我国劳动人民早有食用习惯的菜类；更可喜的是这里产量丰富，怎能不是得天独厚、大有可为呢？"

在这期《战报》上，我还看到一个数字：全战区一天中，挖野菜达 52771 斤，相当于人均一斤多！

还有一个消息也格外令人鼓舞：一线职工的家属们自愿成立了务农家属生产队，开始自力更生开垦种地。北大荒有大片的空闲土地，而且也比较肥沃，只缺人力耕种。石油工人的家属多数来自农村，她们有务农的经验和能力。在饥荒的会战年代，石油工人来队家属从开始的"负担"，到后来成为生产和生活的生力军，也为大庆石油会战谱写了一曲曲动人的故事篇章。其中织衣、洗衣和副业生产方面，她们的贡献成为大庆油田史上的光彩一景，永远镌刻在石油圣城的丰功墙上……

在大庆的家属创业史书中，我看到几则小故事，其中介绍在1961 年困难时期家属挖野菜的故事，讲的是一位采油厂的工人家属于文兰。这是个五口之家的母亲，她跟随丈夫到油田后，主动与丈夫商量出去挖野菜，每天坚持挖上二三十斤，这样不仅解决了全家吃饭问题，还能帮助一些家里没有劳力的工人。于文兰能把野菜做成各种包子和点心，她的经验在战区召开的生活大会上还专门作了介绍与示范。另一位工程机械厂的家属叫邵桂珍，这是一位有五个孩子的妈妈，特别能干。到油田后，她自己利用房前屋后的闲置土地进行翻耕抢种，半年开垦荒地六亩多，种上了玉米、苞谷和土豆，并且获得丰收，不仅自家有吃有余，还帮助邻居渡过生活难关。

看起来事不大，但一户家属能解决一个或几个会战职工的生活问题，这对会战大军来说，就是一件了不得的大事。余秋里听说后，大为赞赏，说：一个好的家属，就是一面旗帜，就是一列小火车，她能带动一个或一队的会战队员，要充分鼓励广大家属支援会战前线，要像树立"五面红旗"一样大张旗鼓地宣传家属到会战前线"闹革命"的先进事迹。后来油田还出现了一批像薛桂芳她们几个家属"五把铁锹闹革命"的传奇故事。这是后话。

然而，就在春风吹拂下的松辽大地刚刚出现几丝暖意的时候，"老天"又突然刮来强劲的更令人窒息的寒气……

5 月中，北京急电会战前线：令石油部部长余秋里速回京开会。

又一个中央会议。北边的"老苏"一步逼一步，毛泽东和中南海的领导们终于愤怒至极：中苏要正式摊牌了。习惯于把中央工作会议搬到外地开的毛泽东，这回改了主意：会议就在北京召开。1961 年的此次会议，从 5 月 21 日一直开到 6 月 12 日，除了研究中苏关系的对策外，重点讨论了毛泽东提出的四个问题：调查研究、群众路线、平调的物资退赔和平反问题。工业问题是在最后讨论的。

毛泽东在此次会议上心情既沉重又有些对自己错误的认识："今年的形势跟过去大不相同。现在同志们解放思想了，对于社会主义的认识，对于怎样建设社会主义的认识，大为深入了。为什么有这个变化呢？一个客观原因，就是 1959 年、1960 年这两年碰了钉子。有人说'碰得头破血流'，我看大家的头也没有流血，这无非是个比喻，吃了苦头就是了。我们的新中国刚建起，有人看着我们难受，所以尽想给我们吃点苦头，老天跟着凑热闹，又是雨，又是雪，不让我们的人民过像样的日子。加上我们没有什么底子。怎么办呢？还是一句老话：发扬延安时期的艰苦奋斗精神。"

毛泽东以坚定而自信的目光扫了一圈他的战友们，包括石油部的余秋里。这是对我们会战前线将士们说的……余秋里与毛泽东的目光碰到一起的时候，他内心这样想。

会议还没有开完，会战前线告急的电话又是一个接一个。这是怎么回事？不是浮肿病消灭得差不多了吗？

余秋里真着急了。康世恩和张文彬报告说：黑龙江省来电说，储备粮仓库见底了，原来供应的粮食要断一个月。6、7、8 这三个月只有两个月的粮食供应。

"我们自己开垦荒地种的东西能接得上吗？"余秋里问。

"不行，至少得到深秋才有收成。"康世恩、张文彬那边回答说，"为了应对再度减口粮难关，我们已经要求前线所有单位实行'五两保三餐'，也就是说，钻工和会战干群一天只有五两食物却要保一天三餐。

余秋里急得直抓头发："这可怎么弄！一个月没吃的，那可不是闹着玩的。"

更可怕的还在后面。康、张报告说，"这些天擅自离队离岗的人跟前几个月患浮肿病的人一样多，足有五六千人了！"

"什么？他们还要当逃兵啊？"余秋里跳了起来。"老、老康你听着，马上召开电话会议！我要再次强调：任何时候，我们不许任何人离开会战！不许有人当逃兵！喂喂，老康你听见没有？"

"……"那边没有声音。

"老康！老康！"余秋里的喊声震得石油部大楼的人全都听得一清二楚。

"老康"终于说话了，声音小得很，还拖了一声长长的叹息："唉——好吧，我马上去执行，可是……"

"可是什么？没有可是的！会战队伍不能散！决不能！"余秋里火冒何止三丈。

这、这，这老康他们也信心不足了啊?!

不行。我得去！我得去前线！余秋里火速星夜再度赶到前线。

这回他是不是真的要架起机枪上萨尔图、安达火车站去挡"逃兵"呀？石油部机关的干部和前线会战指挥部的领导们都在捏把汗。

独臂将军从吉普车上下来时，那颗硕大的头颅锃光瓦亮——看得出，是离开北京时新剃的。本来一只"嗖嗖"生风的空袖子就已经够吓人的了，这回又加了个光脑壳，到哪儿都是一闪一闪的，像道雷电，像把利剑，让人平添几分畏惧。

阿弥陀佛。将军没有带机枪，也没有带手枪，而是带了毛泽东刚刚在中央会议上下达的四个字：调查研究。

"大家一定要从实际出发，实事求是地作些调查，看看到底问题出在哪儿？为什么有这么多离队的人？他们离队后到哪儿去了？回来怎么办？不回来怎么办？留下的同志怎么办？下一步工作又怎么办？眼下又怎么办？……"

余秋里在会战一线留下一连串"为什么?""怎么办?"问得干部们大汗淋漓。

在此之前,余秋里有过公开在大会上讲的大庆会战"只许上、不许下"的话,而在与康世恩、张文彬等领导之间的电话中确实也有过"谁要当逃兵,我就在火车站架着机枪挡他回去"的话,跟随他的秘书李晔同志(后任胜利油田指挥、党委书记,山东省人大副主任)也向我证实了此事。现在逃兵真的有了,且非常严重——我从已掌握的历史资料中获悉,最严重时擅自离开会战前线的总人数高达五六千,等于十分之一左右的会战人员!

"有些单位甚至超过这个比例。"有单位汇报。

"王进喜的队也跑了几个人。"

余秋里的眼睛竖了起来,说:"我要上铁人那里去看看。"

吉普车开到英雄的 1205 钻井队。

王进喜一看部长来了,赶忙气喘吁吁地从井台上下来迎接,可是一向风风火火、走路疾如风的他,这回变得步子异常缓慢……

"老铁,你是不是也得了浮肿呀?"余秋里觉得王进喜不对头——王铁人出名了,余秋里他们慢慢不叫他名字了,干脆叫"老铁"。

王进喜不好意思地说:"没有没有,就是浑身没劲。"

余秋里稍稍缓了一口气:"没病就好。得注意哪!生产又那么紧张……"

"部长放心,我们队上这个月的任务又提前完成了。"王进喜以为部长又是来检查生产进度的,便要报功。

余秋里抬起右手,往前一挥:"今天我来不是听你汇报生产进度的。我要看看你们的生活情况和人员战斗力。"

一听这,王进喜的脸上出现苦色。因为他手下的四个班长全都得了浮肿,而且还在坚持一线工作。不过,他嘴上说:"没事,部长。就因为他们太'富'了,所以才长得胖。"王进喜想给部长一点喜事。

早在玉门时，余秋里头一回与王进喜见面，就曾说过："进喜进喜，这个名字好啊，你也给我们的石油工业进点喜吧。"这不，王进喜今天还是想给肩上压的比泰山还要重的部长一点喜。

四个班长的名字真巧，都有个"富"字：马万富、樊玉富、王德富和王作福（谐音"富"）。

余秋里看着浮肿非常严重的四个"富"班长，挨个儿跟他们握手，但这回王进喜的话没能让他脸上有丝毫的笑意。他的眼睛落在工人床头的那些酱油瓶上："每人一个酱油瓶，干啥用？"

王进喜如实报告："大伙儿吃不饱，就买酱油兑点开水填填肚子……"

余秋里长叹一声，对在场的工人们说："实在累了饿了，就要注意劳逸结合。老铁你要给大家合理安排好。"

"行。我一定照办。"

出了"干打垒"，王进喜扯了一下余秋里的右胳膊："部长，我知道您也是天天跟我们一样吃野菜团子。今天您就留在我这儿吃顿饭吧！"

余秋里侧过头，笑问："你有啥新名堂吗？"

"不是新名堂。是我听说您要来，就派人上老乡家买了头老母猪。中午我们杀了它改善一下伙食。"

"老铁啊，你赶快给人家退回去！"余秋里皱着眉头，带着些恨铁不成钢的神情，声色俱厉地说："你是英雄，怎么能这样呢？吃人家的老母猪，你也太狠心了嘛！"

王进喜两眼眨巴了半天，伸长脖子，非常不解地问："那您不吃了？把母猪退了？"

"退！马上就去退！"余秋里的声音提高了一倍，吼道："你们这是损害群众利益的坏行为！王进喜啊王进喜，你是不是英雄我今天不管，但你这种行为我要记你一账，记你一辈子！"说完，那只空袖子重重一甩，上了吉普车……

英雄王进喜这回成了"狗熊"一个，耷拉着脑袋，站在原地好一会儿。

"队长，这部长真是凶啊！"有职工走到王进喜身边，轻声说道。

王进喜气不打一处来："什么凶不凶？部长说的在理！赶快把老母猪退了！"

经过几天调查，余秋里的心头装满了许多他在北京根本想象不到的事：

有一个队，40多名钻工中，跑了近一半，而且跑的人中党员团员为数不少，甚至连副队长和指导员都带头跑。油建指挥部的一名藏族工人，人高马大，平时干活力气大，可就因为吃不饱，该职工就把队上的东西拿出去换东西吃，队长知道后狠狠在会上批评他，让他罚站，这藏族职工第二天就再没见人影。有位钻工带着自己积蓄的二十块钱偷偷跑到附近的小镇上想换点东西吃，碰上一位老乡拎着一个麻袋，对他说，我有一只兔子可以卖给你。一阵讨价还价后，那钻工交了20块钱，拎回了那只口袋。回到队上，他得意洋洋地当着指导员等人的面打开口袋，说我们今天有好吃的了。哪知口袋一打开，那"兔子"就"噌"地蹿走了。指导员等人哈哈大笑，说那哪是兔子嘛，是只野猫！白花了20块冤枉钱的职工为这哭得好不伤心。第二天，队上的人再没见他……

采油队为了防止职工逃跑，发动党员干部，实行"一盯一"的严密看管制度。这一夜老孙等几个干部暗中盯住三个有逃跑苗头的职工，白天不用说，想跑也跑不掉。晚上下班后，几个党员干部轮流值班，直到想逃跑的人都"呼呼"睡下了才能歇一歇。第二天该上班了，可这几名职工怎么还睡在炕上呀？干部们揭开高高隆起的被子一看：哪儿有人呀！是几件衣服伪装的！又是一群人跑了……

唉，跑就跑吧。可跑掉的也有回来的。

你瞧，这人是回来了，但他是被公安人员押回来的。一问，人家公安局的同志还是四川来的呢！原来这个被押回来的工人逃到了老家四川，可他刚从成都火车站下来，就被公安人员逮住了。他叫喊着问人家为什么抓他。人家公安人员说：你肯定是越狱的劳改犯，不抓你抓谁？那工人连忙掏出自己的工作证，说我是石油工人，在黑龙江搞会战呢！怎么会是劳改犯嘛？你们抓错人了。公安局的人看看工作证，又看看这位满身油乎乎的、头发又长、又身穿胸前别着"农垦"两字的杠杠服棉衣，就给了那工人一拳，说：你别再装蒜了，拿伪造的证件就想隐瞒你越狱劳改犯的身份？休想！那时大庆油田没有对外宣传，为了保密需要，油田职工对外都叫"农垦"战士，他们穿的衣服上也都标着"农垦"标记。外界的人哪知道这些？他们只知道只有"吃官司"的人才会去"农垦"改造的。所以，这位四川籍石油会战逃兵就这样被当作越狱劳改犯抓了起来。他算幸运的，当地公安局非常认真地把他带回大庆进行核证。但核证后，他回到单位还是哭得死去活来，说什么也要回老家，说你们看到了没有，我们当石油工人的饿死累死在这儿先不说，人家竟然还把老子当越狱劳改犯对待，要不就叫我们是"叫花子"，其实我们连"叫花子"都不如……这人这么一说，在职工中影响极坏。后来他又偷跑了，并且还带走了两个四川籍职工。

据我在大庆采访当年参加会战的老同志回忆，像这种情况还不止一个。有人逃跑后，被地方公安局当越狱劳改犯抓起来甚至关了几个月的都有……

余秋里的队伍现在就是这个样。怎么办？已到刻不容缓的时候了。

漏雨的牛棚里，石油会战工委书记的办公室内的灯彻夜长明。这一夜，大会战的前线领导小组成员都聚集在最高指挥官这儿，急商当务之急。

"这次擅自离岗的人员中多数是转业军人。"烟雾缭绕中，康世恩吸着烟蒂，长吁短叹地说着。

"嗯？"余秋里的眉睫猛地一挑，"有这方面的统计？"

张文彬连咳了几声后说："有，有有。康副部长说得没错，跑的人中转业兵占多数，也有营团干部。"为了缓和一下气氛，他后面添了一句，"不过咱们的人中本来从部队来的就占了百分之八九十。"

余秋里的眉毛立即竖了起来："这也是不允许的！军人就得有军人的样子，军人当逃兵，是军人的最大耻辱！耻辱！"一个接一个的拳头砸在桌子上，杯子和墨水瓶"哗啦"地倒了一地。工作人员进去帮着收拾，被余秋里赶了出来："出去出去！我们要开会呢！"

空袖子甩得屋顶上挂着的那盏灯泡直晃动。康世恩和张文彬对视一眼，默不作声。

会战的指挥官们，从部长余秋里，到康世恩、唐克、张文彬……他们都是军人出身，而且是身经百战的军人。他们自然知道自己的队伍里出现数以千计的逃兵将意味着什么。

"逃兵"最严重的群体却是那些当过兵的转业军人。就队伍而言，什么问题最可怕？兵变！

一个国家的兵变，能让政权颠覆。

一支队伍的兵变，足可令全军覆灭。

想到这儿，余秋里的脸都变了形状……这是怎么回事？作为军人，作为将军，作为指挥会战千军万马的部长，他余秋里怎么能容忍有这等事的出现？跟着毛泽东、跟着共产党从死人堆里滚出来的人，他余秋里的信仰中，他自己和他的部队都应该是党指向哪里、就杀向哪里的"硬骨头六连"式的钢铁队伍，并且从来都应该是战无不胜、所向披靡、绝不含糊的勇士，从来都是宁可抛头颅洒热血也决不向敌人和任何困难低头的勇士。然而现在，他的队伍里竟然有十分之一多的逃兵……

为什么？独臂将军的那只握紧的右拳，从半空中使劲滑向面前的小桌子，那一刻，与会者都知道，跟着一定又是排山倒海式的"火山咆哮"。然而这一次没有，大家看着从半空中奋力下滑的拳头到达桌面时，竟然轻轻地落在上面，没有"哐当"的巨响，甚至连最小的声响都没有。

同志们，我们都到了应该静下来认认真真想一想的时候。为什么又出现了逃兵？而且出现逃兵的现象越来越严重了？

困难？饥饿？超强度的劳动？都是。可这既是当时国之情，也有大庆石油会战这一特殊条件下所产生出的种种因素所致。一句话：是现实，一样都绕不过去。

问题出来了。我们必须面对，这也是唯一出路。但面对现实，并非无所作为，听之任之，尤其是困难时期的这种逃兵现象。我们都知道，战场上出现逃兵是因为生与死的考验让一些意志薄弱、畏惧死亡的人感到了恐惧而做出了另一种与战斗要求背道而驰的选择。现在，大庆石油会战虽然不是战争，但死亡和困苦并不比硝烟下的战争对生命的考验弱些什么，而有些特殊因素甚至比战争更复杂和严酷。比如家属一把鼻涕一把眼泪地一而再、再而三地拉后腿；比如不同职业之间的攀比而造成的心理失衡；比如不合理不平等的待遇也会让一些人感到失落；等等。总之，在如此一场特殊的和平建设伟大战役中，步调一致、统一行动、冲锋陷阵、战无不胜的军事作风，毫无疑问是必须和重要的前提，和风细雨的、体贴入微的思想工作和切实解开其心头疙瘩的政工艺术也同等重要。一句话：走群众路线，坚持实事求是——我们才有可能走出困境，实现原定的工作任务和达到工作要求！

余秋里说到这儿，声调又回到了原来的那种高亢。

"我听说还有个队上一群退伍兵围攻党委书记？"一阵雷霆之后，

只见余秋里叨着烟，两眼盯着张文彬问。

"有。但后来平息了。"张文彬说。

"哦？你说说怎么回事？"

于是张文彬从头道来：这几年新来的三万多名退伍兵，他们从部队下来之前都以为上石油战线来是到了现代化企业，就是楼上楼下，电灯电话。没想到一下火车看到的是一片荒凉的大草原，连房子都要自己搭，许多同志的思想就开始波动。有人反映说，在离开部队时，首长们在动员时这么对他们说，你们去参加石油会战，到哈尔滨地区——我们为了保密需要对外也是一直这样说的。退伍兵们就觉得有种受欺骗的感觉。这不，来了一年多的日子里，干的活比打仗还累，有人说上甘岭战役苦，可也就苦几十天，这儿可好，没个尽头了。工程指挥部四中队 183 名职工中，大部分是退伍兵，也有转业军官。其中有 83 人思想不稳定，18 人坚决申请退职，还有 20 人在犹豫观望。有个退伍兵，三个月中家里来了 42 封信和电报，催他回老家，说宁可种地当农民，也不当这石油工人了。有的退伍兵家属来信，说再不退辞职工身份就离婚。对象吹的更多了。在这种情况下，退伍兵中跑的也就多了。刚才说的一群退伍兵围攻党委书记的事发生在油建指挥部供应中队。有几十个退伍兵前些日子围住党委书记，先让他看满屋子他们贴的大字报和打油诗，写得都是凄凄惨惨的。他们随后一连向党委书记问了四五十个"为什么"。党委书记后来说话了，问你们今天是不是让我来回答问题的呀？退伍兵们说是啊，你回答我们在这儿这么苦怎么办？那党委书记就说，我也是从部队转业到石油战线来的，过去我们在西北地区工作也不比这儿强多少。党号召我们脱下军装到石油战线来，就是因为我们国家一穷二白，人民吃不饱饭、穿不暖衣服，帝国主义和北边的赫鲁晓夫还欺负我们，蒋介石和国民党军队一直梦想着反攻大陆。我们眼下不这么艰苦干不行呀！退伍兵中有人嚷着说，你说话当然轻松，因为你是首长，你哪晓得我们当工人的苦处？党委书记就说，我怎么不知道你们的苦处？我是首长，可我也整天跟大伙儿一样没日没夜地在工作。不信我们试试谁的手腕劲大。退伍兵中挑出一个力气最大的跟那党委书记比赛，结果书记赢了，退伍兵们只好服输。但思想上仍有疙瘩。那党委书记就说，我过去跟你们一样当工人，而且一当就是七八年，后来才当了干部。这书记开始跟退伍兵们讲自己的身世，讲在旧社会自己如何地被地主压迫，解放后在石油战线如何地被领导和队伍看重，如何地扬眉吐气。讲得退伍兵们直掉眼泪，当场就有几个原先想退职的人说一定要珍惜人民当家做主的好时代，为社会主义建设添砖加瓦。

"这个党委书记有觉悟。"听到这儿，余秋里的脸上露出了笑意——这是他此次松辽之行第一次露出笑容。

"老康，文彬同志，我看我们的会战队伍里的忆苦思甜教育和整顿作风的活动，还要继续深入开展，让职工们长期树立正确的人生观，彻底想明白了今天我们在这儿吃苦到底是为了什么，从而再摆正会战的态度与信仰。"

"我赞同。这比多打少打几口井要重要得多。"康世恩这两三年跟着余秋里，已经学到了很多政治工作方面的经验。

张文彬自然更不用说了，在石油师之前他便是军队的师政治委员，政工一套最熟悉。"好，过去部队越在困难的时候，进行忆苦思甜教育就越能激发大家的革命斗志和革命热情。我看咱们会战的艰苦日子只要一天没有停止，就要把'忆苦思甜'教育一直搞下去。"

余秋里点点头，说："教育肯定是要搞的。眼下大家饿肚子是最根本的现实问题。所以我们作为领导会战的决策者，还要更多地从解决目前队伍的困境着手想出路。这是头等的政治思想工作，也可以说是头等的政治任务。"

康世恩和张文彬等将目光随余秋里走动的身体而移动着，并开动起脑子。

"现在是天上飞的没了，地上跑的也少了，水中游的基本也差不多了……剩下的我看也只有再在挖野菜上下功夫了。这北大荒毕竟还是个大草原，这比我们当年在长征过雪山草地时不知要强多少！守着这么个聚宝盆，还能把人饿死不成？我不信。老康你信吗？"

康世恩摇摇头，说："我不信！再困难也困难不过我们刚到延安那阵子！撑死了，我们也搞个'南泥湾'！"

余秋里的眼睛突然放光了："对啊！咱们也在北大荒搞它个'南泥湾'嘛！"

"这事成！我赞成我们在北大荒上搞它十个八个'南泥湾'！"张文彬来劲了，举起双手说赞成。

搞生产、在北大荒建设"塞北南泥湾"一时又成了会战大军的一项新任务。有"老会战"告诉我，他当年就参与过开荒种地的战斗。"在我们大草原上耕地，实在也是件很惬意的事，它不像在我们老家南方。早上我一出去就拉着犁耕地，直到中午才走回一趟……中午在地头啃几块饼，再往回拉犁，如此反复了好几十天，总算耕出了一小块地。其实也有了几十亩，但放在松辽大草原上，也就手巴掌这么大一点儿。"

许多来队家属参与了开荒耕地的事。有的妇女还带着孩子到地头，干一会儿活，又喂一次奶。有一年我到大庆与油田的业余作家们见面，当我们谈起会战的故事时，有位作家告诉我，他就是在建设"塞北南泥湾"时成长起来的"油二代"（父母都是老会战时期的油田职工）。

然而在 1961 年那个饥荒的岁月，新开垦的耕地没有来得及获得像陕北延安"南泥湾"那样好的收成，仍是以挖野菜充饥为主，以及改善食堂为主方向。

到了下半年，康世恩对"野菜度日"作了更具体的安排和要求："每人每天吃 3 斤野菜，当命令执行。同时，到外地去捕鱼，采松子。

每天实行'两稀一干'：早、晚吃稀饭、野菜汤，中午吃一顿野菜加粮食做的菜团子。"这话从一个石油专家和会战总指挥嘴里说出来，让人感到心酸和严峻。

捕鱼的人后来最远的到过最北端的黑龙江，采松子的到过大兴安岭。至于挖野菜的嘛，那么大的松辽草原上如果再挖不到，其他地方肯定也不会有了。

负责具体抓生活的张文彬则布置得更细致："各个施工单位，要包片包地出去挖野菜，尽量多挖。如果本单位吃不完，必须把数量汇报上来，我们再进行统一调配。每个机关干部除工作外，必须每天挖三斤以上野菜。野菜主要挖车前子、野韭菜、黄花菜等。各食堂在进行野菜和食品制作上，应采取将野菜掺入小米和其他杂粮里，做成糊糊或菜饼子，这样每天每人可以节省 2 两粮食……"

余秋里后来回忆说："当时听他们说这些话时，我心里沉甸甸的，可除了这，我还能说什么呢？"

张文彬则另有回忆：在最困难的时候，青海石油局参加会战的一名负责人，因为工作忙，挖野菜的任务没完成，便只好吃"观音土"。那"观音土"样子挺清爽，但绝对不能多吃，弄不好会要了人的命。我知道后赶紧找这位干部，劝他千万别再吃了。另一个队的指导员反映，说他见一名青工上班时钻到了机台旁的野地半天才回来，问他干什么去了，那青工说是拉屎去了。指导员感到蹊跷，拉屎要那么长时间吗！便到野地里转了一圈，也找到了屎堆。可令他震惊的是，那青工拉的屎跟牛粪毫无区别——净是没有消化完的草料。

"那会儿，我们的粪便都是这个样。当地有的农民专捡我们石油人的粪便回去晒干后当柴火烧……"有位"老会战"对我说。

正如康世恩所言，无论吃野菜会有什么后果，但当时大挖野菜是帮助几万会战将士们度过困难时期的最佳出路。有趣的是，在"大挖野菜"的群众性抗饥饿斗争中，还出了不少现在的人觉得很好笑的事，其中便有一则"野菜司令"的任命故事。

当时在会战前线的党委书记、副书记们都担起了抓生活的重任，什么"打猎队队长""捕鱼队队长"等，有名分有任免，正规得很。采油指挥部党委副书记李光明有一天在从泰康镇返回萨尔图的路上，经银浪以西的草原时突然发现了一片黄花地，其面积之大，简直能用"一望无边"来形容。"好消息嘛！老李，我跟余、康两位领导打招呼了，就任命你为'野菜司令'，你带上三百个人，好好干它一仗！"正在为上哪儿"大挖野菜"犯愁的张文彬拍拍李光明的肩膀，一声口头任命就落到了这位采油指挥部党委副书记身上。李光明接受任务后立即着手组建"野菜部队"，并且按每二三十人为一个中队及一人一天一百斤的任务，自带粮食和行李，雄赳赳气昂昂地整队出发。驻扎在大草原上的"野菜部队"完全是军事化的正规行动，他们采取的也是非常专业的"阵地战"法则——几百人排成一线，目标是生长茂盛的野菜腹地。只是武器显得低劣和简单，或麻袋，或干脆是身上脱下的衣服，不过对收拾野菜这类敌人而言，此类武器足矣。"战况"煞是好看：长长的队伍，在辽阔而平展的草滩上不停地向前蠕动，如蚕食桑，所经之处，原为一片金黄色的花地，转眼变青变绿……

> 五月里来好风光，
>
> 遍地黄花分外香；
>
> 摘来黄花保会战，
>
> 吃饱肚子打井忙……

歌声、笑声荡漾在大草原上，这是那个困难岁月少有的一景。李光明的"野菜司令"虽然仅当了一个星期，他的"野菜部队"也在完成那片十万斤的黄花采摘任务后解散了，但李光明的"野菜司令"这个头衔却被人叫了一辈子——这也是他一生中引以为豪的唯一一次有过"司令"头衔的称谓。

野菜——特别是黄花菜可以充饥，但天天吃野菜却也令人难以下咽。尤其是这些饿急了的人一到黄花菜地后，拔得鲜菜，往水泡子里涮涮，便架起铁锅点起火，狼吞虎咽吃一餐煮鲜黄花。那黄花是不宜鲜吃的，结果吃得许多同志又拉又吐，几日不得舒服。虽然指挥部颁了有言在先的"吃野菜注意事项"，但无法制止饿极了的会战职工擅自行动。

野生黄花菜现今是一道稀有珍贵的菜肴，可是我在大庆时见的那些上了年纪的人一听"黄花菜"三个字，便都会食欲锐减。"当年我们吃怕了。"他们如此说。

"大挖野菜是一招，但更要在食堂里搞名堂！"商量会战生活的电话会议上，喇叭里传来余秋里部长响亮的声音。于是全战区的"食堂搞名堂"活动，又风起云涌——

余秋里和张文彬都是政工干部出身，搞食堂是他们的拿手好戏。有一天他们见有位食堂师傅烙的玉米饼又脆又香，而且同样的分量饼就是比别人烙得大。

"好嘛，文彬同志，这个师傅搞的野菜玉米饼，具有增量、增效、增耐饥的'三增'效益，应当向其他食堂推广呵！"

张文彬试尝了一块"三增"玉米饼，大喜："我看可以大力推广！"

一时间，会战各单位掀起了一场"粮食增量大比赛"的活动。说来你可能不相信，但在当时的大庆确实发生过这样的事：

后来机修厂（现大庆总机厂前身）的食堂发明了一种可以将1斤大米做成四五斤饭，将1斤小米做成5斤饭和将1斤杂粮面做6斤发糕的传奇。怎么做的？其实也简单，就是将粮食长时间地浸泡，尽量让膨胀的粮食多吸水，煮饭和蒸发时再使其吸水吸气。于是一点点粮食原料，煮熟和蒸出的东西看上去就变得又大量又多，饭像蓬蓬松松的棉花，发糕像软软绵绵的泡沫。这种饭和糕吃下去能填肚子，却不顶饱，过不了一两个小时便肚肠乱叫，可在当时确实能管些用。

更有食堂师傅想出奇招：拾得农家用的做燃料的庄稼秸秆和玉米瓢子等粉碎后掺入玉米面或小米中，然后做成馍馍一类的糕饼，再每人配上一碗野菜汤。这样"一硬一软"，也能把肚子撑得胀胀的。

"这是没有办法的办法。就是为了骗骗肚子嘛！"夜晚，余秋里和康世恩躺在各自的薄被子里，进行十分沉重的"碰头会"时无奈地这样说。

自发动群众后，"骗嘴"的怪招层出不穷，令人眼花缭乱。余秋里选择了 6 月 6 日这一天，命令张文彬主持全战区开了一个别开生面的"吃饭大会"。地址就在前一年召开"誓师大会"的万人广场上。

嗨，这热闹哟！

参加"吃饭大会"的各路书记、指挥和食堂管理员、炊事员及后勤供应人员共有 1100 余人。并且各单位的炊事人员都带上了炊具、锅灶和花样百出的瓢盆，现场表现各自的菜馍或其他代食品。

"交流比赛开始——"张文彬一声令下。一时间，万人广场上锅碗瓢勺丁当乱响，炸煮烹炖，热气腾腾。

"好好，这又好看又好吃！你们一定得传传经嘛！"

"我看还是这炸糕好，你瞧，用料不多，也不像棉花那么蓬蓬松松，吃起来也管用。"

"不不，我看还是这野菜馍做得实惠，口感好，用粮少，也顶饱……"

余秋里和康世恩等会战领导看在眼里，听在耳里，喜在心里。

"冠军！这个冠军红旗不比打井的红旗差噢！"余秋里和康世恩亲自将一面面奖状和锦旗颁发给那些炊事人员。而那些得奖的炊事员们，欢喜得热泪盈眶，他们无不自豪而激动地说："以前一直看铁人他们得奖，心里痒痒的。这回也是余部长给我们颁奖，够露脸！"

战胜饥饿的活动搞起来后，会战群众中想的招术更绝，其中有一招叫"到农民地里拾遗补饱"。

咋回事？不是去偷农民地里的庄稼吧？开始余秋里和康世恩一听就紧张起来，后来张文彬和宋振明向他们作了汇报后才算明白过来。

原来，钻井 3274 队有个叫叶永庭的职工，一家四口人，老婆孩子来队后没粮食吃，他们就自己想法子，上农民收割后的地里捡残留之粮，结果捡回了 600 多斤粮食。还有另一个井队的马德久一家，也是同样的办法，捡了 400 多斤。一家老小不靠集体，吃得饱饱的。

"这个拾遗补饱办法好。既为农民扫除了浪费现象，又减轻了我们会战的负担，家属也有事干了。"余秋里听后大喜，立即命令张文彬他们宣传叶永庭、马德久家的精神，随后又加了一句："千万不能触犯农民利益啊！"

宋振明证明，由于大力提倡了"拾遗补饱"的做法，至少使数以千计的来队家属以及他们的家庭解决了饿肚的问题。

康世恩呢，也有一件事让他高兴了好一阵：有人下班后就抢起锹镐，专门跑到农民的庄稼地去掘田鼠洞，因为田鼠洞里既有鼠，又有鼠留下的粮食……"你们这一招，很像我们通过地质现象找石油的道理！"康世恩听后笑出了眼泪。这眼泪里既有欣慰，也有隐隐的心酸。

挖野菜和各式各样填肚子的招术，对一线的工人来说，作用不小。可一些生产技术人员就没那么多时间和精力去研究生活问题了。他们每个人的情况不同，吃饭问题影响了一些专家和技术人员的正常工作。北京石油学院的秦同洛教授，是战区有名的八大专家之一。此人学问大，饭量也大，其饭量通常是普通人的一两倍。看着秦教授因口粮限制常常吃不饱而提不起工作的劲头来，康世恩很是着急。

"再饿，也不能饿着我们的大专家们！"康世恩在会上公开宣布："以后秦教授走到哪，你们都要让他吃饱饭为止。他的饭票不够，记在我的头上，从我口粮中扣！"

余秋里部长也是这样。"胖子"技术员杨继良也是胃口特别大的一位，他的口粮连半饱都不到。余秋里知道后，让秘书悄悄给杨继良送去一叠"全国粮票"，吃着"部长口粮"的杨继良在生前与我谈起这段往事时，热泪盈眶。

面对队伍不安定的局面，余、康他们不仅在"吃"字上做文章，也在思想政治工作上抓得紧而管用。他们别出心裁地在全战区的职工中搞了个热火朝天的"评功摆好"活动。

何谓"评功摆好"？最早余、康等石油部领导提出要在会战队伍搞这名堂，并不只针对"逃兵"现象，也是为了提高群众性的比学赶帮运动。大干年代，再高的觉悟，也还总有落后与差异，但余、康带队伍有个特点，他们不喜欢出现"左中右"三类人，他们要的是会战队伍个个都是斗志昂扬、意气风发的先进者。靠啥办法？评功摆好呗！你说你落后？并且总有些人自愿甘当落后分子。而余、康偏不让你当落后分子。

基层职工一个月来一次"评功摆好"，是群众自己相互间的评功摆好，有点像民主生活会。你说你多么落后，可大家在评功摆好会上七嘴八舌，你一言我一语，你哪落后嘛！有好几条先进嘛！有个姓高的老工人，公开说自己是落后分子，浑身毛病，上下长刺，领导对自己也是门缝里看人——早看扁了。评功摆好会上，群众说你高老大不落后，起码你也是自愿报名到大庆会战前线来的。这是一大成绩。有的说，你高老大腿有关节病，可你没为这事请过假，干活总是特卖力……这一摆，给老高摆了十几条长处。摆到后来，老高坐不住了，连连摆手，说你们饶了我吧！我落后，这我自己知道，但你们大伙儿对我点点滴滴的事都记着，我感动得很。以后我再不自己看不起自己了，我要向王铁人看齐。后来这位老高同志还真被评上了"五好工人"。

"逃兵"中有不少人是被家人和老家的政府送回来的，这些人回来后觉得自己的脸面丢尽了，抬不起头，于是有人还想走。评功摆好会，大伙儿就说，你在最困难的时候离开队伍是不对的，但你回来了就得记你一大功劳。这个功劳比什么都大。余部长说了，走了的人能回来，说明他们还是觉得当石油工人光荣，心里还有为祖国早日扔掉贫油帽子的伟大理想，这样的同志就是好同志！康世恩也说了，找石油没有不走弯路的，因为地下情况复杂嘛！走弯路不要紧，要紧的是走过弯路后要有记性，下次不再犯重走弯路的错误！那些本来顾虑重重的"逃兵们"一听部长们这番话，有的感动得痛哭流涕起来，说：我对不起组织，对不起领导们，对不起大伙儿，今后一定再不当逃兵，一定好好为祖国建设找石油，就是死了也要让儿子孙子来接班。觉悟了的，队上和指挥部就给这些人开庆功大会，给他们披红戴花。当了"逃兵"还得到如此待遇，这一传十、十传百，许多"逃兵"就是这样回来的。

苦日子就是靠这样一招又一招、一环又一环地具体改进实际工作与提升思想政治工作艰难地走过来的……

1961 年 7 月 23 日，邓小平来到了大庆，看着铁路沿线两边正在耕种的新垦土地，高兴地说："大庆比青海、新疆和四川等油田都要好，这里有足够的土地，可以把副业和养殖业搞起来，还可以在井周边种些树。"

"我们给你们树苗！"陪同的黑龙江省领导对康世恩说。后来就在这一年，油田在会战的战区内种上了第一批树。

8 月 7 日，国家主席刘少奇来到大庆视察。当他看到油田战区到处红旗招展，会战职工和家属们斗志昂扬搞生产、抓生活的景象，特别兴奋，说道："此地地下有油，地上有牛，真正的希望之地啊！"

这一天，刘少奇在前往一个井队的途中，车子突然陷在了泥坑里。附近的钻井工人们见后，几十个人飞步赶过来，七手八脚地将车子和车子上的刘少奇一起抬了起来。这让刘少奇格外感动，连声说"石油工人好""石油工人骨头硬"！

石油工人确实骨头硬，但他们更硬的是对祖国石油事业和对油田会战的坚定不移的忠诚与信仰。

有了坚定的信仰，工作和生产的主动性、能动性也更强了。我看过一期《战报》上题为《敢想敢干的人们》的短文，虽然已经过去近60年，但仍然能感受到当年会战时期石油工人们为了生产而出主意、想法子的那种冒着热气的劲头——

敢想敢干的人们

一台 60 马力的轮式拖拉机在碧绿的旷野上驰骋，像一匹骠壮的烈马。这台拖拉机不是"东方红"，也不是"斯大林80 号"。它身上有外国的东西，也有中国的东西；有大工厂的东西，也有设备简陋的机修厂的东西；有洋法生产的东西，也有土法搞出来的东西。它是七嘴八舌、七手八脚、七拼八凑搞出来的产品。

一探区的运输力赶不上生产需要，机修厂在七月份就酝酿要自造运输工具，解决运输上的困难。打算用 T—234 汽车的旧离合器、差速器、转向机、坏了的前横梁、没有输入轴的变速箱、半截子的大梁等一些废旧部件和一台 4120 型柴油机，加工改制一台轮式拖拉机。

问题刚一提出来，有人说"不行"，甚至有的说这是"胡闹"。但是六级修理工张德文却说："没有克服不了的困难，没有制服不了的东西。"四月份转业来的五好战士张国民表示，为了解决运输关键坚决参加这项工作。技术员周道全也说："只要有决心，拖拉机一定要制成。"这样，他们三个敢闯敢干的干将就开始了拖拉机的改制工作。

变速箱的主要部件都要自己设计，自己制造。他们一面商量、一面拜师请教、一面翻书本。厂里的原材料和加工能力都有限制，他们不得不打破常规，在材料选择和部件结构上想办法，发动机与离合器壳不能做到整体联接，用断开对接；没有轮胎钢圈，以铸铁件代替。后桥是一个形状极不规则而又需要精密加工的铸钢件，没有铸钢用板钢管组焊。一次、两次、三次……边收集材料、边设计、边制作组装、边修改，党支部书记和他们一起研究，板厂的领导还把改制拖拉机列入了革新献礼项目，把拖拉机的配件制造列进了生产日程，这给了他们极大的鼓舞。三个人下定了决心，一定要搞出名堂来，要为运输工作作出贡献。张德文与张国民住一个宿舍，晚上不睡，两个人躺在炕上研究设计和解决困难的办法。做离合器支架时，机动设备不够，用手工操作，张国民主动担负了16公厘厚的铁板钻孔的活计，四百多个孔，一个个地钻，一个个地打，下钻开的孔心，还要一个个地钻平，两支胳膊累得酸疼麻木抬不起来。周道全则成天价背着个背兜，在各车间里转，和工人们边研究、边设计、边制造，有时顾不得回去吃饭，把饭送到车间里吃。

四百多个大小配件经过千辛万苦制造出来了。厂里给了三天时间完成总装配。全厂同志们都来参加"会战"，厂长、总支书记亲临现场指挥。到第二天晚上十点钟，一架枣红色的拖拉机巍然屹立在机修厂院里。当夜试车，人们围着这架土洋结合的拖拉机，心情兴奋。那些说"不行"和"胡闹"的人还在怀疑，他们说："不合规格，一拧就得成了麻花。"张德文坐上驾驶台，双手握住方向盘，接着灯一亮，喇叭一叫，徐徐地松开离合器，拖拉机骄傲地向前行驶了。

"成啦——！"人丛中的欢笑声伴着拖拉机的鸣唱，混成了一支胜利的交响乐。被拧成了"麻花"的不是拖拉机，而是那些怀疑的论调。

到 1961 年年底，全战区不仅超额完成了各项生产和采油任务，尤其是原油产量比上一年实际增长了两点七倍，而且在秋收季收获了各种粮食作物 304 万斤，蔬菜总产量达 1316 万斤。甚至还出现了一些新垦荒的高产玉米地和大豆地。"最高的土豆亩产达到了 8930 斤。"一位"老会战"如此向我介绍道。

而另一位老会战队员则告诉了我一件他称之为的"最激情燃烧的往事"，那就是余秋里、康世恩领导下的大会战最困难的岁月里，战区之间进行的"劳动竞赛"，也称"生产运动会"。

"生产运动会?"开始我些不解，听完"老会战"的介绍方才明白过来。原来，在当年大庆会战最艰难、生活最难熬的日子里，恰恰他们"为了拿下大油田"的干劲是最大的，战区全线的劳动竞赛活动和"标杆林中竖标杆，铁人头上出钢人"的比学赶帮超热潮也是最红火的。

这应当是余秋里的指挥风格，后来也成了康世恩等历届新中国石油领导者抓油田建设的指挥作风。

会战的第一个口号是"以最快的速度、最高的水平拿下大油田"！目标和标准是什么? 当然是跟美国和苏联两个国家比嘛! 甚至为此，部长余秋里让康世恩将苏联人搞的罗马什金油田、美国人干的德克萨斯州油田勘探图挂在会战办公室，时刻提醒"赶超美苏"的战斗誓言。

"美国人和苏联人发现的这些大油田，从见油到得到储量都用了三四年。"康世恩说。

"那我们用两年、一年!"他余秋里将右胳膊在空中一甩，这样说道。后来，大庆第一个 4 亿吨的储量从见油到得到确切数据才用了七个月。

会战一上来，余、康就定下了高速度拿下大油田的奋斗目标。高速度靠什么？当然得靠人来创造。人是什么样的人？铁人式的人嘛！

光一个王"铁人"是不够的。要有千百个王"铁人"、几百个"1205钻井队"才行。

如何出现千百个王"铁人""1205钻井队"嘛？

劳动比赛！打擂台！

余秋里对此熟门熟路，在战争年代他就创造出这套杀敌制胜的艺术，且还受到毛泽东的表扬哩！

于是，在辽阔的草原上，他余秋里竟然别出心裁地喊出要搞"生产运动会"！1960年12月31日晚，寒意笼罩的大草原上却热气腾腾，如林的钻塔和如林的帐篷，如撒下的繁星镶嵌在大地上。刚刚召开的年度庆祝大会上，将军部长把一面面"红旗钻井队""卫星钻井队"和"钢铁钻井队"的鲜艳锦旗颁给那些英雄的队伍。现在，会战总指挥部的"干打垒"外，到处灯火通明，阵阵欢声笑语也传进余秋里的耳里。将军部长放下手中的报纸，走近窗户，向外看去——啊！大雪纷飞的原野上已经银装素裹。串珠似的灯光，将钢梁铁架和帐篷间旋舞的飞雪折射得斑斓影动，似条条彩绸飘举，如支支银炬火龙，带着敬意与暖融，伸向英雄的石油会战将士们那一双双燥裂但依然有力的手……

不易！不易啊！将军情不自禁地抬起右手，将并拢的五指搁在脑门前——他在向冰天雪地里的英雄的会战将士们敬军礼。这个动作，没有人注意，只有一位给将军送玉米馍的老炊事班长见着了。

"部长，大伙儿还都在食堂会餐，我见您没在，盛碗玉米糊给您端来了，一会儿您饿了就喝了它……"老班长用自己的棉袄捂着装满热玉米糊的"志愿军出国纪念"瓷缸，轻轻进，轻轻出。

"谢了！谢老班长！"将军部长今晚似乎显得格外动情。他把秘书和康世恩他们都赶到各个热闹的会餐食堂去了，自己则独自静坐在"干打垒"的办公室里，原本是想给家里的夫人素阁和孩子们打个电话道一声新年的问候，可后来他改变了主意。一则他说不清自己什么时候回北京——真回去也不是事，晓霞、晓红这几个娃娃整天闹着想吃顿红烧肉，这红烧肉哪儿去弄呀？干脆，不回了！二则报纸上的一则消息让他刚刚想歇口气的心情又复杂起来：会战的勇士们已经只能每天吃"两稀一干"的野菜团子和玉米糊糊了，可生产的速度还得往上升……怎么弄？大名堂还搞不搞了？

"部长，您出的对联写好了！参加座谈会的同志也在那边等着，咱们走吧？"不知什么时候，秘书李晔夹着一卷红纸进了门。

"打开我看看。"余秋里回过神来。

红纸展开，墨香扑鼻。

> 保质量重安全，永树全国标杆；
> 创奇迹超功勋，争夺世界冠军。

"怎么样？还行吗？"余秋里读着自己编的对联，心里有三分得意地问李晔。

"行。很带劲！"

"走，带着这'礼物'开会去！"将军部长于是也颇为带劲地顺手抓起床铺上的军大衣，健步出门。

嘿，很热闹嘛！会议室内早已坐满了戴狗皮帽、穿杠杠服的各单位代表。他们或在嗑瓜子，或在啃苹果，或在吞花生米……

"今天食堂是管饱，你们可别给我客气啊！过了这一村就没那一店了！"余秋里边说边插到 1202 队的队长与指导员中间坐着。

戴狗皮帽的代表们不少人拍着鼓鼓的肚子，开心地冲自己的部长说："饱，太饱了！"

"太饱了就不太好。饿极时吃太饱容易出问题。当年我们走完长征后有些同志一上延安，就大吃大喝，填肚子，结果胃就出了毛病。你们可得小心。"余秋里见大伙儿都在笑，便让李晔抖开卷着的红纸，随后向左右坐着的1202队两位代表说："新年到了，我没啥可送你们的，这副对联算我给你们队的一份礼物。"

部长送对联，那是最好的礼物啊！尤其是他余秋里部长，啥时候见他给人送过墨宝？太难得的礼物了！ 1202队的队长和指导员兴奋地接过，全场响起热烈掌声。

"同志们哪！最近我看到一个消息嘞。北边的苏联有个叫格林尼亚的钻井队，今年他们在依尔巴库油田上用11个月时间打井31341米，创造了苏联最高纪录。了不起哇！苏共中央和他们的部长会议专门做出决定，授予这个钻井队'功勋钻井队'称号呢！"余秋里说到这儿，见在座的代表们正全神贯注地听他说这一消息，便停住话，用目光向四周扫了一眼，然后站起身，向左右坐着的1202队的队长、指导员询问："怎么样？你们有没有决心跟苏联的'功勋队'比一比？争取超过他们？当一个表率，把世界冠军夺过来！"

"有！"1202队两位军人出身的井队领导霍地站起，向余秋里行了一个军礼。

余秋里满意地笑了："好！新一年里，我们要继续开好'生产运动会'，要创造我们的钻井世界冠军！全战区要创造找油田的世界冠军！我听听同志们有没有这个决心？决心大不大啊？"

"有！"

"大！"

座谈会代表全体起立应战，高昂的战斗誓言响彻辞旧迎新的北国寒夜。

"当！当当！"远处的旷野上，新年钟声响起。

"砰——嘭——"近处，钻塔与帐篷间，更是鞭炮齐鸣，欢声笑语此起彼伏。

而在这将军升帐、战鼓擂响的时刻，有几个英雄钻井队坐不住了，他们在"密谋"一场会战风暴——

"知道余部长为啥只给我们写对联吗？那是他把创造世界冠军的希望全部寄托在了我们英雄的 1202 队！"

"嘿，这回咱们可以一马当先，干他个惊天动地！"

"是。他老毛子能打 3 万米，我们就能打 5 万米！"

"打 10 万米！"

这一夜，1202 队 50 多名勇士聚集在一起，据说光"萨尔图茅台"就喝掉了好几缸。老队长张云清、第二任队长马德仁从总指挥部出来后，都没回去休息，督促着现任队长王天琪和指导员杨春文连夜回到队上召开全体职工大会。余秋里的那副对联在这一夜让这个英雄的钻井队着实心潮澎湃了一番。那年代人们的精神状态和工作干劲真的让我们感到敬佩和羡慕：无论是干部还是普通工人，只要领导一号召，说干就干，说走就走，你让他上刀山他绝不含糊；你让他下火海，他眼睛也不多眨一下。再说，这 1202 队是个什么样的队伍？自会战的第一场战役开始以来，队长马德仁就没有松过一天的劲儿。为什么？那个"铁人"王进喜像疯子似的赶在 1202 队屁股后面促其冲锋陷阵不是！你悄悄缓一口气，他王进喜的 1205 队就超过你 1202 队一大截。好在前阵子马德仁把段兴枝他们 1247 队的绝活——"钻机自走"本领学到了手，才在第二届战区"生产运动会"上从王进喜手中夺回了"全能冠军"的旗帜，创下了八个月打井 22 口、进尺 22800 米的纪录。

现在，余秋里部长挑明了把"赶超功勋队，勇夺世界冠军"的任务交给了 1202 队，显然是希望 1202 队咬住苏联的"格林尼亚钻井队"，干出个钻井"世界纪录"！

1202 队既觉光荣又感压力重如泰山。

这回，余秋里没有把对联送给铁人王进喜原本所在的 1205 队，而是交给了 1202 队，不知他是不是出于这样的考虑：一是当时的王进喜已升任钻井大队领导，他本人又身负工伤；二是在会战前线大家都知道一个事实——论整体队伍素质，1202 队无人可比。在采访中有人曾对我这样说过：1205 队是王进喜带出的一支勇猛的钢铁队伍，什么艰难险阻都能攻得上去。而 1202 队同样是支冲锋陷阵、攻无不克的钢铁队伍，他们在勇猛之中又比 1205 队多了一个"智"字。智勇双全，使 1202 队成为当之无愧的"永不卷刃的钢刀"。但据参加此次新年座谈会的当事人介绍，当时余秋里在把对联送给 1202 队时，曾意味深长地瞧了瞧在座的其他几个英雄钻井队，也说了这样的话："为了粉碎当前的国际压力，为了甩掉我国石油落后的帽子，石油部、会战指挥部希望你们各个钻井队在新的一年里，继续高举毛泽东思想伟大红旗，学习'两论'，发扬艰苦奋斗的革命传统，争取超过苏联的那个所谓'功勋钻井队'，为国争光！"从这话的意思看出，他余秋里是把超苏联"功勋队"当作一项政治任务来要求的，因而他既有对 1202 队的期待，更希望会战队伍都能共同来实现这个目标。

这可能是余秋里的战略思考和战术艺术的特点。

话说 1202 队在接受"超功勋"、争夺世界冠军的任务后，也遇到了一个新问题：第二任队长马德仁已经另有"高就"，又换了一位新队长王天琪。余部长赠对联的当夜，老队长张云清和马德仁得知消息后，立即来到 1202 队，与新队长及全体职工共商大事。还是解放军的那股不达目的不罢休的作风。老队长张云清把话说得非常白："不外乎就是让你们多受点累，少睡几宿觉，多流点汗，掉几斤肉！有人担心我们今天是饿着肚子打会战，困难很多。可你们想想，当年我们人民解放军靠小米加步枪，打败了 800 万武装到牙齿的国民党反动军队。比起这，现在条件总要好多了吧！前面没有枪林弹雨，不就是肚子饿一点、住得差一点、天气坏一点、蚊蝇虫子多一点嘛！大家拿出劲头来，把苏联的那个什么功勋队远远地甩在后面！"马德仁说得更简单，他指指自己的脑壳："敢打敢冲，还得动点脑筋！"

1961 年 3 月 8 日，1202 队的"超功勋"战斗拉开序幕。钻台现场特意开了个小型誓师会，场面虽然不大，却既严肃又隆重，气氛热烈而火爆。严寒凛冽之中，钻塔顶端的红旗在风中"哗啦啦"地作响，仿佛是在替 1202 队的 50 多名勇士向世人展示他们争夺世界冠军的豪迈情怀。

挑战是从自己内部开始的。四个编制作业班一面比着劲，同时又配合协作，步调一致促进整体进度加速。过去一口井打完，井队需要做好完井、固井和测井工序，有时还要进行试井作业。为了缩短这些工序之间的间隔，他们采取了在完钻后立即组织两个班快速下套完井。完井后又立即投入三个班的兵力进行固井小会战——大会战中套小会战，这是余秋里、康世恩在大庆会战中始终运用的一大指挥艺术，各基层施工单位灵活运用、巧作安排，显现不俗成效。在固井结束后，又组织一个班加速卸钻杆做好搬迁准备，同时让一个班充分休息准备新井开钻。这时另两个班到新井位做好开钻前的准备工作，待井架一就位便可以立即转动机器开钻……如此这般，速度立即攀升，从月开两井完成两井到开三井完三井，到后来的月"五开五完"，一直到最后的"六开五完"，即开钻六口、完井五口的高速度。

这是什么速度？这是中国石油人创造的神奇速度！

想一想：在有限的三十天时间内，要将几十吨的钻塔和几十吨的辅助设备进行六次异地搬迁！仅这样的搬迁，就得花多少时间和劳动？

想一想：每一口井，都需入地千米之下。那钻井是与复杂的地下"敌人"较量，你不知道它会给你找些什么麻烦！而且每钻几米就得换一次钻杆，仅换钻杆的过程就够复杂烦琐的——提一次就得一节节地卸下，再放到一边。等接上新钻杆后，又得一节节地重新装上，再重新下井。还有固井和井下测试……如此几十项复杂多变的工艺，你一项也不能少，一项也不能马虎。你想马虎，你想偷懒，其结果只能是让你经历更加复杂、更加烦琐、更加费劲的过程……

我想强调一点的是：我们的石油战士要完成如此繁重艰巨的任务，是在饿着肚子、吃着野菜和玉米糊糊的那个最困难的岁月！想象一下，那是一种什么样的情景、什么样的精神！

1202队不愧是"钢铁钻井队"！而整个石油会战中又何止一个这样的队伍？余、康在大会战中大搞"生产运动会"，要的是所有队伍都向他们学习，义无反顾地勇猛前进！

啊！那是一种什么样的战斗？似蛟龙出海，狂涛怒卷，浪冲天宇；如猛虎下山，呼啸野谷，震天动地！

大草原成了千军万马你追我赶、拼得难分难解的一片厮杀之地。这厮杀，既为祖国早日甩掉"贫油"帽子的誓言，也为在"老苏"面前争气，同样也有各个英雄队伍为自身的荣誉而战！

战吧！ 1202队自揭开"超功勋"、争夺世界冠军的战斗序幕后，他们一路战鼓轰鸣、杀声撼山。而他们的行动，也让那些不甘落后的其他英雄队伍摩拳擦掌，热血沸腾。

"老子就熊？不！他1202队能干成的事，我们就不成？"半道上，又杀出一个1203队，也是新疆来的标杆队，也是"石油师"的钢铁军人队伍。你张云清、马德仁、王天琪干得成的事，我们同样能干得了！

这1203队死死盯住1202队，一步不放、一眼不眨地盯在后面，而且看准机会，一鼓作气，将一路高歌的1202队甩在了自己的后面。

"他娘的，半路杀出个程咬金！他1203队怎么上来了？"1202队大惊。

惊有什么用？既是"运动会"，胜利者就是王牌军！ 1203队冲在了全战区的最前列，把1202队的气焰狠狠地"治"了！而且最让

1202 队不堪忍受的是他们居然派人把"挑战书"送到了 1202 队队长手上：我们要与你们一样争夺世界冠军！言外之意，这最后夺冠的不一定就是余部长送对联的 1202 队！

这还了得？ 1202 队的 50 多条汉子像被人当面放了一个臭屁——太不是滋味了！

正是无巧不成书。7 月初，钻井指挥部把萨尔图南部的一排七口井的任务下达到钻井大队，大队又下达到了 1202 队和 1203 队两个队上，令他们从这七口井的两端往中间打。

这不明摆着让两头猛虎争雄吗？

1202 队和 1203 队的双雄之争已不可避免！

这热闹劲儿！两个队、两座钻塔，排列在同一线上，在大草原上虽隔数千米，却如咫尺对阵，对手们真是到了相见分外眼红之势，就差各执兵器对搏了！只见比赛工地上人影与钻杆日夜不停歇，分不清机器声和人声，一句话：谁要在此时说闲话、挡他们干活，他们就会把谁从井台上扔下去。不是无情，而是他们现在的眼里只盯着中间的那口井。这不明摆着，二三得六，第七口井是两队的争夺焦点，谁先夺得，谁就是胜者。对军人出身的人而言，荣誉胜似生命。

短兵相接、白刃格斗就在两队几乎同时完成各自的第三口井的固井时。当时 1202 队正在卸钻杆，而 1203 队已卸完了两排（总计应为 7 排 120 根钻杆），这让 1202 队急坏了。红旗班班长、司钻张石琳一面派出"情报员"来回传递着 1203 队的进度，一面合理安排卸杆和在场地滚杆的人力，同时改进措施，不断加快卸杆的速度，由开始的半小时卸一根钻杆到最后只用六七分钟卸一根，十几个工人简直就是在拼命……晨曦初露时，1202 队终于卸下最后一根钻杆。

他们胜利啦！提前把井位移到两队中间的那口第七号井……

此后不久，国家主席刘少奇视察大庆，听说 1202 队正在瞄准苏联功勋队的目标进军时，非常高兴地来到井台握着工人们的手说：

"祝你们胜利，祝你们成功！"当听说不少工人是吃着野菜团子和玉米面糊、身患浮肿在坚持战斗时，国家主席沉默了许久，说："我们现在都是在紧着裤腰带过日子，希望你们注意劳逸结合。"

面对如此高强度的工作，面对一个个脸色发青、皮肤浮肿的工人们，堂堂国家主席能送的仅仅只是一句安慰的话。这就是那个极度困难的年代。但工人们依然壮志凌云，他们喊出了"人活一口气，树活一张皮，誓超功勋队，拼死硬到底"的豪迈誓言。

任务如此艰巨，战斗如此残酷，生活又那样困苦。有一天柴油机司机蒋世昌在擦洗小油缸时，因为饥饿无力，擦着擦着，就昏倒在地，后经队友们抢救方才清醒过来……在 1202 队夺冠之战最激烈时，会战副总指挥张文彬来到队上看着自己的队伍吃着酱油加开水的菜汤，干着常人几倍的工作量，忍不住泪流满面……

至 1961 年 11 月，1202 队打完最后一口井，以 9 个半月的时间钻井 31746 米的成绩打破了苏联格列尼亚功勋队的纪录，一举夺得当时的快速打井世界冠军。

余秋里听到这消息后，欣喜地让会战指挥部给 1202 队送去两头大肥猪以示犒劳。

其实，在"生产运动会"上，瞄准世界冠军目标的不仅是 1202 队。王进喜的 1205 队从来就没有服气过 1202 队。当大伙儿听说余秋里部长把夺冠的对联送给了 1202 队时，他们也把那个辞旧迎新之夜当作了誓师之夜。大伙儿个个摩拳擦掌地表示：咱是铁人标杆队，咱的红旗不能褪色。1202 队能干到的事我们铁人钻井队绝不少一米！

1205 队后来跟 1202 队较上了劲，第一次挑战是瞄着年创 5 万米的世界冠军目标，后来两个队双双实现。

第二次挑战是在 1966 年，这一年在中国历史上极不平凡，"文化大革命"的风暴已乍起，造反派煽动的大串联搅得全国不安宁，大庆也不例外。但 1205 队和 1202 队的比赛没有停止。那年正好听说美国

1966 年 12 月 26 日，1205 队、1202 队两个钻井队用国产钻机齐破 10 万米，钻井合格率达 100%，全优率达 99.4%，超过了苏联功勋钻井队 40816 米的纪录和美国王牌钻井队 90325 米的世界最高纪录

有个年创 9 万米的王牌钻井队，王进喜他们就在 8、9 月份继突破 5 万米任务后，一鼓作气，直逼 10 万米。这中间还有一个小插曲：在这年 5 月初，周恩来总理最后一次来到大庆视察，听说 1202 队和王进喜的队决心在上半年打井 5 万米、再超苏联功勋队时，周恩来非常高兴，拉着王进喜和 1202 队老队长张云清的手说："打上 5 万米时一定告诉我，国务院要向你们祝贺！" 9 月，大庆工人报捷团到北京参加国庆观礼。周恩来见到王进喜时，就伸出五指晃了晃。王进喜一见就明白，笑了："总理，我们到 8 月 18 日，就打了 5 万米，现在两个队都准备向年钻进 10 万米的目标进军呢！"周恩来一听大喜，说："好，我祝贺你们！"并再三嘱咐："真到 10 万米时，一定告诉我，我请你们两个队的工人同志们进中南海。"可是历史遗憾地错失了这一幕：当王进喜他们双双创造 10 万米纪录、向中南海汇报时，周总理已经身不由己地整天忙着平息造反派的种种纠缠而无暇接待大庆的同志。这对大庆人和王进喜来说，都是个无法弥补的遗憾。

2019 年 1 月初，当我再次来到"铁人"王进喜的 1205 队时，让我意想不到的是，这个已经在大庆油田战斗了近 60 年的队伍，今天他们仍然奋战在野外打井的一线。在钻井台上，年轻的队长张晶告诉我：他们将在今年再创造 10 万米"三连冠"。

"到时我一定给北京的何老师您打去电话……"张晶说。

"宝刀不老"的 1205 钻井队，其新队长的话令我感慨万千：大会战熔炉淬炼出的钢铁队伍，如今依然明光闪烁！它折射的是什么？是中国石油精神，也就是伟大的中国精神！而今天又有多少人知道这种伟大的精神是在最艰难的岁月里锻造而成的呢？

它让我陷入了沉思……

第六章

　　一把火，烧出"岗位责任制"。"大庆精神"从此光照人间……

　　我与大庆油田的"交情"已有二十余年，其实很早就发现一个问题：无论是"老会战"，还是新大庆人；无论是大庆油田的人，还是中国石油系统现在海外工作的人，只要他们一谈起"大庆精神"，都会不约而同、脱口而出四个字："三老四严"。

　　在石油人心目中，他们对"三老四严"，就像我们所有中国共产党人对"实事求是""艰苦奋斗"这些党的优良传统一样熟悉。

　　"三老四严"的核心是，做老实人，干老实事，对革命工作和科学技术，必须从严入手、一丝不苟。

　　大会战是共和国初创时期石油系统在中央精神的指引下，开创的一种和平建设模式，它的特点是：面对各种艰难困苦条件，充分依靠人多力量大的战术、集中精锐兵力所进行的大规模的油田建设活动。

它所采用的形式与军事战争中的打歼灭战很相似。然而，工程建设与单纯的歼灭敌人的打仗还是有差别的，尤其是带有科学技术性的油田会战，单单地靠勇敢和拼命是不行的。余秋里、康世恩一开始就清楚这一特殊性和差异性，所以"严"字当头，是他们时时刻刻挂在心头的一把尺子。这把尺子包括了两个方面：一是技术方面的，一是人的思想作风方面的。而且余秋里、康世恩很清楚一点：技术在油田建设中至关重要，然而技术是由人去做的，有什么样的人就可以干出什么样的活，更可以创造出什么样的奇迹；当然，科学技术难关也是由人去突破攻克的。所以，人是最重要的并且是决定因素。

大庆的"三老四严"精神，其实是从一开始就慢慢积累而成的。而这种精神的实质是：干社会主义建设，与打仗消灭敌人一样，马虎不得，马虎了牺牲的就可能是自己。"即使没要你命，但有时比要你命还够劲。比如我们失败的'川东会战'……"余秋里把这事每每作为党组会上教育各位领导干部的"清醒剂"。

康世恩则这样讲述"川东会战"的教训：它足可以让一个骄傲者一生抬不起头来。更何况我们还没有什么骄傲的资本。

"严"，因此必须是大会战万千工作中放在前面的一项要求。

"严"字当头。余秋里关注的是干部和职工们的思想作风问题，所以他最看不惯那些工作不认真、臭架子又很大的行为，特别是一些干部搞特殊化、高人一等的表现。凡遇上这种情况，轻的挨批，重的撤职，甚至"永不重用"。他的爱憎一清二楚：你给国家带来损失，给党的形象抹黑，我不严治你，害党害国也害你自己；早治、狠治，损失会小，是救油田，也是救你个人。

会战初期，有个井队在施工过程中，因为地下情况出现异变，高耸的大钻塔竟然掉到了地底下，也就是说，一台国家花了几十万元外汇的进口钻机，说没了就没了！几十万元的一个石油勘探重要设备没了，在上世纪六十年代初国家极其困难的年代，意味着什么？有点像我们今天修一条类似港珠澳大桥那么重要的工程说毁了就毁了吧！那一次"掉钻机"事件发生时，余秋里在北京，当他听说后，真的可以用这么四个字来形容：暴跳如雷！

"你们、你们给我作出解释！知道我们国家现在是个什么情况吗？知道我们石油部有多少台钻机吗？知道一台钻机多少钱吗？知道国家哪个地方弄来的钱给我们去打井找油吗？啊？知道吗？"余秋里在电话里一连说了无数个"知道吗"，就像突然间自己家的孩子丢了似的，痛惜之心昭然。这个电话他是打给正在前方的康世恩的。

"我知道……"会战前线那边，总指挥康世恩沉痛地回答。

"知道就给我找出原因！找出责任！"余秋里"啪"地按下电话，依然怒气冲冲地在办公室走动，空袖子"嗖嗖"生风，如暴风骤雨。

钻机没了，被无情的井喷吞没了……康世恩其实比余秋里还要心疼。放下电话后，康世恩扶了扶眼镜，朝秘书一挥手："上事故现场去！"

事故现场惨不忍睹：昔日雄伟的钻塔早已不见踪影，连根塔骨的钢管都找不着。再看井位，到处一片狼藉，冒着热气的油乎乎的泥浆仍在四处蔓延，抢救井喷时扔下的工具和衣服随处可见，几十个疲劳过度的工人们三三两两地蹲在一边哭丧着脸，仿佛世界到了末日……

"说说当时的情况吧。"康世恩叫过战区指挥李敬，问。

摇摇晃晃的李敬，本来是位文质彬彬的"石油师"党委秘书、石油战线的年轻才子，可此刻却如一个小老头似的穿着一身又脏又皱巴的施工服，几度想张嘴可就是发不出声。

"说呀！到底是怎么回事？"康世恩怒吼了。

"我……"李敬嘶哑地发了一声仍然说不了话。只见他两眼泪水盈盈……

当时、当时是什么情况？李敬的眼睛一下模糊了：他是前天傍晚在前线时突然接到"杏24井"发生井喷消息的。凭着军人的敏感，他知道自己必须冲到事故现场去。那是个雨夜，暴雨大得根本不能行车，抢救的车子都陷在泥地里，能前进的只有人的两条腿，而雨夜的原野上又一片漆黑。无奈，李敬只得凭着自己的意识迈开双腿，在雨中摸黑前进。偏偏，他迷路了……当他重新辨别方位，再行至井喷现场时，已是下半夜。

井喷的现场十分可怕，呼啸的井喷挟着半斤重的石块到处乱溅，加上浓烈刺鼻的天然气味，谁想靠近都不太可能。再看从井口喷出的水柱，夹着原油、浑浊的泥浆和石块，犹如一条饥饿的黑蟒，直冲天际。巨大的气流挟着石块和泥浆打在钻塔的铁架上，丁当乱响……李敬和井队的干部与工人们只能在相当距离之外用手比画着说话。闻讯赶来的机关干部和附近井队的职工们一批批拥来，但谁也无法制止这发疯的黑蟒作恶。不多时，人们眼睁睁地看着井架底座开始下陷，然后是钻塔出现倾斜……

怎么办？用拖拉机把设备拖出来？哪儿来拖拉机呀？没有。泥泞的原野被暴雨浇得寸步难行。即使有一百部拖拉机和吊车也是枉然。

李敬和在场的干部职工们心如刀割，又无可奈何。

"不行！不能这样白白看着钻机和塔架沉下去！能抢多少回来就抢多少回来！"李敬向井场副指挥杜志福做着手势，便带头奋不顾身地跳上钻台……

杜志福跟着跳了上去。

工人和机关干部们也跟着跳了上去……

巨蟒的呼啸声、人群的叫喊声，夹着雨水的击打声，将整个井场搅得昏天黑地。这是一场真正的肉体与钢铁机器间的大混战。这是一次真正的灵魂与油龙间的生死搏斗。

但，"敌"我力量对比太悬殊。当杜志福想打开低压阀门时，一股高压气流将其冲出数米，重重地摔倒在地……"老杜！老杜——！"李敬抱着昏死过去的战友，拼命地喊着。可他的声音被巨大的井场呼啸声吞没。

倾斜的井架突然发出一声"咔嚓"巨响。

"撤！全体撤离！"万分危急时刻，李敬不得不拼尽最后一丝力气发出命令。当工人和机关干部们撤出井台的那一刻，整个井台随即也在众目睽睽下消失于地平线之下——像一个久经沙场又失去战斗力的猛士哀号一声后倒下了……

井队的工人哭了。机关的干部哭了。

李敬也哭了。

那天晚上，井队的职工一夜未睡。李敬跟着一夜未睡。他是钻探指挥部的领导，他要在队伍最困难的时候跟大家在一起。看着沉浸在悲痛之中的工人们，他想安慰大家几句，可他就是讲不出话，嗓子里冒的全是火。

"李指挥，你别说了……"

"李指挥，我们……"

工人们还在流泪，一边却在劝说他们的指挥。

"可越是这个时候，我越想说话。"李敬，这位"石油老战士"有每天记日记的习惯，即使后来他当了副部长，仍没有丢掉这个传统。他在那天的日记里这样写道："……晚上又召集会议，我破涕为笑，强打精神，向同志们讲了事故的经过。我说：'杏 24 井'损失严重，教训深刻，是件痛心的事情。但这口井也证明了油田顶部位移（油田面积比预料的要大得多），也表明油田压力比我们预计的要高得多。自古兵家一胜一败古之常理。留得青山在，不怕没柴烧。我们在受到挫折的时候，要表现得更加坚强、更有志气……我只有一个目的，就是要鼓足群众更大的干劲，做好工作，来弥补这次巨大损失。我清楚我自己心中的怨痛，同志们心中也同样怨痛。我越无心说话，却越想多说话，在情绪不正常的时候就越需要理智：我宁可在帐篷里流泪，也绝不能在群众面前默默不语。怨痛只能给工作造成更大的损失。"

井喷，是钻探中有时不可避免的事故。但井喷有不同的结果，尽管它缺少特别的规律。然而余秋里和康世恩始终不允许在任何事故中出现人为的因素而给国家财产带来损失。

在"杏24井"发生井喷事故的差不多时间里，王进喜的井队也曾发生过突发井喷，然而由于王进喜组织及时，他们的钻塔机台设备保住了。这说明什么？

"说明有的干部有头脑！有预见！有出现事故后的得当措施！可是你——李敬！你的头脑长在哪儿？"在干部大会上，康世恩不依不饶地让李敬站在前台，指名道姓地批评他。

"那个时期风气真好！余部长和康部长他们就这么批评干部，可谁也不记恨他们，而是老老实实地把自己的问题找出来，并且认真改掉。"我第一次到大庆采访时，接待我的"二李"后来一直是我的好朋友、好兄长，他们是李学恒和李国昌，两位是大庆油田的"笔杆子"。2019年再次到大庆时，学恒兄告诉我，李国昌先生已经在前几年走了。而上面这段话就是当年李国昌先生讲给我听的。

"严"字当头，确是余秋里、康世恩在领导会战时一把时刻握在手中的利剑，也是充满魅力的一种工作艺术——石油领导者从战争中形成的一种艺术特质。

向地心要石油，靠钻探。钻探最怕啥？怕打的井出现斜孔。严重的斜孔，是不可能在日后准确、有效地采油的，故井斜的后果，基本上是造成施工的浪费。一台钻机，在当时几十万元钱；打一口上千米的油井，倘若失败了，也是几十万元的代价。

大会战现场，钻机所钻的井，成百上千个。每一口井，都饱含了领导者的心血、技术人员的智慧和工人们的血汗，倘若有人把井打斜了、打废了，你让余秋里、康世恩不发火也不可能了！

余秋里这回又是大发雷霆，而这回出了问题的恰恰是会战前线最红火的"铁人"王进喜队。1205 队要倒霉了!

这事发生在 1961 年 4 月。又一个新年的会战打响,南线战区的几十台钻机像甩开铁蹄奔腾的烈马一般,争先恐后地追赶着施工速度。正当这边的会战搞得热火朝天之时,问题却也接二连三地传到了余秋里耳边:开工不到半个月,南线作战所打的 32 口井中,有 4 口井误射孔,5 口固井不合格,4 口井底冲洗不干净,5 口油层浸泡时间过长……

"质量问题是关系到会战成败的关键。再不狠狠抓一抓质量问题,会战工委提出的高标准、严要求就会落空! 到那时,还要什么速度? 还怎么向国家和人民交代?"余秋里的话通过北京—萨尔图专线响在前线的各个干部耳边。

"王进喜的 1205 队也有口井打斜了 3 度半。3 度半不算什么吧?"有人嘀咕道。

"不行!"余秋里吼道,"克拉玛依和玉门就是吃了这个亏。王进喜? 王进喜打的井斜了,更得填! 王进喜,你听着,你得给我把井填起来!"

"王进喜填井!"这声音通过扩音喇叭传遍了会战全线。

英雄的 1205 队五十多名钢铁汉子哭了,他们不忍心自己用血和汗打成的井再由自己的手一铲一铲地将它填起来……

"填! 就得按照余部长的话——填!"这回康世恩比余秋里还要凶,在干部会议上,见王进喜出现在面前,指着他的光头就骂,你王进喜以为自己是先进、是红旗了就可以光使蛮劲把井打斜了啊? 你这回给会战、给我们石油钻探工人的脸丢尽了! 你立即、马上给我回去把井填了! 重新打! 听到没有? 重新打!

就这样,王进喜在众人面前低着头,灰溜溜地出了会场,回去老老实实去填井……"我知道填井在我们队的历史上还没有这一笔,但这回有了,目的是让大家牢记这个教训。咱队史上如果不写上这一页，那队史就是假的。"回到井场后，王进喜一边挥锹、一边十分痛心地对队友们说。

啥叫"严"字当头？在会战者的记忆中，那是无法抹去的一段记忆和一个特殊的日子。

"四·一九"这个日子我们都知道，都记得。他们这样告诉我。

1961 年 4 月 19 日，康世恩在前线"群英村"召开了一千多人参加的钻井质量大会。会议一开始，气氛就异常严肃紧张。黑着脸的康世恩开口第一句话就扬着大嗓门说："今天我想骂人！因为有些人做得太丢人了！"

顿时，全场干部和技术人员及工人代表们个个如临大敌——颗颗心皆忐忑不安起来。

康世恩的眼镜片在全会场面前闪闪发光——他在寻找"目标"，最后眼光落在两个坐在前排的主要干部身上，他们分别是钻探指挥部的指挥李敬和书记李云。

怎么回事？李敬和李云，可都是会战前线赫赫有名的指挥员啊！他们怎么啦？正当一千多名与会者寻思时，只听台上的康世恩大喊一声："李敬！李云！"

天，啥大事呀！会场一片寂静，静得有些吓人。只见气得胸脯都在起伏的康世恩右手指着面前的李敬、李云，大声道："我前两天就对你们说了，你们越怕丢人，我就越让你们上万人大会上检讨！驴粪蛋子外面光，贴金马桶里面脏。谁不讲质量，我就跟谁拼！"康世恩最后一个"拼"字是从牙缝里蹦出来的，那力量真的犹如排山倒海。

只见站着的"二李"，浑身打颤起来。

全场的人也跟着在打颤——今儿个康副部长怎么啦？

"李敬！李云！你们俩给我站到台上来！"康世恩突然吼道。

李敬和李云低着头，"是"了一声，老老实实地往台上走。

"不行！扛着被你们打坏的钻头和打斜的岩芯上来！"康世恩咆

哮着。

李敬和李云又一声"是"后，回到原地扛着钻头和岩芯，吃力地走上台，然后面向大家，低头站着——像参加批判大会。其实就是批判大会。

"你们知道自己犯了什么错吗？"

"知道。"

"知道为什么错吗？"

"知道。"

"知道还出现这个孔斜面、那个不合格？明知故犯，罪加一等！"

"……"

康世恩发颤的手指就差一公分戳到"二李"鼻子尖上。

"你们说呀？"康世恩的双脚直跺。

"二李"下意识地往后退了半步，额上直冒冷汗。

全场的一千多名代表屏住呼吸，后背跟着冒汗。

康世恩在"二李"面前来回走动。突然又收住双脚，完全换了一副近乎哀求的口气说道："钻井战线是油田的生命线，工作质量的好坏，决定油田的命运。党把这个战线交给了你们俩，这是组织的极大信任。我、我代表会战工委向你们鞠躬——"猛地，康世恩弯下身子，将头低到腰间。

"二李"吓得双腿直哆嗦，又一次情不自禁地后退——这回是一步。

会场前排的人不敢看了，纷纷低下头。

会场后排的人有人站立起来，又立即蹲下身子也不敢看了。

"钻井队伍是一支过硬的队伍，指到哪里打到哪里。能否解决质量问题，主要就看领导了。我希望你们能把队伍带到以确保质量为中心的道路上来。为此，我再次诚心诚意地向你们致敬！"康世恩又一次弯下身子鞠躬。

"二李"早已冷汗如淋，恨不得有个地缝钻钻。

这个时候，会场出现小小的一阵躁动：原来王进喜进了会场。

"趴下！赶快趴下！"有人拉着王进喜的衣角，悄声说道。

王进喜有些莫名其妙，问："干啥趴下？"

"没看见康部长正在发脾气批评我们呢！"

王进喜往台上一看：可不，他的两位上司狼狈不堪地站在那儿正用余光可怜巴巴地斜视着他。铁人明白了，便对拉他衣角的人说："我不能表扬时戴花上台当英雄，受批评时就趴下当狗熊。"说完，迈开大步，走上主席台，学着"二李"的样子，并排站在那儿，老老实实地低着头，等待总指挥的批评。

康世恩看着王进喜，火气一下更大了，吼着嗓门："你王进喜是红旗，可干工作就不能光有张飞的猛劲。再说张飞也是粗中有细的，该细的地方就得细！你王进喜做到了没有？"

王进喜也开始冒冷汗了。

干部和工人们看着每天与自己一样整天一身水一身泥地拼命战斗的干部和标兵这样可怜兮兮地挨批受骂，纷纷心酸地落泪——"难忘'4·19'，钻井出了丑。问题答不上，想走不敢走。"有人在小本本上写下这首打油诗。

"4·19"，大庆人谁都知道这个日子。"4·19"从此成为每年大庆油田乃至整个石油系统召开质量工作会议的日子，像现在我们全国人民都熟悉的"3·15"打假日一样。这是余秋里和康世恩在石油战线留下的众多精神遗产中的一个。还衍生出许多精彩动人的故事——

输油管是油田生产后期将原油聚集和外送的"肠子工程"——余秋里这样比喻。意思是说，你一个人靠啥维持生命？得吃东西吧！东西是靠肠子进到胃里、又通过肠子排出消化物。油田就像人吃的东西，这输油管不就跟肠子一样吗？有一回，在对一段输油管加压时出现了焊口处冒油的问题。这回倒霉的事落在曾任沈阳军区工程兵部队政委、老抗联战士、正军职干部季铁中头上了。"季铁中？季铁中也不成！"余秋里听康世恩汇报后，毫不留情地将右臂往上一甩。于是康世恩就"执行任务"去了：他披着那件褪了色的棉军大衣，站在质量大会的台前厉声喊道："季铁中！你给我站起来讲讲是怎么回事！"众目睽睽下，时任工程指挥部书记的季铁中像一位听到排长点名的新兵一样，老老实实地挺着身子走到台上，然后低着头，语气沉重地开始检讨起自己的失职，那神情一点也看不出他曾是个统率千军万马的正军职大干部……

油建党委书记也不含糊，见标兵、队长李德武将扶梯上的铁踏板焊得龇牙咧嘴的，便令李德武和自己一起背起那个梯子，然后两人一前一后地到各个工地"巡回检讨"。李德武肩背沉重的铁梯，一副悲悲切切的样儿，嘴里念念有词："我焊了一条不合格的梯子，你们千万不要跟我学……"所到之处，工人们没有一个觉得好笑的。

"哈哈哈……"这回的大笑是秦老胡同里爆出来的。当康世恩向余秋里部长和李人俊等副部长们说起此事时，余秋里忍不住开怀大笑起来。"好，干部能有这样的改正错误的勇气，工人们就有提高质量的自觉性了。"将军说，前阵子听前线回来的同志也给我讲了王进喜身上发生的类似事情：他"老铁"有一天发现 1284 钻井队完钻固井后，试压不合格。一检查是工作粗糙造成的，施工时井上的人把套管管箍咬扁了。"老铁"就令该队队长王润才自己背着套管管箍，一个队一个队作检查，现身说法，引以为戒。而且要求每个队在王润才去现场后写出评语，签上字。这王润才就这么着背了六七斤重的套管管箍步行了数百里，跑遍了 15 个井队，据说委屈得直掉眼泪。即便这样，"老铁"还要让他回到大队部汇报思想感悟。有人在我这儿告王进喜的状，我说，他王进喜铁人，铁面无私，好同志嘛！抓作风就得有这个铁石心肠。至于方法嘛，可能是过了点。后来李敬同志又对我说是有人把王润才的事传偏了，他王润才背套管管箍没委屈，只是一个劲儿在王进喜面前一把鼻涕一把眼泪地后悔自己工作没做好。王进喜就跟着王润才抱头大哭起来。你们说这"老铁"干的……

哈哈哈……众部长又是一阵爆笑。

康世恩接着又讲了一件趣事，更乐得余秋里忍俊不禁：有个队长，为了监督工人们保证施工质量，就蹲在水泡边的草丛里，一蹲就是五六个小时。那水泡子的草丛里，小咬多得吓人。当那队长完成监督任务后，走到机台想表扬一声工人讲求质量。谁知工人们一见队长，先是一愣，继而拔腿就跑。队长感到奇怪，问你们这是怎么啦？工人们这才胆战心惊地指指他的脸，说：队长，你的脸怎么成这个样？队长回帐篷一照镜子，连自己都吓了一跳：原来眼睛、鼻子和嘴巴都被小咬叮得像搬了家似的……

"办法可能过了点，但这种作风好得很嘞！"笑过之后，余秋里接上烟，猛抽了几口，忽而变得颇有心事地说："经过两年多的会战，油田的形势越来越好，但越是在这个时候可能出现的问题就会越多。也许这些问题跟会战初期我们为能不能找到大油田相比看来大不一样，好像都是些鸡毛蒜皮的小事。但正是这些小事，对我们这个大油田的开发会带来致命的后果。"

康世恩的脸一下也变得严肃起来："我也有同感，前期会战，队伍的主要精力和心思放在大干快上争速度、争储量上，现在可以说我们大名堂搞出来了，可怎么样把大名堂变成子孙后代都能享福的事恐怕差距还很大。"

"是嘞，我现在最担心的就是这事。"余秋里边点头，边沉思。然后说，"我一直在想一个问题：油田现在已进入边勘探边开发阶段，我们既要保持前期敢拼敢冲的战斗作风，同时还得大力提倡认真细致的工作作风。老康你听我说得对不对啊——现在前面的钻井队把一个个油井打好后，留给了采油队。以后钻探任务总有一天搞得差不多了，这队伍就得多数投入到采油和运油上去。采油和运油那家伙可跟打井很不一样！你再单靠勇猛是不行的，得靠像女人做针线活一样地心细。咱们队伍的作风跟军人似的，都是从五大三粗的硬打硬拼中杀出来的，针线活那么细腻的事还不会干哩！怎么办？我看就得从现在开始让大家学会做针线活，严格要求工作的细致，否则我们这两年多来辛辛苦苦钻探出的大名堂，最后还是变成不了对国家有用的大名堂嘞！"

"你说的对，我已经在抓生产中越来越意识到这是个非常突出的问题。"康世恩说，"油井一天比一天多、油田也一天比一天在扩大，这是好事。可如果采油和生产环节上抓不好，出了问题，等于是前功尽弃，甚至还不如前期工作不干呢！因为地下的油是有规律的，它不会听任蛮干和野蛮地开采的。我们几万职工在同一个战场上会战，以后还要在这片土地上干它几年、几十年，如果不从小处入手管严、抓严，随时可能一毁百毁、一损百损啊！"

"老康，这事我看是不是应该这样……"余秋里打开一包未动过的香烟，递给康世恩一支，然后拿个小本子，将头凑到康世恩那边——俩人又开始了一次彻夜长谈……

不多日，康世恩从北京返回会战前线。在北去的火车上，康世恩想起临走时余秋里让他看一看最近一期《战报》上介绍"铁人"王进喜的最新先进事迹的报道。

"铁人行啊，提拔他当干部后仍然保持从严要求自己的作风，这种精神要在干部和职工中大力提倡。不然，我们这大油田这么大摊子容易出大事情嘞！"余秋里拿着报纸告诫道。

这一期的《战报》头版头条刊登的是一篇题为《"铁人"办事，一步一个脚印》的报道。文章说，已经担任钻井二大队大队长的王进喜从 3 月份开始，在大队总支书记和另一名副大队长不在家的情况下，独挑担子，领导全大队迎接新一年的大会战。"铁人"说：一切工作，总要一件一件地去做。要从一件事入手，一项一项落实任务，一项一项调查研究，然后一项一项具体解决。针对全大队钻井任务繁重的情况，王进喜一个队、一个队地去检查生产准备，发现问题及时帮助解决和处理。文章说，"铁人"的工作作风受到职工们的赞扬，什么事都愿意跟他商量。"平时，'铁人'也像对自己一样严格要求同志，不断地对松松垮垮、马马虎虎的现象作斗争，努力培养大队的好作风。'铁人'对干部和职工还很重视当老实人、办老实事、说老实话的教育。现在，钻井二大队在'铁人'的领导和培养下，作风雷厉风行，工作扎扎实实，一种良好的作风正在全大队形成。"

"老铁"不简单呵！会战和油田建设都需要这种工作作风，不然早晚都可能会出事、出大事……疲劳中的康世恩在列车车轮有节奏的震荡和摇晃中渐渐进入梦境，而他此番回到会战现场要狠抓的一件事仍在脑海中盘旋着……

星辰轮换。东方既白。

一缕阳光从天空东边射向大地。大草原变得异常斑斓……但在钻塔林立的会战区域，今天有些异常。

六点。头戴狗皮帽、浑身溅满泥与水的宋振明神色忐忑不安地抬手轻轻敲了敲康世恩卧室兼办公室的木门。

没有动静。宋振明便推门而入。通常每天后半夜才睡的康世恩此刻仍鼾声不断地在酣睡。

"康部长，康部长……"宋振明轻声叫喊。

"嗯?"康世恩从床上坐起，两眼盯着宋振明，"什么事?"

"中一注水站发生火灾了，烧……烧光了。"

"什么? 烧光了? 什么时候的事?"康世恩大惊，一边从床上翻起，一边找眼镜戴上。

"是。都烧光了。我刚从现场过来……"

"你、你为什么不早点叫醒我？为什么？"康世恩突然失声大叫，怒气冲天地责问宋振明。

"我怕……怕影响首长休息。"宋振明不敢抬头，眼里噙着泪花。

"什么？你以为我是来做官当老爷的啊？"康世恩的声音更大了："我是来搞石油的！搞会战的！不是来享清福的！"

"二号院"内住着的人都被惊醒了。可谁也不敢靠近康世恩的住处，只敢在远远的地方听着。

"我们有几个注水站你知道吗？这好，一把火就烧了一个！"康世恩焦虑、愤怒和惋惜的声音一浪高过一浪。

采油指挥部的几位干部自知责任不小，便一个个低着头，走进康世恩的房间，准备同宋振明一起接受处分。

康世恩看着排列成一队的这些浑身上下都沾满污油和浊水的干部，知道他们昨晚一夜未睡在与火灾搏斗，便长叹一声，口气缓和了几分："立即通知开现场会！主管生产和安全的领导全部参加，各小分队去一名领导。你们几个也不要垂头丧气的，现在要做的是赶紧回去发动群众查原因，堵漏洞。"

"走！上现场去！"康世恩披上棉衣，大步走出屋子。

中一注水站已经没了，有的只是满地流淌不息的污水与油污以及残留的灰烬……"一二百万哪！就这么一把火烧没了！"康世恩面对一片狼藉的火灾现场，扼腕痛惜。

昨天的注水站还是好好的，白墙青瓦，在这荒芜的大草原上和干打垒的海洋里，它可以说是最醒目、最耀眼的建筑了。但现在什么都没有了，只有西北风吹打下到处飘落的灰尘在四处扬撒，还有就是注水站职工们痛苦的低泣声。

怎么烧的？站里回答：是柴油机排气管喷出的火花吹落在顶棚上的油纸和毛毡上引发的大火。加上春天干燥，火一着，就失去控制，几十分钟，好端端的一个注水站烧了个精光……

"查！要弄清楚是什么原因引起这场火灾的！"康世恩命令采油指挥部领导立即找注水站的职工开会，自己则回总指挥部向北京打了个紧急电话。

"烧了？烧得精光？"余秋里震惊。而且几乎是在同一时间，中南海的电话也来了，问大庆会战那边到底是怎么回事？真是好事不出门，坏事传千里。

"是有这回事。烧了，都烧光了。"余秋里只好如实汇报，可心里却像吃了只苍蝇。

"走，马上动身！"余秋里命令秘书。

"上哪儿？"

"还能到哪儿？油田！"余秋里气呼呼地端起水杯，一口气喝了，拔腿就往外走。

到达会战前线时，康世恩他们已经将火灾情况大致弄清楚：那是5月7日夜的事，东北风刮得很大。中一注水站3号柴油机排气管漏出火花，被风刮进房顶的保温层内，引燃了锯末。值班人员发现从屋顶掉下的火星后，立即想用灭火器上房灭火，结果灭火器有的不能用，其余的虽好，可工人又不会熟练操作。这时才想起用消防水龙头。谁知前些天水泵在检修，水源又成了问题。等好不容易解决水源后水龙头又喷不出去。这样七折腾八折腾，火势早已失控，眼睁睁地看着大火吞没了崭新的注水站……

"这是什么问题？证明我们生产管理上混乱，该有的环节上没有尽到责任，工作粗糙，不得章法！这样的队伍怎能不在敌人面前乱阵脚？"出现大火事件，会战的长途电话会议是必须开的。大喇叭里，余秋里拉开大嗓门，一针见血道。

中一注水站一把大火，烧掉了国家一百六十余万元的设备。暴露了什么问题？石油部和会战指挥部没有遮遮掩掩，在当月的《战报》上用了整整一个头版报道了这件事，报道的题目也十分醒目：《一把火烧出的问题》。报道说：从这一把火里我们清楚地看到，这不是一个偶然的事故，而是隐患早就大量存在。至少可以看出以下五个问题：一、工作有了成绩，沾沾自喜，看不到工作中存在的大量的弱点和问题；二、有了问题不努力去解决，也不向上级如实地反映情况，说假话，做假事，报喜不报忧；三、发现了问题，不切切实实地去解决，说说就算了，问题还是问题；四、出了问题，就事论事，只从技术业务上去找原因，不提高到思想作风上来认识；五、领导干部不团结，党支部没有起到战斗堡垒作用；各级领导不深入基层，这是导致这次大火的总根源。

"问题出来了，根子也查到了，那么从何抓起？抓在座的各位领导干部？当然是要抓！要狠抓你们这些管事管人的干部！这一点跑不掉，你们谁也跑不掉！因大量工作是在基层，基层是我们会战和油田的工作基础。它像我们军队的连队一样。打大仗，要靠大兵团作战。可再大的兵团作战，最后打起仗来，还得靠一个个连队去冲锋，去肉搏！基层不抓好，满盘皆输嘛！"千人干部会上，余秋里讲起"中一注水站"事件，那只空袖子顿时"嗖嗖"生风。

"说大道理，有人可能还觉得离得远了点。那我就说得形象点吧！你们谁坐过飞机？"他要参加会议的人举手。

乘飞机的人不是很多，约有十分之一。

"坐过火车的举手。"

这回基本上都举了手。

余秋里点点头："好嘛！看来飞机、火车大家都坐过。但你们是不是注意过一个问题：在飞机场上，那飞机一降落，机械维修人员就立即上前登机检查、保养机器去了是不是？火车站也是，你们没看到火车一到站，那些背着挎包、手持小锤的机械检查人员一会儿敲敲轮箍，一会儿钻到车子底下瞅一瞅？这是为什么？这叫及时保养，避免事故。看到机场和火车站的这些维修同志，我们是不是有种安全感？"

石油干部们会心地点点头。

"对嘛。这叫落实岗位责任。有了这岗位责任，就不易出问题。即使可能出现问题，也会及时被发现。可再看看我们呢？分散的队伍，东西满地乱扔，有几个人管一口采油井的，也有一个人管几口油井的；有几个人值一个班的，也有一个人值班要看几台机器的。这么复杂多样的岗位，要没有点责任心、技术又不熟悉，阎王老子都会出事嘛！何况我们都是些吃五谷杂粮的人！"部长的目光咄咄逼人。

会场一片寂静。

"所以，我看哪，今年我们的会战方针应该作些调整：要加强基层工作，加强生产管理，把各项制度建立起来，完善起来，否则我们就不能实现会战的全面胜利，即使一时胜利了，也会最后失败得干干净净！"将军的话如声声警钟，久久回荡在会战前线的每一个角落。

总结教训会当天，会战《战报》全文刊出余秋里的讲话精神，并配发了评论文章。

与此同时，康世恩立即命令具体分管油田生产的宋振明，一方面尽快查清中一注水站起火事故的准确原因，另一方面要求他迅速抓好改进措施。宋振明当时只有三十来岁，是一名生产前线的"虎将"。在他的带领下，事故调查组很快查明中一注水站的火灾原因：是由于这个站的柴油机排气管水封防火装置失效，致使排气管冒出的火星引燃了屋顶保温层中的油毡和锯末。当值班工人发现屋顶起火后，急忙去拿灭火器但却不会用它去灭火，后经检查这个灭火器还是坏的。等火势渐大，这才想起用消防水龙头灭火，可打开消防柜一看，水龙带只剩下 7.7 米长，而且关键部件水枪头也不知去向。在防火无效、救火无望的情况下，只能眼看火势迅速蔓延，当消防车赶到时，大火已将房架烧塌，整个厂房变成一片火海……

一个小小的火星，竟然引发一场熊熊大火，令人震惊。康世恩在工委扩大会议上，激愤地向宋振明等一线干部一连发问 14 个为什么，并提议在全油田就"一把火烧出来的问题"开展大讨论。康世恩还特意对宋振明说，中一注水站火灾的问题不能就事论事，要想办法搞个什么东西，能把千千万万个在生产岗位上的人，同千千万万件必须做好的事联系起来，使千头万绪的油田日常生产能管理得井井有条。

作为主管油田生产一线工作的宋振明同志心里十分清楚，随着油田生产任务越来越重，管理工作不适应的矛盾将越来越尖锐，于是他多次深入到另一个注水站——北二注水站蹲点调研，将油田生产岗位上可能出现的问题一一进行检查、筛虑，并且总结出了一套完整的岗位责任制，这就是大庆历史上有名的"一把火烧出了一个责任制"的经典故事。

关于大庆"岗位责任制"的形成过程，当年的北二注水站老站长有篇回忆录为我们清晰地讲述了整个过程，在此引用部分内容：

> 1962 年 4 月 1 日，北二注水站胜利完工投产，上级任命我为站长。全站 140 多个人中，只有十几个人是从注水单位调来的，大多数人对注水是外行，更缺乏管理经验。当时我们管理一座注水站、13 个配水间和全矿的注水井，可谓"点多、线长、面广"，生产管理工作难度大。
>
> 全站职工为了做到平稳操作、安全生产、合理注水，都以满腔的热情投入这场新的战斗。刚开始管理泵站，尽管我们一天到晚忙得团团转，可注水生产却一直不够正常，庞大的机泵好像故意跟我们作对似的，经常出现小病小灾，很不听使唤。同志们也是对上班干啥、管啥心中无数，面对这么大的机械设备，真是"老虎吃天无从下口"。结果出现了有的地方忙得脚打后脑勺，有的地方还没有人管，生产工具东扔西丢，生产管理杂乱无章。我们看到油田生产建设迅速发展，而注水生产却像老牛拉车一样缓慢，人人心里都急得火

烧火燎的，可谁都想不出好办法来。

5月8日，兄弟单位中一注水站不幸被一把火烧得精光。这一天晚上，我们全站的职工坐在会议室里，我激动地说："同志们，中一注水站的一把火烧出什么问题？大家要问几个为什么？从中也要查找咱们站上有没有这种事故的苗头和隐患，如有，怎么办？……"大家边听边认真地琢磨起来，会场一片肃静，只听桌子上的小马蹄表"滴答""滴答"清脆地响着，一缕缕有些呛人的烟雾在人们头上环绕着。

指导员秦时栋是个老注水工，他深有感触地说："这一把火烧在中一注水站，也烧在我们注水工的心上。过去我们认为注水工作就是那么一回事，按各自的经验去干工作，缺乏严密的组织和统一的制度……"接着谈到事故的原因，大家议论开了，这个说："还不是平时不注意，管理乱糟糟造成的。"那个说："我看关键是没有严格的制度，谁干啥管啥都不清楚。"顿时会场沸腾起来。

经过讨论，查出了中一注水站失火的原因和本站存在的许多问题。大家一致认为建立合理的规章制度是十分必要的。可是一谈到用什么措施制订什么样的规章制度，又卡壳了。我见大家不言语了，就启发说："实践出真知，今后同志们在工作中留心点，注意总结经验教训，从生产实践中摸索出管理生产的好办法。要用我们工人的智慧创造出自己管理企业的一套规章制度。"

一天中午，太阳火辣辣的，三班长祝良云一上班就忙了起来，换钢套、加黄油、检查设备、打扫卫生，一直忙了两个多小时，一切都妥了，他舒眉展眼，乐呵呵地回到值班室，填完各种报表，从抽屉里拿出《实践论》认真学起来。正当他看得入神时，突然站上的电工气喘吁吁地闯了进来，朝班长喊道:"一号泵停了!"这时祝良云像屁股底下塞了一把火,腾地站起来问:"怎么停的? 你慢慢地说。"那个电工这才冷静下来说:"也不知道啥原因,我是看仪表才发现的。"班长听到这,便几步来到泵房,泵工李连举正认真地检查。班长问:"怎么样? 什么毛病?"李连举回答:"没有查出来。"班长望着他满脸的汗水和疲乏的神色,心疼地说:"别查了,快去把站长叫来。"李连举应了一声,便箭一样向队部跑去。

不一会工夫,我到了,问明了情况,便带领大家进行仔细地检查。经过一个多小时的检查,事故的原因查出来了,原来由于平时不注意保养和维修,致使螺丝松动,连杆折断,触坏滑板,迫使停泵。这回抢修了七八天的时间,起码要少注水一万多立方,直接影响了采油。针对这次事故,我们党支部当天晚上召开全站职工事故分析会,围绕一号泵的事故,展开大讨论。会上大家分析了掉连杆的事故,从中吸取教训。原来这种泵功率大、排量大、振动也大,固定连杆的十二条螺丝,每经过一段时间运转就会振松,不及时拧紧,就会振断,掉连杆。这个规律如果事先人人都掌握,就应该对设备按时检查、保养,该拧紧的拧紧,该润滑的润滑。可是,这台泵运转一个多月没人发现这个问题,也没有停下来检查保养。光叫马儿跑,不叫马儿吃青草,怎么不出问题呢? 于是我们都清醒地认识到鼓足干劲,是鼓那种革命精神同科学态度相结合在一起的实劲,只有扎扎实实地掌握工作中的规律,才能在生产上达到预想的效果。生产管理尽管千头万绪,但只要把站上的几十项工作和几十名工人用严格而健全的制度连在一起,固定下来,按生产的规律办事,统一指挥,步调才能一致,就能保证生产的顺利进行,取得好效果。

认识统一后，感到突出的问题是泵站投产以来许多工作没有落实到岗位，岗位职责不清，如哪台设备归谁管，哪件工具归谁管，没有明确的责任制度，致使全站设备、工具一大堆，究竟有多少，家底摸不清。查问起来，这个说："都在这儿呢？"要问手钳哪去了？那个说："刚才还在呢，怎么一转身不在了！"简直是一笔糊涂账。我们党支部就发动群众进行大调查，查物点数，把全站所有的设备、闸门、螺丝、工具、仪表、图纸、记录等硬是搞得一清二楚。"家底"摸清了，怎么管理起来呢？发现张洪洲班把每样东西、每件事情，由谁管、负什么责任都落实到人头，使每个岗位工人，明确了职责，知道他干什么、管什么、怎么管、达到什么程度和自己的权利。全班工作井井有条，大家都说好。于是就根据他们的做法，把全站要管的东西和事情，按照生产工艺和工作量的大小，划分五个区、八个岗位，明确规定了每个岗位的责任，做到人人有专责，事事有人管，办事有标准，工作有检查，总结出了一套规章制度。在全站各班推广执行。这就是最初的"岗位专责制"。

泵站的工作虽然分了工，但每个岗位要管几十件事，怎样才能管好呢？这时有的同志提出，田发林班为什么从来没有出过事？因为他们巡回检查有一条合理的路线，先干啥、后干啥都一清二楚。工作重点总是放在那些容易出问题的部位上。划分了一些检查点，发现问题，及时解决。于是就由田发林同志当场示范表演，从田发林班的经验定出了"巡回检查制"。全站划分了64个检查点，规定了检查内容和要求，定出了一条比较科学的检查路线。

我们站是连续生产的单位，怎样使上下班之间相互衔接，不误生产呢？大家又谈到苗安安接班的经验。老苗每次接班，都是提前半个小时上岗，这里看看，那里摸摸，非把所有生产情况都问清不可。他常说："情况不明，心里不踏实。"他们班里的人也这样，有时上一班少了一件工具，就不接班，一直把工具找回来为止。我们认为这是一条好经验，就根据他们的做法制定了"八不交接的交接班制度"。

与此同时，我们还吸取了一号泵断连杆的教训，由李斌工程师和大班司机曾汝勤同志一起，根据书本和实践经验制定了"设备维修保养制度"。除各小班对设备的正常检查之外，设备连续运转到一定时间，就要停下来，进行检查保养。又针对过去注水水质化验分析数据有时不全不准的情况，制定了"质量负责制"。

在我们五大制度初步形成的时候，油田生产副总指挥宋振明同志来站检查指导工作，对我们建立的这些制度和做法给予了肯定。同时也给我们指出了许多存在的问题，要求我们做到"人人有专责、事事有人管，人人生活在制度之中"以及"要从大量的、常见的、细小的具体工作抓起，全面管好生产，事事达到规格化标准"。宋振明还把别的单位总结出来的"岗位练兵制""安全生产制""班组经济核算制"和我们制定的五大制度归纳在一起，统称"岗位责任制"。并强调指出："要执行好岗位责任制，必须提高大家的认识，把思想工作做到生产的各个环节和全过程中去，提高大家的岗位责任心，只要大家有了高度的岗位责任心，岗位责任制度才能落实到实处。"

宋振明的话讲到了要害处，对我们的启发很大。我们立即召开党支部扩大会，研究讨论了 3 个晚上，又制订了"政治思想工作制度""干部岗位责任制"和"干部跟班劳动制度"。

由于岗位责任制度在生产中不断地得到充实、完善，生产管理井然有序，全站面貌焕然一新。矿长薛仁邦亲自给我们送来了"生产管理典范"的光荣匾。紧接着宋振明在我们站主持召开有二级单位主管生产的领导参加的现场会。他在会上号召全油田各单位普遍推行岗位责任制度……

不多久的 6 月 21 日，周恩来总理来到油田视察，而且专门到了我们站。总理和蔼可亲、神采奕奕地朝我们工人们走来，并且亲切地伸出手与我们这些染满油污的双手一一握手。当时我们都不好意思，谁知周总理握住我们沾满油污的手，微笑着说："不怕，我也做过工。"

当总理看到墙上的"岗位责任制"时，边看边点头，脸上挂满了笑容。还问我们："这些制度是你们自己搞的吗？"我们回答后，总理赞许地说："好，这样做很好！"这巨大的鼓舞，立刻化为我们心头的光和热，使我们攥紧拳头，要为油田的注水开发作出更大的贡献。

周总理挨个视察了我们的岗位，和我们一起擦泵上的油污，并指着国产 2 号泵，嘱咐说："这是我们自己造的，你们要加倍爱护它。"当看到工人们一丝不苟地按规章制度认真操作时，总理高兴地说："你们的岗位很重要啊！"听着总理的亲切教导，我们喜泪盈眶。

总理这次视察，对我们在实践中创造的"岗位责任制"给予高度的评价，使我们感到无比的光荣和自豪。从此，我们站的"岗位责任制"也在油田被广泛推广，成为社会主义企业管理的一件无价之宝……

有了岗位责任制的制度，并不就能说明生产和工作就不出问题。于是从"中一号注水站"的一把火后，在康世恩、张文彬等会战一线领导的亲自布置下，全战区全面开展了一个建立和健全岗位责任制的

1963 年 10 月 9 日《战报》　　　　三矿四队队长辛玉和带头严细认真对待工作，用放大镜照钢丝

检查评比活动。康世恩每到一个基层单位，他就逢人必讲作风、必讲岗位责任，必讲"人有专责，事有人管。坚持执行，养成习惯"这四句话。

来到采油三矿四队视察。康世恩在详细询问了工人们的工作、生活、学习情况之后，他深情地对在场的工友们说："你们身为第一批参加大庆会战的石油工人非常辛苦，对此你们应当感到骄傲。现在你们虽然住的是干打垒，吃的是粗粮野菜，但你们肩上的担子是很重的，我只有一点要求，希望大家用一个'严'字、一个'细'字，做好你们各自的工作，大家一起努力，拿下了高水平的大油田，就像我们为自己建好了一个家园一样。有了好的家园，我们每个人的心里才会安宁和幸福。"康世恩的话深深印在每个职工心中。从这以后，这个队坚持"严细"两个字，成为大庆著名的"三老四严"作风的发源地。

一个冬天的早晨，四队队长辛玉和踩着厚厚的积雪，到西6排2号井去检查。途中，发现新来的徒工小孙手里拎着一个新的刮蜡片急匆匆地赶到井上去。辛队长有点纳闷：小孙井上那个刮蜡片，前几天还好好的，今天怎么又去领新的？于是，他返身走向材料库去问材料员。材料员拿出一支变形的刮蜡片说："小孙今早清完蜡，也没有注意检查刮蜡片是不是起到了井口，就去关清蜡闸门，结果把刮蜡片挤扁了。刚才来换时，还让我替他保密呢！"

老辛走出库房，思潮翻卷。康世恩的话语又回响在耳边："干革命工作不能没有严细作风，不能缺少老实的态度。"可今天，小孙隐瞒事故，不是老实态度，这样下去，怎么行呢？辛玉和转念又想，问题虽然出在小孙身上，可这一段时间干部忙着新井投产，放松了抓队伍建设，没有提出严格的要求，根子还在干部身上啊！想到这里，他加快步子向西6排2号井走去。辛队长走进值班房，只见小孙刚换完刮蜡片，正在擦手。老辛开门见山地问道："小孙，你刚才为啥又领了个新刮蜡片？"小孙不由得脸上一阵发烧，说："辛队长，我错了。"接着他详细地讲了刮蜡片挤变形的经过，还表示了悔意。

为了用这件事教育全队的工人和干部，经过队党支部研究，第二天，就在小孙管的那口井上召开了"事故分析现场会"。会上大家你一言、我一语地帮助小孙分析。老工人还回顾了四队的好传统，指出："采油工人的工作特点是单兵作战，没有老实的态度，严格的要求，是管不好井的。"小孙越听越坐不住了，立即站起来眼含热泪说："我把那个变形的刮蜡片挂在自己管的井上，经常看一看，时刻不忘这个教训。"听完大家的发言和小孙的决心，辛队长站起来语重心长地说："应该把它挂在队上，让全队所有的干部工人天天看到，时时想到，每个人对每件事都要有严肃的态度，油井才能管得好。"

后来的"三老四严"的行业作风，就是从三矿四队这儿总结出来的。而会战工委在基层总结出的"三老四严"内容十分具体和丰富。它们是——

"三老"：（1）当老实人。鼓足干劲，艰苦奋斗，不图安逸，不怕困难；埋头苦干，少说多做，一切从实际出发，尊重科学；有全局观点，向上级要东西不能越多越好，交东西不能越少越好，不闹分散主义；有团结协作精神，不能只图自己方便，不顾别人困难；对同志讲原则，以诚相见，有意见当面提，不当面一套、背后一套，不耍手段。（2）说老实话。向上反映情况，向下作报告，必须有什么说什么，有多少说多少，不夸大成绩，不缩小缺点，不隐藏错误，更不能封锁消息、报喜不报忧、夸夸其谈、哗众取宠；凡做计划、要投资、要材料、要人员、做统计报表以及对上报告，都必须实事求是，是多少要多少，坚决反对弄虚作假、宽打窄用、打埋伏、藏一手。（3）做老实事。必须提倡调查研究，实事求是，做"笨事"，做"傻事"；工作要越做越细，不怕麻烦，认真负责，讲求实效；要一件事一件事，一个问题一个问题，一点一滴去干，搞个水落石出；不做表面花花哨哨、内容空空洞洞的事，反对粗枝大叶、马马虎虎、道听途说、指手画脚的坏作风。

"四严"：（1）严格的要求。一切行动都要严格按党的政策和上级指示办事，各个方面的工作都要有严格的标准，要做就要做彻底，绝不允许凑合、应付。产品质量不合国家规格，坚决不出厂；工程质量没有达到设计要求，坚决返工重来；设备检修质量不合格，坚决不许开动。（2）严密的组织。在生产、建设的各个环节、每个岗位上，必须做到人人职责分明，事事都有人管；各个环节、各个岗位都要紧密协同配合，使上下左右都工作、生活在严密的组织之中。坚决反对责任不明、无人负责和互不协作的混乱现象，绝不允许自由散漫、各行其是、自搞一套。（3）严肃的态度。对党和国家的方针政策、上级指示，要做到严肃认真，雷厉风行，说干就干，干就干好，要抓紧，抓狠，一抓到底，反对那种囫囵吞枣、拖拖拉拉、疲疲沓沓的坏习气；对人对事必须坚持原则，划清正确与错误的界限，分清责任，自己有错误，必须诚恳进行自我批评，坚决改正；一切正确的东西，都要支持，一切错误的东西，都要及时批评纠正，发扬正气，批判歪风邪气，不能是非不分，马虎迁就。(4) 严格的纪律。在生产、建设各项工作中，必须实现集中统一领导，严格遵守各种规章制度、工艺纪律和劳动组织原则。凡是遵守制度、积极工作的，就要表扬鼓励；违反制度的，就应按照不同情况及时严肃处理，不能迁就姑息；在执行纪律时，应坚持原则，以说服教育为主，防止惩办主义。

邓小平同志视察中四队时，对"三老四严"给予高度评价，后来他在讲话中说："要极大地提高科学文化水平，没有'三老四严'的作风，没有从难从严的要求，没有严格训练，也不能达到目的。"

康世恩在一线抓基层工作中早就意识到，油田工种千千万，每一个细小的岗位责任，都必须十分具体化，才可能收到实效。所以，"三老四严"的作风和岗位责任，也必须根据各个具体的工作岗位才能落实到实处和细微之处。他的这种像抓研究"地下情况"一样的科学严谨的态度，对油田全部落实岗位责任制起到了关键性的作用。

这种工作作风和岗位责任落实到工程技术人员身上后，他们便会在实际工作中养成一种良好的风气。他们会在平时不分昼夜，风里雨里，奔波万里，为找到一个合理的科学参数，呕心沥血，细致入微。技术员刘坤权，一连几个严冬，冒着风雪从几百个不同的地方挖开冻土，进行分析化验，终于研究出这里土层的冰涨系数，为经济合理地进行房屋基础建筑提供了可靠数据。女地质员王晓云，有一次从钻井队背着砂样回地质大队。回到队部时，发现丢失了两包。此时天已黑，又下着雨，她硬是拿着手电筒在茫茫草原上，在曲曲弯弯的小路上，找回了丢失的砂样。王晓云的事迹，被原封不动地搬进了电影

《创业》之中：她患有严重的关节炎，有时绘地质图，就跪在地上绘。有一次恰巧给康世恩看到了，马上叫后勤人员把自己的软椅子搬来，让王晓云有空的时候坐一坐……这样的先进事迹，后来在油田每个角落都可以找到。

当"三老四严"和岗位责任制的建立与健全很快在会战各战区蔚然成风之后，康世恩等会战指挥部领导根据余秋里部长的指示要求，将抓人的工作延伸到油田的具体的生产环节中去，提出了"基层建设、基础工作、基本功训练"的"三基"要求，并且针对生产单位，制定了基层领导的明确分工管理，即队长指挥生产、指导员负责思想政治工作、技术员负责生产技术。同时又对干部提出"不管是谁，既要对生产、技术负责，又要对思想政治工作负责"。机关要做到"面向生产、面向基层、面向群众"的"三面向"和"五到现场"，即生产指挥到现场、政治工作到现场、材料供应到现场、科研设计到现场和生活服务到现场。

在"三老四严"和岗位责任制基础上，对领导干部的一系列要求也被提出并形成制度，除了一般要求的深入基层、以身作则等要求外，制定了领导干部的"四个公开"，即：思想公开，有问题摆到桌面上来，不隐瞒自己的观点，不搞背后议论；缺点公开，严于解剖自己，不护短，不怕丑，积极开展批评与自我批评；工作公开，向上级汇报工作，经常互通情况，有事共同商量，加强集体领导；生活公开，严格要求自己，不搞特殊化，不干见不得群众的事。在这基础上，会战指挥部和工委还制定了更详细的机关干部、二级单位干部生活和工作上的要求：会战期间不盖楼堂馆所，不论领导干部职务高低，都与工人和职工家属一样住"干打垒"或者平房，而且标准也一样；办公室不摆沙发，不用特殊家具和用具；不请客、不送礼；不搞领导干部保健室和医院的干部病房；领导同志深入基层时和工人同吃同住同劳动；领导干部不固定专车，近的走路或骑自行车；领导干部的家属，有劳动能力的，都要参加集体劳动，评工计分。

军事化的管理、步调一致的行动，就是大庆会战时的作风。一旦形成制度与岗位责任以及要求，便会在很快的时间内变成所有战斗成员的自觉行动，这就是大庆人的精神面貌。

1962 年，周恩来、刘少奇和邓小平先后来到大庆视察，当他们在现场看到推行"三老四严"和岗位责任制后的油田变化，纷纷赞扬其"精神可贵""值得推广"。

大庆的岗位责任制和"四个一样"，其实也是中华民族精神的重要内容，它的生命力将是永恒的。15 年前的 2004 年春，我第一次来到这两个精神的诞生地——北二注水站和李天照的北八队 65 井时，应主人之邀，在他们的留言本上写下了这样一句话：民族的诚信之光。这也许是我们在今天对大庆精神在新时代的新解释吧。那一次，我知道了一件让我感到震撼的事：在这两处极不起眼的小地方，有位大庆创业者在这儿留下了自己的骨灰，因为他曾在当年奉余秋里、康世恩之命，在这儿蹲点并发现和总结了这两个重要经验。这个人就是后来任石油部部长的宋振明，会战时王进喜所在钻井队的直接领导。

斯人已去，精神永存。

1962 年和 1963 年，这是我国自然灾害最困难的岁月，然而在大庆油田会战前线，那里的情况却令人意外和鼓舞：因为在那里，天越寒冷，石油工人的会战劲头越高涨……翻出当年的《战报》，令我吃惊的是，这两年中那些反映各条战线辉煌成果的"号外"特别多，每一张"号外"上所刊发的喜讯，就是油田生产前线传来的捷报。"号外"越多，证明生产的捷报频传。

这是何等地鼓舞人心！何等地振奋人心！何等地沸腾人心！因为，那几年里，国家遇上的困难，可谓前所未有：北边的"老大哥"与我全面决裂，持续的大论战一轮高过一轮；美国指使下的蒋介石

"反攻大陆"的叫嚣天天在人民的头顶上喧哗；中印边境的枪炮声又此起彼伏……用"内外交困"形容当时的中国，一点不过分。然而，就是在这样的形势与条件下，大庆会战前线，能够做到捷报频传，谈何容易！

在 1962 年 12 月 26 日的那期《战报》上，头版和二版上发表了一位来参加会战仅 4 个月的青年工人的长文，题目叫《可爱的大油田》。近 58 年过去了，今天读来仍然能让人热血沸腾，仿佛身临其境：

> 我是一个青年工人，在省城工作的时候，就很向往大油田上轰轰烈烈的建设工作，很羡慕在这大油田上建设新生活的人们。今年初，恰好碰上了油区要人的机会，于是，经过我一再要求，这个愿望终于实现了。我匆忙地准备着行装，辞别亲友，来到大油田！随后，火车带着我离开已经生活了五年多的美丽的省城。
>
> 我第一次在辽阔的原野上旅行，眼望着窗外面那浩荡无边的大平原，看看那呈现着一片丰收景象的金黄色的秋庄稼，正是大豆摇铃的时节，平原上那迷人的秋色是多么吸引人啊！然而，我无心于这些，一心只想着来迎接我们的任书记说的那"可爱的油田"。想着即将开始的新生活。揣摩着即将见到的"可爱的油田"将是一个什么样呢？
>
> 下了火车，登上总机厂披红挂彩来接我们的大卡车，看见的只是熙熙攘攘的人群，一排又一排的小土房，马路并不十分平整，车马却不息地川流，天边还依稀可见几座井架，机声马达响得很热闹，脚手架林立，尘土扑面飞扬，到处是一片忙忙碌碌的气氛。看来，这里没有平整的柏油路，没有整齐的林荫，除开那幢医院外，也没有一座大厦高楼，到处

是坑坑洼洼的积水油污，低矮的小土房上还留着荒草的残迹哩！这儿能有正规的工厂吗？这儿的生活怎么样呢？油田啊，你哪些地方可爱呢？

开始，我心里凉了半截，到了总机厂以后，厂领导的讲话和那顿菜还不错的晚餐都没有放在心上……

厂里领导对我们的照顾是十分周到的，特别给我们准备了木床，还让我们住在新盖的小砖房里。可是，对于我这个住惯了楼房的人来说，又是多么不习惯啊？小房，上下两层铺，住上几十人，挤得连个转身的地方也没有；便所，又少又远，半夜起来，摸着黑去，有时还得摔上一两跤。食堂呢，也挤得很，做啥你就吃啥得了，连椅子也没有。据说我们那个食堂还是最好的，搁上了几块水泥板当作饭桌，蹲着吃饭，挤着睡觉，下了班没地方玩，别扭透了。在生产上呢？和原单位也大不相同呀，一干就是成百上千的成批活；最伤脑筋的就是没有工具，一色的合金刀，找组长，组长左转右找也没有办法，回答只有一句话，就是"自己多去想想办法"。下了班呢，还要去种菜，去抹墙，去收割庄稼，去挖沟修路；这些工作在原单位是不经常有的，甚至根本就没有。由于在大城市里生活的时期很长了，整天只是从厂房到宿舍，从宿舍到大队，生活圈子有一定的局限，逐渐忘却了那些垦荒、采煤、炼铁、开矿的人们；逐渐忘却了也淡薄了那种沸腾的生活。虽然怀着满腔的热情而来，碰上了上面那些实际问题，也不免觉得不习惯起来，精神还很不愉快！

生活不习惯，工作不习惯，怎么办呢？对于我来说，是退缩呢？还是勇往直前呢？这时候，老同志伸出了援助的手来了，给我讲起了油田的过去和现在。在老同志中间，有好多是我们最可爱的人，他们是曾经转战过山南海北，又在朝鲜战斗过的英雄好汉，我发觉他们的生活丰富多彩，精神愉快，又乐观又开朗。他们一开口就喜形于色地告诉我，今年农业大丰收了，比画着苞米有多长一穗，黄豆能收多少一垄，每人一定能摊到多少斤粮食，圈里有肥猪，地里有蔬菜等。还兴高采烈地领我们到地里参观。到地里一看，可不是嘛。成片的高粱，低垂着头，像喝醉了酒的红脸大汉一样，东摇西晃，望不到头的大豆，那肥硬的豆荚，像胖娃娃似的，迎着秋风，噼噼啪啪地拍着巴掌。苞米地，那充满诗意的青纱帐，更加吸引人，尺来长的苞米穗像大水牛的牛角一样，叉叉桠桠，横陈竖展，有好些穗上包的叶子被涨开了，露出黄澄澄的整齐的苞米粒来，然是爱人！我长时期住在城市，这样好的庄稼，这样美的丰收的田园景色本来就见得少，加上最近几年来，由于连续三年自然灾害的影响，粮食问题比较紧张，对于粮食有一种特别的感情。现在，看见了这大片大片的庄稼，谁又不打心眼里高兴呢？我完全融进了丰收的喜悦里。参加万人大会的时候，看了各个指挥部的展览馆，那些展览出来的农产品更加集中地反映了今年农业的大丰收，更加集中地反映了油田的大好形势，每个单位都是一样！大萝卜、大土豆、大苞米、大窝瓜、大肥猪……这些都是会战职工用自己的双手创造出来的呀！我渐渐地觉得，这真不简单。从此，我就慢慢认清了油田的形势和特点，并且越来越了解油田的全面了……

如今在战区我已经生活了整整四个月！这短短的四个月，对我的教育，对我的影响是多么大啊！有些朋友说我变了，我自己觉得也变了，我明白了一些过去我无法明白的道理。通过对党的八届十中全会的学习，更进一步认清了目前的形势和我们的任务，明白了我们国家真不愧为伟大的国家，我们的军队真不愧为伟大的军队，我们的党真不愧为伟大的党，我们的毛主席真不愧为伟大的毛主席。特别是对"我们的人民真不愧为伟大的人民"这一句，有了比较深刻的体会。我发觉我就生活在伟大的人民中间，我周围的同志都是伟大的，石油工人是伟大的工人，不是吗，大油田就是见证！在全国连续三年灾害的艰苦条件下，始终保持着大跃进的步伐，以三年的时间，从荒草甸子里建设成如今这宏伟的大油田来！经过了多少人的艰苦劳动啊！没有房子，连部长在内，就住牛棚、宿野地，自己动手盖起来一片又一片的"干打垒"！工厂自己盖，机床自己装，工具自己造，管道自己挖，道路自己修，技术问题自己解决，粮食不够，自己种，菜窖不好，自己挖，蔬菜不够，自己栽，没有肉吃，自己喂猪！从上至下，一个心眼，一个劲，一个目的，为了多出石油！这不是伟大的英雄的人民能做得到吗？这不正是一个革命的大熔炉吗？这不正是一个有志于建设共产主义社会的青年人的最温暖、最可爱、最好的革命大家庭吗？

现在的我，内心已经深深地爱上了这里。因为战区不仅仅是地底下有石油、可爱；地面上是沃土，长好庄稼，可爱；更可爱的是生活在这儿的人们，顽强战斗在这儿的伟大的石油工人们！

石油，它是国防、工业和交通运输业的血液，是高速度发展农业的翅膀。我们石油工人的任务是多么艰巨和光荣啊！用我们双手生产出来的东西，去发动一辆又一辆汽车，奔驰在城镇和乡村，奔驰在青藏高原和那国外反动派斗争的最前线，发动一艘又一艘船舶，航行在大洋大海里，保卫着漫长的海防线，沟通全世界，支援亚洲、非洲、拉丁美洲的蓬勃发展的民族独立和民族解放斗争，支援古巴兄弟！发动起飞机，在辽阔的天空，保卫神圣的祖国，击落任何敢于窜犯大陆的敌机，发动那无数的拖拉机，在田野上"突突"地前进，翻起那一垄又一垄的沃土，播种上一袋又一袋的种子，收割起一仓又一仓的粮食……在还没有完全电气化的农村，太阳下山以后，用国产的煤油点的灯一盏又一盏亮起来了，小马灯带着干部们在田地里视察和谋划，煤油灯下，纺车又"嗡嗡"地转起来了，姑娘们拿起了针线儿细心地描鸾绣凤，小学生翻开了课本，传出来一阵阵朗朗的读书声……祖国到处金光闪闪，光辉灿烂，农业丰收，工业稳步发展，国防更进一步巩固，六亿人民的生活一天比一天美好幸福，这不正是我们石油工人的心愿吗？

读完这篇"放歌大油田"的文章，我特别想认识一下写下这篇文章的那位年轻人。可当我看到文章标题下的署名时，忍不住热泪奔涌：原来，他就是我熟悉的、曾经多次帮助过我的、如今刚刚辞世的李国昌先生呵！

粗略算了一下，那个时候，李国昌先生还是一个刚过 20 岁的小青年。那时，像他一样的数以万计的青年们，就是怀着对祖国和石油事业的热爱，投奔到了最艰苦而又最沸腾的会战前线，并在那里浴血奋斗，不断创造着人间奇迹……

共和国和共和国的人民，都应当记住：大庆会战永远是社会主义中国的一段最难忘的激情岁月，同时也是社会主义制度下一份最宝贵的精神遗产！

第七章

领袖一句"工业学大庆",从此"大庆"成为中国工业和工人的代名词。"文化大革命"期间的大庆,堪称"苦难辉煌"……再度印证:大庆油田无"冬天"!

1963 年 11 月初,周恩来总理向毛泽东主席报告关于召开全国人大二届四次会议的相关事宜时说,要在此次会议上宣布一项重大成果,就是大庆油田的开发,使长期以来依赖进口石油的我国现在可以实现自足了!

毛泽东一听,很是高兴地问:"余秋里说他们今年能达到产油多少吨?"

周恩来回答:"秋里同志报告说年产 400 万吨没问题了!"

毛泽东点点头:"这是一个了不得的数字嘛!是我们的石油工人们在一穷二白的条件下干出来的,应当说一说嘛!"

于是，在接下来的 11 月 17 日至 12 月 3 日召开的二届人大四次会议上，周恩来总理代表中国政府向全世界宣布："我国需用的石油，过去绝大部分依靠进口，现在已经基本自给了！"

据说，周恩来宣布这一消息时，整座人民大会堂都沸腾了！掌声和欢呼声持续了近一分钟。

紧接着，第二天的《第二届全国人民代表大会第四次会议新闻公报》正式公布了我国发现和建设大庆油田以及石油自给自足的消息。"大庆油田"从此也不再是一个秘密的"农垦"单位了……

此次全国人大会议，新中国石油人和大庆油田成为了热点，甚至应代表们的提议，连大会议程也不得不做出调整：会议第三天的 19 日，大会专门邀请石油部部长余秋里到会给代表们作专题报告。

同志们：

……大庆石油会战的胜利，对我国石油产品做到基本自给起了决定性的作用。1960 年以来，我们遵循毛主席关于集中优势兵力打歼灭战的原则，从全国 30 几个石油厂矿、院校，抽调几万名职工，调集几万吨器材设备，在大庆这个地区，展开了石油会战。目的是为了高速度、高水平地拿大油田，开发大油田。

大庆石油会战，已经进行了 3 年多，这一仗确实打得很艰苦……困难情况下，到底是打上去，还是退下来？到底是坚持下去，硬啃下来，还是被困难吓住，躺下来？

大庆油田的同志们，硬是鼓足干劲，苦干、硬干，团结一致。千方百计打上去！

……经过 3 年多的艰苦奋斗，到底做了些什么事情、取得了一些什么成果呢？

第一，拿下了一个大油田。

这个油田是目前世界上特大油田之一。现在已经探明的储量，大体上可以适应我国石油工业近期发展的需要。

大庆油田，从1959年9月第一口井见油，到1960年年底，我们就探明了油田面积并且大体算出了储量，只用了1年多一点的时间。而苏联最大的油田——罗马什金油田，是他们勘探速度最快的一个大油田，从1948年头一口井见油，到1951年，用了3年多时间，才大致了解了油田面积。

会战3年多，我们打了1000多口油井，都是1000多米深的井。每台钻机平均每月打井的速度，同1958年和1959年两年相比，要快1倍多；同1957年相比，要快3倍多。也就是说，现在一台钻机顶1957年的4台钻机水平，一套人马做了那时4套人马的工作量。这反映了我们的打井速度，也反映了我们打井技术水平的提高。

苏联部长会议正式命名的格林尼亚功勋钻井队，1960年用11个半月时间，打井31300米。而大庆油田1202钻井队，1961年只用了9个半月时间，就打井31745米，超过苏联的这个功勋队。

第二，建成了年产原油几百万吨的生产规模和大型炼油厂第一期工程，质量良好。

苏联第二个大油田——杜依玛兹油田，从1945年到1955年，用了10年多时间，建成了年产原油995万吨的生产规模。大庆油田达到它同样的生产规模，大约共有5年时间就行了，速度将要比他们快一倍。

大庆油田打井的质量是好的。油井合格率达99.6%。岩芯收获率达到95.6%。苏联教科书上说，岩芯收获率达到45%就是好的，而他们实际上比这低得多，比如杜依玛兹油田的岩芯收获率，1960年只有30%。

在大庆油田上建设的大型炼油厂，完全是由我国自己设计、自己施工的，只用了一年半时间，建成了第一期工程。同苏联设计、苏联供应设备、苏联帮助施工的兰州炼油厂同类工程相比较，建设速度快了一年多时间。而且做到了"四个一次成功"：工程质量最后总验收一次合格；一次投产成功；产品质量一次合格；油品收率一次达到设计要求。这是我国炼油厂建设的新水平。

第三，3 年多累计生产原油 1000 多万吨，油田生产管理水平不断提高。

在大庆油田目前已开发区域内，所有生产井全部做到了井场无油污，井下无落物，也就是井上没有一点油污，井下没有掉一件东西。这是苏联油田生产管理上没有做到的事情。

会战开始，大庆的同志们提出了一个口号：要"高速度、高水平拿下大油田"，现在我们做到了！

第四，进行了大量的科学研究工作，解决了世界油田开发上的几个重大技术难题。

在制定油田开发方案的科学依据方面……苏联杜依玛兹油田，只有 16 口探井的资料和 1270 多块岩芯样品分析数据，而大庆油田制定开发方案时，就有 85 口探井资料和 28000 多块岩芯样品的分析数据。

第五，经济效果好，国家投资已经全部收回，并开始为国家积累资金。

1960 年到 1963 年，4 年共用国家投资 7 亿 1 千万元；上缴利润 9 亿 4 千 4 百万元，折旧 1 亿 1 千 6 百万元，合计 10 亿 6 千万元，投资回收率达到 149％。除全部投资回收外，还为国家积累资金 3 亿 5 千万元。所以我们建设大油田，真正做到了又多、又快、又好、又省。

第六，更重要的是锻炼培养出了一支有阶级觉悟，有一定技术素养，干劲大，作风好，有组织、有纪律，能吃苦耐劳、能打硬仗的石油工业队伍，并且取得了比较丰富的经验。

大庆油田的勘探和开发，完全是我们中国人民搞起来的，没有半个洋人插手。事实证明，我们国家完全能够依靠自己，自力更生，高速度、高水平地勘探大油田，开发大油田，而且比过去照抄别人搞得更快、更好。

大庆石油会战，能够取得这样大的胜利，是有数不尽的因素，最重要的因素是：中央的亲切关怀和直接领导，解放军、中央各部委和各省、市、自治区的支援，特别是油田所在地区的中央局和省委的大力支持。还应当指出，大庆油田的发现，是在地质部做了大量的普查勘探工作的基础上进行的，地质战线上的工作人员的辛勤劳动做出了宝贵的贡献。

大庆石油会战，是打了一个政治仗，打了一个志气仗，打了一个科学技术仗。会战的 3 年，是艰苦奋斗、紧张战斗的 3 年，是锻炼成长的 3 年，是大学毛主席著作的 3 年，归根到底，大庆油田的会战胜利，是毛泽东思想的胜利！

余秋里的报告让全国人大会议"热"翻了天。中央书记处又决定，请他给在京的中央机关 17 级以上干部作个大庆油田会战的"大报告"。这个"大报告"让余秋里一讲就是一整天，除了介绍会战基本情况外，余秋里理了九条经验。那几天的报告，让以前不认识独臂将军余秋里的人都对这位"石油部长"刮目相看，因为他不仅能打仗，而且也是个天才演说家。尽管他缺少了一只胳膊，但他演说时那种激情和风采，像一块强能量的磁石深深地吸引和鼓舞着所有听他报告的人。本来大庆会战和大油田的发现够激动人心的，经余秋里那么富有魅力的语调和手势一感染，"大庆会战"和"大庆油田"便成了当时中国上上下下都在热议的一件振奋人心的"国事"。

北京人近水楼台先得月。市委书记彭真亲自出面邀请并主持了由康世恩作的专题报告，到场听会的有一万多人。在康世恩作报告时，彭真共插话 60 多次，都是情不自禁的那种兴奋之举。

那些日子里，在刚刚经历了三年自然灾害和十几年受苏联"老大哥"的欺凌、美帝国主义的公开侵犯，以及周边邻国的背后捅刀子等等压抑下的中国上上下下，都被大庆油田的伟大发现与胜利开发所振奋与鼓舞。一时间，石油部和大庆油田在毛泽东和中央领导的口中与心目中成为了"胜利"和"英雄"的代名词，当然更是社会主义建设的标杆与旗帜。

有史料记载——

1963 年 12 月 13 日，毛泽东为中央起草的《关于加强学习，克服固步自封、骄傲自满的指示》中说："中央有几十个部，明明有几个工作成绩、工作作风较好的部，例如石油部，别的部却视若无睹。永远不去那里考察研究，请教一番。"

事隔 3 天后的另一个文件上，毛泽东批示道："国家工业各个部门现在有人提议从上至下（即从部到厂矿）都学解放军……我并建议从解放军调几批好的干部去工业部门那里去做政治工作（分几年完成，一年调一批人），如同石油部那样。"事实上再次表扬了石油部和肯定了大庆油田会战。

1964 年 1 月下旬，毛泽东约余秋里到中南海"谈谈"。那天余秋里到中南海丰泽园报到后，发现毛泽东的会客厅里，不仅有毛泽东，还有中央其他几位领导，他们是周恩来、陈云、邓小平、李富春、李先念等。那天毛泽东又让余秋里讲讲大庆石油会战。余秋里一开口就讲到是用毛泽东主席的"两论"起家，于是也就有了毛泽东反问"我的那两本小书有这么大的作用么"的话题。毛泽东自说，"这个《实践论》比较好看，《矛盾论》比较难读"。这时周恩来插话，说他到大庆油田现场看到工人和干部们确实真正把"两论"当作武装自己思想和战胜困难的武器，起到了良好作用。

作为石油部部长，余秋里原本准备汇报半个小时，结果一讲就是两个半小时，这在他的革命生涯中也是仅有的几次跟毛泽东等中央主要领导进行如此长时间的面对面的谈话之一。

那天毛泽东很兴奋，其他中央领导同志同样情绪高涨，原因皆是大庆油田会战的胜利超出了他们的想象，同时大油田的建设和建成，给了这些抓经济的共和国领导人以信心。

毛泽东最后对余秋里说："我看这个工业，就是要这个搞法，向你们学习嘛！要学大庆嘛！"

后来，根据毛泽东的意见，完整地形成了"工业学大庆"这句话。

丰泽园的这次面对面的汇报，后来很快形成了中央转发石油工业部给中央的报告的通知。1964 年 2 月 5 日，《中共中央关于传达石油工业部〈关于大庆石油会战情况的报告〉的通知》（以下简称《通知》）很快被要求传达到全国所有基层单位，包括部队。中央指出："大庆油田的经验虽然有其特殊性，但是具有普遍意义"，"它的一些主要经验，不仅在工业部门中适用，在交通、财贸、文教各部门，在党、政、军、群众团体的各级机关中也都通用，或者可做参考"。

中央的《通知》下达后，全国各行各业迅速掀起了学习大庆的热潮。这种学大庆的热潮在当时可以说形成了一种前所未有的政治、经济和思想、作风的全国性活动，因此它深入人心。

毛泽东对大庆也关怀备至，在 1964 年 2 月 13 日的春节座谈会上，毛泽东在人民大会堂再次发出向大庆学习的号召。

这一年，让余秋里和铁人王进喜一生难忘的事是，12 月 26 日这一天，毛泽东在他 71 岁生日时，特别请了余秋里、王进喜等在人民大会堂的一个小宴会厅吃饭。王进喜是第一次被邀请到领袖身边，并且是参加毛主席生日宴会，他激动异常。当时王进喜是进京参加第三届全国人大一次会议，散会那天他被通知留下来参加一个活动，原来是毛主席的生日小宴会。被邀请的除了他和余秋里，还有科学家钱学森，农民代表陈永贵，知识青年代表董加耕、邢燕子。周恩来亲自带他们进小宴会厅。王进喜那天格外紧张，因为这是他第一次近距离跟毛泽东主席坐在一起，且时间也比较长，一桌吃饭就有了聊天的机会。王进喜一看，自己紧挨着的是当时大名鼎鼎的董加耕，而董加耕就坐在毛主席的身边。毛泽东的另一边坐着的是同样大名鼎鼎的知识青年代表邢燕子，她身边是陈永贵。让王进喜稍稍缓解紧张的是，坐在自己另一边的是余秋里部长。在余秋里部长旁边的依次是曾志、彭真、罗瑞卿。

"好，大家来了啊！"这一天毛泽东比平时随和许多，看到所有人坐定后，毛泽东用目光向他的"人民代表"慈祥地扫了一遍，道："今天既不是做生日，也不是祝寿，而是实行'三同'。我用自己的稿费请大家吃顿饭。我的孩子没让来，他们不够资格。这里有工人、农民、解放军，不光吃饭，还要谈谈话嘛！"这段开场白，让王进喜等放松许多，同时又深感神圣。王进喜一开始甚至不敢动筷子，是余秋里在一旁用胳膊捅捅他，王进喜这才反应过来，但夹菜都一时没夹起来。其实紧张的还有一旁的陈永贵，是周恩来在另一张桌上吆喝着说了声："大家不要紧张嘛，毛主席请我们吃饭就放开些嘛！"这样，气氛才慢慢放松了。

毛泽东随即一一地问情况。谈到大庆时，毛泽东说，"余秋里和石油工人们一起搞出个大庆来，很不错嘛！石油工人干得很凶，打得好，要工业学大庆。"笑眯眯地说完这句话后，毛泽东又颇为认真地冲余秋里和王进喜说："你们可不要翘尾巴，一辈子不要翘尾巴。有些人不好，尾巴翘得太高了，要夹着尾巴做人喽！"

"是，主席，我们一定照您的指示办，夹着尾巴做人。"余秋里赶紧站起身，向自己一生无条件服从的最高统帅作保证。

这顿饭吃得暖意洋洋的。王进喜甚至觉得毛主席有时很逗人，说话有趣，他一生都将毛主席请吃饭看作是大庆石油人最荣耀的事。

1964 年，共和国刚刚从苦难中迎来光明的曙光之际，毛泽东和党中央深切地意识到一个伟大的新中国建设好时代即将到来，而大庆油田与大庆经验在他们心目中成为了一个可以向全党、全国人民推荐学习的标杆和旗帜。于是这一年的《人民日报》元旦社论就用了《乘胜前进》标题，社论指出：这一年要大张旗鼓地表扬先进范例，开展比先进、学先进、赶先进、帮后进的竞赛，发扬鼓足干劲、力争上游的革命英雄主义，使广大干部和群众朝气蓬勃，生龙活虎，勇于同一切困难作斗争，把工作做得又多又快又好又省，攀登一个又一个的高峰。

2 月 24 日，《人民日报》再次发表《大比之年，大学之年》的长篇社论，指出：

> 今年是大比之年、大学之年。比先进、学先进、赶先进、帮后进的运动，正在全国城乡更普遍更深入地开展起来。比学赶帮运动为什么要把比放在第一位，把比作为这个运动的前提呢？认清这一点，对正确开展这个运动有很重大的意义。
>
> 比学赶帮运动中的比是比较之比。比较的方法，是人们思维的科学方法，也是人们认识事物的科学方法，离开比较，就不可能正确地思维，不可能正确地认识事物……
>
> 泰山所以那么高，是一点一点的土积起来的；东海所以那么深，是一滴一滴的水聚成的。我们学习先进，要保持先

进，要不断前进，就要学习一切先进因素。总之，一个善于比人之长、敢于学人之长的人，是永不自满、永感不足的。我们不但要有虚心向别人学习的精神，而且要有把别人的一切好经验、好方法、好作风学到手的气魄……

党的一个号召，在那个年代就是一场自上而下、轰轰烈烈的群众性运动。学大庆的比学赶帮也是如此，除了工业部门，各个战线也纷纷行动起来。文艺战线的作家、艺术家在 1964 年开春以来的日子里，不断由文化部、中国作家协会组织前往大庆采风创作和表演。一时间，那些我们熟悉的大作家、大艺术家都争先恐后地登场……

文豪郭沫若先生的大作来啦——《颂石油自给》

一滴煤油，

一珠血，

人都知道。

旧时代，

因循苟且，

叩头乞讨。

命运全凭天摆布，

咽喉一任人掐倒。

玉门关，

锁匙也因人，

堪愤恼！

破迷信，

碎镣铐；

主奖励，

抓领导。
仅三年
地底潜龙飞跃。
众志成城四第一，
铁人如海全五好。
颂今朝
解放地球军，
强哉矫！

    著名作家孙维世来了，她的一首《我歌唱》，从此将自己与大庆油田和大庆人连在一起……

我想唱一支心中的歌，
颂扬会战的英雄好汉，
歌唱沸腾战斗的生活，
歌唱祖国黄金的油田！

你是工业战线上的尖兵，
你活用了解放军的经验，
你改造了人，改造了自然，
你的美名天下传！

你征服了荒漠的荒原，
唤醒了沉睡亿万年的油田，
培养出一批坚强的骨干，
个个都是意气风发的青年！

你是工业战线上的尖兵，

你是战斗和革命的召唤，

总路线在荒原上开花结果，

毛泽东思想光辉灿烂！

早在玉门油田和新疆克拉玛依油田就被石油人视作自己的作家的"石油诗人"李季先生来了。面对比玉门和克拉玛依大数倍的世界级大油田，李季醉了，于是，他的那支让石油人曾经激荡无数个岁月的诗歌之笔，一发而不收——

一听说

石油工人打了大胜仗，

止不住

心花怒放高唱石油歌。

高唱石油歌，

越唱心越乐。

唱的是石油工人干劲高，

祖国的石油赛江河。

石油赛江河，

石油大军英雄多。

个个都是硬骨头，

活雷锋有千百个。

千百个雷锋，

上阵打冲锋。

苦仗硬仗都不怕，
一心为祖国立战功。

战功比山大，
万众齐欢腾。
自力更生不再靠"洋油"，
咱们生产的石油足够自己用。

中国贫油的鬼话，
打它个稀巴烂；
石油工业的落后帽子，
远远撩到东洋大海中！

一声春雷响，
大地都震动。
朋友听了拍掌笑，
敌人瞪眼胆战惊。

管你大瞪眼，
管你胆战惊，
新中国像一艘无畏船，
乘风波浪向前行
……

还有巴金、冰心、丁玲、徐迟……那些石油人早已听说但却没有见过面的大作家，以及大艺术家常香玉、马季等，数也数不过来的"名人"蜂拥而至，都来到了机器轰鸣的钻机台，来到了浑身油渍渍的石油人身边。演出一场接一场，朗诵一次接一次，一时间，大庆石油人的荣誉感和荣耀感，在全国各行各业中无出其右。

我们不得不提及当时刊发在 1964 年 6 月 2 日那一期《战报》的第 3 版上的一首歌曲，因为这首歌曲让大庆和石油人荣耀了整整半个多世纪，而且随着时间的推移它还将传唱下去，这就是我们非常熟悉的、让歌唱家刘秉义先生红了一辈子的那首歌曲《我为祖国献石油》——

> 锦绣河山美如画，祖国建设跨骏马，我当个石油工人多荣耀，头戴铝盔走天涯。
>
> 头顶天山鹅毛雪，面对戈壁大风沙，嘉陵江上迎朝阳，昆仑山下送晚霞。
>
> 天不怕，地不怕，风雪雷电任随它，我为祖国献石油，哪里有石油，哪里就是我的家……

想不到的是，这首经典歌曲的词作者竟然就是大庆油田的一名石油人，他的名字叫薛柱国。

可以这么说，当时的大庆，如日中天，让每一个中国人向往，让每一个中国人感到骄傲。这就是那个时候的大庆和我们的国家。

上年纪的人或许还记得：1964 年那一年，《人民日报》经常有关于大庆和大庆油田的报道，而且通常都占一大版。这既让大庆人感到光荣，也让全国人民读后热血沸腾。在这些"轰炸式"的报道中，新华社记者袁木、范荣康的长篇报道《大庆精神，大庆人》，最富有激情和条理，也无疑最让人们铭记——

> 列车在祖国广阔的土地上奔驰着。它掠过一片片田野，越过一条条河流，穿过一座座城市，把我们带到了向往已久

的大庆。

大庆，不久前人们对她还很陌生。如今，人们在各种会议上，在促膝谈心时，怀着无比兴奋的心情谈论着她，传颂着她。有机会去过大庆的人，绘声绘色地描述着这个几年前还是一个未开垦的处女地，现在已经建设成一个现代化的石油企业；描述着大庆人那一股天不怕、地不怕的革命精神和英雄气概。

1964年4月20日《人民日报》首次公开报道大庆油田

没有经受过革命战争洗礼和艰苦岁月考验的年轻人说，到了大庆，更懂得了什么叫做革命。身经百战的将军们，赞誉大庆人"是一支穿着蓝制服的解放军"。在延安度过多年革命生涯的老同志，怀着无限欣喜的心情说：到了大庆，好像又回到了延安，看到了延安革命精神的发扬光大。

我们来到大庆时，这里还是严冬季节。迎面闯进我们眼底的，是高耸入云的钻塔，一座座巨大的储油罐，一列列飞驰而去的运油列车，一排排架空电线，和星罗棋布的油井。这一切，构成了一幅现代化石油企业的壮丽图景。同它相对衬的，是一幢幢、一排排矮小的土房子。它们有的是油田领导机关和各级管理部门的办公室，有的是职工宿舍。夜晚，远处近处的采油井上，升起万点灯火，宛如天上的繁星；低矮的职工宿舍里，简朴的俱乐部里，不时传出阵阵欢乐的革命歌曲声，在沉寂的夜空中回荡。到过延安的同志们，看着眼前的一切，想到大庆人在艰苦的条件下为社会主义建设立下的大功，怎么能不联想起当年闪亮在延水河边的窑洞灯火哩！

但是，对于大庆人说来，最艰苦的，还是创业伊始的年代。

那时候，建设者们在一片茫茫的大地上，哪里去找到一座藏身的房子啊！人们有的支起帐篷，有的架起活动板房，有的在不知道什么时候被丢弃了的牛棚马厩里办公、住宿。有的人什么都找不到，他们劳动了一天，夜晚干脆往野外大地上一躺，几十个人扯起一张篷布盖在身上。

霪雨连绵的季节到了。帐篷里，活动板房里，牛棚马厩里，到处是外面大下，里面小下，外面雨住了，里面还在滴滴答答。一夜之间，有的人床位挪动好几次，也找不到一处不漏雨的地方。有的人索性挤到一堆，合顶一块雨布，坐着睡一宿。第二天一早，积水把人们的鞋子都漂走了。

几场萧飒的秋风过后，带来了遮天盖地的鹅毛大雪。人们赶在冬天的前面，自己动手盖房子。领导干部和普通工人，教授和学徒工，工程技术干部和炊事员，一齐动起手来，挖土的挖土，打夯的打夯。没有工具的，排起队来用脚踩。在一个多月的时间里，垒起了几十万平方米土房子，度过了第一个严冬……

就在那样艰苦的岁月里，沉睡了千万年的大地上，到处可以听到向地层进军的机器轰鸣声，到处可以听到建设者们昂扬的歌声："石油工人硬骨头，哪里困难哪里走！"夜晚，在宿营地的篝火旁，人们热烈响应油田党委发出的第一号通知，三个一群，五个一伙，孜孜不倦地学习着毛泽东同志的《实践论》和《矛盾论》。他们朗读着，议论着，要用毛泽东思想来组织油田的全部建设工作。没有电灯，没有温暖舒适的住房，甚至连桌椅板凳都没有，但是，人们那股学习的专注精神，却没有受到一丝一毫影响。

……

时间只过去了短短四年，如今，这里的面貌已发生根本变化。我们访问了许多最早来到的建设者，每当他们谈起当年艰苦创业的情景，语音里总是带着几分自豪，还带着对以往艰苦生活的无限怀念。他们说，大庆油田的建设工作，是在困难的时候、困难的地方、困难的条件下开始的，如果不是坚信党的奋发图强、自力更生的号召，如果不是在党的总路线和大跃进精神的鼓舞下，如果没有一股顶得住任何艰难困苦的革命闯劲，今后的一切都将是空中楼阁。许多人还说，他们过去没有赶上吃草根、啃树皮的二万五千里长征，也没有经受过抗日战争和解放战争的战火考验，今天，到大庆参加油田建设，也为实现六亿五千万人民的远大理想吃一点苦，这是他们的光荣，是他们的幸福！

深深懂得发扬艰苦奋斗、自力更生这个革命传统的伟大意义，心甘情愿地吃大苦，耐大劳，临危不惧，必要时甚至不惜牺牲个人的一切，而能把这些看作是光荣，是幸福！这，不正是大庆人最鲜明的性格特征吗？

……

请想想看！在这样一支英雄队伍面前，还有什么样的困难不能征服！

但是，大庆人钢铁般的革命意志，不仅表现在他们能够顶得住任何艰难困苦，更可贵的是，他们能够长期埋头苦干，把冲天的革命干劲同严格的科学态度结合起来。这正是他们在同大自然作战的斗争中，战无不胜、攻无不克的法宝。

在油田勘探和建设中，大庆人为了判明地下情况，每打一口井都要取全取准二十项资料和七十二个数据，保证一个不少，一个不错。

一天，三二四九钻井队的方永华班，正在从井下取岩芯。一筒六米长的岩芯，因为操作时稍不小心，有一小截掉到井底去了。

从地层中取出岩芯来分析化验，是认识油田的一个重要方法。班长方永华，当时瞅着一小截岩芯掉下井底，抱着岩芯筒，一屁股坐在井场上，十分伤心。他说，"岩芯缺一寸，上级判断地层情况，就少了一分科学根据，多了一分困难。掉到井里的岩芯取不上来，咱们就欠下了国家一笔债。"

工人们决心从极深的井底，把失落的岩芯捞上来。队长劝他们回去休息，他们不回去。指导员把馒头、饺子送到井场，劝他们吃，他们说："任务不完成，吃饭睡觉都不香。"他们连续干了二十多个小时，终于把一筒完整的岩芯取了出来。

这从深深的井筒中取上来的，哪里是什么岩芯，简直是工人们对国家建设事业高度负责的赤胆忠心啊！

几年来，就是用这样的精神，勘探工人、钻井工人和电测工人们，不分昼夜，准确齐全地从地下取出了各种资料的几十万个数据，取出了几十里长的岩芯，测出了几万里长的各种地层曲线。地质研究人员和工程技术人员，根据大量的第一性资料，进行了几十万次、几百万次、几千万次的分析、化验和计算。

想一想吧，是几十万次，几百万次，几千万次啊！那时候，大庆既没有像电子计算机这一类先进的计算设备，又要求数据绝对准确，如果没有高度的革命自觉，没有坚韧不拔的革命毅力，没有尊重实际的科学精神，这一切都可能做到吗？

正是因为有了这种自觉、这种毅力、这种实事求是精神，这种以毛泽东思想武装起来的新作风，在几万名大庆建设者的队伍中，形成了一种非常值得珍贵的既是继承了我党的优良传统，又是在社会主义建设时期的全新的风气：他们事事严格认真，细致深入，一丝不苟。大庆人不论做什么工作，他们的出发点都是："我们要为油田建设负责一辈子！"

……

在大庆，我们访问过不少有名的英雄人物，也访问过许多在平凡的岗位上忠心耿耿的"无名英雄"。从他们身上，我们发现，大庆人不论做什么工作，心里都深深地铭刻着两个大字"革命"。

……

为了实现六亿五千万人民的远大理想，心甘情愿地吃大苦，耐大劳；为了对国家建设事业负责一辈子，事事实事求是，严格认真，一丝不苟；为了革命的需要，全心全意地充当一颗永不生锈的万能螺丝钉；在革命的大家庭中，人人关心别人胜过关心自己……这些，就是大庆人经过千锤百炼铸造出来的可贵性格。在我们伟大祖国的社会主义建设事业中，是多么需要这样的性格啊！

也许有人要问：大庆油田的辉煌成绩和建设者们身上的巨大变化，这一切是怎样得来的？大庆人的回答很简单："这一切都是毛泽东思想的胜利！"

　　一个晴朗的早晨。我们去访问油田的一个工程队，想进一步了解毛泽东思想在大庆是怎样的深入人心。同路的一位年轻工人说："那里今天开会，不好找人。"我们问他开什么会，他说："冷一冷。"冷一冷，这是什么意思？年轻工人解释说："我们大庆经常开这样的会，找一找自己的缺点，找一找工作中还存在的问题。找准了，就能迈开更大的步伐前进。"

　　在大庆人已经为祖国建设立下奇功的时候，在全国都学习大庆的时候，他们还要冷一冷，继续运用毛主席提出的"两分法"，从自己的不足处找出不断前进的动力。这不正是我们想了解的问题的答案，也是大庆人更可贵的性格吗？

　　大庆人和石油人为什么对新闻记者和作家、艺术家特别有感情？我想是因为凡是到过大庆和与石油人接触过的新闻记者、作家、艺术家，他们都会由衷地深深热爱上大庆和石油人，同时他们也会把自己最真挚和炽热的情感献给大庆和石油人，所以大庆人和石油人才如此愿意认这些"文化人"为朋友和知己。这个传统在大庆一直延续至今，在与大庆和石油人的二十多年的交往中，我本人深有感触，且始终倍加珍惜这份"石油情"。

　　我们都有共同感受：一旦与大庆和石油"染"上感情，便是一生的情缘，扯也扯不断。我们对此感到荣幸。

　　话说全国学习大庆活动开展之后，大庆人和石油人怎么办？这成了余秋里等石油部领导深思的一个问题。

　　大庆油田和会战前线，是由人发现和组建的。是人，就难免在胜利与成绩面前骄傲，甚至有些忘乎所以。苦干和拼命了几个春秋，现在一下子给国家奉献上了一个天大的油田，这份功劳和荣誉放在谁头上谁都可能有些洋洋得意。更何况，领导和中央一次又一次的表扬，全国人民也把最鲜艳的花儿和最响亮的掌声都给了自己时，在大庆会战前线和石油部内，确实也有人全身感觉轻飘飘了……

因为看到在成绩面前有人沾沾自喜，部长余秋里在大庆现场曾经对包括康世恩在内的一批会战功臣们大发雷霆过。这个场景许多当事人都还记得，我在《部长与国家》一书中有过细致的描述——

那应该是 1964 年年末的事。大庆油田的会战胜利已在全国、全世界面前公开，余秋里也将被毛泽东、周恩来重用到国家计委任主任前夕，那次他再次回到大庆，关于他的高就已经在大庆领导层里都传开了。几年艰苦卓绝的战斗，全国人民一片叫好，毛泽东的"工业学大庆"号召响彻神州大地。大庆人从默默无闻的无名英雄，一下成为人人皆知的光荣战士。大庆人已经成为一种时代精神和民族代表，大庆和原子弹也成为毛泽东和中国人在帝国主义与"苏修"面前，扬我中华国威的两个铁拳。铸造大庆这个铁拳的无疑是余秋里和康世恩等一批大庆创业者及几万会战大军，而这时难免使功劳与苦劳一起洋溢在大庆人的脸上。

这天中午，大庆人对老部长余秋里似乎第一次有一种需要"送别"的感觉，人之常情嘛！老领导要高升了，过去同甘共苦几年要吃没吃的，要想放松也不敢放松嘛！于是，中午宴席上，康世恩、宋振明等频频举杯："来来，为余部长，为大庆的昨天和今天，干杯！再干杯！"

康世恩有些醉意了。

宋振明是清醒的，但也比平时多喝了好几杯。

所有参加午宴的人都比平时多喝多吃了不少。

一点半，还有个会。余秋里要再以部长身份向属下交代几句话。

将军在席上也没有少喝少吃，但他记住了下午的会议和开会时间。于是他准时到了那间他曾经无数次召开会战决策会议的二号院大会议室……

现在，他独自坐在台前的一张长木椅上。耳边依然是后院宴席上一阵高过一阵的劝酒声、碰杯声、欢笑声和叫闹声。但将军的目光一直对着那个长长的走廊——那里有他呼风唤雨的空间，有他可以指挥得了的一支支雄赳赳气昂昂的出征队伍……他有些激动了。他的目光里流露着骄傲和自信，也流露着某种更强烈的责任，甚至是隐约的失落。

人呢？一点半了嘛！不是说好一点半要开会的嘛！

但没有人。庞大的会议室里就他一个人独自坐在主席台前的木椅上。长长的走廊里也没人，只有阵阵热闹的劝酒声和吵闹声。

将军有些烦躁，欠欠身子，想让秘书去叫人来开会。但他没这么做。

一分钟，两分钟，五分钟，十分钟……将军耐着性子在等待。

二十分钟过去了，将军的脸变了。他怒不可遏地正欲起身时，长长的走廊里听到了声音，也见到了康世恩他们正逍遥自得地晃着鼓鼓的肚子，一边剔着牙，一边有说有笑地朝他走来——慢悠悠地，像永远走不动似的不往前行。

"哐！"终于，将军忍无可忍了！那只令敌人畏寒的铁拳，从高高的空中挥起又落下，重重地砸在了桌子上，发出震耳欲聋的声音。随即，是万炮齐鸣的火力："你们这帮狗屎！狗屎你们！我要回北京去！回去！"

"哐！"又一记更重的铁拳砸在桌子上。

"我、我还没走你们就没了王法啦？就这个样，我把油田交给你们放心吗？我放得下心吗？狗屎！狗……"

长廊内的人惊呆了，一个个像木偶似的站立在那儿不知所措。他们见过将军发无数次火，每一次都可能是雷霆万钧，但这一次比雷霆万钧还要雷霆万钧。

这可怎么是好？宋振明等人全把目光投向康世恩。

康世恩暗暗叫苦了一声：今天坏大事了！算他康世恩反应快，只见他悄悄将双手背在屁股后面，向后面的人发出了一个信号：不要吱一声，往后退，回到隔壁的房子里去。同时，自己也轻轻地移动脚步，往后挪动，但不敢转身……

"狗屎！你们是狗屎！……"将军还在高声臭骂，骂声直冲云霄。

隔壁房间内，宋振明等焦急万分地询问康世恩："这可怎么办？他要回北京了呀！"

康世恩搓着手，一副不知所措的样儿，嘴里还在不停嘀咕：怎么把时间忘了……

"有了，康部长。"宋振明鬼精灵，突然灵机一动，轻轻击掌。

"说，有什么办法？"康世恩和好几位油田领导赶忙围住宋振明。

宋振明伸出手指，神秘地说："有一个人可以救我们。"

"谁？"

"铁人王进喜。"

康世恩大喜："妙。快叫老铁！"

老铁就是王进喜。

王进喜来了。宋振明赶紧在他耳边如此这般一说，王进喜拉拉鸭舌帽，笑笑，便朝身边的几位工人代表一挥手：进会议室。

将军仍然骂。越见不到人骂得越凶。"狗屎！狗屎你们……"当不知第几个"狗屎"的"屎"字还没有出口，突然会议室的大门口出现了王进喜。

"狗……"将军的嘴巴一下张在那儿，那个"屎"字没再出口。"老铁啊！你来啦?"将军的脸上立马暴雨转多云、转晴了。

"唉，余部长，我来开会啦!"王进喜大步向会议室前排走去。

就在将军和"老铁"寒暄之瞬间，康世恩和宋振明等一大帮人，"哗啦"一下，全拥进了会场，那动作比兔子蹿得还快。

余秋里还没有跟"老铁"唠完三句话，却见会议室已满满当当了。又看看左右：康世恩和宋振明等领导毕恭毕敬地坐在他身边。

"那就开会吧!"他毫无表情地说。

后来发生了什么事?

什么事也没有发生。余秋里平静、耐心和认真加忠告地讲了许多关于下一步油田工作的指示。康世恩等认真地听着，最后康世恩还特意站起来深情而又严肃地号召全体与会人员及广大会战职工，要牢记"余部长"的话，把大油田搞得更好。

晚饭时，余秋里吃得比较香。随后继续跟康世恩等叨唠，叨唠关于大庆油田和渤海湾的新油田……当然，他也颇有针对性地叨唠起干部作风问题：老康啊，我总觉得对干部，要求严一点好。为啥? 因为党和人民交给我们肩上的担子重，出不得一丝半毫的差错啊！俗话说，"上梁不正下梁歪"，干部作风不好，带出的必然是稀拉松垮的队伍嘛！领导严，大家也严。严，就可以出责任心；严，就可以出战斗力；严，就可以出规格；严，就可以出高标准；严，就可以出办法；严，就可以出风气；严，就可以使自由主义、个人主义没有市场；严，就可以把歪风邪气打倒；严，就可以避免错误；严，就可以保证思想上、政治上一致；严，还可以保证团结。而讲严，不单是生产工艺上要严，而且在政治思想上也要严，按党的原则办事，按标准办事，按工艺办事。严，不一定要瞪眼睛、竖眉毛——当然我知道自己脾气大，瞪眼睛、竖眉毛的事经常发生。但其实严，主要是对问题的不马虎，对原则的不让步。这里包含了耐心说服教育与严格要求相结合，包含了经常的、不断的实际教育和思想教育……

这一夜，余、康俩人几乎是彻夜长谈。也算是老部长向新部长行将交班的一次私人谈心，也可以认为是一个组织形式上的"政治交代"。

后来我们都知道，康世恩迅速在石油部内部特别是大庆油田上上下下开展了一场严肃且声势浩大的"全国学大庆，大庆怎么办"的运动，重点是针对大庆和油田建设上存在的问题找差距、查问题，深入全面地进行向解放军学习和向其他先进单位取经的活动。

事实上，从毛泽东和中央提出"向大庆学习"之后，石油部党组就高度重视"全国学大庆，大庆怎么办"的问题。1964年2月19日、20日两天，石油部党组连续召开党组扩大会议，认真严肃地学习"两分法"，专题讨论对待成绩和荣誉的问题。余秋里指出："面对中央的表扬，有几种可能：一种前进，一种踏步，一种后退。"康世恩说："实际上只有一个选择：就是靠'两分法'前进。"

3 月 12 日，大庆油田为此专门召开了 3000 人参加的"五级三结合会议"，康世恩侧重讲了如何掌握"两分法"，正确对待大庆目前的成绩与荣誉。之后会战指挥部不断强调用"两分法"指导工作，一个单位一个单位地进行对照检查，主要是寻找存在的问题。包括先进单位在内，每个单位、每个人通过"两分法"，找出自己的问题，对照的目标是解放军和其他先进单位。指挥部一级，康世恩带着寻找了 18 条主要差距，用他的话说，要做到"翻箱倒柜"地找问题。基层单位要从外部到内部、从日常工作到思想作风找。在前后集中找问题的 20 天中，全油田总共找到各类问题 120 万个。

"看到了吧！没找问题之前，大家会觉得现在中央都表扬了我们大庆，好像我们大庆是个完美的典型了。这一找，毛病千千万，有的毛病还挺吓人！不清醒是绝对不行的！不改正，大庆这面旗帜用不了多久就会倒下去了！"康世恩在干部大会上抖着汇总的"问题"材料，严肃地告诫所有会战干部和大庆人。

"基层的不足是面镜子，镜子里照出的问题影子是我们干部和机关。所以，千千万的问题，根子要从干部和机关身上找。"康世恩要求油田各级干部带头与群众面对面、实打实地进行查找问题、改进差距的活动。这样一来，许多工人也坐不住了，学着干部的样，从自己身上查找工作和思想作风上的问题与差距。

"查找问题的目的是什么？是整改。整改的标准又是什么？是样样过硬！什么才是过硬？那就是——工程技术上项项质量全优、工作和生产事情上件件规格化、思想作风上时时经得起考验，简称：工作上过硬、技术上过硬、思想上过硬！"康世恩总结说。

随之，整个油田刮起了空前的"三过硬"的强劲之风。"说过硬也不是一句空话，要有指标和先进引领。"康世恩又给全油田提出更具体的要求。

这个时候，有人提出是不是再把 1202 队和 1205 队等老典型、老先进"过硬"方面的经验总结一下，作为全油田的"三过硬"活动的标杆和学习榜样？

"不行！这次'三过硬'活动，恰恰重点要把那些红了很长时间的老典型、老先进拉出来晒一晒、凉一凉，要让他们从自己身上多找些毛病和问题出来，要用锉刀削削他们的骄气和傲气。像大庆油田这么大的一个单位，是不是真正过硬，并不是三两个1202、1205队就行了，而是全体油田的所有单位过硬才行！"康世恩较劲起来的时候，比谁都较劲，他那科学和技术上擅长的思维一旦放在抓工作上，谁也别想有隙缝之机可乘。

这一年，有一项特别重要的生产勘探任务要完成，就是随着油田开发的全面与深入，需要向更深的地层进军。而当时我国的钻机设备，只能钻探一两千米深。此次地质工程技术上的设计是钻4000米，怎么办？

在考虑让哪个钻井队完成这一未曾闯过的技术高峰任务时，不少领导就想到了"铁人"王进喜的1205队和他的对手、王牌钻井队1202队。但这回康世恩摇头否定了，他说："老铁他们两个队会把握大些，但衡量我们的队伍是否真正过硬，我想应该不是挑走在最前面的，相反应当从一般的队伍中挑一挑，这样才可能看出我们队伍真过硬还是假过硬……"

带兵出身的张文彬表示极大赞同。其他领导也觉得康世恩的建议具有很强的现实针对性，所以纷纷表示这个建议好。

"文彬，你熟悉队伍，就从你的部队中找一个。"康世恩把这一任务交给了张文彬。

"明白。"张文彬权衡了一下各种情况和因素，很快找出了一个过去并不耀眼的32139队。

挑选32139钻井队，主要原因有二：一是这个队的钻机设计能力为3200米，相比之下距探井的施工设计深度相对近些；二是该队人员组成是原来的"石油师"建制，也就是说，它的骨干都是转业军人。张文彬把这艰巨任务交给 32139 队时，把话说得很绝了："如果这块硬骨头你们啃下来了，证明你们并不比标杆队 1202、1205 队差，我给你们敬酒！挂红旗！"

32139 队受到极大鼓舞。

32139 队是 1964 年 3 月 31 日接受艰巨任务后正式开钻的。当时油田和中国石油勘探行业中很少打过 4000 米的深井，即便是 3000 多米的井也数不上几口。4000 米深井的设计，意味着井下的温度将达到 150 多度，压力将至 500 个大气压以上。这样的高温、高压下钻井，无论是安装、固井、泥浆还是测井等工艺，都完全不同于过去油田所打的千百口井，技术要求、设备能力以及人的精神状态都将受到极大考验。第一次打这样的深井，毫无疑问，功夫最要紧的一关就是执掌钻具的司钻。在钻机台上，司钻就像汽车的驾驶员，掌握着方向盘。司钻魏光荣第一次上手，就下了狠心想夺下这口创纪录的深井。结果他一上手，就来了回猛劲……

"停！快停！"队长赵建荣突然大喝一声，抢到魏光荣的面前，夺下钻具，严厉地斥道："你这样操作，非得把这口井和我们全队的命还有这几百万元的设备全毁在你手上啊！"说着，亲自示范给魏光荣看，如何稳执钻具，确保钻井平衡、直径操作。

"知道吗，如果使用蛮劲，钻具旋向井底后，钻塔上的天车就会因压力控制不住而造成钻杆随时断裂，即使钻杆不断裂，钻孔也会因不稳而造成井斜。4000 米深的井，稍有不慎，井斜就等于报废了这口井……你说，你这手上是不是握着三条命？"

魏光荣被队长的一番话吓得后背直冒冷汗，可不，假如自己操作有误，既害了设备、也害了这井，同时肯定也影响了全队的荣誉和尊严。"手握钻具连着三条命"的意识从此在魏光荣和几位司钻的心头牢牢烙上。于是他们从基本功开始练起，从细小动作做起，每一个动作都力求标准化、正规化。起钻、立柱、放管，这都是司钻的基本功，为了这些以前司空见惯的操作在深井施工中不走一丝一毫的样，32139队的每一位干部和司钻，练了几百回、试验了几千次。俗话说，功到自然成。魏光荣后来总结出一套硬功夫，他说："司钻不光是扶刹把手，更要眼观四路，耳听八方，脑子里还要想到所有地上地下的情况。人、设备、井上、井下、井口、机房、仪表、信号，忽略一方都不行！"

在队干部的严密细致的领导下，工人们以魏光荣为榜样，个个练出一套硬本领。后来总结出八个过硬：司钻的操作过得硬；内、外钳工操作过得硬；架工操作过得硬；钻具管理过得硬；地质资料过得硬；设备管理过得硬；泥浆管理过得硬；岗位责任制过得硬。但是康世恩、张文彬给总结加了一条：32139队的党支部堡垒作用过得硬，干部和工人们的作风与思想更过硬。历时一年多的钻井，获取14.8万多个地质资料数据，并且需要保持没有一次断杆，不发生一次人身事故，操作时无杂音，打吊钳和打吊卡均做到一次成功，这样的难度想一想都感到极度艰巨，然而32139队做到了，而且完美地做到了。

1964年9月4日上午11时50分，这个时间对32139队来说是至高无上的光荣时刻，对大庆油田和中国石油事业来说都是个历史性时刻，因为中国的石油工人又一次创造了一个纪录：成功钻井4005米！而且全井最大井斜仅为2.9度，岩芯采集率平均达86%，全部达到了设计标准，甚至多数高于设计标准。更可贵的是，32139队用一台只能打3200米的普通钻机，在钻进4000多米过程中，起钻杆、立柱37360次中，没有断过一根钻杆，没有掉过一个螺丝，没有缺过一个垫子，也没有少了一个铁销子！

"你们让我骄傲！让我又看到了战争年代那些从敌后侦察回来的优秀侦察兵！我只能用四个字来形容你们的成绩：完美无缺！"

"哈哈，真的完美无缺：任务完成好、设备保护好、地质资料好、全队作风好！"康世恩得知消息后，连夜来到 32139 队的现场，代表石油部党组把一面"硬思想、硬作风、硬技术"的样板红旗亲自挂在这台功勋钻机身上……

当然，这一年里令人格外高兴的事可以说接二连三，排在前列的要数被称为油田"火车头"的钻探生产这一年提前一个月零两天完成任务，而且每口井全优，这在会战历史上从未有过。尤其是几个标杆队全部上了双万米的纪录，且涌现出了像 1203 队、1206 队、1281 队、32139 队、32143 队等一批新的先进钻井队。用康世恩他们的话说，这一年钻探队伍能提前如此多时间完成全年任务，关键是队伍越打越过硬，职工的思想作风越来越叫人信得过。

与此同时，另一项硬指标的完成让康世恩和大庆人格外兴奋，那便是原油生产和原油外运也相继提前 32 天完成了国家任务。

随即，最难打的仗——油田基建工作也传来喜讯：提前一个月完成当年施工任务……

"骄傲使人落后，谦虚让人进步！我们大庆油田今年的最大收获就是这件事！"年末，康世恩在总结 1964 年的油田会战成果时，这样说道。而就在同时，油田技术领域的另一个捷报让他更加兴奋不已：截至 12 月 29 日，井下作业前线报告，已完成试油 101.5 层试油任务。这个"百层试油"是康世恩根据油田地下情况在年初提出来的一项具有战略性的科研任务，它对大规模开采油田具有十分重要的意义。"百层试油"的成功，意味着它实现了会战前四年试油任务的总和，并且验收质量全优率达到 91% 以上，齐全和准确的资料，为落实油田开采提供了可靠依据。

"拿下大油田后，就是要大干！现在有了这种大干的条件了！应当感谢找差距的'三过硬'活动的深入开展。"康世恩动情道。

而据我所知，这一年最让康世恩和会战干部家属感到温馨的一件事，是他们总算第一次见到了"家"的希望了——这就是油田会战以来第一个生活基地"争游村"的落成。

"去看看!""看看我们的家!"

国庆前,地处矿区西北角的属于油田人的第一个居民点——争游三村人声鼎沸,喜气洋洋。当时有记者记录下了现场情景和这个村的建设过程:

> 落成典礼前夕,记者访问了这个新村和这个生活基地的中心村——争游村。
>
> 刚走下平坦宽阔的公路,高大彩门迎面而立,挂在彩门上的两幅对联,以她端庄的字体和深刻的含义吸引了人们的注意。
>
> 上联写着:
>
> **工农结合建设石油基地**
>
> 下联写着:
>
> **城乡一体创造人世桃源**
>
> 看罢这副对联,使人们联想到马克思恩格斯在《共产党宣言》中,向全世界无产阶级所提出的一项革命任务:"将农业同工业结合起来,促使城乡对立状态逐渐消灭。"今天,中国的石油工人和他们的家属,正在党和毛主席的正确领导下,实现着科学共产主义创始人的伟大理想,这怎能不令人从内心感到骄傲和自豪。
>
> 根据矿区建设规划,这个生活基地将由以争游村为中心和围绕它的银波、铁牛、先锋、金锁⋯⋯等七个分散居民点组成。既是现代城市,又是现代农村,居民又做工,又务农。将来,它和其他二十四个同类型的生活基地一起构成一个工农结合、城乡结合、有利生产、方便生活的新型石油工

业矿区。今天，油田建设指挥部已经建成的争游三村，就是整个矿区建设的缩影。

争游三村坐落在一片农田的中央。住宅环绕生产队管理委员会办公室和小学校、托儿所、商店，一排排建设起来的"干打垒"平房，拱形屋顶，白墙蓝檐，褐色的墙裙，在灿烂的阳光下，放出谐和清新的光泽。从外表面上，一点看不出是土房子。室内墙壁洁白，双层窗户上镶着明亮的玻璃，家家都有电灯，户户都有原油汽化炉，那怕是严寒的冬天烧起暖墙，房里温暖如春。在两组房子的中间设有两处自来水的供水站。将来还要修建公共食堂，供人们就餐、开会、看电影和文化娱乐。房前屋后很宽敞，村内有纵横四条马路，将来沿路旁、屋旁植树绿化，全村就将构成一幅白绿相间、万紫千红的美丽图景。现在，已经迁入几百户职工和家属，经营着一千五百七十亩农田，庄稼地就在四周，出村就到，一切都很便利。如果这里解决不了，往北走一里路，就到整个基地生产组织和生活服务中心的争游村去。那里有农业机械供应站、畜力运输队为各居民点服务；有一所完全小学和一所半耕半读的初级职业中学，招收各村的儿童；有一所拥有二十张病床的卫生所，担负全村的卫生保健工作；有一套百货店、副食品店、粮站、邮局、银行、缝纫铺、理发馆、浴池等组成的商业和服务性行业，可以满足基地居民的生活需要。在中心村的中央还有一座较大的公共食堂，这里既是职工和生产队员们集体就餐之处，又是召开居民大会和开展文娱活动的场所。村旁的公路上，还有公共汽车，通往各个生活基地和矿区的中心镇，给以交通之便。这里，既是城市，又是农村，为逐渐缩小工农之间、城乡之间的差别创造了条件。

"这仅仅是开始，以后我们还要建更多、更好的房子！不仅要让我们每一个石油人有自己的家，而且还要让我们的子孙后代在这块土地过上共产主义生活！"焦力人局长这么说。

1964 年，对大庆油田来说，可以用全面丰收和充满诗意来形容。这一年，也是毛泽东和中国共产党人以及全国人民在新中国成立十五年来最扬眉吐气的年份，除了大庆油田全面建成外，还有一件大喜事，就是我国成功进行了原子弹试验。

这一年大庆会战的最后一期《战报》上，刊发了署名"李云"的一首《沁园春·胜利》，有这样几句：

> 钻井战线，
> 成绩辉煌，
> 钢铸铁炼。
> 老八路作风，
> 硬骨头汉；
> 上上下下，
> 亲密无间
> ……
> 石油揭开新幕，
> 亿万颗心向大油田。
> 战鼓紧催，
> 磨掌擦拳，
> "火车头"争先出站。
> 望来年，
> 谁家名堂大！

望来年，谁家名堂大？大在何处？这是大庆油田继 1964 年创下历史性全面胜利之后所面临的一个带方向性的问题。1965 年新年后《战报》的一篇"社论"，向全油田会战的干部群众这样说：通过近年来的社会主义教育，职工觉悟大提高，岗位责任制已经完善配套；通过苦练基本功，职工的操作技术有了新提高，生产基本上做到了稳定安全。那么，油田工作将把广大职工的积极性引向何方，是维持现状，还是继续前进？这是全油田参加会战的干部职工所关心的大事。为此，指挥部和工委向全线职工下达了一道新的"战斗令"，其内容为：全油田向"高度机械化，高度自动化，大搞科学研究，大搞技术革新，发展新工艺，发展新技术"进军。

这样的战斗令，一看便知是主持工作的康世恩部长根据油田开发新情况、新条件下所面临的新任务而提出的。"这一任务假如完成好，对我们油田的建设和生产，将会起到巨大作用，会使我们的油田面貌发生根本性的变化。"他一针见血地指出。

科技、革新之风，迅速在全油田展开。

六四一厂的刮刀钻头成为第一例破天荒的技术革新成果，让大庆油田人看到了依靠自己力量、群策群力、开动脑筋的前景。刮刀钻头的革新在当年就取得了一个钻头钻达 1866 米的惊人纪录，乐得康世恩几天几夜没合拢嘴。想一想当年他接手玉门油田时，工人告诉他，那时的一个钻头只能打三五十米。换钻的时间，废一个钻头的成本，换钻、下钻时的机械设备损耗和安全生产等，一个钻头牵动的是整个钻井队的所有东西。现在，六四一厂研制出了这么个"金刚钻"，他康世恩不乐坏了才怪！

康世恩曾给宋振明等勘探管理干部算过一笔账：假如每口千米以上的井，能够在钻头上省下时间、省下成本，整个油田一年几千口井，将是怎样的一笔经济账和政治账啊！

"这个山头我们必须冲上去拿下它！"宋振明脑子灵在战区是出了名的，经康世恩一点拨，他就发下誓言。

六四一厂的技术人员和工人们不负众望，克服一道又一道技术难关。仅为了寻找理论依据，攻关小组的技术人员翻阅了60多篇参考资料和400多张图纸，在四个城市和七个单位建立起了合作关系。处理生铁焊接无裂缝是个关键性的技术工艺，初始一直未突破。焊工何孟相吃住在车间一连几个月，白天黑夜都在观察分析问题根源，正是他的这股韧劲，终于摸索到了一套生铁敷焊的焊接技术，突破了防止钻头裂缝的关键性工艺。

制作一只具有世界先进水平的钻头，比磨一根针要费时费力得多，其中既有技术难度，更有攻关过程的韧性。

在闯过生铁焊接技术这一关后，钻头上的水眼成为又一道"险峰"。早在苏联专家时期，他们就预言中国若想打3000米以上的深井，离不开他们苏联的钻头，特别是钻头上那"冲不烂的水眼"技术。真的是这样吗？中国石油工程技术人员不信邪，他们决意要在没有任何资料和技术参考的条件下，独立自主闯这技术难关。

比想象的难度要大得多！水眼制造试验过程中，常常被冲得稀巴烂……那些日子，攻关小组的技术人员和工人师傅发疯似的到处寻找可能，到处企求突破，但收效一直甚微。然而这并没有影响攻关小组和工人师傅们争取成功的决心。

"钨钢能够使水眼冲不烂！"当听说有种特殊材料能够解决难题时，攻关小组和工人师傅们兴奋得几天几夜睡不着觉。他们分头到北京和哈尔滨寻找压制钨钢原材料的厂家，然后回到自己的厂里进行试验。

十次、一百次……试验结果证明，成功压制后出来的钨钢水眼果真是千米冲不烂的好产品！

一道道工艺被攻克，一次次试验都有了飞跃。当刮刀钻头成批被生产施工一线证明真的"钻千米不烂"后，六四一厂的技术人员并没有满足，他们与钻井队继续不断探索刮刀钻头的极致寿命，最终在1965年新年伊始，就创造出一次成功钻达1866米的纪录。

正是这只"冲不烂的钻头"的成功研制，全油田的打井速度突飞猛进，材料成本倍数往下降，如此甜头，谁不感到酣畅？于是油田上上下下，搞科研、搞革新、钻技术的浪潮，一浪高过一浪，让康世恩满脸堆笑，因为这正是他做梦都想要的好事……

然而，康世恩和大庆油田人没有想到的是，一场政治浩劫，像西伯利亚的强寒流一般，正向新中国的第一个新生的世界级大油田袭来，其势之猛、之突然、之疯狂，叫康世恩跌掉了多少次眼镜，让大庆石油人百思不解，连身经百战的老部长余秋里竟然也再不敢搬出大庆来说事！

这是什么事嘛！苍天一声呜呼，大地污流滚滚……

开始大庆油田的人并不知道北京发生了什么，他们仍然每天都在思考和实践着"全国学大庆，大庆怎么办"的事。后来北京的《人民日报》发表一篇接一篇的"活学活用毛泽东思想"的文章与社论，大庆油田的干部和职工们觉得这个话好像说到了他们的心坎上，大庆会战胜利和大油田的发现与开采，不都是我们大庆人学习和运用了毛主席的"两论"吗？

于是大庆跟着大张旗鼓地"活学活用"起来，这似乎没有什么错，大庆人对毛泽东思想和毛主席著作有特殊感情，而且是真学、真用，并且真管用。

后来北京的报纸上说，要"高举毛泽东思想伟大旗帜，全面进行文化大革命"。大庆人心想：既然是毛泽东旗帜指导下的"文化大革命"，那理当是好事，所以要"坚决紧跟"。

"文化大革命"到底是怎么回事？北京的报纸上又说了，"文化大革命"就是要"扫除一切牛鬼蛇神"。这"牛鬼蛇神"肯定是要扫除的嘛，因为他们是坏人，阻碍社会主义发展，也想阻碍我们大庆油田的发展。于是，大庆人毫不含糊地相信"扫除一切牛鬼蛇神"是件"深得人心"的事，"坚决拥护"！

后来，北京的报纸又爆出惊人消息：以彭真为代表的北京市委是个代替"牛鬼蛇神"说话、办事的"黑司令部"。这还了得！大庆人愤怒的同时，又有些弄不明白：老革命家彭真怎么会是坏人呢？但既然中央都决定改组北京市委，甚至连北京大学的班子都改组了，那一定是彭真他们这些人"出事了"！大庆人相信毛主席，相信党中央，也相信北京的声音……

之后，北京又传来更惊人的消息：毛主席发表了《炮打司令部——我的一张大字报》！好家伙，毛主席说，在党内、在中央，有"两个司令部"，一个是以毛泽东为首的无产阶级司令部，另一个是资产阶级司令部。这还得了嘛！大庆人一看毛泽东的大字报内容，惊出一身身冷汗……

后来又听说，那个资产阶级司令部的"司令"竟然是刘少奇，还有主要"干将"邓小平……天，刘少奇是前一年刚刚当选的国家主席呀！邓小平也是多次来过大庆的大人物呀！怎么……怎么他们都成"大坏蛋"了？

大庆人有些糊涂了，想不太通，但慢慢地"理解"了：因为他们是躺在无产阶级司令部身边的"野心家""阴谋家""叛徒""特务""党内最大的走资本主义道路的当权派"……嗯，这么一次次灌输、这么一次次"深入揭露"，大庆人也慢慢地跟着全国形势在思想上开始"转弯"——尽管内心情感上仍然无法理解，但"紧跟形势"需要，说的跟想的是两码事，那个时候，人们已经学会了说一套、想一套、做一套了。

我发现有趣的是，大庆人的"说一套""做一套"还真是别出心裁。你看——

上面都在喊"突出政治""活学活用"，大庆人他们也搞突出政治，但他们落脚到了评"五好"上。这"五好"是什么呢？就是"思想好、作风好、工作好、技术好、任务完成好"。

上面喊"要把'文化大革命'当作一场史无前例的政治仗打好"。大庆人马上提出要把油田的"生产仗当政治仗来打""打出史无前例的水平来"！

石油部党组这个时候也更有意思，竟然向大庆和全石油系统发出了《关于继续坚持谦虚谨慎态度，坚持"三老四严"作风的指示》通知，并且要求各单位一是方向要走对，二说问题要逼真，说一是一说二是二。而且在通知的最后强调："以上这些要求，前几年屡次讲过，现在重申这些话，是要引起全体同志注意。请各单位党委认真讨论，并向所有职工讲清楚，切实执行，不许打折扣。"

上面在大批"三家村"，大庆人则在"以实际行动打倒反党反社会主义黑帮"，大搞技术革新和技术革命，推进全线向综合四队（采油三矿四队）等单位的管理经验。

后来北京又传来消息说，中央和国务院作出高招等教育改革。特别是看到北京石油学院迁到大庆油田来办学，大庆人乐坏了：我们这儿的生产一线正缺人，我们的工人也正缺有文化的人来帮助他们……

再后来，听说北京满街都在贴大字报。大庆则在举行万人大会、隆重集会，猛烈吹响"誓向油田地下进军"的号角。

到后来，北京那边的消息越传越可怕，一个又一个"元帅""部长"等都被揪斗出来。而大庆则在创造一个又一个的世界纪录：比如五好红旗标杆队的 1803 钻井队在南区钻井中一次取岩芯 72.94 米，收获率达 94.38%，创世界新纪录！老标杆队 1202、1205 队均创 3 万米钻井纪录……

还有 1203 队用一个钻头，50 小时 30 分钟打成一口井；

水电中三变电站实现遥控 28 组油开关、遥测 34 个电气参数、遥讯 44 个讯号的"三遥无人值班"；

中国第一套新型石油化工联合装置在大庆达到首次开炼 200 天长

周期安全运转的世界先进水平。

最让当时火气冲天的造反派们不可容忍的是，新华社还在 1966 年 6 月底前专门报道了大庆上半年石油产量全部超额完成计划、主要技术经济指标创历史最高水平……

"他们想干什么？想干扰和破坏'文化大革命'？"林彪、张春桥那里发声了，并且直接对着大庆油田。

"去问问他们的黑后台！"很快有话下传。

"大庆的黑后台是谁？"造反派的小头目问。

"谁知道是不是那个少一条胳膊的人？"立马有人阴声阴气道。

"那应该是……呀，是计委主任余秋里啊？他可是国务院的红人啊！能碰他吗？"

"不碰他就搞不起大庆油田的'文化大革命'！记住，还有个康世恩……"康生这样阴阳怪气地说道。

于是后来就发生了下面的事——

那天，国家计委主任余秋里，带着他与李人俊等人按照周恩来的指示加班加点搞出来的一份关于下一个"五年计划"的《汇报提纲》，上中南海交到总理办公室。本来周恩来总理约好的是让余秋里当面汇报和解释这份《汇报提纲》的，但秘书说总理一早就被人叫到人民大会堂去跟造反派头头们对话去了。无奈，余秋里只能先回家等候。不曾想到，在回途的路上，余秋里望着车窗外的情景，竟然目瞪口呆：那满街的年轻人穿着黄军装，左臂上一律戴着红袖章，手里举着红本本，都在高喊什么……

"什么？炮打司令部？炮打哪个司令部？资产阶级的司令部？！资产阶级司令部怎么可能会在中国嘛！"

"什么？资产阶级司令部就在我们身边？就在中南海？胡扯！"余秋里骂出口了，并朝着如潮的红卫兵大军怒目而视。"他们干什么去？

上天安门广场？去干啥？毛主席接见?！原来毛主席在那儿呢！"

"走，上天安门！"余秋里拿出将军的口气，对自己的司机说。

动不了啊！

"啪！"一条标语贴在余秋里眼前的玻璃车窗上。什么字啊？他探出头一看："打倒刘少奇！"

"谁贴的反动标语?！"余秋里突然一声震天怒吼，推开车门，站到了大街上，充血的眼睛就像当年沙家店战役中杀红了眼的那一瞬。

司机一把将其拉进车内："首长我们回家吧，回家吧！"

"不行，这是反动标语！他们怎么能打倒少奇同志呢？他是我们的国家主席嘛！"

司机一边倒车一边嘴里嘀咕着："首长您最好装作啥都没看到。"

"屁话！我长着眼睛能看不到吗？他们到底想干什么？这么多人跑到北京来，还上不上课了？国家经济建设还要不要了？"余秋里挥着拳头，砸着自己的腿肚子，怒发冲冠地喊着——好在车上的玻璃窗是关着的，能听见的只有他的司机一个人。

"啪！"车行至拐弯处，又一张标语贴在他座位的玻璃窗上。余秋里再次跳下车，直着身子正眼看："打倒邓小平！"

"反标！又一张反标！"他受不了了，冲着大街大喊起来。

司机惊恐万状地硬将余秋里拉到车内，不管三七二十一地朝回家的方向疾驶而去，计委主任一路的骂声权当耳边风。

"你！你给我往三里河开！我要上计委机关去！"余秋里真火了。

"那儿更不能去，首长！"司机哭丧着脸，哀求道。

"这是命令！"独臂将军回到了军人的姿态，如此冲司机怒吼："命令！知道命令吗？"

司机只好将车缓缓改道往计委机关方向开去……

三里河计委机关大院内，口号声此起彼伏，大字报重重叠叠，铺天盖地。那两幅打着"×"的巨幅标语几乎把整个计委大院封得密不通风——"揪出资产阶级司令部在计委的黑干将余秋里!""坚决揪出大庆油田的黑后台!""打倒余秋里!"

余秋里愣在了原地,双脚像被胶粘似的钉在那儿。只见其身子微微颤抖着,又立即铁铸般地站在那儿,一动不动地看着自己的名字被打着"×"的巨幅标语……"我是毛主席的兵,共产党的部长,国家的计委主任,我怎么成黑后台、大坏蛋了呢?"他喃喃自语,嘴唇都在发抖、发干……

"回吧,首长。"司机轻声地提醒,提醒了一次又一次,最后还是硬拉软扯地才将他扶上车子。

这一程回家的路上,余秋里一言未发,这是他一辈子感到最压抑的时刻,只有那愤怒而悲切的脸上透映着不可知的迷茫与痛苦。

"我怎么是资产阶级司令部的黑干将?"

"我余秋里出生入死为的是无产阶级!打倒我可以,可我绝不是资产阶级的人!"

"刘少奇怎么啦?他是国家主席,是无产阶级司令部的人!邓小平也是!"

"我们都是无产阶级司令部的人!"

"大庆,大庆怎么啦?我们大庆是在毛主席的领导下,用毛泽东思想武装起来的几万会战将士们辛辛苦苦干出来的!我怎么是他们的黑后台嘛!"

"……"

将军回到家,回到中南海的"小计委"办公处,大发雷霆。他从来都是嫉恶如仇、刚正不阿、赤胆忠心。他受不了别人如此污蔑。

秘书赶紧关紧房门,并悄悄告诉他:小计委重要人员贾庭三同志已经被公开点名批判,上不了班啦。

"什么?贾庭三同志是北京市委书记处书记、副市长,他有什么错?"将军一震,追问。

"还不是因为彭真同志。据说北京市委的所有领导同志都被揪下台了……"

"凭什么?"

"您还不知道吧?咱们计委有个副主任到山西出差去看了一下彭真同志的母亲,这几天计委机关的大字报铺天盖地都在说这件事呢!"

将军再次震惊:"这算哪门子事?看一下彭真同志的母亲也是罪?"

"唉,首长您还没有清楚?现在谁要是跟刘少奇、邓小平、彭真等这些人沾点边,都得被划成黑帮!"

"黑帮?我余秋里不也是接受刘少奇、邓小平的领导吗?"将军喃喃道。

"可不,首长您在这个时候更得注意了,千万别让他们抓住小辫子。"

我才不怕他们那些狗屁呢!独臂将军怒气冲天。随后,他气冲冲地走到林乎加、李人俊他们的办公室,说:"'文化大革命'可以不怕乱,但全国的生产怕乱,我们该干什么照干什么。"

三人正要商议从总理办公室送来的一大堆来自全国各地的救急电报,周恩来的秘书周家鼎神色慌张地匆匆进屋,又把将军拉到另一个屋子,说:"余主任,总理写了一封信,请您看一看,看完后签个名,我马上要带走。"

余秋里急忙抓过信看,是总理写给几位老师和副总理及其他人的,信的大意是:运动方兴未艾,大势所趋,势不可挡,只能因势利导,发气发火无济于事。要十分注意你们的言行,谨慎从事,不要说过头话,不要做过头事,不要节外生枝,不要叫人抓住把柄,造成被动。要遇事三思,切勿草率……

签吧,总理让签的。见已有老师和其他副总理的签名,余秋里有气无力地提笔落下自己的名字。但等总理秘书走后,他对天悲恸地长叹一口气：原来真的山雨欲来风满楼了，总理是在保护咱呀！

既然如此，帮着总理一起守住生产建设这一块吧！只要生产建设不乱，那几个乳臭未干的红卫兵又能怎么样？

我看他们还能翻得了天？独臂将军的右手拳头砸在桌子上，发誓要保护来之不易的全国经济生产好形势。

对了，大庆油田必须要保护好，没有了油，等于全国所有工业和军工、国防都得瘫痪……想到这里，余秋里拿起电话："给我要石油部，让康部长接电话！"

很久，康部长那儿没人接电话，最后有人在电话里小心翼翼地说："康部长已经被人叫去写揭发材料好几天了……我们都找不着他。"

"康部长他、他揭发谁呀？"余秋里又怒了，怒发冲冠。

"他揭发……"对方不敢说，后来干脆把电话都悄悄挂了。

余秋里不知，此刻的康世恩正被造反派逼着揭发他余秋里"在大庆油田干了多少坏事"和"跟刘少奇、邓小平有多少勾当"呢！

康世恩到"牛棚"，是因为他不愿交权。当造反派冲到石油部要康世恩交权时，康世恩扶扶眼镜，奇怪地问："石油部是中央决定成立的，我们都是中央任命的，怎么可以随便把人民和政府的权力交给你们呢？"

造反派们笑了，笑这个当了部长的"书呆子"，说："现在全国多少省、市、自治区和中央部委全部交权给了我们造反派，就你康世恩的石油部不交？"

康世恩说："我不清楚你们说的事，但我知道你们这些人不懂生产，更不懂石油，石油部每天要指挥全国那么多队伍和油田，你们没有经验，指挥不了下面，而且你们也负不起这个责任。"

"哎你个康世恩啊，看上去瘦条条的，骨头还挺硬啊！权你不交，那好，跟我们走吧！"造反派说。

"走哪儿去?"康世恩问。

"啥?你连毛主席的话都不听?你不想'斗私批修'?"造反派头目开始瞪眼珠了。

康世恩回答:"我从来都是听毛主席的话,'斗私批修'也不怕。"

"那就走吧!"

"走就走!"

后来康世恩发现自己被带到批斗大会上去了。一通批斗之后,又被带到"牛棚"隔离审查。

"两件事:一是交代刘少奇、邓小平如何利用大庆油田搞资本主义,二是揭发大庆油田黑后台余秋里。"造反派扔过纸与笔,对康世恩说。

康世恩一听,便愤怒地将笔和纸甩到一边,说:"大庆油田是毛主席、党中央树立的红旗,怎么是搞资本主义呢?余秋里同志,他在石油部时,运用解放军的思想工作经验和敢打硬仗的战斗作风领导我们大会战,干出了成绩,他哪是什么黑后台,应该是大庆油田的大功臣!"

"你!康世恩啊康世恩,现在能救你的只有你自己,别以为你当保皇派就能过关!等着瞧吧!"造反派气急败坏。

康世恩安然自得地在"牛棚"里背念着地质公式……实际上,他的心早已飞向了每时每刻挂念的大庆油田,以及其他石油战场。

此时的大庆油田,其实已经开始被外面来的一个又一个造反派战斗队渗透和影响,出现了乱局,大字报、小字报和各式各样"大批判",不仅在机关,甚至蔓延到了钻井台和油井基层。铁人王进喜访问阿尔巴尼亚不久,见 17 个油田领导有 16 个被关押到了"牛棚",便找造反派问原因。人家回答他:他们都是些走资本主义道路的当权派。

"他们怎么是走资本主义嘛!他们是领导我们找到大油田、建设大油田的社会主义好领导！"王进喜说。

"什么好领导！你王进喜也不是什么红旗，是黑旗！是他们一手培养和鼓吹出来的走资本主义道路的黑典型！"

王进喜第一次被人说成是"黑典型""黑旗"，就差没气晕。

再后来，王进喜发现已经很少有人来请他"传经送宝"了，而往常每天都有这样的事。闲着就闲着呗，也好让 1202 队、1205 队两个功勋队干好超世界纪录的"钻进 10 万米"劳动比赛……王进喜的脾气是工人的脾气，不让他上钻机比不让他上传经台不知要难受多少倍，一上钻机台，他的劲头就全来了。

1202 队和 1205 队"向 10 万米进军"的劳动比赛，也因此在他的领导下没有停止。

然而那些靠"文化大革命"起家的人怎会停止对大庆的攻击呢？张春桥在上海公开讲了："铁人是既得利益者，表现得很不好！"

北京的陈伯达更不含糊，派人直接来到大庆，扬言要在这里"刮起十二级台风"。要"揪出大人物""揪出有影响的人"，要"把大庆的阶级斗争盖子彻底掀开"。

不多时，王进喜也成了"叛徒""铁杆保皇派""黑典型"等，被揪斗批判。

工人们看到以往一直崇敬的王铁人被当作坏人批斗，十分痛心和不甘，晚上等王进喜回到钻机台后，就劝他别再起劲搞劳动竞赛和什么向 10 万米钻进的事了。王进喜一听就生气道："大庆油田不搞油、不打井、不赶超世界纪录，还要我们这些人干吗？闹革命闹得再大，也不能不抓生产嘛！"

有一次批判会上，有人声嘶力竭地攻击大庆和大庆红旗及大庆精神，王进喜"噌"地站起来，把棉大衣一甩，吼道："大庆是毛主席树的红旗，是全国工业战线的红旗，谁反对毛主席，诬蔑大庆红旗，我们就一拳把他砸到地底下！"

王进喜因此得罪了造反派，很快被关进了密室。几个别有用心的人拿着写好的关于所谓的"大庆十大罪状"，让他签名。王进喜扫了一眼，说："我虽不识几个字，但你们写的这些东西我还认得，都是些胡说八道。你们就是把刀架在我脖子上，我也不会划一笔的!"

见硬的不吃，造反派就玩阴的，说查到王进喜的"历史问题"，企图以此从根本上抹黑"铁人"这个典型和这面工人阶级先进分子的旗帜。王进喜知道后，轻蔑地一笑，说："不管他们想怎么搞，真的假不了，假的真不了。我王进喜是一名石油工人，过去在旧社会吃的是资本家的苦，到了新社会，是共产党和毛主席给我撑了腰，当了先进，我只做对得起石油和党的事。"

看着大庆和油田一天比一天乱的情景，王进喜心痛又不甘，于是在 1966 年 12 月 31 日趁大家都在忙着准备过元旦时，他搭上了哈尔滨到北京的 18 次特快列车。

1966 年元旦的上午，王进喜独自到了六铺炕的石油部办公大楼，看到满是大字报的大楼，王进喜迷茫了。一打听，有人告诉他：你找的余秋里、康世恩等领导全"靠边站"了!

我找总理去! 王进喜的肚子里全是气愤，他想起周总理曾经跟他说过的一句话：你铁人王进喜是工人阶级的代表，什么时候想见我就可以来找我。这样，王进喜独自来到府右街的中南海接待室，将写有自己名字的纸条转托工作人员交给周总理。

"王进喜同志吗? 我是周恩来呀! 今天是元旦，你怎么跑到北京来了?"站在接待室里，王进喜听到周总理在跟自己说话，激动得一下掉了眼泪。

"总理，我有大事要向您汇报，是大庆的情况……"王进喜赶紧说道。

"王进喜同志，我会抽时间听你的汇报，但要过几天，因为这些日子实在太忙，而且都已经事先安排好了。你可以先向余秋里主任报告一下。"周总理在电话那一头说。

"知道了总理。"王进喜知道周总理忙，他一听能见到自己的老领导余秋里他也心满意足了。

隔了一天，王进喜在 1 月 3 日下午见到了余秋里。

"老铁，你说说，大庆的生产现在到底怎么样了？"余秋里第一句话就这么问。

老部长这一问，王进喜憋了很长时间的眼泪立马掉了出来。"老部长啊，大庆那边的人说，他们要停产闹革命……"

"什么？停产？谁想停产？大庆油田能停产吗？"余秋里一听就从椅子上蹦了起来。"不能！绝对不能！"

"其他地方停产我管不过来，但大庆不能停！坚决不能停！"余秋里真的怒了，怒不可遏！当着王进喜面，一连怒吼了十几个"不能"。

王进喜从老部长这儿获得了力量，也获得了一份希望。他心想：天还没有塌！

第二天下午临下班前，王进喜被周总理派来的车接到中南海，在那里他见到了周总理，还有石油部的康世恩、唐克和已任计委副主任的原石油部副部长李人俊等领导。

周总理听了王进喜的汇报，也听了康世恩等人的意见，并且了解到大庆油田来北京的造反派和红卫兵也有上千人了。"这种情况不能再严重下去了，有人嚷嚷要万人来京，他们真的想让油田停产呢！"康世恩心急如焚道。

最后根据周总理的建议，专门安排了一次接见，以向来京的大庆人和其他"造反派"组织头头讲明中央对大庆的态度。时间定于 1 月 8 日，在北京工人体育馆。

接见前，造反派极力干扰。周总理严正提出：一、我是接见石油系统群众组织的代表，会场不能带有任何"打倒"字样的标语；二、不准揪斗石油部领导，如果有人想开批判会，我周恩来就走；三、不能喊打倒口号，可喊毛主席万岁，也不准录音。

显然，周恩来是为了保护王进喜和石油部领导。接见时，周恩来对造反派和大庆来京的红卫兵说："抓革命，促生产，是中央定的方针，不能为了闹革命而停止生产。大庆是毛主席亲自树的红旗，我对大庆了解，所以大庆的红旗不能倒，我们都有责任保护这面红旗。"

"为什么有人反对大庆这面红旗呢？为什么要打倒铁人王进喜呢？他是工人阶级的先进代表，想反对大庆红旗和想打倒王进喜的，是有阴谋，是想毁掉毛主席树立的红旗和典型嘛！"周恩来的一番话，让在场的造反派和"红卫兵"无话可说。

"总理，那我马上回大庆，回去向大家传达中央和您的指示。"王进喜告别周恩来和石油部的领导后，于 1 月 10 日乘飞机回到了大庆。

周恩来总理的一番话，王进喜到处向大庆各单位传达，在一定程度上稳定了大庆油田的生产形势和政治局面。然而，此时的大庆油田已经不像当年余秋里、康世恩在前线领导指挥时那样，一声令下就从上到下整齐划一地无条件执行了，混乱的势头和大局已非靠王进喜这样的人物可以影响和扭转的。

"军管"已成为大势所趋。为此，周恩来总理指示再次接见大庆油田的代表，听取大家对军管的意见。中央拟了一个 17 人的名单，其中点名王进喜参加。

1 月 29 日，赴京的 17 位大庆油田的代表在中南海小礼堂受到副总理李富春接见。李富春直言，他是受周恩来总理委托，想听听大庆方面的意见，然后向总理写个报告。当天晚上八点多，周恩来出面会见王进喜等人，当面听取了大庆代表对军管的看法。

"最近事情很多，要处理的都是些急事，你们恐怕要在北京多待些日子。"日理万机的周恩来示意王进喜等人耐心等待。

果不其然，王进喜他们一等就是十几天。这回出来接见王进喜等人的还是李富春，倒是多了余秋里、康世恩几位石油部新老领导。

午夜零时，周恩来总理出现在大庆代表面前，他一再抱歉因为刚刚接见首都红卫兵代表拖延了太长时间。后来王进喜他们才知道，当晚周总理在同前一场的红卫兵小将们对话时，几次三番苦口婆心地劝说造反小将们不要把国家的几位著名科学家打倒再踩上一只脚……

"总理太累了，要不您先好好休息，大庆的事明天再说吧！"王进喜等人看周恩来实在太累，不忍心让他再为大庆的事整夜不能休息。

周恩来摆摆手，让秘书拿来一块热毛巾擦了一把脸，道：明天还有更多的事要处理，但大庆的事也不能再耽误了，必须尽快定下方案。

这一夜，周恩来与王进喜等大庆代表一直谈到凌晨 4 点半，最后在霞光透过玻璃窗时，周恩来紧锁眉睫，长叹一声，然后摇摇头，又点点头，深沉道："大庆红旗是毛主席树的，是新中国工业战线的标杆，铁人是大庆红旗的模范代表。关于怎么对待王进喜同志，并不是他个人的问题，关系到大庆，关系到大庆一大批劳模和先进单位……"说到这里，周恩来转过身子，对大庆的其他代表说："以后王进喜同志的事由大庆军管会管，不准再批斗了，一切涉及他的活动必须经军管会同意。"

在送别代表时，周恩来专门紧握王进喜的手，叮嘱道："要挺得住，经受得住考验！"

王进喜双眼含泪，重重地点头。

1967 年 3 月 23 日，中共中央、国务院、中央军委联合颁布一份特别"命令"：沈阳军区派一个师的兵力进驻大庆油田，大庆油田实行全面军管制。毛泽东在文件上写下两个大字：照办。

特别需要指出的是，在中央文件正式下发时，周恩来补充了两句话，一句是"大庆油田是在伟大的毛泽东思想哺育下成长起来的我国工业战线上的一面红旗"，另一句话是强调了大庆军管会由石油部和沈阳军区共同领导。

　　军管制让大庆油田的局势暂时得到了稳定，但油田内部的混乱状况却日益恶化，甚至有的环节和部门处在无政府状态，这是大庆会战以来从未有过的严重情况。就在这一年的 9 月 9 日，我国第一套现代炼油装备——大庆加氢裂解装置发生爆炸，造成 45 人死亡、58 人伤残的特大事故。不久，价值数百万元的橡胶库又被一场大火烧尽……

　　大庆油田在哭泣，大庆人在悲愤，因为他们从来没有这样在国家和全国人民面前丢过脸，好在那个年代信息并不发达，一些重大事故被人为地"包"了起来。可大庆人自己知道这是多么丢脸的事，是多么痛心的事！

　　更让大庆人无法隐瞒和丢尽脸的则是，这一年全油田采油总量竟然比前一年下降了 28.89 万吨。

　　"耻辱！大庆采油下降，跳进松花江都没有救！"余秋里知道后，大骂起来。

　　据说康世恩独自闷在办公室里摇头摇了半天。他想不到自己呕心沥血、一手打拼出来的油田及苦苦带出来的队伍，竟然落到这个地步！

　　无颜见江东父老啊！

　　但严酷的现实非余秋里、康世恩所能扭转。那些遍布在广袤荒野里的一台台"磕头机"，此刻仿佛也在默默地低眉哭泣着……这时大庆的油田连名称都换上了"文化大革命"的色彩，像萨尔图油田被改为"两论油田"，喇嘛甸油田叫成"会战油田"，杏树岗油田叫"红岗油田"，葡萄花油田甚至改为"老三篇油田"，高台子油田叫"创业油田"，太平屯油田叫成"战斗油田"等等。直到后来，连参与改名的"造反派"头目都觉得"此法不灵"，便又改了回去。油田那时的机构也很滑稽地叫成诸如"地下参谋部"等。

　　所有的胡闹与折腾，都让大庆人在无声的愤怒中等待和期盼。

危急时刻，王进喜再次到北京。这回他是收到中央通知，秘密赴京。之后我们才知道北京正在召开"文革"中最重要的一次党代会——中国共产党第九次全国代表大会。这次会议对大庆人来说着实也有件令人兴奋的事：铁人王进喜当选为中央委员。这样的喜讯传出，意味着中央和全党对大庆油田及王进喜本人的充分肯定，大庆红旗依然飘扬，大庆精神依然是我们工人阶级、工业战线和全国各个行业的学习榜样。

王进喜没有想到自己能当选中央委员。在选举过程中，王进喜得知自己进入"中央委员名单"时，有些惊惶失措，因为他所在的黑龙江省总共才有三个名额，我区区石油工人一个，怎么能当中央委员呢？他找老领导余秋里谈心。余秋里笑笑，说是毛主席定的。王进喜还是不安，问周恩来，周恩来也笑笑，说你是工人阶级的代表，毛主席亲自定的。

既然是毛主席定的，王进喜就不再说什么了。

投票那天，王进喜走过主席台时，被周恩来叫住，并且介绍给毛泽东，说这就是大庆油田的铁人王进喜同志。毛主席从座位上站起身，同时伸出手来，握住王进喜的手，笑着说："王进喜我知道，是工人阶级的代表。"

这一幕被新闻记者拍了下来，于是也有了铁人王进喜与毛泽东在一起的唯一一张珍贵照片。照片上三个人的神情、姿态和角度，淋漓尽致地定格了这样一个历史的瞬间。

这张照片对王进喜、对大庆都十分重要和珍贵。当时毛泽东还说了一句话：你长得这么结实啊，真是个铁人！

在毛泽东、周恩来的关怀下，铁人王进喜在党的九大上正式当选为中央委员。在九届一次会议上，毛泽东再度与王进喜有过交流，是周恩来介绍新当选的中央委员时看到了王进喜，毛泽东微笑着对王进喜说："我认识，铁人王进喜。"

铁人王进喜当选中央委员并几度受毛泽东主席的接见，不仅是对王进喜本人，也是对大庆油田的巨大鼓舞和撑腰，意味着中央和毛泽东本人对大庆和工人劳模们的充分肯定。正如王进喜所说："这是毛主席对我们工人阶级的信任。工人阶级登上上层建筑，管理国家大事，我们不过是他们的代表。"

王进喜又说："我当上中央委员，更要认真学习，改造自己，提高自己。"

"大庆出了一个中央委员""毛主席多次接见王铁人"，这样的消息和新闻在当时绝对是一种政治风向标，谁再敢抹煞大庆红旗和打击铁人王进喜，自然也没了胆量。

回到大庆的王进喜一方面宣传中央"抓革命、促生产"的精神，一方面以身作则创建了后来一直留传下来的废物利用"回收队"。当时由于油田的摊子越来越大，特别是一些单位忙于"造反"和"革命"，施工现场管理混乱，尤其是大手大脚、铺张浪费现象十分严重，不少井场遗留了很多钢筋、角铁、砂子和石头等材料。王铁人见后十分痛心与气愤，说："我们大庆是穷苦出身的油田，现在日子稍稍好一点了，怎么就可以到处乱扔东西！这里的砂子比白面还贵，乱扔了多可惜！"

油田对王进喜的建议非常支持，认为他提出的回收队工作很有必要，一方面有利于缓解整个油田的物资紧缺状态，同时也能促进和加强施工现场的有序管理。

回收队成立后，王进喜坚决要求由自己亲自带领开展油田回收工作。"你现在是中央委员了，再做这样的小事，尤其像回收废物这样的活儿，掉价的不光是你王铁人，传出去大庆也没有面子呀！"有人说。

王进喜听后笑笑，说："大庆是靠'两论'起家的，大伙儿啥苦没有吃过、啥脏活累活没干过？余部长和康部长都一样与我们在泥里、水里滚，我这个工人出身的中央委员当回收队长也蛮光荣嘛！再说，我们大庆是党和毛主席树的红旗，要的是实事求是的作风与光荣传统，我们干啥事不能只顾面子，不顾里子。捡破烂、搞回收，看起来好像是小事，但却关系到油田建设的大事。从艰苦奋斗的角度看，这回收的意义就更大了。大庆是大油田，抓铺张浪费可非小事，所以我来抓回收工作蛮光荣、蛮艰巨的！"

之后，在标语满天飞的油田上，人们发现多了"自力更生、艰苦奋斗""勤俭节省"等一批红纸标语。

在王进喜的带头和带领下，油田的回收工作普遍开展起来，家大业大，回收在一起的废物碎片很快到了"堆积如山"的地步。干部和职工们看到王进喜抓工作的实效，也受到教育和影响，一股废物回收利用之风逐渐形成。

然而，大庆油田更大的事，还是石油生产和油田开发受到影响。因"造反"和武斗等原因，在生产一线的知识分子和技术人员受到排斥和干扰，到 1969 年年末时，油田注水产油比例严重失调，出现了大面积的油田地层压力下降、油井产量跟着下降、原油含水上升的"两降一升"。这可不是一般的小问题，将关系到大庆油田存亡的命运。

问题反映到中央，周恩来总理非常着急，因为大庆油田产量一旦出问题，意味着勉强维持运转的整个国民经济将会出现崩溃。

"王进喜同志，请你马上到北京来，向中央领导同志汇报油田的情况。"1970 年 3 月 10 日左右，石油部致电王进喜，要他尽快赴京。

"这种情况很严重，不能持久下去！"听完王进喜的汇报后，周恩来忧心忡忡，指示石油部立即派人到油田调查，并写报告给他。

数天后，油田的报告送到周恩来手中，他再次接见王进喜，说："一定要保护好大庆油田，要加速解放大庆的干部。"并问王进喜："你们不是有位很有才华的宋振明吗？他在干什么？"

王进喜回答说，"宋振明也被'靠边站'了！"

周恩来生气道："应当马上解放，让宋振明同志好好抓一抓生产。"

宋振明后来很快被解放出来，被任命为油田革委会副主任，负责生产，为扭转油田困境做出了极大贡献。这是后话。

王进喜的故事仍在继续，然而令人十分惋惜的是：这个工人阶级的杰出代表、大庆油田的标杆，在此次进京后的第二个月，即4月参加完第一次全国石油工作会议后，回到久别的玉门油田和自己的故乡传达中央精神时，多次胃部出现疼痛。住院十几天不见缓解，领导决定送他到北京复查。

4月29日，在周恩来总理的亲自安排下，王进喜住进解放军总医院——301医院。专家会诊的结果是胃癌晚期。

"立即手术，务必全力抢救。"周恩来下达指示。

王进喜的手术相当顺利，虽然因病灶太大，取掉了两根肋骨，但所有人都感觉铁人能够挺得过来。于是中央按照组织程序，正准备任命他为燃料化学工业部（此时石油部已撤销，和其他能源部门合并成新的燃料化学工业部）副部长。

此后的日子，王进喜在医院休养与治疗。这年10月1日，是新中国成立21周年。在医院的王进喜和他的爱人一起收到中共中央、国务院发来的上天安门城楼和观礼台的请柬。这是王进喜最后一次在公开场合露面。那天，他支撑着瘦弱的身体，双手扶着城楼上的围杆，近看着毛泽东、周恩来等他敬仰和熟悉的领导，俯望着天安门广场上人山人海的游行队伍，脸上挂满了对生活和人间的无限眷恋之情……

一个半月后的11月15日，铁人王进喜溘然长逝，终年47岁。周恩来得知后悲切地连声痛呼："太可惜！太可惜了！"眼泪夺眶而出。人民总理与铁人之间的亲密关系，非同寻常。王进喜记得非常清楚，他总共与周恩来总理有过 30 次的见面。"我是一名普通工人，却得到国家总理这么多次的接见，这是只有在新中国才会有的事，是我们大庆的光荣和荣幸啊！"

47 岁，在今天看来，还只是青壮年，然而新中国工人阶级的杰出代表、大庆油田的重要功臣王进喜，则以"宁肯少活 20 年，拼命也要拿下大油田"的壮志，走完了他的一生，在他人生和事业最辉煌的时刻，与他热爱的油田和这个世界永远地告别了……

铁人没有走。大庆人对王进喜的感情，石油部领导们对王进喜的感情，全国石油工人对王进喜的感情，全国人民对王进喜的感情，以及历代中央领导对王进喜的感情，几乎超越了所有英模人物。虽然王进喜已经离开我们快半个世纪了，然而他的形象、他的精神、他的名字，永远在神州大地传扬。

"铁人像""铁人王进喜纪念馆""铁人学院""铁人中学""铁人文学奖"……铁人在大庆的土地上如同千万尊"磕头机"一样，举目可见。

无论是只读过小学的人，还是弥留之际的老人，乃至在全中国 13 亿人的心目中，都十分清楚："铁人"就是王进喜。

王进喜又连着大庆和大庆油田。

王进喜逝于"文化大革命"年代，他的去世对大庆油田是巨大的损失，而十年浩劫对大庆油田的损害更是不可估量。可是，也许正是因为铁人精神和大庆的特殊性，虽然"文化大革命"对大庆的冲击和影响是灾难性的，然而大庆毕竟是大庆，大庆人毕竟是大庆人，他们中的绝大多数干部和职工是具有良好的政治素质与觉悟的，尤其是他们对国家和党的赤诚之心，以及对石油事业的特殊情感。所以即使在非常困难的岁月，他们依然保持着对国家建设和石油事业的责任心与奉献精神。忆及这十年，大庆油田仍然有许多值得我们民族和人民牢记的——

首先是生产。从 1966 年算起到 1976 年的十年间，除了有一年减产 30 万吨原油外，其他年份都超额完成国家任务，而且最高产的年份，其原油供应量占了全国原油供应量总和的 70% 以上，仅此，我们就应该向大庆人致敬。倘若没有这 70% 的原油供应，我们能保证"两弹一星"等尖端国防科技项目的顺利研制吗？我们能保证保卫祖国边疆安全的军事装备正常使用吗？当然还有其他众多不能缺少石油的行业。

在艰难而复杂的"文化大革命"期间，尤其是到了 1969 年、1970 年之时，大庆油田的生产和内部工作环境，同当时的全国各条战线一样，处于极度的混乱与低潮期。由于在周恩来等直接干预下，以宋振明为代表的一批实干家主抓油田生产和建设，使这种混乱和低潮得到了一定程度的遏制，而且出现了少有的新气象。

我们知道，当年六会战时，余秋里"挥师北上"后，第一阶段的油田开发集中在萨尔图，这期间创造了包括一系列油田开采的"萨尔图模式"。若干年后，萨尔图油田出现产量下滑时，大庆人开始开发第二块"油库地"——杏树岗油田。然而初期的开发开采由于遇上不懂业务的军管会领导的不当指挥，大批一线技术人员又没有得到解放和重用，结果造成油田产量极不理想，给油田开发带来诸多严重的后遗症。

也许如果不是国内整个经济局面的失控，如果不是离大庆油田不远的珍宝岛打响的那一枪（中苏关系最恶化的事件），或许大庆杏树岗油田的惨状还会延续下去。

"宋振明出来工作！""技术人员也要出来工作！"在周恩来总理的直接干预下，大庆也就有了一次"重病复愈"的可能。

宋振明是名虎将，一名"石油师"团长出身的虎将和石油一线的卓越领导者。他上任主抓油田生产后，提出的条件就是"我得有手脚"。他说的手脚就是"技术人员"和"科技力量"。因为"上面有话"，所以军管会也不敢公开阻挠宋振明提出的要解放他认为所需要的技术人员的要求。于是，一位后来担任石油部副部长的知识分子闵豫被任命为油田总地质师，而在闵豫手下又有一批像孙希文、杨万里、唐曾熊等技术骨干重返一线岗位。

被解放出来的闵豫等油田技术专家们很快进入了重振山河的角色。

临危受命的主任地质师唐曾熊来到采油四队担任地质大队长。这个时候正值杏树岗油田一片混乱之际，尤其是注水布局没有控制好，油田产量远没有达到应有的水平。一番调研之后，唐曾熊深感该油田潜力巨大，就是眼前管理混乱，造成油田产量上不去，生产损失巨大。在一次讨论大庆油田如何补上产量差额时，唐曾熊上台慷慨激昂道：只要把管理搞好，把注水布局重新调整，采油四厂至少可以承担产量差额的一半！

此话一出，满堂震惊。

会后，唐曾熊悄悄把油田的情况和自己调研的想法与打算跟尚未完全恢复工作的闵豫汇报和商量，得到了闵总的肯定与指点。后来按照唐曾熊的方案实施一个多月后，产量如期实现目标，这回让油田上上下下甚至连军管会的负责人也感到"老九不能走"！

既然如此，宋振明和闵豫借此机会，向油田军管会提出发动群众进行一次全油田的"地下大调查"，同时改进油田战备生产规划编制——当时中苏关系紧张，备战成为全国头等大事。宋、闵二人的建议明眼人一看就明白，他们是希望借此"形势"，重振油田生产雄风。

毕竟是生产和技术方面的专家，宋、闵提出的方案获得批准。"那时候我们就像夏天吃上了冰棒一样解渴，被长期剥夺的工作权利重新回来后，大家的干劲分外高。白天到井台现场去收集资料，晚上就跑到闵总那里汇报情况，然后再根据他的意见进行第二天新的工作……"时任地质组副组长的孙希文回忆道。然而现实并非能让技术人员们随心所欲、甩开膀子干。"有一回杨万里又被造反派揪去开批判会，弄得

1966 年 6 月开始，大庆油田开展群众性"六分四清"管理活动

他想自杀。我看了着急呀！连上厕所都跟在他后面。胖子地质师杨继良家里两口子因为派性闹矛盾，老婆给他写劝降信，弄得他人不人、鬼不鬼的样儿……想起那时的情形，叫人心寒。"孙希文说。

然而，再大的困难也没能阻止广大技术人员和大庆石油人对油田的关切和爱护之心。他们在极其艰苦的条件下，背负沉重的心理负担和工作环境上的诸多难题，依然呕心沥血地开展地质大调查。刚刚正式有权指挥的总地质师闵豫一上大调查的前台，就深刻指出：只有做到分层注采平衡，走"六分四清"的道路，才有可能彻底扭转油田"两降一升"的窘境。

在闵豫带领下连续三次不断深入的地质大调查，获得突破性收获。根据大调查取得的地质资料，再进行注水和采油之间的平衡施工安排，以及管理上的整治，杏树岗油田产量迅速上升。1970 年，大庆油田年产胜利实现 2110.3 万吨，整个油田的生产呈每年 20% 的增幅势头。这在"文化大革命"期间极其可贵，从某种意义上讲，为稳定全国国民经济形势起了"压舱石"的作用。

大庆一旦恢复传统和发挥技术人员作用后，真干实干的作风，在主抓经济和国防建设的周恩来和其他中央领导心目中再次留下深刻烙印。

其实，当时的大庆还有另一个可贵之处。即便别人在空对空地"讲政治"，比如"活学活用"，在当时的全国形势下，林彪的那一套"活学活用"其实完全背离了毛泽东思想的真理光芒，使之庸俗化和低俗化，然而大庆人在学习和运用毛泽东思想方面，从一开始就是认真和扎实的，是学到了心坎上、用到实际工作中。"两论"的成功学习与运用，使大庆人学习和运用毛泽东思想并不流于形式，而是结合实际并真正产生效果的精神动力。比如他们学习和运用毛泽东的哲学思想指导油田生产和实际工作，可以说是一部具有经典意义的实践范本。《人民日报》曾经专门介绍过大庆这方面的经验，这样的经验文章在今天仍然感觉并无"空对空"之感——

"懂得了全局性的东西，就更会使用局部性的东西"

油田油层深埋地下，看不见，摸不着，找油田从哪儿下手呢？

外国的方法有的是打"野猫子井"，靠"冒碰"，撞运气。还有的是"溜边转"，找"鸡蛋"，见了油苗就打钻。他们不是从一个地区全面调查入手，去选择最有利的地带，而是一上手就根据个别的少量的资料，局限在一两个局部地点去钻井。这种死蹲在一个地点打转转，只顾局部不顾全局的形而上学的办法，只能推迟发现和拿下油田的时间。

　　大庆油田的勘探彻底地打破了洋框框，独创一条中国式的勘探道路。在大量普查勘探工作的基础上，根据毛主席"懂得了全局性的东西，就更会使用局部性的东西"的思想，正确处理局部与全局的关系，进行了全面的周密的调查研究。一开始，就在全部地区用多种方法，进行了综合性的全面调查。经过全面分析研究，逐步地搞清了地下构造的分布情况，明确了含油气的有利地带，发现了储油的构造，使勘探工作做到有分析、有比较、有选择、有的放矢地进行。从而准确地选定了有利地区，确定了主攻方向，部署了钻探力量，较快地发现了大庆油田。

　　形而上学的方法是不顾实际地质情况，片面地规定无论在任何地区、任何油田上，都不分阶段地使用少数探井资料，就做出一个构造的全部结论。大庆油田打破了外国的这个"框框"，实行局部和整体相结合的辩证法，结果比他们快得多、省得多，也准得多。

"系统地周密地研究周围环境"

　　油田找到了，紧接着的问题是怎么搞清楚这个油田的地下情况。大庆油田职工根据毛主席关于实事求是、调查研究、系统地周密地研究周围环境的教导，大反忽视客观实际、不重视第一性资料的毛病。他们强调要搞清油田情况，必须掌握大量事实，占有大量的资料，进行大量的反复分析。他们提出狠抓第一性资料，为认识油田打下基础。通过群众性讨论，决定从打井到开发的整个过程中，一定要取全取准20项资料、72个数据。

　　开始时，有一口井的地质员，在打井过程中，漏取了岩样，没有发现标准层。为了这件事，全油田开了一个星期的会，严肃地进行了教育。油田领导非常重视接受失败的教训。既然花了"学费"，就一定要大家把这个教训记得死死的。搞清地下情况是为了更好地开发油田，这个意义被广大群众掌握以后，全油田开展了热火朝天的大搞第一性资料的群众运动。

从地下取出岩芯来分析化验，是认识油层的一个重要方法。大庆同志们经常用2349钻井队方永华班的例子来说明问题。一天，这个班，正在从井下取岩芯，因为操作时稍不小心，有一小截掉到井底去了。班长方永华，当时瞅着一小截岩芯掉下井底，十分伤心，他抱着岩芯筒，一屁股坐在井场上说："岩芯缺一寸，判断地层情况就少了一分科学根据，地质工作上就多了一分困难，掉到井里的岩芯取不上来，咱们就欠下了国家一笔债。"

工人们决心从井底把失落的岩芯捞上来。队长劝他们回去休息，他们不回去。指导员把馒头、饺子送到井场，劝他们吃，他们说："任务完不成，吃饭、睡觉都不香。"他们连续干了二十多个小时，终于把一筒完整的岩芯取了出来。

外国有人断言："从地下把岩芯取上来，一般最多在50%至65%。"实际上他们一些油田的岩芯收获率仅仅只有30%至40%。而大庆油田由于充分调动了人的积极因素，发动了群众，依靠了群众，大力提高了岩芯收获率，一些井队已经能够百分之百地从地下把岩芯拿上来。

"不可知论"的破产

石油工业部领导上一开始就明确向大庆职工提出："搞天

然油的人，工作岗位在地下，斗争对象是油层。"

外国有一位地质学家曾提出油层对比的九大困难，他们认为地下情况只能知道个大概，要搞清楚是不可想象的。

大庆油田的同志们认为，石油的分布都是有规律的。这个规律是可以认识的，关键在于发挥人的因素，用辩证唯物论的方法去进行深入的研究。

在油层研究过程中，人们对取出的全部岩芯，一段不漏地认真观察，反复研究，具体分析每口井的共同点和特殊点，从中找出他们之间的内在联系及其变化规律。经过成千上万次对比分析，终于掌握了油层规律，创造性地发展了地层对比方法。运用这种方法对全油田所有油井的油层资料进行了两千七百多万次地层对比，弄清了各个油层的情况，闯出一条崭新的油层研究道路。

在大搞油层对比的同时，还进行了大量的分析化验，他们的原则是"宁肯多余，也不少做"。当时的分析化验条件十分困难，没有自来水就安上土水塔挑水坚持搞化验，三年来用扁担挑了十万多担水，分析化验了七万多块样品。

地质人员和化验人员在井场上盖起土房子，把试验室搬到井场，大搞"三结合"，细心琢磨、研究，并解决了101个可能影响分析精度的问题。过去技术干部觉得在书本上没有的东西就是"难"的，到现场搞了"三结合"，很多过去难的问题，也就变成容易的了。

铁的事实，彻底粉碎了不可知论。大庆职工从事物的客观存在出发，引出了油田固有的规律，这样就好像在油田地底下走了一遍，哪个油层厚，哪个油层薄，哪个油层力量大，哪个油层力量小，哪个油层连通性好，哪个油层连通性差，都搞得比较清楚。

"任何矛盾不但应当解决，也是完全可以解决的"

石油能从极深的地下喷出来，完全依靠油层的压力；油层一旦失掉压力，油井就会停止自喷，活油田就会变成死油田。

油不断地从地下采出来，油层压力就会不断下降，就像泄了气的皮球。那么如何保持油层压力呢？经过系统地研究了 20 多个国外油田的开发历史，了解到他们一般都是先靠天然能力进行开采，开采一个时期以后，到压力、产量降得很厉害，实在没办法的时候，才开始注水，打"强心针"。这样油田生产极不稳定，最后地下遗留很多油采不出来。

为什么造成这样的结果呢？原因是他们虽然知道注水能保持压力，但十分害怕注进去的水在地下乱窜，形成油井过早水淹，所以因噎废食，不敢大胆注水。一位外国的油田开发专家曾经说："油矿工作人员采油怕水具有传统性。"他们只要看到不利方面就怕得要死，就回避矛盾，不去积极地解决最根本的问题。结果使油田开发陷入被动局面，甚至遭到破坏。

大庆油田采取什么方式开采呢？他们甩掉国外油田开发上的框框，以"两论"为武器，运用唯物辩证法分析了注水问题。认识到进行油田注水和任何事物一样，都有着自身的两重性，既有有利的方面，也有不利的方面。有利的方面是根本的，不利的方面是可以通过人的努力防止的。抓住压力是"灵魂"这个主要矛盾，进行了一场油田开发史上的大革命。不但敢于用早期注水的方法，而且要在油田内部分层注水进行开发。一开始采油就开始注水，油不断地往上采，水不断地往下注，使油层压力不下降，可以在比较长的时期旺盛喷油。这个方法提出来以后，也有一些人认为"这是冒险"，"世界上没有这样做的"。而广大职工则认为要革命就不能怕担风险，要闯出自己的道路，外国没做到的，我们要做到。他们在战略上肯定了早期注水的有利方面，敢于斗争、敢于胜利，坚决实行早期注水；另一方面，在战术上又重视了可能水淹的不利因素，一开始注水，就积极设法研究措施，发挥水利，防止水害。

大庆油田采用保持压力的开采方法，现在开采近六年来的油井，压力不但没有下降，而且产量稳定，生产能力始终旺盛，生产十分主动。

大庆人在勘探、开发油田方面就是这样用毛主席的哲学思想武装了自己的头脑。人的因素发挥出来了，辩证唯物论战胜了形而上学，精神就变成了大油田。

谁能说这样的文章里不是真经和真金？要知道，是大庆人在"文化大革命"那样的苦难岁月里依靠自己真学、真用了毛泽东思想和革命真理，才有了如此与石油科学和生产实践相融合的辉煌成果。

哲学与找油，听起来风马牛不相及，但两者却又那么紧密，密不可分。中国大地质学家李四光以力学理论解释地壳运动规律以及从这种规律中寻找储藏石油的源头与地层，其所运用的思维方式就是哲学思想。

美国著名石油地质学家华莱士·伊·普拉特先生曾写过一篇非常著名的文章，题目就叫《找油的哲学》。普拉特在世界石油界有"历尽沧桑的老人"和"最伟大的找油者"之称，他既对美国所有著名油田熟悉，同时也熟悉世界油田。1952 年他在《找油的哲学》中就这样说："首先找到石油的地方是在人们的脑海里。未发现的石油仅是作为一种想法存在于某些找油者的脑海里。如果没有人相信有更多的石油有待去寻找，将不会有更多的油田被发现。但只要有一个找油者保持还有新油田有待发现的想象，有勘探自由，并受到勘探鼓励，新油田就有可能继续被发现。"

瞧，这是多么符合事物规律并富有简单而又深刻的哲理意味的高论！在"文化大革命"年代，当全国所有行业和生产单位几乎都处在瘫痪或半瘫痪状态的时候，大庆人能够"活学活用"毛泽东思想和哲学理论指导自己的找油和采油实践，这是何等的可贵！还能在那个岁月里找出第二个这样的"大庆经验"吗？似乎不太可能。

"文化大革命"十年中，大庆油田作为国家的主力油田和工人阶级先进代表王进喜所在的单位，为石油事业、为国家分忧而作出的贡献其实还有多个方面。其中一项是涉及国际关系的。

1970 年 10 月 1 日那天，在天安门城楼上，毛泽东身边有一对特别引人注目的美国夫妇，他们便是中国人民的老朋友、毛泽东的客人斯诺夫妇。让"美帝国主义"国家的一对夫妇站在毛泽东身边向全世界展示，这种讯号非常强烈地说明了"神秘"的中国在暗示着什么，但太平洋彼岸的美国政府当时没有领会和意识到。然而也因为北京方面的这个讯号，给了一心想跟苏联"决战"的尼克松政府以信心，于是不久他们就派出了基辛格博士秘密访华，随后是尼克松总统到了北京。这一连串的事件是 20 世纪 70 年代最轰动的"世界头条新闻"，像我们这般年龄的人记忆犹新。

一直步美国后尘的日本开始紧张起来，生怕落后，生怕吃亏，于是借邻国方便，很快开启了中日两国建交旅程。据说当时田中角荣访华时跟周恩来总理谈了一个条件：希望从中国的大庆油田每年买油 1000 万吨。价格嘛，当然是按当时的国际油价定，而且支付的全是美元。

这事可以做。周恩来总理向毛泽东汇报后，毛泽东很快点头。可不是，1000 万吨石油换回的外汇足抵中国原来通过其他渠道获得的外汇几倍！这事太值得做了！

中日两国建交协议随之也很快签下。中日建立邦交，世界之大事，整个国际社会为之轰动。因为虽然西方世界里美国总统走在前面访华，但建立邦交是翻开两国真正良好关系的新篇章，日本举国振奋，我们中国也开始对一直怀有仇恨的日本友善起来。

一年给日本出口 1000 万吨石油的任务是国之大事，而对大庆油田来说，这又是一项大任务，也就是说要在原有产油任务的基础上，多增 1000 万吨的任务。这可不是一个轻松和简单的活儿！

大庆接这任务之际，其实油田本身的生产处在低潮阶段，通过宋振明、闵豫他们的努力，年产 2000 万吨在当时已经是个非常高的生产任务了！如今再要增加 1000 万吨，除了生产任务艰巨外，最大困难是当时像萨尔图、杏树岗两个主力油田的油量并不那么理想，特别

1973 年 3 月，开发喇嘛甸油田

是由于注水方面出现了问题，产油量已经在严重下降。此时再要油田增加 1000 万吨的年产，对大庆来说，压力真的太大。

怎么办？康世恩找到余秋里商量。中国石油上的大事，周总理曾经跟余秋里交代过：你即使不当石油部长了，但石油上的大事，还是由你和康世恩同志商量，再给中央决策。

余、康再度联手商议如何完成对日本

1973 年 5 月 8 日中国首次向日本出口原油

的 1000 万吨的出口增产油量的方案，最后他们决定启用"战略油田"——喇嘛甸油田。

这是周恩来总理亲自找余秋里和康世恩交代的"秘密"任务，而且在石油部门获得了一致通过。

喇嘛甸油田位于大庆长垣北端，经 1960 年地质勘探证明，是个油层厚、储量大、物性好的高产油田，探明储量为 8.15 亿吨。这样的一个好油田，如何开发，余秋里和康世恩早在会战期间就向周恩来和中央正式建议过：大庆要建立几个战略油田，也就是说要保存好几块好油田以备战争和特殊时期所用。现在，国际形势发生变化，中日建交，出口 1000 万吨原油的任务成为国家战略决策，喇嘛甸油田也因此提前开发……

1970 年 8 月 3 日开始修建我国第一条大口径、长距离输油管道

开发喇嘛甸油田，其原油出口到日本，运输便是一个问题。以往大庆的原油外运只有一条路：靠火车拉运。由于当时都是单轨铁道，运力大受影响，每天只能从大庆拉出三至四列车原油，约 8000 吨左右。原本大庆的产油量就已经很受运输限制，倘若再加 1000 万吨的运量，显然必须重建运输线。

"必须解决大庆的输油问题！"周恩来亲自交代李先念副总理和余秋里。很快，国家从有限的资金中筹集专款，启动修建大庆至铁岭、铁岭再至大连以及铁岭至秦皇岛的输油管道。这项工程横跨黑龙江、辽宁、吉林和河北四省，长达数千公里，由于是在 1970 年 8 月 3 日开工的，故称"八三工程"。为确保修建输油管道不受干扰，中央决定由沈阳军区和燃料化学工业部共同领导工程，具体执行领导责任的是沈阳军区副司令肖全夫和石油系统的张文彬，此时张文彬已经升任国家燃料化学工业部副部长。

"陈锡联同志，这条输油管道意义重大，工程艰巨。你要派位得力干将去跟大庆油田的同志一起把这事完成好。"周恩来总理亲自给时任沈阳军区司令员的陈锡联打电话说。

"明白的总理。军区已经决定派副司令肖全夫同志去挑这副担子。"陈锡联说的肖全夫副司令，是前一年中苏边境的珍宝岛一仗中我军战场的总指挥员，仗打得漂亮，同时肖副司令对东北三省的人文地理又非常熟悉，由他与张文彬出任"八三工程"的指挥是最合适的。

大庆油田的"二号院"再度像大会战时一样热闹起来，因为"八三工程"指挥部就设在这里。

中国没有设计过输油管道，尤其是这么长的管道，且年输送量要达4000万吨，将全程采用720毫米直径的钢管焊接。而且在东北地区长距离输油还得关注原油的温度，这里冬天与夏天的气温，犹如两重天，原油得以长距离输送流畅，温度监控同样是个非常关键的技术。如此工程对大庆人来说，并不比石油会战轻松。当时中苏关系又处复杂阶段，这样一个浩大的工程，还需秘密进行。实际工作中要考虑的困难一个又一个……

领受任务的"八三工程"指挥部领导肖全夫副司令和张文彬副部长在当年骄阳似火的8月，就迈开双腿，沿着计划的千里线路，开始了考察与勘探。工程方案确定下来后，各项工作便转动起来。

然而，那是个什么年代？全国各地，到处还在"批林批孔""批反动学术权威"。工程遇到的第一大问题就是，全国各个地方都找不到生产大口径的720毫米的输油专用钢管的工厂。无奈，大庆人自己设计自己干。但就在这时，造反派跑来要抓走研制钢管的技术人员去进行"批斗"。

"你们谁敢？"肖全夫副司令站了出来，对着造反派，拍拍腰际的手枪，严正说道："这是党中央和国务院批准的重点战略工程，所有人员都是经过严格审查的，你们无权揪斗。谁要敢乱动，我就以妨碍执行军备严惩！"

造反派一看苗头不对，吓得转身就逃。

关键性的大口径钢管和弯头研制成功后，"八三工程"全线开工，东北三省 18 万民兵组成的队伍汇聚在嫩江两岸开挖管沟，场面气壮山河。其中大庆油田的焊接队伍格外醒目，尤其在夜间，万千弧光闪烁，连成一条彩光带，让沿线人民激动和振奋……

这里仅列出北段工程的浩大设计与工程施工量，就够我们为之惊叹：

这条巨龙，掀开 600 余万立方米土石方，穿越 145 条河流及 21 条铁路、公路，全长 663.7 公里，拥有 13 座加热泵站，33 个 5000 和 10000 立方米金属、非金属储油罐，发电厂和大变（电）所两座，高压输电线 280 公里，机务站 13 个，通讯（通信）线路 800 余公里，大型制管机组 7 套，防腐厂 12 个，大型机、泵、阀门、加热炉和电报设备 7000 多台（套）。共使用钢材 16 万吨，木材 3.3 万立方米，水泥万余吨……

而这，仅仅是北段工程，整个线路呢？浩浩荡荡，难以想象！然而大庆人和沿途四省的民工与解放军官兵一起，克服种种困难，以"人定胜天"的英雄气概开足马力加快建设。他们仅六天六夜便完成嫩江江底长 430 米、深 4 米的沟道，紧接着就是安装管子等，在雪花开始飘洒的 11 月 15 日，我国第一条跨江大口径输油管道成功穿越嫩江……

如此速度，如此气概，一直在全线工程上谱写。

1971 年 10 月 30 日 16 时 50 分，大庆油田首站太阳升油罐储存的原油开始源源不断地注入"八三工程"北段竣工的管道内。首条长途输油管道投产一次成功，东北三省齐声欢呼，并把最美的歌曲献给石油人和大庆人。

工程随后的线路也在胜利中不断延伸，一直到大连、秦皇岛和北京三个目的地……

这是大庆在"文化大革命"年代中完成的一项艰辛工程，为国争得荣誉和尊严。

我们自然还要告诉国人：其实大庆在"文化大革命"中还有几件更令人敬佩的"苦难辉煌"，那便是他们为正在开发的胜利油田、渤海油田、四川油气田，以及后来的江汉油田建设，输送了成千上万的生产与技术骨干。"为了这些新油田，我们曾经把许多功勋队伍和红旗标杆都拉到那边，无偿地给了人家……"焦力人在世的时候，他亲口向我讲述了大庆油田这些大公无私的故事，听者无不感动与感慨。

"当时只要上面一声令下，说调谁走，谁第二天就走了。我们大庆油田就像当年玉门油田、新疆油田对松辽会战的支援一样，真正的是完全彻底！"另一位老部长唐克也这样说过。

他们都曾是"文化大革命"时期依然让大庆油田保持顽强生产力的中流砥柱。历史不会忘记他们，更不会忘记大庆人在那段岁月的特殊贡献。

关于"工业学大庆"的话题，其实我们不能不特别提到1977年中共中央专门组织的那次具有新时期特殊意义的、规模宏大的全国工业学大庆会议。应该说，此次会议，是结束十年"文化大革命"后，我国全面恢复以经济建设为中心的现代化建设的具有动员意义的一次大会。其规模和规格之高，在党的历史上少有，对大庆而言，更是一次难有相比的巨大鼓舞和鞭策。中央对大庆的评价也是前所未有的全面与崇高，正如中央在召开此次会议的通知中所肯定的那样，大庆是毛主席亲自树立的我国工业战线的一面红旗，在阶级斗争、生产斗争、科学实验三大革命中，锻炼出了一支又红又专、压不倒、摧不垮的铁人式队伍，实行了"两参一改三结合"、大搞技术革命和技术革新，建立了一套依靠工人阶级管好社会主义企业的规章制度，创造和运用已有的一套具有世界先进水平的油田开发新工艺、新技术，走出了一条我国自己的工业发展道路。中央特别号召全国工业战线的广大干部群众，把大庆提出的"大干社会主义有理，大干社会主义有功，大干社会主义光荣"的口号，化作干好四个现代化的实际行动。

当时的中央主要领导都出席了此次会议。会上，还以中共中央、国务院名义，授予和表彰了全国大庆式企业、先进单位 2126 个，学大庆先进个人 385 人。这次会议之后，全国性的工业学大庆运动深入人心、深入祖国建设的各个领域，为全面拉开我国改革开放之后的现代化建设，起到了历史性的助推作用。

第八章

天上有颗"210231"星，地上有个人叫王德民。院士以及闵豫等人的智慧之光闪出的"松辽Ｘ法"，让油田登上年产 5000 万吨高峰。

2016 年 4 月 12 日，国际天文组织公布了一个国际编号为 210231 号的小行星，并正式命名该星为"王德民星"。

于是网民们迅速寻找"王德民"是何许人也。一查，看到了网上的一张帅得不能再帅的"王德民"的照片，许多年轻人还误以为是演艺界的大明星吴彦祖！

再查一下"王德民"的简历，发现他是大庆油田人，而且是我们的院士。可"帅哥"王德民明明是个"外国人"嘛！因为他的长相，是典型的高鼻子、蓝眼睛，还有些"自然卷"的头发……

国人都知道：小行星命名是一项具有国际性、严肃性的崇高荣誉。于是有人疑惑：不会弄错了吧？

4月12日"王德民星"命名仪式

没错。王德民确实是地道的中国人，而且也是大庆油田的"老会战"队员。我们先来弄明白一下这位长着"外国人"相貌的中国院士的身世吧——

1937年，王德民出生于河北省唐山市一个高级知识分子家庭，其父亲曾留美学医，后回国从医，出任过北京同仁医院副院长。王德民的"外国人"长相，全因为他母亲是中国籍的瑞典人。王德民父亲在美国留学时，与一位漂亮的瑞典姑娘相恋，于是后来有了超级"帅哥"王德民。王德民的母亲，曾执教于对外贸经大学。得知了这份血缘关系，便不再怀疑王德民是长着"外国相"的中国人了。

上有姐姐和哥哥，又出生于那个兵荒马乱年代的王德民，其启蒙教育阶段是由父母在家里亲自负责培养，好在父母的优势让这位聪明的小儿子小小年纪就可以在"双语"（中英）间自由切换。抗日战争胜利后，王德民一家迁到北平，他被送入一所基督教会学校当插班生，从三年级开始学起。

这位"帅哥"从小就是位超级学霸。整个中学时期，其各科成绩不出前三，且活力四射，是个出了名的运动健将。但王德民并没有因为太帅而获得过什么加分，相反常因此对他的人生造成绊脚。进入中学后，已是新中国成立初始，那时以工人阶级为代表的无产阶级成为城市的主人。像王德民这样长相出众的帅小伙，家庭三代没有一个是"劳动人民"出身，一副洋人相貌对他反倒成了一种负担。1955年，他参加高考，第一志愿是清华大学水利系。他高考成绩达标了，结果却被北京石油学院钻采系录取。

什么原因？王德民暗思半天不解，后来请教父亲。回答是：原因可能是我们的特殊家庭出身吧！

也好。这回去学石油专业，以后就可以去当石油工人，不就从"剥削阶级"出身，一下跃入"工人阶级"行列了吗？

王德民为自己"捡"来的机会庆幸。有道是，塞翁失马，焉知非福。王德民感觉新中国的社会主义大建设高潮给自己带来了好运。

还真是的。

上世纪50年代的新中国社会主义大建设与国防建设全面开始不久，就面临石油供给严重不足，需要从苏联和东欧的社会主义国家大量进口石油，来维系国计民生。加之外汇有限，石油问题成为毛泽东和主抓经济的周恩来等中央领导的一块"心病"，急于解决出路。

北京石油学院正是在这种形势下诞生的一所专业院校，有不少被社会主义建设所吸引的青年报考。王德民虽"误入"该校，但仍然感觉到一份有热度的幸运。

他的母亲在他的成长日记里这样写道："9 个月时，当他不同意某件事或不要某件东西时，就会把头转过去，或者用手推开。"这是王德民母亲的描述。王德民的哥哥则说："才 24 个月时，他就有想要做的事，无论旁边有多少人或者多大的人劝说，都不会改变他的主意。"从小，王德民的性格中就有一份很明显的倔强。当这份倔强放在学习和工作上，他便成了学校的"超级学霸"和石油方面的杰出科学家。

1960 年，王德民大学毕业。这时的松辽石油会战已经全面拉开，一个大油田让许多从事石油专业的青年心潮澎湃。王德民也一样，他主动请缨去大庆。

本来像他这样的大学生，可以分配到机关和科研单位，王德民却被派到基层试井，干起了劳动强度最大、最艰苦的工作。然而他没有怨言，天天跟工人一起上下班，一起甩开膀子、卷起裤腿，踩在泥地里，抬着绞车，上井测压。那个时候，全靠人力测井，而且一天要测十几口井，每口井的距离都在 500 米以上，王德民抬着 100 多公斤的绞车，奔忙于各井之间，辛劳可见。尤其到了冰天雪地的寒冬，为了确保测井精度，他常常只能脱下棉袄先给油井的口上保温，再抱着冰冻的防喷管用身体升温后使得原油融化，而后才能把仪器顺利下入井内……

传统的测井，用的是一种由荷兰人发明的"赫诺法"来解释油层的动态变化。可大庆油田的油层特殊和复杂，用"赫诺法"测井计算的结果与实际不符，误差相当大。会战指挥部的领导为此十分着急。

"井下情况搞不准，产油凭何而论？"康世恩就这么说。

年轻的王德民，平时话语不多，内心却异常丰富。自己是生产一线的测井员，也是一个石油专业毕业的大学生，如果连井下的油层情况都测不准，有何脸面在油田"混"？于是从那时开始，人们发现王德民每天除了正常上班外，会时不时地跑到井台去转悠，而且一转悠就是几个小时……

他在琢磨一件事：能不能用一种新的方法来替代"赫诺法"分析解释？

谈何容易！但这反而刺激了倔强的王德民。一时间，他的心被井底下的世界"抓"走了……用"废寝忘食"四字形容并不为过。然而那是个什么年代？每天干活十几个小时，吃饭却只能半饥半饱。余秋里和康世恩得知王德民这样的技术人员饿着肚子在搞科研，不干了！一声令下：凡一线技术人员可以多给几勺精粮！

于是食堂师傅"大开绿灯"。王德民便把分配给自己的面粉和饺子馅捏巴了几个特大的饺子，揣在口袋里，回到井台，一蹲又是几小时，甚至一整夜……

"一般人不太容易一件事钻到底，而且天天做看起来很简单的事，但我从来不做一件不能天天做的事情——搞科学离不开这种精神。"当了院士后的他这样对自己的学生说。后面紧接着还有一句话："尽管会战时的生活那么艰苦，但余、康等领导对油田的科研攻关工作从来都是紧抓不放，而且能够让有点进步的技术人员获得与钻井工人一样的荣誉，这更让我们感到必须干出点名堂来！"

年轻的王德民就是在这种氛围中开始他"石油科研人生"的第一程奔跑。

他跑得专注和执着，也很有方向感。尽管肚子填不饱，但干劲却从未减弱。"小伙子，扛得住吗？"队长关切地看着一手捂着"咕咕"叫的肚子，一手在纸上计算个不停的王德民，说。

"没事。它们一直在为我加油呢……"王德民说的"它们"，是一堆长长的数字。

100多天过去了。功夫不负有心人，王德民终于找到一个全新的测判方法——后来被大庆人称之为"松辽法"。

此法的思路和理论根据来自于王德民对地下情况和油井及水井的认识：井与井间的压力分布互有联系，但不连续；压力的不连续性反映了地层的不连续性；压力梯度的大小及方向并不代表液体流动阻力的大小及其流动方向。井初期的压力变化主要反映不连通层的压力变化；在生产方式不改变的条件下，后期的压力变化主要反映连通层的压力变化……自然还有许多我们外行人听不懂的"技术语言"。

简而言之，王德民他简化了"赫诺法"的烦琐计算，推导出了既能消除误差、又缩短了关井时间的新公式。经过北京石油学院秦同洛副教授鉴定，王德民的这项研究成果准确适用，命名为"松辽 I 法"迅速在全油田推广。

用王德民的"松辽法"来计算油层压力，简单易行，且误差仅为"赫诺法"的 1/5。

"了不得呀！后生可畏！"康世恩得知搞出这"松辽法"测井的竟然是个刚从大学毕业的 24 岁年轻人时，如此感叹道。

"苏联专家都走了！他怎么没走？"头一回见王德民的领导惊诧道。

"他不是苏联专家，是我们自己的年轻专家嘛！"有人忙这样解释。

王德民就这样在大庆油田早早地出名了。他创造的"松辽法"跟他的长相一样，很快被油田上下知晓，给人留下深刻印象。

王德民还是觉得这个算法不够完美，又继续深入研究各种采油难题，推导出多种提高测压效率的新算法，命名为松 II 法、松 III 法、松 IV 法……

一个长着"洋人脸"的青年技术人员，竟然像变戏法似的，一下"蹦"出那么多科学技术上的创造性成果，似乎很难让人相信这是真的。有人瞅着王德民的脸，悄悄问他：是不是你的脑袋真的跟我们不一样？

王德民就将头颅左右摇晃几下，然后再拍拍脑袋，告诉人家：没不一样，吃的也天天跟你们一样嘛！

还是没叫人信服：反正我们感觉你就是与众不同。

既然与众不同，命运或许也会出现与众不同的历程。果不其然，就在年纪轻轻的王德民"噌"地一下站到了油田试井学科的高峰时，一股不知来自何方的打压之风开始时不时地向王德民袭来……好像没有什么特别的"运动"和政策鼓动，但这股"风"就是很厉害，让王德民不时感到压力和痛苦。你不干，"风"说看看，这人干什么就是为了名利；你若真干和起劲地干，"风"更有话了，此人骨子里就是资产阶级的名利思想极端严重……总之，"风"无处不在，无处不可攻击你王德民。除非王德民声明"投降"。

我怎么可能"投降"呢？油田的水就是油田的命，油田的"命"，又连着几万会战队员的命！王德民不是政治家，但这老部长余秋里和康世恩的口头上经常算的账，王德民记得牢牢的。然而有一点他弄不明白：我一门心思搞"名堂"——余、康部长总在嘴上喊"大家要搞出大名堂"，可为啥我搞出"名堂"，别人就私底下、暗地里又给我搞"名堂"？

向来低调和谨慎的他真的弄不明白这是为什么，为什么过去余部长、康部长大力倡导和鼓励的事，现在真的把它弄出来后，又有人在他面前阴阳怪气地吹凉风呢？是我王德民的"政治立场"和"工作动机"出了问题？我有什么"政治动机"嘛！除了努力为国家和石油事业干番大事以外，还有什么可以证明我对国家的忠诚？科研成果不就是一种忠诚的表达吗？

王德民百思不解。也许换了别人就去领导那里弄明白，但他不会，永远不会这样做。他依然只是默默地用自己的行动证明自己没有做错什么。

开始，他等，等有人告诉他这是怎么回事。后来一等就等到了"文化大革命"——这个时候的王德民才清楚：原来有些事越等越糟糕了!

"文化大革命"一开始,王德民就被"不折不扣"地划在了"黑五类"行列。

王德民彻底沉默了:他无法为自己"不是特务"而辩解,因为他的容貌本身就是"特务"相……

"造反派"强迫他的妻子和他划清界限,写大字报揭发他的"罪行"。那种折磨是没有人性的,甚至是丧尽天良的。后来,他的妻子被折磨得精神失常。

无奈,王德民被迫离开科研岗位,带着有病的妻子下放到工地劳动改造……

但,石油工人们发现,他们的"王工"常常跑到油井上"发呆"——其实我们的科学家一直在独自思考井下的"神秘世界"里存在的微妙。他只是改变一种方式:把心爱的事业,变作了一次次"发呆"的心算——计算井下压力和应对这种压力的新方法。

就是在这样的环境下,王德民的心头正"孕育"一个奇宝:偏心式配产井下工具。

偏心式?是偏心眼吧?有人一听,窃窃私语:这个"书呆子",真的是缺心眼了!

"王工,明天你回到原单位工作后,尽快把新玩意儿给弄出来吧!"一天,油田传达了周恩来关于"大庆要恢复'两论'"的指示,宋振明等明言要恢复王德民的工作。就这样,王德民回到了原来的科研单位,重新走上了自己的岗位。

几乎就是在当天,他便开始夜以继日地绘制设计图,进入梦寐以求的"偏心配产器"的研制。

我们知道,中国的石油工程科研成果在大庆油田开发之前少得可怜。王德民这个时候关注的这一偏心式配产井下工具,可依据的仅有一些外文资料。现在的年轻人想象不出来，王德民在研制这一工具时想看外文资料，其本身就可能是一种被人视为"特务"和"反动"的行为。别人不敢做这样的事，但王德民"反正"了：反正我看着像洋"特务"，再钻在"洋"资料堆里反属正常了……"虽然当时我身处逆境，却从没有自暴自弃过，仍然不断在努力发掘自己的潜能，一则我要用行动证明自己对生产、对社会有用，二则工作也是我困境中唯一的精神寄托。只有工作，才能帮助我忘掉生活中的一切烦恼，消除那些百思不解的政治困惑。"逆境中的王德民总是这样想，也这样做。王德民后来说，他的这种精神其实也是"铁人"精神的组成部分，只是这种精神体现在他这样一个知识分子身上而已，与王进喜在逆境中不屈不挠为中国石油事业操劳与奉献的心境无二。

因为王德民具有先天的优势，所以他的英文读写能力超群，这也使得后来那些怀疑他有"敌特嫌疑"的人无法判断他到底是"敌"还是"友"。

"你们既然自己看不懂，也就不要再随便怀疑王工！"宋振明出来为王德民撑腰，这让王德民从此解除了后顾之忧。

地下的地层复杂，石油界已有的油田开发技术同样错综复杂。王德民一边啃着硬邦邦的馒头，一边埋头扎在外文资料之中……渐渐地，他理出了当时国外油田分采分注的技术现状：20世纪的20年代之后，美国和苏联已有偏心注采井下工具的先例。美国大约有2000多口井使用了这项技术，两层分采的占85%，三层分采的占14%，四层以上分采的只占1%，美国得克萨斯州的矿业保护法干脆明确规定每口井只许采一个层。苏联当时的分采井大约有1500口，绝大多数分成两个层段，很少分采三四层。不同的国情，对石油开发的要求不一样。中国只有一个大庆油田，更何况当时国家的财力有限，如果不采取多分层的办法，就会降低采油速度和储量的动用程度，所以细分层、多挖潜是大庆油田高效开发的必由之路。

　　王德民选择的方向是研制出符合大庆油田开采的偏心配产井下工具。而这谈何容易！

　　浩瀚的外文资料中，王德民像一位黑夜中寻找萤光的科学勇士。而眼前的"大道"并没有吸引他，因为美、苏两国的同类技术并不适合中国大庆油田，必须让开"大道"，另辟蹊径，方可突破当时只能分 5 层油层开采的局限性，力争搞到七八个层段以上……比较中勾勒出的中国式偏心配产井下工具蓝图，让王德民心旌激荡。

　　当时，王德民所在的采油工艺研究所第四研究室，是以分层测试工艺研究为主的专业研究室，而进行井下分采工具的研究是第一研究室的主要任务。恰巧"文化大革命"期间这两个研究室合二为一，为王德民的研究试验提供了方便条件。

　　有件事一直是王德民深感庆幸的，那便是他所在的采油工艺研究所曾经是"三敢三严"功勋集体，虽然当时"文革"干扰严重，但仍保持着优良的传统作风，"三结合"的革命委员会班子成员张轰、刘富润、丁瑾等人对王德民的研究给予了坚定的支持，安排徐文倬、肖玉昌、谌锡才等人配合王德民，专门组成了一个研究试验小组。头戴"特务嫌疑"帽子的王德民深受鼓舞。白天他在所里"学毛选""搞批判"，晚上回家则埋头计算公式。王德民回忆起这段"峥嵘岁月"时说："那时候自己很难，既要夹着尾巴做人，不给支持我的领导惹麻烦；又要甩开膀子大干，争取早点拿出成果。家里的事情什么也不管，脏乱差没关系，不影响我搞科研就行。"时任采油工艺研究所教导员的张轰说："可以说，在当时我就是王德民的保护伞。有人曾非常紧张地问我为啥支持王德民搞科研，我说他是一心为了油田的生产，我们为啥不支持？见那些人还想说什么，我就反问人家：你到油田来干嘛的？不是为了搞好油田建设？如果不是，你还留在油田干嘛？问得那些人哑口无言。这样，我们给王德民的研究支持就慢慢趋于公开化，平时不让他过多地参加生产劳动，有些会议也可以不参加。像加工试样、下井检验、去现场试验，派人派车，一路绿灯。"

1971 年 4 月，王德民首先从偏心配产器入手研制出了一套样机，在采油工艺研究所的实验井上做试验并获成功。这给了王德民极大信心。之后，他继续完善和改进工艺，使之更加符合井场实用所需。

1971 年 12 月初，北风呼啸，松辽大地一片洁白。戴着狗皮帽子的王德民，兴冲冲地来到萨尔图油田"东 6—3 井"，准备做他的首次偏心配产井下工具实际应用检验。这口井下入了 3 级封隔器、4 级偏心配产器，分成四个层段。王德民将偏心配产工具装置使用上后，油井产油效果立竿见影，由原来的日产 50 吨上升至 70 吨，含水量也由 38%下降至 12.8%……

"成功啦！我成功啦——！"那一刻，王德民高兴地跳了起来，而后仰身躺在地上，眼睛对着天，他想笑，可眼里却满是泪水，一股酸甜苦辣的味道顷刻间从心头喷涌而出，令这位刚强的汉子有些忍不住，然而王德民的心里仍然是甜蜜多于痛苦、自豪胜过委屈。

也是在此次实际操作中，他发现了偏心配产井下工具的工艺技术仍有巨大进步空间，比如真正能够细分层的优越性还没有完全体现出来。于是，他又开始了漫长而艰辛的战斗……

1972 年 4 月 4 日，春风吹拂下的萨尔图油田迎来了分层技术突破性的时刻。

在中区 2–7、2–8 和 2–9 三口采油井，王德民带着改进型的偏心配产器，将每口井的油层分隔成 8 段，连续进行试验。

这应该是决定性的一仗。

现场，王德民全神贯注地亲自操控钢丝绞车，用投捞工具自如地投下了带油嘴的堵塞器。在投产以后，根据配产方案需要调整油嘴改变工作制度，王德民又一丝不苟地用钢丝绞车顺利地捞出了堵塞器，然后再更换油嘴重新投到预定层位，前后数个小时。精湛的操作，简直就像一场魔术表演，令现场的采油工人又惊又喜：这是分层采油技术的一场真正革命！

"中区 2–7 井试验成功！"

"中区 2–8 井试验再获成功！"

"中区 2–9 井试验同样成功——！"

王德民使用偏心配产器在三口井上全部试验成功的消息传进"二号院"，让油田领导焦力人、宋振明和闫豫等激动地直喊马上要见王德民，并告诉他：你的新发明技术，立即应用到注水井上！

君不知，从配产转到配注，虽一字之差，却是焦力人、宋振明和闫豫等当时的油田主要领导抓住的油田开发的主要矛盾，这关系到大庆的生产和发展的根本。

"王工，我把油田的命运交给你这新成果上啦！"宋振明甚至对王德民这样说。

"我一定全力以赴！"王德民点点头。

又是一场科学技术上的生死搏杀。王德民立即着手调整研究方向，将偏心配产工具与防腐油管相结合，向多层段偏心配注方向移植……

1973 年 6 月，在萨尔图油田"南 3–2–39 井"进行首次偏心注水试验。在分成 8 段的井下地层中下入了 7 级封隔器，每一配水层的偏心式配水器投放带水嘴的堵塞器一次成功！之后，分层测试同样一次成功！再后，用试井钢丝投捞任意层还是一次成功！

中国石油人自己研发的多功能偏心配水器突破了以往同心配水封锁的禁区，闯出了一条划时代的道路，一跃登上了世界采油工艺技术的高峰！

这回，王德民真正地笑了，笑得无限灿烂，笑得更加帅不可言……

有诗人曾经这样形容过：大庆油田就像黑色的金海一样，无边无沿。也正是因为大庆油田大无边际，广阔无垠，它的沉与浮非一人能左右。

就在王德民的偏心配水器给油田生产带来一场空前的技术进步时，另一批挥洒汗水的科技人员也接连取得多项关键性的技术突破……

这中间，至关重要的当数闵豫领导主持的《油田开发条例》的制定。"油田开发，如果没有一套标准化的规范，再好的油田，也会毁在一些无知者的手中。"富有远见的康世恩在大会战初就曾这样尖锐指出。等到大庆油田结束会战，全面开发之后，油田开发的规范化、标准化已经到了非搞不可的地步。然而"文革"飓风将一切生产和科学工作打得粉碎，石油专家们想做而不敢为。在宋振明主持生产之后，以闵豫为首的专家们竭尽全力，进行了开创性的《油田开发条例》制定工作。这既需要专业的系统科学性和覆盖式的知识与理论高度，更需要油田实际工作经验的规范化总结能力。正如焦力人后来评价闵豫的那样：他"在 33 年石油生涯中，做了两件大事，为中国石油留下了两笔贡献：一是在大庆油田的开发中，为创出中国注水开发油田的道路，做出了突出贡献；二是在他担任石油工业部副部长期间，负责全国石油开发和生产，为奠定中国正规、科学开发油田做出了开创性工作"。焦力人在上面两点中反复提到的闵豫在"油田开发"过程中的突出贡献，所指的主要就是他制定和推行实施的《油田开发条例》。有人形容闵豫主持制定的这个《油田开发条例》是中国新油田开发建设的"大法"。这恰如其分。

中国油田开发，包括大庆在内，诸多油田都是在一种"冲锋陷阵"式的大战中完成的，那么"夺取高地"之后的油田开发建设，在很大程度上是一场千军万马齐上阵的"混战"……地下的石油一旦被人为的"抢占"，倘若无序开发钻井、无序抽油灌水，结果十分可怕，损失和破坏的不只是油田，还有人类对大自然的人性丧失——这从另一意义上讲，极其残酷和残忍。余秋里、康世恩等新中国的石油奠基人最初就意识到这一问题，但他们当时所承担的主要责任是为国家生产石油，至于油田开发是不是真正的科学与规范，则是另一个问题。但到了上世纪 60 年代末和 70 年代后，像大庆油田这样的大油田、富储量油田却屡次陷入"没油"和"生产严重下滑"困境时，科学家们的内心比没有发现新油田还要紧张，因为在自己手上毁掉一个油田，远比在自己眼里漏掉一个油田的罪要重得多！

闵豫就是这么想的，所以他出任大庆油田总工程师后，首先想到的是如何制定出一部规范油田开发的"大法"。国无法，政必乱；家无法，业必衰。受过传统教育的闵豫最清楚这个道理。"油田开发再不能任凭某个人和某个长官的意志来决定，它必须有法可依、有章可循。油田开发的根本点，不在于是否出了油和出多少油，而在于要让油田持久地稳产高产。"闵豫的观点立足的是大庆油田实际和中国石油资源的长远战略，它与国家发展休戚相关，密不可分。

1973 年至 1975 年的艰难岁月里，中国北方的松辽平原上，却能保持着当年会战初期的那种烽火岁月的激情，就是因为在周恩来总理的直接关怀下，大庆人坚持按照科学、正规开发的原则，揭开了喇嘛甸油田的神秘面纱，创造性地建立了一套完整的"喇嘛甸流程"，一举让这一新油田的年产量达到了 1099 万吨，使大庆油田首次直逼年产 5000 万吨的高峰！

5000 万吨哪！我的大庆！

二十多年前的解放前夕，中国的石油产量仅 12 万吨。而到 1975 年时，仅大庆油田就逼近 5000 万吨！

这是何等的飞跃与进步！

大庆人，全中国为你骄傲啊！

第九章

王启民的"敢闯""敢笑",开启的是油田高产稳产的历史巨轮。巨轮与巨人之间是中国精神的构架。

再次采访王启民,是在他荣获中央表彰的百名"改革先锋"崇高称号之后。

岁月匆匆,难饰沧桑。记得20年前第一次见这位被大庆油田誉为"新时期铁人"的石油专家时,他是那样地意气风发,激情澎湃!20年过后的今年1月,我再度来到大庆见到王启民先生时,他一再说自己"老了""老了","82岁了还不算老嘛"!

如果从年岁和他长期伏案弯腰看岩芯的身姿看,现在的王启民先生和20年前他走路如风一般的样儿相比,真的有些显老。然而当我们面对面坐下开腔谈事后,他那爽朗的笑声和坦率的高论,仍然风貌不减当年,令我印象深刻。

前面章节中曾提到过在大会战时的 1960 年，王启民作为北京石油学院的应届毕业生，他选择到大庆油田实习，后来毕业又正式分配到这个石油开发的大战场工作，至今再没有离开过一步。我知道王启民先生的老家在浙江湖州，那是个山青水绿湖波荡漾的人间天堂，像他家乡的人和他那个年龄的人，很少会跑到遥远的北大荒一带工作，而且一去不返。"我是个例。当年考大学，在班级里我不是成绩最好的，所以拼不过成绩好的同学们，他们选择清华、上海交大，我就避开他们选择冷门的石油大学。到了大学毕业时，许多人不愿到东北艰苦的地方，我想人家不愿去的地方，我去了不是可以多发挥作用嘛！所以我就坚决要求到大庆去。那个时候的大庆处在会战初期，吃没吃的，睡没睡的，极其艰苦。我是大学生，一到那儿，组织上很信任我，就把我送到井台当技术员。但那时的技术员跟生产队的记工员差不多，每天就到油井上记记数字，统计和汇总材料，几乎日复一日干那些活。你根本不会直接感受到有什么惊天动地和轰轰烈烈的伟业……"王启民最初的工作就是这个状态。

或许换成另一个人、另一位知识青年，他可能就想离开这样一个乏味、呆板和感受不到"激情"的工作岗位，或者即使留下来也不会专心致志。然而王启民不是。

"那个时候，我留在井上的几年里，得以有机会把油田上的各种采油井的'脾气'和它们所处的'地下情况'都摸得一清二楚，而且对这些油井在各种条件下可能出现的各种情况烂熟于心，就像一位登山者熟悉整座山脉的每一条通向高峰的崎岖小道和每一块岩石、崖壁的所有情况一样，甚至对它们在各种风向、天气等环境下的情况，也都了如指掌。"王启民说到初来大庆油田的那几年在采油队当技术员的经历时，格外动情。他说在他年轻时，他身后是一身泥、一身油的石油工人们；在他前面，是一群又一群留过学、上过洋学堂的大专家们……他是介于这两类人之间的一颗"油砂粒"。在石油工人面前，他是一位同在一个井台、同住一条炕铺的"队友"，什么活儿、什么苦难、什么粗糙的话语都"不见外"；在那些大专家眼里，他是满身带着油渍、满腔冒着热气和有棱有角的"井队人"。

很多年前，王启民在领导和石油工人眼里，就是这样一位"油砂粒"，似乎并不起眼，似乎又与众不同。王启民的可贵与成功之处，就在于他对这些满不在乎，他在乎的是他的油井和油井下面的"地下情况"。他比纯粹的打井和守井的石油工人更多地了解井的实际和理论知识；又比那些高谈阔论的大专家们更多地掌握和了解油井的表与里、上与下、内与外、始与末的所有情况，如同一个孩子的父母，远比这个孩子的老师要了解和熟知其脾气与性格。油井的沉与浮、劣与优、高产与低产，他王启民可以道出一千种、一万种的"情况"……

大庆油田上之所以出现"铁人"王进喜这样一个石油工人的硬汉形象和中国工人的伟大精神的典型，就是因为在那个极端困苦、要啥没啥的年代里，王进喜以"宁肯少活20年，拼命也要拿下大油田""石油工人一声吼，地球也要抖三抖"的冲天气概与拼命精神，在大庆油田上义无反顾地奉献出自己全部的热血和精力。

王进喜是大庆的第一位"铁人"。

外貌文质彬彬、看上去有些弱不禁风的知识分子王启民，之所以被大庆人称为"新时期铁人"，就是因为王启民近六十年来自始至终、坚定不移地站在油田这块大地上从未挪过步子、从未移开过自己的眼神，也从未有过一次对油田前景的迷失。

王启民的"铁人"特质，是一位爱国、爱岗、爱事业、爱石油的中国知识分子的信仰力量、工作精神以及人格光芒。

在没有人关注他的时候，他笃守和履行着一位普通基层技术人员的职责，用一丝不苟的工作精神，默默地做着像一位绣娘的针线活一样的工作，将每一根丝线勾扎在应该的地方，其针针线线的活儿是饱满的和无瑕疵的。

1997 年 1 月，中石油天然气总公司授予王启民"新时期铁人"称号；2018 年 12 月，在庆祝改革开放 40 周年大会上，王启民被授予"改革先锋"荣誉称号；2019 年 9 月 17 日，王启民被授予"人民楷模"国家荣誉称号；2019 年 9 月 25 日，王启民被授予"最美奋斗者"荣誉称号

当有一天有人关注和需要他的时候，他毫不犹豫并无所畏惧地说出自己的见解——像一束夜幕下的光束，去照亮那些黑暗的地方，直到正确的方向、最终的目标实现的那一刻，他都会全力以赴、奉献出所有的能量……

王启民就是这样的"铁人"—— 一个技术专家的和科学力量的"铁人"形象。

那些几十年来一直在大庆工作和生活的人都经历过油田一次又一次的沉与浮，也目睹过从康世恩到田在艺、闵豫、张文昭、杨继良、王德民、蒋其垲、严世才等等一批又一批工程技术专家们为开发油田而呕心沥血付出的努力，或者说他们都为油田的高产稳产做出了自己的不懈努力并贡献了可贵的智慧。需要指出的是，在"文化大革命"结束的前夕，以宋振明为首的一批领导，他们在油田生产面临严重下滑、油田"地下情况"几度出现危急的关键时刻，一方面高扬起"大干社会主义有理""大干社会主义有功""大干社会主义光荣""大干了还要大干"的旗帜，另一方面实施了几项对油田发展起着方向性作用的重大举措：一是地质大调查，二是跳出构造探三肇。

关于地质大调查，前面已有叙述。"跳出构造探三肇"，指的是随着萨尔图、杏树岗、喇嘛甸三大主力油田全面投入开发，大庆长垣七个构造当中储油量最丰富的三个油藏皆面临不可逆转的宿命，大庆油田面临将向何处发展、能不能突破年产 5000 万吨和能否按照国家意愿持续长久地保持年产 5000 万吨的大命题时，在中央和石油部领导下，当时的大庆领导者做出了一个新的重大战略决策：向一个面积达 5740 平方公里的新地方，即三肇凹陷区进行勘探找油……这"三肇"指的是肇东、肇州和肇源地区。

"太吸引人了！"当宋振明在"大庆油田外围勘探技术座谈会"上刚刚讲完"战略意图"，在场的几百名技术人员的心就都激荡了起来。接着，油田总地质师闵豫用了一个星期将"战略意图"的详细计划向技术人员们全部公开：首先是要对滨北地区的大片未知领域进行地震概查和勘探，加深对那里的地质情况的全面了解；其二，对最具吸引力的三肇地区用模拟磁带地震仪尝试性做一条 6 次覆盖地震剖面，探明其地层结构；其三是对长垣西部比较熟悉的地区继续进行预探和详探。

"为了确保以上勘探调查和实际效果完全按照要求进行，我建议：将油田开发研究院改称为大庆油田勘探开发研究院，以侧重恢复油田的勘探工作和勘探科研。同时建议在原有的地质综合研究室基础上扩展七个专业研究室，其中计算机站增设地震资料处理室……"闵豫不愧是位地质战略家，他的布局得到了宋振明等油田领导的全力支持。

当时的大庆油田和宋振明、闵豫为何如此"兴师动众"大搞勘探，是因为自大会战之后的近十年里，油田的主攻任务就是为国家多产油，打井主要是打采油井和注水井，为后续油田的发现而进行的勘探井基本停滞了。当闵豫他们真正重新实施勘探战略时，便发现此时的油田勘探技术装备已经全面落后和破旧，而此时世界石油勘探技术则已进入模拟磁带时代，钻井也发展到了钻头定向引导，试油也已经出现了地震测试仪，测井则与电子计算机联姻而大大提高了分辨率。然而大庆的勘探仍然在大会战的"旧兵器时代"——靠普通而笨重的老式钻机。然而，大庆人就有那么一股劲，越困难，他们干得越欢；越难攀登的高峰，越让他们战斗昂扬、满怀激情。油田作家宫柯在他的纪实作品《大脚印》一书中这样描写当时的第二次大勘探场景——

　　1974 年 10 月，金色的秋黄覆盖了田野和草原，雁阵飞过松花江去南方寻找温暖，大庆长垣北面的喇嘛甸油田钻机轰鸣，南部葡萄花构造炮声隆隆，地震队使用"五一"型光点式地震仪，在 70 多公里长的测线上开始采集数据。二次勘探的第一轮冲击波选在这样的季节炸响，是因为三肇地区肥沃的农田是黑龙江省的粮仓，庄稼收割后便于钻孔、布线、放炮操作。

　　经过一个冬天的地震数据采集，油田勘探开发研究院的大型电子计算机开始忙碌起来。1975 年瑞雪再次覆盖这片原野的时候，首次使用电子计算机解释出的 6 次覆盖结果令地质专家们眼前一亮。地震图幅上出现了一个中央凹陷隆起带，呈南宽北窄、南高北低的地垒形态，两侧发育着近千米厚的登娄库组地层和近 1500 米厚的泉头组地层。沉积岩是蕴藏石油的温床和产房，大庆长垣外围的地层好比是一口大锅的锅沿，在石油生成后的运移过程中总会有一些没有进入

第九章 | 487

大构造的油气滞留在锅边。

在勘探技术座谈会上争论了多年的三肇之迷到了揭晓答案的时刻，依据地震测线描绘出的地层剖面，1975年初部署了"肇3井"进行钻探。2月27日开钻后对葡萄花层取芯，发现了4层累计厚度6.6米的含油砂岩。提前完钻试油，在1444.8—1470.6米井段射开有效厚度11.8米，经轻质油洗井，气举诱喷，获得了日产8.37立方米的工业油流，随后又进行了压裂施工，日产油量上升到14吨。新发现的油藏，命名为模范屯油田。

同年，在宋芳屯构造上布钻了"芳1井"，也是在葡萄花层气举试油求产，获得了4.28立方米的工业油流，发现了宋芳屯油田。

南边的三肇凹陷连连报喜，北边的战略侦察也取得了重大进展。在地质资料空白的滨北地区，18支地震队完成了3637.25公里的地震测线，覆盖了2.37万平方公里的面积，布钻了38口探井对主要构造的重点部位进行解剖，1975年年底基本完成了预定任务。

重建勘探指挥部不到两年的时间，大庆油田长垣外围便呈现出令人鼓舞的找油找气前景。尤其是三肇凹陷的新发现，虽然单井的产量不算高，但是连成片的希望很大，为了尽快认识清楚，1976年在模范屯和宋芳屯两处合计部署了10口探井进行油层追踪，均不同程度见到了油气显示。进而决定在三肇凹陷的最深处徐家围子布钻"徐1井"，结果见到了4层累计厚度达3.8米的含油砂岩和油侵砂岩。这一现象大大超出了构造找油的传统认识，说明三肇凹陷的大面积含油很可能是受岩性控制的原因，引发了勘探思想观念大转变：

宋芳屯、模范屯的勘探和徐家围子油田的发现，给我们启示，就是找油目标要开阔，在三肇地区，如果只盯住构造油藏，松辽盆地已经找到的 115 个构造已经钻完，今后将无路可走。要把眼光跳出构造，放在大面积的岩性油藏上，勘探前景将会一片光明……

勘探队伍始终是走在油田开发建设最前列的开拓者，如果说钻井是油田的火车头，那么勘探就是测量线路、修建路基、铺设钢轨的先锋队。谁都知道没有石油储量就没有石油产量，大庆油田之所以石油滚滚流，就是因为勘探的队伍走在了最前头。人们往往只看到了生产石油的红线向上走，却不一定知道寻找石油和天然气的地质师们对地平面以下长年累月的不懈追求。

勘探指挥部的重建，使大庆长垣外围以及周边地区不再沉寂。二次勘探给了地质师们展示学识和才华的舞台，跳出构造探三肇，一个新的储量增长高峰已经在为期不远的苍茫之中隐隐露出了尖顶。

向长垣外围寻找新油田是大庆油田的一个历史性事件和重要转折点。这一举动带来的开发大庆油田的新思路，是"大庆外围找大庆，大庆底下找大庆"的宏愿。它预示着大庆自"松基三井"后轰轰烈烈的大会战，因"文化大革命"而沉闷了数年后，在松辽大地的上空又响起了一声震天的春雷……

想象丰富而具有诗人气质的地质学家们与严谨务实的工程勘探技术人员，加之天不怕地不怕的"铁人"式的石油工人们组合成的大庆人，高举起"大干社会主义"的旗帜，开始向广度和深度的两个"大庆"进军，那猎猎战旗、那高歌猛进的情景，让当时政治挂帅的中国大地乃至世界石油业为之意外和惊愕。

决战时刻，闵豫从远在辽河油田的战场上调回精兵强将——杨继良、张兆琦和张自竖等经验丰富的地质专家，在长垣外围地区的广阔平原上开展了史无前例的地质大勘探……这一战役的结果，让闵豫等地质学家们心潮难以平静：原来大庆油田长垣之外的松辽大平原，岂止有已明朗和发现了的"大庆"，还有更广阔无垠的近 30 个可能和完全可能储藏石油的大大小小的盆地啊！

"那里的草原，那里的沼泽湿地，那里的地貌，甚至我们闻到的泥香味，与我们现在的大庆无异啊！"杨继良等地质师从野外回来，向闵豫汇报时这样描述他们的所见所闻。

"哈哈……我们是不是又像当年余秋里、康世恩部长第一次到'松基三井'那样见证了一个新的历史时刻啦?!"闵豫闻讯后，开怀大笑。

于是，大庆油田的"请战"报告打到北京的石油部。石油部迅速抽调给大庆 5 个地震队，连同大庆原有的两个地震队，重新组建成两个地震大队，加之拥有 8 台钻机的钻井大队和 14 支测井队组成的测井大队及一个试油大队，全面出击长垣外围的广大地区，进行又一场勘探大战……

战场除了长垣外围，还延伸到内蒙古高原的海拉尔和三江盆地——这是新"大庆"的地域广度；深度则在过去普通油井的 1000—2000 米左右，拓展至 3000—4000 米的深度，即第四系地层到白垩系和侏罗系……

呵，广阔而深层的勘探初步结果让地质技术人员们眼界大开，仿佛走出粗劣阴暗的沙丘之后见到了一片柳绿花红之景：要知道，最初的大庆人是一不小心"掉"进了油海之中，后来由于技术不够硬，油海日益让人烦心，生产严重不稳，地下情况愈加复杂。这个时候，松辽盆地上靠撒大网捕大鱼的好光景一去难复返。以往长垣底下的油田好比大锅里的大白米饭，石油人再轻而易举用勺盛进自己的口中似乎难了，而长垣外围的"小米粥""五谷杂粮"，正遍地飘香……经过第二次大勘探的大庆，宛如遇到"柳暗花明又一村"的好前景。

　　然而，地下情况和地面情况在那个时候，都很复杂。

　　1976 年，新中国自成立以来经历了最痛苦的一段历程：毛泽东、周恩来、朱德三位开国领袖，相继去世。失去"主心骨"的大庆人仿佛当头遇雷。

　　好在党中央迅速粉碎了"四人帮"，中国重新开启了一个全新的伟大时代——改革开放新纪元……

　　"大庆油田 5000 万（吨）稳产十年！"这个口号喊出来的第一个回声就震撼神州大地。因为，全面经济建设更需要石油，人民生活提升也更需要石油，国防现代化同样更需要石油，一句话：中国要实现四个现代，要在东方崛起，但石油紧缺。

　　紧缺，就意味着国人的目光再次盯上了大庆和大庆油田。口号既是大庆人的豪言壮语，更是祖国和全国人民的期待。但地下情况并非按人的意志为转移的，它们早已在寻找各种机会"报复"和折磨人……

　　这个时候，王启民站到了大庆油田技术新革命的前沿阵地。

　　出生于 1937 年的王启民自己说，他的命里就跟大庆油田同生死，因为他的生日（9 月 26 日）就是大庆油田的生日。

　　"大庆油田开发初期，我们对此毫无经验。苏联专家嘲笑我们最初搞的采油试验，说：你们搞的十大试验就是把一块很好的西服料子挖了个洞，做了裤衩，非常可笑的事。我们当时刚从学校出来，心头不服，就想自己干番有为的事业，便拿出铁人王进喜的精神，从最基础的一点一滴做起。"王启民开场白就给我讲了一个他刚到大庆油井队的故事，他说那时时兴写对联，他和同学们就在自己住的"干打垒"的门口贴了一副对联：莫看毛头小伙子；敢笑天下第一流。横批：闯将在此。他把"闯"字里的"马"写得特别大——"在当时我就想，别的国家的专家能做到的事，我们中国人一定也能闯出来！我内心誓言是做一匹闯荡在大庆油田上的骏马！"

　　王启民"敢闯""敢笑"的人生便从那个时候开始……

　　他所遇的问题，并非是王进喜的"有条件要上，没条件创造条件也要上"的问题，而是在相当长的一段时间里，大庆油田所认为的"灵丹妙药"——温和注水，却挖不出地下的"定时炸弹"——康世恩语。

　　大庆油田在最"光芒四射"的时候，其实也埋藏了一颗惊天的"定时炸弹"，这就是至 1975 年时，油田主力油层的产量下降幅度增大，而油井出油的含水量平均上升到 54%，也就是说，油田命运再度危急，面临新的考验。

　　"油田到底发生了什么情况，大家恨不得都钻到地底下去弄个明白。但就是一下子弄不明白……"王启民说。

　　被奉为油田开发经典的"温和注水"法，其实是一套外国油田开发的基本方法。顾名思义，它重点在"温和"两字上，对于一些油藏而言，注水要考虑裂缝发育状况，优化注水参量、注水压力等，避免油水过早暴性水淹而提出的控制注水的一种注水思路。中国的油田包括大庆早期开发和后来的如胜利油田、长庆油田等，都采用"温和注水"实现了顺利开发并保持了一定阶段的稳产，所以大庆油田一直到开采十几年后仍然采用了这种传统的温和注水法。但由于松辽平原地下情况的特殊性，以及大庆油田"抽油"远远高于中外其他油田的速度与强度，温和注水后来带给大庆油田的油层压力令人无比担忧，这份担忧直接关联到中国能源供应和现代化进程的大业，故从中央和石油部、再到大庆油田，对此问题都极为关切，甚至摆到了大庆油田"生死存亡"的高度上。

　　"那个时候，连普通的钻井工和采油工都能明眼知晓，咱们大庆油田遇上了大麻烦，因为油田的许多地方地层压力下降，油井一口比一口快地在递减产油量，而且已经出现了近一半油井被水淹，油井的平均采收率仅为 5%……这还了得嘛！别说中央着急，我们的普通石油工人也跟着着急了！"王启民回想当初，如此感慨道。

"王工，你在油井上打滚了十几年，咱们就这样眼看着吃尽千辛万苦找到的油田就这样一天不如一天下去？总得想个办法出来嘛！"井队的领导和工友们找来王启民一个劲儿地问。那个时候王启民还不是"总工"，而是主任工程师，但在井队和采油工眼里，他王启民就是"技术权威"——井队的情况他啥都知道，啥困难都能解决。

"办法总是有的，就看我们敢不敢用！"王启民回答得非常肯定。

"你真有办法？"油田领导知道后，就来找王启民。

"我认为有办法！"王启民如此这般地说了一通自己的意见。

"你这跟以前的'温和注水'方法有点背道而驰呀！"领导听后有些吃惊。

"是这样，不然就没有突破的希望。如果你们信得过，我就带几个人去高产区块上做试验去，成功了，你们推广，失败了就永不使用我！"别看王启民瘦细条一个，但骨头很硬，他像立军令状似的这样说。

"这个人很有闯劲。让他闯一闯不是不可。"领导终于发话了。

王启民第一次如鱼得水，也第一次有了指挥团队的权力了。

试验组由王启民亲自挑选了 4 个人，他们分别由搞地质和采油开发的几位技术人员组成，在一口含油量达 60％的高产井上作试验。"当时油田上为了防止注入水'突进'，提出要消灭高产井，即日产百吨以上的高产井不能再保留。我想我们是搞开发研究的，高产井来之不易，为何必须'消灭'嘛！关键是要搞清'低速'与'突进'的问题，不能简单地形成固定思维，所以试验组是专门朝培养高产井的方向进行试验分析……"根据王启民长期在油井上的细致观察，其实高产井也分两种：一种是长命的高产井，另一种是短命的高产井。而所谓的"长命"与"短命"都是因为地下的不同情况所决定的。

"那么弄清楚储油的地层情况是关键。"王启民回忆说，他当时调了一位女技术员，专门研究地下情况。这位女技术员有位老师是地质大专家，所以王启民要求她把井上观察到的地质情况及时报告给她的老师，然后请老师帮忙解答其奥妙所在。

地质情况搞清后，再经过对井下砂体进行对比和追踪分析，明确了易水淹的高产短命井，一般处于河床沉积的下切部位，其底部渗透率最高。而相对长命的高产井则处在河床下切带边部，所以相对含水上升慢。在此基础上，王启民再让搞流体力学的技术员精心画出注入水的流线分布图，其意图是想破解均匀注水的问题所在。

王启民的办法看起来似乎有点笨拙，他的功夫用在细致摸清不同高产油井的地下规律，这个"功夫"后来被大专家们盛赞对保证大庆油田高产稳产具有"启明意义"。因为王启民通过多口井的这种对比，发现注入水突进是有规律的。比如南 1 区 3 排 27 油井，就是一口典型的高产井，它处于几个时期河道边部叠加的厚油层，日产上百吨，累计产油达到 100 万吨。后来产量下滑，主要原因是含水上升慢，而它边部处于河床下切带的井厚度较大，所以成了短命井。而另外一些井的情况则与之相反。

"经过反复试验后，我们对不同高产井的地下情况得出初步结论：原来我们开发的几个主力油层，其实并不是湖相沉积，而是河流相沉积，且是由多条河流沉积的储层组成一个相对大平面的储油面积，这个发现首先是地质学家的认识转变和突破。有了这个正确认识之后，对于我们搞开发动态的人来说，也就初步懂得了注入水突进是油层沉积条件造成的客观规律，而不是'定时炸弹'。这个认识实在是太重要了，它打破和摆脱了我们原先的固定思维模式，这个认识上的飞跃，让我们可以根据新的认识规律来进行油田的注水开发工作了。高产油不再是以往的那种'长命'和'短命'的了，它都应该是相对稳定的寿命了……"当王启民把试验组的结论向领导汇报之后，油田领导宋振明高兴地直拍大腿，问王启民："我给你再大一点的区块试验，你能不能成功？"

1985 年"大庆油田长期高产稳产的注水开发技术"获国家科技进步特等奖

"道理一个样，我会搞成功的！"王启民毫不含糊地说道。

"行，他要啥给啥，你们听着啊！"宋振明干事向来军人作风。

这回王启民真的感到天地如此之大：他的试验战场比之前的地盘不知大了多少……

稳产高产的奥妙嘛，还是在他的"细功"上：利用动静结合的方法，让地质人员重新修正主要油层原来的砂体图，然后再在主体带部位上加强注水。对高含水的油井，则进行分层堵水，控制含水，其目的是利用主要油层的主体带先提高产量，然后再利用水淹带堵水和继续加强注水，使产量向主体带两侧转移进行接替，保持整个区域所有油井的稳产——这就是他的"王氏非均匀注水法"。结果，王启民试验的这一区块采油速度由 1.1%提高到 2%，并保持了 5 年稳产。

别小看了这从 1.1%到 2%的产油率的提高，它对拥有几万口井的大庆来说，简直就是个天文数字！事实上王启民及他的团队进行这样的试验，并非像我用了这么简单的文字描述就顺利完成的。其实这一大区块试验耗了王启民近 10 年时间。这 10 年间他和团队的同事不论春夏秋冬，一年四季都在野外的油田摸索地下的油和水之间的关系，这种摸索不是一般人所能坚持得下去的，光是采集和分析的数据就达 1000 多万个！

"其实，科学并非都是人们想象的那么高深和奥妙，它常常是在我们的细微工作之中的发现和摸索。"王启民说，当初他就要求试验组人员一不怕苦，二不怕烦，三不怕重复烦琐。特别是在搞清"六分四清"过程中工作非常辛苦，他首先要求大家深刻领会余秋里、康世恩部长所说的"岗位在地下，斗争对象是油层"的准确含意，其次要求试验组成员要敢下笨功夫，争当"地层活字典"和"地下好警察"。也正是在这种要求和精神下，王启民带领团队依靠双脚、双眼和双手采集来的 1000 多万个数据，研发出了一套"分层开采，接替稳产"的注水采油新模式。同样，也正是依靠这些数据的科学和合理的运用，他们为整个大庆油田绘制出了第一套高含水期地下油水饱和度图，从而摸清了油水在平面和剖面上的分布情况，揭示了油田不同含水期开采的基本规律和稳产手段。

王启民的成果获得验证之后，宋振明异常高兴，他像当年余、康给铁人王进喜等"五面红旗"披红戴花一样，给王启民记功授奖。

"5000 万吨，稳产它个 10 年！"宋振明在中央和石油部领导面前拍胸脯。

稳产 10 年？ 10 个 5000 万吨年产？这对大庆油田是一个惊天的目标啊！

1976 年，大庆第一次实现了年产原油 5030 万吨，也意味着它第一次跨入了世界特大型油田的行列，从而开创了中国石油工业发展的新纪元！

这个时间非常重要，因为国家的改革开放就是在这之后的第二年全面开启，而从 1978 年之后国家各行各业所需的外汇成倍地增加。大庆人曾经骄傲地告诉我，因为他们油田的出口量成倍增长，大庆对改革开放初期全国的外汇贡献量最高时，每 100 元外汇中就有大庆人创造的 14 元——14% 的份额确实值得大庆人骄傲。

现在，大庆为了国家建设快速发展的需要，必须加足马力，力争每年为国家奉献 5000 万吨原油。

"10 年连续 5000 万吨？不会是在说梦话吧？"有人提出严重质疑。之所以称这质疑"严重"，是因为了解大庆油田的人都知道，当时的大庆油田并非像油田之外的人认为的大庆地底下全是"咕嘟咕嘟"的油海，而实际情况是：整个油田的油井抽出来的"油"中含水量已经超过 95% 以上……

一次又一次地布井、一次又一次地在井之间加密；一次又一次的技术突破和攻关……然而仍然难以改变油田"今年不知明年"的生产局面，领导们和职工们都深感压力，一方面大庆红旗要高高飘扬，另一方面地底下的情况"越来越不争气"。在这种情况下，大庆人从上到下都在质疑：到底油田能不能实现较长时期的高产稳产，到底还有什么"高招"呢？

"王高工，你说说吧！"王启民此时已经是油田的一名高级工程师。

王启民说，自己当时的回答是：油田开发要学会"先吃肥、后吃瘦、再啃骨头，最后还要吸骨髓"。意思是大庆油田不仅主力油层平面上非均质性很严重，纵向上非主力差油层非均质性也很严重，即纵向上层数很多，渗透率很低，级差很大，但储量很丰富。只要我们会把这些差油层逐步地开发动用起来，就可以实现油田较长时间的接替稳产。

换种说法，由于二次加密调整井的对象是表外储层，它相当于做衣服时要扔掉的"边角料"，理当不能划为有效厚度的储层。但这样的"边角料"在广阔的松辽平原上，加起来就不是一般的量了！所以王启民对此激动万分，而假如这个"边角料"成立并能够开采的话，对正面临石油产量压力日益增加的大庆油田的领导甚至石油部领导来说，将是个振奋人心的喜讯。

然而，"边角料"是否可以成为一种资源，当时的分歧不小。首先是来自油田的技术专家层面。"启民啊，咱们的油田地下情况极为复杂。第一次加密井后已经出现了许多让我们头痛的现象，你现在再提出要搞第二次加密井，绝对是冒大风险的事啊！谨慎为好，可不要到处乱讲！"跟王启民说话的是油田的一位副总地质师，而且他非常尖锐地提出了这种意图获取"边角料"地层储量的油井有可能影响到其他原有的油井开采，甚至破坏整个储油层的地质压力均衡，从而对油田造成严重伤害。

权威专家的这些意见绝非没有道理，但问题是王启民在研究开采"边角料"时就已经意识到上述问题。现在，他需要的是通过试验来论证这种开采"边角料"的过程并不会影响现有油井开采，也不会改变整个油田的地下情况。科学便是如此，牛顿发现苹果从树上落下，再到提出"万有引力"理论花的时间不下10年。王启民现在提出的开采油田"边角料"观点也需要他自己去寻找到实践的"证据"——

王启民之所以被大庆人誉为"新时期铁人"，就是因为他身上有股当年王进喜的精神——只要能为祖国多献石油，什么困难都不在话下。1988年和1989年两年中，他在中南三区表外储层布置了近20口井，进行开采性试验，以观察表外储层是否有一定的产能和开采的可行性。

"那个时候，我们吃住在野外，像当年大会战一样，啥苦都吃过。但心里并不觉得苦，因为我们想着如果'边角料'开采可以获得成功，就又给整个油田连续创造年产5000万吨创造了新的条件。有了这份心思，啥都不在话下！"82岁的王启民回忆起这段历历在目的往事，依然豪气冲天。

经过对在不同试验区内的不同油井提取的岩芯分析表明：表外储层都具有物性很差的薄差油层，它们属于泥质粉砂岩为主，其含油产状均以油斑、油迹为特征，然而其产状厚度都较大，即便那些只有 1.5 米或 2 米的隔厚层内，仍旧有一定的厚度可供挖潜开采。"通过试验，再次证明，这样的'边角料'确是一种特殊的储量资源，由于它不能按原规范划有效厚度，所以我们称其为'表外储层'……"王启民说。

"既然'边角料'也能成衣，那就请王工先做几套给我们看看呗！"油田领导很支持王启民的油田开发创新理论。

在杏十一区三口井上进行试验，结果一试采油，初期平均日产 6.41 吨，经 80 天的试采后仍达日产 2.69 吨！

"好嘛！别说一口井是产 2 吨多，就是一天产一吨油，对油田来说，也是巨大的胜利！"油田领导听说后，专门跑到杏十一区油田现场向王启民表示祝贺。

然而，此时也有人还在观望王启民的另一个"难点"能否突破——开采了"边角料"，会不会形成对原有油井的"偷油"现象。

这一关比开采"边角料"有没有油更复杂和要命。王启民当然清楚，所以他在此问题上所下的功夫也更精到。他首先认为：表外储层不是孤立的砂岩体，它与表内层为同一水动力系统，而且表外层的开采可依托表内层而发挥作用。同时在邻近表内层注水条件下，通过压裂后不仅可以采出表外层自身储量，更重要的是可以采出表内层的部分储量。这样，"边角料"的开采效果不仅好，而且不会"偷"其他油井的油。

杏五区的 8 口油井成了这一结论的成败关键！专家和油田上的很多人都在等待王启民的试验结果。

"要心平气和，沉着冷静。"王启民在"决战"时候，表现出了大将风度。

这个试验的复杂性和高难度，超乎想象。而要让人相信他王启民打的"边角料"井抽上来的油是来自"表外储层"而不是"偷"了"表内储层"，这必须有"硬功夫"。

"我们就对所布下的 8 口井拔取本身井网在未注水的条件下开采，而且连续 19 个月进行开采试验，结果油产量令人极为满意，日产油在 19 个月时还能达到 9 吨，含水也只有 10%。8 口井在 19 个月中累计产油达 5757 吨，效果比较理想。"王启民用铁的事实，再次证明了他的"边角料"存油理论和实际效果。

"什么？边角料也能产油！"北京方面听说了王启民的创新发明实验及其效果后，立即命他亲赴石油部汇报。

"启民同志，你的这个'边角料'可是成宝贝了啊！"部里的专家会后，严敦实总地质师把王启民叫到自己的办公室，拍拍他的肩膀，兴奋道："余、康二位老领导对你的'边角料'采油极感兴趣，约你亲自当面向他们汇报……"

王启民听后，当晚激动得久久不能入睡。这距他当年离开北京石油大学参加大会战已经整 20 年了！这 20 年中，王启民想，自己从一个普通地质技术员，成长为油田的一名高级工程师，这中间如果没有余、康两位老领导正确地带领包括几万名石油铁军苦干巧干、不断探索着干，就不可能有大庆油田的今天，当然也不会有他王启民发挥才智的机会和战场……想到这儿，王启民从床头爬起，奋笔疾书，写了长长的汇报提纲。

第二天，他来到康世恩家，见到了久别的两位老领导。

"放开讲！"已从政治局委员和总政治部主任位子上退下来、现在是中央顾问委员会常委的余秋里一甩空袖，同时给王启民扔过一支"中华烟"，说道。

于是王启民就原原本本地将他在油田上苦心研究出的"边角料"理论，如此这般地全盘托给二位德高望众的老领导听。

"老康，这可是立大功的一个找油新理论啊！你说呢？"余秋里听王启民介绍后，大喜。

1986 年 1 月 26 日，石油工业部在大庆召开庆祝大庆油田 5000 万吨稳产 10 年大会

康世恩频频点头，连称"是这样"！然后对王启民说，"你们发现表外储层也是资源，这是一个理论和实践的重要突破，它很具有工业开采价值！我认为，据此进行油田二次加密调整工作具有实际的指导意义。建议油田尽快制定实施方案。"

余秋里又道："鉴于'边角料'的特殊性，可以暂不列入油田储量之中，也不用向上面报，这样有利于鼓励油田创新发展。你们觉得怎么样？"

王启民和同去汇报的石油部领导一听这话，深受鼓舞。

有了余、康两位老领导的表态和支持，大庆油田依据王启民及团队创造的表外储层理论，开始对整个油田的二次加密工作迅速作了全面布局。由此，油田再次开启持续年产5000万吨的征程。到1985年，油田不仅胜利实现了 10 年稳产 5000 万吨，还攀上了年产 5500 万吨的高峰，再创世界油田开发史上的奇迹。

1984 年，王启民受命承担了大庆油田 1986—1995 年第二个 5000 万吨稳产 10 年规划的编制任务。这绝非是件轻松的事。科学来不得半点虚假，油田也不是万能的聚宝盆，相反，此时的大庆主力油田的含水量已经升至了历史最高水平。怎么办？

王启民发扬"有条件要上，没有条件创造条件也要上"的"铁人"精神，再次

1996 年 12 月，大庆油田高含水期"稳油控水"系统工程获国家科学技术进步特等奖

向难啃的骨头和骨髓——更稀薄的表外储层要油。他主持研究并提出了"分阶段多次布井开发调整"理论，让只有几十厘米厚的表外储层也获得开发利用，打破了国内外公认的"不能开采的禁区"，真正实现了"变废为宝"的目标。之后的 5 年间，王启民主持了油田高含水后期"稳油控水"项目研究，不但有效地控制了产液量剧增，而且与国家审定的"八五"油田开发指标相比，累计多产原油 610 多万吨，累计增收节支 150 亿元。

"新时期铁人"的脚步没有停止，之后王启民又创新研制出能适应油田污水配置的超高分子量聚合物，使大庆油田成为世界上规模最大的聚合物驱油提高采收率新技术应用油田，使油田年产 5000 万吨的高峰一直延至 2002 年……

1988 年 3 月 30 日，大庆开始建设油田化学助剂厂

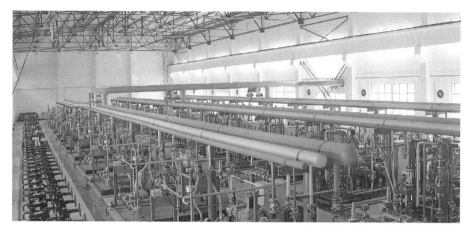

1996 年 8 月 25 日，世界上最大的聚合物驱油工程——大庆采油三厂北二西部聚合物驱全面建成投产

2002 年 11 月 8 日世界上最大的三元复合驱试验区——北三西试验区在采油三厂剪彩投注

1995 年 9 月 20 日，大庆油田开发建设 35 周年暨 5000 万吨稳产 20 周年总结表彰大会隆重召开

2002 年 11 月 1 日，《工人日报》头版头条刊发长篇消息《强化管理科技创新，纵深勘探，拓展市场，大庆油田再创高产稳产纪录——连续 27 年实现年产原油 5000 万吨》

连续 27 年年产原油 5000 万吨啊！这样的纪录，世界石油史上前所未有！中国大庆油田由此成为世界石油界独一无二的存在。

为石油而生、为石油而痴的王启民不仅是这一奇迹的见证者，更是创造这一奇迹的功臣。他因此无愧于祖国给予他的"改革先锋""新时期铁人"和"新中国成立以来感动中国人物"等等崇高荣誉。

事实上，在王启民开创表外储层采油的同时，大庆油田的其他专家也在为多产油而进行不懈的艰苦努力，而且他们是在油田主力战场上进行"搏杀"——

之所以用"搏杀"二字，是因为随着每年 5000 万吨的巨量开采，至 1980 年——大庆油田走过 20 年之后，国家一方面对大庆提出了更高的生产任务要求，而另一方面油田地下情况日趋不妙！如何确保国家任务和大庆的"年产 5000 万吨"的荣誉与尊严，这对大庆来说，压力不是一般大。

未来的路如何走？5000 万吨高产的纪录能保持到何时？党中央和全国人民都充满了期待和信心。大庆自己呢？

大庆人最清楚自己油田的"底牌"。然而"底牌"让他们感到前所未有的"没底"……

你们"要认识组织、领导好出国学习和考察；要搞好专利技术引进和设备、仪器的引进工作；在同外资合作中，努力学习他们的先进技术；在参加国际学术活动中学习；组织好国外专家来我国讲课、讲学和派遣留学生的工作……有人说抓紧现代化建设，就像下棋一样，搞好当前只是看到第一步棋，搞好科研是看到了两步棋，抓培养人才就看到了三步棋。这话很有道理，领导干部都要看到三步棋，敢于破除那些不适应现代化建设要求的陈规陋习，放手把现代化抓起来，不断加快石油工业现代化建设步伐"。这是已任石油部部长的宋振明在纪念大庆油田会战 20 年时对大庆干部讲的话。

"我们搞石油的，要抓当前，想长远，要处理好三个方面的关系：一是产量和储量上，要走一步，看两步，想三步；二是在科学技术的应用发展上，要生产一代，开发二代，研究第三代；三是在新区和老区关系上，要立足于挖掘老区潜力，看到老油田大有文章可做，同时又要积极抓好新区勘探，搞好战略接替。这样才能使石油工业再上新台阶。"彼时已任副总理的康世恩老部长也在这个 20 周年的纪念会上如此语重心长地说。

新老部长的话中有个共同点：油田要发展，思想须解放，科技进步是关键。

这是全国上下正在吹拂的"科学春天"之风强劲推动下，大庆油田新一轮伟大历史新进程开启之初的一个显著的时代特征，即科技革命对油田发展的进一步推动和加力阶段。而在前 20 年的大庆油田发展过程中，除了艰苦奋斗的会战精神之外，老一代领导者和石油人也从未轻视与忽略过科技力量对油田的作用。事实上从油田发现到开发的每一个进步，都离不开广大科技人员的科学贡献。大庆人至今仍然清晰地记得，在 1978 年春召开的全国科学技术奖励大会上，大庆油田一举获得 36 项国家奖，它们是：陆相沉积盆地油气田研究方法；油田开发中油层细分沉积相的研究与应用；碎屑沉积岩油层油砂体研究；中国沉积盆地分布图；油田开发试验新仪器；水驱油开发室内实验全自动化流程……这些科技奖中既有世界级水平的发现与发明，同时也有油田开发生产中的具体工程技术，它们都是大庆人对中国石油业甚至世界石油业的科技贡献，是支撑大庆油田成为世界级大油田和持续高产的技术保障。

"前前后后，我们才花了数亿元的科研经费，在几十个油田开发生产试验区上，取得了丰硕的技术研究成果和技术革新成果，而且有些科技成果是世界级水平，更可贵的是我们的技术创新成果基本上是在国外封锁条件下完全依靠自己的力量完成的，这是大庆人非常值得自豪的一部油田科技史诗。"现任油田党委副书记这样对我说。

在上世纪 80 年代初始，当"科学春天"的强劲东风吹拂祖国大地时，大庆油田同样迎来一场技术革命新浪潮。这中间，王德民和王启民两位科技大师可谓起到了齐驾并驱的支柱与大梁的作用。有人说，王启民创造的"表外储层"采油是夺得油田高产稳产的"人民战争"，而王德民在上世纪 70 年代末、80 年代初、中期大力推进的提高机械采油能力的技术革命是"野外军的正面进攻战"。那个时候，恰逢改革开放好形势，精通英语的王德民用不着再像以往那样偷偷摸摸查阅外国资料了，他既可以阅读到来自各个渠道的世界先进的采油工艺资料，也可以直接赴国外考察和学习。在他和油田各个部门的共同努力下，很短时间里，大庆就引进了 25 种规格、2500 余套电动潜油泵机组，这使大庆油田骤然成为全国拥有这种高效采油机械最多的油田。但王德民清醒地意识到，要想彻底改变机械采油的低能力，必须拥有自己的电动潜油泵机组修理与生产能力。于是，油田很快听取了王德民的建议，将采油三厂机修厂整体转为我国第一个专业电动潜油泵生产和修理厂。

这是 1980 年的事。之后的第二年，油田副总工程师牛超群也干出了一件"超群"的事：WD48—200 型过油管无枪身射孔弹试制成功，一次下井可发射 360 发，射孔效率比原来提高 5 倍。搞采油的人知道，油井之所以能把地下的油采上来，就是通过往地下插埋在油层的钢管上布射的一排排孔挤渗出来的。而这些钢管上的小孔就是靠特殊的射孔枪弹的火工作用才完成的。所谓的射孔弹，其实是由地面的技术人员通过爆炸等手段实现的，那几个毫微秒瞬间引爆所产生的穿透力决定了一口油井的一生。故油田上有句话这样说：射孔尝试向前发展的几厘米，就是推动油田乃至整个中国石油业向前迈进了一大步。

王德民的先进机械装备的大规模举兵和牛超群的神奇射孔弹等科

技项目的频频出击，再加王启民的"边角料"奋力突围……从而引发了大庆油田新一轮的生产力的持续提高。

"科学技术是第一生产力"，在大庆获得了最有力的证明。此时的中国石油巨轮与民族伟大复兴的中华巨人，在现代化进程中汇合成一种共同的时代精神，交相辉映，相得益彰。

大庆，再次被国人奉称为"祖国骄子"。

第十章

　　从一口"井"，到一块"田"，再到一个"市"、一个现代化的市……犹如"开天辟地"！

　　我们都知道，大庆会战时环境艰苦卓绝，石油人就是"天当被、地当床，风沙和冰雪充饥肠"地生活与工作着。为了生产，为了早日为祖国"拿下大油田"，那种不要命的艰苦奋斗精神，可谓是我国工人阶级和共产党人创造的一部和平建设时期的经典作品，世界建设史上绝无仅有。

　　那时，指挥和领导会战大军的余秋里、康世恩等石油部领导，身先士卒地要求所有会战将士少考虑个人的生活问题，目的是让从上到下一条心，聚精会神、全力以赴地投入为国家找油、献油的伟大建设战役之中，以早日实现让国家甩掉贫油帽子的宏愿。加上当时国家又穷，连找油、打油的基本建设生产所需要的资金都远远缺额，也就难以全面顾及生活问题。中国共产党领导下的中国人民，就是依靠这种艰苦奋斗的精神，才战胜了一个又一个难以想象的困难，换来了如此辉煌和强盛的今天。

或许，大庆人在这伟大的国家艰苦奋斗篇章中更像是进行一场"上甘岭"战役，它卓绝而悲壮，伟大而不朽。

在当代，或许除了大庆人之外，我们都没有见过一种叫"干打垒"的房子，更不用说住过它了！但在大庆油田，年龄在 40 岁以上的基本都是在"干打垒"里生活过的人，而且他们还都能动手盖这样的房子。所谓"干打垒"，是一种用两块固定的木板、油管中间填入黏土等夯实筑起的简易建筑，在过去的东北地区较多。大庆石油会战在松辽平原展开后，面临的第一个问题，就是几万队伍没有地方居住。而当时一方面生产任务重，另一方面那里的冬天气温可达零下三四十度，雨季时又到处汪洋一片，又加上荒原上极少有土著居民，所以会战队伍的住宿是个大问题。即使像余秋里、康世恩这样的部长级领导，也只能借住于百姓的牛棚马厩。"干打垒"，成为了大庆人安居的第一种也是当年唯一可以选择的居室，而它也是荒原变为今天现代化"大庆市"进程中的第一批"建筑"……

没有住房，会战职工自己动手建干打垒

嘿嘿哟嗬，嘿嘿哟嗬

飞起你的夯哟嗬

抡起你的锤哟

架上那木板打好桩哟

我把泥土垒呀！

嘿！嘿！干打垒呀，

干打垒，干打垒呀！

一座座土房是大庆的里程碑

忆起当年入荒原啰

红旗那个指引路线

战鼓那个催呀……

千军万马扎下营哟

任凭刺骨寒风阵阵吹啊！

我们大庆人哪

一步一个脚印向前进

向前进——

哟嗬干打垒

呀，干打垒！

干打垒——

修建干打垒

这首《干打垒之歌》，当年在大庆几乎人人都会唱。我们今天再到大庆来，已经只能从照片上看到这种曾经伴随了大庆人近 20 年的"窝"——

也许世界上没有哪一个国家的石油人这么长时间地住过这么简陋的土房子。在前面，我们曾经提到过当年会战指挥部为了确保队伍过冬，要求每一个单位赶制"干打垒"，并将其作为会战的"极端重要的战斗任务"来进行。会战指挥部

干打垒

当年向会战队伍发出建设干打垒的"紧急动员令"时这样称："搞好这项工作，不是一个一般的生活和生产问题，而是一个政治问题，对此绝不容许稍有忽视！"

可见，"干打垒"对大庆油田和大庆人的重要性，而大庆人对"干打垒"的这份感情，也是因为"干打垒"伴随着他们度过了那些最艰难的会战岁月。从某种意义上讲，"干打垒"是哺育大庆人的历史温床，它为第一代人创造了生存和栖息的环境，它也是第二代成长和成熟的摇篮……没有"干打垒"，就没有大庆人和大庆的今天。"干打垒"是大庆油田不可忘却的"功臣"，是大庆市从无到有、到今天的现代化都市的基石，它承载了大庆往日的天，它以自己不朽的精神依然支撑着大庆未来的地……所以，大庆人对"干打垒"的感情，犹如中国共产党人对延安窑洞的感情，它联通着大庆人的血脉与情感，是让那片曾经荒芜的土地燃烧的一部分热量。无论何时，"干打垒"将永远是大庆人心底的那份永不褪色的岁月底图，看到它，就会想起铁人，想起千军万马激战于冰天雪地、暴风骤雨的情景，以及石油人苦乐甘甜的那些生动的面庞……

尤靖波，大庆"老会战"们熟悉的"小兄弟"——因为当年尤靖波是赶上了"大会战"的尾巴（1964 年 12 月底前划定为会战时期），来到大庆工作的。他是大庆油田在黑龙江省内第一批招工来的，1964年 4 月到大庆后的第一件事，就是学打"干打垒"。"我是黑龙江人，所以一说住'干打垒'，就不感觉有什么。但要说自己打'干打垒'，那还是头一回。"尤靖波说，"那时整个油田，虽然各战区分散在无边无际的荒原上，但能看得见的就两样东西，一是打井的钻机，二就是大家住的'干打垒'。"

"我到油田来住的第一个'干打垒'，是自己打的，4 个人住一间那种……这一住就是七年。"尤靖波说，这七年仅仅是大庆"干打垒"生涯的开始。因为七年后他结婚成家，就不能再住 4 个人一间的"集体宿舍"了。新婚燕尔的小两口，搬进了另一间"干打垒"——这是油田分配给像他这样的有了"户主"的职工。

"当时条件虽然比会战初期有所改善，但整体上讲还是非常艰苦。所以即使像我们结婚成家了，也仍然只能分配到半间'干打垒'，要跟另一家分隔合住在一间内。而且因为我家只有两口人，合住那家他们是三口人，所以我住的那半间要小一些。两家合用一个灶台……没有厕所，只有公共厕所，得走五分钟时间才能到。"

"哎呀！冬天和下雨怎么办？"我觉得有些不可思议。尤靖波老先生笑笑，说："那也得走那么远呀！"

"可如果是女同志和小孩子就不方便了嘛！"

"女人和孩子就得各家各户自个儿想法子了呗！"他说。

这就是大庆人最早的"家"。几乎所有前来大庆工作的人都与尤靖波的命运一样——自带棉被衣服，自制"干打垒"入住，再卷起袖子与裤腿，开始投入找油、献油战斗中。

从 1960 年 6 月开始"干打垒"建设，到 1960 年 11 月底，全油田共建"干打垒"30 万平方米，形成了以红卫星、创业庄等 15 个样

创业城（段韬摄）

明湖花园

远望大庆楼区

大庆让七区阳光家园

乘风湖

铁人广场（王庆松摄）

乘风湖南岸

乘风广场

油田广场（王振国摄）

板村为中心，星罗棋布地遍及了全油田每一个角落且具相当规模的"干打垒"片区，这便是今天大庆市的闹市中心，比如让胡路区、萨尔图区等地方。

如果你站在《大庆市区行政地图》面前，就会很有意思地发现这个"石油城"的有趣之处：它极像一个杠铃，两头是主城区的核心区域，即今天的让湖路区和市政府所在地的龙凤区，"杠铃"的中间是萨尔图区及红岗区。如果坐车，从大庆市的东边到石油管理局所在地的西边的让胡路区西苑街一带，得近一个小时。但如果从最北端处往最南走，那就得开车近两个小时。石油之城的气派，非同一般！你驾着车，奔驰在来回都是8个车道的"世纪大道""铁人大道"等宽阔街道上，那感觉绝对像进入了"超大城市"。

大庆油田建设开始没有想到会发展为一个城市的规模。领导大庆会战的石油部余部长、康部长们当时所有的奋斗目标就是把油搞出来。后来发现要想把油搞出来，就必须有千军万马。后来又发现，光有千军万马的找油人还不行，他们还有老婆孩子！老婆孩子来了就得有房子。老婆孩子来了，又有了新一代的老婆孩子……如此循环，大庆不能不是"城市"了！

这已经是后话。

在这之前，领导们甚至是中央领导们开始越来越多地关心起大庆人的生活了。

周恩来总理第一次来大庆，是1962年，那次他看了大庆人住的"干打垒"，并且表扬了大庆人提出的"先生产，后生活"的艰苦奋斗精神，同时又在听取油田领导汇报"矿区建设"时指出：像大庆这样的超大型矿区，不搞集中的大城市，要分散建设居民点，把家属组织起来参加农副生产。最后周总理总结了大庆建设的四句话："工农结合，城乡结合，有利生产，方便生活。"

被称为"十六字方针"的这一原则，影响了大庆前二十年的城市建设与油田建设，自然也影响了大庆的第一代人和第二代人，甚至是大庆城市建设的根脉。因为，最初的油田开发和矿区建设有一个大庆人都知道的"让开大路，占领两厢"的指导原则，"大路"即油田，"两厢"指的是油田两侧的空旷之地。我们知道，大庆的存在，首先是因为当年发现了第一口油井——"松基三井"。而"松基三井"虽然发现了油，但它并非大庆油田最富油的地方，当年余秋里"三点定乾坤""挥师北上"，就是因为后来在萨尔图等地发现了长垣大油田，而经过勘探发现，整个大庆油田似一只"大脚印"状，南北最长达千余里，东西窄，但也有百余里。毫无疑问，开发开采油田，一定是围绕油田进行，石油人的生活也是服从生产、有利生产而决定的，所以一直以来，大庆人的居所和家园，都是"傍"油田而滋生、发展和壮大的。油田何状，生活基地何状……一直到今天大庆市的"杠铃型"城区模样，便是这样演化过来的。

由此，我们也知道了"井"是大庆诞生的起点，也是这个城市发展的轨迹，它出现在哪里，后来的城市就在哪里；它出现多少，也决定了城市后来规模多大！

曾经跟大庆人议论过这样一个话题：为什么叫"油田"，而不是叫"油矿"或"油原"？"原"比"田"大，而"矿"更比"田"准确呀！

专家们都笑了，没有人想过这个问题。"因为'油田'这个概念是从国外搬过来的，所以有一定规模的油矿，我们都称其为油田。"还是有人给我做了相对贴切的答复。

我想可能是因为中国是个农耕社会的国家，对"田"熟悉又亲近，当外国专家将"油矿"的术语说成是"油田"时，我们便很自然地搬了过来——这其实是一种文化心理上的认同。

"田"，其实在我看来，它还有我们中国人比较认同的"家园"之意。所以"油田"其实还应该是我们石油人的家园。既然是家园，首先就应该有人能栖息和繁衍的环境与条件。大庆是大油田，大油田就该是大的家园……那广袤无垠的原野上，从最初的"松基三井"这一口孤单的井开始，万千新油井如雨后春笋般遍布整个长垣区域，那是何等气派的景象——那才是中国的"田"，石油人用生命与热血播下的油土地……

这油土地闪着金光，闪着石油人对自己祖国的赤诚与挚爱，也寄予了对未来及其后代们的希望，于是他们在油井旁垒起一座座简陋但却异常坚固、平凡但又伟大的"干打垒"，或"地窨子"——那就是他们的家，炊烟四起的家，挡风掩雨的家，以及娶媳妇、生娃的家！

这"家"后来慢慢变得无边无际，如夏日里盛开和飘香的黄花菜，在广袤的荒原上不断向远方延伸，一直到孩子们玩耍的笑声淹没了草原，女人织布与扬晒黄花菜的婀娜多姿的身影挡住了男人们的眼睛……

后来，这"家"越来越大，于是大庆人想到了"村"与"镇"的概念——因为中国的城镇首先都是从"村"开始，慢慢向"镇"，最终向"城市"迈进的。大庆人的"成家立业"没有脱离祖辈们的思维与理念轨道。

"1963 年以后，我们矿区开始注重建设较为集中的油田村镇。到1964 年，油田初步形成了萨尔图、让胡路、龙凤等三个较大的油田村镇。"1963 年从西北大学地质系毕业后来大庆参加会战、出任指挥部工会秘书等职多年、后来任大庆市委书记的李智廉这样告诉我，"这三个油田村镇大体按下面的职能分工：让胡路镇是油田的科研中心，设计院及油田建设预制生产部门等都在此；萨尔图镇为指挥中心，除石油机关外，还集中建设了职工医院、商业局、粮食局、邮电局等单位，是油田的行政中心；龙凤镇则建了大庆炼油厂及其施工各单位，为石油化工中心。围绕这三个镇，下面分散建了 18 个中心村和 70 多个居民点，这样初步形成了油田村镇——中心村——居民点的三级矿区建设格局，也是大庆市区最初的雏形……"

据了解，这样的格局，之后的十几年没有太大的变化，只是随着家属和第二代大庆人的诞生，原先的"干打垒"越来越不够住了，于是油田村镇不断"长胖"。至 1978 年年底，全油田已经扩大到了 34 个中心村、150 多个居民点，共有各种建筑平房住宅面积 542 万平方米——这个时候也不再仅仅是"干打垒"了，也有砖墙房屋，而且后者的数量超过了前者——此时，整个油田的人口也已超过 30 万，"城市"的概念慢慢被石油人唱到了口头。

1978 年对中国而言是个伟大的历史时间点，这一年是中国改革开放元年。这一年对大庆人和大庆市来说，也是个重要时间点。因为这一年的 9 月，改革开放的总设计师邓小平第三次来到大庆。他视察和参观了大庆多个地方后，十分感慨，一方面充分肯定了大庆为国家找油所做出的贡献，同时也对大庆人十分艰苦的生活环境感慨万千。"那天，邓小平同志到大庆油田基层单位视察，他一边看着我们石油人住的破旧的'干打垒'，一边不时地说着：'十多年没来了，大家的住宿条件没有什么改变。要盖楼啊，盖好楼，让大家住进楼去……'他的话让我们当时的领导和职工印象特别深刻。因为在这之前，大庆人没有人敢说盖楼房、住楼房的事，甚至我们普通职工都不敢去奢望在大庆能有楼房住。"尤靖波先生说。

我知道，大庆人"不敢说盖楼房""不敢奢望住楼房"是有历史原因的：一是由于大会战的特殊性，"先生产，后生活"一直是大庆建设和生产的基本方针；二是老一代油田领导心目中的"大庆"就是艰苦奋斗的战场，所以"不盖楼""不住楼"是他们铁定的方针。当然，后来的历史进程中，也有某些领导甚至说过这样比较极端的话：这辈子不盖楼、不住楼，下辈子也不盖楼、不住楼！显然，这一方面可见老一代领导对"艰苦奋斗"精神的执着，另一方面也有些没认识到油田和整个中国社会的发展前景。

"要把大庆建设成美丽的油田!"邓小平在此次视察大庆后,留下了这样一句后来让大庆市诞生和改变的重要指示。

"可以说,正是邓小平同志的这句话,成为大庆开始走上城市化进程和大庆人过上幸福生活的开端。"有这种感受的不仅仅是尤靖波一个人,而是全体大庆人。

"那一年,邓小平同志的话一出,全油田上下激动坏了!'油田可以建楼房了!''我们可以住进楼房了!'在当时这两句话简直就成了口头语!"尤靖波说。

1978 年 12 月 20 日,大庆制定新的矿区建设规划,于 1979 年建设第一批 40 万平方米住宅楼

"油田班子内部对建楼房的热情也格外高涨,1978 年年底前,就请了黑龙江省内的建筑队建了八栋五层钻工住宅。在建楼的过程中,油田上的人常常在下班后跑到建房子的现场去看,等楼房建好后,就盼着能不能分配到自己的头上。真有点盼星星盼月亮的味道。"李智廉说。

为了满足整个油田职工的生活所需,1978 年年底和 1979 年年初,油田会战指挥部经过规划,做出决定,要按油田当时的居住区,南从采油七厂的庆葡村,北到采油六厂的庆新村,东到卧里屯,西至让胡路,在南北近 130 公里、东西近 60 公里的范围内,建设 40 万平方米的楼房,一次性满足全油田职工住宅所需。

"那个时候大庆本地基本没有建楼房的施工队,黑龙江省里也没几个建筑队。所以油田指挥部领导王苏民着急了,亲自跑到江苏去找建筑工程队,后来一下引来了数万人的建筑大军,为我们油田建楼房……那个阵势有点儿像当年大会战的味道。"作为会战指挥部班子成员，李智廉对此历历在目，"这 40 万平方米的楼房实现了当年规划、当年开工、当年竣工、当年入住的目标。记得当时 7000 多户老会战职工搬去楼房的情景，家家户户都像过大年似的热闹和喜气……"

"我的第三次搬家就是这批新建的楼房。"尤靖波赶上了"大会战"的尾巴，所以他也分配到了新楼房。"第一次分楼房，完全按工龄，不分职务高低，这也是我们大庆的传统：尊重劳动者，有好处先给一线职工，尤其先优待老会战。"

"当时建的楼房户型也有讲究：二代户、小三代户、大三代户。单身者住的称为一代户型，面积约二十多平米；像我这样结婚成家并有小孩的一家住的，叫二代户型，40 平米面积；像有些老会战拖家带口三代人住的，就是小三代、大三代户型，房子面积有五六十平米。在现在的人眼里，可能这样的户型算小的，但当时在大庆，在我们这些长期住在'干打垒'的油田人眼里，那就是天堂了！"尤靖波这样形容。

在荒原上，突然崛起 40 万平米的楼房建筑，这就是"城"的形象了！是"城"就得有城市的管理和行政模式了。此时的中国也已全面改革开放，尤其是南方，最早的城市化进程如火如荼地掀起。强劲吹拂的"南风"，也影响到了北方的大庆。1979 年 12 月 14 日，国务院发布第 288 号文件，正式批准成立"大庆市"。之前的油田所在地叫"安达市"。安达市之前是安达县，后来因为大庆油田的诞生，安达也随之改为"安达特区"，所辖地区基本上是油田的萨尔图区、龙凤区、大同区等。安达特区和安达市改为"大庆市"，有一个并不是根本原因却又与此有关的事件是："文革"结束不久，中共中央再次发出"工业学大庆"号召，并决定在大庆召开"全国工业学大庆会议"。为了迎接这次盛会，1977 年元旦，油田党委将原来的萨尔图火车站改名为"大庆站"。之前的站名是俄国人起的，"大庆站"的改名具有重要历史意义。

大庆成为"大庆市","大庆站"的改名和 40 万平方米的楼宇的崛起，都是大庆市诞生的"催生婆"。当然，油田才是大庆市诞生的真正母亲和母亲的"产床"。

"大庆市跟其他城市不一样，它是因油而生的城市，所以为了便于统一和管理，石油部和黑龙江省随即根据中央的意见，将原来一直称呼的油田会战指挥部正式改名为大庆石油管理局，并成立了大庆石油管理局党委。"李智廉向我介绍，"当然我们管理局和市政府是两块牌子、一套人马，也就是说，大庆市和油田实行的是政企合一的体制。也就是说，我们石油管理局的党委书记也是大庆市委书记，局长就是市长，当时陈烈民出任第一任大庆市委书记，局长王苏民任第一任市长，人大主任是留在我们大庆的'五面红旗'之一的薛国邦……"

最初的"大庆市"，无论从体制还是实际的运作来说，其实还都是在油田的襁褓之中。但石油管理局为了表示对一个地区级城市的尊重及行政工作的正常开展，他们特意在建新的石油管理局大楼时，也盖了一幢"大庆市政府"办公楼。为了区别开来，"大庆市政府"的办公楼建在石油管理局的旁边，中间隔着一条马路。

这是一个很有趣的"布局"。因为有了"市"，所以在这个"市"里的市民们就开始慢慢获得了城市居民的待遇——这也就有了我们说到的尤靖波先生的第 4 次搬家："那应该是 1983 年，当时全国掀起了关心和重视知识分子的热潮。我们油田采油一厂里特意盖了 4 栋'工程师楼'，90 平米的。我当时是采油二厂党委班子成员，享受工程师待遇，所以有了这次搬家。"

尤靖波先生说，后来到了上世纪 90 年代，大庆市和油田的发展异常迅速，他个人也随着职务和工作的变化，连续又有了 1990 年、1996 年和 1997 年三次新的搬家，开始搬到"处长楼"，后来又因工作调动搬了一次，1997 年又由于职务变动，就搬进了"局长楼"，正可谓"芝麻开花节节高"。

"托油田发展的福。"尤靖波先生深情道。

其实，不仅像尤靖波先生这样的油田"老会战"有此感慨，我前后到大庆采访、调查一二十次，曾多次与市民及市领导接触与交流，他们对油田的感恩之心也始终浓烈与真诚。记得在十多年前访问一位原安达市民，他说他家现在三代人中已有八个大学毕业生，其中四个在油田上班，有两个在北京和深圳工作，还有两个在大庆市府当公务员。这位老安达人说，他家原来在大同镇，因为当年会战大军到了他家乡，所以他从农村搬到了镇上做小生意，供几个孩子上小学。后来大庆市成立了，他到市区开饭店，供孩子上大学……他说他一家兴旺，就是因为大庆油田带来的他家乡城市化进程的不断推进。

有一年应大庆市文联邀请，我与一批中国作家协会组织的文友住在"九号院宾馆"。那宾馆旁边有一处叫万宝湖的地方，特别美，在湖边散步，所见宛如仙境，绝非一般大都市所有。当时的大庆市府领导告诉我，在大庆市，这样的湖有二百多个，有的比"万宝湖"大好几倍，它们原先都是污水死塘。建市之后，是油田发动职工家属奋斗数年，帮助市民将这些原来叫"水泡"的污水死塘一一进行整治，并完成了水体连通。大庆后来也有了"百湖之城"的美誉。

最近一次去大庆是 2019 年 6 月初，那天到乘风社区采访，主人要我顺路观赏一下"乘风湖"。登上游艇，在习习清风下掠湖面而行，一路鱼儿尾随，数群白鹭在头上盘旋，再看湖底水草摇曳、碧波清涟，大有不是西湖胜西湖的美景入眼！

"这湖原先叫'瞎子泡'，是一潭污水、死水，方圆几里没人愿意住在湖边。你看如今，这湖景房抢都抢不过来！"乘风湖湿地景区的工作人员告诉我，大庆市区现在像乘风湖一样"值钱"的湖，有名有姓的至少有这些：果午湖、明湖、滨洲湖、黎明湖、兰德湖、三永湖、青龙湖、萨北湖等。

"所有这些人间天造，皆离不开油田人的贡献和支持！"现任大庆市委书记韩立华得知我到了大庆，临时推掉数个会议，赶在晚饭前后时间与我畅谈"大庆油田与大庆城市"的彼此关系。他开口的第一句话就如此说。

"大庆市有今天，就是因为有油田。油田与这个城市，是共生、孪生关系。"韩立华书记说，"我经常跟市里的人说，油田不仅贡献了物质，更重要的是为这座城市贡献了一个不巧的精神，这就是铁人精神。这对我们整个城市的今天和未来，都具有深远的意义。因为任何一座城市的存在与发展，都是人在起作用，尤其是资源型城市，它的发展浅看起来，似乎只是资源在起根本作用，其实人才是核心和最重要的因素。所有的城市都有其兴衰起伏，而哪个城市的人把握好了发展要义，这个城市就会比别的城市发展得更好，发展得更健康。在历史的长河里，不可能一切都是顺风顺水的，困难和逆境常常相伴。这个时候，铁人精神就显得尤为重要。大庆的城市之魂，就是铁人精神，就是勇于面对困难和挑战，不断朝着自己的奋斗目标全力去拼搏！"

"大庆从一片荒原上诞生到现在，才40年，可今天它已经拥有150万城区人口，交通四通八达，地区GDP近3000亿元，财政收入达350亿元，成为获得十多个全国性先进荣誉称号的现代化城市，油田和油田人是它的骨骼和支柱！"韩立华书记说完这番话后，又补充了一句，"当年建市后的许多年里，我知道我们的油田人还受过不少委屈，这也是一份可贵的奉献。"

为这句话里的意思，我曾求教于在市里当了十几年领导的李智廉，他老人家爽朗地告诉我，那是因为大庆油田与市里在相当长一段时间的'合合分分'中出现的一些"现实情况"。

"什么'现实情况'？"我追问。

李智廉老书记解释："比如我在任市委书记时，还担任了石油管理局的职务。在市里，我在市委肯定是'一把手'，我是决策者。但回到局里这边，我上面还有领导我的领导。因为都是两边交叉着兼职，所以在石油管理局这边，我是个需要服从更上级的角色。但到了市里，我又是最高领导。有时站在行政角度，我们研究和做出了一些决定，但一到油田这边就会出现另一种可能。所以作为市委书记，我到省里开会，有些省里的领导，当众要求我'摆正位置'。可到了石油部这边，领导们又一再强调要'一碗水端平'。这样，就容易两边吃力不讨好……"

"怎么办呢?"我还从来没有听过这样的事，好奇地问。

李智廉老书记朝我努努嘴，说："你在实际工作中还真得一碗水端平呀!"说完他就哈哈大笑起来，继而道："问题是，在实际工作中，它不是一碗水，而是好几碗水呀!我后来对省里的领导说，领导请放心，我既然是大庆市委书记，我的位置肯定是作为一个城市的一把手履行职责，肯定一切为这个城市的发展和百姓幸福谋利益;对石油部的领导我就说，领导请放心，我是油田出来的人，生是油田的人，死是油田的鬼，我这个市委书记不想着油田利益，还有谁能想着油田利益不是?我一定履行好职责，确保油田生产环境和几十万职工生活越来越好。如此这般，几个回合下来，省里和石油部、油田和市里慢慢开始和谐起来，各方面的工作也顺当了许多。有一次，康世恩部长见了我，说小李子你真有一套啊!我告诉他这是跟您老部长学的。他问学的啥呀?我告诉他，是您和余秋里部长经常教导我们的，在困难和矛盾出现时，要以'两论'为武器。康部长一听，便乐了，说你不愧是大庆油田出来的!"

李智廉是大庆油田在市里任职的几十位领导之一。他的经历和心理历程代表了几代油田人所走过的路。比如曾经像李智廉一样担任过油田领导、又出任过大庆市委领导的张树平，自 1996 年到大庆之后，就没有离开过油田。他说他一生最感到自豪的就是做了一个大庆人。"我是既做了大庆油田人，又当了大庆市民，但他们在我心目中是一个身份，即大庆人！大庆因油而生，大庆因油而荣。油田与这个城市的关系也是共荣共兴的关系。我们生活和工作在这块土地上的人，没有任何理由不与这个油田、这座城市休戚与共！"

张树平做到了。他后来任黑龙江省政协副主席，省里按副部级分配他在省城安家。然而这位与大庆有特殊感情的老领导，则带着家人坚持要回油田度晚年。像他这样不舍大庆的老领导、老会战还有千万个。

尤靖波先生告诉我，他第八次搬家是在 2011 年。这一次是油田建了一个大庆市最大、也是最漂亮的高档社区——创业城。"所有的老会战同志都可以申请搬进去，而且能获得油田给予的比市场价优惠一半的条件购买这里的产权房……"他告诉我，这回他在高档社区的住房面积是 140 平方米。

"环境太漂亮了！你一定要去看看我们大庆人今天住的是啥条件！"尤靖波先生的话牵引着我的心神。

一日采访途中，正巧路过"创业城"，我便让司机驶入这座花木茂盛、遍地绿荫、四通八达又异常壮观美丽的现代化"城中之城"……当举目观赏一番之后，我内心不由泛起一阵深深的感叹：看了此处，"北上广"也就那么回事了！

大庆，美丽的大庆，我真的觉得今天的你，完全实现了邓小平当年所期待的那种美丽了！当然，这仅仅是你的开始。你的征程中，还有许多艰难与艰辛正等待着你去迎接与克服……

因为，你是大庆。"大庆"的字意就是在克服困难之后所获得的喜悦与欢庆。

第十一章

世纪之交，国际油价一度跌至每桶9美元。中国石化行业严重亏损引出"重组分离"的改革之举。

一夜间，石油人面临前所未有的一场生死抉择……真的像歌中唱的"昨天所有的荣誉，已变成遥远的回忆"？

犹如一头永远埋头耕耘的拓荒牛，我们对大庆油田的期待就是希望它每年乃至十年又十年地多出油、出高质量的油——这也是国家需要和社会发展的期待。但大家似乎都忘却了一个残酷的自然规律：油田等自然资源是不可再生之物，它不可能永恒地被人巨量开采与消耗。

油田也会老，而且一旦开发后的油田，其生命期远比人的寿命要短得多。可，谁能这样认为呢？我们中国社会多么希望大庆永远是那个喷涌"乌金"的大油田！

　　然而事与愿违。

　　连大庆人自己都不曾想到的事，已经悄然出现在他们面前。就在一个因油田而诞生的城市成长起来的时候，大庆的油田却衰老了，像一户被"多子多孙"拖累的家庭一样，什么都感到吃力和喘气了：能采出的油越来越少了；各种成本的支出越来越让"当家人"不堪重负，整天忙于应付来自一个50万人的庞大的"石油社会"的种种事业——一线工人的生产不足、二线保障队伍的机构臃肿、三线的后勤服务体系落后且观念陈旧，再就是老工人老干部的养老退休、年轻一代的就业困难、孩子上学没有优良教育资源，以及看病问题等等，使油田像个背了十座大山的中年汉子，每行一步都气喘吁吁。而此时，一群又一群年轻人开始不再甘心留在油田，甚至一些技术骨干都在想着"下海"……如此风潮，让当年那些参加过石油大会战的老石油人跟着发愁，然而当他们偶尔往北京和再南边的上海、广州、深圳等地走一走后才猛然发现：中国改革开放的前沿地区不仅摩天大厦早已林立，城市高速铁路也在一条条兴建，至于彩虹飞碟式的立交桥实在已经不是什么新鲜事物，他们大庆人则仍然身穿着油渍渍的羊皮袄、许多家庭三代人仍住在当年会战时留下的"干打垒"里听着"盒子式"的收音机……

　　"我们好像生活在另一个世界似的，人家称自己的丈夫已经是老公了，而我们还一口一个'爱人'。人家进美容院就像进自己的家那么简单，可我们还连减肥都不敢提……"大庆的一位机关女干部如此说。

　　大庆真的老了，从石油城破落的居民住宅到管理局的办公楼，从"老会战"们成批成批地退休，到当年那些奔着丈夫上油田来的小媳妇也纷纷抱上了孙子孙女，还有那些被压裂的水泥路和折断肩膀的桥梁……大庆无处不老，而最让人不可思议的是，油田自己送出去的一批批年轻人他们或上了大学不再回来，即便没有考上大学也努力想法在南边城市找个打工的机会永远地告别油田……

大庆怎么啦？曾经让大庆人骄傲的油田怎么啦？它还能维持多长的生命啊？我们的子孙后代还会不会留在这里呢？一个又一个严峻的问题，无论你勇敢地承认还是消极地回避，都已经摆在了大庆人面前。

确实，与世界同类大油田相比，大庆油田的开发"油龄"比任何一个油田都要长得多。但如同人的寿命一样，油田也有其自身的生命周期，尤其是对一个长期高产开发的油田来说更是如此。这是自然规律，更是油田这一不可再生能源地的特性。

大庆的人也在老。那一天我到大庆后，主人首先带领我去参观"铁人纪念馆"，有两个数字叫我内心深深地震撼。一个数字是铁人王进喜死时年仅 47 岁，在共和国的建设史上，我们的民族英雄、我国工人阶级的杰出代表王进喜为了向共和国贡献一个大油田，47 岁时就积劳成疾而逝……他以自己短暂的生命实现了生前"宁肯少活20 年，拼命也要拿下大油田"的豪迈誓言。另一个数字是：当年与王进喜一起从玉门油田到大庆参加石油会战的 1205 钻井队几十名队员中，有超过半数的人现已不在人世，他们去世时的平均年龄不足 63岁……看着铁人和铁人战友那份带黑框的名单，我心情异常沉重：这就是我们的工人阶级！这就是我们的大庆人！他们在和平时期为了祖国的强盛和繁荣，付出了与战争年代英雄们同样的生命代价。这份生命代价诠释了大庆人之所以受中华民族尊敬的全部涵义。

走出铁人纪念馆后，我突然冒出一个想法：我想去那些过早为大庆油田而献身的先辈们的墓地上，为他们献束鲜花。而令我大为意外的是，在如此庞大的石油圣城内外，竟然找不到一处埋葬英雄们的墓地。

后来从主人那里才知道：整个大庆油田根本没有一个墓地。

"为什么没有？"我疑惑地问。

主人沉默片刻后回答说："大概是我们大庆人除了为国家采油外，可能谁也没有想过要在油田上找块'名垂千史'的墓地吧。"

我听后更加感到震撼。这也使我不由得想起为大庆油田做出功盖天际贡献的三位共和国石油部部长。

他们的生和死都很壮美——

余秋里是共和国的第二位石油部部长。这位独臂将军指挥五万大军战胜种种难以想象的困难，为共和国拿下了大庆油田，他的事迹早已成为中国社会主义建设史上的传奇故事。然而余秋里在生命的最后三年半时间里没有说过一句话——从 1995 年 8 月 1 日晚十时轰然倒下的那一刻，到 1999 年 2 月 3 日晚 11 时 23 分心脏停止跳动的 1200 多个日子里，他都是位躺在病榻上什么都不知的植物人，无论亲人在他耳边呼唤多少遍，他依旧不言一语。但是，只有一种情况下他余秋里的脸上会出现表情，满脸泛红——"只要我们放《我为祖国献石油》这首歌，首长他的脸上就有表情。"这是秘书亲口告诉我的事。

康世恩是余秋里之后石油部的实际负责人，在"文化大革命"之后又短暂地兼任过石油部部长，他是中国石油事业的开拓者和缔造者，是位专家型的石油部部长。大庆油田几乎是他一手养育起来的"儿子"。关于他的事迹同样不用多说，世人皆知。康世恩在 1995 年 4 月 20 日过完 80 寿辰的第二天就进入了弥留之际。那天上午，连续几次大出血的他几度昏迷。突然，身边的护理人员看到康世恩的手在微微抖动，有人明白了他是想写字，于是赶紧拿来纸与笔。此时的康世恩身上和口鼻插了几根管子，不能动弹，写字极其困难。然而只见他双眼望着屋顶，紧握在手中的笔开始歪歪斜斜地在纸上写下他生命中的最后一个字——"油"。这是中国石油巨人一生的壮美音符，也是康世恩生命中全部的内容。

"文化大革命"后重新单独设立的石油部首位部长是宋振明。他是从大庆那片石油土地上走出来的共和国石油部部长。那位载入课本和当代世界工业史的人物——铁人王进喜，就是他宋振明最早发现和亲手培养的。因为宋振明一直是王进喜的直接领导，且宋振明本人又是位既能干又能总结经验的军人出身的干部。

作为大庆石油会战最早参加战斗的"老会战"，宋振明从基层指战员，一直干到当部长的前一天，总共在大庆工作了十七年，完全可以说是大庆的油田和火热生活才铸造出了这样一位共和国的部长。他离开大庆到北京上任时带了一身油，那年宋振明 52 岁，是当时的共和国部长中少有的年轻者。就是这样一位年富力强、为共和国大厦支起擎天巨柱的部长，命运却对他并不公平，不几年他就身患绝症英年早逝。

去世之前的那些日子他是清醒的。那些与他并肩战斗的几十万大庆人想念他，他自己更是渴望在生命的最后时刻能留在那片他眷恋的土地上。大庆派人将重病的他从北京接回，据说那一天大庆火车站上人山人海，就连几岁的娃娃都起早赶来迎候他们的宋部长……

大庆人艰苦奋斗了几十年，习惯了那种创造出九块钱、自己再从口袋里掏出一块钱凑足十块钱一起交给国家的日子。可这回为挽救宋振明部长的生命，他们不惜一切代价，购置了世界上最先进的医疗设备和药品，然而再大的金山也无法换回年轻部长的生命……

宋振明部长还是个诗人，他的石油诗句里每一个字都喷燃着炽烈的中华民族精神。他一生不仅带领王进喜他们亲手筑起了世界上最著名的石油城之一的大庆，而且还创造过诸如"石油工人一声吼，地球也要抖三抖"的不朽诗篇和"三老四严"这样的经典经验。

忘不了，

在大庆这块土地上，

我度过了

十八个春夏秋冬——

油井、泵站

洒下了我的汗水

荒原、小径

留下了我的足迹……

我将美好的年华

全部奉献给你啊

亲爱的大庆！

（摘自宋振明叙事长诗《万人广场作证》）

他临离别人世时请同事们将其骨灰安放在大庆的六个地方，它们是石油之光雕塑、二号院等……

就这样，这位为大庆油田立下天大功绩的"大庆人"，也没有在油田留下方寸墓地。

余秋里、康世恩、宋振明的名字是与大庆油田连在一起的，也与新中国石油事业连在一起。三位共和国部长，他们活着时只知奉献再奉献，而在他们死后依旧不留一丝负担给国家，哪怕是在他们长期战斗过的地方有一块小小的荒地安放墓碑……这就是中国的无产阶级革命者！彻彻底底的无产者！

大庆不是没有钱。油田开发的前几十年里，他们的账面上曾经钱多得不知往哪儿花——主人们告诉我说，在计划经济时他们只知道账上的钱每一分都是国家的。国家什么时候需要、国家需要多少，他们时刻准备被"划拨"走，唯独不给自己多留一分。全国人民也许还不知道：从1959年大庆油田开发到1979年间，这二十多年里，大庆从一个荒无人烟的草原变成了一个拥有几十万人口的石油城，可让人感到不可思议的是，在这样一个真正富得流油的地方，竟然没有一幢楼房！无论是油田高级干部，还是普通油田职工，他们一律住的是泥土草木垒成的"干打垒"！

为什么？因为以余秋里、康世恩为代表的老一代大庆油田开拓者在踏上大庆那块土地时，他们就给自己立下了一个神圣的誓言：先生产，后生活。生产必须最高标准——为国家多采油，采更多油。而生活的全部内容是四个字：艰苦奋斗。

大庆人的"艰苦奋斗"，是没有走样的延安精神和长征精神的继续。在全国人民都已懂得"甜蜜的生活"是什么概念、连农民都在忙着盖楼房住时，大庆人却仍然还在乌黑油熏的"干打垒"里乐滋滋地布置新房、迎接"呱呱"落地的新生儿，以及成群结队地挤在炕头上热火朝天地讨论着一个个新油井的开发……

大庆人的眼里、心里和每一个生命细胞里都只有一个"油"字。可他们并不知道就因为这个"油"字，外面的世界此时此刻早已被改变——整个人类社会都在因它而兴奋、因它而忧愁！

这个改变首先来自我们自己的国家。

曾几何时，中国以大庆油田的成功开发为标志而甩掉了"贫油"帽子，在后来的并不长的岁月里，大庆人高唱"我为祖国献石油"的战歌，发扬大会战精神，转战大江南北，一举拿下胜利、辽河、中原、江汉和塔里木等一大批油气田，使中国的石油资源不断地为国家建设和满足人民生活"输血"，可谓立下汗马功劳。大庆人曾经这样自豪地说：哪里有油田，哪里就有大庆人。

中国因大庆人的特殊贡献，一跃雄居世界石油五强之列。然而大庆人不会想到的是，仅仅转瞬间，一日千里进程的祖国现代化建设竟然会重新面临一个严酷的事实："中国缺油"了！缺得非常严重！！

这在 20 年前是不可想象的事。大庆人知道，当年他们带着铁人的队伍在当时国家的第五大油田——中原油田开发时，从地下抽出的石油和天然气竟然多到国家无法处置。石油人只好把多余的油免费分给当地农民，并且教会农民如何使用土法炼油。而那些多余的天然气不得不通过很细的塑料管道通向当地居民家，供其做饭取暖，而这同样是免费的。即便如此，油田仍然无法解决多采的油，于是石油工人们只好在油气加温站附近竖起很粗的火炬，将那些实在无法处理的天然气烧掉，火焰高达 10 多米……这样的事就发生在 20 世纪的七八十年代。不少大庆人和大庆的战友队伍们辛辛苦苦开发的石油和天然气只能这样处理。那时中国开采出的石油资源太多，多得一桶油也就值一包名贵点的香烟。

历史的年轮转至 20 世纪 90 年代初，还是在中原油田，还是那些当地使用石油天然气的居民们。有一天这些居民们突然发现那些在原野上燃烧了多少年的、在黑夜里指引他们回家的一枚枚火炬悄悄地熄灭了，家里的天然气也越来越不够用，再没有免费的石油分给大伙了……农民们这才知道，昨天的中国还是个石油出口国，自 1993 年以后中国已经开始成为石油进口国了。

这个变化象征着中国的一个历史性转变：它既说明中国发展已势不可挡，同时也向人们警示——中国的能源开始出现危机。

大庆人感到危机了吗？

大庆人此时并不知道外面的世界，他们依然埋头在那块肥沃的原野上进行一场场科技革命和争取"第三个十年年产 5000 万吨"的崇高目标。然而外面的世界已经开始以雷霆万钧之势在向大庆这个平静而坚固的中国石油圣城悄悄刮来暴风骤雨，只是大庆人根本不会想到它来得那么迅速，那么无情。

其实别说大庆人，就是中国人也根本不会想到。

20 世纪 80 年代末、90 年代初世界发生的政局变化前所未有。以苏联为代表的社会主义阵营的解体使得世界上独一无二的霸权国——美国显得格外活跃。他们开始将全球战略的重点从西方转移至东方——因为东方有个伟大的社会主义国家正以迅猛之势在和平崛起。

美国人看得难受，邻国日本也看得紧张，于是一股股冷战后的世界反华暗流不断向共和国袭来。反华势力打压中国的主要有两张牌：一是台湾问题，二是能源遏制。前者国人皆清楚，他们是想借台湾某些势力挑起分裂我中华民族的战争，以阻止中国飞速发展的步伐；后者与前者有着异曲同工的意图，只是一般人并不知道它同样残酷无情。

能源遏制中国的战略，从中国第一次向海外进口石油那天起，西方世界——主要是美国，就已经向中国布下阵势。而这十余年间我们经常听到的中国与东部和南部海疆国家所发生的摩擦，那些本来与中国是"兄弟加朋友"的国家也经常与我们翻脸，其根源只有一个：都在跟中国抢南海和东海的石油。

而当时，世界上除了资本主义阵营和社会主义阵营的力量对比发生变化外，另一个全球性的问题又向我们袭来——经济萧条使得石油价格雪崩似的下滑。

1997 年，国际原油价格平均为 19.3 美元一桶，而到了 1998 年年底下跌到每桶不足 10 美元！如此的原油价格使得全球所有石油公司陷入哭爹喊娘都不管用的困境。据说过去牛得恨不能跟上帝平起平坐的那些世界石油大亨们大半不是垮台就是想跳楼自杀。有一位西方国家的石油大亨前三年还是世界 500 强之一的富豪，可到了 1998 年他的跨国公司却出现了几百亿的严重亏损。面对巨额债务，他别无选择，只能走上了结束自己生命的路……

所有这一切，对封闭在北国原野上的大庆人来说是陌生和遥远的。但中国政府高层和北京的石油工业决策部门的官员早感到压力重重，直至到了有些窒息的地步。

压力来自三个方面，每一个方面都是十二级飓风。

首先是东南亚金融风暴带来的全球性经济大衰退，国际石油市场行情严重疲软。这已在上面有所论述。中国石油业本来就没有多少国际竞争能力，而受东南亚金融风暴的影响，国际市场原油价格的严重下滑，让石油部门年度利税出现"雪崩"似下滑，令国务院领导都感震惊。1998年中国四周的那些"小兄弟"们纷纷自顾不暇，对中国经济的影响同样非同小可。那一年政府喊得最多的是"拉动内需"几个字，作为创税老大的"油老大"当然是政府总理和国家税务部门首先要抓紧不放的单位。100亿元，一分也不能少！年初时，国务院常务会议上总理和国家税务总局的领导指着中国石油化工的头头们如此下达交税军令状，就差没有让石油化工部门的头头按手印。以中央文件形式向石油部门下达年度税收指标，这在中共历史上绝无仅有，1998年的中国则出现了这一幕。可是一晃半年过去，200万队伍的中国石化行业不仅没有完成预期的税收，而且全行业亏损达20亿元！有这样一组数据可以说明当时的情况——1998年上半年，中国石油化工业共生产原油7049万吨，而中国石油化工两大巨头"中国石油天然气集团"和"中国石油化工集团"分别处于尴尬的境况：中国石油天然气集团因资不抵债而关掉油井4000余口，累计生产原油126万吨，原油库存338万吨，集团上半年实现销售收入为947亿元，比上年同期减少60亿元，实现的利润则更少，仅为1.5亿元，比上年同期少了62亿元；中国石油化工集团的情况同样惨淡，上半年实现销售收入1305亿元，比上年同期减少247亿元……中国创利税大户大亏损，能不让中国政府总理着急？全国人民也着急啊！那一年中国上上下下都着急！在层层压力下，身居中国石油工业高层的领导们日子难过：200万人的队伍要管、要管好，政府要的100亿元税收一分不能少！

年年高产稳收又大局稳定的大庆人怎能体会个中滋味？

中国石油业面临的第二个巨大压力是：中国国内各行各业的改革浪潮风起云动，作为国家计划经济下垄断化的石油部门被无情地称作"中国改革迄今为止尚未攻破的最后一个堡垒"，甚至社会上出现了不少专家和学者联合起来"口诛笔伐"石油行业。一向革命在前的石油圈内人士沉不住气了，他们不愿别人说自己是悠然观潮的闲士。石油行业改革被提到国家的议事日程。也许大庆人自己还没有想一下明天自己的命运将向何处，北京方面却已经有人在为他们操心了。继 1993 年年底国务院政策研究室的一位专家提出"大石油、大市场托拉斯"后，全国政协委员、中国经济体制改革研究会副会长杨启行先生在 1997 年的全国政协会议上公开提交了一个"把大庆油田改革为一个真正企业"的提案。经济专家马洪则主张：中国的石油行业应当"打破部门和地区界限，发展成国家垄断性竞争的勘探、开采、加工、运输和销售一体化的跨地区经营的大型石油公司"。

石油行业改革已迫在眉睫。它既有国际石油价格的严重下滑造成整个石油行业资不抵债的压力影响，又有国内改革形势所需，当然更有石油行业自身生存和发展的需要。

当时石油部门自身困难重重，一方面自己的企业严重亏损，200 万人的队伍面临抱着金娃娃却没有饭吃或吃不饱饭的窘境，更有一群瞄准中国市场的国际石油大公司纷纷在中国石油行业的门口设店摆摊的现实影响。

北京人体会最深：曾几何时，在热闹的二环、三环路两侧的马路边上，那些世界著名的石油公司如 BP 阿莫科、壳牌、德士古、莫比尔、雪佛龙、阿科、道达尔、埃克森等的巨幅广告牌，一夜间矗立在人们面前。更让中国石油人受不了的是，这样的广告牌在中国石油总部机关——原石油部所在地六铺炕更多、更密、更加醒目。

"这跟八国联军进犯没什么区别嘛！"有石油人这样愤怒道。

"有时发动商战对一个国家的毁灭性打击，比真正的战争更惨烈、更可怕。有些流血的战争解决不了的问题，就可以用商战解决掉。西方石油公司对中国石油市场的进攻正在演绎这样的战斗序曲。"一位国内知名的经济专家如此说。

石油改革的战略部署像一份十万火急的"前线战报"，已经放到国家总理的案头。而之后的石油工业改革动作也异常快速。先是石油化工一分为三：石油天然气总公司、石油化工总公司和海洋石油总公司。这三个特大型国有企业前面都有"中国"字头，且都是"部级"单位。但三大公司挂牌仪式的锣鼓声尚未息声，新一轮的重组号角又吹响——石油、石化分开后出现的问题随即暴露出来，于是重组又被提到议事日程上来。

1998年春节后上班的第一天，主管工业的副总理吴邦国便主持了一个特别会议：中国石油、化工行业的重组问题正式列入国务院重点工作日程。

转眼间，举世瞩目的第九届全国人大一次会议召开。会上又做出一个重大决定：化学工业部和中国石油天然气总公司、中国石油化工总公司的政府职能合并，组建国家石油和化学工业局。化学工业部和石化两公司下属的油气田、炼油、石油化工、化肥、化纤等石油与化工企业，以及石油公司和加油站，按上下游结合原则，分别组建两个特大型石油石化集团公司和若干个大型化肥、化工产品公司……而新组建的中国石油天然气集团公司和中国石油化工集团公司分别侧重石油天然气开发和经营石油化工业务。同时两大集团公司在地域上作了划分：东北、西北、内蒙古、四川、西藏等十一个省区内的石油和石化生产企业、原油成品油运输管道和地方石油公司及加油站，划归中国石油天然气集团公司；余下的十几个省区的石油化工业务由中国石油化工集团公司管理。

大庆油田划归中国石油天然气集团公司。大庆本在中国石油工业界是"老大"，这回在中国石油天然气集团公司里不仅仅是老大的问题。有一个数据可以说明它在这个特大型国有企业中的地位：1998年（特大洪水袭击大庆油田之年）大庆向集团公司上交利税86亿元，而集团公司最后只向国家交了44亿元——余下的42亿元多半是集团公司补贴了除大庆油田之外的所属的其他亏损企业。

1998 年是个非常特殊的年份。亚洲金融风暴的余威仍在全世界经济领域发生作用，中国的新一届政府必须面对这一严峻现实。为此，新任国务院总理朱镕基端坐在人民大会堂的记者招待会主席台上亮出一副铁面慷慨陈词，引来 13 亿中国人和全世界的敬佩。他这么说："不管前面是地雷阵还是万丈深渊，我将勇往直前，义无反顾，鞠躬尽瘁，死而后已。"

国家总理如此陈词，多么悲壮的色彩！

中国这一年非常艰难。虽然亚洲金融风暴没有刮垮中国，但老天则将一场百年不遇的大洪水泼到了 13 亿华夏儿女的家门口。国家主席和政府总理在荆江大堤上喊哑嗓子的那一幕我们记忆犹新。

但比这更困难的是，1998 年的中国经济因为受到亚洲金融风暴的影响，导致政府财政收入压力巨大。上面已说到的国家第一大创利交税户——中国石化企业 1998 年上半年不仅没有按国家要求将全部 100 亿元税收的二分之一交上来，相反全行业亏损 20 亿元……

"再不推进新一轮改革，我们的国库要空了！"中国政府高官连声惊呼。

中国石油人感到空前压力，这压力来自政府，也来自自身：国际油价的雪崩式下滑——每桶降至最低点的 9 美元，可中国石油天然气集团公司这一年生产的原油平均成本是每桶 11 美元多！创利大户全行业亏本，财税部门怎能不叫苦哭天？

大棒向石油人抢去！

1998 年 7 月 27 日，中国石油人在焦虑不安中又迎来一个重要日子：重组的中国石油天然气集团公司和中国石油化工集团公司正式宣告成立。副总理吴邦国代表国务院向"两巨头"马富才和李毅中分别授帅旗。参加成立大会的人讲，当时的场面很是悲壮，因为国家需要在短时间内走出经济下滑的困境，将很大希望托于石化巨人。

老将李毅中这样向中央领导表态："这是一场抢山头的激战，没有一点牺牲精神不行，即便我们这些冲锋在前面的人倒下了，山头也必须拿下来，给党中央和全国人民的表态不能食言！"

新帅马富才嗓门更大："石油经营犹如大海冲浪，纵然前方布满暗礁险滩，也决不退缩，一旦冲过去就是胜利！"

中国的政治家历来在公众面前表现得很平和，可这一年处处可见他们慷慨激昂的"酷"相。

然而，中国石油行业的改革还仅仅是开始，一场更大的风暴正在中南海酝酿——这就是中国石油天然气集团公司等正在悄然进行的将部分优良资产在国际资本市场上市，以求中国石油"航母"的真正启航。

此刻大庆油田的钻井工人们依旧头顶毛茸茸的狗皮帽在冰天雪地创造新一个年产 5000 万吨的纪录呢！

百万大庆人继续平静而自豪地过着他们为国家多作贡献的每一天。他们谁也不曾料到，一场影响他们命运的改革风暴正以 12 级台风般的速度，从北京向松辽平原刮去……

1998 年是残酷的一年。大庆人平静而光荣地走过 40 年历史时，最先给他们带来震荡的并非是京城刮来的改革台风，而是一场罕见的大洪水！

大庆人做梦也想不到，南边常见的洪涝灾害，竟然也会淹到地处北国的自家家门口！

洪水大呀！大得让大庆油田靠近嫩江的那些原野和油田都处在汪洋之中……油田要淹！不等于国家的银行被大水冲了吗？

大庆油田的洪灾震惊中南海。于是几十万大军——有大庆自己的队伍、有黑龙江省地方支持的干警、有沈阳军区的解放军指战员，他们像参加当年与蒋介石军队决战东北的辽沈战役般投入到数十天的"油田生死保卫战"。这是大庆人第一次为保护自己家园所进行的一场壮烈战斗，期间也发生了一些人员伤亡，但最后胜利的还是大庆人。

这一年，大庆不仅采油没少，而且仍是向国家交税最多的中国创税"老大"。

大庆人有这样的贡献理当牛！

击退洪水，风暴又至。

这风暴的名字叫"改革"，石油人惯称"重组分离"。

所谓"重组分离"，是将大庆石油原有的单位一分为二：一是中国石油天然气集团准备在海外上市的石油公司，二是为上市公司采油服务的企业。分离，是将原来油田生产和管理部门中的优良资产部分和非优良资产部分彻底分开，也称核心产业和非核心产业。其目的是为了集团公司新组建的中国石油天然气股份有限公司上市做准备。

至于为什么要对大庆这样的油田重组分离，国家有关部门的"重组分离"意见上这样写："这是我国石油工业面临国内外激烈竞争、加快改革与发展，提高竞争能力的重大措施。"主要的还是想通过将优良资产上市后融资约 80 亿美元，借此推进石油行业这个龙头企业的改革步伐。

中国石化行业大企业的新一轮重组，其势、其速都是中国特大型国有企业改革史上从来不曾有的。

国务院一位副秘书长于 1999 年 5 月 12 日向总理、副总理报告中国石油集团重组上市的意见，报告呈上后副总理在 14 日就批示"可立即启动"。

18 日，总理的批示是："拟同意先启动……并按程序批准。"

总理、副总理的批示下达后，中国石油天然气集团公司的执行速度之快令人敬佩。6 月初，集团公司迅速布置和传达中央领导批示，并要求相关单位立即传达实施重组分离方案。一个涉及百万人利益、一个关系到中国将大国有企业命运的重组方案要在几十天之内完成，这确实是中国罕见的改革速度！可见当时一些领导对中国石油上市的急切心态。也难怪，一个大国的当家人不易啊！十几亿人口要吃饭、每年几万个重点工程在上马，没有钱怎么办？最赚钱的骨干企业严重亏损，这让执掌政府的领导能不着急吗？

重组！上市！这在当时是一些领导人眼里唯一可以缓解国家之忧的举措。因而在 20 世纪末的中国，演绎了一场石油企业的生死抉择式的革命。

大庆人无论如何也想不到的是：自己作为为共和国立下汗马之功、全国效益最好的一个特大型国有企业，竟然面临肢解式分离重组！

"不干！"

"想不通！"

"凭什么？"

"老子要跟那些想倒大庆旗帜的人拼命！"

一向在政策和国家利益面前无条件服从的大庆人爆发了少有的愤怒。

1999 年 7 月 22 日，星期一。大庆石油管理局正在召开全局干部大会，党委书记张树平刚要将集团公司关于重组分离的精神向干部们传达，秘书就紧张地进来告诉他："不好了！外面有人闹事了！"

"闹事？谁闹事了？"张树平书记的脸色突变：大庆成立四十余年里除了"文化大革命"时期，哪有人闹过事嘛！

"是钻井工人！"秘书说。

"钻井工人闹事？"张书记"呼"地站起身，去了闹事现场。20年后的今天，在我再次采访张树平，在谈起当年"重组"风波时，他仍记忆犹新："那天开的是全局干部大会，各单位的主要领导干部都来了。上午八点半左右，秘书跑上主席台跟我说，不好了，局办公大楼前来了几百人，看样子是钻井的，他们情绪激动，还打着几条横幅，一幅是'钻井本是火车头，没有钻井哪有油！'另一幅是'不造反、不动乱、铁人后辈要吃饭'……我一听，感到这事闹大了，必须立即制止。于是我跟几位领导同志简单商量一下后，决定暂停开会，要求钻探系统各单位的领导立即下去做工作，迅速把各家来上访的人带回去。当时我说：'你们要给上访的人说明道理，油田重组分离是国家改革的重大举措，是全石油系统的统一行动，职工队伍中有什么意见和要求，只能由组织按程序向上反映，即使是正确的意见，也不能用错误的方式来表达，尤其是我们作为大庆人，只能做改革的促进派，绝不能带聚众闹事的头，绝不能给大庆红旗抹黑！'结果，经过十几分钟的工作，各单位来上访的人都带回去了……"

暂时的平息，并不意味着油田就万事大吉了！那激动的情绪如同火柴划燃了干枯的草原，百里大庆油田仿佛在一夜间燃起熊熊烈焰……重组分离，脱胎换骨，明天的大庆不再存在，大伙儿的饭碗将被砸了……种种传言和议论，响彻整个油城。

铁人的战友和铁人的后代们空前地震惊与焦躁起来——

"重组？要把'大庆'组掉了?！'分离'？让铁人和他的战友辛辛苦苦创下的大庆品牌和油田资产分割开来，大庆没有了，我们几十万人还有什么呢？"

"上市上市，为什么只能是上面的意图，就不能有我们大庆人的意愿？大庆这么好的油田，我们就不能独立上市？"

"辛辛苦苦四十年，一夜回到六零年！谁要把大庆整散，谁就是对国家和子孙后代作孽！"

"我们一向自称是共和国的'长子'，并以此为骄傲。实际上我们的所作所为，都是以牺牲职工的利益为代价和前提。我们的做法很傻。我们是共和国的'傻儿子'。"

"CNPC 到底是什么？它的实质是什么？它代表谁？它代表国家利益吗？它代表石油行业吗？它考虑中国石油天然气总公司的利益

吗？警惕那些披着改革外衣的投机者和要置多数石油职工于绝境的法西斯！大庆石油管理局在这次重组中代表谁？改革必须符合和有利于大多数人的利益，否则是假改革真倒退！"

"在此大庆油田生死存亡时刻，我们不应麻木不仁，请大家开动思维，高歌一曲'国际歌'，再吟一句：'石油工人一声吼，地球也要抖三抖！'"

"刘欢那一首《从头再来》的歌，不知听了多少遍，都快麻木了，可今天再次听了这首歌，却使我心感震撼、悲壮，而且泪流满面。大庆，我可爱的大庆，你是否也要从头再来？"不知是哪一个青年说了这一句话，随即从抽屉里翻出刘欢的那首《从头再来》磁带在办公室一放，竟然引来周围几十个人、后来是一个楼道里的人都跟着唱了起来……

> 昨天所有的荣誉，
> 已变成遥远的回忆。
> 勤勤恳恩已度过半生，
> 今夜重又走进风雨。

这一情景在当时的大庆成为悲壮的一幕，无论大街小巷，还是办公室或居民宿舍，甚至是大马路上走的出租车，人人都在哼着、播放着这首歌，百里油田到处弥漫着一种欲哭无泪的悲切……

那个时候，大庆突然涌出了无数哲人和诗人。他们对改革和真理的思考至今我认为还是非常可贵的。此处摘来几段以赠读者：

"我们常常引以为自豪的是大庆有诸多优势——资源、人才、资金、精神……我们占据了全国 500 强之首，我们为国家做出了巨大贡献。当改革大潮涌来时，我们不能再空谈什么优势和贡献了，但切切不可被大潮所冲懵了，从而失去信心，自己先垮了。我们需要的是冷静分析，将真正的优势转变为大庆可持续发展的经济基础和养育石油人的物质资源。"

"有人说改革重组后，大庆精神、铁人精神就不能发扬，就没有生存土壤了。我认为精神属于思想意识范畴，既然大庆精神、铁人精神已经成为石油工业的精神支柱，甚至整个工业的一面极具感召力的旗帜，它应该是超越地域和国界的。用一种简单的观点来抨击评论改革和重组是没有力量的，而且越是改革，越是遇到困难和问题时，越应该继承和发扬大庆精神、铁人精神，这样大庆精神、铁人精神才真正显示它的魅力！"

诗人们的作品更耐人寻味：

四十七年风雨梦，沥胆披肝战油龙。

裹尸沙场今无憾，唯望江山业愈隆。

岂知一夜南风来，荒原平地起飓风。

四十功名尘与土，瓜分豆剖人飘零……

（摘选《铁人墓前草青青》片段）

踏进这片荒芜的土地几十年，

虽然没把心血熬干，

却早已把青春年华奉献；

远离故乡数十载，

虽然还依稀记得儿时的同伴，

但却无法重续长久隔离的情缘；

独与石油为伴无数个岁月，

虽然也懂得大千世界的广阔，

却无力再把脚下的路拓宽；

这一切的一切都是为了一个信念

——奉献；

那么，再来一次奉献吧，

从而使我们无量的功德更加圆满！

（摘选《无言》）

但我和大庆人一致认为最著名的要算这首名为《我们回家去》了——

带着满手老茧

披着一身泥浆

我们回家去

外面的雨很大

南来的风很凉

这里不是我的故乡

为了祖国能够

在世界抖起国威

为了民族能够

在地球挺起胸膛

我们来了

从玉门的老油矿

我们来了

带着抗美援朝战场的雄风

放下还冒着硝烟的冲锋枪

我们曾和铁人一起

搅拌泥浆

我们曾和王启民一块

深入井场

用心血和汗水铸造了大庆的辉煌

······

曾经有过奉献的岁月

回去也应走得一路风光

呵，回家去

外面的雨很大

南来的风很凉······

作为一个文学工作者，我读过许多中外名诗，可我还是认为大庆人所作的这首诗歌一点不差。

这"回家去"三个字，包含了大庆几十万共和国创业者对自己过去"傻"干几十年的那种后悔而又非后悔的崇高与无私，及其不再被人尊重的那种悲切与无奈。

"回家去"，表达了大庆人面对不可逆转的"重组分离"改革浪潮的失落与无望，悲切和伤感。

"回家去"······可哪儿是大庆人的家呀？大庆人的家不是在大庆！他们的家原本在玉门、在新疆克拉玛依、在四川、在北京、在石油学院、在部队军营呀！

"回家去"······可大庆人哪儿有家呀，从他们成为石油人、成为大庆人那天起，就"地当炕、头顶天，四海为家"，他们早已没有了自己的家，他们心中唯独只有"国家"呀！

但大庆人知道：大庆不仅是他们的大庆，大庆属于国家、属于全国人民······大庆人因此不得不接受他们本不想接受的现实——

"重组分离必须进行！"

"谁在这个问题上动摇和迟疑，都是对中央和集团改革精神的对抗！谁就该下台！"上面有人到大庆来做工作时这样强调，口吻是不容置疑的强硬。

在"党纪"和"命令"面前，大庆油田领导班子们面临双重压力，这压力比年产5000万吨的采油任务要重一千倍！他们一头是几十万油田兄弟姐妹和职工子女，另一头是"改革大局"的高帽子和集团公司不可更改的"重组分离时间表"。

但大庆的班子没有随风而倒，他们在独立思考和独立理解两头的不同意见，于是大庆油田出现了同样是前所未有的一个举动——石油管理局班子成员集体赴京向集团公司汇报大庆几十万职工的民意。

时任石油管理局党委书记的张树平（后任黑龙江省政协副主席）在十年前我对他的采访中说："当时大庆人对重组是有很大意见的，甚至完全可以说不是一般的有意见。面对这种情况，我们党委一班人认为有理成文。当天晚上我带着班子成员集体赴京，家里只留下两位年轻同志——我这么做是有意图的。因为在这风口浪尖上，我不能让局里的其他几位有前途的年轻同志因为这事影响了前程，所以他们留在大庆。我自已是做好最坏打算的，老实说是提着乌纱帽到北京的。当时我心想，大庆油田这么重要的一个大型企业，出点事我们谁也担当不起，可我是党委书记，我必须负全部责任。此次上北京有点悲壮色彩，如果我为此下台了，也算是为了大庆几十万人、为了中国第一大国有企业的前途命运进行了一次鼓与呼……"张树平是位老练的政治家，他在此次"进京请命"中没有让曾玉康跟他去北京。重组不久，张树平全力推荐曾玉康出任大庆石油管理局的常务副局长和之后的局长。在重组前后的大庆班子建设上，张树平起了功不可没的重要作用。这是另外的话题。

在张树平为首的大庆"请命团"进京后，中国石油天然气集团公司党组高度重视，主要领导亲自主持听取意见汇报。据说汇报会气氛十分凝重，因为大庆人对重组分离的改革方案有意见一事早已通过"内参"报到了中南海，中央领导一再指示"大庆不能乱""重组分离"

和"上市"决心不能动摇，这让集团公司也身处重重压力之中。

中国的国企改革为什么那么艰难，步履那么缓慢，大局利益和局部利益之间的关系错综复杂，而改革和稳定有时又非常难以统一。石油产业本身的特殊性又不能按常规的国有企业模式来运作。

大庆人可能并不太了解，他们生产的石油这东西不像其他物品那么简单，可以由某个行业、某个企业自身的力量来掌握自己的命运。

在听取大庆班子成员汇报大庆职工们的意见，当然也包括班子成员自己的意见之后，中国石油天然气集团公司的"老总"们说了这样几段话：

"干部、职工有思想反映是正常的，是可以解决的。问题集中起来，主要是三个担心：担心大庆的前途，担心非核心的发展，担心职工自身的利益和前途。这三个问题实际是一个问题，就是大庆油田效益最好、上缴最多、贡献最大，要不要继续深化改革，解决发展中的深层次问题。比如产业结构、队伍结构要不要调整，还有竞争力不强、人员富余等问题。这些深层次的问题在大庆也存在，要不要加大改革力度，大庆职工要不要下岗分流，怎么落实中央和国务院关于国企改革的指示精神……加大改革力度是不能犹豫的，这是党中央、国务院的部署。国企改革要坚定不移，因为这是关系到国家前途命运和生死存亡的问题。"

"重组是一件大事、难事，改革确实是一场革命。大庆一举一动对全局的影响大……但从大庆自身长远发展上看，也必须加大改革力度，趁有盈利时迈出实质性的步伐，轻装上阵谋求新路。"

"我想重组改制，大庆要从另一个角度思考问题，换一个角度，恰恰就能说明这一步需要走。要看成是一场机遇，很多想解决的问题，抓住这个机遇就解决了。可以看到，过几年大庆的产量尽管降了，但大庆几十万人可能过得更好……"

时任中国石油天然气集团公司"一把手"的马富才还在发言中颇

为深情地强调："我是从大庆走出来的，永远不会忘记大庆人。我们制定政策时一定要考虑大庆的实际困难和问题，做出有利于大庆长远发展的决策。"马富才兼任过大庆石油管理局局长一职，但时间不长，一年左右。

"老总"们到底站得高、看得远，对重组的认识和高度与大庆人理解不一样。关于大庆油田的重组问题，中央大的决策无疑是正确的，可在下面具体执行中到底能不能做得像中央文件上说的既要考虑大局又要兼顾好单位和职工利益等实际情况时，恐怕大庆干部们最有体会和感受。

时任大庆石油管理局局长的曾玉康在重组会议上有这样一段表态的话，他说："在重组和上市时，要充分考虑大庆的实际情况，大庆在总体上不违背集团公司的原则上要考虑到它自身的特大型企业的实际，恐怕得有一个过渡期……我们作出的任何方案既要经得起经济上的检验，还要经得起政治上、法律上的检验和历史的检验。"

这位亲历整个重组分离并一直在这场革命性的石油重组分离过程中和过程之后领导几十万大庆人吃尽甘苦、从艰难的谷底重新崛起的大庆领头人，有资格也有深切体会说这样的话。事实上后来的历史证明曾玉康说得没错。邓小平同志有段著名的话，大意是：检验我们的任何一项改革是否成功，主要是看群众满意不满意、群众拥护不拥护、群众支持不支持，此乃最终的检验标准。这也可以用在对大庆重组分离改革的评价上。后来的事实也证明，大庆工人在政治上是与党中央始终保持高度一致的，即使对一些具体问题认识上暂时出现偏差，后经过做工作，便很快得到转变。在"重组"问题上也是如此。

让我们继续将镜头拉回到重组分离时的大庆油田——

通常，国家的一项重大改革决策和措施都是有个相对比较长的准备阶段和实施时间表，但此次为了中国石油上市而进行的重组分离工作，其来势之快少有，给予大庆人的心理准备时间实在太短。几乎是一夜间的事，几十万大庆人将面临两种不可逆转的选择：或因为过去的工作关系而进入上市公司的"核心业务"，其结果是高工资好待遇——这部分是少数人；而更多的人则因为自己过去从事的工作岗位不得不进入"非核心业务"，其结果是从此将与"油"告别，进入自我发展、自我生存的后半生……

不了解大庆的人可能不知道。大庆油田其实从上世纪 60 年代正式开发那天起，它就不是一个简单的企业了，它其实是一个社会，一个一应俱全的社会。它不仅有主体的油田，包括钻井、采油、炼油厂等等，还有更多的为油田服务的管道、交通、运输、物资等行业；更有像其他城市一样的公安、税务、银行、法院、学校、医院、街道，甚至其他城市没有的如农场、渔塘、牧场等，它也都有。大庆石油管理局作为油田的最高领导机构，它不仅是企业的管理者，其实它还承担着一方天地的政府职能。

当年采访曾玉康时他很认真地跟我说过，说他这个当时中国最大的国有企业一把手，既要保证每年向国家上缴几百亿元的利税，在家时还常常要管管某个职工夫妻之间吵架、某个家属生孩子难产、给某个伤残职工的子女安排工作这一类的事。他说他是中国国有企业最大的"老板"，同时也还是国家最小的基层组织"生产队"的队长，有时甚至兼当男"妇联主任"……这就是大庆，一个完全不同于外国企业的具有中国特色的大型石油城。

许多年来，大庆像我们的军队一样听话，而此次职工们对重组分离的激烈反应惊动了北京许多部门，全国总工会、团中央和全国妇联等相继收到大庆工会、团组织和妇联的公函，并接待过大庆职工代表的咨询团。尽管中央和有关部门与中国石油天然气集团公司沟通后一再做职工们的思想工作，大庆方面也表达了要从大局出发，服从中央的石油企业重组改制战略，但大庆人在感情和意识上依然难以接受上面推行的重组意图。此时，重组改制和分离上市的时间日益逼近，大庆人必须接受"上天入地"的严酷现实。

最后的分离方案是：9万多人被划分到上市的油公司，即核心企业之中；剩下的18万职工留在了大庆石油管理局，即称"存续企业"。按照重组分离方案的理想设计是，这个所谓的"存续企业"将用三年左右的时间实现自我调整并最终向市场化发展，就是说在前三年左右，上面通过政策性的倾斜，将"油公司"的一定业务量留给这些"非核心"业务的"续存企业"，但最终将取消这样的"最惠国待遇"。

过去一口锅里吃饭的大庆油田，现在分成两口锅：一口有肉有鱼的锅留给了上市公司，一口清汤白水的锅留给了牌子仍然用着"大庆石油管理局"的18万"服务性"人员。

但在大庆油田重组分离过程中我所知道的是，像铁人王进喜他们从事的钻探等在油田发现和开发中几乎起着决定性作用的钻探队伍，竟然也被视为"非核心业务"而被分离出来，让他们从此远离自己勘探出的油田而去重新寻觅新的饭碗，这种"被亲生儿子赶出家门"的感受让王铁人的队伍确实难以从感情上接受。但他们依然怀着"从大局出发"的崇高愿望，像以往接受命令开赴新的油田一样，只带着自己的工服和一个赤条条的身子离开，将财富和荣誉留给了别人……这就是王铁人的队伍，这就是大庆人的胸怀。

分离的滋味是苦涩的。

当时上市的油公司还没有办公大楼，根据事先协商好的方案，重组后的上市公司和存续企业仍同在大庆石油管理局的大楼里办公。据说分的时候领导们并没有想得那么复杂——劈开一栋楼两家各一半没法安排各自的办公室，掺在一起又会出现混乱，于是协商的结果是按楼上一半楼下一半分：上市公司的业务简单人员少就在上面，"存续企业"的杂事多人又多就在下面吧。

"好喽，这样都方便些。"

确定的时候非常简单，可到了分开那天，留在"存续企业"那部分的机关干部和工作人员心里好个不是滋味：瞧瞧，还没有啥呢，我们就低人一等了——人家楼上，我们在楼下！分家那几天，往楼上的人搬了不到一天半会儿，而往楼下搬的最磨蹭的竟用了近一个月！为啥？不想搬呗！

"凭什么他们在上，我们在下？过去我们在一个处，老子是处长，他是副处。这下好，一分离人家不仅职务升了而且还到了我头顶上！我不服！"有位老处长死活不愿将自己的办公桌从楼顶层搬到楼底层。

有一天某部门召开分离后的第一次会议，部门头儿第一句话没说完，会议就再没法开下去。原来他刚说了半句："我们现在是'存续企业'……"下面的工作人员就跟他抬杠："啥'存续'不'存续'的，老子一听这就烦！""对嘛，我们是大庆石油人，中国工业的骄子，凭什么叫我们'存续存续'的，什么玩意儿嘛！"

为了这称呼，一上午的会没有开成。几个以往关系不错的同事竟然为此闹得面红耳赤，不欢而散。

第一步走得好沉重，好辛苦。而这一步走得最沉重、最辛苦的无疑是局长曾玉康和他的同事——大庆石油管理局的班子成员。

曾玉康是个什么样的人？有一位记者几次与曾玉康接触后留下深刻印象，称他是"沙漠之舟"骆驼——风尘里裹着高洁，温良中蕴藏坚毅。他这样真诚地评价曾玉康："事实上他真像一头骆驼，坚韧地耕耘着——就像在沙漠之海一步一个脚窝地留下奔向绿洲的足迹一样……"

> 骆驼，你沙漠的船，
>
> 你，有生命的山！
>
> 在黑暗中，
>
> 你昂头天外，

引导着旅行者

走向黎明的地平线……

郭沫若先生的这首《骆驼》诗，很形象地概括了曾玉康他们大庆石油管理局一班人在重组分离后带领几十万"存续"人员闯难关的精神和形象。

"风尘里裹着高洁，温良中蕴藏坚毅。"这句话形容曾玉康应该说非常贴切。然而曾玉康这些年所经历的一幕幕何止是一个"高洁"和"坚毅"所能概括得了的。

大庆油田重组分离，对每一个大庆人都是一场脱胎换骨的洗礼。曾玉康并不例外。

这位中国工业旗帜的旗手，他首先是名普普通通的石油人。他一生中有两位亲人影响了他的人生：一位是曾玉康自己的父亲，一个拥有刚正不阿精神的老石油人；一位是曾玉康爱人的父亲，这个人了不得，他一直是大庆石油工人的灵魂，他做了曾玉康的岳父大人，纯属他身后的事。

曾玉康是铁人王进喜的女婿，这注定了他一生的光荣与梦想都与大庆两个字紧密联系在一起。

没有人把曾玉康同铁人作比较，他们俩是完全不同时代的人物。一个是只要党指向哪儿，就"没有条件创造条件也要上"的钢铁铸造出的人；另一个是有了党的号召和政策外，还必须有自己独立思考、独立领导和让群众称道的管理才能的人。前者代表着中国工人阶级形象，后者则更多地承当着我们党和政府的执政形象。但两人有一个共同点是：他们的生命与荣誉都属于大庆。当我在大庆采访时意外获悉现在的大庆石油管理局局长、大庆第二次创业的旗手竟然是王铁人的女婿时，心头不由涌动出一股难以形容的欣慰：这是大庆和大庆人的福份。

我想不到的是，许多大庆人的感受居然跟我不谋而合。

一切都是命里注定，苍天安排。

上世纪 60 年代是大庆会战的全线开战时刻。铁人王进喜从玉门带着英雄的队伍来到松辽平原上手握刹把一声吼，以其"石油工人一声吼，地球也要抖三抖"的豪气，鼓舞着全线几万石油大军的士气。当时参加松辽石油大会战的钻探队伍有三个"方面军"：一支是以王铁人为代表的"玉门军"，一支是以人民解放军全员改编过来的"石油师"为主体的"新疆军"，还有一支是因失败而刚刚收兵于川东的"四川军"。那时候，三支队伍谁都不服输，个个要当会战的先锋。曾玉康的父亲曾敬辉，是"四川军"的标杆队队长，想当年也是铁骨铮铮的好汉。11 岁的儿子曾玉康在父亲响应党的号召来到松辽时，也跟随着父亲的脚步与母亲和一群弟妹来到大庆。他到大庆的第一感觉就是冷，冷得筋骨发酥。第二个感觉是会战的文化氛围让他幼小身躯里的每一个细胞都迸发出为祖国多献石油的革命激情，于是要像父亲和铁人王进喜那样当个真正的石油工人，便成为曾玉康一生的理想和追求。那时石油工人多自豪！到油田最艰苦的钻井当钻井工人又是最骄傲的工种。中学毕业后的曾玉康坚决要求到第一线当钻工，可钻井指挥部偏偏看中了这个"学生官"（曾玉康在学校是学生干部，而与他同班的另一位当班干部的女同学正是铁人王进喜的女儿，两人从纯粹的同学友情一直发展到后来的爱情和婚姻），将他留在指挥部。曾玉康开始觉得有点失望和丢份，但他生性有像父亲和铁人那样"要干就要干好"的信念，所以从那时起他无论换什么工作岗位，都追求干得最棒的境界。

在往日的岁月里，有几件事一直刻在曾玉康的记忆里。一次是他当食堂管理员时，队长告诉他明天队上要开钻，食堂必须保证大伙儿吃上红烧肉。余秋里、康世恩传下来的开战前、战斗胜利后要吃红烧肉的文化一直在石油队伍里流传。年轻的曾玉康接受任务后，在雨天无法用自行车运回猪肉时，用自己的肩膀驮着一头几十公斤重的猪崽，踩着泥泞的路走了十几里——这样的经历现在似乎不太可能重演，但那时在松辽野外工作的钻井队极其艰苦，肩背几十公斤的东西走十几里路对一个刚刚中学毕业的小伙子来说可以让他记一辈子。第二次是上世纪 60 年代末江汉油田大会战开始，他曾玉康作为大庆参战的一员，头戴狗皮帽、脚穿大头鞋坐一夜火车从东北来到华中腹地的江汉平原时，热得喘不过气来的那种感觉。在江汉油田，他经历了两件事：一是与女同学、王铁人的女儿确定了恋爱关系，并在铁人王进喜病重的最后时刻以未来女婿的身份见了铁人一面；二是上了大学。大学毕业不久，辽河油田的会战序幕拉开，父亲跟着钻井队举家从大庆搬到了辽河油田，从此再也没有离开那儿。而曾家七口人里唯独曾玉康一人留在大庆，且在这儿与铁人的女儿结成百年之好。别以为曾玉康当铁人的女婿沾了什么光，他与铁人女儿恋爱那会儿，正值铁人被造反派们污蔑为"大工贼"的年代。好端端的一个有为青年，谁敢与一位天天被批斗游街的"大工贼"的女儿谈对象？曾玉康这样做了，并且始终如一。值得一提的是，在王铁人家里如婚娶一类的大事，做主的不是铁人王进喜，而是他的高堂母亲——何氏老太太。曾玉康成为王家女婿，是在铁人去世后由何老太太一手拍板钦定的。

曾玉康从此在自己的肌体和激情里融进了铁人的血脉，这个血脉是大庆油田的精神与创业历史熔炼而成的。其血的颜色与燃烧后的大庆原油一样，是红红的，滚烫的……

他——曾玉康，也就不再是仅仅属于他自己的了，他属于石油、属于大庆、属于铁人后代的一种象征和化身。这也就有了在大庆前几年处境最困难的时候他曾玉康说的话："我不入地狱谁入？我不蹚地雷谁蹚？"

中国工业的旗帜，在进入 21 世纪时，传至曾玉康，他成为了擎旗手。而恰在此时，中国石油战略中的一次伟大改革被他遇上了。

　　大庆重组分离那会儿对所有大庆人来说，就是一种天塌的感受。大庆石油管理局，一夜间变成了"大庆'没油'管理局"——这对亲手开创这个油田的创业者来说，无论如何都是难以接受的。

　　曾玉康出任局长时的大庆石油管理局就是"没油"的管理局，油和一切与油相关的主体业务全部归到上市的油公司去了，给曾玉康留下的是一大摊必须与上市公司优良资产脱钩的非优良资产——用通俗的话说，是原来油田的全部"老弱病残"单位和结构不合理、人浮于事的那些国有企业不同时期滋生出的管理部门与"三产"单位。在这些"老弱病残"单位的背后，更令人恐惧的是人，是远远超过进入"核心业务"的成倍的人！

　　18万在编职工，还有5万离退休职工、5万家属、2万待业子女……还有几十所亟待改善的学校、十几所医院和数以千计的在计划经济时代长期存留下的挂靠单位……

　　按传统概念可以无条件从曾玉康手里开支的就有30万人。

　　按事实上的隶属关系需要曾玉康管理和安排的还有近20万人。

　　"管理局只要开门一天，就得准备1.2个亿的钱。可是那会儿我手下的单位有三分之二不能满额发工资，其中18000多名职工有几个月发不出工资。重组分离初期我们面临的就是这样一种局面……"当年采访曾玉康时，他皱着眉头向我坦露当时他的苦衷和艰辛。

　　"更让人难以接受的是重组分离后带给我们石油管理局几十万人心理上的失落感。"曾玉康局长进而说，"四十多年来，我们这些人的生命和感情都与大庆油田联在一起，甚至可以说划等号。但重组使我们一夜之间从油田的主人变成了油田的依附者、打工者，这种变化和心理上的失衡，比几个月拿不到工资更可怕。"

　　管理局办公室副主任滕强原来是局长秘书，他给我讲过一件事：那会儿油田单位分离初始，上市的油公司与管理局之间的业务关系成为一种关联关系。原来一个办公室、一栋楼里工作和吃饭的大庆人变成了完全不同的两种身份、两种关系——负责采油的油公司成了业主甲方，为油田服务的管理局则变为乙方。身后有几十万人等着揭锅吃饭的管理局曾玉康局长，把全年与油田关联的业务量看得比自己的血压升降还要重。终于有一天，甲乙双方第一次代表各自的新身份坐在了一起。开始相当客气，毕竟原来都是一个单位的同事，而且彼此可能还是上下级关系或同级领导。但后来进入实质性的业务谈判时，谈判气氛越来越紧张。曾玉康代表乙方希望尽可能地揽到油田生产服务业务，且希望在成本和价格上能够有个较优惠的待遇——几十万人等着我们分米下锅呢！甲方的油公司感到有些招架不住：油田生产的成本是严格按上市公司的标准定的，一是一，二是二，不能随便提价或减价。乙方再三陈述当下管理局面临的重重困难，因而步步进取。甲方不断摇头——该是什么价什么成本，这一点不能改动。分家后的"亲兄弟"第一次谈事就陷入僵局。向来处事温文尔雅的曾玉康站了又坐下、坐了又起身，最后不得不跑到走廊，向秘书伸出手：拿支烟来！腥红的烟蒂照着那张愤怒得有些变形的脸……乙方！日他娘的乙方就是这个滋味啊?！可不是，我们乙方是为他人打工的，人家甲方是"上帝"嘛！在"上帝"面前你想要什么？是要尊严还是要饭吃？想要尊严你就准备饿肚子，想有饭吃你就先放下尊严。堂堂大庆石油管理局局长的曾玉康第一次知道了在"上帝"面前当孙子是怎样的滋味。

第一份"关联业务协议"，给曾玉康和重组后的大庆石油管理局所有人上了一堂刻骨铭心的市场经济课。

走出谈判会议室的那一刻，曾玉康强忍着盈在眼眶里的晶莹泪花，他想一把将手中刚刚签订的关联业务协议扔到窗外，可最后还是小心翼翼地把它放在了自己的办公桌上——这是几十万刚刚从油田分离出来的大庆职工们的命根子啊，他知道丢不得！

曾玉康没有哭。可他的下属——那些曾经在零下几十度的冰天雪地里冻裂指板、撕烂手掌甚至被地下万钧之力的井喷折断胸骨也没有掉过一滴眼泪的井台钻工们，却为了在甲方那儿多讨几份活儿、多要几个工钱而委屈得屡屡失声痛哭……

我见过一位钻井队长，他说重组分离那会儿他的井队第一次作为乙方接受一批生产井的施工任务，因为雨季到来，第一个月的任务无法按时完成，他们向甲方保证将在第二个月内提前完成总任务，所以希望对方能够提前支付当月的工钱，但甲方坚持认为应当按协议规定该怎么付就怎么付，多一分钱也不愿提前支付。这个七尺男儿从局账务部门拿回少了几万元的支票回队的那天晚上哭了，哭得妻子和孩子不知咋回事，左劝右劝都不管用，最后一家人抱在一起哭了大半夜。他说他之所以那么伤心，是因为前一天他已经向队上的职工讲好第二天早上要把拖欠大伙儿的三个月工资下发。"可我没有拿回如数的钱，我怎么向等米下锅的职工们交代呀？ 100 多号人，他们的身后是几百号的家属和孩子正等着开饭填肚子呢！我没拿回钱，我没脸啊！我哭自己无能，哭我们这些开出油田的人却守着金山去讨饭吃……"

我见过另一位钻井队长，他说他早想哭却一直哭不出来，"已经憋几年了……"这个队长在我的面前竟然哭得像孩子一般："我、我跟曾局长一帮人都算是大庆的第二代人了。当年我父亲从新疆来到大庆，父亲那一辈为国家贡献了一个世界级大油田；我们这一代为国家奉献了二十多年高产稳产的油田。可突然一夜之间我们不再是大庆油田的主人了……国家要适应全球经济发展需要把我们划为'非核心业务'。我们虽然不怎么理解但也服从了。可哪想到大庆的油田还是这个样，我们头顶的还是这片天，立足的还是这块地，我们的家还在大庆没有挪动一寸之地，可我们的地位和身份却完全变了样，饭碗也不在自己手里，而是别人在那儿端着，想给我们就给，想不给你哭天喊地也没用。上世纪 90 年代初，我们大庆为了在周边寻找新的油田资源，在呼伦贝尔大草原发现了一块希望之地，我们钻井队在那儿搞了好几年的勘探，大伙儿数年如一日地在那儿战天斗地，有的同志甚至连身家性命都快留在那片草原上，眼看着希望就在眼前。单位重组分离了，当我们再想进入那片草原搞勘探时，人家说我们必须参加竞标。这个发包的业主不是别人，就是我们过去一个单位的'亲兄弟'。新玩意儿我们不懂，竞标就竞标吧。可人家说我们投标的成本高，不如其他的队伍。我们一听就傻了，大伙儿怎么也想不通这是咋回事。油田是我们勘探发现的，过去的活也一直是我们干的，而且干得好好的，没出一点儿冤枉活，保质保量。可人家还是不要我们，说别的勘探队伍出的成本价比我们低。我们一打听，原来跟我们竞争的有其他行业的钻井队，也有承包商名下的一些农民工组成的钻井队……跟这些单位比，我们的成本肯定高嘛。这我们知道，甲方也应该知道呀：我们是专业队，过去一直在计划经济条件下走过来的，一个井队后面还养一大群机关和'三产'人员，尤其是重组分离后，我们的负担更重了，既要养活一线职工，又要背起一大帮离退休的，还有家属，这成本能不高吗？再说我们是国家专业勘探队，用的机械设备是一流的，干的活儿是一流的，成本自然不能跟那些野帮搭伙队比嘛！别人不知道这些可以理解，可偏偏把我们挡在门外的是以前一直与我们一口锅里吃饭的'亲兄弟'呀！重组分离后，人家现在是业主、甲方了，发包的人了，想把活交给谁就是谁的。按说人家照市场经济规律办事、照上市的要求处事也没啥错，可我们情感上无法接受！因为我们队上的情况，大伙儿成为'存续企业'后的难处、苦处，别人不了解可以谅解，唯独见'亲兄弟'这么铁面无情，我们实在受不了，也闹不明白。一句话，大伙儿觉得冤得慌，就想哭……"

想哭的不仅仅是那些在一线撑天立业的人，那些在本部工作和留守在家里的机关管理人员、后勤保障人员和家属们想哭的就更多了。

有一天财务部经理收到地方某用电部门送达的一张催款单子，他一瞅上面的数目就差点跳起来：啥，4.3亿元?!

4.3 亿元这是原大庆油田采油厂为了与当地有关部门搞好业务关系的一笔电费支出。这种"吃大户"的事过去在大庆是普遍现象，大庆油田一年被人吃走这样的钱不是一笔两笔。那会儿大庆油田反正家大业大，一切支出都算在油田开采成本里，所以根本不显。可现在不行，重组分离后的大庆石油管理局是个连职工工资都发不齐的"破庙"一座。

曾玉康拿着财务部经理送来的催款单子，愣了半天，最后说："这些电都是过去油田上用的，应该算作油田生产成本，你去跟油公司商量商量，请他们想法把款给供电部门结了。"

财务部经理兴冲冲地拿着单子走了，可不一会儿又回到曾玉康的办公室，额上渗着汗珠报告道："人家说现在油公司的每一笔钱都是上面的股份公司控制着，这样的陈年老账他们没法支付。"

"他们没法支付，我们就可以啦？"曾玉康的嗓门一下高了起来，他心里急呀：4 个多亿呀，可不是个小数目！更何况，此刻他手下的几十万人中有几万人连正常的工资都不知从哪儿来呢！

"您、您——您说到底怎么办，局长？"财务部经理那只捏单子的手在微微发颤，眼睛不敢直视曾玉康。他知道自己的局长已经有一段时间天天为下属单位发不出工资而愁断肠了……

"付！我们付！"曾玉康突然从账务部经理的手中抢过那张催款单子，"唰唰唰"地执笔在上面签上了自己的名字。

财务部经理不敢相信地看着单子上面怒笔书就的"曾玉康"三个字，抬头眨巴着眼睛，轻声地问："真我们付？"

"付！从重组分离的安置基金里走账！"曾玉康回答得斩钉截铁。

财务部经理走后，曾玉康看了一眼手中的笔，猛地用力将其折成两截，然后狠狠地骂了一句……

"苦啊！当时玉康同志和我是含着眼泪决定支付这笔钱的。"时任大庆石油管理局党委书记的张树平同志，那天在接受我的采访时谈起此事禁不住老泪纵横。

"油田重组分离后的核心业务与非核心业务之间的关联关系，对大家来说都是新鲜事物，对我们管理局单位来说有个认识和适应的时间，对上市的油公司来说他们也有一个学习如何处理与乙方的关系的过程，我们双方都有共同的责任，只要心中摆正国家、集体、个人三者关系，摆正国家石油战略和油田内部关系及油田职工利益关系，什么事情就都能处理好。"曾玉康局长后来这样对我说道。

但在当时，曾玉康的日子和心境无法平静，因为重组分离后许多意想不到的事情都随着各种利益关系的出现应运而生。

2000年，大庆再次发生了一件前所未有的事：那些一向对油田充满激情和信心的职工们纷纷提出解除劳动合同的申请，从此要与大庆油田"一刀两断"。

大庆历史上出现的这次"大地震"，既有重组分离后政策上的关系——当时中国石油天然气集团公司根据中央关于国有企业转制时为了达到减员增效的目的，号召将富余人员从岗位上分离出来。而更多的是当时有相当一部分大庆人对大庆石油管理局、对自己身为"存续企业"一员的前景失去基本信心。他们对以前的大庆充满着留恋，而对未来则不再抱希望，认为前途渺茫。倒不如借政策允许的好机会，干脆从此"别了"大庆，顺便还能拿一笔比较可观的"养老钱"。当然，也有相当一些人早想挣脱"体制内"的束缚，想到"外面的"世界闯一闯……那个时候的大庆，确实有点痛，也有点悲壮。

大庆辉煌四十余年，已经成为中国石油事业和中国工人阶级形象的象征。但谁也不曾想到在20世纪末的时刻，大庆石油管理局竟如此步履维艰，前面堆积的困难重如山……

那一日，中共中央总书记、国家主席江泽民坐上从江苏奔赴大庆的专列，他独自默默地打开列车的窗帘，遥望着夜空，心头一次次地在思索着这样一个问题：大庆重组后的那几十万人怎么个出路啊？江泽民总书记忧心重重，彻夜难眠……

是啊，大庆的问题就是中国的问题。大庆的每一件事都连着党和国家领导人的心，因为大庆的改革与发展关联着中国整个社会的命运与方向。

大庆真的像一些人所说的从此不再辉煌了吗？

所有大庆以外的人似乎都对此难下结论。那么大庆人自己又是怎么看待这场生与死的抉择？他们对国家确立的石油新战略又将如何去落实和拼搏呢？

这是世纪之交中国共产党人所面临的一个大课题。这个课题现在交到了曾玉康和他的大庆石油管理局党委一班人的手上，一起解这道题的还有几十万大庆人……

第十二章

萨尔图风暴——挺过来的就是胜利者！"人生沉至低谷，但采油永远箭头向上……"这就是大庆人永远的风骨。改革需要"刀砍"，出路需要迈步。

"铁人广场"上的悲壮与辛酸，皆是大庆人的热血与心跳……

关于萨尔图，大庆人印象中最具魅力也最具杀伤力的是它一年四季不绝的风暴。冬天，萨尔图的雪暴能转瞬间让千里大草原一片银装素裹；春日，风暴刮得鼻子眉毛不再属于你；夏季，雨暴能让北大荒几十天见不着太阳，而雨水可以汇集成大海一般；至于秋天里的沙暴，能叫巨石奔跑、草木飞天……

这样的描述或许有些夸张，但萨尔图刮起风暴，确实谁都有些惧怕。

自大庆油田在这儿诞生之日，萨尔图风暴不再纯粹来自于自然界了，它更多时候腾始于人们的内心世界……

而这心灵世界的风暴源，产生于一百多年前一位屹立于多瑙河畔的哲人之口。他面对当时疯狂而黑暗的罪恶势力，宣布了一个伟大政党的诞生：人类社会历史上最能代表工人阶级和民众利益的先锋队——共产党。

"共产党人到处都支持一切反对现存的社会制度和政治制度的革命运动。""无产者在这个革命中失去的只是锁链。他们获得的将是整个世界。"卡尔·马克思挥动《共产党宣言》阐述着共产党人的理想和追求。

共产党人从诞生的那天起，便承担了埋葬旧世界、创造新世界的使命。这个使命在共产党人成为执政者后，它的全部任务便集中体现在推动社会的发展上。

研究中共历史的中外专家曾经有过这样一个共识——中国共产党领导下的人民共和国自成立半个多世纪以来，有过无数举世瞩目的伟大成就，但真正能够让中国人扬眉吐气的要算这两件大事：一是"两弹一星"，二是大庆油田。

奇怪得很，这两件大事都成功诞生于当时中国最困难的年代。这是什么原因？也许我们能说出一百个理由，但我认为最重要的则是两个因素：我们党当时的正确决策和坚强有力的领导；全国人民同心协力干事的精神。一个国家和民族如果有了这两点，它在世界上将会永远立于不败之地。

大庆油田作为中国的石油能源基地，它给共和国的经济发展、政治稳定、国防建设和人民生活提高等诸多方面所提供的物质保障，让我们很容易理解它的重要性。而"大庆精神"带给中华民族的意义和作用，其实并不比有形的物质资源小。这也是"大庆精神"至今仍然在中国人民心目中光耀四射的原因所在。

大庆精神形成于大庆石油会战时期，又成熟于大庆创业发展的几十年间。当年大庆油田的诞生过程我们记忆犹新：它是在"困难的时期、困难的地点、困难的条件"下，由一批优秀的中国共产党人领导下的中国石油行业先锋战士们完成的。三个"困难"构成了大庆油田和大庆精神来之不易的客观因素。大庆油田和大庆精神至今仍然光芒四射，就是因为大庆有像铁人王进喜为代表的这样一大批充分体现"爱国、创业、求实、奉献"精神的优秀中国共产党人和优秀工人阶级、优秀知识分子，有他们不畏困难、坚韧不拔、积极进取、逆境而上的骨气和干劲。

曾听大庆人说，共和国前总理朱镕基到大庆时，一下车，他独自面对这座石油城凝视许久，深深地长吸一口气后说："我是怀着朝圣的心情来到这儿的。"

没去过大庆的人，是无法想象这种感受的。而我的体会是：当你一次又一次来到大庆后，你内心所获得的那种感受在很大程度上是不一样的，它会让你的情感变得愈加浓烈与深刻，直到无法自拔……

这是为什么？开始我也不明白，于是想寻觅其缘故。后来我发现，原来那里有个无法散去的强大气场，这个气场令你的魂魄和神思发酵出一种特殊的精神原动力。

"你有这样的精神原动力吗？"我问大庆人。

大庆人不假思索地告诉我："当然有。"

"那——它到底是什么？"我又问。

"喏，就是他。"一天早上，一个上学的小孩子指指广场上挺立的铁人像对我说。

铁人？！我顿然驻足，又站直身子，静静地凝视着那座巍峨高耸在我面前的铁人塑像……许久、许久，我渐渐地感觉自己的神思和魂魄在飞旋，在遐想，在飞旋中遐想，在遐想中飞旋……而最后我恍然顿悟：是啊，这就是我要寻找的大庆，寻找的大庆精神，寻找的大庆魂！

它就在这儿。

大庆油田铁人广场（赵永安摄）

铁人像（赵永安摄）

它就是——铁人。

铁人是大庆人心目中的"神"。

毫无疑问，历任油田党委和管理局的班子成员便是不朽的大庆精神的主要传承人。

"重组分离后的大庆石油管理局，无论是人力资源还是产业市场，都无法跟过去的石油管理局相比。有人埋怨说新的大庆石油管理局实际是个大庆'没油'管理局，这并非完全是一句调侃的话。事实上从重组分离那天起，我们管理局这边的几十万人虽然人还在油田这块土地上，但实际上与油相关的直接利益跟我们断了关系。可以想象，一个长期依赖采油，又一直是在计划经济条件下生存的大企业，一夜之间与原来的主业脱钩，要靠纯服务型的产业养活自己，这种困难和风险之大，不是哪一个人所能扛得住的。可在大庆我们有句话一直挂在大家的嘴上，叫做大庆是我们党的大庆，是全国人民的大庆。现在根据市场经济和国家战略需要，党和全国人民把一个与油利益脱钩的大庆交到我们这些人手里，不能说撒手就撒手了吧！这不是共产党人干的事。即便我们那么做了，全国人民也不会答应的。所以历史的重任便责无旁贷地搁在我们这些共产党人身上，假如你想撂挑子，那你就不是一个真正的共产党人。面对这样的重任，你想应付或敷衍对付都是不可能的，因为我们的身后有等着吃饭的几十万人，你想偷一点懒都不可能，这就是责任，执政者的责任。"曾玉康第一次与我见面的时候，秘书仅仅说的是"先见个面，聊几分钟"。可我们一见面，就聊到他不得不去参加一个外事活动为止。

那天上午，他讲了重组分离后他和班子面对一盘散沙式的大庆所要理解透的"责任"问题。不讲和不求责任的执政者，一定是庸政者；不知和不明何为责任者，也一定是蠢政者。

在与采油主业分离的那些日子，又加上一下有几万人"买断"后纷纷从单位撤出，当时的大庆石油管理局很像刚刚打完一场大仗后的残余部队。那些斗志和精神受到严重挫伤的干部职工们，都在眼巴巴地看着曾玉康他们，看着铁人广场对面那座管理局大楼里那几间"局长办公室"内闪出的灯光，他们在黑暗和迷茫中期待结果，期待天明……

"我们的北边就是原来的苏联。苏共从列宁时代到斯大林时代，再到后来成为世界上第二个超级大国，七十余年历史，不可谓不强大，可为什么在戈尔巴乔夫执政时，说垮就垮？就是因为这个时候的苏共执政者忘却了自己身上的基本责任。大庆是中国共产党在和平时期树起的一面工业旗帜，这面旗帜现在到了我们手里，它还能不能高高飘扬，关键就看我们这些当政者是否心存那份责任了。大庆在中国、在中国人民心目中、在我们党的队伍里，都是举足轻重的。如此特殊的大庆，仅有一种不想让这面旗帜倒下的基本责任还不够，它要求我们主政者必须有三种责任：政治的、经济的和历史的责任。"党委会上，班子成员带着无法平静的心情和必须面对的现实，重温毛泽东、邓小平和江泽民等党的三代领导人给予大庆的一次次语重心长的亲切关怀，顿感肩头沉甸甸的份量。

"什么是政治责任？服从国家的石油战略布局，毫不动摇地拥护中央决策的石油企业重组工作，以实际行动确保上市企业成功，这就是我们的政治责任。国企改革是中国经济发展的必由之路，作为石油企业的'半壁江山'和全国 500 强企业之首的重组改制，上市部分的成功上市，仅仅是改革成功的一半，存续企业能否实现稳定发展，这是国企改制的另一半。只有实现这两个一半的成功发展，才是改革的真正成功。因此，大庆石油管理局作为存续企业能否实现生存和可持续发展，这里包含着极大的经济责任。大庆是党和国家三代领导人树立的一面红旗，绝不能因为重组改制而使它倒下，这是历史责任。三种责任，缺一不可。"管理局领导旗帜鲜明地要求党员干部必须牢记这三种责任。

"可现在大伙儿人心涣散，光我们有责任不顶用嘛！"有干部说。

"那你先追问一下自己为什么在'买断'风潮中留了下来？"曾玉康拍拍那个干部的肩膀。

"这个……"

曾玉康笑笑，没有逼着那位干部回答，而是替他向众多干部作了回答："因为我们这些人对大庆还有感情，是永远割舍不了的感情，是不愿意看着铁人等先辈们创下的一份"家业"在我们手里垮掉。这份精神可贵啊！我们当干部的如此，所有留下来的那些职工们的精神更可贵！"

"我再举个例子：当年红军长征出发时有好几十万人，后来一路上有牺牲的和跑掉的，到延安时只剩下三四万人，可我们党推翻三座大山、建立新中国靠的就是这部分走完长征的、对共产主义充满信念的革命坚定分子。大庆油田重组分离，我们暂时失去了优良资产和原有的主业，人也走了三分之一，可留下来的还是多数。有这么多对大庆深怀感情、对前途充满信心的干部职工，我们一定能举起大庆二次创业的旗帜，实现建设一个新大庆的目标！"

"我曾玉康对此有信心。你们呢？"

沉闷的干部大会会场顿时躁动起来。开始是少许的窃窃私语声，后来是一片连一片的喧哗声，最后是气吞山河的振臂高呼声：

"我们也有——！"

"我们有——！"

曾玉康的脸上露出笑意。这是他出任大庆石油管理局局长后第一次发自心底深处的微笑。

有了责任意识，就有了工作信心和奋斗方向。

重组后的大庆石油管理局抓的第一件事就是稳定在职职工的工作。2000 年初，他们在全局上上下下开展了以"解放思想，转变观念，坚定信心，谋求发展"为主题的大讨论。大庆自诞生那天起就有一个好传统，他们在遇到困难和阻力或在前进中产生迷茫时，就会用理论引路。当年大会战时，面对那么多艰难困苦，他们靠"两论"战胜了一切，为国家献上了一个世界级大油田；在"文革"中妖魔当道，阻碍大庆为国家献石油时，他们又一次捧出"两论"，给危急和病入膏肓的国家机器注入源源不断的血液……世纪之交，大庆从 40 多年不变的旧体制中走出，开始向现代化企业转制的生死存亡时刻，他们又一次捧出"两论"——这回的"两论"是邓小平理论和"三个代表"重要思想。

理论不是空洞的。新"两论"给重组后的大庆人所带来的精神力量，就是从国家的大局和本单位的实际出发，尽快调整心态和观念，分析和认识透自身发展的挑战和机遇，认清大庆在建设中国特色社会主义伟大事业中应有的地位和作用，从而树立信心。

信心来自正确的判断。方向则更是具体的。

大庆人在学习邓小平建设中国特色社会主义理论和"三个代表"重要思想过程中，静下心来细细分析和对照自己所处的生存环境与条件时认为：尽管新的石油管理局缺了采油主业，但国家给予关联产业这一块的优惠和工作量仍是管理局改制初期的主要业务；40 余年里大庆作为国家第一大企业所积累的技术、装备、管理和人才等方面的优势仍是同行业中无可比拟的，这是参与国内外市场经济竞争必不可少的强大优势；而最重要的是大庆有党中央与上级单位高度重视与支持，40 年来形成和保持发扬的大庆精神、铁人精神下锤炼成熟的党员队伍、工人队伍和知识分子队伍，这是一支越遇到困难和硬仗越能冲得上、打得胜的钢铁石油队伍。有了这三个优势，新的大庆石油管理局就有希望，就能实现"二次创业"的辉煌。

在大庆，你常会听到那儿的干部职工向你介绍大庆几十年来如何如何的总是"箭头朝上"——在采油数量、向国家交纳的税收上所做出的巨大贡献。每当这个时候，我都会发现大庆人的脸部表情特别出彩，那是一种对大庆的自豪和信心。

大庆人过去就是靠这种向国家"奉献、再奉献、更大奉献"的强烈愿望和永不言败的信心，走过了充满一个又一个曲折与困难的辉煌之路。曾玉康和党委一班人通过号召全局干部职工学习理解邓小平理论和"三个代表"重要思想，又重新振作了这种自豪和信心。这是在2000年大庆历史上极不平凡的世纪之交时期，中国石油城泛起的最盎然的春意，由这盎然春意升腾起的那股"二次创业"巨澜，则形成了大庆改革的风暴……

呵，那风暴壮丽而恢弘，时而挟沙飞石，时而掀天覆地。这风暴，带着时代的特殊使命，向历史形成的机制和体制猛烈冲击，摧枯拉朽；这风暴，带着党和国家的特殊期待，向大庆传统的理念与灵魂震撼荡涤，去浊存清；这风暴，带着大庆人自己的追求与愿望，向那些不符合市场和改制后的实际举刀割瘤，除疾祛病……用职工们的话说是："这回革命，是革自己的命。革命的目的是为了自己能重新活命。"

呵，"萨尔图风暴"又一次显示了它独特的威力，同时也再一次证明大庆人的傲骨铁质。

体制，无疑是大庆"二次创业"中面临的最大障碍。尤其是重组分离后的管理局，需要赶上早已形成和已经相当成熟的国内外市场经济运行规则，从旧体制中脱胎换骨无疑是首要的任务和关键所在。40多年前，大会战是为了尽快给国家找到大油田而调集、配制队伍的，当年像王铁人他们接受任务都是按临时的参战方式从老单位玉门等全国各个石油基地汇集到松辽战场的，那会儿他们吃的用的是国家调拨的，工资待遇是由原单位发的，即便是施工和专业也都是随着油田的不断开发与发展配备的，几十万大军的编制和会战方式，都是军队式的，与常规办企业、办工厂完全不同。即便发展到重组前的 20 世纪末，大庆实行的仍然是粗放式的专业与车间式的体制。职工和干部观念里有的只是服从这种体制、听众组织调遣、无私为国家贡献这样简单而明了的生存方式。大庆人过去生产不用更多地考虑成本和收益，一切成本都是计划之内的大框框，一切收益都是上缴国家的；大庆人过去管理不用更多地考虑市场规律，一切都看国家的统筹与指标，上面下达的你在下面按此办理就是……20 世纪 80 年代，深圳人已经纷纷开始追求公寓房和别墅居住时，大庆人仍以能在"干打垒"里举行集体婚礼骄傲；90 年代，沿海地区的青年把自谋职业当作追求个性发展的时尚时，大庆人则因大学或技校毕业的子女没能进管理局工作而倍感屈耻；20 世纪末，全中国东西南北的企业都在为改制后的生机勃勃景象欢呼时，大庆人多数仍然无法想象离开单位和组织后能过上稳定而长久的幸福日子。

呵，大庆太大，大得已经不是一个实际意义上的企业，它早已成为一个完整的社会概念了。这样的大庆不改变，怎能在全球化的市场经济条件下按现代化企业方式发展呢？

内部体制改革成为大庆石油管理局重新起步的首要任务，而这"一刀"切下去不知要切痛多少人的心肝肺胆。"再痛也得一刀切下去！不能拖泥带水！"主刀此次"大手术"的局长曾玉康他们痛下决心，举刀割瘤。

第一刀就下在管理局总部机关上。

为建立完善一个科学高效的内部管理流程与现代化管理制度，他们把机关总部的运行机制和管理职能，由过去的生产指挥中心向公司制企业总部方向过渡，社会化的事无巨细的机关职能，变为重点抓好战略管理、账务监控、投资决策、协调服务四个大职能，机关职能部门由原来的 26 个减少到 15 个，人员减少 187 人。

第二刀下在所属单位上。

按照集团化经营的方向，减压和缩短管理层次，他们按市场和专业需要，先后组建了电力总公司、创业集团、建设集团、发展集团、文化集团、化工集团、装备制造集团和油田总医院集团八个有独立法人资格的集团企业，并通过整合，使各集团企业的专业优势得到凸显。

第三刀则是对那些原先已经初步建立企业化运营体制的如实业公司、地下资源公司、电泵公司、运输公司、射弹孔厂等进行了产权多元化的直接改制。

这"三刀"的结果是：一改过去机关越来越庞大臃肿、干部只上不下的弊端，企业的职工专而优，那些有独立经营权的企业勃发出"干大干好对国家、对局里、对自己都有好处"的积极性和自觉性。

当第一个大"手术"动完后，他们随即按照"效益第一"的原则，对新机制条件下的所属单位进行了内部"调养"。

"处方"还是三帖：

一是干好干坏，以业绩为中心来评价。党政一把手实行经营指标招标制，最后以经营业绩考核决定经营管理者和局机关部门负责人的进退留转，并采取严考核、硬兑现，一年完不成经营指标的亮红牌，两年完不成的班子集体解散。党群和行政副职干部、其他管理人员一律实行公开竞争上岗。

二是放权激励和内部监控约束的管理机制。管理局作为国家的投资方和监督所属企业运营效益的管理者，集中精力抓好项目考证、投资规模、回报效益相关的财务、资金和干部的管理。所属企业则在经营和市场、专业和效益上充分发挥灵活与空间优势，达到整体效益的全面提升。

三是劳动力的市场定价和按要素分配的薪酬分配新机制。干什么活值什么钱，值多少工薪就得让人家装进口袋多少；智力劳动和一般工作拉开收入距离；只知在自家锅里盛饭吃的和想出招数到外面填饱肚子的给予不同奖励等。

这三帖"处方"虽然是"温补"，却给大庆干部职工的五脏六腑换了个彻底，结果是大伙儿从心底涌出一种喜出望外的感觉，于是工作中人人都跃跃欲试。

"听说曾局长也给某某某发红包了！"这样的消息在大庆是开天辟地的，像长了翅膀似的一传十、十传百，最后连当地的农民和市政府机关人员都在念叨这事。

有人为了证实这样的事，将电话打到局长办公室。曾玉康的助手笑呵呵地告诉他们：这事在年初局长工作报告中已经说得清清楚楚了——哪个单位任务完成得好，上缴的利润高，局里就发奖金嘛！

"那我们今年跟局里订的指标全面完成了，能不能多发点奖金呀？"有人仍心有余悸地小心试探。

"怎么不能？该发多少就发多少嘛！"

"可……可不是小数啊！有人可能要分到几万元呢！"

"几万元就几万元嘛！只要符合政策，缴上个人所得税，就是几十万元也该发嘛……"

哈，大庆人乐了，第一次为一下能往口袋里装进几万元、几十万元而乐得心花怒放。

局长那天到下面检查工作，一听这事也乐了：竟然有个单位的干部有几万元奖金不敢拿，说是若没有曾局长亲手把钱给他，就是割了他头都不拿。

曾局长拍拍此君的肩膀，装得一脸严肃：你再不拿我就撤你的职！

这样的事虽小，可在大庆人眼里，大伙儿感受到的是：天真的变了，大庆也在变了。

大庆确实在变。

这回受震荡的是那些身子和牌子都在大庆，却又非真正大庆人的那一部分人。

大庆大，大到什么程度只有你去了后才能亲身感受到。大庆的城市从南头到北头，全长近百里——这在中国城市中是少有的。它的城市布局是以整个油田面积而设置的，那些以采油厂辐射布局的油田工业生产基地为基础的企业日益扩大后就构成了城市的轮廓，有些像天女散花。假如你乘车在大庆城中行驶，时而可见毗邻的高楼群，时而可见飞鸟和野鸭嬉戏在一面面如同银镜般的巨型"水泡子"上，时而又见白云下面牛羊马儿跑在一望无垠的草原上……这就是大庆。

大庆大，大到光在全国各地设置的"大庆油田办事处"和相当于大庆油田办事处的机构就有一百多个。一个处长级的干部不知道自己属下有多少个科级单位、多少个企业牌子，一个科长搞不清自己的队伍到底有多少人员、多少业务，这在过去的大庆并非怪事。管理局的领导告诉我，他们经常碰到这类"奇遇"：大庆生产上要采购的一种产品，还没有出大庆的地盘就已经转了几道手、过了十几道账、升值了好几倍价；本来是油田的业务和生意，却让远在深圳、新疆甚至是海外的人做了主、赚了钱……大庆在计划经济时，一直被人戏称"中国第一油大头"。

曾玉康和他的班子这回重拳出击，就砸向那些一向依附在大庆身上的寄生者——与大庆石油管理局无隶属关系、无统一结算账务关系、无法人关系的"三无"单位，统统清除出局！

"千数以上的挂靠单位啊！每一个这样的挂靠单位，都是一种利益、一种人情、一种错综复杂的关系！要处理掉这么多寄生在我们管理局上的单位，不知要得罪多少人！但重组后的大庆石油管理局要获得自己的生存可能，就必须割掉附在自己身上的这些瘤子和负担，否则'油大头'就永远是'冤大头'，总有一天被它们拖垮、拖死……"曾玉康如此说，也如此做。

而要改变这一局面，必须用 12 级以上的风暴威力。

改革的风暴席卷萨尔图每个角落，骂的，哭的，甚至扬言要跟曾玉康玩命的，最后统统以收兵为结果，大庆石油管理局终于有了天上只有一个太阳的晴朗日子。

大庆石油管理局为此也获得了丰厚的回报，仅此一项措施他们就"挖"回了 10 多亿元的市场业务量和 18 亿元的物资采购量。

同样，风暴对管理局内部也没有留情。管理局下面的 1116 个"大而全、小而全"的在编企业也被清理压缩到了 278 家。

整顿队伍、精简机构、强化专业、剥离附庸、分明现职、优胜劣汰……这一项项举措，使昔日云雾缭绕、喧嚣纷乱的大庆，如同一轮东升的新日，顿生朝气，叫人心旷神怡。

时至 2000 年年末，原本等着看曾玉康他们管理局热闹的人，反倒看见了另一番情景——管理局的财务经理拿着报表，眼含热泪向"局长和书记汇报道：局长、书记，我们的账面上总算有点余钱了……"

"多少？"苏玉添书记好不惊喜地问。

"6700 万，也就是 0.67 亿元，是我们的纯收入！"

"不错不错！"苏书记很是激动地连说了几个"不错"。

但作为全局经济工做主管的曾玉康局长没有说话，也没有笑意，他用牙齿咬了咬嘴唇，滚烫的泪花在眼眶里转动了好几圈却没有落下……

真的来之不易啊！昨天还是中国企业纳税 500 强之首、钱多得不知怎么花的特大型国有企业，如今账面上只有零点几亿的钱。是悲还是喜？有人告诉我：大庆石油管理局的基本开销每天大约 1.2 亿元，也就是说，不管你曾玉康局长开不开门，每天你得拿出这么多钱才能让"大庆石油管理局"的牌子稳稳当当挂在办公大楼门口，否则就麻烦大了。

曾玉康呢？他想这件事了吗？或许他根本就没有想到这样的事会

发生，或者根本就没时间去想这类问题。

因为就在这个时候，他办公室的电话被打爆了。

——"你是曾局长吗？还管不管我们死活了？"

——"你们是不是共产党人？大冬天的零下几十度，让我们在冰窖里过啊？你们的良心让狗吃了？"

这是怎么回事？

曾玉康大惊。

大惊的还有苏玉添书记等其他局领导，因为他们也先后接到了同样的电话，电话里同样是怒气冲天和怨声载道，说出的话难听至极。

"赶快上东湖那边看看去！"曾玉康带着办公室的人立即驱车前往打来电话的东湖新区职工宿舍楼。

这个新区是大庆石油管理局为改善职工住房条件而兴建的，在当时是大庆油田规模最大、条件最好的小区，许多小年轻为能在东湖小区的新房里度蜜月而兴奋过，更有众多在大庆干了一辈子的"老石油"倾尽家财举家搬入此地准备安度晚年。

这里发生了什么事？

局领导心急火燎地赶往东湖，有人还未从车子里钻出身子，好家伙，头顶上即有臭哄哄、黏乎乎的东西迎面飞来——"快躲开！"有人喊。

那是啥？他们朝溅落在车子上和地面上的那东西一看：我的妈，是大便！

"谁这么缺德啊？！"下车的人火了，抬头朝扔大便的楼上直嚷。

"你说谁缺德？除了你们这些贪官还有谁？"楼上有位老"石油"探出头来，不甘示弱地与干部们对阵。

"骂什么？上去看看到底是怎么回事！"曾玉康带着几名机关干部直奔新区楼房的职工宿舍。

咋啦？这楼道里怎么都淹了！曾玉康的脚一踩进楼道，那淹过脚脖子的污水就挟带着臭哄哄的气味迎他而来⋯⋯

再往楼上走，一户刚结婚的小两口正满头大汗地搬动着新沙发。小媳妇见局长上门，眼泪不由哗哗直淌：局长，你看看这水把我们的新房淹成啥样了⋯⋯

曾玉康朝脚下一瞧，那贴着"喜"字的新婚洞房内到处水汪汪的一片⋯⋯再往楼顶看，那上面的楼板上渗着"雨水"正一个劲地往下滴⋯⋯恰有几滴"雨水"不偏不歪地落在了随同曾玉康一起来的几位机关干部的后脖子里⋯⋯

干部们再往楼上走，进另一户一瞧，全都愕然了：一对年迈的老职工，裹在潮湿的棉被里正在瑟瑟发抖⋯⋯

"局、局长⋯⋯楼下的水管裂了，我们几天没、没有水用了⋯⋯昨天儿子刚给我们打了点水来，可厕所管道又堵了⋯⋯今儿个早起，老头想把厕所捅一捅，哪知弄了一地水⋯⋯"屋里的大娘开始抽泣起来，一双可怜巴巴的眼睛直看着曾玉康和几位进屋的干部。

此情此景，曾玉康无法再看下去，他的嗓子眼在冒火，火燎燎的。突然，他大喊一声："把干这糙活的人给我找来——！"曾玉康额头上的每一根青筋都鼓得圆圆的，眼睛里喷射着火焰，如同一头怒狮。

"这么好的安居乐业工程，这么大的小区建设，竟然干成这个模样，是我们自己的队伍干的吗？我们大庆人绝对不会干出这么操蛋的事！查！给我彻底地查！查出谁干的我要罚他个精光！决不再让这种人进大庆地盘一步！"东湖现场会上曾玉康拍案震怒。

查！谁干的这等糙活很快被查了出来。

"是哪帮人？哪个建筑公司？谁批准允许他们干的？"一连三个发问，问得参加调查的人噎着话半天不敢回答。

"快说！"曾玉康强压心头之火，目光直视那几个调查组干部。

"是……是我们自己人干的，而且用的材料也是我们厂家生产的……"调查组干部如实回答，并且交上核实的相关材料。

曾玉康和几个局领导接过材料，面面相觑。

但事实就是如此：东湖小区的质量问题，责任完全在管理局自己的下属单位。

联想起前阵子连续两次发生在小区居民楼因水管爆裂造成的死亡事故，此刻的曾玉康再也无法遏制心头之火了——

大庆啊大庆，你这样下去还不玩完吗？

大庆啊大庆，国人向你学习了几十年的"三老四严"作风你自己还记得不记得了？

曾玉康这一瞬间心都有些碎了……

"三老四严"和"四个一样"是大庆精神的重要内容。

"工业学大庆"，从毛泽东向全国发出这一号召的那天起，全国人民都知道大庆人是工作上最讲认真、最负责任的人。铁面无私、一丝不苟……这种过去一直被人传颂的大庆工人阶级形象到哪儿去了？

"东湖现象"，它是大庆精神流失的痛心表现！是新形势下大庆石油管理局求生存、谋发展的最大障碍！是侵蚀和损害大庆形象的可耻行为！必须予以坚决彻底地清除！

重组分离后的大庆面临生死存亡之际，我们竟然出现如此管理不严、制度不实、作风不硬的现象，我们必须向它宣战！否则，大庆就没有出路！

全局电话会议上，曾玉康局长和其他局领导以从未有过的严词，宣布在全局范围内开展一个向"东湖现象"宣战的决定，同时对查处的 34 名相关人员进行了公开的党纪和行政处理。

"东湖现象"大讨论，历时三个月，在存续企业的数十万干部职工队伍中所引起的震荡空前。用工人们的话说，咱大庆过去是靠"三老四严""四个一样"的传统，赢得了各行各业和全国人民的尊重。

重组分离后，大家一直在喊国家亏待了我们大庆人，可细细想想，我们现在假如连关系到自己衣食住行的事都办不好，咋谈跟别人竞争的本事？咋还有脸说自己为国家如何如何贡献的能耐？

可不，咱打井探油的人还不知道没有金钢钻，哪能钻千米岩石吗？钻孔没压力，地下的油能冒出来吗？

队伍作风不过硬，再这样下去，咱"油大头"就要变成谁也瞧不起的"傻大头"了！

耻辱感、羞愧感汹涌而来……这"东湖现象"的大讨论，让大庆人仿佛吃了一服清醒剂。钻井公司有位队长红着脸跟我说："'东湖现象'讨论前，自己老有一种心态，一说大庆好像自己的队伍就是代表，一说铁人好像自己就是铁人化身。因此前几年到外面干活总是很牛，可牛了半天活没少干，就是拿不回几个钱。为啥？人家现在都在按市场经济规律办事，丁是丁，卯是卯，你牛哄哄一副啥都满不在乎的样子，人家就笑嘻嘻地跟你玩老鼠逗懒猫的把戏。这不，本来我们下了本、出了力，也把活干了，可倒头来我们还得求爷爷告奶奶地向人家作揖陪笑脸地去请业主结算工程款。"那队长话锋一转，说："我们这还算好的，比我们更牛、更充'油大头'的人在我们大庆在不少数：活已经干了几年，工钱却一分没拿到，这样的事有的是。这样下去，大庆不被拖垮才怪！"

这队长说的是一面，而曾玉康当了局长后还有比这更令他头疼和伤脑筋的另一面：局里辛辛苦苦、费尽口舌，又投入巨大财力物力和人力去给人搞个工程，结果派出的队伍以大庆人自居，我行我素，不按甲方的条条框框做，最后某个地方出了岔，弄得不仅施工费没拿回，反而还要赔偿人家。里里外外一折腾，他大庆整个儿是"冤大头"。

从"油大头"，到"傻大头"，到"冤大头"……大庆最后只能自生自灭，退出历史舞台——向"东湖现象"的宣战，是大庆人重新认识自我的一次心灵战役，效果出乎意料。正如曾玉康在总结时所说的：抓"东湖现象"问题，是大庆石油管理局在面对新的历史条件下，结合自身问题所进行的一项得民心、顺民意，体现管理决策层从严治企业的决心和敢于正视现实、解决突出矛盾，以求真务实的态度，致力于大庆走出困境的重要举措，它为大庆的广大干部职工发扬铁人精神和恢复"三老四严"等光荣传统，补了一堂深刻的课。

这课叫"自我教育"。

"自我教育"结果再次证明大庆人不愧是铁人的后代。他们一旦恢复信心，一旦振作精神，一旦重新举起"三老四严"传统，地球又将在他们的脚下抖动。

卢东红，曾是一个研究所的副所长，在重组分离时被调到景山实业公司经理的位子上。这位习惯于在实验室进行科研工作的技术尖子，哪想到她此刻接手的一个1200人的队伍，账面上竟然没有一分钱，倒有欠别人一千多万元的债务。要命的是，过去全公司依附在油田钻井公司时至少有活干，可分离后原有的工作量几乎全部丧失。没有活干，哪来饭吃？从卢东红上任的第一个月起，她只能和全公司所有干部职工一样领不上工资。大庆油田的人几个月发不出工资，这在大庆历史上从未有过，而且是在大庆油田每年向国家上缴利税最辉煌的时代。这听来有些荒诞，但却是大庆石油管理局在本世纪初千真万确遇到的尴尬。

怎么办？1200多名职工瞅着卢东红这位年轻的女经理，看她两只纤细的妇人之手到底能不能变出法子替大伙儿弄到饭碗，解决生计。

卢东红苦苦一笑，说："那得等我上'铁人纪念馆'一趟。"

上"铁人纪念馆"犯什么神经？

"那儿有咱大庆创业的法宝呀！"卢东红一脸灿烂道，"当年大庆咋在'困难的时期、困难的地点、困难的条件'下为国家找到了一个大油田啊？就是用了铁人说的'有条件要上，没有条件创造条件也要上'的自力更生、奋发图强精神嘛！现在国家发展了，条件也好了，可铁人的精神、大庆的传统对特定时期的我们——今天的大庆人来说，还是管用，而且十分需要……"

女经理越说越神采飞扬，最后说得实业公司的职工们跟着热血沸腾起来。

"你说咋干，咱就咋干！"一帮年龄不算小的女工拥簇到卢东红身边，叽叽喳喳吵着让经理给她们活儿干。"当年大庆有铁姑娘战斗队，现在我们也想当一回'铁姑娘'。"

"好！大庆市政府的开发区正在对一批钢屋面进行防水修缮，我前天去揽了一些活，你们愿不愿干？"卢东红说。

"只要给钱给饭吃，就干！"众女职工已经有些迫不及待了。

"走！跟我走！"卢东红一挥手，带着第一支"创业"队伍大步迈向"要饭挣钱"的征程。

"有一天我正好路过开发区，见烈日之下有一群妇女在屋顶上，觉得奇怪，走近一打听，原来是我们景山实业公司的一帮女工在给人家干活呢！我当时看了立刻感动得眼眶直发酸：女职工太苦了，为了弄顿饭吃，她们干着爷们儿才干的活。先别说上楼顶害怕不害怕，烈日晒得热不热，为赶工时女工竟连晚上都舍不得回家，说是会浪费时间，于是工服一脱，往屋顶水泥板上一躺就这么露宿……"管理局老书记张树平对那一幕依然记忆犹新。

"娘们儿都干得这么风光，咱爷们儿还有啥说的？"景山实业公司运输队的男职工不服气，一拼二争，把亏损多年的运输队整得生龙活虎……

就这么着你拼我夺，整个景山实业公司在当年就扭亏为盈，后来的日子更不用说。卢东红现在已经是另一家大庆企业的党委书记，她向我介绍：在她离任景山实业公司时，全公司的资产已经升值了几十倍，账面上的收入达到三四亿元。"我是搞技术出身的，做梦也想不到自己会当起公司老板，而且竟然还带着大伙儿赚了不少钱。可刚上任时我没少掉泪珠子……"卢东红说到这儿，那张青春的脸仍是红红的。

卢东红的"创富天才"无疑是被逼出来的。她今天的情况我们并不知，在此只期待她能生活得更好！

王殿富的"财富庄园"则是靠燕儿垒窝窝而砌成的。

当时出任新兴实业公司"老板"的王殿富，上任伊始就面临这样的困境：1700多名在职工、1200多名"买断"职工和1300多名离退休人员、1300多名家属……这四个"一千多"是王殿富上任初始要给活儿干、要发工资或者还要给关照的人，近6000人。

王殿富的头皮都要裂开了：原来油田上的工作因为新兴实业一没资金二无技术优势，人家干脆就不给干了，他的队伍在分离后连"乙方"的资格都被剥夺。怎么办？向上面伸手？管理局领导明确告诉他：要吃饭的人还可以分给你一批，要钱——对不起！王殿富只好独自跑到采油场的一块闲置的野地里，痛痛快快地发泄了一次男人的泪雨……

哭吧，把眼泪流成河就能灌浇出绿色希望。王殿富从地头蹲起身子时，他瞅瞅四周——一台台磕头机旁，有大片大片的绿地，那绿地上摇曳着青嫩嫩的草儿，草丛中有几头牛儿在逍遥觅食……这，这儿不是人们常说的"绿色庄园"嘛！

王殿富拭干眼泪，再举目远眺：广袤的油田上绿浪滚滚，天际飘着美丽的白云……

哈哈哈……"这是我的家呀！我的家！"王殿富想不全腾格尔唱的那首歌词，但他仿佛猛然从绝境中看到一条光明之路：是啊，大庆油田地处草原，咱何不办个牧场，养上些奶牛，既让职工吃上鲜奶，又能销向市场?

真是的,活在大庆几十年,怎么就没有想到这一招嘛? 王殿富对自己的灵感万分欣喜,回到公司将自己的想法与其他几个干部一说,大家的兴致同样被激了起来: 可不,与其等着饿肚子,还不如动手干点事。大庆油田有的是草原和养殖畜牧的能手,办牧场肯定赚钱风险少!

说干就干。王殿富等党员干部带头圈地打桩做义工——说好的事: 公司账上暂时没钱给大伙儿发工资。党员先进性体现在什么地方? 王殿富他们的举动就是。那些本来在家喊冤叫屈的职工见党员干部都在为公司谋出路、做义工、求生存,便纷纷走出家门,加入了义工大军……

新兴实业公司的第一桶金就是靠"义工精神"干出来的。牧场的建成,使王殿富他们有了活路,用他们自己的话说: "没了油,我们有奶照样肥起来!"

那天我在创业集团听王殿富介绍后,忍不住一定要上他公司所在地看看。这一看就将我迷住了: 牧场绿浪滚滚,牛儿成群; 制乳车间,清一色的德国进口设备和洁净飘香的鲜奶味,令人陶醉。王殿富颇为自豪地告诉我: 光牧场和乳业这一块,就可以养肥公司职工。

"怎么讲?"我问。

"我有 2000 头奶牛啊! 一头奶牛一天产 30 公斤鲜奶,一年至少两万块纯收入。公司的牧场采取的是让职工入股的方式,这些奶牛其实都是职工的,他们靠这一块就能有不薄的收益。五年之内,我们要实现每个入股的职工拥有 10 头奶牛,一年可达纯收入 20 万元,还不肥吗?"王殿富进而告诉我,"牧场起来了,合资的乳品加工厂就源源不断地生产,这头有了钱,我们再武装为油田服务的技术队伍,过去没重组分离时全公司一年的主业收 1 亿元左右,可我们现在已经达到 4.5 亿元了! 一句话,我们新兴实业公司不仅活过来了,而且活得蛮滋润。这主要得益于我们按照曾局长所说的通过发挥比较优势寻找到了一条生存和致富之路。"

新兴实业公司后来越做越大。那天我随王殿富用了半天时间才把他的"领地"参观完。他一路指点给我看，说这座新托儿所是他公司出资 100 万元捐助建的，说那片商业区是他公司出资 1000 多万元盖起来的……王殿富和他的新兴实业公司现在真有点财大气粗。可不是，这两年除他自己公司几千人"肥"了起来，还向上面缴了 3000 多万元呢！

回到管理局我问曾玉康，曾局长一脸不在乎地说："新兴公司？他们在局里算不上大户！算不上！"

嘿，谁是大户？

宣传部的同志只笑而不宣。那天下午他们将我带到一个挂着"大庆石油管理局土地资源管理处"的局机关科室。

陈晓军一上来就说："大庆管理局能有今天，我感到共和国应当感谢管理局领导班子他们一班人，这话我敢当着总书记的面拍胸脯讲！大庆走过来不容易啊！我们这些当事者、亲历者都没有想到能在短短的几年里出现如此翻天覆地的变化！"

"我到大庆 30 年，一参加工作就在这儿。重组分离前是采油厂的副厂长。那会儿有句话叫'沾点边就烂'，意思是说我们这级干部谁要是跟多种经营沾点边，谁就得被划到存续企业这一边。我是采油二厂班子中唯一一个被划到存续企业这边来的人。我们干部也是人嘛，不想些实际的事不现实。上市的核心企业那一块他们工资高，我们非核心企业这一块差他们好几倍，心理能平衡吗？过去大家在一个锅里吃饭，一起创造了油田，现在一下要拉开那么大差距，是人不可能没一点想法。但我们听国家的，说重组分离就一下到了连饭碗都没有的存续企业这边来了。开始我跟王殿富、卢东红他们一样，是实业公司的领导，带 8000 多人，大半是原来的集体工，女工多、上年龄的多、身体有毛病的多，你说我们怎么活？苦啊！老实说，我也想过'买断'回家算了。可曾局长对我们说，你们是党员，是骨干，党员和骨干都走了，还有几十万人咋办？就这么留了下来。没想到的是，现在我们的日子竟然过得不错。大庆真的了不起……"陈晓军脱口念了一首我都不熟悉的艾青的诗，我想如果机遇到了他，一定也是位不错的作家。

陈晓军管的是大庆石油管理局土地资源这一块。他从一分钱都没有的"光杆司令"到现在执掌上千亿元资产的"土地大亨"，自始至终见证了大庆重组分离后的沧桑。

大庆油田大，不算地下储藏的石油，光地面占有的土地就有 196 万亩，实控松辽平原的地面面积 1300 平方公里。但大庆又"小"得可怜，在重组分离时，他们发现自己的土地竟然没一分是可以变为资产的。原来，虽然在计划经济年代按照国家开发油田的相关规定，凡油田用地的土地都归大庆油田，可当大庆石油管理局开始全面迈向市场时，他们这才发现自己使用和居住了四十余年的土地每一寸都不能随便动用。为什么？因为大庆油田庞大的土地资源，从来就没有办过半个证。按照国家《土地法》规定，没有国家土地部门确认，你大庆就不能动用一寸土地去进行经营。

曾玉康局长接手管理局后，逼着部下动脑筋挖潜力，土地便是他的棋子之一。陈晓军就是在这个时候被挑选到大庆石油管理局土地资源管理部任经理的，他现在都还记得上任那天曾玉康对他说的话："土地是大庆生存发展的最大一块物质资产，就看你有没有办法将这块死钱变成活钱了！"

说起来容易，可真要把"死钱变活钱"，着实让陈晓军伤足了脑筋，也跑断了腿。

到世纪之交的 2000 年，大庆油田的历史整整过了 40 年，这中间油田分离出了一个市政府，重组后又出了个油公司，还有部队，还有黑龙江省直单位……总之当年余秋里、康世恩在时大庆油田一统天下的格局早已一去不复返。你中有我、我中有他，使大庆的土地隶属关系变得极其复杂。

"比如当年余秋里部长为了解决几万大庆会战职工的吃饭问题，油田附近我们开发了许多农场和耕地，这算不算我们的？有一次余部长在火车上向周总理要地，总理问他要多少，余部长将右手一伸，张开五个指头，手掌上下翻了四翻：20万亩！总理当时都笑了，说：你胃口真不小嘛！余部长说，我人多啊！将来还要建石油城，吃饭的人就更多了。周总理回头跟黑龙江省领导一说，人家就将北大荒上一块20万亩的好地划拉给了咱油田。我们一种就是几十年。这块地离大庆市区400多公里，是块真正的'飞地'。土地现在值钱了，人家省里想要回这地，我们自然不愿给。可第一，我们拿不出土地证来证明是我们的地，第二又因没有土地使用证，我们想对内对外进行土地使用上的经济活动也搞不成。大庆油田所有土地在重组分离时就是这个情况，弄得我们很尴尬。偌大的一个大庆，我们想进行哪怕是一栋楼的商品化都搞不成，因为连起码的土地使用证都没有……"陈晓军自嘲是个"抱着金饭碗讨饭的乞丐"。

管理局领导要求陈晓军他们必须改变这种角色，所以陈晓军带领手下的将士用"以诚感动天下人"的精神，一块土地、一栋楼房地"跑证"。

"哎呀，不跑不知道，这简直就是上刀山下火海。现在土地在人们的眼里是啥概念？是钱！是银行！是比钱和银行更厉害的金山！"山东大汉陈晓军在屋里喊着叫着跟我说，"我们的人为了把土地重新搞定到管理局名下，不知有多少次人家连黑社会都使上了，要跟我们玩命，我们也不让！一方面这土地本来就是我们的，另一方面我们知道这地也是大庆人生存的命根子呀！"

陈晓军没有给我讲他在完成这上千亿元潜在价值的土地"确

权""授权""补办已建房屋土地证"等几大过程中所受的委屈与苦楚，而是以胜利者的姿态向我介绍了他现在给大庆人严严实实地"抢"在手中的那些一年比一年增值的巨额土地资源……

听完后我笑了，笑石油管理局领导他们这一着棋之高明、之远见、之根本！

朋友们现在如果有机会上大庆看一看，你会发现大庆这个城市其实在许多地方已经显示出比南方沿海发达地区的城市更大的发展潜力，几乎是别人有的它有、别人没有的它有、别人做梦都得不到的它到处见可。你不相信？那我问你：北京深圳你有几乎用不尽的土地空间吗？上海、广州你有一望无边的湿地和湖泊吗？西安、南京你有一年 365 天的一级空气吗？你们都没有，大庆却有。今天的大庆不仅是一个石油城，更具魅力的是它那越来越显城市可持续发展潜力的绿地、空气和湿地。大庆市区的普通人家的饮用水大多是"矿泉水"，这你也不曾想到吧？可这些都是真事。

那一天大庆市领导带我上他们的城市开发区和几个农民新村转了一圈，我如此感慨：再过二十年，大庆将是中国城市中最具发展活力的城市之一！而为这，曾玉康他们牢牢把紧土地资源这一块，你说他们聪明不聪明？

聪明绝顶又甘于苦干实干的大庆人活不出个样子来才怪！

在绝境时刻，大庆人中有像卢东红、王殿富这样勇于负重前行的好领头人，有陈晓军这样力挽乾坤执大笔的干将，也有像供水公司有电动门不开而宁可用手系一根绳子作"门栅"省一分钱是一分钱的普通职工……大庆有这样的人和这样的精神还能不活吗？

管理局领导抓"东湖现象"，抓出了大庆石油自重组分离后谋求发展的第一个实施战略——他们把 2001 年列为大庆实现"二次创业"的"企业管理年"。

改革重组对大庆来说是痛苦的。我们承担了前所未有的风险和责任。而要带领几十万人走出困境，靠什么？大庆有自己的传家宝：大庆精神和铁人精神。这一年，江泽民总书记来到大庆视察，给予了我们巨大的精神力量。他的"三个代表"重要思想和给我们概括的"爱国、创业、求实、奉献"的大庆精神，让我们党委班子在执政过程中有了明确的指导思想和方向。党的理论思想在与时俱进，我们大庆精神也应与时俱进，江总书记概括的大庆精神"八个字"，就是大庆精神在新的历史时期的新含义：爱国，就是要通过持续发展，确保民族工业在世界经济一体化中占有一席之地，把大庆建设成现代化的适应世界经济环境的大型企业；创业，就是要面对市场，根据管理局的情况，提高核心竞争能力，以石油工程技术服务和生产保证为主，依靠科技进步，增强市场竞争力；求实，就是要严格管理，诚信求实面对市场；奉献，就是保证大庆管理局现有的国有资产保值增值，在新形势下对国家做出更大贡献……我们大庆精神是大庆人的传家宝，它的继承发扬也要靠我们大庆人来完成。第一次创业时，我们的前辈在一无所有的条件下为国家找到了一个大油田，实现了连续27年的高产稳产。而今，我们进行二次创业，也是在企业处于最低谷的时候，要发扬光大江总书记给我们总结概括的"八个字"精神，最要紧的是什么？发展！发展是企业生存的内在需要，发展是解决一切问题的根本途径，发展是实践"三个代表"重要思想在管理局的根本落脚点，发展是时代赋予我们的历史责任，发展也是我们管理局摆脱困境、实现更长远发展的必不可少的前提条件。

这是我翻阅到的当年管理局领导的一段讲话稿摘要。当我们品味上面这段话的同时，再看其在重组后下的第一着棋——"企业管理年"，便知了他的高明与高超——

庞杂纷乱的管理局，在重组分离初始就像一盘提不起、甩不掉的散沙，四十余年所留的好东西仿佛也像分出的优良资产一样被人带走了，而剩下的都是些待处理的"废物与陈规"。有人曾预言，管理局领导能在三五年内把这些"废物与陈规"清理一遍就算是能人了，至于搁浅沙滩的大破船（当时不少人这样比喻重组后的大庆石油管理局）要重回大海航行，也许永无可能。管理局班子成员没信这一套，他们抱着发展就是生存的信念，一边整合队伍和机制，一边早已将目光放在了市场上，投向了大庆之外更大、更广阔的天地……

"大庆"的旗帜硬不硬，得举出去看一看才能算数。多次听到大庆油田的领导说过这样一句朴素而充满真理的话。

大庆之外的市场在哪里？当了几十年"中国石油老大"的大庆人，对大庆之外的世界知之甚少。

"大庆？大庆来的人？他们来干什么？我们还想着到他们那儿找活干呢！"石油管理局的局长们最初一次走出大庆"闯市场"的路，选择了向西走，故称"西行漫记"。

但堂堂大庆油田人出门的第一站就被山西省的一些人奚落了一番，甚至有人这么对管理局的领导们说："你们大庆反正都是国家的，干多干少最后还不是要国家管你们。怕啥？"

大庆人皱皱眉头，话不投机，只好另找知音。

"大庆来的？哎哟，欢迎欢迎！我一参加工作就知道'工业学大庆'了，后来当了领导管理企业，我始终没有忘记要让工人们发扬'三老四严'精神。欢迎你们大庆同志，有哪里需要我们的，尽管说！"人至古都西安，一群市领导亲自出面招待大庆石油管理局的局长们。那异常热情的场面和丰盛的酒菜，令大庆人内心泛起一阵激动。

"我们是想出来看看有没有适合我们干的工程，我们大庆有比较强的技术优势，有比较好的……"实诚的大庆人刚想表达自己的来意，却被对方打断了："你们不用介绍，大庆人都是些什么人？铁人的队伍！在那么困难的条件下都把一个世界级油田找出来了，还有啥不过硬的？谁都可以不信，还信不过你们大庆人？哈哈，干了这三杯，我们就把市里的几个建设项目交给你们干了！"西安市委领导痛快而豪爽。

干吧！酒量本不怎样的局领导端起第三杯时，随行人员怕他不胜酒力想替喝，却被挡了回去……

"干！"第二轮酒又开始！又是个"痛快"。

第三轮酒又开始，这是"合作友谊酒"，必须喝。

好！好好！大庆人不仅干工作像铁人，喝酒也是铁人！来来，再干，干！西安人热情好客，豪气冲天。

"好家伙，这一路上可没少喝酒！人家热情，说你们又是大庆人，又是东北来的，肯定能醉倒江山醉不倒人。再说最主要的是我们去求人家给工程，不多喝点不成呀！"管理局领导谈起此事，脸上笑得有些无奈，但看得出心里是开心的。"中国就是这个文化，人家觉得你大庆人能上他那儿做工程，是看得起他们。我心里清楚：你们把我们高看一头，我大庆人不能装孙子嘛。酒也喝了，工程也揽到了。那一次，是重组后我们第一次主动走出去找市场，一个多月下来，揽到非常可观的工程量。所以，我的随行人员说，局长啊，要是能给家里饿肚子的人揽上活，我们就是喝得躺下后起不来，也心甘情愿。我相信他们说的是真心话。别说是他们了，连我自己都有这样的想法：那时管理局困难啊，二三十万人，三分之二的人在家等米下锅，我们出去多喝点酒、喝坏几个胃、喝倒几个人算啥？"

那个时候不像现在，也没有"八项规定"，所以"喝酒办事"也算是一种习惯和风气。听油田领导谈当年事，说得那么悲壮，直让我眼眶里湿湿的挺难受……

后来大庆人到了新疆塔里木，那儿有中国石油的大战场。大庆的钻井队伍就在那儿干。重组前，这支队伍在那儿干成什么样，老实说都是国家的事，他们前线将士只管往前冲就行了。可现在不一样，他们每干一份活，都与远在千里之外的家人和单位职工的饭碗连在一起。完全不同的身份产生完全不同的心态：没有退路，只能干好。

大庆人在初到塔里木油田工作时就碰到市场经济的磨砺。比如钻井工们按照过去在自己油田上大干快上的传统，井一钻下去就主动下套管。这里的甲方监理见后立即跑过来大声吼道：你们没有下套管的专门队伍，这样做是严重违反操作规程的！要求立即将已经下去的800多米管子取出。"等着接受经济处罚吧！"末后监理还这样说。大庆人被气蒙了：天下哪有这等事？多干活还吃力不讨好要受罚？

对了，市场经济严格规范下的施工就得服从、再服从！

初进市场的大庆人像刚出炉的钢坯淬了火，"噼里啪啦"心头直沸腾，有人不服，有人觉得窝囊。

不服不行，现在我们是什么？是乙方。

不，我们是大庆！

不错，我们是大庆。就因为我们是大庆，所以我们更要当好"乙方"！

大庆人在工棚里激烈争执起来……

总经理佟德安笑笑，然后语重心长地给大家讲了个"青蛙效应"的故事：有两个人比赛，说把青蛙放进不同的水里，看哪只青蛙会死。一个人把青蛙放在冷水中然后给它慢慢加温，结果锅里的青蛙就被煮死了；另一个人先把水烧得滚烫，然后将青蛙扔进锅里，结果那只青蛙一下从汤锅里跳出来，逃走了……"市场经济需要我们做面对烫水的青蛙而不是温水中的青蛙，必须具有快速反应的能力。一句话，改变观念，才能争取主动。"佟经理的话让在塔里木工作的大庆人明白了有生存才有发展的道理。

铁人的队伍名不虚传，他们在短时间内不仅适应了大沙漠的恶劣自然环境，更适应了那里早已形成的国际石油开发规程，而且很快打出了铁人队伍的风采。

那是 2001 年 4 月 29 日的夜晚，一个孤月悬大漠的月夜，一台耸立的钻机正在"迪那 2 井"钻探。这是一口特殊的气井，因为它的诞生引发和支持了后来我国著名的"西气东输"工程。

钻探此井的大庆 60601 钻井队，此刻正在按钻井监理的指令作业，钻杆正一寸一寸地向地心深处挺进……在钻至 4875 米时，值班的工人突然发现泥液面持续增高等异常现象。"不好，要井喷啦！"经验丰富的大庆人立即惊叫起来。

"马上关井！"现场监理满头大汗地命令，"赶快压井！快快！"

说时迟那时快，井口套压立即被用上，可仪表上的压力还在飞速上升：40 兆帕、50 兆帕、55 兆帕、60……

23 时 45 分，谁也不愿看到的井喷终于发生："咚——隆隆——"

随着一声震天的巨响，一条四十多米的火龙呼啸着蹿出地面，顷刻间将整个钻台燃成一片火海……

"快撤——"

"不能撤！钻台上有大量氧气瓶和储气钢管……"

"马上抢出氧气瓶和钢管——！"只见火海中，董奇、由保胜等领导在高喊着："是共产党员、积极分子的跟我上——！"

"上啊——！"于是，郑万龙、刘绍国、魏克华、宁长武等共产党员、积极分子像黄继光、董存瑞等英雄那样奋不顾身地冲向火海……

大火仍在燃烧。井喷更加强烈。

北京被惊动了。而最焦虑和着急的还是大庆人。"不惜一切代价，保护好气井！保护好我们的队伍！"局领导接到险情后，在最短的时间内于大庆本部组织了一支具有专业能力的抢险队火速向万里之外的井喷战场发兵，而以工会主席为团长的慰问团也在第二天直飞新疆……

呵，地火太疯狂！疯狂得令千里大漠都在颤抖！那灼目的弧光更是刺得叫人睁不开眼，大片大片的沙漠被烤成沸腾的热流到处乱蹿……塔里木油田勘探指挥部已经下达决战死命令：10里内不得有一人一畜，现场所在车辆和人员皆装备了防火罩，只待有谁前去火海制服井喷……"还是我们上，我们大庆经验足，我们上！"在最危险的时刻，大庆人站在了火场最前面。一支300余人的钢铁队伍，在各种措施的配合下，如同猛虎下山，向震天动地的火源中心冲去……

一次失败，又一次冲锋。

又一次冲锋，又一次失败。

再一次冲锋……

终于，燃烧40余个昼夜的疯狂火魔，在6月中旬被英勇的石油战士彻底击退。塔里木重新恢复宁静，胡杨树绽开笑脸——大庆人以生命鲜血创造了中外石油史上罕见的抢险壮举，为13亿祖国人民接生了中国最大的一个天然气"金娃娃"。经测试，"迪那2井"日产天然气218万立方米，优质凝析油180立方米，为中国陆地天然气第一井。"迪那2井"的诞生，为国家后来制定伟大的"西气东输"工程奠定了基础。

呵，大庆人再次名扬天下。"萨尔图风暴"再度席卷全国、席卷各种市场。

大庆人在大庆本土之外的工作量也因此源源不断涌来……至此，重组两年间大庆石油管理局他们不仅自己艰难而成功地挺了过来，更可喜的是他们以自己的巨大牺牲，换得轻装上市的大庆油田生产那一块更加高产高效，向国家交纳的利税直线上升。2000年和2001年，大庆油田创利税总额分别达到778亿元和600亿元，较重组分离前的油田利税总额都有巨幅增长。利税交国家，国家再给地方和百姓，获益的是咱们全中国人。

大庆，国人向您致敬！更向那些为油田轻装上马做出牺牲的存续企业几十万干部职工致敬！因为你们挺过生存这一关可歌可泣。

挺过来了就是胜利者。胜利者是永远值得尊重的。

但，大庆作为特大型国有企业，它的改革难度，远比制服"迪那2井"的井喷难得多。就在石油管理局和职工们庆贺重组曙光初现的时候，一场令中央、令黑龙江省、令大庆人自己也很是措手不及、束手无策的地震正以迅雷不及掩耳之势向他们袭来……

刚刚在2000年重组分离之后有所起色的大庆油田，却在第二年遇上了一场因世界风云突变而出现的罕见的"大地震"——

> 回家去，带着一生最好的时光
> 回家去，带着抛弃不了的抛弃
> 回家去，带着不能回想的回想
> 回家去，别让脚步这样彷徨
> 回家去，别让心灵如此踉跄
> 曾经有过奉献的岁月
> 回去也应走得一路风光……

大庆人在痛苦的时候总爱吟这首《我们回家去》的小诗，这是他们自己创编的心灵之歌，由血与泪凝结而成。

时至2001年下半年，他们仍然有人爱吟这首小诗，但个中的滋味已经发生某些变化，虽然仍很心酸，却早已渗入几分耐人的回味。而就在此时，太平洋西岸发生了人类历史上少见的飞机撞楼事件——"9·11事件"，顿时全球颤动，世界震惊。

终于，强大的美国愤怒了，愤怒之后的最大动作，便是向萨达姆政权的伊拉克开战。世界顿时失去平衡……

这期间，有一样东西的身价迅速飚升，那就是石油。

世界石油价格因为美国对伊拉克的全面开战而迅速飚升到了20世纪从未有过的顶点。

21世纪刚刚开启，凡与石油沾边的人祸福并存，那些与战争和"反恐"无关的国家是福运，而且福运推不开。大庆油田自然也是享福者之一。因为除了"9·11事件"引发的全球性石油价格的飚升之外，中国的和平崛起之所用的石油令全世界口瞪目呆……这些，本来对大庆油田来说，都是好事。

但为什么事与愿违了？大庆人在问。

本来，大庆石油管理局班子将2002年这一年确立为"成本效益年"。关于为什么大庆石油管理局在重组完死里复生后把"成本效益"放在重中之重的地位，曾玉康有过这样一段话："对中国的国有大企业而言，要实现发展这个第一要务，成本和效益恐怕是最需要解决的根本问题。成本是企业的生存之根，市场是企业发展的命脉，我的愿望是大庆石油管理局应该用一两年的时间把市场工作的成本降到社会平均水平，这样我们才有生路，才有饭吃。"

国有大企业在计划时代形成的干什么事都求大、求全和"反正都是国家的"意识根深蒂固。而较之其他国有大企业，被称之为"油老大"的大庆油田更不用说。大而全、小而全甚至无而全的事，在过去比比皆是。

大庆油田后来对企业的"成本效益"概念有了全新的认识，这多少得归功于重组过程中的某种决策上的缺陷和2002年春天发生在大庆的那场历时一百多天的"大地震"。

大地震来得突然，来得猛烈，甚至连大庆人自己都感到有些吃惊。因为大庆人在过去的几十年里一直是国家的"傻儿子"，用他们自己的话说，过去从不跟祖国母亲"顶嘴"和讲条件。可这一年他们竟然敢冒天下之大不韪，浩浩荡荡地涌向大庆石油管理局的权力中心——管理局办公大楼和大楼前面象征大庆精神的铁人广场……

铁人广场上有了铁人塑像，大庆人仿佛就有了一种精神寄托和信仰圣地。就像我上面提到的，大庆油田从诞生至此，几代人前赴后继、英雄辈出，却连个墓地都没有。几十年来，大庆人内心的某种期待、某种情绪常常因找不到一块合适的地方而无法倾吐和宣泄。铁人广场和铁人塑像出现后，大庆人似乎一下有了像北京天安门一样的圣地。大庆人告诉我，自从铁人像竖起的那天起，每天都能看到老的、少的、男的、女的大庆人自发地涌向那儿。老的多数是与铁人同时代的"老会战"，他们来到铁人像面前是为了回忆曾经的那段难忘的创业岁月；少的多为学生，他们是来接受大庆传统教育并在铁人面前宣誓立志从小做大庆人的；男的不用说是今天的大庆油田主力军，他们来到铁人面前是想在二次创业中获得一种信仰上的支撑和激励，当然也有不少是远道而来专门拜谒铁人的；女的来铁人像前的就多彩了，她们或是不爱红妆爱"铁装"、或是爱红装又爱"铁装"的，也还有那些跟丈夫或婆婆吵了架、拌了嘴想跟铁人聊聊心里话的……总之，铁人广场尤其是铁人塑像的出现，让这里成了大庆人某种现实情绪和心灵宣泄的具有象征意义的地方。它变得神圣而亲切，成为石油人的一种精神集汇港湾，当然有时也会变成暴风骤雨的起源地。

2002 年的清明节，铁人塑像所在的铁人广场注定要成为一个历史场所。这一历史事件发生的起因，是当时黑龙江省社会保障部门出台的一则并不起眼的消息。而这消息让那些前年在重组时与油田解除劳动合同的职工感到严重的不安和焦虑：根据这一政策，他们将需要拿出相当多的一部分当时从单位里拿回的"保命钱"去获得必须的社保……

"这日子怎么过？我们已经够惨了！"

人心之火，是世界上任何自然之火无法比拟的烈火，一旦形成，势不可挡。

一群又一群上了年岁的老大妈大叔们将管理局领导曾玉康围得水泄不通:"局长你知道我们的苦处吗?你把我们忘了……"

曾玉康抚摸着一双双布满老茧的手,深情地说:"大娘大婶们,我怎么能不知你们的苦处?更怎么可能把你们给忘了呢?当年我就是跟着母亲,随父亲来到大庆的,你们跟我母亲一样,都是我的亲人啊!"

在场的人都见曾玉康的眼睛有些模糊了……那模糊的眼睛里,仿佛让人看到当年一个瘦小的男孩,手拉着五个弟弟妹妹,跟在母亲后面,从秀美的南方来到冰天雪地的东北大草原时的情景。而就是这情景,让在场的许多人嗓子开始哽咽……只见当场有人过来把曾玉康肩头被人挤掉的棉大衣给他重新披上:"孩子,有你这话,我们就放心了,也不想再闹了。我们相信党、相信政府……"

"谢谢大家,谢谢大家对大庆的感情!"曾玉康抱拳向成千上万围着他的老哥老姐、大婶大妈和兄弟姐妹们作揖致谢。那一刻,他的心里涌起百般滋味……108 天啊! 108 天里,他曾玉康和管理局的党委班子成员没有睡过一个安稳觉,他本人甚至没回过一次家,几次发高烧也只能在临时的办公地挂针打点滴……

大庆是什么?是党的旗帜,中国工人阶级的旗帜,人民共和国的旗帜呀!

局办的一位秘书告诉我,在最困难的时候,曾玉康曾经独自悄悄地夜赴京城,坦诚地向中石油集团公司的领导提出请求:如果我下台能够平息大庆眼前的局势,那么请集团公司立即下达命令。

集团公司的领导明确告诉他:大庆出现的问题,不是你和这一届管理局的问题,它既有历史遗留的问题,更有大型国有企业改革过程和转型时期存在的社会原因。中央和集团公司坚持认为大庆油田的重组方向是正确的,而群众现在提出和反映的问题同样需要正确处理与引导。大庆的问题只有按照"三个代表"重要思想，在发展企业自身的前提下，紧紧依靠群众，才能得到逐步解决。

而就在此时，中央对大庆的问题给予高度关注，并且派出调研人员，深入大庆石油干部职工中了解分析群众反映的问题，在此基础上又相继出台了一系列政策。值得一提的是：之后的不久，中央专门召开了全国劳动就业工作会议，重申了工人阶级在建设中国特色社会主义中的地位和作用；再就是以胡锦涛为总书记的党中央正式提出"科学发展观"的理念。

中央和上级的关心、关怀，使曾玉康和大庆石油管理局获得巨大的精神力量。于是，从2002年春天开始，大庆石油管理局在百里油城上吹起了高举"发展为执政第一要务"和"权为民所用、情为民所系、利为民所谋"执政新理念的强劲春风。

"说实在的，我们大庆在2002年出现大规模的集体上访事件后，倒是让我和管理局的班子有了一个认真、清醒的思考过程。包括我自己在内的同志们一直在想，现在全党都把经济发展当作执政第一要务在认识和实践，那么共产党发展经济的目的又是什么呢？还不是为了让我们的国家更加富强，让我们的人民生活得更好！从这个意义上讲，我想像我们大庆这样的大型国有企业，抓改革、抓经济毫无疑问是对的，但如果经济上去了，群众不能满意，或者反过来造我们的反，这个经济发展本身是不是也缺乏科学性？缺乏对人民群众的人文关怀？起码这种经济发展是不和谐的。社会不和谐，经济发展必然受到严重阻碍，党的执政地位就不能牢固。大庆这样的国有企业，到了今天，问题积了很多，必须进行改革，也只有在改革中解决。但改革必须是在发展经济的过程中实现，而想要发展，没有稳定的社会基础是不可能的。因此正确处理改革、发展和稳定三者关系是个根本问题。在像大庆这样的特大型国有企业的改制过程中，必须把稳定当作压倒一切来对待。稳定是改革和发展的前提，改革则是企业发展的动力，而发展是企业要生存的核心问题。在对待国家、集体和个人三者关系上，也同样要提高认识。国家利益是最主要的，因为我们大庆是国家经济的顶梁柱，你是特大型国有企业，你有义不容辞为国家利益作贡献的责任。而企业利益本身又是关键的，企业假如没有利润、没有效益，你还谈什么对国家的贡献？群众利益是我们整个事业的根本，作为执政者绝不能主观上有这种把群众利益放在最后的思想意识，它应该并排在国家和企业利益之列。不把人民群众利益放在最根本点上，再辉煌的事业最终都将成为泡影。正是鉴于这种认识，我们管理局班子认为，把大庆的事做好了，使大庆几十万职工满意了，这就是我们最好地落实了'三个代表'重要思想和科学发展观……"

曾玉康与我谈话时有许多精彩之词，但这段话让我印象最为深刻。它不是一段简单的文字，它是一团燃烧的激情之火，它是中国国有大企业领导者的一篇时代宣言，它也是中国共产党人站在新的历史时期掏出的执政理念。它的本质属于最赤诚的共产党人的初心也是最崇高的追求——为人民谋幸福，让我们的人民在和国家、集体一起壮大发展中获得应有的利益和尊严。

但对我而言，这段话不仅仅是理性上的感受。2004 年里，我与大庆有过四次近距离接触。从开始有人期望我"写一写大庆"，到我自己不止一次倾洒热泪去倾听和感受今日之大庆的中间，我曾几次半夜从梦中醒来，怀着一个共产党人的那份虔诚，向大庆人作过庄严的承诺：此生我将与大庆、与大庆人共命运！

而在那一刻，我才体会到当年有一个叫魏钢焰的作家为什么不仅在自己死后把骨灰留在大庆，甚至还坚决要求将自己的儿子送到大庆去工作……啊，大庆是块圣地，是块燃烧共产党人激情的圣地，是块孕育中国工人阶级精神与灵魂的圣地！

大庆与延安和井冈山一样地神圣，因为那些地方产生过不朽的精神，大庆也有不朽的精神。

大庆闹过事，这我早已知道。可我并不知道大庆在"闹事"后仅仅三四年的时间里，它的变化之惊人，令我只能用吃惊和欢欣来形容。考证一个地方、一个社会是不是发展了，这似乎容易，我们只要看看那里的道路和建筑，及关联在道路和建筑之间的秩序。但在今日的大庆，我感受最深的是它到处所拥有的欢乐与笑声、赞美与陶醉。这种欢乐与笑声、赞美与陶醉，发自大庆石油管理局的干部职工、家属甚至是孩子老师，更有大庆石油管理局之外的人。这就不是件容易的事。

曾经有过十多万人起来要跟管理局的执政者"讨个说法"，其中还有人扬言要出"二十万元拿下局长的头"的大庆，现在竟然到处都在念局领导的好，这种变化和反差无法不叫人产生兴趣和鼓舞。

大庆石油管理局这几年到底为职工办了多少好事，也许连局长曾玉康都数不清。但这并不要紧，老百姓都一一记在心里、看在眼里。房子新了，路宽了，公园多了，可以去的休闲场所到处都有了，关键是口袋开始鼓了，近三分之二的买断者重新获得了就业岗位，长期没落实的退养家属的待遇也是芝麻开花节节高了……"我们离退休职工这几年得到的各种补助和社会福利更是今非昔比。一句话：比较满意。"

"哪是比较满意嘛？我们是十分满意！百分满意！"在小区，我几次问那些正在休闲的油田老职工、家属老大妈，他们一本正经又一脸笑容地告诉我。

"听说上面有人要调走曾局长，我们不答应！这样的好人在大庆，是我们大庆人的福气。你给北京的中央领导说说，让我们大庆多出点油没说的，可千万别再把曾玉康这样的好干部调走了！"听老人们说这样的话，是我最受感动的时刻。

什么叫执政能力？什么叫情为民所系？什么叫和谐发展？老百姓对执政者的爱戴和拥护，就是最好的说明。

　　展望大庆"大地震"后的变化，我最关心的仍然是那些大庆之外的曾经买断过的"大庆人"。有一天我看到大庆一个非常特殊的单位，那单位牌子上写着"大庆石油管理局稳定工作中心"，这引起我的兴趣，便走了进去，于是便知道了下面的事——

　　2002 年那场"大地震"发生之后，根据中央和中石油集团公司的意见，大庆石油管理局从实际出发，设立了一个专门处理买断职工利益的"稳定工作中心"。十几万干部职工的管理局，将面对人数多于自己的那些需要稳定的对象，这不是比登天还难的事吗？可曾玉康和大庆石油管理局竟然有条不紊地平稳处理到今天，个中辛劳只有大庆的干部和职工知道，为之付出的代价自然也是巨大的。"比起我们党树立的大庆这面旗帜，比起油田能正常生产，比起大庆这座在中国经济和中国社会中有着特殊地位的能源城市，我们即便付出再大

稳定工作中心

的代价也是值得的。"曾玉康和管理局党委对此观点十分明确。在大庆，我多次听到曾玉康说过这样的话：大庆油田的这些下岗工人，如果放在北京、上海等大城市，就像一盆水泼在沙滩上，很快被吸纳了；而放在大庆，就相当于泼在水泥地上。这话的意思是：十几万、几十万下岗人员，在一个拥有千万人口的城市和就业机会到处皆是的地方，它不算什么事；但在产业单一的石油城，几万人、十几万人汇成的"江河"巨浪，稍不留意，可能会淹没一大片。"那些买断职工和我们企业有着割不断的血脉关系，他们很多是曾为油田做出过贡献的人，与我们是打断骨头还连着筋呀！关心

他们、帮助他们，这既是我们的责任，说穿了也是为了我们企业自己！"曾玉康在干部会上不止一次这样讲。

为了实现对有偿解除劳动合同人员的稳定工作，管理局在中石油集团公司和大庆市地方政府的支持下，自上而下成立了专司为买断职工解难的服务中心 101 个（含油田公司），并且要求下属单位凡满 50 个买断职工的必须建立服务站。服务中心（服务站）都有专职人员，负责对买断人员的管理协调帮困。并通过建立 105 个党委、总支和支部组织，使买断人员中的党员同志重新有了真正的组织生活。针对有偿解除劳动合同人员存在的问题和困难，管理局尽可能地从实际出发和最大程度地争取政策依据前提下，先后出台了十一条相关政策，如在住房、医疗、水补、气补、电补等方面，恢复了与在岗职工同等的待遇。特别是一旦这些人正式退休后，企业给在职职工提供什么，买断人员同样享受什么。另外对子女就业、特殊困难的解决都作了明确规定。而对那些凡是想重新就业的人员，管理局做到无偿为其提供不少于三次的就业机会。我知道，到 2004 年年底，大庆石油管理局通过自己内部的努力，为那些有重新就业意向的买断职工安排再就业人数占总人数的近 60% 之多！其艰辛和用心良苦，真是天地可鉴。

有位买断职工告诉我，为了给他安置工作，管理局先后派出三名处级干部与他结对子，联系就业单位不下十来个，直到他最后满意为止。

"凡是管理局的干部、党员，我们都有自己的结帮对子。我是党员，对这样的任务我不感到麻烦和琐碎，看到单位重组后老同事们流离失所时，我们心里一样难过，所以觉得再难也要帮他们树立生活信心，重新获得就业机会。老实说，看到他们脸上终于露出笑容时，那一刻我比自己获个劳模、得一万块奖金还开心。"稳定工作中心的一位干部说这番话时，又将几位再就业标兵介绍给我，"平心而论，大庆的昨天，有他们这些人的份；大庆有今天这样的发展，也有他们的功劳。"

"怎么说?"我有点不太懂。

"很简单。过去管理局庞大臃肿,闲人多就是一大负担;重组后,一下走了近十万人,单位精干了,管理成本下降了,市场竞争能力自然跟着强大了。这难道没有买断职工他们所作的牺牲的功劳?"

可不是!

大庆油田自重组后的几年里,为国家上缴的利税成百亿地往上涨,上市公司在海外获得的几百亿资金、管理局能够轻装上阵重振其威,没有买断人员的自觉牺牲,会有如此巨大的成果和效益吗?我看不会,或者至少不会来得那么快。

如今和谐发展的大庆,应该向这些买断人员敬个礼——他们确实也用自己的牺牲、痛苦和泪水,与在岗职工一起铸造了新世纪的大庆和大庆油田。

那天在稳定工作中心,我见到了几位在管理局关怀下获得新生和在社会上创业有成的同志,他们的精神着实令我感动。

第一位是老马。

他的名字叫马提山,他说他原来是大庆采油二厂的物业公司正式职工,买断那回他从单位出来,就想在外面发挥发挥自己的专长。老马说:"我会疏通下水道,你别看大庆这么大,可会疏通下水道的除了过去石油管理局的物业公司有,其他人真还不会弄,我就干起来了。开始到饭店说我是疏通下水道的,你们有没有坏了的下水道,可人家就是有也不让我通,原来我穿得像要饭似的,饭店的保安根本就不让我进。以后我就换了好一点的衣服,还印了一张名片,上面写着我原来是采油二厂的专业下水道工、高级疏通工。你问有没有这职称?哪有嘛!可我现在可以告诉你,在大庆这地盘上,我疏通下水道的本事找不出第二人。不是吹的,你到街上、特别是大大小小的饭店问问我老马的名字,他们都知道,都信我,因为我都给他们解过难。我的名气不小！大庆不少人叫不出管理局副局长的名字，可知道我老马的名字！嘿嘿，我是有些得意，因为我能帮大伙儿解决点生活小事。其实生活小事也不小。比如说哪个单位、哪个楼道下水道堵了，特别是冬天，咱大庆这儿冷噢！下水道一堵，暖气管一塞，这老百姓的日子就没法过，店门就开不了。我出名就是因为一些单位和楼道的居民下水道堵了，一时又找不到人，我一去就帮他们解决了，大伙儿那个谢我呀，甭提多热情！这一回生二回熟，我的生意和名气就大了。"

"喂，喂喂，好好，我马上过去！"老马放下手机，不好意思地对我说："又来活了，我得去处理！也给您张名片，让大庆以外的人也了解了解咱大庆买断的人，这几年我生活得挺舒心的！"老马说完，挎起工具箱，骑上摩托，转眼消失在我的眼前……

第二位是位女同志，叫李桂滨。

李桂滨原来是采油九厂医院的医生，现在是大庆一家理疗中心的老板。李医生看上去很时尚，她说自己选择买断是想到社会上闯一闯，想干点自己的事。可一到社会后，心里就没底。最初她开了个口腔门诊，没开几天就关张了。后来待在家里，起初买买菜、做做饭，伺候孩子、丈夫，觉得还蛮不错。时间一长，又变味了，尤其是上菜市场碰到熟人，人家就说，李大夫你上哪儿去了？怎么很长时间没见你呀？我的牙病还想找你呢！"这个时候我就想躲起来，我没脸面告诉人家我下岗了。于是我就出去找工作，当过推销酒的，做过酒品的销售代理，可那种求人的活，跟我以前当大夫时干的工作，天壤之别。我感到太难受，说啥也不想干了！可待在家里整天闷着更难受，说心里话，想死的念头都有。后来听了曾局长的一次讲话，我当时都流泪了，没想到当初自己拿着钱离开了大庆油田，可在我最困难的时候，还是我们的大庆油田又出来帮助我们。我决心从阴影中走出来。有一次看了中央电视台节目中介绍鞍山一位下岗女工办理疗中心获得成功的事，我很受鼓舞，就专门跑到鞍山向人家拜师，结果人家真收了我为徒。在那儿学会刮痧理疗技术后，我决心在大庆也办刮痧理疗连锁店，回到大庆就干了起来，可在办理租房、执照时遇到不少困难。这时我想起了'稳定工作中心'。人家一听说我的事后，二话没说，立即与相关部门协商，没两天就把我办店需要办的事全帮助解决了。2003 年 3 月开张的那天，管理局、区政府、采油厂的领导都来给我助威，我再次感到组织的温暖。但我搞的是正规的理疗服务，开业不久，却总有顾客一进店就问有没有'特色服务'，又看我们穿着大白褂，一听说没有，就退了出去。眼看着一天天光付房租、不见收入，我心里紧张得不知所措。后来又碰上了'非典'来临，根本就没有客源，员工的工资都得用我丈夫的工资发，那时我不知偷偷流了多少泪！就在这时，管理局'稳定工作中心'的同志又来找我，给我的店免费做电视宣传，这下我的名气就大了，而且都知道是正规健康的理疗服务！生意好了，我脸上也有了笑容；脸上有了笑容，生意又更加好了。但在给客人做理疗时我发现，有男同志在做理疗时，妻子一打电话来就很紧张，连在做理疗他都不敢提。于是我开始通过自己的办法，向客户和他们的家人解释我们做的刮痧理疗如何如何的有利于健康、如何如何的服务正规。慢慢地，客人在我店里做理疗时也敢大声对家人或好友说自己在某某地方做保健理疗什么的了。看到这种变化，我心里很高兴。现在生意也越做越大了，我的理疗中心已经有好几家分店。为了报答管理局和社会，我现在招的员工多数是跟我一样的油田买断职工，她们在我这儿干得很好，有的也已经独立开店了。现在我感到自己很充实，因为我觉得自己虽然从劳资关系上不再是大庆油田的人了，可我也在为大庆油田工作尽份力，我还是一个大庆人！"

第三位是李传清，人称"牛魔王"。

这位原油田供电公司运输车队的党委书记，讲起他的故事，几度让我捧腹大笑："我李传清当时在买断时也给人家做思想工作，可最后一刻我自己也买断了。那年我45岁，当时想早出去干总比晚出去干要强。可干什么呢？我不知道。只是想，大庆在大草原上，这儿养牛应该不错吧！于是我开始寻找机会。那个时候出去办事，我不好意思跟人家说自己原来是单位的党委书记，但处久了，人家再问我时我就捧出真话，结果效果出奇的好，说你是单位书记，我们信你！我现在承包下的牧场，就是人家念我是书记出身，放心地交给了我。这个牧场是当时我花了33万元买下的。在我之前，这个牧场一年内换过五个老板，卖一次赔几万，所以有人问我，你能干多长时间？我说至少干三年吧！可当我一个人躺在草铺上，面对黑洞洞的天，我心里满是苦水。饿了时，想吃点东西，一翻腾，翻出一只饭盆，那里面一下飞出上百只苍蝇……我就这样开始干了起来，钱付了不能不干，但那段日子到底有多苦，只有我自己知道——那草原离大庆市区二三百里，我一个人像野人似的住在草棚里，一天只能吃一个馒头，没人做饭，自己整天累得也不想做饭，所以只能过苦日子。半年下来，190斤的体重降到140斤！我以前管运油，哪知道养牛没那么简单，绝对不是有草给它吃就行了！牛还要吃钙什么的。关键是牛病了以后才麻烦呢！一头奶牛好几万块钱，病不起啊！开始有一头牛肚子鼓鼓的，站不起来，我以为是怀孕了，后来找兽医一看说是缺钙。这头牛后来死了，有人要买，我不卖，我想看看它到底怎么病死的。结果剖腹一看，是癌症。时间一长，我就对什么样的牛有什么样的情况都能掌握了。一次小牛犊又病了，拉稀。我就照着人病吃什么药给它从街上买回药吃了，小牛犊好了。兽医觉得很奇怪，我能看好牛犊的病有些抢他生意似的，非要看我用的什么药。我就将买回的药瓶标签撕掉，再给人家看。那兽医问我是什么药，我说是我家祖传秘方，人家竟然信了。之后我的医道在远近传开了，牧民们经常来找我。其实呢我还真有些本事，因为我整天在观察自己的牛，生怕它们出啥差错，那可都是我的血汗钱呀！死一只就像剜我心头一块肉一样……养奶牛，配种技术是个非常关键的问题，所以给母牛配一次种要花不少钱。为了省钱，我就自己学。开始人家配种的技术人员不让我看，我就偷偷学，点点滴滴入手。我在单位当书记出身，知道哪些环节要特别注意。我就重视配种的精液质量，不少牧民不清楚这事，以为越便宜越好，哪知好的精液才能培育出好的奶牛嘛！再说精液也有好几种，哪种适合哪样牛，都是有讲究的。再是怎么配种也有讲究。我看那些配种的人，给母牛配种时也不消毒洗手。我就不一样，先把自己的胳膊用酒精擦干净，再上套，小心翼翼地给母牛配上精液……结果我配的母牛，产崽不仅几乎都成活，而且还经常出现双胞胎。牧民们都感到很了不起，纷纷请我给他们的母牛配种。兽医就问我，你怎么可以配种啊？有没有执照嘛？我说我给自己牧场的牛配种，还什么照不照？这是笑话，但真是那么回事。我现在已经配种了好几十头牛了，生一胎牛崽，就能卖上万元钱，我的收入就高了。现在我有 57 头牛，320多亩牧草地，都是自己养殖和种植，加上配种、卖多余的饲料，在当地也算是养牛大户了，日子过得相当充裕。我要特别说明一点的是，管理局对此一直非常关心，领导几次专门到牧场看望我，帮助解决一些我一时无法解决的急事和难题。比如那年种牛发情，到处乱跑，当时我急需一批木头做圈栏。单位知道后，立即调来一批施工废旧木料给我，确保了那一次牧场种牛的生育。老实说，当年买断时，我总觉得，买断买断，与单位从此一刀两断。现在看来，虽然买断，与油田的情缘却永远不会断。"

第四位叫曲学莲。

曲学莲那年 57 岁。她是"五把铁锹"的继任者，1970 年随部队转业的丈夫来到大庆，一直在创业庄种地。她说她到大庆时创业庄有六个家属生产队，她是一队的，种地产的粮和菜都是支援了石油前线井队，她们就拿折合一天六七毛钱的工分。"现在在创业庄种地的家属还拿工分呢！"曲学莲说。这恐怕是全国仅剩的一处还要计工分的农民了！曲学莲告诉我，现在的创业庄种地家属已经只有十几个人了，拿的钱比她们那时要多，一年下来能拿五六千元，也有拿七八千元的年成，但不变的是她们这些石油工人的家属干一天还是记工分，她们的身份依旧是农民。尽管她们已经在大庆这块土地上奋斗了几十年，自己的孩子也有了孩子，可她们仍然没有完成一生渴望的当工人的愿望。这就是大庆历史遗留下的五万多名家属的一个缩影。曲学莲是其中之一，她很具典型，因为她是"五把铁锹闹革命"的继任者，当了三十多年的队长。她最自豪的是大庆油田给了她无上光荣的各种荣誉——我在这位快言快语的大婶家里看到了一个大庆石油职工家属的伟大：曲学莲搬出一个大纸箱，那里面装满了各式各样的奖状和证书，我数了一下，共有 57 个，正巧与她的年岁一样。了不得的曲学莲，来大庆三十多年，年年都是油田的优秀共产党员、劳动模范或先进工作者。她最高兴的是在去年她已退养三年后仍获得钻井二公司党委发给她的一个"优秀共产党员"荣誉证书。无法叫人相信的是，就是这样一个大庆油田有名的优秀党员、妇女先进分子，却至今不在大庆油田的"职工花名册"上！大庆油田像曲学莲一样被"遗漏"在"职工花名册"之外的就有五万多人，她们都是大庆油田的家属。"我们来到大庆油田后，不知什么原因，一直解决不了我们的'农转非'问题，一拖再拖，直拖到我们永远解决不了的今天。来大庆后，我们虽然在农场干活，可农场是大庆油田的，我们上缴的粮食和蔬菜给了油田，拿的却是工分。年轻时姐妹们都有个愿望：哪一天把我们也转成工人编制。后来一年拖一年，一直没解决，时间长了大家也就不放在心上，反正孩子大了，他们都成了大庆人，我们还能不是大庆人？但有些事咱老百姓不懂呀，比如我们年岁大了，干不动活了，就得退休，可我们是拿工分的家属，不是油田的职工，退休不能叫退休，只能叫退养。就是干不动活了，得养老送终了！可谁养我们呢？油田说上面没有政策允许我们几万家属转成职工，我们老了只能是自己养活自己！没有政策，油田也没法子，领导还是重视我们的，说每人发点钱，解决个饭碗吧。每人几十元，一直发到 2001 年。可几十块钱够啥用？所以 2002 年油田上买断的职工集体上访，家属也跟着起来了。我是党员，我不能做对不起党的事。可说实在的，国家对我们这些油田家属是不公平的。周总理在世时，几次来大庆，都肯定了我们家属在大庆油田建设中的作用，为什么我们在老了以后不能享受最起码的待遇嘛！南方的许多大城市，都有最低生活保障金，大庆市非油田的那些没有工作、失业在家或者老弱病残的他们都可以有'最低生活保障'补助，为啥唯独我们油田家属就没有？这个自然让我们想不通。外面人不了解前些年大庆人为啥闹事，其实大庆人最讲革命了，过去几十年里啥时候闹过事？实在没有办法，实在觉得不公，大伙才起来希望政府说个明白。这事让曾玉康局长他们这一届领导碰上了，他们真不易，几十年积下的问题，都得让他们解决，难哪！管理局重组后，大半人认为没希望了，大庆要完蛋了，可曾局长他们领导大伙苦干巧干拼命干，让管理局活了起来。我们做梦都认为解决不了的问题，一个个都被他们帮助解决了。我们几万家属从原来的每月 80 元退养费，这两年接连调到现在的 220 元。你问 220 元够不够生活？怎么说呢？啥叫够啥叫不够？要我看，管理局和曾局长他们能做到这个地步，是尽了心、尽了力，我们还有啥不满的？老百姓能有啥过分的要求嘛！再说大庆石油管理局是我们的家，现在刚刚走出困境，我们都是这个大家庭的成员，我们不能光向'家里'伸手，也得作点贡献嘛！不瞒作家您，我老伴也是买断的，当时从单位里拿回 16 万元有偿解除劳动合同补偿费。听起来 16 万元不算少，可要你当作保命钱搁在手里就觉得它珍贵了。买断后每人要交医疗保险费就是 3 万元，剩下 13 万元，我老伴就把这钱存在银行里，把存折一直放在他自己保管的箱子里，从来不让人动。我知道他心思：这是他的命根钱呀！

过去在岗时，工资虽然不算高，可知道这个月工资花完了，下个月还会来工资，心里踏实。现在不一样，动了这钱就像动了命似的。我看他难受，心想自己过去一直是油田的优秀党员、先进分子，虽然我退养了，丈夫买断了，我们两个人都不再是油田的人了，可我们还是大庆人，总不能给大庆找麻烦吧！我就重新扛起年轻时扛的铁锹，包了十亩油田的闲置荒地。我年轻时是油田的种田能手，现在发挥余热，十亩地的庄稼年年丰收，除了自己吃的还能卖不少钱。我现在还开了一个'蜀香火锅店'，生意蛮好，收入也不错，跟老伴的小日子过得挺好。你说我这算不算又是在为大庆作贡献呀？哈哈哈，算就好！我是老模范，老模范就要作新贡献！过去钻井公司评我为优秀共产党员，就是因为我给那些家属姐妹和她们的老公做工作，让他们振作精神，重新做点事。现在好了，我身边的人都好了。大伙念管理局的领导好，为啥？就因为他们心里装着咱老百姓，实实在在为职工和所有离退休的、解除劳动合同的以及退养家属等在操心！你们外地人上大庆来看看是不是觉得我们这儿很美啊？广场有那么多！公园那么美！职工小区那么新！大伙儿脸上挂了那么多笑容呀……"

是的，正如邓小平所言，我们衡量一个地区和一个单位的工作好不好、改革的方向对不对头，就看群众的满意程度。大庆石油管理局在2002年经历了史无前例的一场政治大地震后，始终没有让中国共产党三代领导人树起的旗帜倒下，并在短时间内获得了最广大职工群众的肯定，实现油田生产高速发展，"二次创业"重现彩虹。这充分证明了只要坚持以邓小平理论和"三个代表"重要思想为指导，用科学发展观统领全局，正确处理改革、发展和稳定的关系，我们中国共产党人的执政就会获得成功，人民群众才会真正地满意，我们的社会才能不断地和谐地前进。

2002年春夏时节，西方的一些反华势力在获知大庆油田一度出现集体上访事件后，曾经得意忘形地估计这将是"一次动摇中国共产党执政地位的难以遏制的中国工人运动",会让中国现代化建设倒退十年。但他们又一次失败了,不仅中国共产党在中国社会的执政地位更加巩固,而且在大庆我们所看到的,是这个中国工业圣城在政治、经济、社会和人民生活方面,呈现更加稳健、和谐和美好的发展与提高的强劲势头。

尤其值得赞赏的是:大庆石油管理局 2002 年这一年不仅没有因为实现全面的稳定所付出的巨大代价而影响经济发展,相反到年底,全管理局实现经营收入达 253 亿元,效益也比前一年翻了一番!这个数字在今天看来,似乎并不太耀眼,然而在十几年前的那个世纪之交的低谷时期,它就是一座让人膜拜的金山!

大庆红旗经历风雨的洗礼,更加鲜艳光彩,猎猎生风。

中国石油的"航母",在新世纪的伟大航程就此真正开始启航……

第十三章

亲兄弟，同举旗，共谋油，开启"百年油田"建设新篇章……

2003 年 12 月，大庆人都在议论一件令他们欢欣的事儿：分离出去的油公司（全称大庆油田有限责任公司）换新人了！换了一位"亲兄弟"当董事长、总经理。

此人叫王玉普，身材魁梧，国字型脸，标准的"大庆人"气派。油田的百姓这么议论：管理局的当家人是曾玉康，油公司的当家人是王玉普，玉康、玉普，这两块"玉"就是亲兄弟了，我们甭担惊受怕吃"分离"苦头了！

"本来就是一家人嘛！"王玉普听说油田的人在这么议论，便笑了，说，"我打 1978 年上大庆石油学院至今，就没出过油田一步，即使现在管理局跟油公司分成两个生产单位，但在我的心目中从来就是一家人。过去我们是在一块土地上打井采油，今天仍然在一个油田上求生存、谋发展，谁也离不开谁，都是在'大庆'的同一面旗帜下为了一个'油'字而奋斗！虽然现在管理局和油公司在生产和业务上分成两个单位、两本账，但'大庆'二字永远不会分开。只要'大庆'不分开，两个单位就是一家人，一家人就要想着一家的事……"

据说，王玉普上任伊始的这番话在油田传开后，让留在管理局内部的那些员工们着实宽心了许多。加上前文已经提到的以曾玉康为首的管理局领导班子连连出招，狠抓油田存续业务的生产潜力，已经让重组改制之初的艰难行进势头得到迅速改变，油田的存续队伍开始呈现新的万千气象。

凡是到过大庆的人都会深有感触，这是一片书写奇迹的地方，共和国每每经受困难和挫折的时候，它总是巍然挺立在那里，支撑着社会主义建设的大业。因此这里所发生的一举一动，无不牵动着国人乃至世界的目光。

新世纪之初，大庆油田公司领军者王玉普的出现，自然也引起外界的高度关注。人们很快发现，这位身材魁梧的"老大庆"，有着一股豪放与深沉完美结合的独特气质和气魄，而且很会用生动的比喻和寓言来教育与影响他领导的石油人。上任初始的一次公司科技会上，王玉普讲了这样一个故事：日本北海道渔民以捕卖鳗鱼为生，但这种鳗鱼的生命力非常脆弱，运不到集市就会死掉，渔民们想了一个办法，就是在运输途中放进去一些杂鱼，让它们互相追逐，结果鳗鱼都活了下来。

这个故事让油田的科技人员一下兴奋起来，因为新的油田公司"老总"显然是想通过这个故事来传递一种理念：倘若一个组织不输入新鲜的血液，系统将无活力；知识创新在于互动，互动才能激起思想的火花，带来智慧的激荡，形成创新的源泉。

王玉普进而告诉大家，并非刻意强调"外来的和尚会念经"，哪里来的"和尚"并不重要，重要的是他念了什么"经"。

在王玉普上任之初，有媒体记者问他"在任期里会把大庆油田公司带向何种辉煌境地"时，他回答道："古人曾经说过，'苟利国家生死以，岂因祸福避趋之。'我不图什么政绩，只求工作背后不掩藏事业的危机。我所追求的目标，就是要集全公司之力，把大庆油田建设得更加富饶美好，让大庆这面旗帜高高飘扬，让企业发展的成果惠及全体员工。"没有华丽的辞藻，朴实的话语中饱含了这位勇于创新、不惧艰难的东北汉子对油田、对大庆深厚的情结。

现在我们暂且把目光转向油田的一个历史新景观：油公司上市后的油田主业生产发展轨迹。

为了与"大庆石油管理局"的概念区分开，我们把王玉普出任董事长、总经理的中国石油大庆油田有限责任公司简称为"油公司"。

油公司是干什么的？自然是以生产油为主业的公司，即大庆油田的主业生产单位。中国石油重组改制就是为了调整和加强主业生产，大庆油田公司是中石油天然气股份公司的子公司，当然是绝对的骨干和主力子公司，因为大庆油公司的产量占中石油集团公司的近一半，国家石油航母中的巨无霸地位不会变！

事实上，国家战略中的"重组改制"的出发点和根本目的，都是为了一个方向：让负重的中国石油航母轻装上阵，在竞争激烈的国际市场上获得一席之地，确保国家现代化快速发展进程中的能源战略安全。

进入新世纪的第一天，大庆人都记得这是油田历史上的又一个全新的开篇：油公司正式注册，那栋崭新的"油公司"高楼犹如横空出世的"飞船"，以势不可挡的雄姿，鼓足马力，蓄势待发……

虽然，同一个家属大院、同一条马路上还能听到阵阵因为"重组分离"而产生的躁动的杂音，然而所有迈步走进"油公司"大楼的九万余名员工们，几乎没有一个人是松松垮垮的，相反，他们的脸上、他们的胸中，此刻既神圣，又有些凝重：连续 27 年 5000 万吨高产油田的未来之路和持续高产稳产的重任，将主要由他们来完成和担当！

你们行吗？你们能吗？

你们必须行！你们必须能！

油公司成立的目的就是为了这！

油公司成立的第一天就必须有这信心！

世纪之初的大庆，加之重组分离的风波，油公司的成立并不是所有人都看好，有人甚至放言它是"单飞的雏鹰——飞不高"……

"真是这样吗？我们甘心这样吗？"员工大会上，油公司党委书记孙淑光提出的每一个问句，都如同抛在泡子中央的炸弹，震荡着每一位油公司人。

"挑战如高山断道，然而机遇又好比柳暗花明……"连续 27 年 5000 万吨年产，破世界纪录的油田，还能维持又一个 10 年、20 年高产新纪录，孙淑光书记扳着手指跟大伙儿讲述着油公司面临的"挑战与考验"的四个方面：公司肩负的责任大，大庆油田作为中国石油工业的一面旗帜，承担着重大的政治责任、经济责任和社会责任，全国上下、企业内外，方方面面都对我们寄予了很大期望；公司的业务发展压力大，资源接替、特高含水期开发、外围增储上产，以及天然气大干快上和"走出去"等问题，都对公司发展提出了严峻挑战，一方面要为国家石油战略安全、为集团整体发展作贡献，另一方面还要对企业的未来、对员工及子孙后代负责，丝毫不能懈怠；企业改革难度大，油田重组改制越向纵深推进，遇到的困难越大，触及的深层次问题越多，将会出现许多新情况、新问题、新矛盾，必须有充分的思想准备；市场经济冲击大，随着国内市场的开放、民营企业的介入，今后资源争夺的国际化、人才竞争的白热化，以及人们价值取向的多元化、腐蚀与反腐蚀斗争的尖锐化等，都需要油公司上下去直面应对。

"这挑战，那考验，最根本的还是看我们公司每年产的油有多少，这才是关键！"孙淑光的这句话把油公司的根本点给挑得明明朗朗。

"油要稳产，关键是'大庆'这个家园要稳定！"

"家园稳定落脚点在何处？最关键、最根本的是重组改制后的人心不能散，不能分！为国家多找油、多产油的信仰和目标始终不能变！"

"是啊，现在我们油公司虽然轻装上阵拼市场，但市场竞争的根本还在于我们产了多少油、找到了多少新油气！这事，怎离得开同一块油田上作业的施工钻探队伍、油建兄弟和每一个关联企业的支持帮助！"

油公司成立之初除了编制自己的规划和工作目标外，走出大楼的第一件事，就是由公司领导亲自带着各部门负责人，来到管理局，登门与相关部门一一就关联业务协商和征求意见。

"亲兄弟送'大礼'来了，你们全得给我听好了：谁敢把油公司的活偷工减料，我第一个让他喝西北风去！"管理局领导在关联业务动员会上跟干部们这样说道。

"关联？啥叫关联？"有人对"亲兄弟"之间的业务感到不解，便问。

"就是打井、产油的相关业务呗！"

"是这呀！不就是以前干了几十年的活嘛！"

"现在可不一样了！咱虽然与油公司是亲兄弟，但也得把账算清了！"

"对，亲兄弟也要做到明算账，而且必须算得双方都很满意，且要符合现代企业的法律法规要求……"

油公司和管理局这对"亲兄弟"，便坐在一起开始制订关联业务的基本原则和细则。这个原则的指导思想是："分开分立不分心，共举大庆一面旗"，以关联交易为纽带，以勘探开发主营业务为基石，双方之间建立相互支持、相互依存、优势互补、共同发展的战略伙伴关系，实现合作双赢、携手并进的目标。

一面旗——"大庆"，一颗心——为国家多找油、多产油！

有了这样一个共同的方向，兄弟之间有事好商量，有难共担当。油公司和管理局的领导一次次把手握在一起，一次次为具体问题反复商议协调，直到双方满意为止。

情谊是基础，制度是保障。为了让关联业务走上顺畅的轨道，自2000年3月开始，油公司和管理局便各自成立了关联交易领导小组或办公室，具体负责关联交易协议的签订与日常管理，协调关联交易过程中出现的重大问题和事项。油公司财务资产部成本科还设置了关联交易管理岗，专门负责关联交易财务报表工作。价格定额中心负责关联交易价格的制定与发布工作。管理局设在经营管理与法律事务部下面的关联交易办公室，则具体负责与油田公司、炼化公司、润滑油二厂的关联交易工作。

由于一开始双方对关联业务并不熟悉，所以"亲兄弟"各自派出专人赴大港、华北等兄弟油田学习取经。关联业务开始的第一年，油公司和管理局在签订的一份关联交易总协议之下，分别签订了38项子协议。而这每一项子协议的形成，又有百个、千个的细节问题需要双方相关人员协商处理。

当年在油田公司任职的一位财务人员告诉我，第一年，他们为了给管理局核算钻探工程交易成本，曾先后6次协商和调整了关联交易价格，最终完善的产品及服务价格达16大类2926项。

2000年，是油公司和管理局全面开展关联业务的"元年"，最后的结算结果是：管理局为油公司提供产品及服务关联交易总金额为141.9亿元，而油公司当年结算的人民币是139.45亿元，结算率达98.27%。

钱不少。但最重要的是管理局有了这笔钱，等于全局的员工有了活干，有了饭吃，也等于把重组改制后一时出现的躁动局面给稳住了！

有了第一年关联交易开展的合作双赢经验，2001年，"亲兄弟"再度结合油田与市场实际，积极修改、补充和完善了关联交易协议内容，尤其是在工程技术服务市场这方面作了更大的开放规定，推进多元实施途径，使市场开放程度达到了51.48%的水平，符合了上市公司的预定要求。油公司还从管理局的利益着想，努力减少关联交易结算环节，加快了财务结算进度。这一年双方关联交易总量达146.2亿元，比上一年增加了近5亿元。让管理局员工感到格外欣喜的是：油田公司也向管理局提供产品和服务关联交易工作量6.84亿元，实际结算6.82亿元。这种双向的关联交易，让曾经因重组改制后人们认为的"井水不犯河水"的"分家的兄弟俩"，又重新回归到你中有我、我中有你的"和睦一家人"。

至2002年，关联交易的运行已趋平稳，日益成熟，油公司和管理局之间的"亲兄弟"关系更加密切和融洽，技术服务市场的开放程度达到了70%以上，关联交易额每年稳定中有所增加，既确保了油公司找油、产油的主业任务完成，也让管理局存续企业队伍"有饭吃""吃得饱"，甚至"吃得好"！更重要的是这些队伍经受了市场竞争的锻炼与考验，施工能力和技术水平不断提高。而关联企业的专业素质和多方面能力的提高，又反过来促进了油公司生产水平的提高。至此，"双赢"的局面处处呈现，"亲兄弟"共举大庆旗、共赴发展路的"双赢"局面呈现一派喜人景象——

"关联交易"不再是一种单纯的业务往来，而是油公司和管理局双方从大庆油田的整体利益、大局利益和油田几十万职工、家属、子女的根本利益出发，在科学发展观指导下，作为促进区域协调发展过程中与生俱来的神圣使命和义不容辞的历史责任。正如王玉普所言：

"大庆油田的可持续发展，不是一个企业、一部分人的发展，而是这一地区企业的共同发展，是大庆地区的整体发展。作为上市企业，要站在讲政治、讲大局、讲稳定的高度，以更加诚恳的态度、更加广阔的胸怀和更加积极的行动与未上市企业寻求合作、共谋发展。"基于此，油公司在制定可持续发展的战略思路上，坚持把管理局视为最重要的战略合作伙伴，以战略的眼光和胆识谋求共同发展，并在谋求同"亲兄弟"的战略合作"双赢"过程中，通过共同开展科研攻关扩展技术优势，共同探索开发外围小油田的新途径实现共同受益，共同到外部闯市场、共打大庆"一张牌"实现优势互补、资源共享等措施，为在本世纪之初的若干年中完成公司由区域发展向国际经营的历史性跨越创造了更为有利的发展环境。这一战略方针和发展目标不仅带来了大庆油气生产事业的一次革命性、战略性调整，而且无疑也为"亲兄弟"的另一半——管理局方面提供了更为广阔的发展空间。关联交易另一半的"亲兄弟"——管理局也没有在原地"等靠要"，而是适时提出了"立足油田一流服务，面向市场二次创业"的发展定位和方向，明确了"发扬大庆精神，搞好二次创业，实现持续发展，再铸企业辉煌"的战略目标，并把合作双赢作为企业发展的基础性战略，从此让"关联"成为联结"亲兄弟"之间为国家多找油、多产油这一共同目标的越来越坚实的纽带而发挥着自觉与能动的巨大作用。

于是"换位思考、你为我想、我为你行、心心相印"的工作规范和情感相融，也让这对重组改制之后的"亲兄弟"，在寻找油田"持续发展"的这一根本点上越来越达成共识，并汇聚成一种思维、一个方向、一股力量，那便是：合力寻求油气持续高产稳产的突破性举措！

于是我们欣喜地看到，重组改制后的"亲兄弟"在外围小油田开发方面的合作成果开始频频出现：

2001 年，双方建立了以勘探开发主导技术为核心的联合攻关机制，围绕油田勘探开发、"三低"油藏有效动用、产能建设降投资等方面，积极开展新技术、新工艺的联合攻关。管理局测井公司测井解释项目组，强化油田精细地质研究力度，通过应用新的测井系列代替老的测井系列、用数字化的测井资料代替模拟记录的测井资料、用计算机软件作为工具进行处理解释代替原有的手工解释、用新的厚度划分标准代替旧的厚度划分标准等新方法、新技术，实现了测井解释技术在油田应用上的一次突破，为此，油公司方面也打破了企业界限，对该项目组予以100万元重奖。2002年，双方的合作领域进一步拓展，共同开发了台105区块，共投产油井83口，生产原油2.7万吨，见到了良好的开发效果和经济效益。之后，又相继就龙虎泡、英台、肇源等外围区块达成合作意向，并屡获战果。油公司则更加注重公司的"成长性"，在老区油田的控水挖潜和提高采收率上下功夫，通过精细水驱挖潜、优化聚驱调整、加快三元复合驱攻关，把采收率提高到了新的水平。当油公司着力开辟天然气新战场时，管理局立即派出五支钻井劲旅奔赴同一战场，钻井队的职工们发扬"没有条件创造条件也要上"的精神，连连创出深井搬家安装的最高水平。为油气勘探开发保驾护航的生产用水、电、通信、专用道路、交通运输、土地、基本建设、物资供应等是决定油气勘探开发成败的关键环节，"亲兄弟"从促生产、保发展的大局出发，通过履行关联交易协议，使整个生产过程畅通而顺利。

都说国有企业的改革难，重组改制的大庆油田这对"亲兄弟"所遇到的最大难点就是人和人的切身利益问题。

随着国有企业改革不断深化，分开分立的两家企业推进改革的任务异常艰巨。为了处理好两家企业改革、发展和稳定的关系，两个"亲兄弟"坚持做到无论是推进干部人事制度改革，还是推进工资制度改革，无论是推进组织机构改革，还是推进住房制度改革等，凡是重大改革措施出台，都做到领导层通气达成共识，操作部门协商统一运作，做到既结合各自单位实际，又兼顾区域稳定，有效保证了改革的顺利进行和大局稳定。2001 年，油公司遵循公开、公正、择优任用的原则，进行了领导班子副职竞聘上岗和机构调整，16 个单位的 84 个副职岗位实行公开竞聘，共有 148 人报名，结果，44 名原班子成员退出，25 名新同志进入班子，机关部门由 26 个减少到 15 个，人员由 497 人减少到 310 人，极大优化了班子结构和机构设置。2003 年的工资制度改革涉及员工的切身利益，为了避免引发矛盾，两家企业领导高度重视，互相协商，一起研究制定方案，专业部门又在操作中共同运作，最终使工资改革这件好事办得实又好。

"稳定压倒一切。"这是世纪之初的几年里，大庆油田所面临的一项特殊的政治任务。油公司与管理局统一认识，共担责任，专门成立了稳定工作协调中心，全力做好稳定工作。按照"标本兼治、区别对待、疏堵结合、统筹协调"的原则，针对有偿解除劳动合同人员，两家一起研究出台了"11 条政策"，解决了有偿解除劳动合同人员的实际困难。针对就业问题，共同实施了"再就业工程"、"一帮一"工程。大庆油田公司把大庆石油管理局有偿解除劳动合同人员多、稳定工作压力大的困难视为自己的困难，克服公司专业化强、业务单一、就业面窄，工作量下降、就业岗位少等不利因素，和管理局一道分批次招纳市场化用工，积极为有偿解除劳动合同人员创造再就业机会。仅 2003 年，油公司就为 2260 位有偿解除劳动合同人员提供了再就业岗位。

也就在这一年，几十万大庆人发现，他们一直离不开的《大庆油田报》，也免费进了千家万户——"这样利于油田人的温暖工程，我们要多做!"有一天，在一位"老会战"拿着还散发着油墨香的报纸一个劲儿地夸"领导做得好"后，王玉普随即对公司工会负责人如此说。

还是这一年的年底，《大庆油田报》的头版刊登消息说，2000 年至 2003 年，大庆油田公司累计生产原油 2.03 亿吨，天然气 87.3 亿立方米，其他经济指标也远优于集团公司要求的预期……

"亲兄弟，携起手，大庆油田再展世纪新宏图……"油田的诗人们又开始忙碌起来，一首首诗篇像高亢的战歌，激励着铁人的后代雄风重振，威壮河山。

"曙光刚刚露头，值得这么莺歌燕舞吗？"经历了暴风骤雨的人这样说。他们说这样的话不是没有理由和根据，因为他们刚刚经历了阵痛，也看到了像过山车似的世界石油价格的动荡和低迷。然而他们更没有想到的是，就在这时，王玉普代表油公司班子提出了一个振聋发聩的口号："持续有效发展，创建百年油田！"

"这不是口号，是大庆油田的未来发展战略！"王玉普面对那些极度怀疑和一个个前来质问他的人，如此豪气地回答道。"而且，关于将大庆建成'百年油田'既是我们石油人的心愿，也是党中央的希望。"他说。

关于"百年油田"概念的提出和过程，后来我查阅了当年的资料及采访了一些油田老同志，他们拿出一份当年记者采访时任中石油集团公司总经理陈耕谈"百年油田"的专访给我看。这也让我更准确地知道了大庆建设"百年油田"的前因后果——

在回答记者采访提问时，陈耕指出，"百年油田"的提出，这里有个大背景：因为大庆油田已经连续 27 年产量都在 5000 万吨以上，采出量也比较大。但油田不是永远采不完的地方，它的储量会慢慢减少，甚至还会枯竭。可大庆油田在全国石油产量中占比达 40%，它要掉下来对全局的影响非常大。所以，既要保证它对整个国家的国民经济的稳定供应，又要考虑到它自身又能长期的可持续发展，因此 2003 年我们根据当时整个的形势就把大庆的原油产量有计划地进行了下调，实际上当年大庆的产量是 4840 万吨，比持续了 27 年的

5000 万吨少了 160 万吨，这种调整当时我们是有计划调整的。

陈耕说，从油田的采油规律看，下调本来是个必然的事情，我在油田对经常这样说：人有青年、壮年、老年，油田也有青年、壮年、老年。我们大庆应当说已进入壮年时期。青年人可以挑 200 斤，壮年人可能挑 100 斤和 150 斤就已经不错了。所以 2003 年开始我们把大庆的产量从 5000 万吨调整到 5000 万吨之下，是油田开发的一种必然规律，也是我们有计划的科学调整。

然而，大庆油田非同寻常，它的一举一动，牵动着国家各个方面的神经，也牵动着油田本身的"中枢神经"。

陈耕说，产油指标下调后，接二连三的问题也出来了。有人就说，大庆没有油了，这个城市怎么办？油田这几十万人怎么办？等等。当时我们的压力都很大。这个时候，党的十六大召开了，以胡锦涛为总书记的党中央提出了科学发展观的理念，当时叫"全面协调可持续发展"。国家对石油生产也格外重视，温家宝作为新一届政府总理，在 2003 年 5 月份亲自组织召开了一次会议，启动了中国可持续发展的油气资源战略。之后在 10 月份，温家宝总理又亲自主持和听取了相关项目及研究成果的汇报。就是在这样的大背景下，大庆油田面临着下一步到底应该采取什么样的方针和战略？应该确定什么样的目标？既能使大庆在当前保持一个稳步发展，又能从长远看，持续取得最好的成绩。所以在这个情况下，我们对大庆油田的情况进行了科学分析和研判，同时也对世界上的十个大油田的生产状态进行了认真分析和比较，最后有个宏大的理想突然某一天在我的脑子冒了出来：我对油田的同志们说，大庆应该能开采 100 年！

陈耕兴奋道，2003 年 6 月份，我特地去了大庆调研，大家信心满满。年底我又去了一趟，这个时候比上半年去时更有数了，所以我就当时把这个事情正式提给了大庆油田……

"百年油田？哈哈……反正吹牛不要钱嘛！"新班子将"百年油田"

的发展规划喊出去后，油田上有人这样自嘲，油田外的这种嘲讽声更是不绝于耳。

"玉普啊，世界上有许多大油田比我们大庆的条件要好得多，可谁也不敢提'百年油田'呀，你们喊这个口号有点科学依据吗?"这回说话的可不是一般人了，王玉普必须认真回答。

"有。'创建百年油田'这个目标，就是我们根据大庆油田的自身实际情况和国家未来发展的要求，经过广泛而精密的调研和分析，在综合和汇聚了各方科学论证基础之上提出来的。"王玉普回答道。

"说说你的依据。"

王玉普坦然一笑，说:"纵观世界油田发展史，一个油田从投入生产到开发结束，一般都要经历较长的时间，而到目前为止，还没有一个特大型油田完全枯竭。这应该是公认的事实。比如前苏联巴库油田，这个一直被石油企业视为油尽城衰的前车之鉴，最近却在里海地区有了重大发现，重新焕发了生机;美国东德克萨斯油田1931年投入开发，历时73年长盛不衰;而我国的玉门油田也已开采了64年……所以我们认为:地质储量多、资源潜力大的大庆油田，应该更加具备创建百年油田的优势。"

"王总的乐观分析很有感染力，听起来就像一首美妙的祈祷歌。不过我们还是期待能够看到你们大庆关于'百年油田'那些可以振奋人心的旋律……简而言之，就是你们要把一个日益枯竭的油田建设成'百年油田'的底气在哪里?"在一次中外记者招待会上，有外国记者用辛辣的语气向王玉普提问道。

面对森林一般的电视镜头，王玉普胸有成竹地回答道:"创建百年油田，是我们全体大庆人的愿望和志向，也是国家现代化建设所期待的，而且我们认为把大庆油田建成'百年油田'是完全有可能的。对此我们已经初步确定了'三步走'的发展构想:一是2005－2010年，为基础发展阶段，主要是固本强基，夯实主营业务，进一步提高资源探明率、主力油田采收率、难采储量动用率，并形成天然气的发展强势；二是 2011 － 2020 年，为战略调整阶段，主要是拓展领域，优化业务构成，构建起以油气开发为龙头，本土、海外、多元协调发展的产业格局；三是 2021 年以后的十余年，为持续发展阶段，主要是依靠公司的技术、管理、人才和文化优势，实现由资源型企业向具有强劲竞争力、成长力、生命力的综合性公司的根本性跨越……"

"王总刚才描绘的'百年油田'蓝图，令人信心满满。你能更具体地透露些指标吗？"

"当然可以。"王玉普这样回答国内记者，"从现在起到 2020 年，是创建百年油田至关重要的两个阶段。这一时期，公司推进创建百年油田实践，主要是细化落实'面向两个市场、整合四种资源、发展三大经济、完成一个跨越'的我们称之为的'2431'发展战略，着力在加大工作力度上。大家也许已经知道，目前松辽盆地北部的石油资源量为 *** 亿吨，探明率为 ***，还有近 *** 亿吨的石油资源有待探明。尽管今后这一地区的勘探对象，主要是低产、低丰度、低效益的储量，但就剩余资源的总量来讲，仍然是我们资源接替的主要区域。加快松辽北部的精细勘探，关键是勘探理念要实现大的突破，树立创新思维，敢于否定自我，积极用新思维、新视角、新举措，来谋划和推进勘探工作。"

"如果再说得具体一点，我们下一步的工作重点是：突破新区，以加快外围勘探，积极开辟新的储量接替区。三江等 6 个外围盆地预测的石油资源量有 *** 亿吨，且处于勘探早期阶段，具有良好的勘探前景；羌塘盆地预测的油气当量是 *** 亿吨，且构造上位于全球油气储量最丰富、产量最高的特堤斯构造带东段，该构造带已发现中东、里海等大型油气田，目前已被国家列为十大油气战略选区之一……"

"我可以负责任地向你们报告：从近两年的'百年油田'创建成效看，我们对未来更加充满信心，大庆的前景会比我们设想的还要鼓舞人心!"在接受《中国经济周报》记者的采访时,王玉普骄傲地"亮"出了提出"百年油田"创建目标的第一、二两个年头的一串响当当的"硬指标":松辽盆地北部深层新探明天然气储量 1000 亿立方米,新探明长垣外围储量 20 亿吨以上,海拉尔盆地新探明 1 亿吨石油地质储量;同时,在领先世界的大陆相砂岩油田水驱开发和聚驱开发配套技术等方面,实现高于国外同等油田 15 个百分点的采收率。

"知道提高 15 个百分点意味着什么吗?那我告诉你:对拥有数万口采油井的大庆油田来说,其采收率每提高 1%,就相当于我们为国家多找到了一个玉门油田;如果我们油田的采收率提高 5%,就相当于我们为国家找到了一个克拉玛依油田;如果能在室内研究中找到一种采收率提高 10% 的方法,其效应等于放了一颗原子弹……!"王玉普用他高亢而有力的声音告诉这个世界上所有关心大庆的人们,同时指出,"大庆人从来都很重视那些为了寻求提高油田采收率而进行探索的每一个失败的研究,因为它们的价值不比那些成功的成果差多少。大庆油田之所以能够在连续 27 年的 5000 万吨高产之后仍稳定地保持着 4000 多万吨的产量,就是我们的科研人员在探索采收率的艰苦卓绝的奋斗中前赴后继,在千次、万次的失败中找到了一次或两次的成功,才保证了持续至今的高产稳产。正是这种在失败中争取光明、实现目标的精神,让我们增添了创建'百年油田'的无比信心和勇气。说白了:创建'百年油田',既是我们油田的发展需要,也是我们大庆人自己给自己设置的挑战极限!人,是要有点精神的,大庆精神从铁人王进喜开始,就是不怕困难、勇往直前,向着一个又一个的高峰目标奋斗的过程。大庆的昨日是这样,今天是这样,明天和未来更将是这样!"

我们知道,王玉普后来成为了工程院院士、中石化集团的掌门人,后来他还成为了全国总工会书记处第一书记,现在的他是国家新成立的应急管理部的部长。大庆的人更知道他在油田时就是一个"视科学技术为油田生命"的领导。

大庆人对这一幕记忆犹深——那一天在勘探开发研究院教育培训中心学术报告厅里，有一场特殊的"拜师会"。电子屏幕上显示了一句很让与会者"抓心"的话："师徒同心，科技兴企攻难关；新老携手，持续发展写辉煌。"当时由 3 位博士、44 位硕士、102 位本科毕业生组成的 149 名油田青年科技人员，将向以油田"老总"、老科技专家为代表的 115 名导师正式拜师。总经理王玉普在那天率先上台接受了 2003 年入院的研究生、深层天然气开发子课题负责人王金山的拜师礼。待每一对师徒完成结对礼后，王玉普即席讲述了一段很深情的话："20 多年前，我跟你们这些年轻的同事一样，从学校毕业后来到油田工作岗位上。弹指一挥间，我从一名普通的采油人，成长为油田的当家人。靠啥？靠的就是一代代师傅的帮助、提携。大庆油田从无到有，从采油几百吨到维持几十年高产稳产的世界级大油田，靠的啥？靠的是一代代科技专家的刻苦钻研和攻关。油田跟人一样，都是有生命的。我们要让一个生命体不断健康成长、长命百岁，就得有一

2005 年 6 月 15 日，首车 4200 吨俄罗斯原油运抵大庆，大庆油田实现了由单一油气生产商向生产运营商的转变

2007 年 12 月 26 日，大庆油田有限责任公司获得首批"中国工业大奖"

套科学的'健身'手段和方法。百年油田建设，同样需要一整套符合科学和实际情况的方法和手段。"

至此，大庆人和大庆之外的人，对王玉普、孙淑光等一班人提出和确立的"持续有效发展，创建百年油田"的规划和奋斗口号，也便有了一层比一层更深的理解和赞同。

人心齐，泰山移。当创建"百年油田"的春风，强劲地吹拂古老而呈新颜的松辽大地时，大庆油田的生机也日益焕发。

2005 年 6 月 15 日，大庆油田南三油库像过节一样喜庆。由 70 节油罐车组成的列车驶入站台，来自遥远的俄罗斯的 4200 吨原油注入了南三油库。这是王玉普、孙淑光他们这一届班子领着大庆油田将目光投向"海外"的一次战略性举动。当时王玉普如此动情道："45 年前，也是在这里，大庆油田首车原油外运，结束了我国依赖'洋油'的时代。今天，我们大庆接卸'洋油'，则意味着大庆油田开始实现由单纯油气生产型企业向生产贸易型企业的重大转变。"

2005 年，大庆油田再传捷报：生产原油 4495.0966 万吨、天然气 24.4295 亿立方米，再度续写了全国原油年产量第一、采收率第一、纳税第一的纪录。

之后的 2006 年、2007 年、2008 年，在国际油价持续走低的困境下，大庆油田犹如狂风中的劲松，巍然挺立，保持了国家石油行业"中流砥柱"的风采与风骨，为飞速发展的中国特色社会主义事业作出了不可替代的贡献。

值得一提的是，这期间的 2007 年年底，大庆油田获得首批"中国工业大奖"，此奖只授予了两家企业，除大庆油田外，另一家是中国航天科技集团，可见此奖的分量。

经历劲风之后的大庆油田，已经牢牢地挺立在新世纪之初的改革与发展的潮头奋勇前行着……

2008 年，国家根据石油产业的发展现实，再次对石油单位进行了重组和改制，大庆油田的一对"亲兄弟"重新合二为一，从而也揭开了历史新征程的序幕……

第十四章

航母远行——惊涛骇浪中布局国内外"战场"的大格局：
走神州大地，不骄不躁甘当学徒；
小油泵探路，谱写"非洲传奇"。

又是阳春三月。又是吸引13亿人目光的北京"两会"。时间进入2005年3月，这一年的北京"两会"上，有个最热门的话题让几千名全国人大代表和政协委员热血沸腾，这就是以胡锦涛为总书记的党中央和国务院提出的在科学发展观统领下，构建我国社会主义"和谐社会"的命题。

也许在此次"两会"上，还没有哪一个来自基层工作一线的代表能像大庆的代表那样对建设"和谐社会"这个概念产生更强烈的呼应。的确，走过重组艰难历程的大庆人，他们对构建和谐社会的意义，感触与体会太深、太深……

和谐是较不和谐而言的。中央之所以提出构建和谐社会，是因为我们的社会发展到今天有许多地方非常不和谐，或者说还有不少地方特别需要和谐。对一个正常历史条件下健康发展着的地区或社会来说，构建和谐社会可能仅是需要在贫与富、快与慢、斜与正之间作些调整、中和就可以了。但对一个高速发展了四十余年，一直沿袭着计划经济模式，在国家经济建设中占有举足轻重地位同时又面临固有优势不断消失和枯竭的能源基地而言，构建和谐社会就不仅仅是简单的调整与中和了，那是一场生与死的搏杀，存与亡的抉择。

进入新世纪前几年的大庆，就是处在这样的一种搏杀与抉择中。

"对大庆这样的国有特大型企业来说，保持所管辖的单位在政治上长治久安，经济上不断努力地为国家创造更多财富，职工群众生活上不断提高和改善，这就是构建我们那一方和谐社会的基本标准和基本责任。没有这样的基本标准和基本责任，我们这些共产党执政者就不能成为大庆的'三个代表'。到那时，你想'代表'，恐怕广大群众也不要你'代表'了。"这话是大庆石油管理局领导们总结前几年所走过的艰难曲折之实践中所说的。

然而，构建"和谐社会"的动力和前提靠什么？靠发展。还是邓小平的那句经典话：发展是硬道理。尤其像大庆这样的国有特大型企业，一个拥有几十万人队伍的油田，其"和谐"与否，首先是看几十万人的生存环境，俗话说：能够让这些人有饭吃、吃好饭是关键和前提。何况，大庆油田承担了沉甸甸的国家责任……毫无疑问，发展是它的根本。

已经成为"老"油田的大庆如何发展，这是大庆人在世纪之交所遇到的最大挑战与难点。

1995 年年末和 1996 年年初，时任中共中央总书记、国家主席的江泽民及中共中央政治局常委胡锦涛同志先后挥笔为大庆写下了"发扬大庆精神，搞好二次创业"和"珍惜大庆光荣史，再创大庆新辉煌"的重要题词和批示，而大庆石油管理局也借此出台了《二次创业指导纲要》，以纲领性的文献形式确定了大庆石油管理局为将自己"建成国内一流、具有较强国际竞争能力，以石油工程技术服务为主，加速向新经济领域迈进，全面实施国际化经营的大型现代企业集团"的战略决定。它被大庆干部职工称之为曾玉康和管理局党委班子"激情创业"的号角，写得有血有肉，令人心潮澎湃、斗志昂扬；特别是关系到大庆未来 20 年的发展战略目标，更叫人激情满怀。这个《纲要》中写到的未来大庆"三步发展"中有三处格外显眼：一是"十五"期间经济发展速度保持在年均增长 4.6% 和经济效益年均增长 9.4%；二是到 2010 年时，全管理局总收入达 350 亿元左右；三是 2020 年时，全管理局总收入达 500 亿元，其中一个最大亮点是，大庆油田未上市部分要在 2020 年时，作为中国大型现代企业集团跻身于国际先进行列。也就是说，到 2020 年，大庆不仅在中国做"石油老大"，在国际上也要做名副其实的有全球影响力的著名大企业。

呵，大庆人这是何等的胆识与远见，这是何等宽阔的胸怀与谋略！

简而言之，大庆就是要作一番脱胎换骨的发展思路大调整，并将通过约 20 年的努力，完全不再依赖本地的油田，要在大庆之外再创一个"新大庆"！

呵，这是一个多么了不起的宏伟夙愿！曾几何时，大庆"闹事"的消息传出后，社会各界一些人摇着头在说风凉话："中国国有企业不亡，天地不容。"当时大庆人听到那样的话，心如刀剜，他们跟共产党走了一辈子、与共和国命运筋连着筋，他们不明白为什么国有企业就非完不可，难道现代化建设里就没有国有大型企业的生存空间？就没有在中国特色社会主义伟大事业中做一代有为的新型工人阶级的可能？大庆人有些迷茫和疑惑，并且心底始终不服这口气。他们在寻求新的历史条件下社会主义国有企业的前途与出路。最后大庆人依靠

"三个代表"重要思想，从一次创业和铁人那儿找到了精神力量，找到了走好自己未来发展道路的方法。用他们的话说，这就是"外部拓展战略为主导，合作双赢战略、多元发展战略为基础，低成本战略、人力资源开发战略、科技创新战略和企业文化战略为保障"的三大战略组合。而要完成这三大战略组合，他们又把注意力放在"聚精会神练内功，全力以赴谋发展"上。可在油田不再成为唯一、国际竞争日趋激烈的现实客观条件下，大庆的发展点该落在何处？大庆人的回答是：依托油田但不依赖油田求发展；瞄准全球化经济发展趋势，着眼两种资源、两个市场上求发展；靠大庆品牌的服务质量和服务信誉，争取市场份额与效益并重求发展；在"专、特、精"上下功夫，靠比较优势求发展；开展多领域、多层次、全方位的合作途径求发展和全面和谐的发展等六个举措。

"开拓市场有理，开拓市场有功，开拓市场有利，开拓市场光荣。"这样的话，拿到内地的深圳和沿海地区，实在不是什么新词，可在大庆能把这样的话当成鼓动职工闯市场的口号，只有到了新世纪之后的石油管理局领导班子时才真正开始叫得响亮。

大庆在一次创业时，曾经有过一句名言，叫做"不干，半点马列主义也没有"。这话今天仍然未过时。市场经济条件下，不言"市场"就是半点马列主义也没有，不言经济的发展，同样也不是马列主义。然而，一个在马列主义理论指导下曾经创造过辉煌成就的工业圣城，当他们以全新的身份去迎接外面的世界时，一切挑战都近乎残酷，甚至有些不可思议……

钻井二公司在大庆是支名副其实的王牌军，就是在中国的石油界也是响当当的队伍，因为当年铁人王进喜带的 1205 队和另一支英雄钻井队——1202 队，都在这个公司。党和国家领导人，除了毛泽东没有到过大庆，其他领导人几乎都在大庆留过足迹，而来大庆必到钻井二公司。那年温家宝出任总理不久便来到钻井二公司的 1205 队，当时他握着石油工人的手极为深情地说："我对大庆是有感情的。"

可以说，自有"大庆"那天起，无论哪个时期、哪任国家领导，都对钻井二公司这支队伍充满敬意。但重组分离后的钻井二公司的将士们却被一个强大的"对手"冷落了、蔑视了，他们这支英雄队伍甚至根本没被放在眼里。这个对手叫"市场"，它铁面无私、残酷无情……

"谁都知道，大庆油田的油井，每一口都是我们钻井队伍打出来的，钻井队和油田就像母鸡和鸡蛋一样的关系。可重组后的大庆钻井队就完全不一样了……"顾正卿，当时钻井二公司的负责人之一，当他谈起公司面临的市场挑战时，感慨万分。"过去我们大包大揽的油田钻井市场被别人挤掉了，几千名职工和他们的家庭总不能眼巴巴地瞅着前辈们在一次创业中留下的红旗充饥吧？为了活路，我们第一次把眼睛投向了大庆油田以外的天地。可那个天地对我们来说，真的陌生得很。公司第一回接外活的情景，我至今仍记得很清楚。那天有个工人说他父亲给他打电话，得知河北冀东油田那里在进行钻探招标。冀东油田年产原油一百多万吨，这与我们大庆油田相比简直就是芝麻比西瓜。可当时对饿着肚子的我们来说，就是再比芝麻小的食粒，我们也想拣到自己口里。这是公司第一份外活的信息，我听后特别激动，赶紧跟经理说了，经理一拍桌子：行，先去摸摸底。第一回是我去的，我们以为自己是大庆的钻井队，人家还不卖三分面子给我们？哪知一到冀东，人家连见个面跟我谈的兴趣都没有，传出话说：冀东总共才几十口井，你们大庆的钻井队来捣什么乱！人家说的不是没道理，咱二公司的钻井能力是一年 2000 多口井的水平，过去在自己的大庆油田年年任务富足有余，肚量确实大。可再大的肚量如今空着难受呀！我只好硬着头皮跟人家磨，最后人家实在不好推托，就说那你们试试看跟别的钻井队一起参加招标吧！啥叫招标？公司上下一听这就有些发蒙：咱铁人的钻井队从玉门打到大庆，又从大庆打遍了全国所有大大小小的油田，没听说过我们干的活还要跟人竞标嘛！全公司没一个人知道招标到底是怎么回事。于是公司刘经理亲自带着技术人员上冀东跑了一圈，回来就按照自己对招标的理解折腾起竞标的标书来了。第一份外活，刘经理心里也没底，怕因为招标我们丢了大庆和铁人的面子，便动起了心思：听说管理局局长正好在北京开会，便火速连夜赶到京城，天没亮就敲开了局长住的房间。局长一听刘经理的来意，笑了，说行行，我跟你们跑一趟冀东。大庆油田的管理局局长亲自来到区区小油田冀东，这真让冀东油田的领导受宠若惊。人家碍于大庆油田局长的面子，说行行，我们一定留点活给你们大庆。刘经理从前线回来把这事一说，公司上下好不振奋，我们干部层面的同志表示，这是咱钻井二公司第一回出征，一定让人家看看咱铁人队伍、咱大庆人的形象。我们挑选了公司最棒的固井队员，并且特意做了一面很大的旗帜，上面有'大庆固井'四个大字。队伍出发那天，公司在大院门口组织了蛮有声势的壮行仪式，场面十分感人。其实当时冀东那边给我们的活才那么几口井，可对我们来说意义不一般，这是我们铁人钻井队伍几十年来第一次真正逐步迈向市场经济。与其说是为了让别人看看咱铁人队伍到底咋样，倒不如说是我们自己给自己壮胆、助威。这一年下来，外派的队伍还算争气，在别的队伍面前没熊过样。可我们自个儿悄悄将各种成本消耗一算账：妈呀，辛苦一年，竟然赔了！当时我们几个公司领导听了汇报后，谁也不说话。最后大家推开紧闭的窗户，深深地透了一口气，说：赔也不能将已经打出去的拳头收回来。那会儿我们公司领导不敢跟单位的职工说冀东干活赔钱的事，铁心认定要生存就得走出去。第二年我们继续大举对外谋求市场，而且因为像在冀东那儿我们施工的井，质量过关，队伍作风又好，业主非常高兴，到第三年时，那儿主要的固井任务全部被我们弄到了手。与此同时，我们的队伍又在南阳、吉林、新疆等凡是可以插足到的国内油田全面铺开。因为随着我们不断懂得了市场经济的游戏规则，效益也跟着不断增长，最关键的是重新在全国同行中树起了铁人队伍的形象和大庆牌子。"

我知道当时的大庆钻井二公司，还有钻井一公司他们，早已把主力战场由大庆油田转向大庆以外的四面八方，并年年捷报频传。

"哪里有石油，哪里就有大庆人。"这话在上世纪 60 年代后的几十年中，曾成为中国石油工业战线上经久不衰的流传语。而今天我则知道这话有了些改变，现在大庆人这样说："哪里有市场，哪里就有我们大庆人。"一词之变，可就完全是两种概念，这个转变说明大庆人现在已基本实现从过去企业单一的以"油"为业，到"一业为主，多元并进"的跨越式发展。

大庆人的步子一旦迈开，就是铁流滚滚，势不可挡。

"可以向你透露，近两三年间我们管理局每年在大庆油田之外的市场上所获得的收入都是几十亿元、几十亿元的增长，2005 年可望达到的外部收入超 100 亿元……"

100 亿元，这在当时绝对是个大数字！而对三五年前在对外揽活中连标书都不会做的大庆人来说，它的意义无疑是革命性的，是涅槃重生。

建设集团管道工程公司 2003 年才组建，他们接的第一个项目就是国家的"西气东输"工程中 6 个标段、全长计 405 公里的主线施工任务。

"西气东输"工程在管道业被称为本世纪的"万里长城"工程，沿途的艰险与难度，非常人所想。在陕北境内的 14B 标段，属河谷川台地貌，区段内共有冲沟 31 处、峁 26 座、连续峁达 8 个，可谓沟梁峁壑连绵不绝，管线施工的最大坡度在 70 多度，数个国内"王牌"队伍屡上屡弃的地段。大庆人上了，他们扬出"宝塔山下学铁人，东输线上创佳绩"的战旗，提出"流血流汗不言悔，舍身舍命保工程"的口号，硬是用"上甘岭"式的精神，啃下了这一标段。友邻队后来纷纷派人前来参观这些已经铺设完毕、近乎垂直的管线，无不惊叹：这活儿不知大庆人是怎么干的！

不知道大庆人是铁铸的吗？不知道大庆人是铁人的队伍？同行人频频点头，脸上露出敬佩之情。

2003 年 8 月，"西气东输"工程指挥部根据"十一"进气上海的目标，要求东段靖边至上海的管道必须提前完成。大庆管道工程公司的 22B、23B 和 24 标段因此面临巨大压力。由于施工地处江南水乡，恰逢梅雨季节，加上又是一个多年不遇的大水年份和 50 年不遇的酷暑年，公司承建的 13 座输气阀室和分站一半浸泡在汪洋之中，全公司的总体工程量仅完成 40%。业主和监理很为大庆人着急。"十一"进气是国家有关部门对上海人民的庄严承诺，大庆管道人因此提出不能因我们而拖进气上海的后腿，决心发扬当年大庆会战精神，拼一场"百日硬仗"。南方夏季之战，最难的就是高温酷暑，而管道铺设又主要在焊接工序上。热！热死人！最多的一天，大庆施工段的一个现场一下就晕倒过十多个人。一个人倒下了，另一个人接过焊枪冲了上去……那真是战场，没有硝烟的战场，并不比枪林弹雨的硝烟战场差什么。大庆人顶过去了，所施工的工程被"西气东输"指挥部誉为"铁人段"。

是的，他们是铁人。

7B 标段的试压机组长李庆，因为现场试压人员少，他带领机组转战百里施工线，一个工地还未停机，另一个工地已经催他赶紧过去。有一个连续 39 天的时段里，他连衣服都没脱换过一次……

时值"非典"疫情袭击，为保证全线施工人员战斗不止，公司党委书记张洪达，带着党群部门的同志，历时 40 天没有歇过脚，到全线每一个工地进行鼓劲打气，行程万里……

公司经理李道远、副经理宫沐音、吕继承、毛立平等相约：谁倒下了，另几人必须将其抬离施工现场，继续坐镇指挥，不得往医院和后方送……

铁人就是这样炼出来的。大庆的品牌靠铁人的精神铸造。

那个历史阶段，大庆对外市场的 100 支队伍组成的庞大"航母"舰队中，水文地质工程公司可能是最小的一只"舰船"，全公司才一百多名职工。可别看这么一只"小舰"，那天我上他们那儿听故事，听得我热血沸腾、激动不已——

水文公司过去只"吃"油田，但随着油田水源井的减少，他们越吃越亏。不过，在庞大的大庆石油管理局几十万人的队伍里，一个百十来号人的小队伍，完全可以不愁亏不亏的事。可水文公司的人没有这么想，他们誓言也要扛起"大庆"这面大旗。

听说呼伦贝尔大草原腹地正在对一个新发现的油田进行勘探，有水文工程方面的活。项目经理张勇泉带着队伍受命前往，一踩进大草原就被老天来了个"下马威"：零下三十多度的大风雪天气，呼啸于千里无人区……业主要求必须在规定的时间内取出一个井孔的水样。张勇泉他们接受任务后，不敢怠慢，否则到手的活儿就会被"炒鱿鱼"。张勇泉的名字起得好，勇泉勇泉，似乎生来就在水面前有股勇敢劲儿。他们拉着压风机，在冰天雪地里行进六个小时，硬是将水样取到手。业主见后觉得不可思议，又问："还有几个井的水样要取，你们去不去？"张勇泉说："去啊！我们已经死里逃生了一回，还怕什么？"

"确实，为争取市场，我们的职工真的拿出死都不怕的精神。"张勇泉颇为感慨地跟我说，"不会有人相信在今天 21 世纪了我们还能遇到跟当年红军长征一样的困难，可我们的职工确实在外面吃过这样的苦。就说呼伦贝尔的工程，队伍进去后，就像掉进了另外一个世界，根本不可能与外界有任何一点联络，手机没有讯号，来回进出就得几天，工程时间和成本放在那儿，我们的职工在无人区里除了工作再也没其他事可干。整整五个月，那天我从草原出来听到第一个手机声响时激动得直掉眼泪。再一听手机里的声音，我忍不住哭了一场……打来电话的是一名职工家属，她呜呜地向我哭诉，说她丈夫跟我们一走就是几个月，不知是死是活，连个手机都不打。她说自己想来想去，只有两种可能：要不是出事了，要不就是跟着别的女人走了。她说她现在就只想跟丈夫最后说一句：你到底还要不要让孩子叫你一声爸了……我听后，告诉她，她丈夫啥事都没有，就是因为我们工作的地方根本没有手机讯号，也没有任何其他通讯条件。那家属怎么也不信，说现在人家出国到了非洲都能打手机回来，她丈夫肯定是不要她了。你说我听了这话能不掉泪吗？"

我跟着这位汉子直哽咽……

水文公司不简单，后来他们甚至连北京奥运会的工程项目都揽到了。"这算啥！我们这几年在国外才干得漂亮呢！"公司领导非常自豪地告诉我，他们现在已有几支分队在中东、南亚等国站住了脚跟，像在阿联酋项目的小分队，不仅在那儿打水井出了名，而且去年一年小分队中的七个人勤跑勤干，独立办的一个贸易公司就赢得一千多万元的销售额。

有钱就赚，有市场就占。大庆人走向国际市场最精彩的一幕要算他们与国际石油同行业竞争对手的较量。那才叫惊心动魄，那才叫"中国大庆"——

大庆在国际上扬名最早并不是因打井的本事，而是一只小小的油泵。这听起来有点搞笑，但大庆人就是把这"笑话"搞到了国际上……

那一年得知油泵公司的人要走出国门，到那个美国人长期在那儿统治石油勘探市场的北非苏丹开辟战场时，管理局领导特意把年轻有为的少壮派经理杨元建叫到办公室，叮嘱他："此番远征北非，虽是整个大庆石油管理局向海外市场迈出的试探性一步，但意义重大。我们是大庆油田出去的，代表的是中国石油人的形象，而且竞争的对手又是世界石油界的老牌霸主美国人，须作好各种准备。"

"石油是当今美国人称霸世界所想独吞的奶酪，我们要动他的奶酪，肯定会有一番明争苦斗。"

"我们已经做好这样的心理准备，结果有两种：一种可能是被人赶出北非，另一种是我们挤进去……"

领导再三叮咛道："不能出现第一种情况。"

少壮派杨元建淡淡一笑，有些不解："为什么？市场经济允许成功，也允许有失败嘛！"

但管理局领导并没有迁就他，反而更加坚毅地盯着他，一字一句地明确说："可对我们大庆而言就不行，尤其是到国际市场上竞争。"

"'大庆'?！唉——就这'大庆'的名字压得我们都快喘不过气来了。"年轻人低头小声说。

"就是因为现在喘不过气来了，所以我们才要走出去，到国际市场上去喘粗气、喘大气！让全世界人看看我们中国的大庆人到底是英雄还是孬种！"

"我明白了，局长请放心。"杨元建一个笔挺的身姿向领导保证道。

少壮派刚转身想走，却被领导一把拉回："你说什么都准备好了，我问你还有两样东西准备好了没有？"

"还有啥两样东西？"

"一面中华人民共和国国旗，一面有我们大庆标志的旗帜。"

这回少壮派颇得意地从口袋里抽出两面叠得整整齐齐的鲜红旗帜，在领导面前潇洒地一抖："您看行吗？"

局领导伸出双手，先抚摸了一下五星红旗，又将手转向那面印有"Daqing China"的旗帜，久久凝视着……然后他说："苏丹市场，是我们大庆向国际市场迈出的第一只脚，你们一定要把我们的红旗牢牢地插在那儿，否则……"

否则什么？少壮派想问，却不敢直言，但他心里明白局长要说什么。

"否则我们都不配当大庆人！"局领导这样说。

"永富，领导说话了，让我们抢占国际市场。现在北京正好有个苏丹的项目要进行油泵的招标寻价，你快去一趟，争取争取！"杨远建回到公司迅速与时任公司副总工程师的邵永富取得联系。

这邵永富绝对是个人物，粗眼一看是个挺憨厚的人，但几次接触后就会发现，他其实是个非常精明和聪慧的人。从学校毕业后，他邵永富就到了大庆油田的油泵厂工作。上世纪 80 年代和 90 年代中期之前，大庆油田的日子一直是皇帝的女儿不愁嫁。邵永富所在的油泵厂过去主要是负责油田生产所需要的油泵，那会儿油田有的是钱，加上技术确实也不如人家，所以大庆油田几万口井抽油所用的油泵基本全靠国家进口。对油田而言，有三个关键性工序是少不了的：初期的地质普查；再就是用钻机勘探；等发现油田、打出油后，就进入了采油阶段。采油靠的是油泵，邵永富他们厂的任务就是向油田提供采油武器——油泵。

美国人运用现代化技术开采石油的历史最早，各方面的技术设备也一直遥遥领先各国。大庆油田的油最早不需要用油泵，钻机往地心里打一个"窟窿"，油就"哗哗"地涌出地面。后来地下油层的压力下降，就用注水的办法将油采出，"磕头机"在那会儿成了主要武器，它的原理跟北方农民家解决吃水问题的压水井原理差不多。之后，大庆油田为增产而采用了世界上通用的先进采油技术——潜油电泵。这种潜油电泵的威力大，它顺着钻孔，能依靠电机带动下的螺旋式油泵，将几千米底下的原油源源不断地抽到地面。潜油泵出生产力，但潜油泵本身的成本也十分昂贵。像大庆油田这样的超级大油田，一年仅油泵消耗就达上亿元。"吃皇粮"时的日子，对像大庆这样的超大型国有企业来说，在岗位上的人感觉不到什么压力。但电泵厂的师傅们心里还是有几分不甘，因为他们身为电泵厂员工，提供给油田一线的产品都是从美国进口的，而不是他们亲手制造的。"我们连转手的二道贩子都不如！"师傅们这么说。于是他们闲时自己开始动脑筋把进口来的美国潜油泵拆了装，装了拆，想弄明白个究竟，好自己有一天也能生产潜油泵来给油田用。

这段时间邵永富总觉得英雄无用武之地，虽当车间主任，却也发力轻轻。后来经常跟供货的外国专家接触多了，有人说他"不务正业"，于是一赌气，干脆到哈工大去读了个脱产研究生。这个底子对他个人来说，意义不一般。可毕业后回到单位可干的事仍然不多，恰巧此时深圳有家也是搞潜油泵业务的外资企业向小邵伸出橄榄枝，于是他南下到了深圳特区，看到了改革前沿的中国时代风貌，也感受了什么是市场经济。

"永富，回来吧！要干，也得痛痛快快给咱大庆自己干嘛！"一日，新任电泵厂领导的同龄人杨远建打电话给邵永富这样说。

早想把青春和理想献给大庆油田这块热土的邵永富，此刻心头的激情之火被重新点燃。他二话没说，提起背包就往大庆赶。

"哎哎兄弟，只要你不走，什么条件都可以谈！"深圳的公司老板像掉了魂似的追来。

邵永富笑着摇头："我什么条件都不要，只想回大庆干！"

"那——你再干一阵，我也好把全年的薪水算给你嘛！"

"谢了。我已经耽误不少时间了，你我都知道市场经济就那么残酷，不是你存就是我亡。我们大庆油田再大也是一个企业，现在我要做的就一件事：看看油田之外，还能不能有我们大庆人的活路！"

邵永富的这番话，到了新升任大庆石油管理局局长的曾玉康的嘴里，就是油田"二次创业"的概念了。

活路当然有！并且就在自己的脚下。

这个时候，邵永富所在大庆油田电泵厂的师傅们经过无数次反复试验制造，"大庆油泵"成功诞生。既然美国人生产的油泵能在世界各油田赚大钱，为什么我们大庆的油泵就不能换成美金？

这样的问题从理论上回答非常简单和肯定，但一到烽烟四起的国际市场上答案就不那么容易找到。

邵永富是负责销售的，了解国内油田的市场情况，当时全国油田所用的潜油泵约 5000 台，仅大庆油田就有 2000 台左右。市场空间在何处？大庆人欲哭无泪，没有技术的时候，设备都得靠进口，当自己也有产品时，却又不知卖给谁。"半壁江山"的大庆也有不少苦处，就因为它在国内石油工业战线占的比例太重，"半壁江山"意味着它大庆稍稍有任何一点动作，那整个石油江山就会出现倾斜。因此大庆人想干点石油行业上的生意，除了自己的"一亩三分地"上内销外，国内市场几乎没有任何油水可捞。

"邵，你们应该到国际市场上去比拼！"一次，一位国际代理商提醒邵永富，并且很认真地告诉他：想赚美金，就先得学会花美金。

"这个学费必须花！"电泵厂领导非常开明，特批 2 万元美金给邵永富作市场调查咨询费。

15 亿美元的潜油泵市场啊！那天，邵永富是跳着喊着向厂里汇报这一信息的。"我们大庆电泵厂的产品能在国际市场上拿到哪怕是百分之几的份额，就足够我们吃的了！"那一天，电泵厂上下都沉浸在激动之中。

就在此时，北京方面传来一则商务信息：某国际公司正在为北非苏丹油田招标采油的潜油泵。

邵永富听说后立即赶到北京，哪知人家代理商拿出一大叠报价单和护照，说：对不起了大庆同志，人家出国的护照都办好了，等下次机会吧！

下次？下次是什么时候呀？别看平时邵永富文质彬彬，谈论起工作上的事，他可是个急性子。"我就想这次！您一定得通融通融！"邵永富拉住商务代理恳切说道。

商务代理耸耸肩，说："邵先生既然如此心切，那你至少也得说出些理由吧！"

"这正是我想跟您说的。"邵永富胸有成竹地说，"油田的油泵不是一种简单的生产器材，它更重要的是涉及使用问题。关于这一方面，我可以向您作些简单的解释……"哪是简单解释嘛！邵永富一沾潜油泵的事，就滔滔不绝，而且把潜油泵与油田生产之间的关系讲得精确而透彻、生动而形象。

"兄弟啊，你怎么不早来嘛！咱跟人家做生意，不光把东西卖出去就完事了，关键是让客户用了满意。你是潜油泵专家，苏丹的这笔生意非你莫属，明天我就给你办护照！"代理商不等邵永富嘴上刹车，就已经起身抓住电话往苏丹驻华使馆打。

"那我们大庆的油泵……？"邵永富不忘自己的正事。

"还用问嘛！你是大庆人，派你出去当然优先卖你们的产品！"

邵永富就背起旅行包，直抵法国戴高乐机场，然后买了张转机的票，一站便到了苏丹。

苏丹在哪儿？下飞机那一刻，邵永富迎着扑面而来的阵阵热浪，才意识到自己真的到了非洲，而且是北非。

"飞机到苏丹的首都后，我的感觉是好像自己到了乌鲁木齐市郊的一个什么地方。"邵永富后来说。但当他踩上这个北非国的石油之路时，真正感觉到的只有两个切肤的深刻印象：热和贫。

苏丹的气温无法用"热"字来注释，只能用"烫"字形容。真的是烫，胶鞋如果踩在柏油路上，会像撕扯贴在皮肉上的药膏一般，能发出"嘶嘶啦啦"的声音；如果踩在沙石泥土路上，那你的脚板就像触及百度高温的澡池。事实上，苏丹的官方气象报告说它的气温一般是 47 度，而邵永富告诉我，他的温度计显示的地表温度是摄氏 75 度。"抓把茶叶放进灌满凉水的军用壶里，再在沙里挖个坑，把壶放进去几分钟，保你能喝上滚烫的茶水。这就是苏丹。"邵永富说。

但初去那儿的邵永富根本没有时间顾及这种灼人的气温，他知道此次虽孤身一人独闯北非，身后却有局长曾玉康和几十万大庆同胞的重托。这份重托远比北非的 70 多度的温度灼人。

大尼罗河油田公司的接待室和野外的钻机施工现场，邵永富的出现给美国人独霸一方的油田带来了不小的震荡：中国人？中国人也想来跟我们抢饭碗？

从 1859 年宾夕法尼亚州开始开采石油起，美国的油田开采相关的产业应运而生。机电产品是石油开采业最主要的武器，而老牌的美国雷达公司几乎垄断了整个世界石油领域的电机产品，而且这种地位百年来从未动摇过。

现在中国人来了，并且竟然来到北非的石油处女地苏丹！这让美国人既觉得面子上过不去，又从表情上露出几分浓浓的嘲讽："密斯特邵，我知道你们大庆油田以前用的潜油泵可都是我们雷达公司的呀！"

言外之意：你中国大庆人现在包里带的东西可别是我们雷达公司的哟！

明显的蔑视和挑衅。

"是的先生，雷达公司名扬天下，并且今天仍有许多产品为我大庆油田所用，我们的友好合作证明对彼此双方都是有益的。难道不是这样吗？"邵永富的英语与他的油泵专业知识一样棒，他友善而不失风度地对雷达公司的经销商如此说，然后又一转语锋，"记得贵公司的创始人有句名言：市场没有竞争，就不能体现雷达产品的优势。难道阁下现在对自己的产品优势信心有些动摇了？"

"NO！NO！我们雷达的产品永远经得起别人的竞争！"美国人

把脖子挺得直直的。

"OK！这才是老大风度！"邵永富真诚地向对方竖起大拇指。

邵永富掏出旅行包里的手提电脑，开始向苏丹油田的买主展示"大庆油泵"的每一项数据和指标。时间有限，每一次介绍两小时，但这两小时里邵永富凭借着自己熟练的油泵专业知识和英语表达能力，使"中国大庆"和"大庆油泵"烙在了苏丹油田的那些经销商和老板的心坎上。

"欢迎中国大庆！欢迎大庆邵！"市场就是战场，战场上只有勇敢者才能赢得尊重。

"邵"和"中国大庆"就这样赢得了苏丹油田众多业主的尊重。

但国际市场的游戏规则告诉大庆人：尊重并不等于市场的实质，市场的实质是份额。美国商人在几分轻蔑的嘲讽中也在窥测一个全新的竞争对手。

"啪——啪啪！"

"轰——隆！"

就在这时，油田附近的密林深处飞出一梭梭机枪子弹，几枚迫击炮弹正好落在大尼罗河公司的几台正在施工的钻机旁……

"逃啊！反政府游击队来啦！"几个脸上和臀部淌着鲜血的美国人在当地苏丹民工的扶携下，一瘸一拐地拼命向安全地带撤离，身后是满地印有星条旗的资料和食物。

"这就是苏丹，这就是苏丹的油田：通向满地乌金的路上是战争和流血。你们中国人还敢来吗？"看着慌乱撤走的美国人，苏丹大尼罗河油田公司的业主们带着一团疑虑问前来投标的大庆人邵永富。

"敢。只要这里有市场，我们就敢来！"邵永富代表大庆回答得不带一丝含糊。

"中国人是疯了，他们要钱不要命！"那些撤离苏丹油田的人躲在首都放风威胁说，"谁敢把属于我们的地盘让给中国人，谁就准备让油井瘫痪吧！"

"中国朋友，要不你们走吧！我们得罪不起他们……"苏丹朋友胆怯地过来劝说。

招标场上，邵永富面临无情的抉择。走，意味着可能永远丧失苏丹石油市场；留，如何赢得对手、争取业主？

室外 47 度的气温，而此刻的邵永富却像苦熬萨尔图的腊月寒冬。

"不，我们决定留下参加投标。而且我可以坦诚地告诉你们，生命对我们中国人同样极其重要。但有一点我们也十分肯定：苏丹人民的生命也一样宝贵，虽然现在你们一时无法制止战争和流血，可开采石油，建设美丽家园，就是你们对自己生命的一种崇高追求，而且这种追求始终没有因为战争的存在而停止过，我们中国人有过与你们同样的贫穷和战争的经历，所以我们愿意留下来与你们并肩战斗……"中国人的一番滚烫的话语，让苏丹朋友热泪盈眶。

"中国朋友——了不起！"

招标会上，邵永富一下成了引人注目的明星，他以精湛的专业水平和勇敢坦诚的陈述，征服了所有苏丹官员和多数油田业主。

"现在请专家和业主们投票表决！"招标会主席目光严肃地扫向黑压压的会场，这貌似宁静的场面其实早已硝烟弥漫，无情的搏杀正血淋淋地期待着结果：

"美利坚雷达公司中 4 标！中国大庆电泵厂——中 4 标！"

当招标会主席宣布这一结果时，性格一向内敛的邵永富忍不住泪流满面。他的第一个反应是迅速打开手机，以最快的速度告诉"家里人"——远在地球另一角的中国大庆。杨元建接到邵永富在苏丹传来的消息，立即向管理局局长作了汇报。局长回答他一句话："你让小邵记住：我们大庆需要苏丹这块'红烧肉'，好好吃下去！"

"红烧肉"曾是新中国第一代领导人毛泽东最中意的菜肴，象征着对胜利的一种追求。新中国石油工业领袖人物余秋里和康世恩就是以"红烧肉"作为奖励那些在发现和开发大庆油田中立下汗马功劳的将士们的一种荣誉之物。跨入新世纪之后的大庆石油管理局领导毫不走样地继承了这一"红烧肉"作风。

哈哈！首战就中4标！意义非凡。

大庆人对远在北非传来的消息感到振奋。虽然许多人连苏丹在地球的哪一个位置都不一定能说准，但苏丹有着多个可同大庆相提并论的大油田这一点却有很多大庆人知道。打开苏丹石油市场的大门，意味着大庆的旗帜将在异国的土地上飘扬，意味着大庆人的饭碗不仅在自己的油田……

带着满腔希冀和山一般的责任，第一批"大庆电泵人"穿着桔红色的有大庆油田标志的特制工服，飞越亚欧，踏上北非腹地的石油之国——苏丹。

当他们踏上这个盛产石油的非洲之国，看到的第一眼却与现实中人们经常议论的完全一样：权力和风光常常在美国人手中，悠闲和富足是欧洲人的专利，而灾难、动荡和赤贫，却不容分说地留给了炎热的非洲。

成群结队的骨瘦如柴的孩子和老人几乎都是光着身子，在他们身边更惨不忍睹的是那些距离死亡咫尺的从前线归来的内战伤员，盘旋在伤员头顶的时刻准备俯下觅食的黑色鹰隼正张着沙哑的嗓子在尖嚎……

然而大庆人似乎并无时间留意四周的这一切——除了烫肤的热，他们的心全在自己的油泵和当地油井之间的"嫁接"上。

安装，接线，试机……一切均在良好状态下进行。工程师挥洒着如雨的汗珠，一旁的苏丹业主则发出声声赞誉：中国的速度可以跟神相比！

"吃饭吃饭！"首度合作，宾主情谊浓浓。

宴席间，苏丹业主频频向中国大庆人举杯敬酒，并预祝下午开钻

"旗开得胜"。

哪知这当儿油田钻井附近的密林中，闪出几个鬼鬼祟祟的身影，迅速而神秘地跳上井台，在大庆人刚刚安装的油泵连线处"嘀嘀咕咕"几声后，便手忙脚乱地捣鼓起来……这一幕，苏丹油田的业主和中国大庆人都没有看到。

下午三时许，安装中国大庆潜油泵的油井如期开钻。油田来了许多人，有苏丹官员、当地百姓、油田业主和在油田工作的各国施工队伍的工程师与商务人员，自然也有恨不得将中国大庆人赶出苏丹的竞争对手——在所有热情和真诚的脸上，只有那几个人的表情明显带着幸灾乐祸之色。

他们在期待什么？

"祈祷吧，让真主赐给我们取之不尽的乌金！"

"阿门——"

开钻前的祈祷仪式是必需的。友善而热情的苏丹业主将启动钻机的权利交给了远道而来的中国客人。

"慢——！"就在启动开钻按钮的千分之一秒瞬间，中国工程师突然发现饭前刚刚接嵌好的三根连结井下潜油泵电机的线路其中两根换接错了。

这怎么可能！如此常识性的技术就是学徒工也不易犯错，咋在这么重要的地方、重要的时刻会出现如此严重的错误？

大庆电泵厂的工程师们将目光交织在一起，他们立即明白了一个事实：有人在大伙吃饭的时间上井台做了手脚。

其想达到的结果是：电钮按下，机毁井损，一场国际笑话。

走出国门谈何容易！无硝烟的战场充斥着硝烟……大庆人第一次在苏丹立足，就尝到了什么是"阴谋无处不在，陷阱就在跟前"之说。

这回幸好及时发现，有人恶意制造的阴谋没有得逞。通过"中国大庆"电泵抽采的原油"哗啦啦"地涌向输油管道，苏丹油田的业主们脸上乐开了花。

但也有人在一边的工地咬牙切齿。

"咚——喤!"突然油井上传来一声巨响。

"不好，是不是反政府武装又扔炸弹了?! 快逃啊——!"油田顿时一片混乱。

但有几个人没有跑，他们在幸灾乐祸地告诉油田的所有苏丹业主和其他国家的施工单位："是中国人干的油井出事啦!""他们的控制柜爆炸啦!"

邵永富等火速赶到现场一看，果不其然：昨天还好端端的控制柜此刻已焦黑如墨，一些未燃尽的线圈仍在发出"嘶嘶啦啦"的声音……其景惨不忍睹。

"这、这不可能!"邵永富和所有的大庆人无论如何不相信好端端的控制柜会出现这种结果。

"又是哪个乌龟王八蛋破坏的!"不用多分析，这种事故明眼人一看就明白是怎么回事。

"乌龟王八蛋，你有本事给我站出来!"

"站出来我们比电泵技术，别玩暗中害人的把戏!"

气得直发抖的大庆人站在井台，冲着四周钻塔如林的油田战场，声嘶力竭地喊着。但没有人回答他们的问题，其实是没有人听得懂他们用汉语说的什么话。

看得出，中国人发怒了。哈哈，东方睡狮发怒时多有意思呀! 有人正期待这种效果：一发怒就会激动，一激动就容易出事故。哼哼，谁让你中国人到苏丹来抢我们的美金!

有人企图通过施工现场的"小动作"，夺回招标会上失去的东西。但他们低估了中国大庆人的智慧，如意算盘落空。次日起，凡中国大庆中标的油井上，出现了荷枪实弹的苏丹政府军武装人员，他们忠于职守地在井台上巡逻警卫……

"可恨！应该通知反政府武装把枪口和炮弹瞄准他们！"有人发誓要对苏丹政府武装进行报复。

后来油田确实遭到过苏丹反政府武装的多次袭击，那如雨的子弹穿过丛林密草，呼啸在油井四周；那轰鸣震天的炮弹一个接一个从天而降地落在工棚附近……所有这些都不是电影镜头，而是广袤的苏丹油田上经常发生的事情，也是中国大庆石油人身处的苏丹市场的现场情景。

回避死人和伤亡，对战争环境下的地区和国家而言是不客观的。苏丹油田地处当地政府武装和反政府拉锯战的区域，而偏偏这儿的地下埋藏着丰富的石油资源。苏丹国是个穷国，几乎没有任何工业，全国除首都外找不到一个城市，百分之九十以上的国民都是游牧民，而恰恰是这样一个过去无人问津的北非小国，却拥有当今世界紧缺的丰富石油资源，于是某些超级大国就把手伸向了这个原本平静的国家，导致了政府派别和反政府派别之间的长期战事。

某奉行霸权主义的国家，现今已经把石油战略当作他们主宰世界的主要手段。凡是哪儿有石油，哪儿就是他们插足的地方。而且他们的霸权逻辑也十分赤裸与粗暴：这个国家的现政权如果听话，我就并排坐在你的宝座上，指手画脚地掌控着你这个国家的政治、军事和经济命脉；如果你现政府不听话，我就搞个反对派或反政府武装捣鼓掉你……纵观世界风云，所有不平静的地区几乎都是这样的版本。

弱小的苏丹国也不例外。

某些国家和某些人对把生意做到另一个石油资源国的中国大庆人恨得牙根发疼，但表面上依然"朋友""朋友"地叫喊着，甚至经常还会假心假情伸出双臂拥抱你。

苏丹油田上的大庆人经受着所有不曾想到、也无法想象出的困难。战事错综复杂，不是靠一二两句规劝能让人听得进去的，因而更无法确定那突然飞过来的子弹和炮弹是有意还是无意地袭来，但有一点是事实：子弹和炮弹不长眼睛，想活命就得避开它。但在苏丹油田上干活的人则不行，因为油井是固定的。于是惜命的美国人都跑了，甚至连他们雇用的员工也跑了，而中国人则没有一个跑的。

"了不起，中国！"苏丹油田的业主敬佩不已。对他们而言，生命重要，石油也同等重要。苏丹油田的开采是按照国际规范实施的，是以每一天的开采时间来计算效益的，不管什么情况，停一天、搁一天，这都是不允许的，其严格的制裁手段足以让一般的公司望而生畏。

大庆人需要适应的正是这种国际规范和游戏规则。而在苏丹油田，除了血腥的战争和层出不穷的种种阴谋外，人和自己制造的产品能否在当地适应，这就足够大庆人刻骨铭心一辈子的了。

"说啥？说那儿的气候？热就不用说了吧？我们是黄种人吧！可你在这儿待上一年半载的，回家别人不说你是黑人才怪！先说雨吧！嗨，到了苏丹，你才知道中国的成语还真的缺了点劲儿。不是有个形容雨大的成语叫'倾盆大雨'吗？可这儿的雨哪是倾盆，是天上一百只龙头在朝你冲似的，那雨不叫雨，叫滔天水柱！再说说非洲的虫，那情那景才真正叫震撼——有一次我站在一座钻井机台前，突然奇怪地发现，大太阳天怎么下起了大雪？瞧那漫天漫地的雪片儿还在蠕动着，细一看原来都是飞虫啊！一阵风过，'大雪'飘走了，却听得钻塔架上像下冰雹似的噼啪乱响，原来黑压压的甲壳虫又将整座钻塔团团密封了……"一位刚从苏丹回来的大庆人绘声绘色地给我讲"非洲传奇"。

可毕竟人是活的，活的人具有超凡的可塑性，但机械产品则不行。同是油田生产所用的机械设备，在大庆那儿机器转得欢，耐得久，但一旦出国、特别是到了苏丹这样的地方，这铁铸铜造的机器怎么就开始变脸了？

原本大庆人在中标试验性的首轮四口井后，苏丹油田第一次就要了中国大庆的 30 套潜油泵。

30 套可不是个小概念，每一套潜油泵的国际价码你听了后会吓着的。这是因为像苏丹那些富油国的一口油井冒出的油能抵得上我们一个小油田的产量。采购 30 套潜油泵就是说它苏丹有 30 口油井是由我们中国人来帮着采油。邵永富告诉我，苏丹油田的油井一般日产原油都在几百吨水平，日产千吨以上的油井也很普遍。"一口油井赛过十个银行"，石油界有这样一种比喻。这中国的大庆人所产的油泵一下掌控着苏丹那么多"银行"，人家老板出高价买你油泵自然有他的道理，但你得出活、出好活才会赢得人家笑脸，否则只能另说。

中国大庆这回的对手是自己。

出国门前好端端的潜油泵，在大庆油田采油时没有任何问题，可一上苏丹油田的第一口井就毛病迭起。"争气泵"就是不争气。苏丹人刚刚出口的"中国朋友棒"的话还在耳边飘荡着，油井现场的"大庆电泵"辅助设备便"吱吱嘎嘎"地开始叫嚷。

"永富，你快过来吧！咱们的变频器烫得跟火锅似的了，这样下去不但电泵要完蛋，弄不好油井都会报销呀！"油井现场工程师十万火急地向远在万里之外的邵永富求救。

"变频器怎么会出问题嘛？"邵永富百思不解，"查线路了吗？"

"查了，看不出有任何问题，可就是带不动呀！再这么下去变频器非烧焦不可！快想想什么办法救一救呀！"

油田现场催命似的叫喊着，邵永富一边登飞机一边还在手机里出招："不是变频器温度高吗？那赶紧去买台电扇使劲地扇……"

"这、这成吗？"

"不成你还有什么好办法吗？"

现场工程师沉默片刻后，别无选择："那我们就去买电扇了……"

邵永富在飞机上如坐针毡，作为一个电泵专家，在器械出现情况时找不出原因而出招"买电扇降温"，这实在是到了穷途末路的地步。

最让邵永富和大庆人担心的是，苏丹油田业主们要是得知中国电泵如此不经折腾的话，问题可就严重了。

"头条新闻：中国的电泵又坏了！像纸糊一样的东西……"邵永富他们力图避免事件恶化，却偏偏有人将大庆电泵出问题的消息以最快的速度传播到了整个苏丹大尼罗河公司所在油田的每一个角落。

"永富啊，事到如今，赶紧通知家里别再发货了，要不等于往这儿扔美金呀！"邵永富刚从飞机上下来，油田前方的电话已经跟了上来，而且这一次是他的师傅林师傅打来的。林师傅是邵永富1982年进电泵厂时手把手教他的老师傅了，是技术高超又特实在的一个人。他林师傅都把话说到这份上，邵永富真的有种行将全军覆没的感觉。

"师傅，真的一点希望都没啦？"邵永富顿感胸闷气短地问。

"……照你的办法，我们从老远的城里买来大电扇给变压器降温，温度倒是下来了些，可井下的电机和电缆却烧坏了，已经一连换四个了，这么下去，不是有多少毁多少嘛！"电话那头，林师傅带着哭腔在痛苦地诉说。

邵永富合上手机的那一刻，有些天旋地转。他脑子里闪过立即向家里打个电话的念头，想赶紧通知厂里再不要向苏丹这边发货了，那每套潜油泵都是大伙儿的心血，光材料成本就是几十万元……几十万元钱能养活多少下岗工人，帮助多少那些没有工资待遇的会战家属们的生活？而现在这些曾经带着大庆人希望和自豪的机械设备，费尽心思、不远万里运送到异国他乡竟然被人耻笑，这份心境只有邵永富他们这些大庆人才能领会。

不行，即便在苏丹全军覆没，也要明白败在什么地方！

邵永富将手机放入口袋，直奔油田现场。说"直奔"其实邵永富还是比油田的业主们晚了数小时。

"邵，你们的产品到底怎么回事？这已经影响到我们油田的采油速度了，再这样下去是绝对不允许的！"早已按捺不住焦虑心情的业主们一见邵永富就劈头盖脑地冲他发泄不满，"下午，你到油田总部说明情况去！"

业主们没留一点面子给邵永富和大庆人，在友情和采油数量之间，他们毫不客气地选择了后者，因为这是他们最终的也是唯一的看待"友情"的标准。

直升飞机一阵呼啸，腾空而起，将邵永富和大庆人抛在孤独而炎热的原野上。

邵永富看着个个垂头丧气的同胞，不由心头一阵酸痛。身兼前线的技术总负责和销售总负责的双重身份，他知道自己应该对眼前的处境负全责。然而光说"责任"两字又能解决什么问题？大庆人能不能在苏丹这个油田上站住脚，影响的不仅仅是一个市场，还有高扬了四十多年的中国大庆这面旗帜。难道我们中国人真的就只能在窝里横？只能让那些称王称霸的人嘲讽和耻笑？

不不，这不是大庆！绝对不是！

邵永富捏一把眉头，又晃了晃头，他让自己保持几分清醒——自接到现场告急后，他已经近30个小时没合过眼，即便在飞机上，他的脑子也一直在转着潜油泵发生事故的原因……到底是怎么回事？真是我们大庆的潜油泵质量不行？还是机械设备也会有水土不服？如果是前者该怎么办？如果是后者又该怎么办？如果两者皆是又该如何处置？

邵永富迅速利用有限的时间，与自己的师傅等人在现场寻找原因，好在下午能跟甲方的业主说明，以便争取一切可能挽回大庆的名声，关键是要留住来之不易的苏丹市场。

天气变得更加炎热，而且发闷，闷得让人感觉心跳加速了许多。

"老张！老张你怎么啦？"突然，一位工人一个趔趄，倒在地上。

"不好，老张怕是得了登革热病！"邵永富一摸老张的额头，又翻了翻眼皮，脸色骤变。这登革热是非洲的一种特殊热带病，它是由病毒引起的一种急性传染病，极容易引起连锁反应，一旦转化成登革出血热，就会导致休克和死亡。

"赶快送医院！"油井场上一阵忙碌，真是祸不单行。在老张上医院抢救之际，邵永富他们在井场已经初步找出了连环机械事故的原因所在：油泵的谐波出了问题！最初地面出现的变压器暴热，其实就是因为地下的电机谐波造成的动力匮乏，因而导致整个潜油电泵系统力不从心。而这样的问题在大庆油田并不存在，因为大庆油田的地下油层压力靠的是注水，故而邵永富他们生产的潜油泵的变频器不会出现问题。但苏丹油田的地下情况不同，因为这儿的油层太丰厚了，无须注水加压，开采时的潜油泵是随油层下降而下降，这就使得邵永富他们的大庆电泵在两千多米的地下承受不起机械原先设计的谐波能力，导致整个设备系统在地面地下都不能载荷。

找到问题的根源后，邵永富又马不停蹄地将所要说明的问题和建议一并用英文打出来，然后驾着汽车赶往大尼罗河油田总部驻地的黑格里。

会议室里，那些因为看到采油生产下降而黑着脸的油田业主代表们一个个早已正襟危坐等待中方代表邵永富的到来。

"Sorry！ Sorry！"邵永富顾不得擦一下湿透衣襟的汗水，一脸赔不是地朝油田主人露出笑容，想以此缓解一下气氛。

"邵，我们现在什么都不想要，就想听到你对你们的油泵技术事故做出明确的答复。"主人的话咄咄逼人，在利益面前他们更看重实际。

众目光像一把把透心的冷剑齐唰唰地射来。邵永富没有任何退路，只能直面迎候："我现在要回答的正是大家所关心的。电泵出现暂时的问题，主要是油层开采时潜油泵出现下降后导致了谐波问题。这个谐波主要……"

"我不管谐波到底是什么东西。"有人粗暴地打断邵永富的解释，追问道，"我只想看到我的油田开采不要受影响，你有什么办法来解决现在油井面临的问题？我亲爱的邵！"

邵永富一边向参加会议的人每人分发一份说明材料，一边沉静地回答道："办法有两种：一是暂时停止采油，等谐波问题彻底解决，这大约需要 14 周时间；另一个办法是先用风扇保持地面变压器温度，使潜油泵得以正常运转，这样可以保证采油不受影响……"邵永富事后对笔者说："其实当时我心里非常紧张，假如甲方选择第一种方法的话，很有可能把我们大庆人赶出苏丹，因为解决谐波问题需要 14 周时间，这对要油如命的苏丹油田业主来说等于要他们的命，耽误这么长的采油时间他们是绝对不想看到的。如果要花这样的时间，他们还不如重新换别国的比如雷达公司的潜油泵什么的。与中方的合同签订后出现纯属中方所造成的技术问题，责任在于中方，虽然苏丹油田方完全有理由可以更换别国油泵，然而这里面有一点是苏丹业主难以接受的，那就是：时间。他们无论选择第一种办法还是更换他家的产品，都会或多或少影响油井的开采。那么他们剩下可选择的只有如我所说的后一种办法了：先稳住采油不停，再想法解决谐波问题。"

果不其然，甲方听完邵永富的话后，立即表示："我不管你用什么办法，我只要油！"

邵永富悬在半空的心终于落下。"好的，我们保证尽量不影响采油。"

一场关系到大庆人在苏丹油田市场命运的"事故"暂时平息。

在油田现场的大庆人听到这一消息，许多人都掉下了眼泪。"咱大庆人自有大庆以来就没在别人面前丢过脸，要真是因为我们的电泵问题而把大庆人的脸面丢到国外来，那我们生不如死！"铁骨铮铮的大庆汉子们擦着汗珠与泪珠，抖动着双唇如此说。

保市场如同保江山一样艰辛。

"全体出动，有什么好电扇统统买回来！"邵永富一声令下，救急行动立即开始。采油工这回在异国他乡竟然当了回"电扇工"——苏丹油田附近的所有大功率的电扇都被穿着红色"中国大庆"工服的人买走了。再看那油田工地上就更热闹了：数个已用上中国大庆电泵的采油井工地现场十分有趣地多了只大电扇在井台旁"呼呼"欢腾，那场景虽然有些滑稽，却照样能见得井口上涌出滚滚原油……

"中国人又在玩小米加步枪把戏喽！"那些专爱看热闹的某国油商们可算找到了奚落中国人的大好机会。

邵永富他们有些无奈，不得不忍受这技不如人矮三分的耻辱。现在要扭转尴尬处境的唯一办法就是尽快解决谐波问题。

于是从那天起，在地球东半球的大庆与西半球的北非苏丹国，相隔万里的两头都在为同一件事忙碌和拼搏着。

解决谐波技术的滤波器需要美国西门子公司的产品，偏偏订购过程中忽视了一个不经意的细节——西门子公司的货是中国大庆订的，于是远在苏丹的邵永富他们日夜盼望的滤波器被发往了大庆所在地的中国黑龙江。

"邵，我们是朋友，但再这样下去，我无法向我的上司交代。"一位与邵永富私人交情笃深的苏丹油田公司总裁，毫不留情地警告邵永富，并且亲笔写下一封措词严厉的信："……你们必须以最快的时间来解决你们产品的技术问题，否则我们只能将你们请出苏丹油田，这是最后的忠告！"

邵永富将信的内容和大庆电泵在苏丹所处的逆境向家里人作了汇报。厂头杨远建迅速做出反应，指令已升任为公司副总的在前线的邵永富："想尽一切办法——就是赖，也得赖在那儿，要不我们丢不起这个脸面，更重要的是全厂几百人的饭碗、全局一二十万人的希望会破灭的呀！永富你明白吗！"

"我明白。"邵永富回答得有气无力。他合上手机的那一刻，心头涌起万般滋味……

再说家里的杨元建他们更是把攻克技术难关当作全厂的一场生死考验来拼搏。厂领导、技术人员和车间主任全都吃住在车间，图纸上刚完成画样设计，一边的技术工人就已在车床上干起来……21 个日日夜夜，新一代的高承载止推轴承诞生了，性能测试的结果与美国同类产品相当。4 套新轴承上的油渍尚未擦洗干净，杨元建已经让人送来飞机票。

"远建！"

"永富——"

苏丹机场上，邵永富一见身背沉甸甸货物的杨元建露面，忍不住就高喊起来。当两个远隔万里的汉子在异国他乡相逢时，各往对方胸口击了一拳：爷们，大庆电泵就此一搏了！

这一搏真漂亮：更换后的大庆电泵终于在非洲大陆的石油之国苏丹平稳地运转起来，并且从此牢牢立足！

"后来的日子就好过了。我们的产品质量过硬，加上苏丹战事不断，怕死的美国公司和他们的雇员都跑的跑、撤的撤，我们所在的苏丹尼罗河油田的油井基本上一半是在使用我们的电泵。开始对方是按每口井付我们一天 1000 多美金，后来是采用租我们的电泵采油，按协议，我们公司现在已同苏丹签订了 80 多口油井的电泵采油协议。这意味着什么知道吗？就是我们每天在那儿至少可以赚回 80 乘以 1000 元的美金啊！"邵永富啊邵永富，你和大庆电泵人真的要永富到底了！

短短几年时间，大庆电泵人在苏丹石油市场拿回的合同额达到数亿美元。

"我们从一无所有到能在苏丹这样的国际石油市场上拿回近一半的油井电泵市场份额，靠的是产品质量。外国人称赞我们大庆的电泵含金量高，除了各种产品技术指标有可比性外，有一样东西他们无法与我们竞争，那就是这些使用产品的人——我们大庆电泵人的素质，这是我们铸造大庆品牌的绝对优势所在。"后来定名为"力神泵业"的大庆电泵公司，其党委书记李秀思那天向我介绍，他们"力神泵业"的主要战场现在已经不是在大庆和国内，而是在苏丹、委内瑞拉、印尼等国际主要产油国。"世界一流"才是我们大庆人的追求，大庆人的风格。李书记的手指向办公桌上的世界地图，神采飞扬地告诉我：

2005年4月1日，大庆油田公司正式收购英国SOCO国际股份公司在蒙古塔木察格盆地的三个石油区块，实现了海外独立勘探开发油气田的重大突破

2005年6月15日，首车4200吨俄罗斯原油运抵大庆，大庆油田实现了由单一油气生产商向生产运营商的转变

2006年2月，大庆钻探集团两台钻机赴美施工。这是大庆钻井队首次进入美国高端钻井市场，同时也是中国钻井工程技术服务队伍首次进入美国市场

他们公司首次踏上印尼市场，第一次招标交锋，"大庆电泵"一举把最大的一项共有 264 口油井的大标夺到手，在此统治了半个多世纪石油开采市场的美国公司只能望洋兴叹。

然而这仅仅是开始。大庆电泵为了适应自己国际化的品牌、效益和规模需要，已在沿海的江苏太仓建起一座年产石油电泵 1000 台的现代化产品出口基地。1000 这个数字对普通人来说，并不会感觉它有多大份量，可对影响世界政治、经济、军事格局的国际石油界来说，如果有人在主要石油产出国的油田上参与 1000 个点的市场竞争，那将是一场惊天动地的战争。而我们可以引以为豪的是，主宰这场战争胜败的人群中已经有了我们中国的大庆人。

我知道，"大庆电泵"仅仅是大庆走向国际舞台的一次"探海"小试，他们真正的强大队伍还在后头……

会是谁呢？

第十五章

　　从苏丹到伊拉克，炮弹让输油管飞上天，子弹穿过井台上钻工的腿肚子……但"新铁人"李新民到来，他说：我们是任务至上、信誉至上，其他的都不在话下。

　　原来，他们的后面有一面坚不可摧的盾牌：Daqing China（中国大庆）。于是他们便有了火眼金睛和铁骨钢躯。

　　出现在新的海外战场的是大庆的一个"神"的形象——"铁人"。

　　曾有一位石油部的老领导告诉我，在上世纪六七十年代宣传中国"铁人"时，有外国贵宾便很不理解：你们真的有"铁人"？不会是个传说吧？

　　中国领导人告诉他：我们确实有个"铁人"，骨头比钢铁还要硬，他在大庆油田。

　　外国人还是笑，说中国人很会开玩笑，怎么会有铁人嘛！

　　于是中国外交部就安排这些外宾到大庆参观，也见了王进喜，听说了会战时期王进喜等几万人在冰天雪地找油田的故事。后来这些外宾回到北京就对中国领导人说：你们中国真的有铁人，了不起！

一直以来，"铁人"在我们中国人心目中，其实也是一个传奇。所以每次到大庆，我也会专门到铁人钻井队去看一下，一则是对王进喜的思念和崇敬，二则看看今天还有没有"铁人"。

值得庆幸的是，我每一次都有满意的收获，因为每一次都能见到"新铁人"……大庆油田一直把"铁人精神"和"铁人"旗帜建设作为油田和 1205 队的一个重要工作去抓，所以选拔什么样的人当 1205 队队长十分讲究，不是任何人都能成为这个英雄队伍的队长。同样道理：谁要想成为这个英雄队伍的一员，也不那么容易。

2019 年元旦之后的第一个工作日，我就来到了大庆。那天我向油田宣传部的同志提出想再去一趟 1205 队，这个愿望很快得到了满足……

"现在的 1205 队已经是国内国外各一个队伍了，也就是说铁人队伍已经有了'孪生兄弟'！"听完介绍后，我深感好奇和吃惊。

"会有什么差别呢？谁又是正式的队长呢？"我想弄明白。

"没有什么差别，都是铁人的继承人，在国内国外承担的任务不同，所以角色也不同而已。"大庆人这样回答我。

没有去现场，我心里还是有点糊涂。

留在大庆的那个"1205 队"当时正在野外执行任务——后来才知道，从 1960 年王进喜带队伍由玉门到大庆后的几十年里，1205 队就一直没闲过，每年都是在野外第一线工作。"野外"二字对他们来说就像"家"的概念，没了"野外"或没在"野外"才会让队上的人感觉不自在、不踏实……

从萨尔图到 1205 队施工的地方需要一个多小时的车程，这在大庆油田不算多远的距离，可对我们生活在城市里的人来说，在广袤的大地上以每小时 120 公里的速度奔驰，需要走一个多小时，这差不多就等于从北京到天津的距离……

"这在我们油田就是近距离！"大庆人笑言，又说，大庆的主力油田，东南横向距离一百多公里，南北距离则有三四百公里。

确实是大油田，确实是"北大荒"啊！在北风呼啸中飞驰的车子上，我深有感触地自语道。

到了！远远就可以看到红旗招展的 1205 队那座高高的钻塔——如今的钻塔与我十多年前所看到的钻塔已经很不一样了，显得更加巍峨有气势；而十多年前的那种钻塔与我们在老电影里看到的王进喜执掌的那种老式钻机又很不一样。今天的钻塔上钻台，仅需要登梯走几米，而且钻塔上的操作已经是靠按电钮了，操作手也不用在钻井台上了，只需坐在玻璃罩住的操作间操纵千米深的钻杆提升与下降……然而，如此现代化的钻机上，依然无法替代司钻的工作，尽管大钳钻杆不用像当年铁人王进喜那样完全靠人力操作，但真正到了换钻和钻杆下井等关键工序，还得继续人工操作。也正是这些基本的工序，让我感受到了一代又一代"铁人"的存在并为之感动：两位穿着红色工作服的工人，他们的身上几乎都沾满了泥与冰，因为水滴溅出时，立刻就变成了冰碴碴；他们手执大钳，呵着从嘴里喷出的团团热气——在这零下 30 度的气温里呵一口气就变成了乳白色的气体在风中飘扬……工人们在如此冰冻的野外工作，让我极其震撼和感动，于是赶紧抬起手机给他们现场照相。等照片出来后，我又吃惊万分，因为照片上的这两位工人就像雕塑一样，既让人敬佩，又令人心疼……

"我们一直是这样工作的，几十年如一日。"新任队长张晶，非常年轻，是标准的 80 后。他告诉我，现在钻井队上最年轻的是一位 90 后的研究生，全队平均年龄 30 刚出头。

"基本都是本科生以上学历。"张晶的另一句话，又让我暗暗吃惊：这也许就是大庆今天最重要的变化和与以前不同的地方吧！

王进喜时代的 1205 队，钻井队的人员文化水平平均还不到初小，而且文盲占了一半，就连王进喜也是解放后边工作边扫的盲。

记得十几年前到大庆时，我知道他们一线的钻工大部分是中专生。不想十年过去，钻台上的文化水平又上了一个台阶。

大庆在进步，每一个十年或者更少的时间，就是一个飞跃式的进步，甚至进入一个新的时代。

然而让我印象最为深刻的仍然是，1205 队不管换了多少任队长，不管换了什么型号的钻机，也不管是在哪个地方施工，他们的"队魂"和"铁人"精神都始终如一地保持与发扬着，并在新形势下不断地提升与完善着，这一点让人特别欣慰与宽心——作为一名对石油充满感情的作家和并不年轻的老共产党员，我自然很关注 1205 队的队魂有没有变这一核心问题。

"不仅没有变，而且更加丰富、完美了！"那天在 1205 队停留的两个多小时里，这个钢铁队伍给我留下了充实且深刻的印象，我最后得出如此结论。

说实话，看了张晶他们的今天，我不仅对大庆和"铁人"有了更深的了解和认识，还时常会惦记起这支英雄的队伍，生怕他们遇上什么坎坷，所以特意与张晶建立了"微信"联系，这样随时可以看到这些 80 后、90 后的新一代"铁人"是如何在成长的……

"今年我们队将要在年内冲刺 1205 队建队史上的第三个'10 万米纪录'！"脸蛋上仍然有几分稚嫩的张晶告诉我，1205 队曾在 1971 年创造过年进尺 10 万米的钻井纪录，但那时打的是直井，而且固井工序是由别的队来完成的。"当时一个队有 91 人。现在不一样了，机械化程度高了，人员少了近一半，但技术要求也高了，我们现在打的是定向井……"

我知道 1205 队和 1202 队当年双双创造过进尺 10 万米的世界钻井纪录。但这个纪录并非那么容易达到，尤其是今天这个队伍都是些 80 后、90 后，我为张晶等担忧。

"何老师放心，虽然 10 万米是个相当高的纪录，困难也不少，但我们有'铁人'和'铁人精神'在注视和支撑着我们，我与队友们都有这个决心和信心完成它！等目标实现后您给我们发个贺电啊！"

"一定！"我赶紧握住张晶的手，内心充满了温暖和希望——在我这个年龄的人眼里，他和同岁的支部书记刘德伟还是孩子，然而他们已经非常成熟地成为了新一代的"铁人"，让人欣慰。

> 讲进步，不要忘了党。
> 讲本领，不要忘了群众。
> 讲成绩，不要忘了大多数。
> 讲缺点，不要忘了自己。
> 讲现在，不要割断历史。

这是张晶应我之邀在我采访本上写下的五句话。我知道这五句话是当年王进喜留下的，而看到铁人钻井队的继任者们始终如一的保持着铁人作风和铁人品质，也让我对今天的 1205 队放宽了心……

这次重访 1205 队最深刻的记忆，是在我参观他们的"队史"的最后一个环节，五位队干部和那位 90 后的研究生（队史讲解员），竟在完全没有人提示的情况下齐声高唱起雄壮的队歌那一幕……我当时仿佛一下回到了 60 年前那个冰天雪地里"松基三井"刚刚布井的岁月和大会战的年代，以及我自己几十年前的军旅年华，它真的十分提气，有种"战无不胜"之感！

大庆 60 年，是一部完整的历史，也可以说是一部始终如一、昂扬奋进的"创业史"。只是在这 60 年的历史进程中由于所处时代的不同，每个时期的创业形态不同而已。大庆精神的可贵之处在于它从来没有弱化过奋进创业的境界，这也是它为什么能成为全国工业战线甚至各条战线学习的榜样。对大庆自身而言，如果用粗线条勾勒的话，它有三个不同时期的创业典范影响和推动着这部堪称"伟大的中国石油工业史"的全过程，他们便是第一代"铁人"王进喜、第二代"铁人"王启民及我们现在要说的第三代"铁人"李新民了……

这三代人的"时代特征"鲜明各异：第一代的王进喜他们，属于艰苦奋斗的典型一代；第二代的王启民他们，是科技创业、夺取油田持续高产的一代；第三代的李新民则是让大庆品牌走向市场、走向世界的新一代……三代"铁人"有明显的不同，却又有许多非常内在的共同点，那就是"为祖国多找石油"的共同信仰，不怕苦、不怕累，要让大庆旗帜越举越高的共同意志，以及无比热爱国家，目光都放在把大庆建设成世界一流油田之上，并因此从不服输等……这种工人队伍和知识分子的骨气，其实就是石油人的特质，当然也是中国精神的核心。

李新民是地道的黑土地人，家乡离大庆油田不远，就在嫩江下游的黑龙江省泰来县。他是个典型的"农家娃"。"我在小学课本上就知道了铁人王进喜的故事，而且我们从小都知道大庆油田，大人们都把能到大庆油田工作当作头等光荣的事，一是能够去看看铁人王进喜工作的地方，二是油田的待遇高呀！我们那儿的年轻人考上本科也不愿走，因为都想上大庆石油学校，那是个中专学校。"年轻时的李新民与其他向往大庆的人一样，在读完中学后，就报考了他心目中的大庆油田学校。本来，他的高考成绩远远超过了大专分数线，然而他放弃了，选择到了大庆的一所中专钻工工程专业学习。

一切如其所愿。"第一天到学校报到时，甭说心里有多甜！恨不得把油田看个遍，跟铁人聊上几天……"见到李新民是在北京一家让我找了半天的小旅店，他刚从伊拉克回国。当说起当年到大庆读书的情景时，他脸上仍然泛起红光。

"读书的几年里，除了把专业学好外，就是一心想着毕业后争取到铁人王进喜的钻井队去工作……"一个理想的种子早已默默地种植在这位年轻石油人的心坎之上。

毕业了，几乎所有的同学都想到铁人所在的 1205 队去，李新民更是如此。"1990 年 6 月 24 日，我们被分配到井队。"这个时间李新民一直记得，像是记自己的生日一样。

"但我还没被分到井队，家里却出事了，不得不请假……"原来李新民的父亲因病突然去世，他需要回家料理父亲的后事。

李新民从家里再回到油田时，一同毕业的同学都已分配到井队上班，唯独他还未分配。到大队后，李新民见了大队长徐德根，说明了自己为什么晚报到，又提出了"能不能到好一点的井队去"。

"你想要到什么样的好一点的井队？"徐德根有些好奇地看了一眼眼前这位性格有些倔强的瘦个子小青年，反问道。

"我想到 1205 队。"李新民回答说。

"嗯——为什么？"

"因为那是铁人的井队。"

"铁人井队要求很严，干活也猛啊！"

"我就愿意到这样的队……"

"嗯？"徐德根对面前的小伙子感兴趣了。"真想去？"他又问。

"真想去。"李新民昂起头，"到石油学校上学的第一天就想去！"

"为什么？"

"想向铁人学习，做个有作为的大庆石油人！"

徐德根是位浙江知青，当年曾在 1202 队当技术员，1202 队与1205 队两个队都是大庆的钢铁钻井队，彼此情况熟悉，徐德根本人也是在这样的熔炉中锻炼出来的，所以见李新民如此铁心向往 1205队，便欣慰地给他开了绿灯。

"我一生不忘徐德根大队长给予我这个机会……"从向往学习铁人到成为新一代的"铁人"，李新民走过了跨世纪的二十多个春秋。

他从一名学徒工，到井上最基础的工种，一直到司钻、副队长和六年时间的井队党支部书记，样样都干过，样样干得比别人强一截。

"铁人是在铁人环境和岗位上铸炼出来的。"李新民有深切体会。第一次见他，从其谈吐到后来知道了他那么多先进事迹后，我就认定这确实是个不一般的人：他身上就有王进喜的那种铁骨钢筋的气质与强大的内心力量。

"我不是天生的那种钢铁硬汉。"李新民坦言，最初上井台就想去当大钳手（司钻），"可 300 多斤重的大钳我根本拿不动……"李新民说自己偷偷苦练了几个月，才在师傅的指导下，实力加巧劲才算过了这一"力气关"。

"铁人"的锻铸过程并没有想象中的那样"高大上"。"我把井台上的所有岗位从头到尾练熟了，直到后来当上第 18 任 1205 钻井队队长那一天……"李新民说，"其实当了队长后，我还一直在学习，因为那个时候我们的设备不断在更新，许多知识和技能还得从头学起。"

从李新民参加工作的那一年起，世界石油市场就没有安宁过一天，因为这个世界上几乎所有的动荡都跟石油有关联——王进喜当年还处在我们国家比较封闭的时代，可他就有"要把井打到国外去"的雄心壮志；而王进喜没有做成的事，到了李新民时，全部实现了……

2003 年年底，李新民被正式任命为第 18 任 1205 钻井队队长。"每一任 1205 队的队长都是全油田最优秀的队长、标杆队长。所以真成为这个英雄井队的队长后，我压力特别大，也感到责任特别大。队长代表这个队伍的形象和精神，是井队的中心和核心，内外都看着你怎么继承铁人精神，让大庆红旗更鲜艳，责任都在你的身上体现出来。"

李新民就是在王进喜没有经历的新时代中，从一个普通石油人到石油人中的杰出代表的新一代"铁人"。

1990 年正值李新民走上工作岗位的青春岁月。1990 年世界形势因石油而走到了另一种"全球化"：海湾战争爆发到结束，再次开启

2007 年 2 月，大庆石油管理局树立的新时期"五大标兵"

2011 年 7 月，中国石油天然气集团公司党组授予李新民"大庆新铁人"称号；2019 年 9 月 25 日，李新民被授予"最美奋斗者"荣誉称号

2005 年大庆油田有限责任公司树立的新时期"五面红旗"

截至 2008 年 12 月 31 日，大庆油田海外市场收入首次突破 200 亿元

大庆油田对外开放不断走上国际石油高端市场，图为大庆石油人在伊拉克进行钻井生产

委内瑞拉井场

伊拉克哈法亚井场

GW1205 钻井队走出国门，参与国际钻井市场竞争，获得苏丹钻井杯

"石油之战"。伊拉克侵占科威特之后，美国趁机兵发中东，搅乱了那里的石油生产与生意，世界开始动荡，石油价格从此剧烈震荡，中国国内的经济发展让进口石油的需求量越来越大，此时大庆油田本身的生产能力又开始急剧下滑……诸多因素，作为"石油巨人"的大庆不能不受影响。

1990年2月末的春寒料峭之际，时任中共中央总书记的江泽民来到大庆，看望了铁人王进喜的家属和后人，又到了1205队钻井现场。江泽民与油田领导和石油工人一起，凝练出了"爱国、创业、求实、奉献"的大庆精神，同时对油田建设提出了"未雨绸缪，考虑未来的发展问题"。

"二次创业"正是在这个时候被油田正式提出。紧接着的"重组分离"，让大庆油田开始了一场前所未有的涅槃前的阵痛和奋争，这一时期维持的时间并不短，一直到新世纪初李新民出任1205队队长时，这种阵痛与奋争仍在继续，只是奋争的色彩氛围更浓些……

"铁人"就是时代的产物。

李新民属于生逢其时之人。2004年年初，在他出任英雄钻井队1205队队长的初始，油田正处于一场历史的重组与任务变迁的时段。石油管理局正把这一年作为"市场拓展年"开展重点工作。"当时油田对市场的定义就已经非常开放了，而且目标也很明确：一是国内，二是国际。既然是拓展，就是说在原有基础上更上一层楼。怎么上？国内市场那个时候我们大庆人可以说是'红花遍地开'了！但国际市场则还处在初闯阶段……但我们已经对像油泵公司特别是物探公司的战绩十分眼红啊！"李新民说。

关于大庆人的小小油泵在非洲谱写的"大传奇"，前文中已经讲述过。事实上大庆最早"走出去"、干得漂亮的还有一个单位，那就是物探公司，而且敲开的国外石油市场第一扇门便是美洲盛产石油的秘鲁。

　　这扇门，是 1994 年由大庆油田的上级——中国石油天然气总公司作为国家队敲开的第一个国外石油市场的大门，当时中石油通过竞标接管了位于秘鲁西北部毗邻沙漠区的塔拉拉油田工程。在中石油接管该油田的两个区块之前，这里已经打了 5000 口钻井，其中只有530 口在生产，其他都废弃在沙漠之中，即使是那些生产的油井，产量也非常低，平均单产不到日产 3 桶。这样的油田还能有"油水"吗？外国同行听说中国石油人接管此油田，幸灾乐祸地说风凉话：用不了几个月，中国人就得卷铺盖回家。

　　但后来中国石油人在那里不仅没有卷铺盖回家，相反一驻扎就是几十年，至今仍然有队伍在那里工作。这奇迹，得感谢大庆的物探队，是他们在那里打了一场漂亮仗——通过地震资料，准确地摸清了"地下情况"。1997 年，中国石油人在那里冲破钻井万米的禁区，成功打了第一口日产千桶的高产井，该井最高日产油曾达 1700 多吨。而且中国石油人又很快在 3 年内将这接近废弃的油田的生产能力从年产 8 万吨提高到近百万吨！之后，中石油又在南美洲的另一个产油大国委内瑞拉竞标成功，先后接管了该国的卡拉高莱斯油田和英特甘博油田，而且又仅用 2 年时间，将这两个油田的生产能力从日产量仅1950 桶提高到 4 万桶。委内瑞拉从此成为了中国石油人在海外市场上最重要的一块战场。而成全这样"好事"的中国石油人，又是光彩照人的大庆物探队伍。时任物探公司经理的唐建仁和书记任海涛便是这支队伍的领军者，他们在那个南美战场上的表现让大庆人在国际市场上威风凛凛、扬眉吐气……

　　2001 年 1 月，又一支大庆石油人队伍来到委内瑞拉。这是大庆钻井队伍第一次"杀"向国际市场，所以大庆人格外铭记这一历史性时刻。这是因为，钻井是油田开发的主战场，也是大庆石油人最王牌的专业，王进喜就是钻井工人，大庆精神和铁人精神的发源处和核心地也都在钻探战线……能不能在海外钻井市场上打出"大庆牌",这意义比油泵和物探两个专业要大得多。而且从经济角度讲,钻井是赚大钱的"主活",大庆人早有此念,只是海外市场的钻井远比大庆油田复杂和难得多。首先是环境,海外油田我们去"啃"的都是硬骨头,通常都是些需要打深井的沙漠地区;万米深井,就得有万米以上的先进钻井设备,这是中国石油战线和大庆油田的短板。当然还有一个问题是:中国石油人多数是"土八路",文化水平低,更不用说有多少人会外语。不懂外语,怎能在国外生存与交流?

这是大庆石油管理局领导在世纪之初想向海外市场冲锋时所遇到的难题。

"我们在海外已经有了小胜,也有了像'神力'油泵和'庆矛'射孔弹这些品牌,钻机也有几部在外,但就是没有在主活——钻井上创造个品牌啊!"

"打井不容易啊,西方国家有先进设备和老牌技术,我们想打败他们不容易。"

管理局领导会议上,几位局长议论道。

"这一关必须突破,否则海外市场只能停留在'小打小闹'上。"

"是啊,要想在钻井上让我们大庆红旗高高飘扬于海外市场,非得把最强的队伍拉出去试……"

"把 1205 队拉出去行吗?"

"这个……恐怕要慎重考虑考虑。"

"确实,1205 队是我们大庆的王牌队伍,又是象征中国工人形象的铁人王进喜所在的井队。万一他们出去了一败涂地,那我们就是犯政治错误了呀!"

"我相信 1205 队业务过硬。"

"最好还是慎重些……"

已经进入 2004 年年中,这个争议尚未有结论。

李新民回忆说："到了这年 10 月份，中石油总公司在北京召开一个勘探开发工程技术会议，大庆油田的局长和物探集团公司的经理，还有我们两个钻井公司的几位领导都去参加了会议，我和另外三位基层代表也去了。晚上在宾馆吃饭时，局长在桌子上说，2005 年想要在市场上打翻身仗，必须把大庆最强的队伍拉出去。他转头就问我：你 1205 队一马当先，有这个胆量和决心吗？我马上回答：好！而且又加了一句：请领导放心，1205 队过去几十年在国内油田上一直嗷嗷叫，到海外后我们会干得比国内还要好！局长一拍桌子，说：就这么定了！你们准备一下，明年元月一过就出国去！同时局长又说要给我们换适合海外钻井的装备……"

但是回到大庆后，有人提出了一个非常"中国化"的现实问题：1205 队如果到了国外，那领导哪天到大庆想看铁人的钻井队怎么办？

这可真是一件不能稀里糊涂的事啊！大庆石油管理局赶紧请示中石油总公司，得到的回答是：油田必须保留 1205 队，并且主要施工地留在大庆，至于海外市场上，1205 队可以分出一部分骨干组建一个"海外大庆 1205 队"出去闯一闯。

这可是个好办法！油田很快按此执行。问到队长李新民如何处理一个队牌、两队人马时，李新民想了想，说："海外艰苦，而且必须打胜仗，我带人出去吧。至于留在大庆大本营的 1205 队也一定不能散塌了，这是老队长铁人留下的牌子，也是大庆工人的魂，它的红旗必须高高飘扬才是。"

"那你说怎么办才妥？"局领导问。

"我想好了：原有的多数骨干不动，还留在队上，我只带五个人去海外再重组一个 1205 队……"李新民说。

"能行吗？牌子打得出去吗？"

"放心，我是带着 1205 队的金字招牌和红旗出去的，我不会让我们的红旗和金字招牌倒下和失色的!"

"是我们所认识的'铁人'!"局领导激动地握住李新民的手说,那目光中分明是信任和期待。

接下来的事就多了:换装备、学外语……准备出国开辟战场的所有工作。

李新民和他新组建的 9 名出国的"GW1205"（区别于国内的 1205 队井队番号）队员在完成新钻机组装和试验打完一口井后,新的海外"战场"苏丹方面告知:必须用另外一种型号的钻机……

于是李新民等又得从头起步进行一番实战前的施工试验。时间却比翻日历还快——2006 年 1 月 19 日,大庆油田为奔赴海外的"GW1205 队"举行了隆重的出征仪式。在雄壮的《铁人队伍永向前》的战歌乐曲声中,中石油、大庆油田领导亲自将一面有中国石油宝石花标识的"GW1205 钻井队"队旗,授给了队长李新民。

"最令我感动的是老队长王进喜的徒弟许万明师傅和老司钻杨大元师傅,他们把一面写着'传承精神,再立新功'的锦旗交给了我,并且一再叮嘱道:你们到了海外,就是延伸了铁人的脚步,要给铁人和大庆挣面子回来,在老外面前打响我们铁人的品牌!"李新民非常动情地回忆当初的那一幕,说,"我们 1205 队的第五任队长、70 岁的周正荣师傅则拉着我的手深情地说:铁人老队长当年带领我们从玉门出发时,玉门市委欢送我们,那时条件差,没有锣鼓,是敲脸盆欢送我们的;今天你们到国外打井,和我们那时不一样了,现在的钻井技术、钻井设备达到了国际水平,希望你们为铁人、为大庆、为国家争光!说着,周正荣老队长和其他 1205 队的一群老队友、老师傅向我们几个要出征的年轻队员鞠躬……这场面让我终身难忘,而且感到肩上压了千斤重担。"

"不在海外干好是不行的!"13 年后的李新民这样对我说。

海外滚打 13 年,这位第三代"铁人"不负众望,带领队伍在国际市场上让中国工人的形象和"中国大庆"的旗帜高高地树起……

从李新民身上，我真切地知道了一件事："铁人"不是吹出来的，"铁人"是千锤百炼出的中国筋骨的钢铁战士！

王进喜是这样的人。王启民是这样的人。李新民也是这样的人。他们在不同的年代、不同的环境和战场上，铸造了同一种品质和筋骨，这让我信服于人的精神与思想高度的力量与魅力。

没有与王进喜面对面接触的机会，但在与王启民的多次接触中，我强烈感受过这位知识分子"铁人"的铁骨钢筋；在与李新民的接触中，我同样感受到这位具有王进喜气质的年轻"铁人"的铁骨钢筋……

李新民与队友在接到苏丹的任务之后，满是战斗豪情。几百吨的装备从天津装船和启航时，他们恨不得像当年王进喜一样让"地球也要抖三抖"。

"装运的活我们是在大年三十那天完成的……"李新民说，他们自接收到赴海外市场"打仗"的消息后，每天都在摩拳擦掌，实在不想耽误一天时间，所以把几百吨的装备在大年三十那天全部"送"上了远洋船。

作为新组建的"GW1205 队"，与李新民一起踏上"非洲之行"的还有 12 位队员，他们是侯佳祥、赵建安、薛文贵、陈伟、王伟、易兴刚等一队意气风发的小伙子们。可是，等他们到了苏丹才发现，一切在国内的准备似乎独缺一件最重要也最现实的事没有"预案"和"实战"试验过——什么事？

"超落后的苏丹和超炎热的非洲！"李新民说，他和队友提前飞达苏丹首都，"那种滚滚热浪不用说，我们离开大庆时还是零下一二十度的冰天雪地时节，到苏丹后，当地气温恐怕有 50 度，差不多六七十度的温差，你得先适应吧！但这不算什么，关键是下面的事，你都根本想象不出来……"

"又有什么事?"我有些猜不着。关于热,因为我去过苏丹,所以知道;关于热带非洲的气候变化,我也知道,那天我到苏丹首都刚下飞机,还没有来得及进候机大厅——其实是个很小的厅,便听有人在身后嚷嚷,原来一场铺天盖地的沙尘暴正朝机场方向——其实是整个苏丹首都袭来……我记得非常清楚,陪同的中石油工作人员惊呼让我们"快进候机室",于是我们三步并作两步地冲进了那个像我们的县级车站大小的候机室,直至度过了十几分钟暗无天日的光景,才算喘了口大气。

"我们的货到了没有?井位在哪儿?这里的钻井纪录是多少?"一下飞机,李新民见了前来迎接他们的"甲方"代表便问。这让我想起了他的前辈铁人王进喜当年刚到松辽大会战现场时的情景……两人如出一辙。

"海关的人告诉我们,我们的装备至少一周后才能到,而且到了后全部得靠自己想办法运输到目的地。"李新民说,"你不知道,从苏丹首都到我们工作的油田,距离长达1500多公里,而且都是沙漠与战乱地带——那个时候,南苏丹一直在闹独立,部落之间的武装冲突就在我们沿途和油田一带……"

"怎么办呢?"我问。

"没有一点办法。"李新民耸耸肩,说,"只能等。等了一个星期,运输我们装备的船到了。可就在我们欢天喜地上船的那一瞬间,一看到我们的钻机和设备,简直傻了……"

"咋啦?"

"所有的钻探机械设备几乎全部报废了……"李新民长叹一声道。

"怎么回事?"我跟着着急。

"这艘运载我们装备的远洋船在公海上遇到了巨浪和风暴袭击……按照海洋运输相关条例,这种情况下,船长可以做主,将船上的货物扔进大海而无须向货主赔偿——他们这样向我解释。"李新民第一次出国就碰上了这么一档子倒霉事，而且有理无处辩。"也怪我们自己。当时在天津装货时，我们想到目的地后争取第一个卸货，就在装船时要求把我们的设备放在货船的最上面，哪知到了公海风暴一来，我们的设备成了第一批牺牲品……"

这事让李新民今天仍然直摇头。"当时真的有点傻了。这毕竟不是在大庆自己家里，一个电话、一句交情话，可能啥都重新办成了！这是在非洲，离我们大庆万里以上，远隔重洋，你说咋弄？"

"那你们咋弄？"我问。

"先把还没有散架的设备弄上岸再说呗！"李新民无奈道。

从远洋船上把货送到岸上，这一程序叫"清关"。可李新民又遇上了一个难题：当时留在海关的连他仅有六个人（其余人先到井位施工现场准备去了），如何把上千吨的货物顺利"清关"，这让李新民发愁死了："因为苏丹港口根本没有像样的吊车等设备，有人认为如果要靠我们自己人拉肩扛至少得一个月左右吧！可那也得干嘛！"

苏丹海关人员听说中国人要自己人工卸，直摇头，认为这是不可能的事。

"但我们就这么干了！六个人，不分白天黑夜，用了六天时间把所有的机械设备和物资全部清关……苏丹海关人员后来简直惊呆了，他们也是第一次见识了中国大庆人。"李新民有些骄傲道。

这六天是怎么干的，李新民说可以写成一部中篇小说。"近 50 度的高温下，人拉肩扛，说句实话，这样的苦力活，我在大庆钻井施工几十年，也没有遇到过……苦、累，但必须得赶时间。到国外干活，最大的特点是，啥事都必须按合同时间执行。可以说，清关给了我们1205 队在海外作战一个下马威。但我们赢了……"

从港口到李新民他们的施工目的地——苏丹法鲁济油田，有1500 多公里的路程，102 台运载钻机和设备的巨型车队，在公路上摆开的阵势甚为壮观。17 天后，李新民他们终于到达目的地。

中国石油人来了！中国大庆人来了！中国的铁人队伍来了！这三个"头衔"足让法鲁济油田上的同行们一阵振奋。李新民的性格中有王进喜的"铁人血脉"，好胜心此刻涌动在他的胸膛……然而，到了把机械安装到井台时他才发现：经历海浪"洗礼"的他的那些设备完全不听话，尤其是那三台发电机，两台坏了，一台勉强能用，但根本带不动在沙漠上打深井所用的机械设备，怎么办？

拆、装、再组合！李新民急中生智。于是队友们七手八脚忙碌起来……最后一试，行了！

一片欢呼。

"不行了！不行了！"才一个小时不到，组合的发电机瘫痪，留下一股油气熄灭味。

发电机是钻机的心脏，心脏转不动，钻机等于一堆废铁。"别急，我想想怎么弄……"李新民直拍脑袋。

"报告队长：电控房也散架了，根本不能用……"负责电控设备的队员又来报告。

"再彻底检查！看看到底坏了多少设备，哪些能动、能用，哪些不能动、不能用！"李新民一边说，一边在井场到处查看，越看他心里越窝火：老天爷似乎存心要考验他和 1205 队，所有机械设备一点儿不给他争气！

按合同要求，此时距开钻日期仅有 14 天时间。海外干活没有那么多条条杠杠，只有执行合同的要求。合同上每一条都写得清清楚楚：你什么时候开钻，什么时候完钻；你开一天钻，给一天工钱，你停一天钻，停你一天钱，而且停到不该停的时间，你得"走人"！就那么简单和死板，没有商量余地——一切按规矩办事。

大庆"铁人"遇上了海外市场"铁板一块"的行事方式，也只能照章办事，否则只有一种结果：请回。

回？可能吗？李新民做出决断。

"当时确实有些进退两难。你设想一下：出国时，我们油田把最好的设备给了我们，希望我们 1205 队出去一炮打响。可哪知一趟海路，设备基本泡了汤……到了苏丹，可以说你想要啥没啥，这咋办？当时真的急死人！而且苏丹的天气又有个毛病——雨季来了，你根本干不了活。"采访李新民时，他这样说道。

关于在苏丹的第一口井后来的情况，后任大庆 1205 海外钻井队平台经理的陈伟如此回忆说：

……要命的是，苏丹马上就要进入雨季，如果不能按时打完这口井，整个井队就会困在沼泽里，那损失可就大了。甲方知道了我们的情况，认为不能按期开钻，发来指令：赶紧撤离，修好设备再来！撤，意味着，一口井还没打，1205 队就得卷铺盖走人。

那天晚上，大家一宿都没睡。有的，较劲儿似的拿着砂纸，狠狠地蹭着设备；有的，默默地抽着烟；有的，呆呆地望着远方……我们真是不甘心啊！

新民队长独自走向荒原深处，我赶紧跟了上去。他像是问我，又像是自言自语，"留，还是撤？40 多年前，铁人老队长就说要把井打到国外去。撤？连一口井还没打，这砸的是 1205 队的声誉，伤的是大庆队伍的尊严，丢的是咱中国人的脸！"

我劝他："设备是在海运中损坏的，这口井咱打不成，家里也不能说啥，你别太上火了。"

新民队长好像压根儿就没听我说话，双眼布满血丝，望着前方，突然吼了一声："就是拼了，也要按时开钻，1205 队决不能栽在这儿！"

随后的几天，新民队长带着我，开着皮卡车，到兄弟队去找发电机。苏丹打仗 20 多年，连放羊的老百姓都背着冲锋枪，流弹袭击时有发生。

三天的时间，我们冒着危险，跑了 1000 多公里，找遍了这个区块所有的兄弟队，终于找到一台使用多年、正准备大修的发电机，牌子和我们的一样，可型号和功率却不同，还得改装。

看着找来的发电机，我忍不住问："能行吗?"新民队长信心十足："咋不行，想尽办法也得让它转起来。这个时候，咱就得创造条件上!"

那些天，新民队长带着我们，整天盯在发电机旁，一刻也不放松。苏丹，工业基础薄弱，国内常见的配件，在那儿就是跑断了腿儿，也很难找到。在现场修发电机，难度太大了。新民队长就一手拿图纸，一手拿电话，让国内专家指导我们改设备。只要眼睛能睁开、身上还有劲儿，他就不撤下来，一天都睡不上三四个小时。苏丹常年四五十度，每天喝十七八瓶水，连滴尿都没有。井场上，到处是铁家伙，手一碰就烫个泡。晚上开了灯，周围黑压压、密麻麻的都是蚊虫，在身上一爬就是一溜血印子，又疼又痒。当两台发电机发出轰鸣声时，大家脸上都爆了一层皮，新民队长更是整整瘦了一圈。

刚开钻，还没喘口气，新的问题就出现了：借来的发电机，严重老化，转一会儿就高温不下，要再出问题，麻烦就大了。新民队长果断决定，两人一组，昼夜不停往发电机上浇水降温。就是用这种方法，我们成功打完了 1205 队在海外的第一口井……

其实，我从别的 1205 队员那里知道，他们在苏丹打第一口井的全过程，远比陈伟描述得要复杂和惊心得多。等发电机修好后，甲方其实这时已经决定取消 1205 队的施工资格了。除了能不能确保时间问题外，这口井是一个水平井，技术要求难度很大，虽然李新民他们在出国前有过打水平井的经历，也专门为打水平井"操练"过，但苏丹的地层与大庆油田的地层情况不一样，甲方怕李新民他们完成不了任务。

李新民知道此情况后，甩下手头的活，立即找到甲方："请相信，我们是中国大庆的王牌队伍，有铁人的传统和光荣历史，我们一定能够完成好任务。我们用自己的荣誉来担保这一任务！"

甲方有些感动了，但又说："这口井只有 20 天的钻井时间，你们能保证在这个时间里完成吗？如果完不成，也是需要固井的……"

李新民知道，如果不能在 20 天内打完预定的井尺深度，意味着所有的付出都要前功尽弃。这是又一个更残酷的条件。

"我们保证在 20 天内完钻！"李新民想都没有想，就把这话说了出来。

"好，一言为定！"甲方终于同意。

"同志们，此时此刻，甲方在看着我们，1205 队的老前辈们在看着我们，家里的领导和我们的家属亲人都在看着我们，祖国也在看着我们，老队长王进喜也在看着我们……这口井，能不能完成得了、完成得好，事关我们 1205 队能不能在苏丹站住脚，事关铁人的旗帜能不能在海外高高飘扬！"2006 年 4 月 13 日，这是 1205 队海外市场第一口井开钻的日子。这天早晨，李新民把 1205 队的队旗早早地插在营地大门口，井前会上，他面对列队站着的队友们如此说："如果谁没有信心，那么就请回头看看这面队旗上那耀眼的大字！不要忘了我们是'钢铁 1205 钻井队'，代表的是大庆精神、铁人精神和中国石油人！"

"坚决完成任务！"

"争当海外铁人！"

"1205 队必胜——！"

憋了多少日子的 1205 队队员早就想大干一场了！当李新民的话刚落音，队员们便齐声高呼战斗口号，那一腔冲天的豪情在南苏丹的大漠上久久回荡……

雨季的战斗异常激烈，多少个日子就有多少个故事。苦战到第17 天，李新民他们便拿下了第一口井的钻井任务，这份兴奋劲和超水平的发挥，让 1205 队队员自己和甲方都感到振奋及意外。

"高举红旗去战斗，踏着铁人脚步走！雄赳赳，气昂昂，泰山压顶不低头……"那一天，李新民和队友们在机台上欢呼跳跃，庆祝在海外首战胜利。

老队员陈伟至今记得当时的情形："完钻的那一天，苏丹滚烫的井场上，新民队长带着我们，把'钢铁 1205 钻井队'的旗帜，郑重地挂在高耸的井架上。我们这些远离家乡的中国石油人，到底吃了多少苦，经历了多少难，谁也数不清，但队里没一个人叫声苦。但到了这一刻，我们十几个男子汉，紧紧地抱在一起，泪流满面……大伙冲着祖国的方向，高声喊道：'老队长，1205 队出国打井的梦，我们圆了——！'"

老队长王进喜听到了吗？我想九泉之下的王进喜会听到的，而且会发出他那特有的憨厚的大笑……

在苏丹的第一仗，1205 队打出了中国"铁人"的威风，也让李新民他们明白了一件事：钢铁的队伍，必须放在艰难的地方才能更显英雄本色。如果不遇上难上加难的事，就不会有让人信服的钢铁队伍。

2006 年大半年时间里，李新民带着"GW 1205 队"在苏丹法鲁济油田打了 8 口井，总进尺 15369 米多，全部是直井。

此时，法鲁济油田上已经有十个钻井队，相互比着劲在争市场。

进入 2007 年后，甲方为了提高开发油田的速度，决定推广水平井，于是就准备从这十支钻井队中找一家技术和装备都过硬的队伍打头阵。

但没有选择 1205 队。李新民最初并不知道内情，只是有一天有人来借队上的 WACO 250 顶驱设备，这是李新民他们从大庆带出来的世界顶级顶驱设备。"为什么要到我们井队借这个设备呢？"李新民问。

"因为我们要打水平井。"

"为什么我们有设备不让我们打呢？"李新民一听有"名堂"，立即找到甲方质问。

得到的回答是：你们 1205 队的人员多数是第一次出国，对当地的情况不熟，在沙漠地区打井的经验也不足；基本设备在海运过程中受损严重，不能保证正常作业，所以……

"没所以！我们是'铁人'的队伍，这点事我们能克服。"李新民一来劲，几头牛都拉不回他，"除非你们把任务给我们，否则别想借走我们的顶驱！"

"没用。除了我们外，工程监理也不看好你们呀！"甲方说。

"又为什么？"李新民追问。

"得拿出让甲方所有环节的决策人信服的理由和实力！"甲方回答。

"明白了。"李新民重重地点头。

"接下来我们就开始研究那口水平井的基本情况，并且及时与家里——大庆油田这边的专家交流，再看我们钻机和设备打这口井的可能……"李新民说，后来他们发动井队全体人员，一一对打水平井可能出现的 20 多个问题进行了仔细分析，同样请家里的专家帮助制定解决的方法，随后将一份完整的施工方案，用中英文方式递交给了甲方。

与此同时，李新民又以井队的名义，就施工时间、优质程度、安全生产、绿色环保等几个方面向甲方写出保证书，专门送到甲方经理手中。

"了不起！'铁人'的队伍就是了不起！"那位经理读了李新民送来的保证书和有关施工的详细方案，大为惊讶道："你不知道，有几个井队听说这个任务后，连接都不敢接，这绝对是个风险很大的施工任务，你们却要迎着刀山上啊？"

"是的，我们知道这口井的难度，但我们就是要接这活。如果出现任何你们不满意的地方，我和 1205 队立即滚蛋！"李新民的冲劲又上来了。

"新民啊，说句实话，这井要是真出了问题，有两个人是必须要离开苏丹的，一个是我，一个就是你……"甲方经理坦率地对李新民说。

"放心，我们两个都不会离开的！"李新民这样回答。

啥叫"铁人"？我们的理解应该是浑身上下都是铁骨钢筋，但其实这样的人只有电影和传说里才有。然而中国的"铁人"虽为肉身，心和意志却比钢铁还要坚硬，尤其是他的精神，比铁还硬，比钢更坚。从他口中说出的话就是必须要实现和做到的，而且丝毫不会走样。王进喜如此，李新民也是如此，所以李新民被今天的大庆人誉为"新一代铁人"是有道理的。

"当时法鲁济油田准备将年产从 500 万吨提高到 1000 万吨，而直井成本高、投入大，所以甲方决定要打水平井。但打水平井又让苏丹政府心里没底，在这种情况下，油田生产的业主甲方就感到有压力，这样他们在选择水平井的施工方时就特别谨慎。"李新民向我说明当时的背景，又道，"我们是一支新上去的队伍，还没有啥信任程度，所以开始不选择我们也并非成心瞧不起咱。可我不行，我不能看着设备借给别人，自己却闲在那里不干活呀！因此有了我们全力以赴，前方后方一起努力，最后拿下这口水平井的结果。应该说，这也体现了我们大庆油田的整体实力和 1205 队的本色。"

不知何为"水平井"的人，以为它跟直井似的用钻机往下打便是。其实所谓"水平井"，最初的井段它也是垂直的，到下面后就出现了大角度的斜打，最后到油层位置就需要沿着油层而水平延伸出去，故称"水平井"。李新民"抢"来的这口水平井，垂直深度为 1302 米，斜打的深度为 2050 米，水平段的长度是 650 米，最大的井斜角近 90 度。想象一下，这样复杂的井你如何打？能达到预定目标吗？庞大的钻机和钻杆，都是钢铁硬杆，而且每一根伸向地心深处的钻杆都是数米长的钢铁家伙，然而要让这几千米长的钻杆进入地下的指定位置后要像面条一样"柔软"地折弯后穿过一层又一层坚硬的地层……有多难啊？反正，非专业的人只能对此摇头。

悬和险，李新民"抢"来的就是这样的活，它也成为了 1205 队在苏丹继续留下还是卷铺盖走人的关键一仗。除了水平井本身的技术要求外，还有个时间问题。甲方给出了 37 天的施工完井时间。

"行。37 天就 37 天吧！"李新民也是一口答应。

"生死就这一战！大家有没有决心和信心？"回到队上，李新民问队友。

"有——！"队员们异口同声地回答。

"好！干吧！"李新民满意地笑了。

最后，他们仅用了 26 天时间便完工，提前了整整 11 天，而且井的垂直深度和水平长度都超过了设计要求。最让甲方开怀的是这口井一试油，日产达 6000 桶，是普通直井产量的五六倍，关键是投资成本也仅为普通直井的 1.5 倍。

"你，真'铁人'！你和 1205 队，真是英雄的战神！"那天，甲方的经理激动地拥抱住李新民，久久不舍放开。

GW 1205 队在苏丹的美名就这样传开了！李新民的"铁人"称号也在此时成为了法鲁济油田对他的另一个称呼。

"我们在苏丹一直干到 2010 年 10 月底，共打井 49 口，总进尺 99919 米，平均井深为 2039 米，两度获得甲方颁发的最高荣誉——PDOC 钻井杯……"李新民对苏丹的战果十分满意。

2010 年年底，李新民接到"家里"的指令，要求他带队伍到伊拉克的新战场去。

"天，那个地方可比苏丹危险多啦！电视里天天看到有人死于非命……"消息传到队里，传到"家里"大庆和队员们的家属那里，议论自然而然出来了。

"在这之前，我们中国石油人的施工队伍还没有真正进入伊拉克石油市场的，大庆更没有。我们是第一支队伍，当时确实有压力，主要是不可控的环境危险……"李新民坦言。

在伊拉克搞石油钻井到底有多少险情，去过的人知道，没有去过的人无法想象中国的石油人竟然是在那种环境下为祖国挣钱、献石油啊！

"有一天，我们的一位钻工在井台工作，突然不知哪个地方打来的一颗子弹打穿了他的腿肚子，鲜血流淌了一地……"李新民说。

我真想去中国石油人战斗的地方去实地体验一下，但似乎胆量和条件的可能性都成问题。中央人民广播电台记者张棉棉为我实现了这样的愿望——他亲赴伊拉克"GW 1205"钻井队施工现场采访过，并写下了一段惊心动魄的经历，在此借用一下，以此也感谢张记者——

　　我是中央人民广播电台记者张棉棉。因为采访，近年来我有机会多次走进大庆，认识了 1205 钻井队第 18 任队长——李新民。去年 9 月，我前往伊拉克，专程采访正在那里打井的他。在飞机上，我问自己，李新民和 1205 钻井队为什么到伊拉克打井？他们究竟要面对什么样的困难和危险？是什么力量在支撑着他们？我期待着李新民和他的 1205 钻井队在伊拉克带给我答案。

飞机抵达巴士拉机场，一出舱门，巨大的"热浪"就扑面而来。紧接着，我就被套上了 20 多斤重的防弹背心，戴上了 10 来斤重的钢盔，第一时间被塞进了防弹汽车。一路上，安保队长不错眼珠，紧闭着嘴唇，死死盯着车窗外，透过车窗，路边不时闪过坦克残骸、被烧毁的汽车轮胎，还有尚未清理的雷区、残存的路障，在我们这辆车的前面，另一名安保人员坐在装有防护板和冲锋枪的敞篷车上，为我们开道，似乎恐怖袭击随时都会发生，我的心一下子提到了嗓子眼。两个半小时的行程，每隔十多分钟，就有一个检查站，荷枪实弹的武装人员，对车上每一个人都要进行爆炸品和人身检查。面对这些近在咫尺的危险，我真为他们捏一把汗，李新民和他的钻井队的安全又如何得到保障？

带着疑惑，我到达了 1205 钻井队的营地。与其说是营地，这里更像一座戒备森严的堡垒。我们的车先经过一条三米来宽的深沟，之后又过了两道铁丝网，紧接着又是一条防坦克沟，最后还有一道半米厚的防弹墙，这才进入到营地的内部。同时，营地从高到低，每个角落都有全副武装的安保人员，他们神情严肃、严阵以待。中国石油海外钻井队竟然在如此危险恐怖的氛围中工作，这与我之前想象的现代、舒适，可以领略异域风情的海外工作环境有着天壤之别。

在营地，没见到李新民，工友告诉我，他肯定在井场！果然，在那里，我见到了他。

9 月的伊拉克，炽热的阳光仿佛能烤化大地，地表温度高达 60 多度。站在遮阳伞下一动不动，我脸上的汗水还是止不住地往下流，沙漠地区刺眼的阳光反射，使周围几乎是白茫茫的一片。爬上钻塔，这时的李新民正穿着厚实的工服，神气十足地站在十多层楼高的钻塔上指挥着钻井作业。走近李新民，才发现其实他的衣服也早就被汗水浸透，紧紧粘在了身体上。

看着我汗流浃背的样子，他憨憨一笑，说："那年从大庆出发来哈法亚，家里还是冰天雪地。到了伊拉克，有点像把孙猴子扔进了太上老君的炼丹炉，确实热得要命。但日子长了，也炼就了我们打井、找油的'火眼金睛'。"

在伊拉克，李新民带领他的队伍，已经打下了 23 口井，井深都在 3000 米以上，还创下了 6 项哈法亚钻井纪录。

李新民和他的队友们，两三个月才能回一次家。来到伊拉克三年，每天在两个足球场大的营地中工作。晚上，高塔上探照灯的灯光不断旋转射在营地的每一个角落，可是李新民看起来却早就习惯了这些，他说："打井、找油本来就不容易，这是我们的本分，只要能打出油，孤独、寂寞又算得了啥？"

那几天，我住在密封严实的营房里，可沙尘暴的随时来袭还是让营房里烟尘弥漫，嘴里、鼻子里都是沙子。工人们说，伊拉克的沙尘暴，来时铺天盖地，远远地就像一堵沙墙从天边拍过来，一来一过，白天变成了黑夜，池塘变成了泥塘。工人们教了我一个防止沙尘呛醒的方法，就是睡觉时把浸湿的毛巾盖在脸上，他们笑着说，"这就是我们的'阿拉伯面膜'。"

在李新民的营房里，我看到了一张照片。照片上，是一辆曾经纵横于沙漠公路的防弹汽车，这是一辆连 AK47 十二连发都打不穿的越野大吉普，然而一个触目惊心的大窟窿赫然出现在车后身，车皮向外翻卷，有烧焦的痕迹。李新民告诉我，那是 2010 年的一天，几个中方员工乘车去井场，一枚火箭弹紧贴着车后排座，穿车而过。万幸的是，车上的人只受了点轻伤。不敢想象，如果当时车稍慢一点点，火箭弹就会穿人而过；如果弹道稍低几公分，就会击中油箱，车毁人亡。看着照片，我的嗓子眼儿发紧，半天说不出话来。中国石油人到伊拉克创业，正赶上伊拉克战后武装袭击频发，许多无辜的生命遭到伤害。这些年，中国石油在海外留有 40 多名将士的忠骨。和平年代的牺牲，让我进一步懂得了什么叫"我为祖国献石油"。李新民说，"身在国外，我更加懂得什么叫真正的爱国；走出国门，我更能体会到找油的艰辛。"

此时，我把我的问题直接抛给了李新民：出国打井这么难、这么危险，是什么支撑你们走到了今天？这个朴实的汉子低头想了想说："我觉着每个人都有自己的位置，在这个位置上就有责任做好这个位置上的事。我的责任就在井场，这也是当年铁人老队长的责任。老队长曾说，要把井打到国外去。现在我们不仅把井打到了国外，还要让'中国石油'这个名字在世界上立得住、叫得响。"

说来容易做来难，在异国他乡，如何把不同国籍、不同肤色员工组成的 1205 钻井队拧成一股绳？李新民的队友给我讲了一个"小骆驼"的故事。

"小骆驼"是一位当地雇员。1205 队有给队友过生日的传统，在登记他的生日时，他说："我不知道是哪天，妈妈说，我是和家里的小骆驼一起生的！"由于长年战乱，当地人生活贫穷、孩子多，记不住生日是很平常的事。李新民就告诉厨师，把进队那天当作"小骆驼"的生日。第一次过生日那天，面对蛋糕、蜡烛，"小骆驼"双眼闪着泪光，在汉语、英语和阿拉伯语混唱的生日歌中，他没有先去吹蜡烛，而是张开长长的胳膊，给了李新民一个大大的拥抱。

我在员工小张工作的电焊间里，看到一个缝着枕头的小铁凳。说起这个小铁凳，小张一脸自豪："这是队长亲手给我做的！"小张是焊工，干起活来一蹲就是好几个小时，有段时间，他大腿根儿、腿弯儿成片成片地起湿疹，湿疹出血化了脓，抓心的痒、钻心的疼，他只能蜷着腿走路。李新民看到后，在电焊间忙活了大半宿，第二天早上，就把小铁凳交给了小张，还说："兄弟，别嫌哥的手艺差。"那时候，李新民带着队友刚到这里，正顶着前所未有的压力，他自己都5个多月没睡个囫囵觉了，可还是惦记着队友们……说着说着，小张的眼圈红了。

采访中，一位外籍甲方监督对我们说的第一句话就是："Manager Lee，是我们见过的意见、建议最多的平台经理，但却赢得了我们最多的尊重。"哈法亚一位中方项目经理说："新民经常跟我们讲，打井就要像铁人老队长那样，为子孙后代负责一辈子。今天我们出国打井，代表着大庆，代表着祖国，把甲方的井打好，为中国人的信誉负责一辈子。"当年，大庆钻井队不是最早进入哈法亚的队伍，但目前，却是哈法亚拥有最多钻井订单的队伍。

最后，我想说一个细节——出国打井前，李新民参加中国石油组织的英语托福考试，得了517分，对于一个毕业15年、中专学历的中年人来说，这是个相当高的分数。让我感慨的是，李新民他们学外语考托福，不是出国去享受更好的生活，而是到动荡不安的苏丹、千疮百孔的伊拉克打井，他们究竟是为了谁？这该是一种怎样的情怀！

记者张棉棉在伊拉克采访完李新民和他的井队后所写下的这篇

"采访记"，在文章的最后有段感叹是这样说的：

> 在伊拉克的最后一个夜晚，一轮圆月出现在长空，天涯共此时，这是伊拉克的月亮，也是远在万里之外中国的月亮。此时此刻，在伊拉克、在苏丹、在印尼、在委内瑞拉，都有中国石油人忙碌的身影。
>
> 想想我们习以为常的幸福生活，每当我们打开家里的燃气灶，看到那跳跃的蓝色火苗，每当我们驾驶着私家车外出度假，或行驶在上下班的路上，每当我们看见飞机像银燕一样翱翔在万里蓝天，有谁会想到，这其中包含着多少石油人付出的智慧与汗水，甚至生命的代价！
>
> 在从伊拉克返回北京的飞机上，望着渐渐远去的沙漠，我再次翻开了采访本，之前写下的三个问题早已有了答案，看着这几天的采访记录，李新民的故事一个又一个不断在我眼前萦绕。我想：李新民只是百万石油人中的一员，这些我接触到的海外石油人，大多是"70后""80后"，从千里冰封的白山黑水到寸草不生的茫茫戈壁，从世界火炉苏丹到战火纷飞的伊拉克，在似乎不间断的旅程中，他们在寒夜里默默思念，在阳光下挥汗如雨，在不眠中殚精竭虑；他们，大写尊严，燃烧激情，生动诠释了新时期中国石油人的责任与担当。正是他们，共同构成了这个时代的"中国脊梁"！

李新民和他的井队属于这样的"中国脊梁"。

"其实，我们在伊拉克的每一天，都是在与死神作战，你不知道什么地方、什么时候子弹正向你飞来、炮火正瞄准你为目标……"李新民说，他有一次在工地上，突然伴随一阵激烈的枪声，许多子弹射在他办公室门板上。"一数，共有 17 个弹孔。"他说。

说到这话题，我和他沉默了片刻。我们心里想着同一个问题：假如稍稍出一点意外，不知是怎样的血溅满地……

"我们的工作范围是 289 平方公里，在这么大的地区施工，等于把自己晒在恐怖分子的枪口和炮火下……"李新民说，他们钻机的施工工地周边通常有三道防线：第一道是铁丝网，300 米乘 200 米；第二道是防坦克壕沟，5 米宽、3 米深；第三道是防弹墙，2 米高、1.5 米厚。"最后一道防线只留一条道门，防止有人突袭。在工地的最外围是政府军，中间是地方武装，最里面的是我们请的专业保安公司职员……但即使这样，仍然难保绝对安全。"李新民解释：因为钻井台一般都要高出地面十几米，所以流弹和榴弹炮是很容易攻击钻井台的，更不用说导弹一类的武器。

我不想问他"死过人没有"这样的话，但他告诉我，确实有其他井队的钻工被飞弹打死过……

听到此处，我只觉得心头异常沉重：中国石油人为了自己的祖国和石油，真的是在英勇战斗啊！

这样的人难道不值得我们尊敬和敬重吗？我的共和国！

"事实上，施工上也有很多意想不到的艰难和危险……"李新民说，伊拉克油田的地质情况比苏丹还要复杂，是世界油田地层最复杂的地区之一，主要是地下压力大，是大庆油田地下压力的 3 倍以上。

"经常出现井喷。"他说，2011 年施工时有口井连续喷射了 21 天，而且喷出的都是有毒气体硫化氰。"火苗高达几十米，对钻台和当地村庄都很危险，但一时又熄灭不了！甲方无奈提出报废该井……"生死关头，李新民再次表现出铁人精神和大庆智慧，在井喷 20 天时，他对业主说："请给我 4 个小时！"

4 个小时里，李新民带领 1205 队几个骨干，一方面作着决战的最后准备，另一方面迅速调试泥浆的比重——"泥浆配比是灭火的关键。"李新民说。

4 个小时的决战是一场生死鏖战。甲方的人在场，周边村庄的伊拉克百姓在场，当然，井台灭火的 1205 队的勇士们更在现场……他们跟在队长李新民的身后，一次又一次地向熊熊喷射着的烈火冲去、冲去……直到彻底熄灭油井的每一颗火星。

后来，这口井成功地保住了。保住了油井，就等于保住了一个银行或一座金山……伊拉克人和油田的业主，怎能不感谢和敬佩中国大庆人呢！

啊，大庆和大庆人，你们从来没有给祖国丢过脸，只有争光和争气的一幕幕精彩故事。

这样的故事仍在延续……

第十六章

总书记的期待。标杆与旗帜，你在远望和畅想百年，我在辛勤和努力当前。世界很大，其实油田与它一样大……铁人精神是油田的"初心"。"大庆油田"则是我们永远燃烧激情、幸福温暖的美丽家园！

我常常在想：为什么人到60岁后，就要"退休"并可以心安理得地去享受"晚年"的安逸与幸福，而一个60岁的大油田，我们却仍然需要它"青春焕发""百年不老"？

为什么？这其实有些痛苦。

就是因为你是"大庆"，你大庆是国家的"长子"。既然是"长子"，在"家"里你就得担当必须担当的责任，对于"中国"，"大庆"就该是这样的角色。这里包含了我们民族的传统意识，更有我们所依赖的大地那无奈的底子——物质的有限和人们追求物质的无限性。

于是，我似乎也明白了这个道理：

大庆，走过 60 年艰难而辉煌岁月的大庆，因为你的"成长和辉煌，见证了中华人民共和国的成长和辉煌"，因为你就是"全国的标杆和旗帜"，因为你的"精神激励着广大干部群众奋发有为"，所以，你必须与共和国同行，去创造新的、更加美丽的、永远不败的明天！

这就是大庆。别人无法替代。

大庆，无疑是特殊的，光荣的，也是艰巨和伟大的！

你诞生在共和国成立十周年前的重要时刻；毛泽东特别地关注你，一句"工业学大庆"，奠定了你的高峰地位；邓小平对你的特别关爱，才让你除了业绩的辉煌，还冠上了"美丽"二字；江泽民、胡锦涛对你关怀有加，每一次再"创业"的提醒，激励着你在"爬坡"的征程中奋勇向上……

当然，你在今天更感谢和感激习近平总书记和以他为核心的党中央的亲切关怀及殷切期待——

似乎还没有哪个单位、哪个企业能像你这样获得如此之多的赞美之辞：

> 大庆几代石油人以"宁肯少活 20 年，拼命也要拿下大油田""宁肯把心血熬干，也要让油田稳产再高产"的英雄气概，不断攻坚克难，创造了令世人瞩目的辉煌业绩。
>
> 大庆油田的开发建设，改变了我国石油工业的发展布局，甩掉了中国贫油落后的帽子，实现了石油基本自给……创造了世界同类油田开发史上的奇迹，为建立我国现代石油工业体系做出了重大贡献。
>
> 大庆油田的开发建设，在国家经历困难考验的时期有力地支撑了我国工业体系和国民经济体系的运转……在国家发展中发挥了国有骨干企业的支柱作用。

　　大庆油田的开发建设，形成了符合油田实际、具有自身特点的管理模式和管理经验，以此为基础陆续开发了胜利、大港、辽河等油田，走出了一条独立自主、生机勃勃的中国特色石油工业发展之路，为探索中国特色的新型工业化道路提供了重要的实践基础和宝贵经验。

　　大庆油田的开发建设，印证了我国科学家自己提出的陆相生油理论……对中国石油工业乃至世界石油工业的发展发挥了积极作用。

　　大庆油田的开发建设，铸就了以"爱国、创业、求实、奉献"为主要内涵的大庆精神和铁人精神，造就了一支敢打硬仗、勇创一流的优秀职工队伍……形成了团结凝聚百万石油人的强大精神动力，集中展现了我国工人阶级的崇高品质和精神风貌。大庆精神、铁人精神已经成为中华民族伟大精神的重要组成部分，永远是激励中国人民不畏艰难、勇往直前的宝贵精神财富。

　　大庆油田的开发建设，在实现清洁发展、节约发展、科学发展上不断取得新进步，在亘古荒原上催生了新兴的城市，有力地带动了地方经济社会的发展。今天的大庆，已成为一座现代化的新型石油城，经济持续发展，社会和谐稳定，人民安居乐业，是一片充满活力、充满希望的热土。

　　60年来，大庆的成就是巨大的，积累的经验是宝贵的，而给中国社会和中国企业提供的启示也是广泛而深刻的——

　　大庆的实践启示我们，国有企业的发展和进步，必须同国家和民族的命运紧紧联系在一起。因而你的实践也充分说明，党和国家是国有企业的坚强后盾，加强和改善党的领导是国有企业健康发展的根本保障；国有企业只有坚持从全局和战略的高度谋划企业的发展，牢记使命、勇挑重任，才能切实履行好自己的经济责任、政治责任、社会责任，最大限度地实现自身的发展。

大庆的实践启示我们，国有企业的发展和进步，必须坚持马克思主义科学理论的指导。因而你的实践充分说明，马克思主义中国化的理论成果是引领国有企业改革发展的强大动力，也是解决国有企业矛盾和问题的锐利武器；国有企业要实现又好又快发展，必须结合企业实际充分发挥马克思主义科学理论的指导作用，始终保证企业沿着健康的轨道前进。

大庆的实践启示我们，国有企业的发展和进步，必须始终坚持全心全意依靠工人阶级的根本方针。因而你的实践充分说明，我国工人阶级始终是推动先进生产力发展和社会全面进步的根本力量，国有企业只有坚持全心全意依靠工人阶级不动摇，才能获得不竭的智慧和力量源泉，不断取得新成绩、新进步。

大庆的实践启示我们，国有企业的发展和进步，必须突出科技创新这个主题。因而你的实践充分说明，国有企业只有牢牢抓住科技创新这个主导因素，才能极大地解放和发展生产力；只有牢牢抓住深化改革这个关键环节，才能走上新型工业化的发展道路。

这是大庆油田发现 50 年时，习近平代表党中央所给出的高度评价，而且这种评价是至高无上的：

大庆的成长和辉煌，见证了中华人民共和国的成长和辉煌；大庆的探索和成功，体现了党领导人民进行社会主义建

设、进行改革开放的探索和成功；大庆的成绩和贡献，已经
镌刻在伟大祖国的历史丰碑上，党和人民永远不会忘记。

是的，在共和国走过辉煌 70 年的时刻，在近 14 亿人民的生活越
来越富裕和幸福的今天，人们对大庆油田和大庆人的崇敬之心更加真
切与强烈，这似乎已不再是大庆的成就和贡献，而更多的是大庆精神
对人们心灵世界和信仰疆域的影响，而这绝非是物质的数字和一个金
字招牌所能征服的力量。世上有战无不胜的将军，史上也有经久不衰
的百年老店，但全世界还没有一个国家的一个油田能连续 27 年年产
原油 5000 万吨之后又维持了 12 年的 4000 万吨的高产纪录，大庆做
到了！

大庆做到这一点并非因为它"天生"是石油储量大和易开发的世
界级油田。相反，在全世界储量排名靠前的大油田中并没有大庆的名
字，而大庆恰恰成为了世界石油史上持续高产的"常青树"，其本身
就是一个"中国奇迹"。

这奇迹，连国际石油界的专家和开发者都感到不可思议，然而大
庆人就是这个样，就是这般硬气，一年又一年、十年又十年地创造着
一串金光闪耀的产油、产气的纪录……

从 2009 年到 2019 年，这十年的世界石油风云，似乎一直激荡着
一股史上少有的严寒——石油价格一次次逼近最低线，这既有国际时
局动荡的影响，更是世界经济不振等多重因素所致，可以说，全世界
石油界为此深受重创，甚至有些国家因此陷入经济或政权动荡的边
缘，比如俄罗斯、伊拉克、委内瑞拉。受此影响的诸多石油公司或倒
闭，或是石油大亨们纷纷落荒而逃……这期间，中国的大庆也非世外
桃源，西伯利亚的严寒与国际石油业衰退的冬天汇聚成一股貌似不可
抗拒的冰冷飓风，疯狂地袭击着这艘已经在大海上航行半个多世纪的
"中国石油巨轮"。这期间，仍然不能回避的尚有一件事：以习近平同

志为核心的党中央自十八大以来高举反腐败的旌旗，而以周永康、蒋洁敏为代表的石油界一批"大老虎"的先后入狱，使得大庆人不可避免地遭受从内到外的寒流侵袭——现实便是如此严酷。

严酷环境下的大庆，依然需要昂首向上、继续攀登"珠峰"……因为你是中国的大庆，全国人民的大庆，中国共产党的大庆！

标杆和旗帜，注定了你的步履从不犹豫，始终从容；

标杆和旗帜，注定了你的业绩不能滑坡，必须保持且再创佳绩。

你不能说为什么别人可以而我就不可以，因为标杆和旗帜，就是他人的榜样，而榜样总在激励和鼓舞着他人朝向光明和温暖的未来前进……

时代和祖国总在给予大庆一个又一个让历史记录下的时间点。

2016 年，对大庆油田而言，又是一个令人难忘的历史性重要时间点。

这一年的春天，北京人民大会堂内温暖拂心。习近平总书记再次来到大庆人面前，倾听石油人的心声——

"总书记好，各位代表好！"时任大庆油田党委书记的姜万春汇报开始的第一句话就把大庆人与总书记的心贴得紧紧的，"我是来自大庆油田的代表。来北京开会前征求意见、收集议题时，同志们委托我向总书记问好，并一致表示：石油工人心向党，坚决听党的话跟党走。"

总书记微笑着点点头，目光里透着无限的呵护与关切。

"大庆油田已走过 56 年的开发历程。在党和国家的亲切关怀下，在黑龙江省委、省政府和中石油的领导下，累计生产原油 22.7 亿吨，天然气 1200 亿立方米，为国家上交利税 2.6 万亿元。2015 年，生产原油 3850 万吨，天然气 35 亿立方米……"说到这里，大庆人那高亢的话语声，似乎转了一个声调。他略带深沉地继续道："今年前两个月，油价持续走低，油田出现亏损，经营压力增大……"突然，大庆人的声音又恢复高亢，"但总体运行平稳受控，职工队伍稳定。请总书记放心！"

总书记再次微微而笑。随即是一片热烈的掌声……

随后，大庆人娓娓道来："当前，影响大庆油田可持续发展的主要问题：一是低油价的冲击。按大庆现在的产量计算，国际油价每波动 1 美元 / 桶，影响油田的收入近 20 亿元。虽然大庆油田每桶原油的生产成本，低于全国的平均水平，但是仍然难以为继。二是老油田的开发难度越来越大。大庆主力油田的综合含水、采出程度都非常高，开采的资源品质变差、投入增加，成本上升过快、效益下降。同时，油田的开发规律又决定了，油井很难像水龙头一样，需要时打开，不需要时关闭。正在开采的油田，地下是一个巨大的压力场，要靠注水来补充能量，一旦停止注水，压力场破坏，油田重新启动将十分困难。这就是为什么油价低于生产成本时，也难以关井限产。三是老国有企业存在的共性问题，包括体制机制不够灵活，组织结构不尽合理，企业办社会负担沉重，等等。四是对黑龙江经济影响巨大。当前的油价还不到前几年的三分之一，大庆油田的经济规模在黑龙江又没有哪个企业可以替代，所以受低油价影响，预计今年将对黑龙江的工业增加值和税收继续产生负向拉动作用。"

会议厅异常安静。总书记与所有黑龙江的全国人大代表们似乎都在屏住呼吸倾听着大庆人的发言——

"大庆油田面临的生产经营形势，虽然严峻复杂，但是再困难，也不如当年会战时期的困难大。我们没有克服不了的困难，没有爬不过去的坡，没有迈不过去的坎。任何'唱衰大庆'的说法，我们都是不能同意的。大庆油田虽然是一个老油田，但决不是一个资源枯竭的油田！"

大庆人说到这里，昂起了头，目光炯炯地看着总书记，深情而又自信地报告道："油田还有近三分之一的资源未探明，现在每年新增探明储量都在 5000 万吨到 1 亿吨，还有近 10 亿吨已探明储量没有开发，待技术进步或油价回升到一个合理价位，这些资源都可以解放。大庆油田作为全国最大的油田，未来十年地位是不会动摇的，未来五十年仍将是我国的大油田之一！"

这回是掌声，而且大家看到了总书记带头鼓掌。

大庆人得到了巨大鼓励。"我们将牢记习近平总书记在大庆油田发现 50 周年庆祝大会提出的要求：'继续高举旗帜，始终胸怀全局；继续解放思想，坚持改革创新；继续弘扬优良传统，大兴艰苦奋斗之风；继续以人为本，构建和谐企业；继续发挥优势，加强和改进党的建设。'总书记对大庆油田'五个继续'的要求，是亲切的关怀和殷切的期望，更是前进的动力和发展的方向。我们将继承发扬大庆精神、铁人精神，有条件要上，没有条件创造条件也要上，倒逼改革，苦练内功，努力降成本、调结构、补短板、战胜低油价，在全面建成小康社会的历史进程中，以铁人队伍的担当，以实实在在的业绩，展现大庆红旗的风采，发挥旗帜引领的作用，释放大庆精神、铁人精神的正能量。我们的目标是，持续有效发展、创建百年油田，在未来十年，继续保持全国第一大油田的地位，为国民经济发展持续做出高水平贡献！"

"哗——"掌声再一次响起。

总书记十分满意地点头，目光里充满着信任和期待。他开始发表重要讲话：

> 大庆就是全国的标杆和旗帜，大庆精神激励着工业战线广大干部群众奋发有为。我很高兴听到大庆的同志讲，有信心在困难情况下攻坚克难，发挥最大优势，保持大庆在全国石油生产中的领先地位。
>
> 只要精神不滑坡，办法总比困难多。

贺电

中国石油天然气集团公司、黑龙江省人民政府并转大庆油田有限责任公司：

值此大庆油田发现50周年之际，国务院向大庆油田广大干部职工、离退休老同志及家属，表示热烈的祝贺并致以亲切的慰问！

50年前，我国在松辽大地上发现了大庆油田，在极其艰苦的条件下，调动全国的石油队伍，展开了气势磅礴的大庆石油会战，彻底甩掉了中国"贫油"的帽子，开创了我国石油工业发展的新纪元。

50年来，几代大庆人艰苦创业、拼搏奋进、无私奉献，大庆油田已发展成为我国最大的石油生产基地，为保障国家能源安全、促进国民经济和社会发展做出了突出贡献，不仅创造了巨大的物质财富，而且创造了以"爱国、创业、求实、奉献"为鲜明特征的大庆精神、铁人精神，成为激励中国人民不畏艰难、勇往直前的宝贵精神财富。大庆油田开发建设的辉煌历程，谱写了我国产业工人和科技工作者自力更生、艰苦奋斗的壮丽诗篇，再次向世人证明，中国人民有志气、有信心、有能力不断创造非凡的业绩，不断铸就社会主义现代化建设事业的新丰碑。

全面建设小康社会对我国能源供应和能源安全提出了新的更高要求。确保大庆油田实现可持续发展，是大庆油田全体干部职工肩负的重要使命。希望大庆油田全体干部职工，以邓小平理论和"三个代表"重要思想为指导，深入贯彻落实科学发展观，继续发扬大庆精神、铁人精神，着力转变发展方式，着力推进自主创新，深挖开采潜力，保持油田高产稳产，努力创建百年油田，为我国石油工业发展做出新的更大贡献！

国务院

二〇〇九年九月十七日

奏响统筹城

让公共财政阳光更多地照

大庆油田连续八年蝉联纳税榜首

本报北京10月11日电 （记者欧阳洁）2007年度"中国纳税百强"排行榜今天在京公布，在独立企业属地纳税五百强排行榜中，大庆油田有限责任公司以352.14亿元纳税额连续八年蝉联榜首。

2008 年 10 月 11 日，2007 年度"中国纳税百强"排行榜在北京揭晓，大庆油田有限责任公司在独立企业属地纳税五百强排行榜中，以 352.14 亿元纳税额连续八年蝉联榜首

2009 年 9 月 17 日，国务院贺电

2007 年 12 月 26 日，大庆油田有限责任公司获得首批"中国工业大奖"

2019 年 9 月 26 日，大庆油田发现 60 周年庆祝大会隆重召开

2016 年 9 月 26 日，中国石油第一家售电公司——大庆油田售电有限责任公司成立

2017 年 10 月 26 日，落户在中国石油数据中心（昌平）的大庆油田云数据中心正式揭牌启用

2017 年 11 月 7 日，中国石油集团电能有限公司正式成立

2018 年 3 月 30 日，大庆油田铁人学院正式揭牌成立

2018 年 7 月 7 日，大庆油田铁人学院被中共中央组织部授予全国党员教育培训示范基地

2017 年 4 月，大庆油田评选出首批"油田工匠"

2017 年 9 月 20 日，第四届"中华铁人文学奖"颁奖大会在大庆油田铁人王进喜纪念馆举行，大庆油田有 13 名作家获奖

2017 年央视秋晚为世界展现惊艳大庆，艺术家用话剧形式演绎《又见铁人》（李学庆摄）

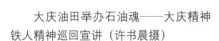

大庆油田举办石油魂——大庆精神铁人精神巡回宣讲（许书晨摄）

大庆油田历史陈列馆的讲解员为前来参观的学生讲解（李学庆摄）

我们从来都是在压力和挑战中前进的，也一定能继续在压力和挑战中不断前进！

总书记的话真切而深情，鼓励中又有嘱托。大庆代表、黑龙江代表甚至是所有人大代表们都深受感染和感动：是啊，人类文明史上的每一次前进，不都是"办法总比困难多"吗？

大庆人对此的体会比任何人都更深切和真切——

会战时期，面对苏联撤走专家、西方敌对势力封锁、毫无经验可借鉴的不利局面，会战职工有条件要上，没有条件创造条件也要上，打破的就是"中国人不可能开发这样的大油田"的质疑，仅用三年时间就实现了高速度拿下世界级大油田的目标；第一个稳产十年刚提出时，有人担心稳不好、稳不住、稳不长，但大庆人毫不含糊地拿下了 5.18 亿吨原油产量；第二个稳产十年 5000 万吨提出时，世界上还没有一个油田在含水近 80% 的情况下实现过稳产，但大庆人通过稳油控水不仅实现了第二个十年的 5000 万吨产油纪录，而且把这个纪录延长到了 17 年！ 4000 万吨 12 年稳产后，许多人都认为大庆已无油可采，然而大庆这些年来依然每年稳定地实现油气产量当量超过 4000 万吨的纪录……所有这些，都印证了总书记的"办法总比困难多"的英明论断。

"宁肯少活 20 年，拼命也要拿下大油田！"这是当年铁人王进喜在会战极度困难时说的话。

"宁肯把心血熬干，也要让油田稳产再高产。"这是新时期铁人王启民在上世纪八九十年代大庆连续 27 年实现年产 5000 万吨时常说的话。

"宁肯历尽千难万险，也要为祖国献石油！"这是新世纪以来，以 1205 队队长李新民为代表的一批南征北战于海外油田的大庆人所说的豪言壮语。

是的，大庆人无论在昨天还是今天，他们在石油开采方面所遇到的困难之大，外人无法想象，甚至大庆人克服困难的能力和办法，也令外人无法想象。然而 60 年来，大庆人就是在这种无法想象的困难中辉煌地走过了整整 60 年，且道路越走越宽阔……

就在我采访大庆时，有些朋友看到我发的微信照片后问：大庆还在产油吗？大庆油田还有油吗？这些话背后的意思是：大庆油田怎么可能还有油嘛！大庆人真的到现在还在为我们国家产油吗？

当我把事实和真相简单地告诉朋友们时，他们无不是这样感叹：大庆太不简单了！大庆真的了不得呀！

大庆确实不简单。大庆真的了不得。

一路走来的大庆，也许谁都不曾想到，过了新世纪第一个十年之后，世界石油价格竟然一路下滑：2013 年的油价从最高位的每桶 130 美元，跌到最低点时的 30 来美元……

"我们拼死拼活的干，人家却偏偏不让你过好日子呀！"油田的职工无奈地叹息。这些过惯了北大荒寒冷天气的大庆人，似乎从不惧怕冰天雪地的寒冬，却不得不对"世界油价"产生惧怕感。

然而大庆人从来没有被任何困难所吓倒过，他们的每一个前进的脚步，都是那样铿锵有力。他们的生产指标的箭头，永远向上……新的世界形势尽管风云变幻，但无法改变大庆人往前走的坚定步伐。"有条件上，没有条件创造条件也要上"，从来就是大庆的精神和取胜的法宝。

为了国家能源安全，为了油田自身的发展和生存需要，大庆油田在中央和上级的正确领导下，不断深化油田生产的技术革命和潜力挖掘，可谓"左右开弓""拳打脚踢"，呈万马奔腾之势——老油田焕青春、新油田加马力，油气并进，将生产的箭头牢牢往上昂首走……

翻阅油田那几个"寒冬"岁月的"新闻集锦"，扑面而来的是一浪更比一浪高的热潮——

这是 2015 年的一则年度总结式新闻:

新春伊始,大庆油田通过加大水驱井精细挖潜力度、加快天然气上产速度,油气生产质量得到进一步提高。

大庆萨北油田进一步优化注采结构,改善地下形势,重点提高开发方案质量、油田管理水平和生产运行效率;大庆第九采油厂钻井压裂施工全面铺开,已完成钻井 76 口、压裂 24 口。同时,大庆油田天然气生产形势喜人,气井日产量首次突破 600 万立方米。

面对国际原油价格持续大幅下跌的严峻形势,今年年初以来,大庆油田按照"老区有序调整、外围加快上产、海塔规模开发、天然气快速发展"的油气生产总体部署,油气勘探围绕提交规模效益可动用储量,对重点油层、重点区块,以及中浅层深层气、塔东区块、海拉尔等外围盆地进一步深化地质研究,优化井位部署,提升质量效益。大庆长垣水驱,坚持"四个精细";聚合物驱,坚持"四最"目标;三元复合驱,坚持"四个优化";大庆外围油田,立足规模有效上产,继续控递减、上产量、稳效益;海塔盆地,完善开发对策,加强商务运作,继续保持平稳上产势头。

大庆油田已进入开发后期,剩余油分布零散,开采难度大,采收率低。为此,大庆油田将水驱精细开发建设放在重要位置,积极在精细油藏描述、精细注采关系调整、精细注水系统挖潜、精细日常生产管理上下功夫。大庆采油二厂强化水驱精细挖潜,开展层系井网调整、措施挖潜和套损防控技术攻关,控递减、控含水、控套损,继续巩固水驱主体地位。

2015 年,大庆油田水驱自然递减率将控制在 8.81% 以内,综合递减率将控制在 6.35% 以内，含水上升值将控制在 0.31 个百分点以内，新井产能贡献率将达到 33% 以上。

今年，大庆油田把天然气业务作为战略性、成长性、价值性工程来抓。徐深 1、汪深 1 和杏树岗浅层气田不仅要持续稳产，而且要加快上产。中七浅冷、萨南深冷和徐深 9 净化厂将进行改扩建。通过四站、朝 51、升深 2-1 储气库的建设，进一步完善输送管网。同时，大庆油田做好产销衔接，提高油气处理和调峰能力，努力实现安全、平稳、有效发展。作为天然气上产的主体、气田开发的主力军，大庆采气分公司通过合理配产、措施挖潜、加密调整等措施，确保老区产量稳得住。大庆采气分公司不断加快钻井、试气及地面设计进程，形成产能建设良性循环，尽快实现剩余 1000 亿立方米储量的有效动用，使储量变产能、产能变产量。

2015 年，大庆油田轻烃产量计划增长 4 万吨，将达到 99 万吨；建成产能将达到 2.7 亿立方米，将生产天然气 37 亿立方米。

然而我依然知道，大庆人今天所面临的困难也确实太困难，而其困难的境地令人堪忧。油田的一位领导对我这样说：当时他们面临的内外压力超出了想像。"一是国际油价严重下滑。2013 年最高时油价达到 130 美元一桶，最低时下滑到 30 多美元一桶。现在的平均价格也只在四五十美元一桶，所以造成油田公司整体盈利能力大幅下降，2016 年，大庆油田历史上首次出现整体性亏损。这是大庆油田历史上从未有过的事。"

"这样的亏损，当然主要并不是我们油田本身的问题。但油田本身的情况也是非常严峻呀！"这位领导说。

之前，我看过一份 2017 年油田领导在油田职代会上所作的报告，其中有这样一段话：

> 　　大庆油田历经 57 年的开发建设，已经进入矛盾叠加期、集中凸显期和发展关键期。一是油田后备资源接替不足。二是开发管理难度越来越大。

　　大庆油田的实际情况，确实十分严重。"油田的实际情况是：每年自然减产 200 万吨。而另一方面，国家要求，其实也是我们自己制定的奋斗目标是年产必须稳定在 4000 万吨以上，这中间包括了油与气……"

　　"200 万吨是个什么概念？"我问这位领导，因为这是大庆油田目前每年必须面临的首要问题，而且基本上是不可逆转的自然规律了：每年自然减产 200 万吨。

　　"您是江苏人。江苏油田的年产量是 100 万吨，等于每年我们少了两个江苏油田的产量！"他这样告诉我。

　　这还了得嘛！我知道，我们江苏一直因为也有个油田而自豪了几十年。可现在大庆油田每年都在无情地减少两个"江苏油田"产量！身为大庆油田的领导，其心之忧可见。

　　原以为堂堂世界级大油田的人，一定是整天在"大油海"里滚荡，百吨、万吨的油根本不在话下，是挥挥手便来之的景象！可哪知，这位领导给我讲了一件令他"十分心酸"的往事，也实在让我跟着心酸了很久很久——

　　就在这位领导上任伊始，他来到海拉尔的油田生产基地视察。"我到了一个已经废弃的油井地，见几位采油工在那里打捞残留在油井窝内的油，就问他们几天来捞一次？一次能捞多少油？他们告诉我，差不多每 5 天来捞一次，一次能捞 0.3 吨……"

　　"每 5 天才捞 0.3 吨你们也要啊？"这是我第一次听到关于大庆油

田"产油"的另一种令人惊骇的情况！

"要啊！即使 0.3 吨，除了人工费也合算呀！"听这话时，我内心真的为这样一个世界级大油田所面临的实际情况而感到心疼和心酸。

然而，我又听到另一句话："我们虽然目前仍然是国家最大的产量最高的油田，但即便是 1 吨原油、半吨原油，我们也同样十分珍惜它！"

5 天打捞 0.3 吨与每年自然减产 200 万吨之间的差异有多大？稍作换算，我们看得更直观一点，那么一年的打捞量与自然减量的对比便是：21.9 吨比 200 万吨。

唉，这就是大庆人今天所面临的窘境与困难。

"面对如此严重的困难，你们还有信心吗？"我又问大庆油田的一位专家。因为第一次采访他，所以我在问这个问题时，特意非常认真地在前面加了一句，"您是专家，一定讲究实事求是，请客观和真实地告诉我……"

这位专家直起身子，很有底气地回答说："我是很有信心的！总书记说得好：办法总比困难多。其实，大庆之所以是大庆，之所以今天仍然被总书记称之为'全国的标杆和旗帜'，依然'激励着工业战线广大干部群众奋发有为'，就是因为我们大庆人从来没有被困难吓倒过，相反，我们总是在困难面前寻找到了克服和战胜困难的办法，而且每一次克服困难和战胜困难的过程中，大庆不仅保证完成了生产任务，而且使大庆精神、铁人精神变得更加广大和丰富，尤其是采油技术和油田开发能力上每每都能实现一个新的飞跃，这是最难能可贵的，也是全世界同类油田采油史上所没有的。"

我知道，新一任大庆油田公司领导班子，在他们走上这一重要工作岗位的时候，正是习近平总书记对大庆油田给予高度肯定和提出更高期待的时间点。

然而这个时间点，了解大庆内部情况的人都知道，它所遇到的有些困难甚至可以说是"前所未有"的。是什么呢？其实无须回避，回避就不实事求是了：兼任大庆油田公司总经理的王永春，涉及严重腐败，于 2013 年 8 月被调查，2015 年 10 月被判刑，腐败分子的这起恶性案件，对大庆油田的影响极其严重，尤其它还牵涉到一批油田干部……

大庆还是不是全国的红旗与标杆？大庆的精神还要不要发扬光大？那两年时间里，这样的问题重重压在了大庆每一个人的心头，让人有些透不过气米。

"是习近平总书记给我们解开了心结，给我们大庆重新树立了信心。"这位专家感慨万千道，"信心真的比金子还贵重，尤其是对在这个历史时间点上的大庆而言，其意义格外重要。"

我知道，新一任领导班子上任伊始，在上级领导部门的帮助指导下，所做的第一件事，就是通过纪检部门为一批受王永春腐败案件牵连的油田干部给出实事求是的定性的结论。

"这一工作，是在 2016 年上半年就解决了，它对整个油田一千五六百名处以上中高层干部的心理影响实在太大了，可以说，像是一下搬掉了大家心头的一块'石头'！"油田有位领导这样形容，并说，"我们这些人也都是从大庆成长起来的，对身边的这些干部十分了解，他们绝大多数在政治上、思想上、品质上和生活作风上是过得硬的，并且在大庆不同的历史时期中也都做出过贡献。之后发生的一些问题，根本原因是受王永春的影响，多数属于需要教育和与石油系统腐败分子周永康、蒋洁敏、王永春等划清界线的问题。从这两年多来的实际表现看，也确实证明了我们当时的做法完全正确。"

"人"的问题解决了。总书记所期待和嘱托的"标杆"和"旗帜"问题如何落实，则是个更大的"事"的问题。它，既是大庆自身发展必须高扬的大事，也关联到我们党和国家实现民族伟大复兴的大业！其责任和使命，光荣而伟大。然而，客观现实是，摆在今日大庆人面前的困难同样巨大而不可逆转：国际油价低迷将持续，大庆本土的油产量日益下滑同样不可逆转，出路在何处？克服和战胜困难的办法又是什么？

此刻，我的脑海里闪出一位国际著名石油专家说过的一句话：石油在你的脑子里。

于是，我与油田的这位专家的对话便更有意思了——

我：专家同志，大庆油田之所以能够成为全国的"标杆"和"旗帜"，它的最大亮点，就在于它能够在最困难时期为国家找到了油、找到了大油田，实现了我国石油资源的自给自足，并且连续几十年高产稳产，确保了我们能源安全和经济发展所需。这其中依靠的是两样最关键和核心的"武器"——精神和科技，铁人精神和铁人精神鼓舞下的科技进步。然而，精神和科技也必须建立在物质存在的基础之上，即油田和油储量的客观存在。对今天和未来的大庆油田，你认为这些客观存在是否还令人有信心？

专家：尤金（Eugen）先生是位大地质学家，他的"石油在地质学家的脑子里"的话，非常有哲学意味，也是被石油界广泛接受的。所谓的"石油在地质学家的脑子里"，其意思是：只要地质学家想得到的地方，都可能有石油。20世纪以来的世界石油史已经证明这一点，我们的大庆油田发现和发现以来的60年开采历史也证明了这一点。它告诉我们：人类认识自然的能力是在不断提高和进步的，只要我们认识到位了，一切可能性也都会有。石油资源也是如此。过去有人认为中国是贫油国家，后来我们不仅找到了油田，而且找到了大庆、胜利、长庆、塔里木等一大批大油田；过去认为一般的油田只能高产开发一二十年、三四十年，可我们的几个大油田的高产稳产年限都超过了这个时间。过去我们自己也认为大庆的油储量是不是快要采完了，但现在看来并非如此。虽然几个主力油田在自然减产，可谁敢说我们的油田就没有油了？相反，根据我们多年对长垣油区的继续勘探研究发现：在已经开采了多年的油层上下都有新的油气和油层存在，而且在老油田地层上，还有致密油层的开发开采潜力，更不用说我们的脚下储存了超巨量的页岩油层……

"它们……有多少储量？"我听了顿时激动起来，问道。

专家信心满满地告诉我："尤其是大庆所在的松辽作为一个超大型盆地，资源总量依然十分丰富，尚有石油待发现资源量近50亿吨！也就是说，尽管我们已经开采了60年，眼下感到开发的难度越来越大，可我们脚底下的这块油田，远没有开采尽，只是现有的技术水平还不能把储藏的所有油给'挤'出来！"

"天然气的资源量已经发现了5万亿到7万亿立方米！"专家补充道。

我赶紧在网络上搜索了一下：原来1100立方米天然气相当于1吨原油，那么5万亿立方米的天然气，就约相当于45.45亿吨原油储量。

"听你说过，大庆的天然气在油层的更地底下，这是否意味着大庆油田底下还有一个'大庆油田'？"我浪漫地想象了一下。

他点头笑笑，没有否认，说："天然气肯定是我们大庆十分重要和宝贵的一块接力资源，而且前景可观。现在关键的问题也是需要技术上更大的突破。"

"页岩油！页岩油资源到底有多少储量你还没有说呢！"我有些迫

不及待了。

"我们的页岩油资源量达 100 多亿吨！"专家报出这个数字之后，又作了四个字的评价："相当可观"。

100 亿吨啊！绝对相当可观！这个数字容易令人手舞足蹈。

页岩油是一种以页岩为主的页岩层系中所含的石油资源，目前已经成为国家十分关注和正进行开发的一种石油资源。"中国也是一个页岩油较丰富的国家，现在的问题同样是技术上的突破。"专家说。

"而大庆从发现'松基三井'，到今天 60 年的高产稳产的历程，每一步都是技术进步和技术突破的历史；大庆精神的核心和本质，就是大庆人的爱国情怀、进取意识、科学态度、求实精神和过硬作风，就是认识论和方法论。大庆之所以称之为大庆，就是大庆人有着国家情怀、国家站位、国家战略思维的方式和全局观念；大庆精神之所以称之为大庆精神，就是我们有从不在困难面前畏缩和止步的铁人精神在支撑与激励着，并且永远朝着胜利的目标努力奋斗与前进。我们正视困难，但从不被困难所吓倒，甚至把一个又一个的困难，作为练就特殊条件下的油田勘探开采的过硬本领的炼金石，作为自己的'必由之路'，因此我们才一次又一次在绝境下华丽转身，获得新生！"其实，我发现这位专家还是个浪漫的哲学家。

而真正的大地质学家通常就是内心富有浪漫情怀的人和逻辑思维十分缜密的哲学家——

一张足可以铺满 15 平米左右房间的大庆地质地图展开在面前，此刻的这位专家既像一位战略家，又如一位大教授，指着红、绿、紫、灰色的不同地层，他告诉我，油田长垣地域那些已经开采了几十年的地层里，仍然存在着密密相嵌的多级始终未被"惊醒"的薄油构造。"我们绝对不能小看了它们，因为大庆油田就是个特大的油田，过去我们开采的毕竟都是些富有油层，就是挑三拣四了几十年，仍然还有很多'剩菜剩饭'。当我们有心将其拾拣起来时，它们就又可能让我们吃一通饱饱的。"这个理论与王德民、王启民苦苦钻研和奋斗了几十年的理念，其实异曲同工、一脉相承。

"你看到的这个颜色，是气田储存地层，它在目前我们已经发现和开采的油田之下，其开采前景和潜力无限，是差不多接近到我们嘴边的'肥肉'……"专家对此信心满满。

"我们还发现了可观的铀矿资源。"

他的话，听得我心潮澎湃、热血沸腾。然而他对这些又似乎并不以为意。"再把那张图展开。"他令助手们打开一张《松辽盆地北部中浅层勘探开发现状图》……

"你往西北边看——"他的手指向地图上油田长垣的西北边，说，"这一片我们称它为'外围油田'。它的面积广阔而无垠，近有海拉尔油气田，远至内蒙腹地，我们已经通过独立开发和合作发现等形式，获得了相当可喜的油气当量。现在可以这么说，组织'龙西会战'的几年来，我们已经将这块'肉'咬住了!"

北望的地域，浩瀚无边，能在此地有所发现，大庆还愁不活? 我已经不再是心潮澎湃了，而是心旌激荡得难以言表!

"当年我考地质大学，想的就是能够在大草原上领略风情，那该有多美妙和浪漫呀!"专家冒出了一句他在年少青春时的理想与志向"初心"。

我笑言："阁下若不当石油地质学家，说不准也是个文豪了!"

老实说，我很为中国的大庆今天有许多这样的专家而感到欣慰。

就在采访这位专家之前，我正好参观了大庆博物馆。这是一次意外的特别收获，并且有了超乎寻常的感受：你想真正了解大庆油田，就该到这个独一无二的博物馆学习一遍，因为这里据说是全国最权威和完备的"第四纪"自然博物馆，它所展示和拥有的新生代地质系中的"第四纪"物种和化石标本是最多的。而我们知道，"第四纪"是人类诞生的地质年代，它也是目前我们人类最想了解和获知的有关地壳运动和地球上的物种演化过程的最重要地质年代，即人类的形成和人类与万物之间的依存关系。其实，石油的生成也是在这个年代——当然，大庆油田的生成至少也有 1000 多万年的历史了！

1000 多万年前的"大庆"地区是个什么样？通过我们的地质学家的钻探，并经过历史学家对钻探出的岩芯和化石进行比照和判断，得出的结论是：那个时候的"大庆"还是在一片汪洋之中。

博物馆内的古地形图给我们展示出的远古时的"大庆"在一个叫古大湖的湖心中央略偏北的地方。那个古大湖渺无边际，用演变成今天模样的地形范围划分来看，它就是北至黑龙江、南至营口入海口、西至兴安岭和外蒙古、东至长白山山脉的整个东北平原，它经过古生代、中生代四五百万年的演化，到了新生代后，大湖底受地壳运动，不断隆起，形成无数湖与地相嵌的湖泊湿地。这个时候，以猛犸象为"统治者"的万千动物，在这里生活得扬眉吐气、尽欢尽乐。植物和其他生物，也是极度茂盛，尽显妖艳。在人类还没有完全形成的这个时代，可以说，地球像位刚刚长成的"邻家少女"，那般美丽和生动。后来人类出现了，又加上几场空前的自然大灾难，高大威猛的猛犸象——我们从现在的化石估测它最大应有三四层楼高，和同样威猛超众的披毛犀等动物慢慢消失了，那种消失有的时候是如发生了天灾一般的瞬间变故，加之大湖内本身的鱼类和其他生物的积聚与沉积，"石油"便由此形成……地面的变化在这之前的阶段看上去更大，广阔的平原和沼泽开始出现。这个现象是因为大湖的湖底由于地壳运动而不断隆起，一直到后来只留下若干"水泡"一样的残留湖水（大庆人一直以来管它们叫"泡"），这些大大小小的"泡"今天依然可见，像星星般地点缀在松辽大地上。而整个古大湖也就成了今天我们熟悉的东北大平原——大庆是古大湖底中央偏北的湖心，那"湖心"沉积下的"宝贝"自然特别丰富和巨量。一个世界级"油田"就这样在二百多万年前悄然形成，又在公元 1959 年 9 月 26 日这一天被轰然揭秘！

历史如此走来，地球的奥秘也如此被人类所认识和了解……

站在古大湖的图像面前，我的内心涌起一个呼唤：远去的你，到底真的就被我们全都发现和认识了吗？

带着这个问题，我们还是回来请教那位石油地质专家。

他又兴奋地笑了，因为他和他的同事们在习近平总书记勉励大庆的"标杆"和"旗帜"讲话精神鼓舞下，近年来"找油"思路进一步拓展，目光不再只盯着"大脚印"——大庆原有的长垣地域，而是朝向更辽阔的"远方"。

大庆"未来的油田"在远方何处？

大庆的"远方"其实可能就在"大脚印"旁。这是我从专家的神情和话语中获得的信息与信心。

他说，整个古大湖的面积比现有的松辽平原要宽阔得多，差不多覆盖了整个东北三省的大部分地区。地壳运动的作用下，湖面干涸了，留下的底部就是积淀平原，而"造油"和"生油"的过程非常复杂，谁能保证我们现在所勘探的松辽平原地底下就是唯一的古大湖沉积下来的"造油"与"存油"的湖底？不会。绝对不会。

顺着这样的思路，今天的大庆人开始了一场"跳出湖底找湖底"的新的找油战斗——他们立足在现有的长垣上，将目光和步伐向西、向东瞭望与出击……

新的战斗充满了冒险与期待。石油人的性格伴随着的就是冒险与期待，因为只有冒险才有可能获取各种可能，因为期待才有料想不到的收获与信心。

大庆有许多"与众不同"之处，比如它每年必须向自己的职工们"讲明白"前一年干了什么，干出了什么成绩，干的过程中还有哪些干得不怎么样，当前和今后应该怎么干。这个会叫"职代会"——油田职工代表大会。

总书记给予了大庆为全国的"标杆"和"旗帜"的高度评价，大庆和大庆人到底把这"标杆"和"旗帜"举得如何？还有全国人民十分想了解的油田今天和未来到底怎样发展等等问题，都将在"职代会"上加以解答。2017 年是个关键年份，因为 2016 年整个油田效益第一次出现了整体性的严重负数——

2016 年与 2015 年这几项指标相比，营业收入减了 186 亿元，利润少了 191.82 亿元，税收少交 200 亿元。我们常说石油企业的经济效益受国际油价的影响比较大，然而影响 2016 年大庆油田最根本的因素是人，因为"王永春腐败案"所产生的负面影响在这一年彻底地泛涌起来了……

现今的大庆油田公司新班子是在 2016 年四五月份上任的，之后的大半年时间是调整期。而 2017 年是新班子上任后的第一个完整的年份。工作如何？效益如何？大庆油田的前景如何？这一年至关重要。

这一年，是公司贯彻党组《意见》、谋求振兴发展的开局之年。油田上下牢固坚持当好"标杆""旗帜"这一根本遵循，锐意进取、攻坚克难，生产经营及改革发展取得一系列新进展、新突破、新成效。

这一年，我们编制实施振兴发展《纲要》，按照"四篇文章""三步走""四个一批""三个增长极"等战略规划部署，大力推进业务结构优化调整，天然气产量已接近 10%，海外权益产量已超过 10%，外部市场收入已接近 10%，开创了油田振兴发展新局面。

这一年，我们致力于解决资源接替不足的突出矛盾，立足松辽、加快塔东、发展川渝，油气勘探多点突破、喜报频传，特别是长垣外围、两江之间扇形区正在形成一个极为重要、最为现实的勘探开发一体化领域，资源基础进一步夯实。

这一年，我们顶住老油田持续稳产的巨大压力，直面油价挑战，深化提质增效，不仅全面完成油气生产任务，而且实现操作成本硬下降、主要能耗指标负增长，一举扭转亏损被动局面，上市、未上市业务全部整体盈利。

这一年，我们顺应改革开放大势，实施一批扩大经营自主权试点，推进企业办社会职能及测井、物探等业务分离移交，狠抓亏损企业治理和"僵尸企业"处置，挂牌成立中国石油集团电能有限公司，发展的内生动力与活力得到有效释放。

这一年，我们立足构建新产业新业态，积极探索"大庆精神+"发展模式，油田新媒体业务市场份额呈几何增长，"网安天目"系统为G20峰会、金砖五国会议提供安全可靠优质服务，铁人学院已初步具备办学条件，展示了新时代业务发展的新气象。

这一年，全年累计完成油气产量当量4271万吨，其中，国内原油产量3400万吨、海外权益产量552万吨、天然气产量40亿立方米……

查阅2018年2月1日职代会上油田领导所作报告，开头使用的七个"这一年"的排比句，那诗一般的激情和实实在在的数据，向全油田的职工干部公布了在习近平总书记鼓励大庆油田讲话精神的鼓舞下所发生的巨变，令人振奋！

这是大庆历史上所有"职代会"工作报告中极少有的"激情报告"——油田人这么说，因为他们告诉我：2017年是全油田在前一年

"可耻的"效益亏损底部一下又跃腾而上的"光荣年"！"是习近平总书记讲话精神鼓舞下的大庆新时代的到来！"油田人说。

是的，我们从这份"激情的"职代会报告中可以看出 2017 年与 2016 年之间的效益对比所发生的变化：营业收入高出 351 亿元，利润一正一负提高了 147 亿元，税收也多了 73 亿元。如此骄人的成绩，怎不令油田领导和大庆全体油田人激动与振奋呢？

需要说明的是，油田人不仅仅从《报告》的数据中感到了振奋与激动，对一个开发了几十年的老油田、大油田来说，大庆的每一个普通人，无论他是干部还是技术人员，甚至普通的工人或家属，他们几乎个个都是"油田通"，看油田的前景和效益到底是真好还是表面文章好，大家更关心下面这两段实实在在的内容——

牢固坚持资源为王，油气勘探喜获新成果。坚持油气并举、常非兼顾，突出重点领域，实施"双百"工程，大打油气勘探进攻仗。松辽中浅层取得新突破。探评井、高产井比例创历史新高，长垣以西 28 口井获日产 10 立方米以上高产工业油流，长垣以东通过"内连、东扩、北进、西上"滚动评价，18 口井获日产 10 立方米以上高产工业油流，原来的"空白区"变成了含油区。龙西地区已成连片之势，勘探成果获股份公司 2017 年重大发现一等奖。海拉尔盆地见到新苗头。通过实施新工艺、新技术，进一步落实 6 个有利区带。深层气勘探实现新发展。安达地区沙河子组致密气整体展现千亿立方米规模，预探徐西、探索徐南、精细火山岩，进一步拓展了增储空间。全年新增石油探明储量 5095 万吨、控制储量 6090 万吨、预测储量 7219 万吨，天然气探明储量 124 亿立方米、控制储量 107 亿立方米，三级储量任务全面超额完成，探明储量采收率预计可达 21.25%，创 5 年来最好水平。

大力实施精准开发，稳油增气再创新水平。面对开采对象变差、稳产难度增大以及油价低位运行等现实挑战，坚持把"精准"贯穿油田开发全过程，从方案、设计到实施，从区块、层系到井网，进一步加大优化调整力度，取得一系列突破性进展，在"双特高"开采阶段，探索了老油田持续有效开发的新途径。水驱开发再攀新高。自然递减、综合递减、年均含水分别比计划低 1.10、0.37 和 0.05 个百分点，未措施产量超产 13.9 万吨。三采效果持续改善。吨聚增油连续5 年保持在 45 吨以上，产量连续 16 年保持在 1000 万吨以上，节省干粉 3.97 万吨。开发管理总体向好。注水量同比下降 1.46%，用电量同比下降 1.1%，十年来首次实现负增长，产液量年增幅 0.68%，创十年来新低。天然气产量迈上新台阶。年产气 40 亿立方米，日销量首次突破 800 万立方米，巩固发展了稳油增气的新格局。

呵，读者不用去细读上面这么多文字，我们只需要看最后的一句：大庆油田"巩固发展了稳油增气的新格局"！

千万别小看了"新格局"这三个字。这三个字出自专家之口，它是严谨的措辞，它是实干得到的结果，它更是对大庆当下和未来的科学结论！

新格局与"新局面"，只差一字，但意味绝不一样。言"新局面"者，可以是并不太好时，也可以从另一个角度评说当下和未来已经或正在形成的一种新态势。"新局面"其实是个中性词，即使局面往非理想的状态发展亦可视为新局面。而"新格局"则不然。格局是一种战略和方向，是大趋势和决定性的方向。

现在，大庆油田庄严地向全国人民展示了它的一个"稳油增气"

的新格局，其关键点是它的油之"稳"、气之"增"。稳是保持现状，增是上升态势。一个开发一甲子的大油田，能把油产量"稳"住，就是奇迹和伟大胜利；而大庆油田不仅油能"稳"，最根本的是在"稳油"的前提下，气即油气要不断增量！呵，这就是油田领导向他的职工和全国人民所展示的大庆"新格局"！

"当好标杆旗帜，建设百年油田！"一份带着几十万大庆人豪情壮志的冒着热气的"油田誓言"，也在此时隆重而庄严地呈向祖国和我们的党……

这份庄严的"油田誓言"绝非一张"空头支票"，它有明确的目标和指标，而且它分为三个实现目标与指标的台阶：第一台阶到 2019 年，就是油田发现 60 年时，大庆的本土油田原油产量要保持在 3000 万吨以上，油气产量当量保持在 4000 万吨以上；第二台阶是 2020 年到 2030 年，即到油田发现 70 年时，大庆本土油田原油产量要保持在 2000 万吨以上，提交石油探明储量 5 亿吨，海外权益产量占比达到 45%以上，天然气产量占比达到 15%以上，国内外油气产量当量保持在 4500 万吨以上；第三个台阶是 2031 年到 2060 年，即大庆油田发现 100 年时，大庆本土原油产量保持在 1000 万吨以上，海外权益产量保持在 2000 万吨以上，天然气产量保持在 130 亿立方米以上，油气产量当量保持在 4000 万吨以上。

百年之时还能年产 4000 万吨啊！这绝对不是一个小数目！绝对是世界石油史上绝无仅有！绝对是"百年经典油田"！

这个目标和指标能行吗？

"第一个台阶已经基本没问题了！"专家告诉我，2019 年即到今年底，本土的原油产量加气当量 4000 万吨肯定不会有问题。

"未来呢？"

"对未来的两个目标我们也足够有信心！"专家说，"可以先给你透露一个十分重要的信息！"

这一天与油田的这位专家在一起讨论"大庆的未来"时，他似乎显得异常激动，到他快要去开另一个重要会议时临别的几分钟，他让助手拿来一张《松辽盆地北部勘探成果图》，然后让我沿着他手指所指的方向看……"这里！就这里，快到哈尔滨了！"

他的手指停在了整个图纸的最东南角的边缘处——那个叫"青山口背斜带"上的"双66井"和"双68井"位上。"这两口井的位置完全在我们大庆油田之外的地方，在哈尔滨双城地区，故称'双66井'和'双68井'。"这是我看到的他最兴奋的面容，"告诉你吧：这两口井都在长垣之外，也就是说不属于我们大庆油田原本的结构范围，属于新层系，单井日产出油超过了100方！"

"单井日产100方就是高产井了？"外行的我这样问。

"那当然！当年'松基三井'也就是日产十多吨……"他说。一方石油等于0.88吨，难怪他说到"双68井"时眼神里放着光芒。"这是我们近年来第一次在长垣外围发现的高产油井，意义非同寻常！"专家补充说。

我被这位油田专家和他的"双68井""双66井"强烈地感染了！"如此说来，你们真的有可能实现'大庆底下找大庆，大庆之外有大庆'的目标了？"我说。

专家笑了："借你吉言！"他要开会去了，握过手后，他在楼梯上走着，忽地抬头对我说："有个物理学大师说，宇宙里95%是暗物质，而我们对宇宙的物质认识还不到4%。松辽平原和整个东北平原地底下的石油就被我们全发现了？那绝对是不可能的事！所以我对脚踩的这块大地是充满希望的……"

专家都这么充满希望，我们还有谁对大庆油田的明天和未来不感到振奋和充满希望呢？

是的，大庆的昨天辉煌无比，大庆的今天金光闪闪，大庆的明天也一定充满希望。

啊，世界这么大，只要你的心也够大，那么世上任何新鲜事物都可能与世界一样大。这是谁说的话?! 说得那么富有哲理，那么具有宏阔的视野。其实，生活在地球上的人类在走向文明的巅峰的征程上，难道不就是这样在不断认识世界、认识自我的吗?

大庆人就这么说: 只要人能想得到的，我们就能用铁人精神去做到和实现它!

这就是大庆之所以成为永不倒下的标杆和永不褪色的旗帜的力量所在。

"世上一切奇迹都是人创造出来的。大庆的奇迹就是铁人和继承铁人传统的一代又一代新时代铁人创造出来的。铁人和铁人精神是我们大庆人的'初心'。这个'初心'，就是国家缺油、国家需要油，我们大庆人就要去把它找出来、献出来，不管有多大困难、多少艰辛!用铁人的一句话，就是: 宁肯少活 20 年，拼命也要拿下大油田!"油田的一位同志动情地如此说道，"其实，王铁人的这股劲、这股精神，就是中国共产党当年领导穷苦大众流血牺牲推翻三座大山、建立新中国、为亿万人民创造幸福生活的初心在社会主义建设时期的延伸。因此我们认为，铁人的情怀，就是我们大庆人的初心。"

在"铁人学院"，这样的声音如春风化雨，滋润和烙印在每一位来自油田和全国各地学员的心坎上……

是的，这份"初心"，凝聚成一句话，就是"我为祖国多献石油!"欲想为祖国多献石油，靠什么? 靠党的领导，靠铁人式的冲天干劲和奋斗意志。

铁人就是大庆和油田的魂，在这座石油圣城里随处可见他的身影，随时可闻他的声音——

"社会主义是干出来的! 大庆油田是干出来的! 不干，半点马列主义也没有!"

这是铁人的声音。这声音，每天在石油圣城的上空回荡……

"标杆也是干出来的！旗帜更是一代又一代人传承和接力后才能永远高高飘扬、永不褪色！"

这是新时代铁人的声音。这声音，每时每刻在石油人的心目中激昂，并化作为祖国献石油、多献油的实际行动、滴滴汗珠……

于是我在油田公司的办公大楼门口，看到了年届八十余岁的王德民、王启民仍每天步履匆匆地来此上班，他们的身边簇拥着一群又一群年轻的石油科学家，神采飞扬、手舞足蹈地研讨着一个又一个新的"隆起"和破解难题的新技术方案。

于是我再次跑到正在野外施工的 1205 队钻井台上，问年轻的队长张晶：最近又有什么新的捷报传出？他兴奋地指指今年的生产进度表，对我说："我们已经提前创造了建队以来进尺 3000000 米的纪录啦！"

是啊。3000000 米的伟大钻探纪录在油田发现 60 周年前的日子里实现，这是对老队长王进喜、对祖国最好的献礼！我紧握着年轻的钻井队长的手，与他一起欢呼。

是的，在今天，要了解铁人和铁人队伍的今天，我们从这个数字上就能获得直观的感受。这钻探史上的"世界纪录"，它让我立即想起了关于铁人和铁人的战友们的几个经典瞬间：

冰天雪地里的人拉肩扛……

井喷时跳进泥浆池用身体搅拌的身影……

零下 40 度里钻工身上悬挂的冰凌和嘴里吐出的雾气……

以及雷鸣电闪中摇晃着的钻塔和手挽着手保护钢铁井台的身躯……

2360 多口井，就有 2360 多个经典瞬间；3000000 米进尺，就是60 年间铁人和铁人的战友用劳动的汗水和生命的血水汇集成的一条金色长河，它浩浩荡荡、奔腾不息，流淌着的是对祖国与党、对石油和石油事业的赤诚忠诚的精神与信仰……

在铁人精神的这条长河里，我还知道有许多向它汇聚而来的同样金灿灿的溪流，比如"三老四严"，比如"岗位责任"。

这，也让我有了专程去拜访一下中四采油队的强烈心愿，因为那里是大庆"三老四严"的发源地。

今天的大庆还有没有"三老四严"，还能不能做到"三老四严"，这一直是大庆之外的许多人在寻问的话题。去过之后，我眼见为实了：大庆不仅一直以来保留和传承着"三老四严"作风，而且在过去的"三老四严"基础上，又结合新的工作特点，有了更好的创新与发展——

"中四采油队"，属于大庆第一采油厂第三油矿的下属单位，全称为"萨尔图中区第四采油队"。该队 1960 年 3 月建队，当年就被会战指挥部评为"钢铁采油队"，1961 年又获"五好标杆队"称号。从此，老队长用"放大镜检查清蜡钢丝"的敬业精神和工作作风，在油田到处传扬，并成为社会主义时期劳动精神甚至是党风建设的一面镜子，一直以来被人们广为学习和发扬。今天的中四采油队怎样了？这既是我想了解的问题，也是全国人民想知道的事。

新的中四采油队，真的是新面貌：书记和队长都是"八零后"的年轻人，女书记，男队长，一个 1985 年出生，一个 1988 年出生，他们一样朝气和阳光。"现在我们队有 78 个人，管理着 7 公里长的油井线路，负责 362 口井的采油……"年轻的书记李雪莹说。

"所有的工作指标摆在这里，没有一个人因工作失误而被批评教育，更没有过因犯错误而被开除公职的人……几十年来一直如此。"队长十分骄傲地说，并感慨道，"新来的工人来到队上刚开始会感到有些束缚，时间一长就会习惯了。当习惯之后，'三老四严'就成了一种自觉行动意识。也许有人不会相信这样一件事：几十年来，在我们队进进出出 1780 多人，没有一个人做过违法乱纪的事。这是一件真事，它说明了'三老四严'并非是说说而已的表面文章，长期养成之后，它是可以进入一个人的精神和灵魂、成为一种坚不可摧的防御墙和做好工作的自觉意识。"

一种经验、一种典型，也许在"发源地"可以保持和做到；一种潮流、一种状态，也许在一个阶段和一种环境下也能够保持。然而如果它能在遥远的地方、鞭长莫及之处，始终保持着那种最初的状态，保持着原有的先进性，那就真的是异常可贵和难得了！从中四队流淌出的"三老四严"的作风"源流"已近 60 年了，它竟依然保持着鲜活的生命力，而且仍在浸润着一代又一代新的石油人，甚至是其他战线的共产党人、普通民众……这就是大庆带给我们民族和国家的何止是在石油事业上的贡献！

在一位采油女工那里，你想象不出像她这样普普通通的大庆人，竟然还有自己的"工作室"——那工作室的众多业务，以及团队力量，让她的气派堪比一位大师，事实上这位叫"刘丽"的女工已经称得上大师了。

她是大庆人心目中、也是实际工作中的大师——在普通岗位上自觉成长，又在普通岗位上创造奇迹的工作大师！

"我的团队现在有 531 人，分了 11 个分会，涵盖了全厂 350 个工种，现在我们能做采油厂所需的各种技术活，甚至是 3D 打印技术……"刘丽将我带到她的工作室，参观她和团队工友们的创新成果，那琳琅满目的革新与技术改造成果都出自刘丽等石油工人之手，着实让人叹为观止！

"我们大庆家大业大，工程千百个，多数又是我们这些工人来实施和完成的活儿，常年累月，每天在岗位上干活，勤着干和懒着干、巧着干和笨着干、俭着干和大手大脚干，成本和效益可能就是天差地别。而一份有心、一个小窍门、一项小革新，它带来的效益就可能是巨大的。俗话说，滴水汇成河，拾石垒成山。我搞工作室的初心，就是想着把平时工作中自己想到和做出来的一些小窍门、小革新技术，让井队上的人都能传开、推广，给咱油田省点成本、提高点效益，工作起来更科学省事些。就这么着，一点一滴，直到现在，越做越大，有些小窍门、小革新，不仅在全油田推广，还在全国石油系统推广……"刘丽的细声细语和默默勤劳，像又一条潺潺流淌的精神河流，滋润着许多生产一线和普通岗位上的石油人的心田……

是的，这是一条绝不能忽略和轻视的河流。在它的流泾中，每泛起的一个小小的涟漪，或许只值一元钱，那么整个大庆油田上的 10 万口井，它累积出的价值就是 10 万元，如果延伸到全国所有的油井，那它就是好多个 10 万元！刘丽和她的团队，现在已经创造了几百个这样的"小打小闹"，而且有的已经不再是"小打小闹"了，是被列为油田和中石油集团公司的革新推广项目，它的实际应用价值超过几百万元、几千万元，甚至高达数亿元。

"油田是国家的，也是大家的，但油田也是我们每个人的。我们生活在家庭里的人，都会有'家'的意识。有'家'意识的人，就会精打细算、千方百计地把家建得美满温馨，幸福也就从这里生长出来……"

"幸福就从这里生长出来！"这是一个大庆普通女工口中说出的话。难道不是吗？一个油田，一座城市，如果不能让开创这个油田与这座城市的人最终获得幸福，保持永恒的荣耀和尊严的话，它是不可能持久和永存的。让油田成为"百年老店"，让这座因石油而生的城市永存，其实这就是当年铁人发誓"宁肯少活 20 年，拼命也要拿下大油田"的初心和愿望。

也正是这份初心和愿望，让铁人和铁人的后代们，在当年这片荒凉和沉寂的土地上，沸腾了一个甲子，辉煌了六十春秋。

2019 年 10 月 1 日，是中华人民共和国成立 70 周年的日子。天安门广场上举行了新中国成立以来最壮观的阅兵式和群众游行活动。习近平总书记在天安门城楼上向全世界庄严而又深情地说：

> 70年前的今天，毛泽东同志在这里向世界庄严宣告了中华人民共和国的成立，中国人民从此站起来了。这一伟大事件，彻底改变了近代以后100多年中国积贫积弱、受人欺凌的悲惨命运，中华民族走上了实现伟大复兴的壮阔道路。
>
> 70年来，各国各族人民同心同德、艰苦奋斗，取得了令世界刮目相看的伟大成就。今天，社会主义中国巍然屹立在世界东方，没有任何力量能够撼动我们伟大祖国的地位，没有任何力量能够阻挡中国人民和中华民族的前进步伐。

新中国成立70年的庆祝大会，我在天安门广场现场，亲身感受到伟大祖国的繁荣与强盛，目睹了威武雄壮的阅兵式和激情洋溢的群众游行队伍。我特别注意到了在"建设成就"的游行方队中有以大庆油田为代表的"石油"形象，听到了观礼的各界人士对中国"石油人"报以崇高敬意的热烈欢呼声……

也就在这一刻，让我联想到了4天前的2019年9月26日——大庆油田生日的这一天。

这一天，在大庆、在大庆油田也召开了一次隆重的庆祝活动。让数十万大庆人欢欣鼓舞的是，会上宣读了中共中央总书记、国家主席、中央军委主席习近平同志为庆祝大庆油田发现60周年所发来的贺信和国务院发来的贺电。习近平总书记在热情洋溢的贺信中指出，60年前，党中央作出石油勘探战略东移重大决策，广大石油、地质工作者历尽艰辛发现大庆油田，翻开了中国石油开发史上具有历史转折意义的一页。60年来，几代大庆人艰苦创业，接力奋斗，在亘古荒原上建成我国最大的石油生产基地。大庆油田的卓越贡献已经镌刻在伟大祖国的历史丰碑上，大庆精神、铁人精神已经成为中华民族伟大精神的重要组成部分。

大庆 60 年，一代又一代党和国家领导人都对它饱含深情厚意，习近平总书记在新中国成立 70 年前夕，再次对大庆作出如此高的评价与肯定，让大庆石油人热血沸腾，深受鼓舞。他们因此也将习近平总书记和国务院寄予他们的厚望牢牢地铭记在心头：要站在新历史起点上，不忘初心，牢记使命，大力弘扬大庆精神、铁人精神，不断改革创新，推动高质量发展，肩负起当好标杆旗帜、建设百年油田的重大责任，为实现"两个一百年"奋斗目标、实现中华民族伟大复兴的中国梦作出新的更大的贡献。

呵，一个甲子时的大庆人是光荣的，一个甲子时的大庆人是值得骄傲的，因为就在 9 月 26 日庆祝大会的前一天，中央刚刚表彰了新中国成立 70 年来 278 位"最美奋斗者"，其中就有大庆油田的王进喜、王启民、李新民这三位不同时期的"铁人"，而王启民在这之前还刚刚还被授予"人民楷模"的国家荣誉称号！所有这些，都足以证明大庆油田在新中国的建设史上所占有的特殊地位和为新中国所作出的非凡贡献。

"当好标杆旗帜、建设百年油田"，新的战斗号角已经吹响，大庆人的热血早已沸腾。站在伟大民族复兴的征程上，党和全国人民对大庆有着更多的期待……

"大庆"——"油田"……"油田"——"大庆市"，这些名字和名词，在历史的长河中被我们这一代中国人不经意间创造出来后，这块土地就变了样，变成了世界瞩目之地，变成燃烧着一个伟大民族、一个伟大国家生命之火的血液……

那血液，是红红的。

那红红的血液淬炼出的生命和精神是永恒与不朽的。

这，就是我们的石油圣城——大庆！

60 年，它才刚刚开始。

2018 年年末至 2019 年 6 月于北京—大庆初稿

2019 年 7 月至 8 月修改于北京

参考资料

何建明：《部长与国家》，新世界出版社 2006 年版。

余秋里传记组：《余秋里传》，解放军出版社 2017 年版。

《康世恩传》，当代中国出版社 1998 年版。

陈群等编著：《李四光传》，人民出版社 1996 年版。

大庆油田有限责任公司《大脚印》编纂委员会编著，宫柯执笔：《大脚印——大庆油田勘探开发历程揭秘》，石油工业出版社 2014 年版。

《战报》，1960—1980 年。

大庆油田历年职代会工作报告。

大庆铁人王进喜纪念馆资料。

大庆油田历史陈列馆资料。

策划编辑：陈　登
责任编辑：陈　登
封面设计：林芝玉

图书在版编目（CIP）数据

石油圣城：大庆 60 年纪事／何建明　著 . —
　北京：人民出版社，2019.10
ISBN 978 - 7 - 01 - 021093 - 3

I. ①石… 　 II. ①何… 　 III. ①报告文学 - 中国 - 当代 　 IV. ① I25
中国版本图书馆 CIP 数据核字（2019）第 155965 号

石油圣城
SHIYOU SHENGCHENG
—— 大庆 60 年纪事

何建明　著

人民出版社 出版发行
（100706　北京市东城区隆福寺街 99 号）

北京新华印刷有限公司印刷　新华书店经销

2019 年 10 月第 1 版　2019 年 10 月北京第 1 次印刷
开本：710 毫米 ×1000 毫米 1/16　印张：46
字数：592 千字　印数：00,001-20,000 册　插页：8

ISBN 978 - 7 - 01 - 021093 - 3　定价：120.00 元

邮购地址 100706　北京市东城区隆福寺街 99 号
人民东方图书销售中心　电话（010）65250042　65289539

版权所有·侵权必究
凡购买本社图书，如有印制质量问题，我社负责调换。
服务电话：（010）65250042